★书铺

唐占鳌　著

团结出版社

图书在版编目（CIP）数据

大书铺 / 唐占鳌著. -- 北京：团结出版社，2023.9
ISBN 978-7-5234-0450-8

Ⅰ. ①大… Ⅱ. ①唐… Ⅲ. ①长篇小说-中国-当代
Ⅳ. ①I247.5

中国国家版本馆 CIP 数据核字（2023）第 180741 号

出　版：团结出版社
　　　　（北京市东城区东皇城根南街 84 号　邮编：100006）
电　话：(010) 65228880　65244790　（出版社）
网　址：www.tjpress.com
E-mail：65244790@163.com
经　销：全国新华书店
印　刷：济南精致印务有限公司

开　本：170 毫米×240 毫米　1/16
印　张：43.75
字　数：730 千字
版　次：2023 年 9 月第 1 版
印　次：2023 年 9 月第 1 次印刷

书　号：ISBN 978-7-5234-0450-8
定　价：95.00 元

目　录

大书铺

第一回　货郎哥见义勇为　避祸端投奔胶州

哎……
小扁担三尺三，
两头的货箱沉甸甸。
拨浪鼓儿摇起来，
我走了东村串西疃。
姑娘媳妇笑喳喳呀，
围着宝箱细挑选。
梳子、发簪和胭脂，
针头线脑样样全。
文房四宝是刚进的货，
四书五经是新版。
还有那铜嘴、红木杆的长烟锅，
喜得大爷手里端
……

　　一八四五年农历七月的一天早晨，太阳从东方冉冉升起，薄雾散尽，晴空万里。此时的胶东半岛西北湾畔，晨风吹拂，小鸟啁啾，漫山遍野到处弥漫着庄稼成熟后的甜润与清香。偶尔，还有从渤海湾刮过来的几缕清爽、腥膻的味儿，让人感觉特别的温馨与恬静。在一条弯曲的沙土路上，正行走着一位英俊货郎，他身着粗布短衫，脚蹬圆口青布鞋，看上去不足二十岁，高挑个儿，身材矫健，相貌儒雅，腰间别一只拨浪鼓，正挑着一副装满针头线脑和文化用品的货郎担子，哼着货郎小调，兴冲冲地向着渤海边上的辛庄大集赶去。这位青年货郎叫刘金桂，是招远县孟格庄村老货郎刘盛元的二儿子。两年前，走南闯北的老货郎刘盛元因患有腰伤，正式将货郎担子交给了头脑灵活又肯吃苦的二儿子刘金桂。这位读过六年私塾、喜好习武的青年货郎，从此子承父业，不管刮风下雨，天天走村串巷、送货到家。除了招远本地以外，黄县、栖霞等地也留有他的足迹。他开始只卖些鞋袜、针线、胭脂、镜子之类的日用品，后来又增加了书籍和文房四宝等学习用品，近期则重点出售从南方购进的毛笔、石板、纸、墨、砚等用品，部分启蒙教材《三字经》《名贤集》《百家姓》《日用杂志》《历书》等文化读物也比较好卖。由于他筹办的货色品种比较齐全，人又灵活和善，很快成为远近闻名的年轻货郎。辛庄村近海二三里地，交通比较便利，往来赶海、做买卖的人较多，是出售小杂货的好去处。刘金桂刚挑着货担来到辛庄大集的东端，赶集的大姑娘小媳妇立马围拢过来，一边挑货，一边嬉闹着。她们就像村头一群叽叽喳喳的喜鹊，好不开心。一位身着紫缎地平针绣蝶恋花长袖女上衣、长得眉清目秀的姑娘落落大方地上前朗声问道："货郎哥，我要的簪子你捎来了吗？"

"捎来了，清梅姑娘。"刘金桂看了她一眼，麻利地从货箱的一角取出发簪递给她。

姑娘叫石清梅，辛庄村人，年龄与刘金桂差不多，长相端庄，性格开朗。她接过簪子，端详了一会儿，兴奋地说："好看，真好看！"忽然，她的脸色骤然变了，原来有个男人正从身后抱住她的腰，欲行不轨。她奋力地甩开那个男人的胳膊，怒斥道："滚开，流氓！"

刘金桂抬头一看，发现是辛庄村孙员外的二少爷三十多岁的孙耀先，因为他的两颗门牙向外突出，外号孙大牙。刘金桂"腾"地站起来，义正词严地说道："光天化日之下你敢耍流氓？"

"小货郎，知趣点，少管大爷的闲事！"孙大牙嘴一咧，两颗大板牙格外显眼，他轻蔑地朝刘金桂吐了一口唾沫，根本没把刘金桂放在眼里，还直接揪住石清梅的胳膊向人群外面走去，嘴里还放肆地说道："别发火，心肝宝贝，跟大爷去个好玩的地方。"

刘金桂怒不可遏，大喝一声："孙大牙，放开她！"

孙大牙回头冷笑一声："小货郎，你是不是活腻歪了？老子的事你也敢管？再不识时务我让你吃不了兜着走！"

"放开她，臭流氓，这事我管定了！"刘金桂冲上前一把拽住他的衣服。

孙大牙丢下石清梅，恶狠狠地喊道："来人啊，给我打！"

这时候，孙大牙随行的三个家丁手持木棒立刻围拢上来。其中一个腰粗腿壮的家丁说："你们先靠后，让大哥我来收拾他。"说着，挥舞木棒劈头盖脸地向刘金桂打来。刘金桂自幼拜过师、习过武，棍术他最拿手。他左躲右闪，只三个来回，就一拳击中壮汉的头部，壮汉来不及哼一声便仰面朝天倒在地上。

另外两个家丁见状，迅速拔出腰间的斧头，壮着胆子一齐向刘金桂袭来。刘金桂顺手抽出扁担握在手里，沉着迎战，但见他挥舞着扁担，像一阵旋风，呼呼作响，进退自如。只两三分钟，两个年轻家丁的斧头被打落在地，人被打得趴在地上动弹不得。围观的人群，立刻发出一片欢呼之声。

就在刘金桂向众乡亲作揖施礼之时，气急败坏的孙大牙，手执一根木棒从他的背后袭来。石清梅大喊："小心点！"

刘金桂一侧身，木棒落在他的左臂上。他只感到一阵钻心的疼痛，身子不由自主地打了一个趔趄，差点摔倒。趁刘金桂站立未稳，孙大牙乘机又砸来一棒。刘金桂迅疾跳到一边，顺势飞去一脚，将其木棒踢飞。孙大牙仍不示弱，两个人赤手空拳对打起来，几个回合下来，孙大牙已是气喘吁吁了，但他并不甘心，忽然从腰间拔出一把匕首朝刘金桂刺来。刘金桂丝毫没有畏惧，他机智地躲过匕首的袭击，一个有力的勾拳打过，击中了孙大牙的左眼，孙大牙"嗷"的大叫一声，仰面朝天倒在地上。

赶集的人群拍手称快，纷纷呼喊道："打得好，打死他！"

正在这时，一位头戴旧毡帽，身穿月白竹粗布短衫，脚穿一双旧靴的中年人，从人群中挤了出来。他就是刘金桂的父亲刘盛元，今天是来大集购买虾酱的，刚才刘金桂与几个壮汉的打斗场面他都看见了，心里好一个担心。现在见儿子打伤了孙员外的公子，更是忧心忡忡。他知道孙员外的公子是本地一霸，上通官府下结土匪，平日里没人敢动他。刘金桂这下可闯大祸了。他短暂地思索后，认为三十六计走为上策，必须让儿子迅速出逃。他硬生生地把儿子拽到一边，低声说道："金桂，你这熊孩子闯大祸了！孙员外家是当地一霸，他们是不会轻易放过你的，你现在必须马上逃走。"

"往哪逃？我不怕！"刘金桂泰然自若地说道。

"听爹的话，你必须迅速离开招远！你去胶州城投奔东关大街教私塾的郭松浩先生吧，当年我在胶州塔埠头卖货时，与郭先生是故交。你先去他那里躲避一阵子再说。"他附在刘金桂的耳朵边悄声说道，然后，从衣兜掏出仅有的几文钱塞在儿子手里。

可刘金桂还是有些犹豫不决，说："爹，他要流氓被我揍了，我怕他做甚？我不走！"

刘盛元苦苦哀求道："孩子，好汉不吃眼前亏，你别再逞强了，听爹的话，快走！"他的眼睛竟急出了泪水。

见此情形，刘金桂知道自己不走是不行了，他依依不舍地对父亲说："爹，您多保重！我迟早要回来的。"说完，他向父亲深鞠了一躬，收起货担，拨开赶集的人流，沿着一条土路，大步流星般地向西南方向奔去。这时，被救的石清梅姑娘，一直跟在后面一路小跑，大声喊道："货郎哥，你去哪？"可刘金桂充耳不闻，始终没有回头看她，她只好怅然地转身向家里跑去。

此时，太阳已经升起，气温骤然升高，阳光照在人身上火辣辣的热。刘金桂挑着货担，疾步走在一条通向南方的官道上，因为货担较重，加上燥热，汗水很快浸透了上衣。他解开衣扣，抹了一把额头上的汗珠，丝毫不敢放松脚步。忽然，他隐约地听到一阵嘈杂的马蹄声自远而近。于是，他警惕地挑着担子，一闪身躲进路边的小丛林里。刚隐藏好，就见有五六匹快马赶到，马背上骑着黑衣短袖的人，个个身上背着长枪、大刀。他们走到这片丛林边，忽然勒马驻足，向丛林张望。其中一位骂骂咧咧地说道："他妈的，这小子长了四条腿不成，比兔子跑得还快。"他们探头探脑地搜寻一番之后，似乎没有发现什么。"给我追！"领头的大喝一声，一班人马又风驰电掣般向前冲去，路上立时扬起一道滚滚尘烟。

刘金桂明白，他们是冲着自己来的，看来大路是不能走了，那就走山间小路吧。于是，他匆忙拐进一条通向南方的羊肠小路。说是路，但荒废许久，现荒草杂芜，荆棘丛生。他走得很慢，但心里比较踏实。渴了，他就到山沟里喝点泉水。饿了，他就到地里掰几个生玉米啃，或扒几个生地瓜吃。一路上风餐露宿，举步维艰。从招远到胶州城三百多里的路程，他挑着担子走了两天一夜。

等他跌跌撞撞地到了胶州古城的时候，已经是掌灯时分了，天忽然下起了毛毛细雨。疲劳不堪的刘金桂隐约地记得父亲告诉他，开私塾的郭松浩先生住在东关大街，可是，因为天黑路滑，加上饥饿难忍，他走着走着迷路了，竟鬼使神差般地来到了城隍庙的后街上。他漫无目标地走着，大街上空旷一片，连个问路的人也没有找着。在西街口，他迷迷瞪瞪地看见大街北边有一个高大的精雕细刻的门楼，两边悬挂着一对木制的大红灯笼，中间门匾上题有两个醒目的大字："曾府"。他吃力地挪动着步伐，将货担放在曾府的大门下的石阶旁，自己一屁股坐在青石台阶上。连日的饥饿与伤痛忽然一股脑向他袭来，他迷迷糊糊地晕了过去……

随着一阵狗吠声，曾府的千金小姐曾玉冰与丫鬟秋芬小心地打开街门，见一青年男子昏倒在地，赶忙走上前来察看。曾玉冰试了试他的鼻息和额头，说："秋芬，你快取碗温水来。"

一会秋芬取水回来，曾玉冰端过水，用勺子一口一口地喂他，刘金桂慢慢地醒来，他"忽"地一下坐起来，警惕地看着面前的人："我这是在哪？你们是什么人？"

曾玉冰和善地说："别动，这位小哥，你受伤了吧？"

秋芬说："这是我们曾府的大小姐，你是个货郎吧，怎么跑到这儿来了？"

刘金桂苦笑着："说来话长，有吃的吗？我饿极了。"

曾玉冰示意秋芬："快给他拿几个馒头来。"

一会儿，刘金桂接过盛馒头的竹篮，抓起一个馒头，就狼吞虎咽地吃起来。

曾玉冰见他的吃相，不禁"吃吃"地笑了："这位小哥，慢慢吃，别噎着。"

听曾玉冰这么一说，刘金桂反倒不好意思了，说："谢谢大小姐的施舍，来日一定报答。我要走了。"说着就要挣扎着站起来，但胀肿的左臂疼得他额头上直冒虚汗，浑身无力。

曾玉冰见状，说："看样子你是个外乡人，现在人又受伤了，你若不嫌弃，今晚就宿在我家吧。"

刘金桂此时备感疲惫，只好顺从她的安排，说："给你们添麻烦了！"

曾玉冰一面搀扶着刘金桂进了曾府大院，一面安排家丁将刘金桂的货担挑进了大院。刘金桂被暂且安置在一位长工曾经居住的屋舍。曾玉冰端过一壶热茶，刘金桂一口气喝了两碗，身上感觉轻松多了。这时，他才正眼看清了姑娘面容，只见她年方十八九岁，苗条身材，身着红色缂丝八团喜相逢纹棉吉服袍，头绾"喜鹊尾"式发髻，鹅蛋脸，柳叶眉，明眸皓齿，肌若凝脂，气若幽兰，温柔中含着三分威严。他第一次看见如此风姿绰约的姑娘，忍不住怦然心动。他把碗放好，略带羞涩地说道："谢谢大小姐的搭救之恩。"曾玉冰落落大方地说道："莫要客气！"并关心地问他的左臂怎么受的伤，刘金桂于是把自己为保护一位姑娘免受恶霸欺负而受伤外逃的经历告诉了她。她听后一丝敬佩之情油然而生。她让秋芬用花椒枝子与艾草等物煮了些热水，亲自给他的左臂清洗消炎。见他很疲惫，就叮嘱他早点歇息。刘金桂昏睡了一宿，一觉醒来已是四天大亮了。这时，他隐约听见屋外有说话的声音。

原来是曾玉冰的母亲在训斥女儿："你了解他吗？一个不生不熟的大男人万一是坏人怎么办？你怎么就可以擅自做主把他收留在府上呢？"

"他只是个货郎，不像是坏人，他伤成这样，我怎能见死不救呢？"曾玉冰分辩说。

"不管他是什么人，今天必须撵他走。"母亲命令道。

曾玉冰说："他受伤了，一会请郎中给他诊治一下再说吧。我建议您也进去看看他。"

待她们母女俩进屋，刘金桂正在翻阅一本古书。曾玉冰说："货郎哥，我母亲来看你了。"

刘金桂见来者是一位端庄贵气的中年女人，立刻站起身来，礼貌地点点头："谢谢夫人的关照！"

曾母扫了他一眼，见眼前的小伙衣着朴实，长方脸，鼻直口阔，气宇不凡，眉宇间透出一股智慧和刚毅之气。又见他文雅有礼，不免陡然产生恻隐之心。于是，她和颜悦色地问他："听说你受伤了？伤得重不？"

曾玉冰抢着回答："他是为了救一位受欺负的女孩被地痞打伤的，胳膊伤得可重了！"

刘金桂轻描淡写地说："谢谢夫人关心，无大碍的。"

曾玉冰爱抚地看了看他的手臂，说："都肿成这样了还无大碍，你是铁人啊！"

"请个郎中瞧瞧吧。"曾母说，"秋芬，你把郎中请进来吧。"

一会儿，秋芬领着一位慈眉善目、身背药箱的老郎中走了过来。老郎中帮他脱去左衣袖，立刻疼得他龇牙咧嘴。郎中仔细地检查了他的伤势之后，严肃地说："伤势这么严重，为何不早点医治？要是伤口感染了可就麻烦了。"

刘金桂问郎中："伤着骨头了没有？"

老郎中说："算你幸运，没伤着骨头。不过伤势挺重的，你瞧，肿得跟碗口似的，能轻了吗？我先给你敷上点药再说吧。"说完，他从随身携带的药箱里取出一个陶罐，挖了一些黑色的药汁涂在伤口上，扯了块布麻利地进行包扎。然后，又开了一服中草药方子，递给曾玉冰："派人去药房把药抓了，坚持吃个七八天就会好转"。

见郎中要走，刘金桂赶忙从衣兜里掏钱，可是，衣袋空空如也，原来仅有的几枚钱这两天早就花光了。曾母见小伙子尴尬的样子，轻声说道："药费我付，你甭管了，安心养伤好了。"说完，与郎中一起走出门外。

曾母与郎中走后，曾玉冰说："郎中说了，没伤着筋骨，你不用太担心，养几天就消肿了。"

刘金桂感激地说："我连累大家了，谢谢你们!"

"没什么好连累的，快吃早饭吧。"曾玉冰从秋芬手里接过一只竹篮，将饭菜放在一张桌子上，叮嘱他趁热把米粥喝了。刘金桂此时精神好多了，调皮地说道："看来，我刘金桂落难之时遇到了贵人啊。"

曾玉冰故意板着脸说："货郎哥，你少耍贫嘴，等养好了伤，赶紧走吧，别耽误了卖货去。"

"不急，我琢磨着，等我的伤养好了，就给你们打几天工，分文不取，也好把人情债还上了再走。"刘金桂说。

曾玉冰说："谁要你的人情债，我才不稀罕呢。不跟你说了，赶紧吃饭吧! 我抓药去了。"说完，拿着药方与秋芬一起走了。

刘金桂在曾府一天三顿好吃好喝的，又有曾玉冰定时端来汤药让他喝下，伤势恢复得很快。闲暇没事的时候，他就看看书，练会儿功夫。四天后，他感觉左臂轻快多了，便一大早手持扫帚将曾府大院打扫得一干二净。曾玉冰进屋对他说："你又不是我家的佣工，不用你献殷勤。"

刘金桂说："我总不能在这白吃白住不干活吧。"

"等你的伤痊愈了，再干什么我不拦挡你。"曾玉冰说。

刘金桂说："再怎么说，我一个大男人总不能长期在这里吃闲饭。不瞒你说，我是来投奔郭松浩先生的，你知道他办的私塾在什么地方?"

曾玉冰略有思考说："你说的是郭先生啊，我熟悉，他还是我的老师呢。他原来在城西芙蓉街的一家私塾受聘当先生，后来，听说有一位商人资助他在东关大街租下一个大院，自己办起了私塾，招收了数十个学生。日子过得还不错。说起郭先生，那人可了不得，秀才出身，博学多识，颇有才华。只是脾气儿有点古怪，对学生太严厉，学生们都很害怕他。我在芙蓉街私塾上了五年学，对他一直十分敬畏。"

"严师出高徒嘛。改天我去拜访他。"刘金桂说。

曾玉冰说："不急，等你养好了伤再说吧。我想问你，你来胶州为什么要投奔郭先生？"

刘金桂说："我爹与郭先生是故交。当年我爹做货郎时，走南闯北的，经常在胶州城和塔埠头码头游走卖货，郭先生经常从我爹那里买些学生用品和书籍，两个人很谈得来，一来二往，俩人成了深交。因此，我与人打架后，爹让我来胶州躲避一下，第一个要投奔的人便想到了郭先生。"

"郭先生是个教书先生，我担心他帮不了你多大忙。不行的话，让我爹给你找个差事，暂时落一下脚。"

"谢谢曾小姐，你真是个热心肠的人。不过，以后怎么办，容我再合计一下。"刘金桂坦然一笑："不行的话，我还干货郎老本行，这活挺逍遥自在的。只要勤快一点，饿不死人的。"

"以后别喊我曾小姐，就叫玉冰好了。"曾玉冰嗔怪地说："当货郎风吹日晒的挺辛苦，一时半会你也回不了老家去，不如在胶州找个差事做。不过，眼前你甭思虑太多，先养好了伤再说吧。有机会我领你去城隍庙里烧几炷香，请城隍爷保佑你。"

"那当然好！我早就听我爹讲，胶州的庙宇挺多的，是个很古老、很神秘的地方。"刘金桂说。

曾玉冰眉飞色舞地说："那是自然。胶州城自古以来就很神奇。老百姓通常说胶州城有'三多'，就是庙宇寺院多、桥多、石头牌坊多，向来有五步三座桥、三步两座庙的说法。你出门看看，街道命名也大都是五步三座桥的街名。"

"原来你知道这么多，能详细给我介绍一下胶州城的情况吗？"她的话引起了刘金桂对胶州的好感与兴趣。

曾玉冰说："说起胶州的'三多'，这与胶州悠久的历史和繁荣的商贸是分不开的。胶州东南临胶州湾，以胶水而得名。早在五千多年前，胶州先人就创造了著名的三里河文化。商周时期，建有莒国，形成与鲁文化、齐文化齐名的莒文化；唐朝时期设立板桥镇，唐朝的使臣经常由此前往高丽、新罗等国。高丽、日本的商贾、使臣、僧侣等，也由胶州进入中国内地，互相进行经贸和文化交流。宋朝时期板桥镇是长江以北唯一的对外通商口岸，成为全国著名的五大贸易港口之一。"

刘金桂问："塔埠头港繁华吗？"

"听我爷爷讲，塔埠头港当年作为停泊码头，航运贸易特别繁忙，那繁华景象可非同一般，经常帆樯林立，商贾云集。'少海连樯'成为胶州的八大景之一。因为海运兴旺，天南地北的商人经常云集胶州，推动了当地经济和文化的繁荣，也自然地推动了古胶州庙宇的兴建与繁盛，形成与百姓生活息息相关的庙宇文化。你看大街上的'父子司徒''兄弟进士''科第联辉'等牌坊不胜枚举；海上商贸往来，为祈福保平安，人们相继建成海神庙、天后宫、城隍庙等众多庙宇。"曾玉冰介绍说。

"胶州真是个神奇、富足的地方，怪不得有'金胶州'的美誉。"刘金桂兴奋地说。

曾玉冰说："胶州好不好，你在这住一段时间就知道了。要不你爹能介绍你到胶州来?"

刘金桂笑了，看她一眼说："有道理，胶州这里不光生活条件好，这儿的人更好、更美！听说胶州出美女呢!"

曾玉冰羞赧地说道："那是当然！如果你哪天看中了胶州的哪位姑娘，我去给你说媒。"

"那敢情好。只是我一个货郎出身，怕高攀不起的。"刘金桂谦卑地说。

曾玉冰说："事在人为嘛。这要靠你自己的努力才能改变命运。"

"你真是个知书达理的好姑娘!"刘金桂赞叹道。

"我不跟你说了。中午饭一会让秋芬给你送过来，我走了。"曾玉冰说完，翩然而去。

午饭的时候，曾玉冰来到自家宽敞明亮的餐厅，曾晋福端坐在一张黑紫檀餐桌的东边，母亲和大哥、大嫂分坐在两边。曾母见女儿来了，忙招呼她坐在自己身边。曾玉冰刚坐定，大哥曾玉彪斜睨了她一眼问："听说咱家来了个受伤的货郎?"

"是的。有一天傍晚他晕倒在咱家的大门口，被我和秋芬救了回来。"曾玉冰红了脸低声说。

曾母说："这事我知道，我听说这个小伙子很仗义，他是为了解救一位受到地痞欺负的姑娘而受的伤。"

"他打算在胶州长期住下去?"曾晋福平和地问。

曾玉冰说："听说他把那些地痞打得不轻，那位公子的一只眼睛受了重伤。眼前他是出来躲避风头的。"

曾晋福微笑着说："对他我已经观察几天了，他每天早晨除了打扫院子，还要习武，我看他身手不凡啊！当货郎有些屈才了。咱府上目前正好缺少一个家丁，不如请他补上这个缺好了。只要他对咱曾府忠心，做事勤快，爹是不会亏待他的。玉冰去跟他说说这事，看他是什么态度？"

曾玉冰高兴地说："瞅空我把爹的安排跟他说说看，也不知人家是否乐意。"

这时，大哥曾玉彪摆摆手说道："这样安排不妥。他既然是个人才，不如跟我混好了。济生堂大药店那边正缺少人手呢，先让他去药店学徒吧，我负责带带他。"

曾玉冰一听，急了，说："哥你甭打他的主意了，跟你混，能混出个什么好？"

"怎么，瞧不起你大哥？大哥做的可是正当生意。"曾玉彪拉长了脸说。

"哼，还正当生意，不过是挂羊头卖狗肉罢了。胶州城里谁人不知道你在开赌场、贩大烟，挣得都是肮脏的钱。"曾玉冰小声嘀咕道。

"你，你胡说！黄毛丫头你懂什么？"曾玉彪"腾"地一下站了起来，说，"我警告你，你以后也别打那个货郎的主意，他在咱府上当奴才还行，当女婿可就是痴心妄想了！"

曾玉冰也不甘示弱地站起来说："你瞎琢磨啥？无事生非！"

"好啦，都给我坐下。"曾母厉声说道，"玉冰以后捕风捉影的事情少说两句。当然了，玉彪都是结婚的人了，为人处事要洁身自爱，哪些生意该做，哪些生意不该做，心中要有数，别让外人背后戳咱脊梁骨。"

"妈，我心中有数。"曾玉彪怒气消了一半，说，"过两天让那个货郎去济生堂面试一下，我们好好谈谈。"

曾玉冰说："我大哥都是你们惯的！"

曾晋福调和道："好了，大家什么也别说了，好好吃饭！"

"哼，老好人！"曾玉冰瞪了父亲一眼，起身要走。

曾母平日最心疼女儿，见状招呼道："玉冰坐下，咱不跟他们一般见识，妈妈帮你拿主意。"

曾玉冰于是乖乖地坐下来吃饭。

下午，曾晋福让曾玉冰约刘金桂在曾府的后花园翠阁亭品茶。

刘金桂是第一次见到曾玉冰的父亲曾晋福，他头戴瓜皮帽，身着褐色绸缎面料长袍，看上去五十多岁年龄，四方脸，天庭开阔，八字眉，眼睛虽然不大，但炯炯有神，只是身材有点发福。初次相见，他不知道曾晋福想做什么，心中有些忐忑不安。

曾晋福起身热情地招呼道："见义勇为，大丈夫也。小伙子，你的身体痊愈了没有？快请坐。"

"托曾老爷的福，还有曾小姐的精心照料，我的伤好多了。"刘金桂客气地回答道。

"坐下喝茶。"曾晋福亲自斟上茶水，端送过来。

刘金桂接住，品了一口："好茶！清醇可口。"说完轻轻放在石桌上。

曾晋福和蔼可亲地说："这是我的一个经商的朋友刚从武夷山捎回来的大红袍，口味甘洌，清醇绵长，口感尚不错。"

"品茶我不太懂，但感觉很好喝。"刘金桂说。

曾晋福爽朗地笑了，说："招远人实在，果然名不虚传。招远依山傍水，盛产黄金，是个好地方啊。"

"胶州古城也不错，商贸发达，人杰地灵。"刘金桂说。

"那是自然。胶州素有'金胶州'之称，就是指这里水陆交通方便，海运繁华，买卖好干，好多外来商人都在此发了家。"曾晋福津津乐道："自我祖上到胶州经商，到我这已是第三代了，经过历代打拼，才创立了今天的基业，目前，济生堂大药店、曾记鞋帽庄、云溪书铺等的生意都还不错。因此，我看要在胶州生存，是大有前途可为的。据我了解，招远人勤快、厚道、为人诚实，正是同着这一点，我想聘你在我府上做个家丁，不知你意下如何？"

刘金桂对曾晋福的提议，感到有些突然。他忙站起身来说："谢曾老爷抬举，不过，我只是一个货郎，平日散漫惯了，对做点小生意、小买卖更感兴趣。至于看家护院的事情我不太熟悉。"

曾晋福的脸色陡然变红，但很快恢复了平静："你用不用考虑一下再说？"

曾玉冰知道平日很少有人敢驳爹的面子，赶紧解围说："我爹是为你好，你还是考虑一下吧。"

刘金桂却直率地说道："不用考虑了，家丁这个差事我不想做。"

曾晋福此时虽然面子上有点过不去，但却感觉眼前的年轻人很坦诚，且有主见。因此，越发喜欢上他了。他说："本来考虑到你会些功夫，为人又厚道，才考虑让你做家丁。既然你不愿意做，我也不为难你。但我真心希望你能够留在府上做事。我建议，改日你去济生堂看看，与我儿子曾玉彪好好聊聊，看看你喜欢做什么差事。"

"谢谢曾老爷的知遇之恩，在胶州能遇见您这样德高望重的前辈这么帮我，真是三生有幸啊！"刘金桂起身鞠了一躬说。

"客气了，以后我们打交道的机会还多着呢。有什么困难随时告诉我。"曾晋福站起来说。

"谢谢曾老爷！"刘金桂说。

"好了，我不留你了。玉冰送送客人。"曾晋福摆了摆手。

在回宿舍的路上，刘金桂说："你爹真是个热心肠的人。"

"我爹确实是个好人。可他把你推荐给我大哥，我真有些不放心。"

刘金桂看了她一眼，说："你大哥又不是魔鬼，他能把我吃了？"

"一旦你去他那里做事，我怕他带坏了你。"曾玉冰叹了一口气说。

曾玉冰越是担心，刘金桂越是来了兴趣，说："你爹提议的，我不能不去看看吧？"

"去吧，你心中有数就好。"曾玉冰说。

"我懂的。"刘金桂蓦然间感到曾玉冰发自内心的关爱。

第二天，刘金桂如约来到济生堂大药店的门口。它坐落在城隍庙前街西端，是胶州老字号大药店，建筑古老而气派。

这时，一位身着黑色长袍、瘦高个、面孔白皙的中年男子急忙走下台阶迎了上来："你是刘金桂吧？"

"我是。"刘金桂说。

"我是曾府的管家庞金来。"中年人和气地说道，"曾掌柜正等着你，屋里请吧。"

他们穿过大堂，从一个侧门进了后园的一个茶室。一位双眉微蹙的年轻人正在翻看一本医药方面的书。

"曾掌柜，人到了。"庞金来说。

曾玉彪放下手中的书，抬头打量着眼前的小伙子，淡淡地说道："坐吧。"

刘金桂说："曾掌柜好！"

刘金桂看了一眼眼前的年轻人，感觉他的年龄应该在三十岁左右，狭长的脸形、暗淡的眉毛、细长有神的眼睛，配上薄薄的嘴唇，给人一种世故老成、精明能干，甚至有些奸诈的感觉。

"你是招远人？前年我去招远罗山采购过药材。那里是个人杰地灵的好地方啊！"曾玉彪说，"你的情况，玉冰跟我提过，年轻人好冲动，打架斗殴是常有的事。胶州水陆交通发达，往来的客商多，是个发财致富的好地方。如果你乐意，以后就在济生堂大药店做伙计吧。别人学徒起码要三年的时间，你半年就行。半年后，你若争气，我再安排你去姜家巷分店做掌柜。怎么样？"曾玉彪看着眼前朴实英俊的小伙子，心中产生些许好感，他决计留下这个外乡小伙子，再慢慢培养成自己的帮手。

刘金桂并没有急于答复，而是小心地问道："曾掌柜，我一看就知道您是个做大事的人，目前除了经营济生堂大药店外，还有其他的买卖？"

曾玉彪说："除了咱的百年老店济生堂大药店、曾记鞋帽庄以外，我还在姜家巷建有分店，那里的买卖更红火。另外，在小桥南头街，开了个云溪书铺，生意也不错。一会儿我领你去看看。"

刘金桂说："您这么忙，就不劳烦您了。我与庞管家走一趟就行。"

"不，我要亲自陪你去。"曾玉彪转身对庞金来说，"备车！"

曾玉彪拉着刘金桂的胳膊上了马车，对车夫说："刘师傅，去姜家巷。"

马车出了城隍前街，拐了个弯，向南过了云溪河上的安乐桥，又经过长安街、估衣市、大十字口、工夫市等街道，直奔姜家巷。一路上，刘金桂看到的是众多商铺林立的街市和熙熙攘攘的人群，心中甚是好奇。他走南闯北，走了许多的地方，还从来没有见到过如此繁华的城市，怪不得父亲这么喜欢和留恋胶州古城。

然而，当马车拐进了姜家巷时，刘金桂却吃惊地看到了另一番景象。在街巷中间位置，有一个面向东方的高大的门楼，上面悬挂着一块横匾，一行烫金大字格外醒目："济生堂大药店一分店"。门上方还挂着两个大红灯笼。大门两侧站着两个把门的年轻家丁。他们见到曾玉彪的马车，立刻毕恭毕敬地前来迎接。进了大门，见到的是一处树木葳蕤、环境幽雅的开阔庭院。最北边是一幢建筑典雅的二层小楼，外表用暗红色粉刷一新。庭院东西两侧建有风格古朴的平房。曾玉彪指着院子里的平房说："这里是伙计们的宿舍，还有仓储。我们到红楼里看看吧。"

他们几个刚踏入一楼大厅，有一个嘴巴尖削的中年男人领着两个打扮妖冶的年轻姑娘迎了上来："曾少爷好！您有什么吩咐？"

曾玉彪背着手说："鲍老五，今天的生意如何？"

"启禀少爷，今天的客人挺多，生意好着呢！"鲍老五点头哈腰地说道。

"来的都是客，用心照顾好，别怠慢了人家。"曾玉彪满意地点点头，说，"刘先生是我的贵客，第一次来，你领他上去参观一下。"

"刘先生请。"鲍老五客气地伸开右手。

刘金桂随鲍老五踏着木制楼梯上了二楼，远远地便闻到一股脂粉、香烟混杂的奇特味道。二楼布置了很多精致的房间，从半掩的窗户上可以看到房间里有许多烟客正躺在床上吞云吐雾。

刘金桂皱着眉头问："鲍先生，里面是些烟客？"

鲍老五斜睨了他一眼，得意地说："你第一次来，不太知道。我们这里不光可以来吸食大烟，也可以进行大烟交易。烟客们吸食过瘾后，还可以找个俊俏姑娘陪陪。这里的条件和服务，整个胶州古城找不出第二家。"

刘金桂目睹了眼前的情景，又听了鲍老五的介绍，心一下子凉了半截。

鲍老五见刘金桂没有搭话，笑眯眯地说："刘先生，要不要我给你找个姑娘，乐活一下？"

"不用，我们走吧。"刘金桂断然拒绝。刘金桂从小家教很严，经常听父亲讲述林则徐虎门销烟的故事，知道吸毒贩毒的危害，因此，目睹了曾府开设的大烟馆后，从心里产生了一种抵触心理。

下楼后，刘金桂见大厅中间，曾玉彪正躺在一张躺椅上，身边的两位俊俏姑娘边给他按摩，边说笑着。

见刘金桂下楼来了，曾玉彪坐起来，轻轻地一摆手，两位姑娘知趣地退到了一边。曾玉彪问："这么快就下来了？可以在楼上休息一下嘛。"

"不习惯的。我们走吧？"刘金桂说。

"以后常来就习惯了，我们走。"曾玉彪在鲍老五的搀扶下爬起身来。

路上，曾玉彪兴致很高，还讲了一些黄色段子，惹的庞管家笑个不停。可在刘金桂听来，他的话却句句刺耳。忽然，曾玉彪开口说道："刘先生，我这里的条件怎么样？你就留在我这里做事吧。先在济生堂大药店干一段时间，熟悉一下环境，然后到一分店给庞管家当助手，怎么样？"

刘金桂听后，不禁出了一身冷汗。他说："曾少爷，你对我这么厚爱，我真不知道该怎么感谢你。只是我初来乍到，什么也不懂，什么也不会做，我怕难以胜任。再说，有些事情我必须请示家父，自个做不了主。"

曾玉彪说："不熟悉可以慢慢学嘛，由庞管家带带你。跟着我干，是不会让你吃亏的，你认真考虑一下。”

"不用考虑了，我不准备到济生堂大药店当差。"刘金桂鼓足了勇气说道。

曾玉彪一愣，脸立刻涨得通红。但很快就平静下来，说："小刘，我是欣赏你的才能才打算留下你。"

庞金来说："小刘，你一个外乡人，在胶州举目无亲，还官司缠身，曾少爷愿意收留你，那是瞧得起你，是你的造化。跟曾少爷干，保你前途无量。"

刘金桂苦笑了一下，说："我从小有个坏习气，一闻到草药味就恶心，我实在不愿在大药店里做事。"

"哦，还有这种事情。"曾玉彪沉默了一会，忽然高声说道："你当货郎，应该经常与书籍、文具打交道吧？"

"是的，平日除了卖些针头线脑什么的，还经销些四书五经和文具。"刘金桂说。

"这就好，看来你对经营书铺并不陌生，不妨先到我的云溪书铺去当伙计吧，如何？"曾玉彪执意要留下他。

刘金桂一愣，说："货郎卖的这点东西，哪能跟大书铺比呢？再说，我平日自由散漫惯了，去书铺做事怕一时半会儿适应不了。"

曾玉彪似乎已经忍耐到了极点，心里骂道："你一个外乡小货郎，挑挑拣拣的，毛病还挺多！"他阴沉着脸没有吱声。

庞管家说："小刘啊，曾掌柜看你是个有文化的人，做书铺的生意学的快，你可不能辜负了他的一片苦心啊！"

刘金桂决意要摆脱他们，说："我知道曾掌柜为了帮我，煞费苦心，真让金桂感恩不尽。"

曾玉彪很快恢复了平静，淡淡地说道："争着去云溪书铺当差的人很多。你回去先考虑一下，三日内答复我就行。"

"好的，谢谢曾掌柜。"刘金桂答应说。

从姜家巷回到曾府，已近晌午时分，刘金桂的心情格外沉重与复杂，眼前除了跟曾玉冰熟悉外，也没一个亲人可以说说心里话。他决定马上离开曾府，去投奔郭先生，以免在此节外生枝，惹些是非。可郭先生现在住哪儿，他一点音讯也没有，心中不免有些焦躁起来。

曾玉冰提着盛饭的竹篮走了进来，见刘金桂的脸色不好，担忧地问：

"胳膊还疼吗？"

刘金桂活动了一下胳膊说："不疼了，已经差不多好了。"

"伤筋动骨一百天，你才过了半个月，怕是没好利落。不急的话，再养几天吧。"曾玉冰说。

"再养几天，你会把我养胖的。我不能再在这里白吃闲饭了。"刘金桂强打精神说。

"上午见到我哥了？谈得怎么样？"曾玉冰的心里很矛盾，她既盼望刘金桂能留在济生堂大药店当差，以后见个面方便。可又担心他跟大哥搅和在一起，走上歪路。因此，心里十分矛盾。

刘金桂于是把自己上午所见所闻及曾玉彪的安排，一五一十地跟曾玉冰说了一遍，请她帮助自己拿主意。

曾玉冰听后，神情凝重地说："我哥正道不走，偏走斜路。他背着家里人开设大烟馆，贩卖鸦片，钱是赚了不少，可有多少人因为吸食大烟弄得家破人亡。他做这个买卖太缺德了，不会有好报的。你年纪轻轻的，千万别跟着他掺和，做些伤天害理的事情。"

刘金桂说："你大哥见我不愿去大药店，就想让我去云溪书铺当差。你说我去不去呢？"

曾玉冰说："他把你暂时安排到云溪书铺当差，也只是权宜之计。过不了多久，他还要让你去姜家巷那边。那里是个大染缸，正常人用不了多久就被污染了。"

"那可怎么办呢？如果我拒绝了他的要求，这次就彻底得罪你大哥了。"刘金桂显得顾虑重重。

"即使得罪了他，我也不能看着你往火坑里跳。"曾玉冰一副严肃的表情。沉默了一会，她毅然说道，"我这里不留你了，你明天去寻找郭先生吧。"

"你心眼真好，真是位善良的好姑娘！"刘金桂感激地看着她。

"光心眼好有什么用？"曾玉冰脸色微红，第一次大胆地正视着刘金桂刚毅、英俊的脸庞，说，"希望你早点找到一份谋生的差事。"

"我会的，你放心好了。大不了还做我的货郎去。"刘金桂说，"这些日子给你添了不少的麻烦，来日再报答你。"

"我不图你的报答，只要你能平平安安的，我就放心了。不管以后怎么样，记得常回来看我。"曾玉冰的眼睛湿润了，她竭力控制着自己的情感，转身向屋外跑去。

"我一定会的。"刘金桂在她背后说道。

第二天早晨，刘金桂照例将曾府大院前前后后扫了个遍。然后，回屋将床上的被褥叠得整整齐齐，将屋里的桌椅擦洗了一遍。正在他准备要走的时候，曾玉冰身着一袭红衣，步伐轻盈地走了进来，递上一个包裹，说："这是我刚给你定做的一套衣服，你看合体不？另外，还有五两银子，是我平时积攒的，你先拿着急用吧。"

"这礼物太重了，我承受不起呀!"刘金桂推托说。

"拿着吧!是我的一点心意。等有一天你发达了，别忘记这里还有个曾妹妹就好。"曾玉冰楚楚动人的脸上泛着一丝留恋。

刘金桂接过包袱，感到沉甸甸的，深鞠了一躬说："谢谢玉冰妹，滴水之恩，当以涌泉相报。你的大恩大德，金桂终生难忘。天气尚早，曾老爷、曾太太他们那边我就不过去打扰了，请替我转告他们一声，感谢他们这些天来对我的悉心照顾，有机会金桂再来看望他们。另外，请你捎个信给你大哥，金桂去做货郎了，云溪书铺那边我不能去了，请他多多包涵。"刘金桂说完，挑起货担，向大门外走去。

曾玉冰一直送他到了大门口。

"再见，玉冰妹，我走了。"刘金桂挑着货担，挥一下手，大步流星地朝前走去，浑身又充满了往日的朝气。

曾玉冰望着刘金桂魁梧的身影，一丝怅然若失的感觉悄然袭上心头，她紧追几步，一直默默地跟着，直到他的背影消失在远方才落寞地返回家中。

第二回　多方考察弃本行　自立门户建书铺

告别了曾府，刘金桂挑着货担向胶州城东的东关大街走去。这时，天已经放亮，东方露出一抹朝霞，一股清新的晨风扑面而来，他深吸了两口，又加快了脚步。偶尔，从少海传来几声清脆的鸣笛声，将胶州古城从睡梦中唤醒。勤快的商贩们来来往往、进进出出，又开始了新一天的忙碌。一路上，他打起精神，熟练地摇动着精致的拨浪鼓，古老清幽的大街上，便不断传出炒豆般节奏分明、优美动听的鼓音，吸引了不少男女市民前来围观购货。他这样走走停停，卖掉了许多小杂货，尤其是书籍和文具方面的东西很是畅销。刘金桂心想，百闻不如一见，胶州不愧是文化古城，寻常百姓都这么喜欢文房四宝和四经五书。于是，他决定，先在古城四处转转，一边卖货，一边开开眼界，了解一下当地的风土人情。

太阳快要落山的时候，古城炊烟四起，袅袅缭绕。夕阳的余晖洒在街巷青砖黑瓦的房宇之上，光斑陆离，给人一种神秘莫测的感觉。许多商家，便开始陆续地打烊关门。这时，他货担里的东西已经卖了大半，看看天色已晚，便加快了脚步匆匆向东关大街走去。按照行人的介绍和指引，他终于在掌灯前来到了东关大街的私塾门前。此时，他看到一位十五六岁小伙子与一位十三四岁的小姑娘正在大街上跳绳，玩得十分专注。等他们停下来的时候，刘金桂放下担子，问小伙子："小兄弟，你知道附近开私塾的郭松浩先生住哪吗？"

小伙子上下打量了他一番，警惕地问他："你找郭先生干什么？"

刘金桂说："我爹叫刘盛元，过去跟郭先生是好朋友，我是他的儿子刘金桂，我今天是特地来拜访郭先生的。"

"你爹是个货郎？"小姑娘闪着一双机灵的眼睛问。

"是的，他原来经常在胶州这边做生意。"刘金桂说。

"我认识刘叔，他在我家吃过几次饭呢。"小伙子自我介绍说，"我是郭松浩的儿子郭小舟，这是我妹妹郭兰芝。"

"幸会！"刘金桂高兴地说。

"你们等会儿。"郭兰芝转身飞也似的回家报信去了。

不一会儿，一位身着灰色长袍、举止文雅的中年男子来到他们跟前，说："你是刘盛元先生的二公子？"

"是的，叔叔。我爹让我专程前来胶州拜访郭松浩先生。"刘金桂说。

"我就是郭松浩。"郭先生忙招呼说，"快进屋说吧！"

"郭先生好！"刘金桂兴奋地鞠了一躬。

郭先生招呼刘金桂进了私塾大院，来到他们居住的南屋。

人还未进屋，郭兰芝就高声喊道："妈，来客人了。"

很快，从厨房里走出来一位面容慈祥的中年妇女，她一边用围裙擦着手，一边好奇地打量着眼前的客人。

"这是刘盛元的二公子刘金桂。"郭松浩给他们介绍说，"这位是我夫人李玉玲。"

刘金桂立刻上前作揖，说："师母您好！"

李玉玲上前打量着刘金桂的脸庞，说："像，真像你爹的模样。你还没吃饭吧，你快坐下，我去再炒几个小菜，让老郭陪你好好喝两杯。"

"不用这么麻烦。"刘金桂说。

李玉玲说："不麻烦，你们先聊着。"

不一会儿，李玉玲端上了三四道菜，其中，有一盆大白菜炖豆腐，还有一盘猪肉炒青椒、一盘虾仁拌黄瓜。她说："我知道你爹最爱吃胶州大白菜了，今天你也尝一尝。"

郭松浩盛了一碗递过去，刘金桂尝了一口，说："这里的白菜汁多味甜，清爽可口，好吃，真是名不虚传。"

郭先生给他斟上酒，说："尝尝胶州老烧，我平日就爱喝它，劲大。"

两杯酒下肚后，不苟言笑的郭先生，方才打开了话匣子。他说："当年你爹经常挑着货担在胶州城里和塔埠头转悠，卖些小杂货什么的，定期给我送些新版的教材和学习用具，一来二往，我们哥俩混得很熟，遇到下雨天，他就在我家里落个脚，我们一块喝两盅。有一年你师母得了重病，家里的积蓄都花光了，无钱医治。你爹知道后，当即把身上的银子全部给了我，并亲自请来郎中给她看病……"

"要不是你爹的帮助，我早就去见阎王爷了。"李玉玲感激地说，"你爹真是个大善人啊!"

郭松浩接着说道："我原来在西郊芙蓉街一家私塾教书，因与山长发生争执，我决计离开那里，准备自己开一家私塾。你爹听说后，亲自帮我在东关大街租下这套四合院，还帮我垫付了一年的租金。他是我们全家的大恩人。"

"您别这么说，我听说郭先生对我爹的生活帮助也很大。正是受您的影响，我爹才对读书这么重视，家里再穷，也送我们兄弟几个去私塾读书。"刘金桂说："我爹经常念叨起您，很挂记您，我代表爹敬郭先生一杯。"

俩人举杯畅饮，话越说越投机。

郭先生说："你爹人机灵、和善，是个明事理的人，我们哥俩算是故交了。你爹让你来找我，家里没发生什么事吧?"

刘金桂说："话说到这个份上，我也不怕您笑话了。"于是，他一五一十地将自己解救姑娘、打伤地痞孙大牙的事情向大家讲了一遍。

"可恶，揍得好!金桂你是好样的。"听了刘金桂的介绍，郭小舟随即义愤填膺地说道。

李玉玲叹了一口气说："咱气是出了，只是我料想孙家是不会善罢甘休的。"

郭先生说："怕什么，招远回不去，就在胶州这里过活，有什么了不起的。"

"我在胶州做点什么营生好呢?"刘金桂有点为难发愁。

因为事情来得突然，郭先生也一时没有想出更好的办法，他说："此事要从长计议。我建议你先在这里住下，一会让你师母给你安排个房间。这几天你什么不用干，到胶州各处走一走、看一看，熟悉一下当地环境，考察成熟了再做决定。"

"好的，郭先生，我听从您的安排。"刘金桂愉快地说。

郭小舟说："爹，这两天我就不去码头那边做装卸工了，我好好陪伴一下哥哥。"

"我也去!"郭兰芝大声说道。

郭先生扫视了他们一眼，说："好吧，放你们三天假，陪金桂好好浏览一下胶州古城。"

晚饭后，李玉玲将郭先生的一间书房腾了出来，从衣柜拿出一套新被褥铺好了床。对刘金桂说："这里条件差点，你就将就着住吧。"

"已经很好了，谢谢师母。"刘金桂感激地说。

李玉玲说："这个大院是钱庄孙掌柜的，条件还不错，他的两个儿子也在这里学习。你就安心在这里住下，以后有什么困难及时告诉我。"

晚上，刘金桂辗转反侧睡不着，他轻轻地推开那扇木格格窗户，望着北方幽蓝的天空和几颗闪烁的孤星，心情久久不能平静，他并没有因为自己的一时冲动而后悔，而是为家里人担心，心里琢磨着：自己一走了事，孙员外他们能不能为难年老的父亲和其他亲人呢？一人做事一人当，我怎能甩手一走了之呢？他甚至认为，应当赶快回去向官府投案自首，以免连累家人。可一想到父亲当时那急切的神情和目光，又觉得这种念头，对不住年迈的父亲。于是，他赶紧把窗户关好，从郭先生的书柜里取了一本《唐诗三百首》，仔细阅读起来。

此时，在曾府那边，曾玉冰也久久难以入睡。想想午饭的时候，当她把刘金桂拒绝在府上做事、已经搬走的消息告诉父亲和哥哥时，曾晋福说："走就走了吧，咱们虽是好心留他，但也不能强人所难嘛。"但是，曾玉彪听后，却大发雷霆，说："这个小货郎，真是不识抬举，凭着赚钱的差事不干，去当什么街头货郎，他脑子有病吧？他临走也不跟我打个招呼，眼中还有我吗？太不自量力了。玉冰你也好糊涂，怎么交了个榆木疙瘩似的愚人？"

曾玉冰想分辩，曾晋福则有些不耐烦地说："好了，不要因为一个小货郎的事争吵不休，他有啥了不起的？值得吗？以后谁也不要再管这种闲事！"

曾玉冰听了，气得饭也没吃上几口，抹着眼泪跑回了卧室。当她平静下来的时候，她为刘金桂的决定而暗自庆幸。她觉得，如果刘金桂真跟了哥哥做事，万一走上歪门邪道，那不是害了人家吗？想到这里，她的心情平和了许多。不过，她却忽然有一种从未有过的孤独和焦虑，她在心里想着：刘金桂你去哪儿了，现在什么情况？可转念又想，一个货郎跟自己有什么关系吗？哼，管他呢。她用被子蒙住自己的头，尽量不去多想什么。

清晨，天刚蒙蒙亮，刘金桂习惯性地来到院子里习武锻炼，郭小舟站在一旁，看得眼花缭乱，心里好生羡慕。待刘金桂习武完毕，他赶紧过去递上一条毛巾，搭讪着说："哥，你的功夫真厉害，我看三五个壮汉打不过你。快擦把汗吧。"

"没你说得那么厉害，我拜师学艺没几年。"刘金桂接过毛巾，说，"今天咱们去哪看看？"

"我建议咱先去东关大街的天后宫看看吧，它是目前胶州最大、最气派的妈祖道场。"郭小舟说。

"行，听你安排。"刘金桂擦了一把额头上的汗水。

早饭后，刘金桂在郭小舟与郭兰芝的陪同下，早早地出了家门，漫步来到东关大街。郭小舟介绍说："东关大街是胶州古城比较有名的街道，它位于内城南门外的进士桥以东，东面与东关石头街相接，路段北面与姜行街交叉，西头与溪水河北岸的大鱼市街相连，大街长有一里多路。每年正月元宵灯会时，这条街道最为热闹，从正月初六开始'上灯'，到正月十二日，全部花灯扎齐挂起，即为'全灯'。'全灯'一直到正月十五元宵节，前后三四天的时间，东关大街可热闹了，人头攒动，攘来熙往，大姑娘小媳妇穿戴一新，都来观花灯、猜谜语、看大戏，到处欢声笑语。"

他的介绍引起了刘金桂的极大兴致，他说："胶州的民间文化原来这么丰富啊。你给我介绍一下天后宫的来历吧。"

他们边说，边朝天后宫走去。郭小舟说："传说在北宋年间，南方商人到胶州进货，每当走到后天宫庙址附近水域时，船行驶到这里稍不小心就会出问题，尤其是遇到风暴时经常会发生翻船事故。南方客商信奉妈祖，为求得海上平安，他们便集资修建了这座天后宫。天后宫修建后，南来北往的商贾们每逢到胶州做生意，都要来天后宫，对天后娘娘顶礼膜拜，焚纸烧香，祈求神灵保佑自己出海平安顺利。当平安归来时，又不惜血本还愿，翻修庙宇，增添设施，以至形成今天的规模。说来奇怪，天后宫修建以后，商船经过这里，再也没有发生险情和翻船事故。跑海的船商都以为是天后娘娘保佑了他们，因此，对天后宫更加崇拜。"

郭兰芝插嘴说："哥，你说了半天，知道天后宫的天后是谁吗？我告诉你们吧，她姓林，父亲叫林愿，宋太祖建隆年间庚申三月二十三日生，因为她热心助人，经常搭救出海的渔民，为乡里驱邪救危，后来化升为仙人。天后宫将三月二十三日定为'芋兰会'，每年这天，四面八方的商人都来赶庙会，庙里庙外，两大戏班子对台唱，都拿出看家本领表演，场面很是热闹。"

刘金桂回头看了她一眼说："小妹懂得还真不少呢！"

"那是当然。"郭兰芝骄傲地扬起头来。

"拉倒吧，你的这点知识，还不是爹教给你的？"郭小舟故意逗她说。

郭兰芝有点急了，说："金桂哥，你看他门缝瞧人——把人看扁了。"

刘金桂说："我一见面就知道兰芝妹妹是位聪明好学、知识丰富的姑娘，学问可大着呢。"

"还是金桂哥懂我。"郭兰芝笑着说。

他们说话间，不知不觉地来到了天后宫庙前。迎面是一座坚固而豪华的宽大庙门，庙门上浮雕狮兽，呈跳跃状态；门顶为硬山式，饰有"二龙戏珠"形状。主门平日不开，他们便从侧门走了进去。一进大门，有一座木头搭建的戏台，坐南朝北。从戏台往北走，是一座富丽堂皇的牌楼，牌楼正面立着一块写有"威镇城孚"的横匾。他们继续北行，最北边便是天后宫的主殿。大殿正门墙壁和影壁全部用南砖镂空雕刻，人物衬景，栩栩如生。大殿正面匾额上书有"古今一览"四个大字，格外醒目。进了大殿，只见大殿正中供奉着高大的木雕海神天后娘娘的塑像，身着金光闪闪的袍子安坐神台。两边分别是千里眼和顺风耳雕塑。此时，有两个商人正在虔诚地给海神娘娘上香。

郭小舟问刘金桂："你上香不?"

刘金桂说："以后若有机会出海，我一定前来上香。"

他俩回头看时，只见郭兰芝正手执刚点燃的香跪在垫子上默祷，然后仔细地将香插入香炉。

完毕，郭兰芝走过来，神秘地说道："金桂哥，我刚才特意向海神娘娘请愿，祈求她保佑你能在胶州顺利落脚，平安发财。"

刘金桂很受感动，低声说道："谢谢妹妹!"

回家的路上，刘金桂问郭小舟："每年的三月二十三日'芋兰会'人多吗?"

"多，人山人海的。"郭小舟说。

"有没有卖文具的商贩?"刘金桂问。

"有啊，只是在我的印象里，这类商贩好像不是很多。"郭小舟说。

"如果进些课本、文具什么的，在这儿摆个地摊，肯定好卖。"刘金桂兴奋地说。

"金桂哥三句话不离老本行，真是个做买卖的材料。"郭小舟看了一眼刘金桂，说："哥哥将来发达了，可别忘记兄弟我。"

"还有我。"郭兰芝举手说道。

"苟富贵勿相忘。如果我真有那么一天，你们两个谁也不能落下。"刘金桂爽快地说，"只是眼前你们得多帮帮我，帮我寻条谋生的道。"

郭小舟说："我们帮不上什么大忙，但具体小事还可以做。"

"真是太感谢你们了。"刘金桂说。

"一家人不客气的，你有什么吩咐尽管告诉我们。"郭小舟说。

刘金桂说："我明天想去塔埠头港看看，当年我爹最喜欢去那里。他还给我讲了那里的好多故事。耳听为虚，眼见为实，我想去塔埠头港好好游览一番。"

"好啊，那边我特熟，去时我带路。"郭小舟说。

第二天早饭后，刘金桂挑着货担与郭小舟兄妹俩一边交谈着，一边向塔埠头港走去。

路上，刘金桂说："小舟，你能给我介绍一下塔埠头港的来历吗？"

郭小舟说："塔埠头港位于胶州湾塔埠头河口处的营海码头村，距县城东南十多里路。宋朝时是板桥港的外港，元朝时开通胶莱运河，塔埠头逐渐取代板桥镇港，成为漕粮驳运站、货物中转站和商业贸易重镇。目前，塔埠头港仍是胶东主要港口和货物集散的重镇，商贸繁荣，南来的货物多由塔埠头卸载，再发往北方各地，十分繁忙。众多商贾大户在此发了家，因而有了'金胶州，银潍县，铁打的周村'的谚语。"

刘金桂听得很心动，不时地插话询问。他说："我的家乡濒临渤海湾，虽说没有什么大的港口，但渔村不少，海上捕鱼是当地渔民的重要收入来源。而且，海上还会经常出现海市蜃楼，少海这边也有吗？"

"有啊，我小时候与妹妹来少海赶海，看到过好几次呢。"郭小舟说。

太阳升到半空的时候，他们终于来到了塔埠头港。刘金桂望着川流不息的行人，似乎在寻找父亲当年的身影和踪迹。他在思考，父亲当年游走他乡，第一桶金可能就捞于此地吧，因此，才会对这里情有独钟。

站在码头向远处眺望，但见大海碧波荡漾，千樯林立，岸边的工人正在来回地装卸货物，呈现出一片紧张繁忙的景象。郭小舟说："眼前我们看到的'少海连樯'的景象，就是胶州八大景之一。"

"确实不同凡响。"刘金桂啧啧称赞说。

"长期以来，塔埠头港频繁兴盛的贸易，直接带动了塔埠头周围及城里银号、钱庄、旅馆、杂货店、饭铺等各行业的兴盛，吸引了南来北往的众多商客。"郭小舟兴奋地介绍说，"说老实话，因为胶州这里的人流、物流较多，所以这个地方生意相对好做些。我建议你这几天瞅空再去云溪河两岸的市街看看，料你一定会感兴趣。"

他们正在码头倾心交谈着，忽然，许多往来的游客将刘金桂的货担团团

围拢起来，纷纷挑选出自己喜欢的东西，愉快地散去。刘金桂货担里的东西，不足半日，就被码头上的客商一扫而光。

从塔埠头港回来后，刘金桂似乎对胶州这座古老的城市产生了诸多好感。他去云溪书铺那儿上了一些货，在以后的几天里，他挑着货担沿着云溪河边游览了北岸的姜市街、鱼市街、山货街、牛驴街、面市等，又去南岸的工夫市、铁器市、粮食市、菜市和钱市街转悠了几趟，不禁对这里人流物流之多和繁华的交易感到惊讶。他同时发现，街市上出售各类书籍和笔墨纸张等文化用品的地摊儿不少，买卖都不错，但成一定规模的书铺不多，只有云溪书铺等几家初具规模。他忽然觉得，胶州这里人文丰富，私塾多，读书人多，参加科举考试的人多，文化底蕴厚实，做书铺生意的潜力还是蛮大的。

傍晚，当刘金桂挑着货担走到东关大街的时候，郭兰芝燕子似的跑过来说：“金桂哥，有个大姐姐在家里等你，已有好长时间了。”

刘金桂一愣，说：“哪个大姐姐？”

“我不认识，她说自己姓曾。”郭兰芝说。

“我知道了。”刘金桂快步走进大门。

等候多时的曾玉冰急忙迎了上来，帮他接下担子。

刘金桂笑着说：“什么风把大小姐吹来了？”

曾玉冰嗔怪地说：“你这个没心没肺的家伙，走后连个音信也不回。”

“我这不是忙嘛，天天东跑西奔地忙着卖货，哪能跟你大小姐比啊，衣食无忧的，有的是空闲。”刘金桂开玩笑说。

“又要贫嘴，小心我不搭理你。”曾玉冰故意板着脸说，“咱们到大街上走走吧？”

“好的。”刘金桂跟师母李玉玲打了个招呼，陪同曾玉冰向门外走去。

俩人漫步在青石板铺就的大街上，走得很慢。曾玉冰关心地询问他近来的情况，刘金桂把自己这几天的所见所闻兴奋地跟曾玉冰说了一遍，称赞胶州古城很特别、很有魅力。

曾玉冰说：“刘金桂，你说点有用的好不好？说说你以后打算怎么办？”

刘金桂说：“通过这些日子的考察，我觉得在胶州办个书铺比较合适，生意应该不会错。”

“办书铺好，据我所知，云溪书铺的生意就很好。要是自己建个书铺，有个固定场所，就不用天天挑着货担外出卖货，风吹日晒的太辛苦了。这且不说，收入肯定比做货郎多。"曾玉冰听后，对他的设想大为赞同。

"筹建书铺好是好，可是，眼前还不行，我现在两手空空的，拿什么筹办书铺？"刘金桂摇摇头，说："我准备再干上一两年的货郎，等手里攒够了钱再去筹建书铺。"

曾玉冰稍有迟疑，说："钱的事你莫愁，我帮你想办法。你尽快筹划一下，选个好地角儿，租几间房屋，考虑好进货的渠道。"

"这哪行？我不能随便花别人的钱，去做自己的买卖。"刘金桂拒绝说。

"我是外人？你没有把我当朋友？"曾玉冰吃惊地望着他。

"你别误会，我早把你当成妹妹了。只是我觉得这份人情太重。"刘金桂老实地说道。

"算你还知道好歹。"曾玉冰说："此事就这么定了，你抓紧时间筹办吧。"

这时，夕阳的余晖穿过宽敞的大街，照在曾玉冰秀美的脸上，使她显得更加妩媚动人。刘金桂避开她炽热的目光，口中喃喃地说道："玉冰妹，你真善良！将来谁要是娶了你，真是积了八辈子的德。"

"刘金桂，你少来这一套。以后你若发达了，别忘记妹妹就好。"曾玉冰说。

"不会的，你是我来胶州后遇到的第一位恩人，无论何是何地，我都不会忘记你……"刘金桂深情地说。

没等刘金桂把话说完，一只白皙的手捂住了他的嘴，她的眼中充满闪闪的泪光："你别说这些。"

刘金桂忽然想起了什么，说："我走后，你把我的决定告诉你大哥了？"

曾玉冰淡淡地说："告诉他了。"

"他没有不高兴吧？"刘金桂问。

曾玉冰说："莫管他。他就是那样专横跋扈、不务正业的人，你的决定是对的。"

"其实我并不想冒犯你大哥，以后做生意，说不定还要与他打交道呢。"刘金桂说。

"大路朝天，各走半边。你们井水不犯河水便罢。"曾玉冰宽慰他说。

这时，郭兰芝远远地跑过来，喊他们回去吃饭。曾玉冰看看天色已晚，说："金桂哥，我得走了。家里的人还在等着我，今天就不在这里吃了。"

"若真想走，我们就不勉强你了。你近日瘦了，平日生活要调理好！"刘金桂说。

"你放心，我会调理好的。"曾玉冰说，"你也别太劳累，过几天我再来看你。"

她很快返回郭先生家里，礼貌性地向郭先生与李玉玲道了别，然后，翩然走出了大门，敏捷地跳上了自带的马车，迎着夕阳的余晖，急匆匆地向城里进发。随着"嘚嘚嘚"的马蹄声响，车子很快消失在远方。

刘金桂一直目送曾玉冰走远，心中骤然产生一种茫然的不知所措的感觉。

"金桂，回家吃饭吧。"李玉玲在背后扯了一下他的衣襟，说："这位曾姑娘长得可真俊俏，我看她对你挺好的。"

刘金桂苦笑了一下，摇摇头说："两条路上的人，她对我好，又有何用？"

"姻缘，讲得是缘。你可要抓住机会哟。"李玉玲说。

"师母就别取笑我了。"刘金桂说着，与大家一起回到了大院。

晚饭后，刘金桂独自回到书房，研好了墨，准备练字。郭先生推门走了进来，说："听你爹说，你的字写得不错，逢年过节的，还经常为乡亲们写对联。"

"您夸奖了，我现在字写得还拿不出手来，请郭先生多多指教。"刘金桂指着墙上郭先生的书法作品，说："您的欧体字写得太好了，方圆兼施，严谨工整，我想跟您好好学习一下。"

"不客气的。练习书法也没什么诀窍，初学者都要从临摹开始。我这里有本欧体九成宫的楷书字帖，你瞅空临摹一下。"郭松浩说。

"谢谢郭先生！"刘金桂说。

"我习书法已有几十年的工夫了，要真正得其要领，绝非一日之功啊。以后咱们可以经常切磋交流。"郭松浩忽然想起什么事，说："你抓紧时间给家里写封信，告诉他们你在我这里的情况，好让你爹妈放心。"

"郭先生想得周到，我一会儿就写。"刘金桂感激地点点头。

"你练吧，我不打扰你了。"郭松浩说完，出了书房。

一提起父母，刘金桂便陷入了深深的担忧：孙家能就此善罢甘休吗？能不能为难老父亲？他取来信笺，挥笔快速写了一封家书，诉说了自己近期的情况与担忧。第二天一早，以郭先生的名义与地址将信寄出。

一周后的一个傍晚，刘盛元骑着毛驴风尘仆仆地来到了郭先生的家，郭松浩与李玉玲热情地接待了他，介绍了刘金桂近期的生活情况。知道儿子在胶州一切安好，他心里悬着的一块石头总算落了地，并向郭先生一家对刘金桂的收留与照顾千恩万谢。这次他特意给郭先生一家捎来了两包绿豆粉丝，风趣地说道："胶州的大白菜，配上招远的绿豆粉丝，味道就大不一样了。那个鲜美啊，神仙见了都嘴馋。"

李玉玲说："咱晚饭就来个白菜炖绿豆粉丝，管您吃个饱。"

他们正说笑着，刘金桂挑着货担回来了，见到满头白发的父亲，急切地奔上前："爹，您来了!"

刘盛元上前撩开儿子的左臂，仔细端量了一会儿，满是关切地说道："你的伤好了？没事吧儿子?"

"伤已经痊愈了，没事了。"刘金桂说着活动了一下胳膊给他看。接着告诉他说："我来胶州城后，先是在曾府那儿住了半月多，伤养得差不多了，就来到郭先生这里住下了，他们对我都特别关心和照顾。"

"你怎么会去曾府呢?"刘盛元不解地问。

"说来话长，那天我初到胶州城，饥饿难忍，一头晕倒在曾府家门口，是他家的小姐救了我。"刘金桂说。

李玉玲说："那姑娘长得很漂亮，对金桂特别好。"

刘盛元若有所思地点点头，一丝困惑从眼前滑过。

郭先生见状，招呼说："走，咱们屋里坐，边喝茶边聊吧。"

刘盛元进屋饮了口茶水，说："我估摸金桂原来的杂货卖得差不多了，前段时间我又特意去掖县、昌邑等地进了一些上等的毛笔、砚台、石板、石笔、墨汁和簿本等文具。这次带了一部分来。"

"刘兄考虑事情就是周到。"郭先生夸赞道："听说掖县、昌邑的毛笔远近闻名。"

"那质量可没得比。"一谈起自己进的货，刘盛元立刻眉飞色舞，如数家珍般介绍开了，"就说掖县所产的毛笔，曾是朝廷的重要贡品，它从选料到制成，要经过选、配、垫、梳、圆、修、捋等一百多道工序，笔头主要选用的是东北大黄狼尾毛，配以适量的香狸尾毛、兔须、獾针、羊毛等细尾毛，使各类毛笔开峰尖细，书写流畅，柔而不软，刚而含蓄，圆、健、尖、齐四德兼备。"

"刘兄对文房四宝颇有研究，我这个生员也自愧不如，佩服，佩服!"郭先生夸赞道。

刘盛元摆了摆手说："郭先生过奖了，我是干什么吆喝什么，在您面前这点知识都是些雕虫小技。"

刘金桂见他们谈兴正浓，一直没有插嘴。待郭先生外出取水的空当，他小声地问父亲："我走以后，孙员外家难为您了没有？"

刘盛元叹了一口气，说："这个地痞流氓原本就该揍，可你小子出手也狠点了，打瞎了他的一只眼，人家能轻易拉倒？你走后，他们派家丁四处寻找无果，就报了官，让衙门把我抓去了，逼我说出你的下落，折腾了一天一宿，我死活装作不知道，他们拿我没办法，最后，让咱赔了孙家一些银子，案子暂且拖了下来。甭管他们，天作孽，犹可违；自作孽，不可活。他孙大牙是自找的。"

"那位叫石清梅的姑娘怎么样了？"刘金桂问。

"咳，说起那个石姑娘也够可怜的，事情发生后，她就在亲戚家里东躲西藏，不敢露面。"刘盛元说。

"孙家想一手遮天？孙大牙就是该揍了。以后让我见到了，还得揍他。"刘金桂说。

"别逞能了，儿子。咱图的是安安生生地过日子，不是让你去闯祸的，害得一家人为你提心吊胆的。"刘盛元喝了一口茶，问，"你今后打得什么谱，都想好了？"

"我初步设想，在胶州城开一家书铺。"刘金桂说。

刘盛元听后，摇摇头说："我原来也曾有过这种想法，可谈何容易？关键是办书铺需要一大笔钱啊。每年的租金不说，各种书柜、货架及购货，都需要用好多钱，这些你都想到了吗？你上哪儿凑这笔款子？实话告诉你吧，前段为你的事，已经花光了家里的积蓄，再要家里出钱，根本是无能为力了。"

"爹，我知道这些，你让我慢慢想办法嘛。大不了我再干一两年的货郎攒几个钱再说呗。"刘金桂坚持说。

郭先生提着水壶进来，说："我支持金桂办书铺的想法。你对胶州也挺熟，应该说胶州是个商贸比较繁华、文人辈出的地方，在这里办个书铺发展前景应该不错的。"

刘盛元无奈地说："主意是不错，只是巧妇难为无米之炊啊！"

郭松浩说："我看大家都想想办法，办书铺的钱我也帮着凑一点，众人拾柴火焰高嘛。"

刘盛元摆摆手说："您上有老下有少的，负担也挺重。尤其是这些天来，金桂已经给您增添很多麻烦了，我不能再让您为难。"

"没啥为难的，尽点绵薄之力是应该的。"郭松浩坦诚地说。

正在这时，郭兰芝跑了进来，说："金桂哥，那个曾姐姐又来了，现在大门口等你呢。"

刘金桂忙起身走出大门，见曾玉冰正站一边张望，赶忙热情地招呼道："玉冰妹，快进屋里坐。"

曾玉冰说："我想借个安静的地方说话。"

刘金桂领她进了自己宿舍，说："屋里有点乱，你别笑话，快请坐。"

曾玉冰没有落座，迅速打开自己随身携带的一个包裹，拿出一包银子："这是二百两银子，办书铺不知够不够用。"

"你是从哪弄来这么多的银子？"刘金桂吃惊地望着她，忽然发现她手上的翡翠手镯不见了，问她："你的手镯呢？"

曾玉冰平淡地说："让我当了。"

"你怎能这样？我不能要你的银子。"刘金桂有些急了。

"你别急，就算我借给你的，等你赚足钱，再帮我赎回来。"曾玉冰平和地说。

刘金桂望着她白皙俊俏的脸庞，感激地双手接过银子，说道："你这是雪中送炭啊！让我怎样报答你？等我赚了钱一定早点还你。"

曾玉冰用手轻轻地捶了一下他的胸脯，说："谁图你报答？只要你能安身立命、混口饭吃，我就心满意足了。"说完，转身要走。

"慢着，我爹下午刚到，你是否愿意见他？"刘金桂说。

曾玉冰说："叔叔大老远来一趟，岂有不见之理？你快领我去见见他吧。"

他们出了书房，来到饭厅，与大家见了面，刘金桂为她作了介绍。曾玉冰礼貌地说："叔叔您好！"

刘盛元慌忙站起来，说："一见面就知道你是个大家闺秀，姑娘快坐下说话。"

"您客气了，叔叔。我与金桂是好朋友，您若方便，请到我家里去做客。"曾玉冰大方地说。

"这次来得匆忙，就不必了，以后有机会再说。谢谢姑娘的好意。"刘盛元谦和地说。

他们又简单地唠了一会家常，曾玉冰起身说："家里还有事，就不叨扰大家了。"

李玉玲执意要留她在家里吃晚饭，被她婉言谢绝。

刘盛元说："既然姑娘家里有事，我们就不挽留了。金桂你快送送曾姑娘。"

送走了曾玉冰，刘金桂回到屋里，见父亲原来还一脸和气的样子现在变得严肃且有些忧郁。刘盛元问他："她就是济生堂曾晋福的女儿？"

"是的，爹。"刘金桂简单地介绍了自己被曾玉冰搭救的经过，说："她是个善良的姑娘，心眼好，这次筹建书铺，人家还借了些银两给咱。"

"我过去对曾府略知一二，人家在胶州可是商贾大户，有钱有势，富甲一方。我不反对你跟有钱人交往，"刘盛元意味深长地说，"我只是想提醒你，要知道自己是干什么吃的，自己有几斤几两？别到时候自寻烦恼，自讨苦吃。"

"爹，儿子都长大了，为人处事我自有分寸。"刘金桂心里有些不服气。

刘盛元瞪了他一眼，说："人贵有自知之明，别到时候昏了头。"

郭先生见状，忙着给他们打圆场："菜上来了，咱们先喝酒，边喝边聊。"

喝酒的时候，刘金桂把筹建书铺的初步计划给大家介绍了一番。郭先生说："我建议，租赁房子，不要考虑东关大街这里，应该去更有文化氛围的城隍庙前街物色一下，那边的环境更适合开书铺。"

刘盛元说："我赞成，在书铺的选址上，就听郭先生的意见。另外，开业时要上足货，价格尽量比市面低些，这样才有吸引力。正常营业以后，要多联系几个供货客户，并搞好服务，你才能有主动权，才会逐步地立稳脚跟。"

刘金桂说："郭先生和我爹说得都很有道理，我都接受。只是书铺的伙计还没有着落，请大家帮助物色一下。"

李玉玲抬头看了一眼郭松浩，说："小舟去码头打工，时间长了也不是个办法，依我看，如果金桂不嫌弃，就让他去跟金桂做个帮手，如何？"

刘金桂点点头说："我正有此意，小舟聪明能干，能写会算，我开书铺正需要他这样的人才。只是摊子小，还不知小舟愿不愿意去呢。"

"我愿意跟哥一起干！"郭小舟表态说。

"欢迎！"刘金桂鼓掌表示认可。

"我也去！"郭兰芝举手说。

李玉玲看了她一眼说："你还小，一个女孩子家别跟着瞎掺和了。"

"我都十四岁了，还小吗？如果让我去柜台售货，我肯定一点不比别人差。"

李玉玲还想说什么，郭松浩说："兰芝有文化，去当店员，可以试试嘛，只要金桂肯要她。"

刘金桂说："欢迎妹妹！只是去做店铺的伙计可是苦差事，你要有心理准备。"

"我知道，哥。"郭兰芝高兴得手舞足蹈。

刘盛元说："万事俱备，只欠东风了。你抓紧时间筹办吧。"

不久，刘金桂在郭松浩的帮助下，顺利地在城隍前街的东端租了临街的四间平房，外加北院子里的五间正房、两个厢房作书铺。临街的平房作门市，摆满了货架、货柜及各类古装书籍、文具、纸张；两个厢房分作厨房和卧室，正屋二间作仓库。临近开业，刘盛元特地从老家赶了过来，问："金桂，快要开张了，你没给书铺起个名字？"

刘金桂说："爹，您给起个名字吧。"

刘盛元说："我一时也没有想好，只是觉得咱们做买卖，一定要真诚待客，尤其是做文化方面的生意，更要讲信用。"

刘金桂想了想说："爹，咱就叫'成文堂书铺'如何？意寓诚实守信。"

"你还是征求一下郭先生的意见，他生员出身，文化水平高。"刘盛元说。

刘金桂为此专程去征求郭松浩的意见，郭先生觉得这个名字通俗、文雅，内容实在，寓意祥和，表示赞同。并主动为其题写了匾额。刘金桂专门请人用樟木板子雕刻好。

曾玉冰这些日子也为筹建书铺跑前跑后，不但帮助购进一些"四书五经"等科考常用的书本和教材，还亲自过来帮忙布置店铺，俨然像个书铺的主人。书铺开张前，曾玉冰悄悄地请人看了日子。她还主张把开业典礼搞得隆重一点，要让胶州的民众都知道。只是刘金桂不同意，说："我一个外乡人，初来乍到，做生意还是不要太张扬的好。"

开业那天上午，天气格外的晴朗，碧空万里，秋风习习，偶尔能听到大雁南归的啼鸣。城隍前街，听闻成文堂书铺开张的消息，做生意的商人及众多街坊纷纷聚拢到书铺门前看光景，一时热闹非凡。上午九时一到，刘金桂亲自点燃一挂大鞭，响声霎时传遍整个大街。刘盛元与郭松浩为书铺揭了牌，刘金桂站在门前，向现场的人们发表了简单的致辞，成文堂书铺就算正式开张。不过，他在店外西侧的墙上张贴了一张大红广告，内容为：为答谢广大顾客的厚爱，让利于民，本店开业前三天，部分书籍和文具将打折出售。此广告一出，很快吸引了众多的市民前来一探究竟，一时间书铺里顾客盈门，人声喧闹，纷纷抢购自己喜欢的东西。直把柜台里的刘金桂与郭小舟、郭兰芝忙得不亦乐乎。

　　开业当天，在书铺大门外的人群中忽然出现了一位头戴黑色大礼帽的神秘顾客，他压低帽檐，不时地向店里张望，脸上带着一丝鄙夷和不屑的表情，然后转身挤出了人群。刘金桂眼尖，他一眼看出，那个神秘的人物应该就是曾玉彪。

第三回　心有灵犀一点通　云溪河畔诉衷肠

　　因为失眠，曾晋福一大早就起来了，在曾府的大院里漫无目的地溜达起来。秋天的早晨，凉风习习，树木婆娑，一阵阵寒意扑面而来。他活动了一下筋骨，赶紧回到了客厅，喝了杯热茶。吃早饭的时候，曾晋福边吃边问曾玉冰说："听说曾在咱府上养伤的那个小货郎新近开了一个书铺？"

　　曾玉冰说："是啊，前天我与秋芬去城隍庙进香刚好路过他们的书铺，进去顺便看了看。"

　　"那里的生意怎么样？"曾晋福问。

　　"我看挺好啊，人家的货物品种多，价格便宜，待客又热情，生意当然好做了。哪像大哥开的云溪书铺，伙计们个个像大爷，顾客去了懒得搭理，谁去了谁心烦，有好货也卖不出！"曾玉冰说。

　　云溪书铺是曾玉彪一手打理的，他听了妹妹的话感觉有些刺耳，边吃饭边说道："你一个丫头片子懂个啥？你是不是巴不得让成文堂书铺做大做好，让咱家的书铺破产倒闭？"

　　曾玉冰生气地瞪了他一眼，低声说："小心眼，以小人之心度君子之腹！"

　　曾晋福停下筷子，说："我看玉冰说的也未尝没有道理，做生意和气生财嘛，你看云溪书铺的伙计，见了客人冷冰冰的，像什么话！哪有这样做生意的？有空好好教教他们。"

　　"是，爹，我明白了。"曾玉彪忽然斜睨曾玉冰一眼，说："我听说你三天两头往成文堂书铺跑，去干啥？为何不去咱家的云溪书铺帮忙，而去帮助一个外乡人？我看你是中了邪，胳膊肘往外拐。"

　　曾太太听不下去了，说："你胡说些啥？她可是你亲妹妹呀！"

　　"好了，都别说些没用的。大清早的有什么好吵吵的。"曾晋福深思半晌，问："成文堂书铺对咱们云溪书铺的生意不会有什么影响吧？"

　　"能有什么影响？干同行买卖的多的是，八仙过海，各显其能呗。"曾玉冰抢先回答。

曾玉彪抬起头傲慢地说道："谅他一个外乡人，势单力薄的，还敢跟我叫阵？我料他成文堂不过是秋后的蚂蚱蹦跶不了几天，咱等着瞧吧！"

"那可说不准。"曾玉冰不服气地说道。

曾玉彪冷笑了一声，说："我说一定就一定。如果有一天谁影响到云溪书铺的生意，我非叫他关门大吉不可。"

曾玉冰听后倒吸了一口凉气，她知道，曾玉彪现在白道黑道上的人都交，到时候他什么事情都干得出来。不禁深为成文堂书铺的未来担忧起来。

这时，曾太太盯着她的手腕，好像发现了什么问题，悄声问道："玉冰，你的手镯呢？我这几天怎么没见你戴着它？"

曾玉冰开始有点慌乱，但很快镇定下来，说："秋风凉了，戴着不太舒服，我暂时把它放起来了。"

"你可一定要保管好，那翡翠手镯金贵着呢，一只手镯差不多能换套豪华的住宅。"曾太太听后，再三叮嘱道。

"我知道了妈，我会好好爱惜的，您就放心吧。"曾玉冰强装笑颜，起身匆忙走出餐厅，回到了自己的卧室。想起曾玉彪刚才的话，她越发有些担心起来。她觉得刘金桂年轻、朴实，涉世未深，尤其是在异地他乡打拼，很有必要给他提个醒，免遭别人算计。她打开化妆盒，仔细地化起妆来。秋芬乖巧地问："小姐您要出门吗？"

曾玉冰说："你与姜师傅先备好马车，等我一下。"

刘金桂照例早早地打开了店门，他与郭小舟把店铺擦得明窗净几。又忙着填充了一些好卖的货品。这时，一位商人打扮的年轻人，手提一个皮箱子，大步走了进来，拱手说道："恭喜发财！"

刘金桂满面笑容："欢迎光顾！请问先生需要购买什么，我帮您挑选。"

"您是刘掌柜吧？"年轻商人自我介绍说，"鄙人叫王学仁，来自安徽宣城，专做文房四宝经销买卖。不瞒你说，我对你们这里已经观察很久了，发现刘掌柜不但勤快，而且诚实可靠。如不嫌弃，我想与刘掌柜交个朋友。"说着，打开箱子，拿出一些样品放到柜台上。

刘金桂喜出望外，连忙说道："王先生好！快请坐。"

他沏好茶，招呼王学仁坐在靠墙的一张茶桌旁边，边喝茶边聊天。王学仁告诉他，自己干这行已经四五年了，他批发经销的毛笔、砚、墨等文化用品，主要产自安徽的宣城、徽州等地，尤其是徽墨、宣纸质优价廉，全国闻名。

刘金桂看了他带的样品，听了他的介绍，感到比较满意，表示愿意跟他建立长期的业务联系，定期进销他的货物。并问他："请问王先生，您的货可否赊销？"

王学仁说："虽然在生意上我们刚刚打交道，但我信得过刘掌柜的为人，因此，我愿意给您提供一些方便。这样吧，文房四宝可以赊销，等您卖完了货再打款给我即可。"

刘金桂夸他是个爽快、诚实之人，就根据店里的需要，很快拟定了一个进货单子，递给王学仁。王学仁看后，表示一定按期交货。说罢，起身告辞。

刚把王学仁送走，曾玉冰与秋芬乘坐的马车缓缓地停在门前。刘金桂赶忙将她们迎了进去。曾玉冰说："看你乐滋滋的样子，发生了什么好事？"

刘金桂说："我刚认识一个徽商，他答应做我的长期供货人。这几天我正在筹划建立一条供货渠道呢。"

"恭喜你！这么快就找到了合作伙伴。"曾玉冰说，"不过我建议你多找几家供货商，货比三家嘛，谁的货好咱就用谁的，免得被别人牵着鼻子走。"

刘金桂竖起大拇指说："你说得有道理，我看你才是做生意的行家呢。"

曾玉冰说："我只是随便一说罢了，生意上的事我也不太懂。"说完，她随意翻看货架上的书籍，似乎显得心事重重。

善解人意的郭兰芝悄悄地对刘金桂说："金桂哥，曾小姐可能有事找你，这里由我照看，你们一块出去散散心吧。"

刘金桂点了点头，于是对曾玉冰说："店里我暂时插不上手，咱们出去逛一下胶州古城大街好吗？"

"好啊，难得今天你有如此雅兴，我们去看看云溪河吧。"她转身对秋芬说："你先留在这里帮忙照看一下店里的生意。"

秋芬跟郭兰芝年龄相仿，都很活泼，两个人说话也很投机。她高兴地说："这里有我与兰芝姐姐在，您放心好了。不过，您可得早点回来啊！"

"我知道。"曾玉冰说完，与刘金桂匆忙走出门外。

两人上了停靠在路旁的马车，曾玉冰对中年马夫说："姜师傅，出发吧，去云溪河后沙滩。"

"好的。"姜师傅手一扬鞭子，那匹枣红马立刻乖顺地扬蹄前进，马车平稳地驶过城隍前街，然后，拐了一个弯向南行驶，过了安乐桥，沿云溪河的南岸向西北方向的后沙滩驶去。

"后沙滩有什么好玩的？我以前怎么没有听说过？"刘金桂好奇地问。

"你来胶州才几天，没听说的地方多着呢。胶州有八大景，你知道几个？其实，说起后沙滩也没有什么好玩的，但这里的风景优美，而且特别幽静，少有人打扰。以往，每当我心情郁闷之时，就悄悄地来后沙滩呆坐半天，一边看蓝天碧水，一边听云溪河潺潺的流水声，很快，心情就轻松多了，所有的忧烦都随风消散。"曾玉冰介绍说。

刘金桂俏皮地说："你怎么有点像古时多愁善感的女词人李清照？"

曾玉冰"扑哧"一声笑了，说："女词人算不上，偶尔吟几句诗词，也算是自得其乐。你也懂诗词吧？"

刘金桂说："我不懂，偶尔写个打油诗，或作个春联什么的还行。因为这两年我下乡送货时，无论走到哪儿，只要见到人家大门上、牌坊上有好的楹联，我就找个本子记下来，现在已经记了厚厚的一大本子。闲暇没事的时候，我就学习琢磨一下。"

"真没想到你还是个有心人呢。"曾玉冰用手轻轻地拍了一下他的肩膀。

经过半个时辰的奔波，他们终于来到了云溪河畔的后沙滩。刘金桂跳下车子，小心地将曾玉冰扶了下来，然后俩人缓缓朝前走去。他们上了一个高坡，放眼远望，立刻被眼前的景色陶醉了。近河的地方是大片洁白的沙滩和一堆堆光滑的鹅卵石，在阳光的照射下，鹅卵石熠熠生辉，光彩夺目。沙滩边上是大片葱绿的杨柳，错落有致。万千枝条，随风轻扬，团团簇拥，婀娜多姿。在低洼处还有一个狭长的池塘，里面长满芦苇，芦苇花洁白如玉，随风摇曳。更有各种美丽的小鸟，在丛林里和芦苇荡欢快地鸣叫着，跳跃着，自由自在，十分活泼可爱。曾玉冰拉着他的手又来到附近一处亭子上，放眼望去，清澈的溪水从西方浩浩荡荡地向东奔流而下，宛若一条蓝色的丝带，挂在胶城的胸前，银光闪烁，绵长飘逸。

"云溪河太神奇、太美丽了！"刘金桂发出由衷的赞叹。

"那是自然，云溪河与墨河给胶州人带来了无比的荣光与方便。"曾玉冰骄傲地说，"你知道云溪河的来历吗？"

刘金桂摇摇头说："不知道，你给介绍一下呗。"

"云溪河的发源地在胶州西北曾家庄一带的高山峻岭，位于胶州最高处，因为河流来自山涧溪水，在东流入海的过程中，随地形错落弯曲如飞云，因此称为云溪河。云溪河从城西北角的窑湾水门进入城里，先是向南延伸，尔后向东穿城而过。人们为了出行方便，就在河上建了不少的石桥。因为云溪河经过古城中心，商家便在沿河两岸，尤其是在靠近各河桥的地方建立了不少的商号和摊点，成为胶州城商贸的重要集散地。"曾玉冰说，"在我看来，云溪河不仅美丽，更是一条商贸河、一条淘金河，它给人们带来无穷无尽的财富与欢乐。"

"这个比喻好！不过我想告诉你，我的家乡还真有一条淘金河。"云溪河勾起了刘金桂对家乡的思念。

"认识这么久了，还没听你详细介绍一下你家乡的情况呢，今儿说给我听听。"曾玉冰诚恳地说道。

"我的家乡跟这儿的情形有许多相似之处，又有很多不同的地方。"刘金桂远眺着北方，深情地说道："我的家乡位于渤海湾畔，村子距大海约有五里多路。有一条淘金河坐落在村子西边，由南向北直流入大海。据祖辈讲，元朝初年，孟氏族人从四川东迁，路过招远西部的一个地方，看到这里东高西低北平，一条小河从南向北注入渤海，而河西又是大片洼地，此处恰似一本大书放在那里，正好应了孔孟儒家的学说。大家商议说，若在此安村，这里一定能够出个大书家，传承孔孟之道。于是，便在河东岸定居下来，以姓氏命名为孟格庄。我们刘氏祖先，先是由四川迁徙至山东青州。明洪武年间，刘氏始祖刘锡由青州西门迁至招远西北乡孟格庄。到了明朝中叶，孟氏的人都迁走了，刘姓的人留了下来，但村名一直沿用至今。"

曾玉冰听了很感兴趣，开玩笑说："怪不得你与书籍这么有缘，原来是你们村庄的风水好啊。"

刘金桂也笑了，说："老祖宗安瞳图个吉祥，自然要选个生存居住方便的好地方。但关键是体现了他们对读书的重视。'耕读传家久，诗书继世长'，一直是我们刘氏家族的家训。"

曾玉冰若有所思地说："他们说得对，富贵传家，富不过三代；诗书传家，世代兴旺。"

两个人越说越是投机，刘金桂还将他小时候在淘金河里光着屁股摸鱼、跟大人们一起淘金的故事说给她听，逗得她忍不住开心地笑了起来。

一阵凉风袭来，拂动着她的衣袂。她下意识地紧靠在他的胸前。想起早晨曾玉彪的话，她无不忧虑地问："金桂哥，你能在胶州待多长时间？"

刘金桂说："你想让我待多长时间？"

曾玉冰说："我想让你在这待一辈子，可是我又害怕……"

"怕什么？"刘金桂问。

"我怕你一个外乡人在这里受欺负。"曾玉冰说。

"你多心了，我看胶州的好多商人不都是来自天南海北吗？胶州还是好人多。"刘金桂说，"再说咱做生意一不偷二不抢，有什么好担忧的？"

"树大招风，你要时刻谨慎行事。"曾玉冰叮嘱道，"另外，像我大哥这类人你最好不要招惹他们。"

"我知道了。"刘金桂愣了一下，随后感激地点点头。忽然，他扬起刚毅的脸，目光专注地望着空旷的远方。

曾玉冰忽然伸出双手搂着刘金桂的脖子，怯怯地说："金桂哥，你喜欢我吗？"

刘金桂努力抑制自己的感情，扶住她的胳膊，说："你是个善良又漂亮的姑娘，我当然喜欢，可是咱们门不当户不对啊，我一个小货郎岂能高攀得上名门望族的小姐？"

"你瞎说些什么！"曾玉冰有些生气了："我不在乎你穷富，只要你爱我，我就愿意嫁给你！"

"跟了我要吃很多苦的。"刘金桂说。

"我不怕，吃再多的苦、遭再多的罪我也愿意。"曾玉冰毅然说道。

刘金桂神情凝重地问："你爹妈能同意吗？"

"我不管，他们最好能同意，若真不同意，你就带着我远走高飞好了。"曾玉冰固执地说。

刘金桂被她的真诚和执着感动了，握着她的手说："你先等上几年，等我在胶州赚了钱、发了家，我要光明正大地娶你，让你过上有尊严的生活。"

曾玉冰的眼里噙满了泪花，说："我等着你！"说着，她从脖子上摘下佩戴的玉观音，双手递过来："金桂哥，你收好，作个纪念，愿观音保佑你平安发财，保佑我俩早成眷属。"

刘金桂双手接过观音，又从胸前取出一把精致的银锁，递到她的手上："这是我妈送给我的护身银锁，你带上它，保佑你永远平安健康、祥和如意。"

曾玉冰双手接过，用手仔细地抚摸着，清秀的脸颊泛起羞涩的红润。

这时候，一群南归的大雁，在碧蓝的天空中鸣叫着，人字形齐整地飞过云溪河，飞向遥远而温馨的南方。

刘金桂与曾玉冰相拥着，望着南归的大雁，心中充满了美好的憧憬与向往。

他们牵手漫步在沙滩上，悄然走到水塘的旁边，曾玉冰忽然诗兴灵动，顺手折了一根树枝作笔，在水塘边的湿地上深情地写道：

观云溪

独临云溪闻折柳，纵横泪，湿衫袖。

叹零落残花难左右。

惆怅意，年年有。惆怅客，年年有。

一任风前添浊酒，春去也，空回首。

看摇曳芦苇影更瘦。

千万念，天知否？千万怨，天知否？

书毕，曾玉冰说："金桂哥，这首词赠给你，请莫见笑。"

刘金桂慨叹说："文采不输女词人李清照，只是这首词略带些凄婉与伤感。"

"你喜欢不？金桂哥。"曾玉冰抿嘴一笑。

过目成诵的刘金桂，仔细地品味着每个字词的意思，说："我很喜欢，我会把它铭记在心的。"然后，在湿地上也草写了一首小诗：

赠玉冰

云溪河畔两依依，

岂管云高风浪急。

杨柳深处飞啼鸟，

不绝声声寄相思。

曾玉冰轻声地念着，眼中噙满了泪花。她一把抓住刘金桂的手，轻声说道："金桂哥，无论何时我都等着你！"

刘金桂兴奋地跳上河畔，面对溪水大声喊道："玉冰——等着我！"

云溪河畔的山谷中，霎时回响起了刘金桂粗犷、嘹亮的呼唤……

第四回　恶人报信县衙门　异地遭捕陷囹圄

自他们从云溪河后沙滩回来，郭小舟忽然发现刘金桂变化很大，比原来更加勤快更加用心地打点书铺了，只是他以往开朗、顽皮的笑容少了，而日渐变得老练持重与不苟言笑。有一天郭小舟问他："金桂哥，你最近好像有什么心事，可否说给兄弟听听？"

刘金桂一愣，说："看来什么事情都隐瞒不了兄弟的眼睛，我心里确实有块疙瘩还没解开呢。"

"你若不拿兄弟当外人，就说说看嘛。"郭小舟善解人意地说道。

"我在胶州，郭先生一家人就是我最亲近的人，我没啥好隐瞒的。只是跟你说，怕你不懂。"刘金桂说。

"你说我不懂，那我猜给你看。"郭小舟做了个鬼脸说，"你在谈恋爱，肯定是与曾姑娘相爱了。"

刘金桂一愣，说："你真是个精明鬼。那我问你，我们俩能有结果吗？"

郭小舟没有正面回答，一边用鸡毛掸子打扫书柜上的灰尘，一边说："对于这件事，据我所知，你爹是不赞成的，他说肩膀不齐，不成亲戚。曾府是胶州出名的望族和商贾大户，财大气粗，一般的人家他们是看不上的。因此，我觉得你俩的婚事遇到的阻力不会太小。但是，小弟却以为，凭借你的才能与本事，是有资格、有实力迎娶曾小姐的。当年曾府的人来胶州创业的时候，不也是一穷二白吗？不也是经过几代人的努力才积攒下今天这样的基业？我有预感，你再奋斗若干年，造化不会比曾府的差。他曾府的闺女嫁给咱，那是他家祖辈修来的福分。"

"你真会说些劝人的话。"刘金桂苦笑一下，"但我必须面对现实啊。"

"甭泄气！常言说得好：佛争一炷香，人争一口气。咱兄弟们干出个样子给他们看看。"郭小舟尽力劝慰他。

刘金桂望着郭小舟稚气未消的脸，没想到他能说出这样得体的话，感觉他既单纯又成熟。不管怎样，他的话像一把火，点燃了他胸中的激情。他说："谢谢小舟兄弟，以后我们要同舟共济，在胶州打拼出一片天地来，莫让世人瞧不起咱。"

"我赞同，无论吃多少苦，我愿跟哥哥一起打江山！"郭小舟立誓说。

两人正说得热乎，见曾玉冰携一篮水果走了进来，她与刘金桂会意一笑，将篮子放到柜台一边，说："有几个秋桃送你们尝尝。"

刘金桂说："我就爱吃桃子，你快请坐。"

郭小舟率先抓了一个，尝了一口，赞叹道："嗯，好吃，好鲜美哟！"

郭兰芝埋怨说："哥，咋一点规矩没有？金桂哥还没有吃呢。"

曾玉冰说："没事，拿来就是给大伙吃的嘛。"说着，又从篮子里抓出两个，分别塞到郭兰芝和刘金桂的手里。

刘金桂又将桃子塞给曾玉冰，说："你也吃。"

曾玉冰边吃边看着柜台里的文具，说："金桂，近来货卖得怎样？"

"很不错的，原来从掖县和昌邑等地进的货全部卖完了，这不，又刚刚充上安徽新进的货物，也挺好卖的。"刘金桂说。

"书籍卖得怎么样？"曾玉冰问。

刘金桂说："还行，像《三字经》《百家姓》《千字文》《尚书离句》等书籍，十分畅销。看来胶州城里的读书人着实不少啊。"

"那是当然，胶州自古以来文人墨客多，百姓读书的氛围也很浓。"曾玉冰取了一本《宋词读本》，说："这本书我买了。"说着，掏钱放在柜台上。

刘金桂说："你喜欢便拿，不用交钱。"

"那不行。"曾玉冰俏皮地说，"我可不能随便占刘掌柜的便宜。"

他们正说笑着，秋芬慌慌张张地走了进来，说："大小姐，大少爷来了。"

曾玉冰微蹙眉头，说："他来这里干什么？来就来呗，甭理他。"说完，顺手找了本书翻阅起来。

这时，曾玉彪背着手与他的管家庞金来已经进了店门。

刘金桂忙迎接道："您好，曾掌柜！哪阵风把您吹来了？"

"怎么，不欢迎？"曾玉彪斜睨了他一眼，说："自从刘掌柜的书铺开张以来，也不知何因，我云溪书铺的东西就卖不出去了，现积压成堆，无人问津。你这里有什么秘方？我今天是专门来讨教的。"

"'讨教'二字不敢当。谁人不知曾少爷是胶州的大贾？我这点小本生意怎敢跟曾掌柜大家大业的相比？"刘金桂说："您真能说笑。"

"那可未必。"曾玉彪说，"外来的和尚会念经啊！"

曾玉彪扭头一看，是曾玉冰在一旁看书，心里便来了气，说："家里待不下了？你跑到这里干什么？"

曾玉冰说："我去哪儿你管不着。"

曾玉彪皱了一下眉头，说："好，我管不着你，咱回家再说。"

他四处瞅了瞅书铺的货品及布置，然后带着醋意说道："刘掌柜果然经营有方，佩服，佩服！"

"请曾掌柜多多指教！"刘金桂和气地说道。

"不敢当。"曾玉彪皮笑肉不笑地告辞说，"后会有期！"

待刘金桂送走了曾玉彪和庞管家，郭小舟忧心忡忡地说："曾玉彪是来找毛病的吧？"

刘金桂把手一挥说："甭管他！咱跟他井水不犯河水。"

郭小舟小心翼翼地说："以后咱还是少招惹他。"

曾玉彪从成文堂书铺走了以后，直接回到了云溪书铺，对几个当班的伙计大发脾气，指责他们光吃闲饭不做活，个个跟木头似的。几个伙计被骂得不知所措。庞管家把曾玉彪拉进了账房，说光发脾气解决不了问题，眼下应该赶快想个法子应对一下成文堂书铺。

曾玉彪气恼地说："生意上损失点是小事，可他一个小货郎出身的穷棒子，竟然敢打我妹妹的主意，你看看，我妹妹现在有点中邪似的，三天两头往那里跑。"

庞管家说："这事曾老爷与太太他们知道不？他们是否同意呢？"

"他们已经发现苗头了，我爹与母亲很生气，骂刘金桂是个白眼狼，是个自不量力的家伙。"曾玉彪说，"我爹还说，让我出点银子打发他，让刘金桂尽早死了这条心，可我觉得这样做太便宜他了。"

庞管家说："既然是曾老爷的意思，你就不妨去试试嘛。他现在正缺钱，你想，有几个不见钱眼开的？为尽快了断此事，花几个小钱值。"

"那就试试看吧。"曾玉彪很是有点勉强。

第二天上午，曾玉彪派庞管家去成文堂书铺约见刘金桂，说是有桩小生意，曾掌柜邀他去附近的云泉茶馆喝茶商谈。刘金桂答应说："行，你先走，我换件衣服马上赶到。"

"你真的要去？"郭小舟有些担心地说，"我看他们分明是黄鼠狼给鸡拜年没安好心。"

"许多事情不敢面对不行，光天化日之下怕他们不成？"刘金桂换上衣服，大步流星地向云泉茶馆赶去。

庞管家早就在茶馆门前迎候，他们进了一间雅室，曾玉彪已经端坐那里，漫不经心地翻阅一本茶经。

"请坐，刘掌柜。"曾玉彪傲慢地摆摆手，并示意庞管家退出。

"不知曾掌柜约我来有何贵干？"刘金桂站着未动。

"一桩小生意。"曾玉彪放下手中的书，双眼紧盯着他的脸说："我这个人是直肠子，喜欢开门见山。"

"有什么事，请您明说好了。"刘金桂不卑不亢地说。

"听说你与我妹妹正在谈恋爱？"曾玉彪说。

"是的，有这回事，还望得到曾掌柜的支持，金桂感恩不尽。"刘金桂说。

曾玉彪板着脸说："这事对不住了。本来嘛，我不该干预你们之间的事情，但是，我受全家人的委托，还是早一点跟你挑明的好。你是知道的，我们曾府就这么一个女孩，从小娇生惯养，不谙世事，她跟你根本走不到一块。因为她一时冲动做错了决定，请你高抬贵手放过她吧！"

"您是什么意思？我与玉冰是真心相爱的，绝不是一时冲动。"刘金桂说。

曾玉彪两手一摊："我劝你明智一点。以你的出身和现在的条件，你不觉得你俩差距太大了吗？一个穷货郎想娶曾府的千金小姐，真是癞蛤蟆想吃天鹅肉——想得美。"

"话可不能这么说。一百年前，你的老爷爷来胶州创业，还不一定能比货郎强呢。"刘金桂说。

"你小子挺能啊，敢与我的祖先相提并论。"曾玉彪忍了忍，说道："我老爷爷是著名的老中医，医术高超，人称华佗再世。他靠开药店发家，有几个人敢跟他比？我知道你年轻气盛，正可谓初生牛犊不怕虎。但是，你要记住，没有人能像我们曾府那么幸运的。"

"话也不能说得太满。俗语说：三十年河东，三十年河西。风水轮流转嘛。"刘金桂说。

"小伙子，做人要知道自己有几斤几两。退一步讲，就凭你现在的条件，玉冰如果嫁给你，你能养活了她吗？"

"能！"刘金桂坚定地说。

"拉倒吧你，"曾玉彪哈哈大笑起来，"小伙子，你太不自量力了！我是不会让一朵鲜花插到牛粪上的。"

"是玉冰让你来找我的？"刘金桂问。

"她怎么会让我找你？先莫管谁让我找你，这样吧，我们来做一桩生意，你开个价，要多少两银子，不再纠缠于她？"曾玉彪一双三角眼直视着刘金桂。

刘金桂冷笑着说道："曾掌柜，你想错了！我们之间的感情不是用金钱可以衡量的。"

"刘金桂，想当初是我们曾府救了你一条命，我奉劝你要懂得感恩，千万不能恩将仇报。"曾玉彪恶狠狠地说。说完，从身后拿过一包银子，推到刘金桂的面前："你不好意思开价，我开个价。这是二百两银子，你拿去做生意吧。从此以后，你必须远离我妹妹。"

刘金桂的脸"唰"地一下变红了，他严正地说道："曾掌柜你太小看我了，这二百两银子你拿去还你的赌债吧。我实话告诉你，只要玉冰愿意，我是决不会放弃她的。"说完，扭身大步走出茶馆。

曾玉彪咬牙切齿地拍着桌子："穷小子，敬酒不吃吃罚酒，小心我打断你的腿！"

庞管家跑进来说："曾掌柜息怒，他一个外乡人再能也跳不出您如来佛的手心。您何必跟他一般见识？"

"这小子简直是一块茅坑里的石头——又臭又硬。"曾玉彪叹了一口气说，"你说我妹妹犯什么糊涂呢！"

庞管家思考了一会，说："曾掌柜，我有一个想法，不知当讲不当讲。"

"有话直说！"曾玉彪烦躁地说道。

庞管家沉默了一会，眨巴着一双细小的眼睛，说："我总觉得这小子来路不明。我们可否去刘金桂的老家去核查一下他的底细？然后找准他的软肋对症下药。"

此刻，曾玉彪也冷静了下来，他赞赏地点了点头，说："这事就交给你办吧，不要声张，悄悄地去做。"

"好的，我准备一下，明日就到他招远老家去。"庞管家说。

第二天，庞管家化装成一个收购古物的小商人，一大早乘坐马车来到招远，只身一人来到孟格庄村，借收购古董之机，走东家串西邻，有意无意地打听刘金桂的情况。最后，从一位人称"长嘴舌"的大婶那里得知刘金桂打架斗殴、负案外逃的事情。他如获至宝，昼夜兼程赶回胶州，把刘金桂打架外逃的情况一五一十地向曾玉彪做了汇报。曾玉彪冷笑两声说："刘金桂，我终于有办法治你了，我要让你吃不了兜着走。庞管家，你带两个人明天就去招远衙门报案！我负责派人暗中监视刘金桂的行踪。"

"我赞成！把他抓了，一切问题就迎刃而解了。"庞金来兴奋地说。

曾玉彪满意地说道："庞管家，你近两天辛苦了，今晚我给你接风洗尘。"

"谢谢曾掌柜抬举！"庞金来觉得这两天的辛劳没有白费，心里美滋滋的。

就在庞管家去招远县府报案的第二天上午，招远县衙门派了六名捕快火速赶到了胶州，在庞金来等人的配合下，他们迅速包围了成文堂书铺，其中两人破门而入，向正在忙碌的刘金桂出示一张抓捕文书，说："我们是招远县衙役，根据知情人举报，奉命前来捉拿伤人案犯刘金桂。"

刘金桂见状，很快明白了事情的缘由，他叮嘱郭小舟：书铺暂时歇业三天，以后不管自己是否回来，一切都正常营业，并要注意安全。交代完毕，他主动配合招远县衙的捕快上了枷锁，然后上了一辆囚车，被直接押送至招远县衙。

郭小舟感到事情来得突然，他出门追了几步，被捕快推了一把，他打了一个趔趄差点摔倒，只好颓然回到了书铺。

当天晚上，刘金桂在胶州被招远县衙门抓捕的消息传到了辛庄村孙员外的家中，孙员外立刻跪在地上，高声喊道："老天有眼啊！他打伤了我儿子的眼睛，今天终于将他抓捕归案了，我要让他在牢狱里蹲上一辈子！"

孙大牙咬牙切齿地说："报仇的机会终于到了，我要马上赶去县衙作证，尽快给他判了。"

孙员外说："不慌，商量一下再说。此案得找个管事的人方能定了他的罪。"

"你不是与潘县丞关系不错吗？"孙大牙说。

"我与县衙潘县丞平日确实有些私交，但是，这个人生性贪婪，遇事要是没有银子他是不会轻易帮忙的。"孙员外说。

"那就赶快让管家备些银子，咱们今晚就去县城找潘县丞。"孙大牙迫不及待地说。

晚上九点多钟，孙员外与儿子乘坐一辆马车匆匆地来到了县城。他们见四处无人，悄悄地敲开了潘县丞的家门。在他家的会客厅里，潘县丞接待了他们。孙员外一见面，"扑通"一声跪下，说："请潘大人为兄弟做主啊！"

潘县丞赶忙将他扶起："孙员外，有什么事，请快快讲来。"

孙员外撒谎说："今年夏天，刘金桂在辛庄集市上仗着自己会点武功，无故将我儿子孙耀先打伤了一只眼睛，畏罪潜逃胶州，听说今天他被抓捕归案，恳请潘大人严惩凶犯。"说完，让儿子摘下眼镜，请潘县丞察看其受伤的眼睛。

潘县丞随意瞟了一眼，说："刘金桂这小子下手也够狠的呀！"

"可不是，他毁了我儿子的后半生啊！"孙员外说完，从儿子手中接过一包银子，塞在他的手中。

年近五旬的潘县丞眼光放亮，他半推半就地接过银两，顺手丢在抽屉里，说："伤人赔钱，理所当然！"

"不仅是赔钱的事，要让他坐牢，最好坐一辈子！"孙大牙说。

潘县丞点点头说："我清楚你们的意思了。这不是一起普通的斗殴伤人案件，我要亲自过问，对行凶者，一定严惩不贷。你们赶快回去，准备好证人证词。"

见潘县丞亲口答应了，孙员外父子便匆匆告辞。

刘金桂被捕的消息很快传到孟格庄村刘盛元的耳朵里，他有些慌了手脚，刘太太提醒他，快去找刘金桂的师傅王飞侠想办法。于是，刘盛元连夜深一脚浅一脚地来到高家庄子村，在大德武术馆找到王飞侠。王飞侠四十多岁，自幼练得一身好功夫，在本村开设大德武馆，平日除了教授徒弟武术外，还常为富商大户做押运。刘金桂曾是他最得意的门徒，一听说爱徒出了事，他立刻放下手中饭碗，饭也不吃了，大骂道："这些狗官，祸害乡里的地痞流氓不管，却专找好人的茬，天底下公理何在？"

王飞侠见刘盛元有些焦躁不安，便宽慰他说："老哥您甭太焦急，我看这案子没什么大不了的。金桂是见义勇为，是为民除害，难道县衙是非不分吗？"

刘盛元不无担忧地说："虽说是这么个理，但咱毕竟伤了人家。况且，孙员外一家一贯仗势欺人，我担心他们这次吃了亏，不会轻饶了金桂。金桂这么年轻，要是在大牢里待个三年五载的，这不是毁了他的前程吗？"

王飞侠想了想说："我估摸着，孙员外此刻正在紧盯着金桂，恨不能活剥了他的皮才解气。咱也不能坐以待毙。我看得赶快找当事人石姑娘商量一下，请她赶紧状告孙大牙，告他个流氓罪。"

"这法子行，咱赶快去她家吧。"刘盛元说。

他们提了个灯笼，步行走了三里多路来到了辛庄村，悄悄地敲开了石清梅的家门。正好他们一家四口都在吃晚饭。石清梅的父亲虽说是位老实巴交的庄稼汉子，但也很有正义感。听说刘金桂被抓的事情后，气愤地说："我原以为这事已经过去了，没料到他们还倒打一耙，真是欺人太甚。我到衙门告他们去！"

石清梅听后急得抹眼泪，说："刘金桂是为救我才闯下大祸，你们可要想法子救救他啊！"

王飞侠说："营救他是大家的共同心愿。如果让你出庭作证，你怕不怕？"

"他为了救我舍生忘死，我虽是个弱女子，这个时候也不能做缩头乌龟。"石清梅说："你们让我做什么都行，只要能够救出他。"

"那好，你文化水平高，赶快写个状子，明天就递交给县衙门。"王飞侠说。

刘盛元说："你会写？"

石清梅说："我会写！"石清梅家里虽然比较清贫，但父母比较重视读书，一直省吃俭用供她念了六年的私塾。

"那好，抓紧写吧。"王飞侠说。

石清梅的母亲赶忙找来纸笔放在餐桌上，大家稍做讨论，石清梅便奋笔疾书。很快，三页长的诉状写好了，大家传阅了一下。王飞侠说："状子写得不错，表述清楚，证由确凿，有理有据，可以采用了。"

"状子递得越早越好，我们可否明天上午就去？"石清梅的父亲问。

"你说得对，明天一大早我与盛元哥、石姑娘一起去吧。我们准时在高家庄子村东头的大槐树下碰头。"王飞侠说。

石清梅的父亲说："就这样，说定了。"

"连累大家了，今晚都早点休息吧！"刘盛元告辞说，"我们先走了。"

石清梅一家人一直送他们到了门口。刘盛元低声说道："明早不见不散！"

刘盛元回家后，赶紧找邻居借了一辆毛驴车，并约定了明天的使用时间。

第二天，天刚蒙蒙亮，村子里弥漫着淡淡的薄雾，街道两旁的房舍，影影绰绰的模糊不清。偶尔，传来几声狗吠。在高家庄子村东头的大槐树下，大家如约赶到，王飞侠招呼刘盛元与石清梅上了毛驴车，由他驾车直奔向城里。经过一个时辰的奔波，他们终于来到招远县衙，这时，已是日升三竿了。石清梅将诉状呈送给县衙当差的。诉状转送上去之后，潘县丞草草地浏览了一下她的诉状，不禁紧锁眉头，心里想："孙员外啊，你怎么养了这么个不肖之子？明明是你儿子耍流氓被打，怎么说成是一般的斗殴事件？你这不是给我添堵吗？"转眼又一想，银子都收下了，还能不帮他一把？于是，他决定将此案暂时搁置下来，把刘金桂关押一段时间再说。

刘盛元费尽周折见到了潘县丞，恳求说："潘大人，我儿子是为了保护受欺负的姑娘才与人打架的，请您秉公判案，及早释放刘金桂。另外，能不能让我与儿子刘金桂见上一面？我给他捎来几件衣裳。"

潘县丞冷冷地说："我们当然会秉公执法的。你就是刘金桂的爹？你的心情我可以理解，但此案案情复杂，我们正在审理之中，现在不方便见人。你先把包裹放在这里，我让人带进去，你走吧。"

刘盛元见他态度冷淡，心凉了一半，无奈地离开。

他们三人从县衙大门出来，刘盛元担忧地说："我听说这个潘县丞是个贪官，我们这样空着手来，怕于事无补啊。"

王飞侠说："先不管他，等等再说。"

几天过去了，县衙那边杳无音信。刘盛元有些坐不住了。他想起自己当货郎时曾与招远县教谕杨光凯打过几次交道，可否找他帮忙，知会一下姜知县，当面向姜知县陈述案由。刘盛元救儿心切，也没有多想，骑着毛驴赶到县城，好不容易找到杨教谕。杨教谕见刘盛元是个厚道之人，不会为了救儿子去说谎。尤其是觉得像刘金桂这样有正义感的好青年，不能蒙受冤情，而这样毁了他的前程。于是，他决定帮刘盛元一把，便给了他一些暗示。

刘盛元回家后，立刻找来石清梅，写了一封保释请愿书，陈述了刘金桂案件的缘由、经过和结果，表明刘金桂的行为是见义勇为、惩治邪恶的英雄之举。而真正的凶手是地痞流氓孙大牙。当地众乡绅和百姓强烈呼吁无罪释放刘金桂。之后，刘盛元又找到高家庄子富商徐掌柜与磁口村富商寇掌柜，说明来意，请求他俩出面帮忙。这两人是当地有名的乡绅，很有些影响力，他们都爽快地答应了。不但自己在保释请愿书带头签字，还联络其他二十多个乡绅大户签了字。

不久，徐掌柜与寇掌柜又亲率众人来到衙门，由杨教谕引荐，见到了刚上任不足半年的姜知县。姜知县年近四十，是个正直之人，他对徐掌柜和寇掌柜的为人与实力早有耳闻，听了他俩慷慨激昂的陈述，看了保释请愿书上数十名乡绅的签名，十分重视，表示愿意彻查此案，明辨事情真伪，秉公判案，给各位乡绅和百姓一个公平合理的答复。

徐掌柜、寇掌柜与众乡亲走后，姜知县调阅了刘金桂的案卷，认真翻阅了石清梅的诉状，责怪潘县丞说："此案怎么才向我汇报？拖着不审是何道理？"

潘县丞慌忙解释说："我是见您近期忙，这样的小案子没敢惊动您。"

"这个案子我要亲自来审理。"姜知县眉头一皱说。

潘县丞尴尬地说："有您出面，再复杂的案子也能审个水落石出。"

开堂那天，姜知县身着官袍，威严地坐在台上正中，身后高悬"光明正大"的匾额。台下两边，一边跪着孙员外父子，一边跪着刘金桂与石清梅，后面站满了两家的亲友。开堂后，姜知县说："孙耀先，你状告刘金桂什么？"

"我告他触犯伤害罪，他无故打伤了我的一只眼睛。"孙大牙说。

"他为什么伤害你？"姜知县继续追问。

"那天赶集，他，他一个小货郎，见我不买他的货，上前就殴打我，还打伤了我的三个弟兄。"孙大牙狡辩说。

"石清梅，你状告孙耀先什么？"姜知县说。

"启禀知县大人，我告孙耀先流氓罪！"石清梅抬起头说。

"请你陈述一下事情的经过。"姜知县说。

"赶集那天，我在刘金桂的货箱边上挑货，众目睽睽之下，孙大牙从背后抱住我耍流氓，并强行拖着我向外走，意图不轨。关键时刻被货郎刘金桂制止，孙大牙恼羞成怒，便派他的三个家丁前来围攻刘金桂，被刘金桂一一打翻在地之后，孙大牙亲自上前与他交手，最后，两个人都受了伤，孙大牙伤了左眼睛，刘金桂伤了左臂。"石清梅说。

"还有谁能够作证？"姜知县朝台下审视了一眼说。

这时，从旁边走出一位十八九岁的圆脸姑娘，说："我能作证！我叫孙小雨，与他俩都是本村人。那天赶集我就在现场买化妆品，石清梅刚才的陈述，没有一句谎话，全是事实。"

"你退下吧。"姜知县看了一眼刘金桂说："刘金桂，你还有什么要陈述的？"

刘金桂抬起头："受害人石清梅的陈述全是事实。那天赶集，孙耀先当着众人的面，公然调戏和劫持石清梅姑娘，我出于义愤，上前制止，孙耀先率领三名家丁上前围攻我，致使我的左臂受伤，请看留下的伤疤。"说着，露出左臂，请姜知县过目。

接着，刘金桂说道："孙耀先一贯仗势欺人，横行乡里，调戏妇女，民愤极大，小民强烈要求对他绳之以法，以平民愤。"

待刘金桂陈述完毕后，姜知县盯了孙大牙一眼，忽然，拿起惊堂木重重一拍："孙耀先，大庭广众之下公然调戏妇女，你可知罪？"

孙耀先吓得浑身哆嗦，哀求说："大人饶命，我改，我以后一定改。"

姜知县大声宣告："现在我宣判，孙耀先犯流氓罪和寻衅滋事罪，押送大牢。刘金桂当庭无罪释放！"

听到这里，孙员外与儿子孙耀先双双瘫痪在地，叫苦连天。

王飞侠兴奋地将刘金桂从地上扶起。

刘盛元忽地双膝跪下，高声喊道："谢谢青天大老爷！"话毕，禁不住老泪纵横……

第五回　玉冰被逼嫁徐府　棒打鸳鸯恨终天

刘金桂被招远县衙役抓捕后，曾玉彪高兴了没几天，因为赌博输了一大笔钱，又陷入郁闷之中。他叫了庞管家专程到云泉饭庄喝闷酒，他们在一个近窗的雅间，先是对刘金桂被抓的事情推杯换盏庆祝了一番，庞管家说："我料定刘金桂这下可栽了，不坐个三年五载的大牢是出不来的，他的成文堂书铺没个好人经营，很快就要黄铺子啦，到时候咱就低价收购了它。"

"他那个破铺子我不稀罕，只要没人跟我争夺买卖，又挽救了我妹妹，咱就算达到目的了。"曾玉彪淡定地说完，又自斟一杯，一饮而尽。

庞管家见曾玉彪并不开心，似乎有什么心事，就小心翼翼地问他："曾掌柜，您遇到了什么事情吗？"

曾玉彪欲言又止，拿起酒杯又一口喝了下去。

庞管家劝他："曾掌柜您今天喝得不少了，不能再喝了。"

曾玉彪醉眼蒙眬，说："喝，喝死算了。我近期他妈的特别倒霉，手气差极了，逢赌必输，输惨了。"说着，用手擦掉眼泪。

庞管家的心一下子提到嗓子眼里，他知道，曾玉彪是经久沙场的老赌棍了，不到十二万分，他是不会轻易认输的。只能好言相劝："您是做大生意的人，那种场合你以后千万别再去了。"

曾玉彪说："好啦，你别劝我了，你先走吧，让我清静一下。"

庞管家坐着没动，却有些不知所措。

这时，在外观察已久的大通绸缎庄徐云龙掌柜背着手走了进来。徐掌柜看上去二十多岁，一副白面书生的样子。但却嗜赌如命，且早已在胶州赌场上赫赫有名。他客气地说道："这不是曾掌柜吗？今天凑巧了，我刚刚在隔壁接待了个朋友。"

曾玉彪一见他，酒醒了一半，忙站起来说："徐掌柜来了，快请坐！"

"那我就不客气了。"徐掌柜对外面跑堂的说，"再加上两个菜，这顿酒钱我结算。"

曾玉彪也不推辞，说："徐掌柜现在是少年得志啊。春风得意马蹄疾，一日看尽长安花。"

"难得老兄还有如此雅兴，我就陪您喝两杯。"徐掌柜用牙磕开了一瓶老白干，给自己和曾玉彪斟满。转头对庞管家说："来，庞管家坐下一块喝。"

庞管家说："二位掌柜请慢用，我在外面还有点事，先行告退。"

庞管家与徐掌柜接触过几回，对其家世略知一二。徐家也是胶州有名的望族，拥有一个大通绸缎庄和老凤凰银楼，老掌柜徐长江神通广大，经营有方，积攒了一大笔家产。可是让他大伤脑筋的是，他这个不争气的儿子徐云龙，表面上看起来风流倜傥，其实是麻筋提豆腐——没法提，天天喝花酒，打麻将，无所事事，尤其是嗜赌成性，全家人整天为其提心吊胆，生怕哪一天被他败光了家业。庞管家还知道，他与曾玉彪是赌友加酒友，但在赌场上却翻过几次脸，差点动了手。今儿见徐云龙一副春风得意的样子，估计他近来的手气不会错，今天该不会是向曾玉彪来索要赌债的吧？他在隔壁的雅间坐下来侧耳细听。

徐云龙待庞管家离开后，便从衣袖里掏出一张契约，说："曾兄，这白纸黑字，你不会抵赖吧？"

"不会的。"曾玉彪扫了一眼，恨恨地说。

"那你家的济生堂什么时间移交给我？"徐云龙问。

"老弟你能不能再宽限时日，待我再去赌几把，一定把本钱赢回来。"曾玉彪说，"看在咱兄弟多年的交情上，再给我个机会。"

徐云龙把契约又装进了衣袖，冷笑道："你以为你还有翻盘的希望吗？"

"我若不把它赢回来，老爷子要气死的，我没法交代啊。"曾玉彪痛哭涕零，说："谁让我近来的运气点这么背呢！"

"其实你不必这么沮丧，活人怎能让尿憋死？"徐云龙笑着说，"兄弟有件事一直不好意思张口。"

"什么事，你尽管说好了。"曾玉彪瞪大了眼睛。

"我说了你可别生气。你知道的，我比你妹妹曾玉冰就大一岁，我们还一块上过私塾。我一直特别喜欢她，已经追求好几年了，可她始终瞧不起我，从来没有把我当回事。我想请大哥帮忙撮合一下。如果我俩成了婚，两家就成了亲戚，你就是我大舅哥了，咱们之间什么事情都好说。"

曾玉彪听后，神情凝重地说："这事怕不好办，据说她已经与招远来的那个货郎好上了，我怕拆不散他们。"

"你是说刚开办书铺的那个刘金桂？他个穷棒子岂能跟我比呢？曾、徐两家是胶州的商贾大户，咱们才是门当户对。曾玉冰若真是嫁给他，那不是一朵鲜花插到了牛粪上？这在胶州要被人笑掉大牙的。"徐云龙说。

"让我考虑一下吧。"曾玉彪说。

见曾玉彪还在犹豫不决，徐云龙便使出了撒手锏："大哥，如果我能与玉冰成亲，你的一切赌债就全免了！另外，我听说胶州州署的秦知州最近正在追查你贩卖大烟的事，如果被他们抓住了把柄，非要治你的罪不可。我爹与秦知州是故交，他可以帮你通融一下，把事情给摆平了。只是眼前咱两家非亲非故的，他没有理由去开口啊。"

听了徐云龙的一席话，曾玉彪暗暗吃了一惊，心想："这小子原来是个狠角色，非要逼我就范啊。等有一天你掉在我的手里，看我怎样整治你！"他端起一杯酒，说："你知道，我妹妹的性子挺拗，我不一定能够说通她，但我尽量斡旋一下试试。只是，事成之后你可要说话算数。"

徐云龙高兴地端起酒杯，说："君子一言，驷马难追。我发誓，事成之后，小弟绝不失言！来，大哥，咱们干了。"

两个人各自心怀鬼胎，酒杯轻轻一碰，便一饮而尽。

刘金桂被招远县衙役抓捕的当天，曾玉冰心急如焚，她不明白，刘金桂本应是见义勇为的英雄，怎么能被官府抓了呢？再说他在胶州生活的好好的，是谁向官府告了密、对他痛下毒手呢？她坐卧不宁，百思不得其解。吃晚饭的时候，她没有一点食欲，还时常发呆。曾太太似乎知道了她的心思，劝她说："你跟刘金桂之间的事我已经听说了，妈问你，你真心喜欢他吗？"

曾玉冰点点头，小声答道："嗯。"

"不是妈说你，你太傻了，你俩是两个世界的人，根本走不到一块儿。你没有必要为他焦灼伤心。"曾太太说。

曾玉冰望着母亲的脸，诚恳地说："妈，可我真心挂念刘金桂，无论他家的条件怎么样，我都愿意嫁给他。望母亲能成全我们。"

"这个小伙子我也见过了，人长得英俊，机灵能干，我也喜欢他，可喜欢归喜欢，谈婚论嫁可是两码事。据我打听，他家里太穷了，他的父亲只是一个普通的货郎，母亲身体欠佳，兄弟二人，只有二亩薄地。虽说他现在不做货郎了，开了个小书铺，可那只是个小本买卖，一年下来剩不了几个钱。而且，他还是个外乡人，你若嫁给他，最后人去了招远，离家那么远，妈平时想你都见不到你。所以，闺女啊，妈不能眼睁睁地看着你往火坑里跳！"曾太太苦口婆心地劝导她。

"妈，家里您最疼我了，这事您得帮我一把啊。刘金桂实诚可靠，只要能嫁给他，我就是吃糠咽菜也不在乎。他曾答应我，婚后可以不回招远，就在胶州落户。"曾玉冰苦苦哀求道，"我求您了，妈。"

曾太太见女儿如此执着，心很快软了下来，叹了一口气，说："即使我同意，我担心你爹这一关也过不了啊，我的闺女，你要有心理准备。"说完，满脸忧虑地走出了餐厅。

第二天早上，曾玉冰早早来到成文堂书铺门口，等了好长时间也不见开门，于是，徘徊了一会儿，悻悻离去。连着来了两天，书铺的大门始终紧闭着，她的担忧越发强烈起来。几天的工夫，整个人憔悴下来。秋芬劝她说："金桂哥行的是仗义之事，即便吃了官司也不打紧，他不会有事的。"

曾玉冰望着北方，忽然说道："秋芬，招远你去过没有？"

"没有，我没出过远门。"秋芬说。

"明天你随我去趟刘金桂的老家吧。"曾玉冰说。

"你知道路吗？"秋芬担忧地问。

"咱鼻子底下有嘴，打听着去吧。"曾玉冰故作轻松地说，"今晚悄悄地准备一下，别让任何人知道。"

"好的，小姐。"秋芬答应说。

晚饭后，曾玉冰正要上床休息，秋芬过来告诉说："大小姐，老爷、太太现在请你过去一趟。"

曾玉冰忐忑不安地来到客厅，只见父母端坐着喝茶，曾太太说："坐下吧闺女。你的事情我都跟你爹说过了，你还是听听你爹的意见吧。"

曾晋福放下手中的茶杯，咳了一声说："其实，我也觉得刘金桂这个小伙子不错，说话办事挺招人喜欢的，是个好苗子，要是生长在大户人家就好了。只是，他的出身太贫穷，命运不济啊，咱们两家的差距实在太大了，你们俩根本走不到一块儿。"

"爹，我一直觉得您是个有远见卓识的人。我听您说，您和爷爷当年在胶州创业，刚开始不也是穷得叮当响吗？听说您那次外出卖货，连一个大饼都买不起，饿了两天的肚子，昏倒在路边。经过多年的打拼，曾府的基业日渐雄厚，现在不也成了胶州的商贾大户吗？"曾玉冰分辩说。

曾晋福听后"哈哈"大笑了两声，说："这完全是两回事，闺女，谁能看准他的将来？做人得现实一点，不能好高骛远，以后的事情谁也说不清楚。我不会眼睁睁地看着自己的闺女去跟着他受苦受难的。更何况，听说他还犯了事，至今还关在大牢里，生死未卜。说什么我也不能把闺女稀里糊涂地交给这样一个不了解、不靠谱的外乡人手里。"

曾玉冰知道父亲一旦认定的事情，很难改变，便伤心地抽泣起来。

这时候，曾玉彪醉醺醺地进了客厅，一屁股坐在一把红木椅子上。曾晋福见状生气地说："一天到头不务正业，喝成这个熊样，成何体统？"

曾太太端来一杯果汁，说："喝了它，快醒醒酒，以后不准喝成这个样子。"

曾玉彪接过杯子，嬉皮笑脸地说："还是娘疼我。你们好像是在说我妹妹的婚事吧？"

"不用你操心！"曾玉冰说。

"我是你亲哥哥，你的事我哪能袖手旁观呢？"曾玉彪说，"那个小货郎你就甭惦记着了，他已经被抓进了大牢，看样子没个三年五载的出不来。一个爱打架斗殴的土混混，没什么好留恋的。"

"莫不是因为你向招远官府举报，才把他抓了吧？"曾玉冰直盯着他的眼睛。

曾玉彪慌乱地抬起头，说："我，我才懒得管他的事呢。当然，纸是包不住火的，时间一长他总会露出破绽的。"

曾太太说："正好你哥也在这里，大家一起商量一下。玉冰也长大了，应该找个好婆家了。你在外面结交广，有合适的给你妹妹端量一个。"

"我才不用他操心呢。"曾玉冰警惕地说。

"娘，您这么一提，我倒想起一个合适的人选。他人长得帅，又与咱家门当户对。"曾玉彪说。

曾太太说："你别卖关子了，谁家的公子？"

"徐府徐长江的公子徐云龙，他比妹妹只大一岁，家境富裕，人又聪明，正托人说媒呢。妹妹若是嫁给他，那可是有享不尽的荣华富贵了。"曾玉彪说着，偷偷地观察着妹妹的表情。

曾太太一听为之一振："听说徐府开设的大通绸缎庄、老凤凰银楼，生意十分红火，日进斗金。那个徐云龙我见过，长得一副白面书生的样子，文质彬彬的。"

曾晋福一时没有表态，而是紧锁眉头，喝了一口茶水，说道："徐长江这个人有涵养，要脸面，讲信义，是一个可交之人。只是，我听说他的公子徐云龙好像不太咋的，整天游手好闲，没事就去泡赌场，在胶州谁不知道他是个赌棍……"

曾晋福的话还未说完，曾玉彪插话说："爹，年轻人好玩，偶尔去赌两把，没啥大不了的。"

曾晋福生气地说："你也是，不好好打理生意，天天去赌场那里鬼混什么，非得把老子的家业赌光输净了你才善罢甘休？你交的酒肉朋友有几个是正儿八经的生意人？"

曾太太忙打圆场说："他爹你甭发火，玉彪有毛病得改。不过，他今天不是在为妹妹着想吗？"

曾玉冰忍无可忍地站起来说："你们想让女儿嫁给一个赌徒？门儿都没有，休想！"说着，转身跑出了大厅。

曾晋福说："此事以后再议，都回去休息吧。"

曾玉彪见事情陷入僵局，只好暂时作罢，他谦恭地向父母打了个招呼，灰溜溜地回到了自己卧室。

庞管家早已等候在那里，见曾玉彪一副闷闷不乐的样子，也不敢多问，说道："时候不早了，曾掌柜早点歇息吧。"

曾玉彪说："慢着，你明天告诉徐云龙，就说实施第二步计划吧。"

庞管家点了点头，心领神会地走了。

第二天一大早，凉风习习，天灰蒙蒙的一片。曾玉冰身着一身水红色的长袍，携带一个包袱，与秋芬悄悄地来到大门前准备开门外出，却被年长的家丁张志拦住，他说："对不起大小姐，曾老爷有令，近期没有他的批准，不准大小姐离开曾府大院半步。"

曾玉冰深感意外，尔后平静地说道："张志，我平时待你不薄，请行个方便，我出去办点事情很快返回。"

张志为难地说道："曾老爷的脾气你又不是不知道，若违背他的命令，我的饭碗得砸了呀。请你不要给下人添难为了，我求求你了！"

曾玉冰万般无奈，只好愤愤不平地返回卧室，去招远救人的计划被迫取消。

谁知两天后，胶州衙门突然派了四名捕快闯进曾府将曾玉彪带走。惊慌失措的曾晋福在大门口拦住他们，质问原因，其中一位高个捕快不耐烦地说道："有人举报曾玉彪贩卖大烟，知州大人让我们前来捉拿嫌犯。"

曾晋福一个趔趄差点摔倒，被曾玉冰扶住。他说："先别管我，赶快去找庞管家过来。"

庞管家闻讯赶来，说："少爷出事了？"

曾晋福喘了口粗气，说："玉彪刚被州衙的人带走了，你赶快带上银子去州衙打点一下，看能不能救出玉彪。"

庞管家去了半天，回来后神情严肃地对曾晋福说："大事不好了，我费了好大的劲，才从典吏那里探出点口风，说是秦知州这次要动真格的，不但要查抄府上家产，还要将曾玉彪打入死牢。"

曾晋福听后额头上渗出细腻的汗珠，他紧张地说道："庞管家，你说这事如何是好？"

庞管家想了想，说："听说大通绸缎庄的大掌柜徐长江与秦知州是故交，当年秦知州进京赶考时，是徐长江给的资助。他俩的交情非同一般。现在只有徐长江能够救少爷一命。"

曾晋福为难地说："我素与徐府没有往来，怎么开口找人家帮忙？"

庞管家说："曾老爷，我有一计，不知当讲不当讲？"

曾晋福说："讲吧。"

"徐长江的公子早就对咱家大小姐有意，托人提过几次亲，咱为了救出少爷，保全这个家，应该答应他们啊。两家结为亲家，徐长江出面去通融，那也是情理之中的事情。"庞管家不时地观察曾晋福的脸色，说，"非亲非故的，人家怎么去张这个口？火烧眉毛了，您可要当机立断。"

曾晋福犹豫地说道："这合适吗？"

这时，曾太太哭叫着跑进来，大喊道："你快救救儿子吧，他要是有个好歹，曾府全完了。"

"你别添乱子好不好？我正想办法。"曾老爷咆哮道。

曾太太不敢出声，只是抽泣。

曾晋福说："现在只有徐长江能救出儿子，他儿子与闺女的婚事你答应不？"

曾太太说："我就这么一个独子，只要能够救出儿子，什么事情我都答应。"

"那你去说服你那宝贝闺女吧，只要她答应了这门亲事，一切问题都会解决的。"曾晋福在大厅里来回踱着步子。

曾太太对庞管家说:"你快去把玉冰找来,我们再跟她谈谈。"

这时,曾玉彪的夫人头发散乱地闯了进来,哭喊道:"爹,玉彪被抓了,怎么办呀,您要赶快想办法救救他啊!"

曾晋福挠着头说:"莫急嘛,我正在想办法。你先回去照看好孩子。"

"玉彪要是有个三长两短,我也不活了!"曾夫人哭着扭身跑出了客厅。

一会儿,曾玉冰路上碰见正哭泣不止的嫂子,一种不祥的感觉陡然升上心头。她疾步来到曾府大厅,焦急地问:"爹,我哥是怎么回事?原来我就劝过他多次,那种伤天害理的事咱不能干,可他偏就不听,我看他早晚得出事。"

曾晋福心事沉重地说:"这次麻烦大了,你哥若是保不出来,官府还要查抄曾府的家产,咱几辈子积攒下的这些家业都将付之东流。"

"没有别的办法了?"曾玉冰问。

"办法只有一个,徐长江是秦知州的至交,只有请徐长江出面求情,方能化解目前的危机。"曾晋福说。

"那就请他出面帮忙呗。"曾玉冰说。

"事情没那么简单,非亲非故的他岂能帮忙?"曾晋福叹了一口气,说:"这事只有靠你了,徐府不是来提亲吗,你还是答应他们吧。"

"爹,你把女儿当成什么人了?你不惜牺牲女儿的幸福,而去保全你儿子及曾府的家产,你这个爹是怎么当的?我不同意你们这样做!"曾玉冰埋头啜泣起来。

"徐府是大户人家,有多少人盯着他家的门槛?你嫁过去衣食无忧,有什么不好?想开点吧,闺女,爹实在是为了保全这个家,也是为了你今后的生活着想。"曾晋福显出一副慈悲为怀的样子。

曾玉冰没有言语,只是捂着脸哭闹不止。

"徐曾两家在胶州是望族,你嫁过去不丢人的。眼前,已经到了火烧眉毛的时候,你不能看着曾府家破人亡而置之不理啊!"曾太太忽然给女儿跪下了:"娘求求你了,我的好闺女!"

曾玉冰愣了一下,说:"娘,您这是干什么?您想将女儿往死路上逼吗?"说着,也急忙跪下,搂着母亲的肩膀痛哭起来。

"妈也是万般无奈啊!"曾太太抹着眼泪说。

曾玉冰忽然停止哭泣,仿佛万念俱灰,喃喃地说道:"娘,我答应。"

曾晋福心头的石头总算落了地，亲自上前招呼道："你们娘俩赶快起来吧。"

曾玉冰爬起来后，疾步跑出客厅，回到自己的卧室，用被子蒙住脸，伤心地抽泣起来。

曾玉冰走后，曾晋福对曾太太说："女儿的情绪不太稳定，近期你要看好她，别生出什么乱子。"

曾太太说："是，我知道。"

曾晋福转身对庞管家说："他们定亲的事你去张罗着办吧，越快越好。"

庞管家点了点头，猫着腰快步走出。

曾府答应订婚的消息传来徐府，徐云龙高兴得孩子似的又蹦又跳。徐太太说："玉冰这个姑娘琴棋书画样样精通，模样又俊俏，咱能把她娶回家，是祖上积德啊。以后你可要好好做人，争口气，别让家里人操心。"

"我知道，我会好好待她的。"徐云龙望着徐长江，"爹，你不高兴？"

徐长江说："我哪能不高兴？说实在的，就你这德性，配不上人家的。"

"爹，你不能门缝里看人把人看扁了。儿子从今以后，用心跟您学做买卖。"徐云龙说，"只是曾府目前好像有什么难事，咱们管不管？"

"两家都快成亲戚了，当然不能坐视不管了。"徐长江表态说，"说吧，有什么难事？"

徐云龙孩子似的拍拍手，说："爹，我知道您是仗义执言之人。我听说曾玉彪因为涉嫌贩大烟，被州衙抓去了，曾府正为此焦急。您与秦知州是故交，可否出面求个情，尽快放他出来？"

徐长江苦笑着摇摇头，没再说什么。

不久，特好面子的徐长江在云溪酒楼为徐云龙与曾玉冰举行了隆重的订婚宴会，曾玉冰那天虽然穿了一身红色的长袍，显得妩媚楚楚，但脸色苍白，目光呆滞，简直与平时判若两人。两家人围坐在一张八仙桌旁，徐长江说了些示好的客气话，频频举杯庆贺，曾晋福、曾太太分坐在他的两边，也只是曲意逢迎。曾玉冰第一次坐在徐云龙的身边，感到格外别扭。徐太太热情地往她盘子里夹菜，劝她趁热吃了，可她一点食欲也没有，只是礼貌性地动了动筷子。酒过三巡，曾晋福站起来敬酒，他说："感谢亲家为两个孩子举办盛大订婚仪式，我曾某及全家人倍感荣幸。当然，今天还有点遗憾，本来她的大哥玉彪理应参加妹妹的订婚仪式，但他因故没能成行……"

一旁的徐长江忙扯了扯曾晋福的衣袖，悄声说："这事坐下再说。"

曾晋福继续说道："这里，我祝亲家健康长寿，祝一对新人幸福美满！"说罢，将杯中酒一饮而尽。

他刚一落座，徐长江主动搭讪说："玉彪那事我听说了，年轻人急着挣大钱，情有可原。我与秦知州虽是故交，可平日也不常往来。现在咱们都是亲家了，出了这档子事，我理所当然地要出面去找秦知州了，争取将他早日搭救出来。他的事交给我办好了，你们放心！"

"多谢亲家了！"曾晋福感激地说。

"一家人不说两家话，亲家客气了。"徐长江稍做停顿，说："亲家，我有个建议，两个孩子岁数也不小了，可否近期给他们正式把婚礼办了？也好了却咱长辈们的一块心思。"

曾晋福笑笑说："我也正有此意，等玉彪出来之后，马上给他们办了，到时一家人团团圆圆的，婚事办得喜庆些。"

"你说得有理，筹备工作还是要提前做的。"徐长江和气地说。

"那是当然。"曾晋福不自然地回答。

曾玉冰听了他们的对话，心中充满愤懑，她一转身去了洗手间，抱头痛哭起来。

话说回来，徐长江的办事能力实在不得了，仅过了三天，曾玉彪就被保释回家了。曾晋福举着拐杖劈头盖脸地朝儿子打了两棍，吼道："混账东西，以后再不长记性，我打死你！"

曾太太心疼地护着他，说："儿子刚回来，你发这么大的脾气干吗？"

曾玉彪跪着不动，说："爹打得对，使劲打吧，您好解一解恨！"

曾晋福回身坐在太师椅上，摆摆手说："好了，你快去看看你妹妹，给她赔个不是。"

"好的。"曾玉彪一骨碌爬起来，小心翼翼地退出客厅。

曾太太问："徐府日子帖刚刚送来，怎么办？"

曾晋福说："人既然已经救出来了，就按徐府的意愿办吧。只是时间仓促一点，你去劝劝闺女吧。"

"我知道了。"曾太太说。

第六回　返乡成婚志未泯　重返胶城苦支撑

刘金桂被无罪释放后，他向解救他的师傅王飞侠及徐大掌柜、寇大掌柜等乡绅一一作了回访，表达了自己真诚的谢意。父母劝他在老家多待几天，好好调养一下，可他心里因为惦记着胶州的书铺和曾玉冰，就婉言拒绝了，说："胶州的书铺近来也不知道什么情况，我得赶快回去打理一下。"刘盛元见他急着回去打理书铺，也就没有太多拦挡。只是刘太太有点舍不得，还告诉金桂，辛庄村那个被他解救的姑娘家，前几天托人来说媒了，说那个石姑娘相中了刘金桂，男方不给彩礼姑娘也愿意嫁过来。

刘金桂笑了笑说："妈，您别当真，她家是为了报恩才愿意这样的，咱当初救人可没有想太多。"

刘太太说："其实，我都打听过了，那个石姑娘长相不错，知书达理，聪明能干。她的针线活可好了，还会绣花，是十里八乡难找的好姑娘。"

刘金桂说："妈，我在胶州已经有个中意的人，您告诉人家一声，免得耽误了人家。"

"原来是这样。那得早点把胶州的姑娘领回家来让爹妈瞧一瞧。"刘太太高兴地说。

刘金桂皱了皱眉头说："不过，我俩的事目前八字还没有一撇呢，到底能不能成我心里也没有底。"

"你也老大不小了，抓紧点，早点成家立业，也好让爹妈少操点心。"刘太太叮嘱说。

临行的前一天下午，刘金桂偷偷地来到孟格庄村北的孟姑姑庙上香，想乞求孟姑姑保佑他与曾玉冰的婚事。孟姑姑庙不大，只有三间瓦屋，孟姑姑有着菩萨般的面容，端坐在正屋北面。没人记得孟姑姑庙修建于何时，只知道孟姑姑姓孟，当年是一位解困济贫、乐于助人、喜好帮人牵线搭桥的村姑，后来得道成仙。人们为了纪念她，便在村北头修建了这座孟姑姑庙。现在村民在婚嫁与生儿育女方面有什么愿望，都会来拜求孟姑姑，据说灵验的很。这里常年人来人往，香火不断。刘金桂虔诚地注视了一会儿孟姑姑，然后点燃了三炷香，小心地插入案前的香炉，又接连磕了三个响头，心里默默地祈祷着。可待他抬起头的瞬间，门外一阵冷风吹来，香炉中三支香竟有两支被风折断，飘落在地上，刘金桂的心紧缩了一下，神情骤然有些恍惚。他试着又抽了一支签，打开一看，是一支下下签，但见签上写道："佳偶水中月，镜花梦中摇，何苦费心力，银河无鹊桥。"刘金桂看后无语，脸色煞白，朝孟姑姑深深鞠了一躬，大步走出门外。他仿佛预感到他与曾玉冰的命运将从此诡谲难测。

　　一大早，刘金桂带上母亲给他煎的两张地瓜饼及一个水葫芦，恋恋不舍地告别了家人，匆忙踏上了归程。有钱人到胶州城，骑马或乘车，刘金桂只能靠敏捷的双腿赶路。一路上，曾玉冰的情影不时地萦绕在他的脑海里，仿佛她有什么急难的事情要说。他不敢多想，只知道近期没有自己的音信，她一定会为他焦急万分。他要赶快回去，告诉她自己在招远老家刚刚发生的一切。他这样想着，不禁脚底生风，身轻如燕。

　　当他经过一天一宿的长途奔波，风尘仆仆地来到胶州成文堂书铺的时候，已是第二天上午九点多钟了。此时，太阳有些昏暗，天空阴沉沉的。街道两旁的树木，孤寂惨淡，落叶纷飞。街巷的青石板上偶尔泛出一点点惨淡的光晕，整个胶州古城似乎没有一点生机。刘金桂一脚踏进成文堂书铺的大门，郭小舟与郭兰芝惊喜地迎了上来，郭小舟激动地握着他的手说："金桂哥，你没事吧？可把大家紧张坏了。"

　　"你看，我这不是挺好吗？"刘金桂丢下包袱，一副满不在乎的样子。他环视了一下货架，说："这些日子我不在，书铺让你们操心了。"

　　"书铺这里倒是没发生什么，只是……"郭小舟抹着眼泪说，"你回来晚了，曾玉冰今天要结婚了。这里有她给你的一封信。"说完，从抽屉里找出一封信递给刘金桂。刘金桂闻此如五雷轰顶。他迅速打开信封，只见信中写道："金桂哥：见信如见面。不知你近来的情况怎么样了，我甚为担忧，愿上天保佑你平安无事。今天，要告诉你一个不幸的消息，在你离开胶州这段时间里，我家中发生了很大的变故，为了救我大哥，并保全这个家族的基业，爹妈逼我嫁给徐府那个赌徒徐云龙，他们把我一生的幸福都给毁了。明天我就要结婚了，一想到要嫁给一个我十分讨厌的人，心如火焚，万念俱灰。此刻，我多想与你见上一面，以诉衷肠。无奈天不作美，有心无缘。世事多变，难遂人意。每每想起我们相处的幸福时光和铮铮誓言，我的心便要疼得流血，我的眼睛便要流泪。今生不能嫁给心爱之人，那就等来世与你相伴吧。请允许玉冰说一声真诚的道歉：对不住了金桂哥！望哥莫因为我的离去而消沉，大丈夫以创业为重，幸福永远青睐那些自强不息、艰苦奋斗的人。企盼你的生意越来越好。昨夜难以成眠，填词一首，附信赠你，以作留念……"信后附有她填写的一首词：

江城子·云溪河畔忆金桂

风留一诺向孤城，数残更，絮飘萍。昨日缠绵、丝柳几牵萦。泪湿红笺诗梦里，星寂寂，月空明。

夜来寒雨尽飘零，一腔情，为谁生。孤影灯前、诗笔恨为轻。痛负相思溪水畔，花无语，水无声。

刘金桂读着她如泣如诉、绵绵情深的来信，仿佛看到她的心在泣血，泪水很快模糊了他的双眼，他的双手不由得一阵颤抖。这时，他忽然隐约听到大街上传来迎亲的唢呐声。他迅速把信收好，递给小舟，转身飞奔到大街上，拼命去追赶迎亲的队伍。他想在曾玉冰结婚之前，见她最后一面。

他狂奔在青石板铺就的大街上，地面发出"嗖嗖"的声响。他全然不顾纷飞的落叶扑打着他的脸颊，向着前行的迎亲队伍，大声呼喊道："玉冰，玉冰！"

那声音粗犷悲怆，由近而远，穿越古城的上空。

身着红色结婚礼服、头绾苏州髻、端坐在轿中的曾玉冰，心灵仿佛受到什么感应，她大喝一声："停！"

这时，刘金桂气喘吁吁地追了上来，用沙哑的声音喊道："玉冰，等等我！"

"金桂哥，我对不住你！今生无缘，咱来世再见！"泪光盈盈的曾玉冰，掀开轿帘，双手紧握轿窗，望着刘金桂高声喊道："金桂哥，你多保重！"

就在这时，曾玉彪派来护轿的一群青壮家丁一拥而上，前来阻挡刘金桂靠近轿子。刘金桂施展拳脚，先后打倒了三个家丁，无奈自己连日劳累，身心疲惫至极，最终被他们摁倒在地，并捆绑了起来。曾玉彪狞笑道："刘金桂，我告诉你，我妹妹曾玉冰已经是名花有主的人了，以后不准你再纠缠她！"

刘金桂极力抬头啐了他一口唾沫，说："曾玉彪，你厚颜无耻！"

"你这条疯狗还敢骂我！"曾玉彪冷笑道："光天化日之下挑衅滋事，给我带走，送交衙门去！"

几个家丁野蛮地拖起刘金桂就要带走。

曾玉冰"忽地"扯去轿帘，手执一把剪刀抵住自己的胸口，大喝一声："谁敢！"

曾玉彪见状焦急地上前阻拦："妹妹，你傻啊！"

"放开他！否则，我死给你们看。"曾玉冰手执剪刀依然紧抵胸膛。

曾玉彪胆怯了，他知道妹妹性情刚烈，什么事情都做得出来。急忙喊道："放了他！"

于是，家丁们手忙脚乱地给刘金桂松了绑，推向一边。

曾玉冰扔掉剪刀，对着刘金桂喊道："对不起，金桂哥，你多保重吧！"说完，放下盖头，微闭上眼睛。

"你要好好活着！"刘金桂退在路边，抹了一把脸上的污垢，高声喊道。

"嘀嘀嗒嗒"的唢呐声重又响起，轿子继续缓缓前行。刘金桂悲愤地站着，一直目送迎亲的队伍渐行渐远。

郭小舟不知什么时候赶了过来，轻声说道："哥，人都走远了，咱们快回去吧！"

刘金桂目光呆滞、浑身无力地回到住处，仰面躺在床上。连日的劳累与精神上的巨大打击，让他身心俱疲。晚上，刘金桂发起了高烧。一连几天，他不思茶饭。任郭先生一家人怎么劝说，他都不吃一口饭菜。

这天晚上，愁眉不展的郭兰芝独自对郭小舟说："哥，你看金桂哥一连几天不吃不喝的，多可怜啊。"说着抹起了眼泪。

"金桂哥也算是个有情有义的汉子。事已至此，我们也帮不上什么大忙。"郭小舟叹了一口气说。

"哥，有个事我想先跟你商量一下。"郭兰芝扑闪着一双大眼睛，有些犹豫不决。

"有什么事直说，别吞吞吐吐的。"郭小舟说。

"如今曾小姐已经成婚，我将来可否嫁给金桂哥？"郭兰芝终于鼓起勇气说道。

郭小舟听后，很是诧异，半晌说道："你傻啊妹妹，你个黄毛丫头才多大一点？"

"我都快十五岁了，已经不小了。"郭兰芝说，"我真的不想让金桂哥伤心。"

"我看不妥，你可怜他是一码事，要做他的媳妇那就是另一码事了。你觉得你们般配吗？"郭小舟说。

"有什么不般配的，我也是个有文化的女孩子。"郭兰芝说。

郭小舟说："你还小，太单纯了。我看金桂哥从来都把你当成小妹妹待。这个时候，你就别再添乱子了。"

郭兰芝鼓嘟着嘴，说："哼，我看你一点不像我亲哥。跟你说什么，也是对牛弹琴。"

"别生气了，妹妹。等你再过两三年，哥一定帮你找个好婆家。"郭小舟说。

"看来指望你是不行了，指望你黄花菜都凉了。你还是为自己的事情操点心吧！"郭兰芝做了个鬼脸，扭身走了。

郭兰芝与哥哥谈了个不欢而散，又悄悄来到母亲的房间坐下，心事重重的样子，半晌没有说话。李玉玲问："闺女，你找娘有什么事吧？"

"娘，你看金桂哥被曾府的人整得这么惨，堂堂的男子汉没有一点精气神了，真够可怜的。"郭兰芝说。

"金桂这孩子太重情义，可是人若没有缘分是很难走到一块的。"李玉玲说。

"娘，我就喜欢重情重义的男人。"郭兰芝说。

李玉玲怔了一下，看看郭兰芝不知何时已经长成大姑娘了。说："你喜欢刘金桂？"

"嗯。"郭兰芝的脸"唰"的一下红了。

李玉玲立刻明白了女儿的心思，然后心平气和地说道："兰芝慢慢长成大姑娘喽。只是你比刘金桂小太多，你俩不合适。"

"为什么？娘。"郭兰芝仍不太死心。

"据我观察，刘金桂是个心气很重、颇有抱负的青年，一般的姑娘是入不了他的法眼的。你还小，天真幼稚，他只把你当成妹妹看待。"李玉玲郑重地说道，"你就打消这种念头吧，免得以后大家见了面都觉得尴尬。"

"娘，我知道了。刚才，哥也不同意我的想法。"郭兰芝似乎一下子想通了，又恢复了纯净的笑容。

"这就对了，等你再大一点，娘自然会为你找个中意的人。快回去睡觉吧。"李玉玲催促说。

"娘，你不要撵我走嘛。"说完，亲了母亲的脸颊一口，淘气地溜出门外。

为刘金桂闹心的，不光是郭先生一家人，刘盛元夫妇似乎更为他担忧。自从刘金桂走后，刘盛元一家人始终感觉有什么心事放不下来。刘太太问刘盛元说："金桂说他在胶州已经有了中意的人，你知道是谁家的姑娘？"

刘盛元叹了口气说："那个姑娘是曾府的千金小姐曾玉冰，虽然两个年轻人情投意合，无奈人家的门槛太高，咱这样的寻常百姓家，她的家人根本看不起他，我怕到最后还是竹篮打水一场空啊。"

刘太太担忧地说："你没劝劝金桂？"

刘盛元说："劝了，劝了有什么用？年轻人是不到黄河不死心、不撞南墙不回头啊！"

"咱金桂长得英武，又聪明能干，说不定人家父母愿意呢。"刘太太说，"不管怎么说，趁冬天来临之前，你去趟胶州看看他，帮他把生意好好打理一下。"

刘盛元说："金桂这孩子性子太刚，万一他们的婚事不成，对他的打击会挺大的。我得马上动身去趟胶州。今晚你准备一下，给孩子煮把鸡蛋，我明早带上。"

第二天早上，鸡刚叫二遍，天空还是灰蒙蒙的一片，地上的霜隐隐泛着一层白光。刘盛元侍弄毛驴吃了些草料，便骑着毛驴匆匆上路了。

天快黑的时候，刘盛元终于赶到了胶州城。郭小舟与郭兰芝在书铺接待了他。他们寒暄一番之后，刘盛元问："金桂咋不在书铺？"

郭小舟婉转地将曾玉冰被逼出嫁的消息说了，并告诉他刘金桂为此上火病倒了。

刘盛元听后反倒镇定下来，说："此事早在我的预料之中，早发生早好，也好让金桂死了这条心。金桂涉世未深，感情用事，早晚是要吃亏的。"

"金桂哥好几天没大吃东西了。"郭兰芝担忧地说，"这样下去会把身体弄垮的。"

刘盛元说："让他冷静一下也好，我现在去看看他。这些日子你们为书铺的生意费心了，我实在过意不去。"

"叔，您别客气，我们把铺子看好是应该的。"郭小舟说完，陪他来到了刘金桂住的厢房。

此时，刘金桂正斜靠在床上看书信，见父亲来了，挪动了一下身子，说：

"爹，您怎么来了？"

"你妈不放心你，让我来看看。"刘盛元板着脸，严肃地说道："你们的事我都听说了，一个男子汉，竟然为了儿女私情自甘堕落，不吃不喝、不管生意，你还有点出息没有？我和你妈原来觉得你是块好材料，谁知竟这么脆弱无能，我看你连只狗熊都不如，哪像个干大事的人？"

刘盛元一番激将的话语，使刘金桂猛然省悟，看着自己年迈的父亲还在为自己操心上火，一股愧疚之情涌上心头。他坐起来说："爹，我只是一时转不过弯子，心里难受。"

刘盛元缓和了语气，说："爹也是从年轻时候过来的，你的心情爹理解。你还年轻，涉世太浅，我原来就劝过你，不要感情用事，不要投入太深，你就是不听。这不是自寻烦恼吗？要知道，你们是两个世界的人，根本走不到一起。即使你俩勉强结婚了，你在曾府也永远没有地位，只能窝窝囊囊地寄人篱下一辈子。咱是庄稼人，图得是个实在。你只有做好了生意，出人头地了，你才能在胶州站稳脚跟，人家才能瞧得起你。"

刘金桂原来觉得父亲文化水平不高，没想到他懂得这么些简单而又深刻的道理。他的话如芒针刺背，感觉自己与父亲相比，有些自惭形秽了。他努力爬起来，下去洗了把脸，立刻感觉精神好多了。

刘盛元剥了几个刚带来的鸡蛋递给儿子，刘金桂痛快地吃了下去。

晚上，爷俩睡在一张床上，天南海北地唠起家常。刘盛元把家里的一些事情顺便作了介绍，还提到了石清梅，说那次孙大牙被打后，他一直心有不甘，不时地去刁难石家，非要强娶石清梅为妻。石清梅一心念着你，甚至对外表示，除了刘金桂外，她谁也不嫁。如果孙家再相逼，她宁愿跳海殉情，致使孙大牙不敢过于造次和逼迫。后来孙家又予以重金相许，利诱石家，都被石家拒绝了。你被捕后，所有营救你的诉状和文书，都是石清梅亲手所书。我看这姑娘不但心地善良，而且十分内秀，是本地少有的好姑娘。为了避免夜长梦多，石家先后两次派人来咱家提亲。因为不知道你的态度如何，所以我和你妈一直没有给人家答复。

听了父亲的介绍，刘金桂的心情更加沉重起来。他在想，也许父亲是对的，他与曾玉冰是两条道上的人，不可能走到一起。而石清梅与自己的身世相仿，都是山村里普通的农家孩子，生活经历、生活习惯及爱好，也许更相近，更容易沟通。可眼前，自己对刚发生的事情实在难以释怀。他的心乱极了。他起身披衣，趁月高风静之时，独自在小院里散步，梳理近来发生的事情，努力想使自己的头脑冷静下来。

刘盛元并不想强迫他什么，只是动之以情，晓之以理。他知道，人情练达即文章，必要的挫折和打击是他成长的不可或缺的历练。

在与父亲彻夜长谈之后，刘金桂头脑清醒和冷静了许多，他知道当务之急是要做好生意，先解决了生存问题，然后才能考虑其他。于是，第二天一早，他就来书铺上班，想通过拼命的劳碌，来忘却目前发生的一切不幸。

刘盛元住了几天后，见儿子的情绪有所好转，怕耽误家里的农活，便急着要回去。晚饭后，他郑重地对儿子说："人生总是为得得失失而纠结，有时候得到了未必是好事，失去了也未必是坏事。有些事老天说了算，有些事还要靠自己把握。你与石清梅其实是一根藤上的两个苦瓜，同病相怜呢。你既然失去了一个好姑娘，可不能再失去另一个好姑娘啊！"

"爹，近来发生的事情太多，我脑子一时转不过弯来。您能容我再想想吗？"刘金桂苦笑一下说。

"我过一两天就要赶着回去，你好好考虑一下，想好了尽快告诉我。"刘盛元说。

第二天上午，刘金桂借口去趟估衣街市，默默地来到城南的崔家牌坊街，然后，向东穿行，来到徐府大门跟前。他徘徊良久，不知道如何才能见到曾玉冰。这时，大门突然打开，是曾玉冰的贴身丫鬟秋芬挽着一只竹篮出来了，她正要外出买菜。见到刘金桂，她迅速跑了过来。刘金桂告诉她，他是来看望曾玉冰的。秋芬四处张望了一下，让他先稍等片刻，她去通报一下。一会，曾玉冰身着红袍，急匆匆地走了过来，没有说话，直接领他走进了一条人稀僻静的胡同。秋芬则站在胡同口望风。曾玉冰红着眼睛说："金桂哥，你怎么来了？"

"我来看看你，你好吗？徐家对你怎么样？"刘金桂说。

"木已成舟，我现在跟行尸走肉似的，有什么好与不好的。"曾玉冰神情茫然地说。

刘金桂听后有些心酸，说："玉冰，你千万别这样想，你过好了，我才放心。"

曾玉冰深情地看了他一眼："你放心吧，为了我的父母，还有我所爱的人，我会努力地活着。"

"有件事想跟你商量一下，我老家的人给我提亲了。"刘金桂说。

"噢，是谁家的姑娘，姑娘情况怎么样？"曾玉冰怅然若失，但努力抑制自己的情绪。

"就是上次我解救的那位姑娘，名叫石清梅，是我们当地辛庄村一位农家女子。听别人说，她是位贤惠朴实的姑娘，在村子里口碑还不错。"刘金桂淡淡地说，"可我心里一点也没有她。"

"只要人品好，你就别再犹豫了，早点成家立业，我也就安心了。"曾玉冰说着，从衣袖里掏出那把银锁双手递过来："金桂哥，我无福消受它，你把它送给未来的嫂子吧。"

"我娘说，这把银锁可以消灾避邪，如不嫌弃，你就留下它吧。"刘金桂并没有接它，说完，又从怀里取出那个玉观音递了过去，说："玉观音还给你吧。"

"不，你留着做个念想吧，让她保佑你一生平安吉祥！"曾玉冰的一双丹凤眼睛充满了期待。

刘金桂的眼睛霎时被泪水模糊了，他重新将玉观音收好，说："那我走了，你多保重！"

"等等！"曾玉冰说，"我还有话问你，你婚后还回来不？"

刘金桂茫然地回答："我也不知道。"

"你在胶州刚刚立足，书铺经营得这么好，别因为感情上的事情放弃了大好前程。我劝你一定要回来，金桂哥，我等着你！"曾玉冰热切地抓住他的双手。

"好，我答应你，一定回来。"刘金桂深情地看了她一眼，扭头疾步离去。

自从与曾玉冰会面后，刘金桂的情绪逐渐稳定下来。他告诉父亲，他同意家里提的这门亲事，什么时候订婚和结婚，都听家里安排。刘盛元见儿子的情绪有所好转，心里悬着的石头总算落了地。他想一鼓作气，加紧筹备，最好在立冬以前给他们把婚事办了。刘金桂把近期书铺的收入交给了父亲，一再嘱咐，婚事从简，不用大操大办，把节俭下来的钱拿去掖县、昌邑和南方等地进点货物。刘盛元是个要面子的人，他说："婚礼当然不能像大户人家那样张扬，但咱也不能太寒碜了，让街坊邻居笑话。你放心，爹会掌握分寸的。"

刘盛元回老家后，把金桂的态度说了，刘太太立刻转忧为喜，说："那就抓紧给他们订婚，然后尽快把婚事办了，也好早日让孩子忘记过去，早一点从前段的阴影中解脱出来。"

不久，刘盛元捎信让刘金桂回了趟老家，按照农村的风俗习惯，刘盛元请金桂的师傅王飞侠作了双方的媒人。在他的张罗下，石清梅一家四口人应邀来到刘家认了认门，一块吃了一顿饭，交换了订婚礼品。王飞侠说："金桂那天出手相救的姑娘，竟是自己的未婚妻，看来，他俩的缘分不浅啊！"

石清梅偷看了刘金桂一眼，脸上瞬间泛起一抹羞涩的红晕。

石母说："好人自有好报！俺姑娘正是看中了金桂身上的那股子侠气，才钟情于他的。"

刘盛元说："清梅是位贤良能干的好姑娘，我家金桂能娶上这样的媳妇，是我们刘家的造化啊！"

石忠实问："金桂这次回来能住些日子？"

刘金桂说："我明天就得回去了。"

石母说："刚回来就走？还是住两天吧。"

刘盛元说："胶州那边的书铺等着他回去打理呢！"

王飞侠说："趁金桂没走，咱们一块商量一下，把结婚日子订下来。"

刘太太说："前天我将他俩的生辰八字找五截村的王先生推算了一下，他说结婚日期最好定在立冬的前两天。不知亲家有何意见？"

石忠实夫妇望一眼女儿，只见她羞赧地点了点头。于是，石忠实爽快地说道："中，就按亲家母看的日子办吧。"

王飞侠见两家人很默契，便愉快地说道："就这么定了，到时我等着吃猪头呢。"

刘太太笑着说："那是必需的。"

一周后，刘家给女方送去一份厚重的聘礼。女方也紧张地筹备着。婚礼的前一天，刘金桂从胶州赶了回来，刘盛元见他情绪不高，于是，把他叫到一边说道："儿子，婚姻不是儿戏。如果你现在反悔了还来得及，我可以厚着老脸去把这桩婚事退了。"

"爹，您想哪了？事情都到了这个地步，我能轻易反悔？"刘金桂说，"我只是一路上疲乏一点罢了。"

"既然如此，你要打起精神来。只要石姑娘进了咱的家门，就是咱家的媳妇，你就要善待人家。"刘盛元目光炯炯地注视着儿子。

"爹，我知道，我都这么大了还不懂得这个理？"刘金桂的脸上有些火辣辣的。

"知道就好！有些事情过去了就让它过去吧，以后开始你的新生活。"刘盛元瞪了他一眼，背着双手离去。

刘金桂与石清梅婚礼当天，孟格庄村里喜气洋洋，热闹非凡。迎亲的队伍里，唢呐声声，锣鼓喧天，吸引了满街道的乡亲出来观看。刘金桂头戴一顶崭新的秋帽，身着红色长衫，脚蹬皮靴，显得格外精神，但他的脸色却有些憔悴。当举办完了婚礼，送走了前来贺喜的客人，刘金桂独自一人躲在厨房里，大口大口地喝起酒来。刘太太找了半天，在厨房里发现了醉醺醺的儿子，既担忧又生气地说："金桂你这个小兔崽子，知道今天是什么日子吗？你打算让媳妇一个人独守空房吗？"说着，过去揪住他的耳朵，将他提了起来。

刘金桂摇摇晃晃地回到新房，用秤杆给媳妇挑起盖头，嘴里喃喃地说道："玉冰，我回来晚了。"说着，上前拥抱新娘。石清梅虽然生气，但很冷静，她勉强笑笑说："大喜日子看你喝成什么样子！"说着，轻轻地将他推倒在床上，又给他脱去了皮靴。

等刘金桂一觉醒来，见新娘和衣坐在床边兀自愁闷，他的心头似有一丝歉意，便一骨碌地爬起来，搂住新娘的腰，说："对不起了，喝了两杯就上头了。"

沉默半晌，石清梅问："金桂哥，你是不是心里还有别的女人？"

刘金桂说："哪里的话，我要是有别人，能把你娶回家吗？"

"你娶我，莫非是可怜我？"石清梅绵中带针。

刘金桂脸一红，说："哪会呢？我喜欢你，才娶你，能娶你是我刘金桂的福分。"

石清梅脸色一沉，说："我不管你过去有过什么经历，既然你娶我为妻，就要把心思用在这个家上，以后可不能三心二意的。"

刘金桂说："你别想多了，我刘金桂堂堂男儿，肯定会为你，为这个家庭有所担当的。"

石清梅破涕为笑，主动为丈夫松衣解带，温柔地抱住他的脖子……

结婚第三天，石清梅在丈夫的陪同下，回到娘家。虽然她家里不是很富裕，但岳父大人石忠实亲自下厨，专门搞了个丰盛的回门宴，与女婿开怀畅饮。谈起他们以后的生活打算时，石忠实说："你们结婚后，就没有必要外出闯荡了，你还当你的货郎，那差事也挺赚钱的。清梅在家里操持家务，小日子过得去就行。"

刘金桂说："这事正要跟您老商量。我在胶州开的书铺，投了不少的钱，半路扔了损失挺大。再说，胶州那里近海靠码头，经济繁华，尤其是那里的人读书氛围浓，对书籍和文具需求量大，生意好做。因此，我想婚后还回胶州经营书铺。"

石忠实的情绪一下子低落下来，担忧地问："那清梅怎么办？"

刘金桂说："我想带清梅一块去，那里正缺个帮手呢。"

石忠实听后马上有了笑脸："中，我同意。只要你们小两口能在一起和和睦睦地过日子，无论在哪做事我都不管。来，咱俩再干一杯！"

石清梅有点焦急了，上前阻挡说："爹，你不能再让金桂喝了，再喝他受不了。"

石忠实故意一脸严肃，说："闺女刚出嫁，就只知道心疼男人了，咋不管老爹呢？"

刘金桂摆摆手说："我能喝，你莫担心。"

"不行！"石清梅从他手里夺过酒杯，自己替他一饮而尽。

石忠实哈哈大笑说："行啊闺女，替爹也干一杯？"

"美得你！"石清梅索性坐在了刘金桂的身旁进行监督。

"你看看，我这个闺女都惯成什么样了？"石忠实看着女婿、女儿这么恩爱，欣喜之情油然而生。

坐在姐姐一旁的石清明一直默默无语，这时候突然开口道："你们高兴啥？我不同意姐姐去胶州那么远的地方，我希望姐姐在家里陪着我。"

石清梅拍拍弟弟的肩膀，笑着说："男大当婚，女大当嫁。咱姐弟俩迟早要分开的。等你想姐姐了，你就去胶州看我，姐姐领你去那里吃海鲜。"

"你要经常回来看我们，答应我！"石清明抹了一把眼泪，抬头看着姐姐红润的脸庞。

石清梅忍不住哽咽道："姐姐答应你。"

刘金桂见了，心中像打翻了五味瓶，不知道是啥滋味。

第七回　大胆采用雕版术　胶州首建印书坊

　　婚后刚过了一个周，还没有度完蜜月，刘金桂便携妻告别了双方的父母，租了一辆驴车匆忙赶回胶州。傍晚，专程去拜访了郭先生一家，给他们带了两包喜糖和一些肉食，还给师母捎了一双棉布鞋。郭先生与李玉玲见石清梅直言快语、落落大方，又纯朴勤快，也满心喜欢，热情留他们在家里吃晚饭。只是郭兰芝远远地躲避着大家。吃饭时，哥哥叫了两遍才勉强过来。大家围拢在一起，吃着李玉玲刚擀的面条，以及用大白菜做的卤子，又说又笑。李玉玲说："今晚让清梅吃顿面条，是给她缠住脚，让她从此在胶州扎根生活。"

　　石清梅一听乐了，说："胶州也有这个风俗习惯啊，我们招远那边就有这个讲究，进门吃面条，出门吃饺子。"

　　刘金桂说："对，这里的气候与饮食跟咱们那边差不多，你在这里很快就会适应的。"

　　石清梅却说："我还是觉得家里那边好。即使都是生活在一个胶东半岛上，两地的风土人情和习俗还是有不少差别的，你就别哄我开心了。"

　　李玉玲说："年轻人适应能力强，我看用不了多久，你就会喜欢上这里的。"

　　石清梅说："还是师母善解人意。"

　　郭先生忽然开口说："咱说点正经的。依我看，金桂媳妇来了，那个书铺用不了太多的人，兰芝你就撤出吧。"

　　石清梅说："那可不行，我什么都不懂，还得仰仗小妹教我呢。"说完，她急切地看着刘金桂。

　　刘金桂说："清梅说得对，小妹不能走。咱没有多余的人，暂时一切照旧。清梅过来后，伙房的事儿也够她忙活的。多个人手，我也好腾出时间外出找货源，不用在店里死绑身子了。"

　　郭先生说："既然这样，那就让兰芝再继续干一段时间。若书铺干大了人手不够用，还有我与你师母呢。"

李玉玲说："自从两个孩子去了书铺，月月开工钱，家里的生活条件一下子改善了不少。兰芝想吃什么，我就能给她买什么了。这得感谢金桂呢。"

"一家人不说两家话。"刘金桂说，"前几天我还琢磨，能不能把书铺的规模再扩大一下，或再上个其他项目，到时要用的人多着呢。"

郭兰芝开口道："这谱打得好，我看金桂哥像个干大事的人。嫂子的命真好！以后跟金桂哥享福吧。"

大家都忍不住笑了。石清梅说："我看兰芝妹妹长得挺福相，你的命才好呢。"

郭松浩说："人的命啊，的确有好有坏，但关键要自己把握好。年轻人只有敢想敢干，才能抓住时机，干出一番成就，才能改变自己的命运。状元与乞丐的故事，想必大家都听说过了，命再好，光说不做，不去努力，还不是鸡飞蛋打一场空？"

听了郭先生的话，刘金桂的心弦似乎受到了某些触动，他点点头说道："郭先生的话，我将铭记在心。"

当晚，刘金桂与石清梅回到了成文堂书铺，两个人一起动手，把刘金桂原来的住处简单地布置了一下，石清梅将自己亲手剪裁的双喜剪纸，贴在窗户上，还在床的上方贴了一张金童玉女年画。在书桌上点燃了两支蜡烛，斗室里立刻增添了不少喜庆的氛围。刘金桂满意地说："怪不得男人都不爱打光棍，这家一收拾就感到有股温馨的味道，还是有老婆好。"

石清梅鼓着嘴说："贫嘴！对了，书架上有什么好书？挑几本来看看呗。"

刘金桂说："好书多着呢，你明天自己去选嘛。今晚不早了，早点休息吧。"

石清梅依偎在他的身边，说："不知怎的，我睡不着。初见郭先生不苟言笑的表情，心里还直打鼓呢。后来听他说话，就知道他是个见过大世面的人。师母这个人心眼好，和蔼可亲。"

刘金桂说："郭先生一家人都不错，帮了咱不少忙。吃水不忘打井人，咱将来日子好过了可不能忘记人家的恩情。"

"嗯，我知道。"石清梅摸着他的脸，"金桂哥，我就是喜欢你这种有情有意的人。"

刘金桂说："睡吧，明天还有好多事情等着咱做。"说着，吹灭了床头的蜡烛。

第二天上午，刘金桂领着石清梅到书铺里熟悉了一番，他将有关事项一一作了介绍。然后，遣她去忙活伙房的事务。

石清梅走后，刘金桂问郭小舟："小舟，那个徽商王学仁先生近期来过这里没有？"

郭小舟说："前段时间来过一次，没见着你，还有些担心。说是过了立冬，他再来一趟。到今天过了立冬已经一周多了，估计这两天应该来了。"

"小舟，我想跟你商量件事，如果王掌柜这次能来，我想跟他去趟江苏扬州与安徽徽州看看，了解一下那里的文具市场。"刘金桂说。

郭小舟说："听说徽州与扬州的文房四宝全国闻名，去那里看看，打听一下行情，开开眼界，当然是件好事。可是，你们结婚还没有度完蜜月，可否晚些时日再去？"

"我怕再拖些日子，天气就变冷了。现在去还算适宜。"刘金桂说，"我跟清梅商量一下，我想清梅会理解我的。"

"那你就跟王掌柜商量着办吧，店里的事情有我在，你就放心好了。"郭小舟说。

说曹操，曹操就到。正当他们谈论着，徽商王学仁身着褐色对襟马褂一步跨进了店里。

"是王掌柜？你看，刚才还在议论你呢，快快请坐。"刘金桂领他坐在店里一侧的茶几前，郭兰芝麻利地给他们沏好了茶。

王掌柜问："弟妹呢？"

刘金桂说："她在厨房里忙活，中午你就在我这里吃吧。"

"好啊，今天尝尝弟妹的手艺。" 王学仁说。

刘金桂亲自剥了一块糖，递给王掌柜。王掌柜笑呵呵地接过，说："我吃，沾点喜庆嘛。"

王掌柜接着说道："我这次来，又带了些货，看你需要不？"

"你上次带来的货很好卖，已经卖得差不多了，我正要捎信找你呢。"刘金桂又转向郭小舟："小舟，把王掌柜的货款结了，请王掌柜带上。"

王掌柜说："如果你这里的资金紧张，也不忙着结算。"

刘金桂说："那不中。结了旧货款，咱再进新货，这是成文堂书铺做生意的规矩。"

王掌柜夸赞道："刘掌柜真是个讲信义的人。"

刘金桂说："先别忙着夸我，上次您邀我去南方看看，一直没有成行。

近期我正好有点空闲，不知您方便不？"

王掌柜说："方便，我在胶州的事情已经办完，咱们这两天就可以动身。想去哪里，你告诉我，我全程奉陪。"

刘金桂说："王掌柜真是个爽快人。这次我想重点去扬州和徽州看看。"

"行，我建议你先去扬州，然后再去徽州我老家那边看看，也好让我尽点地主之谊。你看这样安排如何？"王学仁说。

"好哇，给您添麻烦了。"刘金桂说，"那我们后天动身吧。"

"不麻烦，这一路上由我安排好了。"王掌柜站起身来。

郭小舟拿来账本请刘金桂过目，刘金桂扫了一眼，很快签了字，说："行，给王掌柜现银吧。"

郭小舟便将银子点付给王学仁。

晚上，刘金桂对石清梅说："我准备过两天去趟南方。"

石清梅听了有点不太高兴，说："金桂，什么事情这么急，咱们还没有度完新婚蜜月呢！"

刘金桂说："我原打算去南方了解一下市场行情，可一直没有成行。正好客商王学仁先生过来了，相约一起去趟南方，他给作向导，咱可方便多了。"

"还用这么匆忙吗？"石清梅不解地说。

"你知道，市场行情瞬息万变，我们成文堂书铺老是裹足不前，迟早要被淘汰的。"刘金桂看了她一眼，说："因此，我想早一天去南方考察一下，掌握更多的发展机会。希望你能理解，支持我一下。"

石清梅略有思忖，说："你看我像是个拖后腿的人吗？只要你觉得合适，就尽管去做好了，我全力支持你！"

刘金桂高兴地拥抱着她，说："我媳妇真是个通情达理的人。"

石清梅轻轻拍了一下他的后背，说："南方那边要景多，你可不能随便起了花心。"

刘金桂笑了，说："老婆你想哪去了，我是那样的人吗？"

当天晚上，石清梅就将他出差所需的衣物和洗刷用品给收拾好了，放在一个皮箱里。

两天后，刘金桂早早地起了床，按照约定，乘坐一辆马车赶到了塔埠头码头。然后，与早已等候在那里的王学仁上了一艘直奔扬州的客船。

大海上海鸥翩翩，桅帆点点，往来船只不断。不时有海风吹进客舱，让人感到丝丝凉爽。刘金桂透过船窗望着苍茫的大海，似乎有什么心事还没有放下。这次回胶州，来也匆匆，去也匆匆，竟没能跟曾玉冰见上一面，不知她现在的情况怎么样了。

王学仁因为经常走南闯北，是个见过世面、比较健谈的人。见刘金桂不大言语，便主动打破沉默，他说："你知道文房四宝的来历？"

"请先生赐教！"刘金桂说。

"在南唐时期，文房四宝特指宣城诸葛笔、徽州李廷圭墨、徽州澄心堂纸、徽州婺源龙尾砚。自宋朝以来，文房四宝特指湖笔、徽墨、宣纸和洮砚、端砚、歙砚。"王学仁介绍说。

"那么，大家通常说的宣笔产自哪里，有什么特点？"刘金桂很快来了兴趣。

"宣笔因为主产地在安徽宣城，故称为'宣笔'，著名的制笔人有诸葛氏、吕道人、汪伯立等。宣笔选料很精严，加工也细致，十分美观实用，尤其是笔头，更达到了'尖、圆、齐、健'四德标准。"王学仁侃侃而谈。

"王兄才识渊博，小弟甚为钦佩。"刘金桂夸奖道。

"我不过是王婆卖瓜，自卖自夸。"王学仁笑着说，"等到了徽州，我们去看几个你感兴趣的地方，好好感受一下。"

"太好了。"刘金桂抬起头，满眼充满了期待。只是心里仍十分惦念着曾玉冰。

自从上次刘金桂与曾玉冰辞别回乡后，曾玉冰惘然若失，心里空落落的。但她觉得，只要他过得好，过得幸福，自己也就心满意足了。因此，她把痛苦埋藏在心底，时常默默地为他祈祷和祝福，平日里尽力表现得坦然与冷漠。闲暇没事的时候，她就与秋芬来成文堂书铺看看，偶尔买一些唐诗宋词方面的书籍，也买一些纸墨。后来，她听郭兰芝说，刘金桂与妻子石清梅一起回来胶州了。于是，她便想着瞅个时机去成文堂与他们会个面，顺便送点贺礼。谁知，今天上午去成文堂，人影没见着，又听说刘金桂出差了，心里更是落寞不已。她回来后，独自在徐府大院里散步，见山墙上的爬山虎已在秋风中渐渐枯黄与凋落，几只麻雀蹲在房檐上，相互依偎着，无精打采。她触景生情，回到书房，挥笔填写了一首词：

鹧鸪天·爬山虎

自是云溪始作媒，便由逐浪意相随。

夜蛩吟处同望月，秋露生时唯蹙眉。

无形网，奈成悲。人间好梦恨难追。
绿鬓瘦损身枯萎，相见依然是敬畏。

秋芬端着茶水来到书房，端详着台桌上曾玉冰那工整娟秀的字体，以及意境朦胧、情深意切的诗词，心里不由得生发出些许同情。她说："大小姐，人活着得想开点，林黛玉之所以忧思成疾，英年早逝，那是因为她心眼太小、多愁善感的缘故。咱千万莫步她的后尘！"

曾玉冰白了她一眼说："傻丫头，你把我当成什么人了？我打你！"

秋芬躲闪着，嬉笑着，燕子似的跑出门外。

王学仁与刘金桂经过一天的旅途劳顿，顺利地来到了名闻遐迩的历史文化名城扬州。刘金桂在胶州的时候，就听说扬州的雕版印刷很有名，他此次来扬州的目的，主要想考察研究一下雕版印刷的来龙去脉。来扬州的第二天，根据刘金桂的请求，王学仁领着刘金桂拜访了扬州广陵古籍刻印社的吴掌柜。吴掌柜四十出头，戴一副眼镜，文质彬彬，学识渊博。说起扬州的雕版印刷如数家珍。据吴掌柜介绍，扬州的雕版印刷技艺，始于唐代，发展于宋元时期，当下正是兴盛时期。刘金桂问："吴先生，雕版印刷术为什么能独在扬州流传和发展起来？"

吴先生微笑道："这个问题问得好。我经过多年的分析考证，也才刚刚明白这个原因。我认为，它之所以能够在扬州这个地方发展起来，无非有三条原因：一条是适应了佛教的传播需要。唐朝时随着佛教的传入，急需复制大量的佛经，雕版印刷正好适应了这种需求。另一条则是满足了民间对印制年历、经咒等民间生活用品的需要。这里传统文化底蕴浓厚，民间文化生活丰富多彩，对雕版印刷的要求十分迫切。第三是当今众多市民需要的书籍种类异常繁多，为雕版印刷提供了良好的机遇。只是现在对雕版印刷质量要求更为严格了。"

吴掌柜还展示了一套木刻印刷的《全唐诗》，刘金桂仔细地翻阅了一下，全书分装一百二十册，十二函。版式为白口，双鱼尾，左右双边。工楷写刻，字体秀润，墨色均匀。装订十分精美，引起了他的极大兴趣。接着，他提出参观一下雕版印刷的流程。吴先生稍做犹豫，带着他们直接进了印制作坊。

听了吴先生的介绍，尤其是参观了作坊里雕版、印刷和装订的各个流程以后，使刘金桂耳目一新，他隐隐地感觉到有一个大胆设想正在自己的脑海里慢慢形成。

精明的王学仁，见他考察的如此细致，心中便有了底。他说："售书固然可以赚钱，但赚得是小钱；若能印书，再加上售书，那可是一本万利的事情。你看吴掌柜的生意有多么兴旺啊！"

刘金桂说："雕版印刷虽然利润丰厚，但工艺比较复杂，不是谁都可以做的。这事得好好掂量一下再说。"

在扬州古城住了两天后，王学仁劝刘金桂再去瘦西湖等地玩几天，好好看看"烟花三月下扬州"的美景。刘金桂说："时间紧促，还是赶快去徽州看看吧。"

第二天，他们便乘车急匆匆地赶往徽州。到达徽州后，正赶上天下着小雨，青青的石板小巷，泛出暗淡神秘的光晕。错落有致、古朴典雅的民居，大多依山傍水。高大的马头墙、灰黑的鱼鳞瓦，勾勒出一幢幢民居的古朴轮廓，犹如一幅幅酣畅淋漓的水墨画，并具有一种强烈的优美的韵律感。刘金桂不禁夸赞道："这里的民居真美啊！"

王学仁介绍说："这里不光是民居好看，远处还有好多的祠堂更是别具风格。当年徽州从外地迁来的富家大户很多，他们聚族而居，社则有屋，宗则有祠。还带来了许多文化和工艺制作技术。要看完这里的景致，起码还得几天的时间。"

刘金桂说："景点再美也无暇多看了。"

"那我建议明天带你去歙县观赏一下制墨、制砚作坊。"王学仁说。

"行，客随主便。"刘金桂说。

当晚，他们下榻在一家建筑精美的小旅馆里，品尝了当地虎皮毛豆腐、杨梅丸子、三虾豆腐、徽州圆子、方腊鱼等一些独具地方特色的徽菜。王学仁说："徽菜擅长烧、炖、蒸，而你们胶东人做菜则喜欢爆、炒。"

刘金桂说："一方水土养一方人。南方人与北方人的饮食习俗与品味差别的确很大，但好的文房四宝，却不分天南海北，人皆喜欢。"

王学仁笑笑说："刘掌柜三句话不离本行，是个干事的人。明天我介绍你认识几位工艺大师？"

"求之不得！"刘金桂说。

第二天一大早，王学仁雇了一辆马车，直接去了歙县胡家制墨作坊。在胡家会客厅里，年逾六旬的胡老先生，热情地接待了他们，他捋着花白胡子，爽朗地说："古人云：'有佳墨者，犹如名将之有良马也。'我家制墨，已经祖传三代了，所制之墨，堪称佳品，绝对是名不虚传。"说着，他取出一方砚台，亲自研墨，以示客人。墨研好以后，取笔请刘金桂试墨。

刘金桂挥毫写了"胶州成文堂"五个大字，但见字迹色泽黑润，坚而有光，入纸不晕，舔笔不胶，馨香浓郁。他不由得赞叹道："好墨啊！"

王学仁说："你那里经销的墨汁与墨条，多采用胡老先生作坊的。"

胡先生听了刘金桂的赞誉，也很高兴，于是，亲自领着他们去制墨作坊看了一圈，并一一作了介绍。

"百闻不如一见啊！胡家的墨制工艺如此严谨，所制之墨谁人能比？"刘金桂说，"胶州一带最认的是徽墨，徽墨中最好的便是胡老先生特制的墨了。"

"承蒙刘先生的夸奖！"胡先生忽然略有沉思，说："刘掌柜在胶州做事？当年我有个叔兄弟，我俩一块学过徒。后来，因为家庭变故他离开徽州，去了胶州。多少年了，我们没有联系上。刘掌柜如果有幸见到他，给我捎个口信，就说他的胡大哥想他了，请他回老家看一看。"

刘金桂说："他怎么称呼？"

"叫胡忠义。"胡先生说。

"我记住了，一定留心打听一下。"刘金桂说。

临行，胡先生说："刚才我看到刘掌柜的字写得不错，能否给我留下幅墨宝？"

刘金桂说："恭敬不如从命，那就献丑了。"他选了一支大号提斗，挥毫写下"翰墨飘香"四个大字。

胡先生见了，满心喜欢，并取了四块精美墨条用宣纸包好，赠给刘金桂，说："胡某的一点心意，请笑纳。"

刘金桂双手接过，连声道谢。

参观了胡家制墨作坊，他们又出城去了陈家歙砚作坊，接待他们的陈掌柜，五十多岁，中等个头，态度和善，举止文雅。据他介绍，歙砚产自不远处的龙尾山，这里的石料质量上乘，闻名遐迩。制出的砚台有的呈金黄色，如晚霞中的金云，吹之如散；有的呈螺纹状，如丝绸般旖旎绮丽。这使刘金桂十分好奇。在他的请求下，他们又去作坊看了看，师傅们熟练有力的刀工，令人眼花缭乱，给刘金桂留下了深刻的印象。

在徽州虽然只住了三日，却让刘金桂大开眼界。他以前卖货对文房四宝只懂得一点皮毛，现在看了它的制作工艺，对它们就有了更深层次的认识和鉴赏能力。王学仁想留他在徽州多住些时日，但刘金桂执意早点回去。

"刘掌柜，你这么焦急回去，是想新娘了吧？"王学仁开玩笑说。

刘金桂不好意思地笑了，说："新婚蜜月，让媳妇独守空房，人家不乐意啊！"

"既然这样，那我就不留你了！"王学仁说。

"这些日子安排得如此周详，辛苦王兄了！"刘金桂双手抱拳。

王学仁说："咱们是生意伙伴，都是一家人嘛，我理应好好招待。关键是你这次南方之行，不知有无收获？"

"耳听为虚，眼见为实。这次扬州、徽州之行，收获真是太大了，令我眼界大开，耳目一新。对于我做生意确有很大启发。"刘金桂感慨地说。

王学仁高兴地说道："这次南方之行仓促了一点。但只要你满意就好。"

从徽州乘车回到胶州城后，刘金桂感到有些疲乏，晚饭后跟妻子没唠上几句话，眼皮子就不住地打起架来。妻子知道他这些日子挺累的，就劝他早点休息。他头一沾枕头，就发出轻微的鼾声，一觉睡到天亮。他醒后，见妻子端坐在床前，正含情脉脉地瞅着他。一只大碗里盛着四个冒着热气的荷包蛋，摆放在床边一个木盘子里。

刘金桂一骨碌爬起来，脸也没顾得洗，三下五除二，一会就把碗里的鸡蛋吃光了。然后，问妻子："我出差这些日子，书铺生意怎么样？"

"我听小舟说，挺好的，只是咱这里售书的品种还不够齐全，有些书籍和文具一直缺货。前天有个开私塾的先生来书铺里选购教材，挑了半天也没选上几本，最后遗憾地走了。"石清梅说："看来私塾课本和科举考试方面的教材用量还挺大的。"

刘金桂为难地说："这个我清楚，只是目前进货的渠道还比较狭窄，而且进货的费用相对较高，因此造成货源短缺。"

"费用高咱也得进啊，可以薄利多销嘛。要是长期短货，会丢掉客户的。"石清梅说。

"你放心，我会尽快想办法。"刘金桂说，"看样子你做买卖也挺有主见嘛。"

"那是当然。你可别针眼里看人——把人小看了。"石清梅听了丈夫的表扬，心里自然也很高兴。

没过多久，刘金桂托王学仁从扬州选购了一些科举考试所用的书籍和教材，充实到货架上。这些书籍虽然利润薄点，但印刷精美，适销对路，很快销售一空。接着，他又从徽州定点购进批量的文房四宝，做起了零售兼批发的业务。胶州城一些摆摊的商户，知道成文堂书铺的货物质优价廉，诚信可靠，都纷纷前来这里订货，一时间顾客盈门，生意兴隆。很快，成文堂书铺在本地名噪一时。

这天一大早，刘金桂刚打开店门，曾玉冰与秋芬迎面走了进来，刘金桂愣了一下，说："是你们？快请进。"

"不欢迎吗？"曾玉冰莞尔一笑。

"哪能？你们来这里可是蓬荜生辉啊。"刘金桂说。

"少耍贫嘴。我今天来是拜访嫂子的。"曾玉冰说，"你们回胶州后，也不去徐府看看我。"

"我这不是刚刚去了趟南方嘛，回来没多久。光顾忙生意了，还没来得及登门拜访你。"刘金桂说。

"你去南方干啥？"曾玉冰问。

"主要是去了解一下南方文化市场行情。"刘金桂说。

"看来，你这次南方之行收获不少。"曾玉冰说。

"马马虎虎吧。"刘金桂嬉皮笑脸地说。

"不跟你废话了，嫂子呢？"曾玉冰向里面张望了一下。

刘金桂忙朝后院喊道："清梅，你过来一下，有客人！"

石清梅应声走了进来，看着两位穿着时尚的年轻女人，一脸诧异地问："这两位是？"

刘金桂介绍说："这位就是曾玉冰小姐，我跟你提起过的；这位是玉冰的丫鬟秋芬。"

曾玉冰迎上来说："是嫂子吧？"

石清梅上前握住她的手，神情复杂地望着她："曾小姐你好。"

曾玉冰从秋芬手里拿过一个布包打开，说："这块翡翠绸缎布料是送给嫂子的，你端量着做件衣裳吧。"

石清梅接过绸缎布料，用手一摸，感觉细腻光滑，满心欢喜地说："曾小姐，礼物太重了！"

"你喜欢就好。"曾玉冰说。

刘金桂递过来一包糖说:"来而不往非礼也,请吃喜糖。"

曾玉冰说:"去了趟南方人就变活泛了。听说最近成文堂既做零售,又搞批发,生意越做越大。"

"咱这脑筋比南方人还不行。"刘金桂说,"这次我去扬州和徽州看了看,真是眼界大开啊。人家徽州产的文房四宝,果真名不虚传。扬州更厉害,雕版印刷的书籍,墨色清晰,装订精美,去采购的客商络绎不绝。"

"你是不是眼馋了,也想干大的?"曾玉冰扫视了他一眼问。

"现在还没有考虑成熟,有空还要请你帮助参谋一下呢。"刘金桂说,"目前,我就是想多卖点货,多攒几个钱,以后干什么好有点资本。"

"我看你也不是个安分的人。"曾玉冰说,"有什么需要我帮忙的尽管说声。有机会请嫂子到我家去玩。"

"我会去的。"石清梅应声说道。

曾玉冰说完,向他们一一道别。

刘金桂与石清梅夫妇一直将她们送到店门口,目送她们走远。

晚上,石清梅情绪有点消沉,说:"原来她这么俊秀,且气度不凡,怪不得你念念不忘。"

刘金桂说:"小肚鸡肠。人家已经结婚,是个名花有主的人了,你还吃醋不成?"

"那倒不是。我只是担心你老是掂着她。"石清梅说。

"别想多了,老婆。"刘金桂轻轻地将她揽在怀里。

"如果有一天你厌恶俺了,可得早点告诉一声。"石清梅撒娇说。

"胡说些什么呢!睡觉!"刘金桂捏了一下她的耳朵。

天气一天比一天冷了起来,但刘金桂的生意却一天比一天红火。有一天晚上,刘金桂问妻子:"冬天快到了,你在这里过冬能习惯吗?不行的话,把你送回老家吧?"

石清梅听了不太高兴,说:"你能习惯,我就能习惯。反正你在哪儿,我就跟着住在哪儿。"

刘金桂说:"那你这几天支点银子,置办几件新棉袍吧。"

石清梅说:"我不要什么新的,那要花很多银子。我听说胶州城南有个估衣市,卖的衣裳挺便宜的。"

刘金桂说："买旧的？那不太委屈你了？"

"有什么委屈不委屈的，穿着暖和实用就行。你瞅空带我一起去，也给你挑几件。"石清梅轻松地说道。

"别看你平时大大咧咧的，心还挺仔细，也会过日子。"刘金桂心头一热，说道："等咱们赚足了钱，日子宽裕了，我给你多置办几件像样的衣裳。让你走在胶州城的大街上，一定风风光光的。"

"说话算数！"石清梅伸出手指，孩子般地要求与他拉钩。

刘金桂笑了笑，只好伸出指头遂了她的心愿。

第二天上午，他们便去了估衣市，没花多少钱，棉衣、棉鞋、毡帽什么的用品整了一大包。刘金桂说："还是老婆有眼光，这东西太实惠了。"

"当初媒人去你家说媒，你还拉蹭劲，满招远、满胶州上哪儿去找我这样通情达理的好媳妇？"石清梅头一仰，抱着一大包衣物走了前面。

刘金桂被她调皮的样子逗乐了，却有一丝歉疚悄然涌上心头。

胶州的天气与招远的相比虽然差别不大，但总有些区别，如果说，招远的冬天是干冷的，那么胶州的冬天，则给人一种潮湿的寒冷。临近腊月，天忽然下起一场鹅毛大雪，古老的胶州城一片素裹。大雪刚停，一群孩子便跑到大街上，手执铁铲玩起雪雕，造型各异的雪人和动物，不一会儿便伫立在街道边上，一个个栩栩如生。还有一些顽童正在打雪仗，你追我赶，喧闹声此起彼伏。刘金桂与石清梅站在雪地里，看着孩子们天真活泼的样子，情绪也受到了感染。刘金桂说："等咱的日子好过了，你给咱刘家生一大堆娃，也让他们在雪地里戏耍，无忧无虑的多么开心。"

石清梅说："看把你美的！"说着，抓起一个雪团，朝刘金桂打来。刘金桂进行反击，雪花霎时沾满了两个人的头发和衣服，他们像孩子一样嬉闹着，生活的忧愁很快被抛到了九霄云外。

新年快到了，新媳妇第一年，按照农村的习俗，在外地的都要尽可能赶回老家过年。刘金桂与石清梅商量着，回去不能空着手走，经济再不宽裕，也要给大家多备一些礼物。于是，他们早早给父母与亲戚们买了一些吃穿用的东西。因为置办的东西太多，他们只好雇了辆马车返回。今年的春节，刘家格外热闹，刘盛元因为高兴，准备了不少的鞭炮，除夕晚上，让儿孙们全部燃放，碎纸屑在门口铺了厚厚的一地，引得街坊邻居十分羡慕。都夸刘盛元教子有方，才出息了金桂这么好的孩子。老家热闹归热闹，但刘金桂的心思却始终放在成文堂书铺上。初一刚过，他就跟父母商量，要早点回胶州去守铺子。父母理解他的心情，但要求他们过了正月初三拜了丈母娘后才能回去。刘金桂只好答应。初三这天，老丈人一家十分热情，还邀请了几个叔伯兄弟过来作陪，气氛甚为热闹，一番推杯换盏、觥筹交错之后，刘金桂很快喝得有点醉意。石清梅一看急了眼，赶忙上前替他挡了几杯，然后将他搀扶到炕上。石忠实见小两口知道疼爱，心里便踏实了许多。

正月初四日，他们决定返回胶州。大清早，刘金桂拿着母亲准备的祭品，领着石清梅来到村南头，对那棵百年古槐树祭拜一番。石清梅默默地望着古槐，心里充满好奇。只见古槐长得高大挺拔，足有两个人合抱起来那么粗。因为年代久远，风侵雨蚀，大树有一个枯洞，但树冠却是异常宽大，枝杈横出，足有半亩地大小。刘金桂见她好奇的样子，告诉她说："据村里老人介绍，这棵大槐树已经存活了三百多年，是当年我们的老祖宗刘锡亲手所栽，至今仍枝繁叶茂。每到春夏季节，老槐树枝叶葳蕤，葱绿一片。尤其是到了夏季，村里男女老少坐在大树底下乘凉，树上鸟语花香，树下欢声笑语，一派祥和安宁的气象。后来，人们有什么诉求，都来拜求古槐，而每每都能遂愿。于是，村民们都把古槐当成神来供奉，并精心加以保护。"

石清梅望着古槐饱经沧桑、高大粗壮的树干，不禁心存敬畏。她一脸虔诚地向大槐树跪下磕头，口中念念有词，谁也不懂她在心中祈祷了些什么。

刘金桂向古槐祭拜之后，快步来到大槐树后面的一块菜园地里取了一捧土，用牛皮纸小心地包好，然后揣到了衣兜里。石清梅问："你包些土干吗？"

刘金桂神情凝重地说道："故乡的泥土，带有故乡的味道，拿回去作个念想吧。"

祭拜完了古槐，刘金桂夫妇回家取了随行衣物，依依不舍地辞别了家人，乘坐一辆驴车匆匆赶回了胶州。

回到胶州的第二天上午，刘金桂夫妇先是去东关大街给郭先生与李玉玲拜了年。然后，回到成文堂书铺打扫了一下卫生，充实了一些货物，准备初六日开张营业。正在他们忙碌不停的时候，曾玉冰与秋芬过来了，只见曾玉冰身着一件朱红色的棉袍，绾着喜鹊发髻，一副青春少妇的打扮，显得更加端庄秀美。他们之间相互拜了年，说了一些祝福的话。然后，曾玉冰让秋芬打开随身带来的一个包裹，放在柜台上。刘金桂定睛一看，惊呼道："是整套的《全唐诗》？你从哪里搞到的？"

曾玉冰说："这套《全唐诗》原本是我爷爷收藏的，后来因为我喜欢它，就赠给了我。我见它印刷装帧十分精良，就想让你也观赏一下。另外，我这里还有胶州名人高凤翰所撰的《砚史》《南阜集》精装本，一块请你鉴赏。"

刘金桂小心地翻看着，惊讶地说："你看人家的印刷水平真是与众不同啊，装订精美，美观大方，真是难得的好书！在扬州我就看好了一套雕版印刷的《全唐诗》，但人家藏的是孤本，不卖给咱。没想到你还拥有这种珍品！"

"《全唐诗》是当时扬州的官刻，数量很少，不够销的，特别珍贵。你若喜欢，这套《全唐诗》与高凤翰的《砚史》《南阜集》就都赠给你吧！"曾玉冰含笑说道。

"太珍贵了，我都不好意思拿。"刘金桂爱不释手地翻看着。

"有什么不好意思的，放在我那儿也派不上什么用场。赠给你兴许还能有点用处。"曾玉冰轻松地说。

"恭敬不如从命，我就悉数收下了。真是太感谢你了！只是我眼前也没有什么好东西回赠给你。"刘金桂感激地说。

"谁稀罕你的东西！"曾玉冰停顿了一下，说，"不过，等你有一天能印出这样好的书籍，可要赠送我几套！"

曾玉冰的一席话再次拨动了刘金桂的心弦，他思考片刻，说："去年我从扬州回来以后，琢磨一冬天了，一直想着筹办一个雕版印刷作坊，可目前条件还不太成熟。"

曾玉冰说："据我了解，雕版印刷在胶东目前还是个空缺，很有发展前途。如果咱们自己搞雕版印刷，我相信收入一定会很丰厚。因此，这件事情值得好好筹划一下。"

在一旁的石清梅则对这件事情提出了异议："雕版印刷这个行当是不错，但我们目前根本不具备上马的条件。建作坊、买设备哪儿不需要钱啊，钱上哪儿凑去？当下我们既无场地，又无印刷设备，更缺少技术师傅，盲目搞雕版印刷谈何容易！"

刘金桂说："场地的事，我年前也考虑过。据说咱的房东康先生，因为年岁已大，去年冬天已将胶州长安街上的大裕茶馆卖了，准备回温州老家养老。这所大宅院，也有意出售。到时，我想整个买下来。"

曾玉冰问："那他的正屋现在做什么用？"

"里面放着些老家具等物件，长年锁着门。"刘金桂说。

"这么好的地角，五间大瓦房闲着可惜了。"曾玉冰有点惋惜地说。

刘金桂说："我若把这套房子整体买下，就可以充分利用起来。只是光有场地不行，雕版印刷是个比较复杂的技术活，没个好师傅来坐镇指导可不行。"

石清梅说："你别想入非非了，没有钱一切都是空谈。"

石清梅一句话噎得刘金桂涨红了脸。

曾玉冰解围说："钱的事大家一起想办法吧。要说找技术师傅，我倒想起一个人来。在城西南有个杨家花园，住着一个刻印章的中年男子，叫付秀田。据说他来自扬州广陵，曾在一家古籍刻印社干过，雕刻技术十分厉害，只因与刻印社掌柜的脾气不合，便甩手不干了，直接投奔到胶州。目前以刻印章为生，印章刻得极为精致，在胶州城颇负盛名。我家的印章大都是他给刻制的，家父十分赞赏他。"

听了大家的讨论，石清梅的思想慢慢有些转变，她眼睛一亮，说："若搞雕版印刷，可否聘请付先生来做技术师傅？"

"他的技术倒是挺过硬的，只是他的脾气有些古怪，一般人怕聘不动他。"曾玉冰说，"你们不妨去试一下。"

刘金桂说："聘请师傅的事暂且往后放一放吧，等资金问题解决了，再考虑采购设备、聘请师傅的事情。"

"你说得也是。那你们就抓紧时间筹备吧，我不打扰你们了。"曾玉冰说完要走。

石清梅说："玉冰妹妹，请稍等。"说完，她回了趟里屋。

一会儿，她拿着一块绣花手帕回来了，说："这块手帕是我年前刚绣的，送给妹妹，不知你喜欢不？"

曾玉冰接过展开一看，手帕是一幅喜鹊登梅图，色彩鲜艳，栩栩如生。不禁脱口夸道："绣得好漂亮哟！嫂子真是个心灵手巧的人。"

"妹妹夸奖了。只要你喜欢就好。"石清梅笑着说。

"可喜欢了。以后还想拜你为师呢。"曾玉冰说。

"拜师谈不上，以后咱俩可以互相交流切磋。"石清梅说，"绣花没有多少技巧，像曾妹妹这样聪明伶俐之人，一学就会的。"

"好，一言为定。有空的时候再跟你学绣花。"曾玉冰仔细地将手帕叠好，揣到袖里，然后高兴地与他们辞别。

曾玉冰与秋芬走后，石清梅问："建雕版印刷作坊，需要很多钱吧？"

刘金桂点点头说："没个五六百两银子，恐怕是启动不开的。"

"咱手头有多少？"石清梅问。

刘金桂略加盘算了一下，说："去年咱书铺的生意不错，扣除工资和其他费用，大约剩了二百多两银子吧。"

"这点钱办不成什么大事。不行的话，我回老家向我爹他们借一点，行不？"石清梅说。

"别难为老人家了，他长年土里刨食，家里存不了几个钱的。"刘金桂拒绝说，"我有个计划，实在需要用钱的话，我们可以去钱庄贷一点。"

石清梅一听焦急了，说："我听说钱庄的利息挺高的，我们最好不要去冒这个险。"

"这也是没有办法的办法呀。我们先去做饭吃，这个问题以后再议吧。"刘金桂说。

石清梅没再作声，匆匆回到厨房忙着淘米去了。

曾玉冰回到家里后，早早进了厨房，生的、熟的，办弄了八九个菜，有几个菜是徐云龙最爱吃的。中午开饭的时候，徐云龙哼着小曲回来了。徐太太问："我记得大通绸缎庄以往都是过了正月十五才开张的，今年怎么营业这么早？"

"妈，我已经是个成家立业的人了，知道为家庭分忧解难了。今年之所以开张早，就是为了多挣几个钱，好养家糊口嘛！"徐云龙一本正经地说道。

"还是有媳妇管着好，云龙真比原来懂事多了。"徐太太高兴地说，"这一大桌子菜，都是玉冰亲手下厨做的，你赶快吃吧。"

"一个大男人，可不能光靠别人管着，得靠自觉呢。"曾玉冰说，"饭菜对口味吗？"说着，她不住地往徐云龙的盘子里夹菜。

自从他们结婚以来，曾玉冰一直对他冷若冰霜，爱搭不理的，今天忽然对他这么好，他竟有些受宠若惊的感觉，说，"好吃，太对口味了，我媳妇的厨艺那可是没得挑的。"

徐长江见状，饮了一口酒，欣慰地说道："咱家娶了玉冰这样贤惠明理的媳妇，真是祖上多年积攒的阴德啊！云龙你一定要善待媳妇，莫让人家受到委曲。以后一定莫去赌场那些鬼地方混了，好好帮我把大通绸缎庄管理好。"

"我知道，爹。我准备以后洗手不干了，您放心好了。"徐云龙大口地啃着一块猪蹄。

徐长江长吁了一口气，说："但愿你能说到做到。"

午饭后，徐云龙与曾玉冰回到卧室休息，曾玉冰沏了一杯淡茶，递给徐云龙。徐云龙赶紧接过，连声说道："有媳妇侍候真好，我看你越来越贤惠了。"

曾玉冰坐在床边，长时间没有言语。

徐云龙说："我怎么觉得你好像有什么心事？"

"没想到你一个粗人也会察言观色。"曾玉冰说。

"有什么事让我做，尽管说吧。"徐云龙说。

曾玉冰稍有迟疑，说："今天上午我回了趟娘家，碰见我哥了，他托我向你借五百两银子。"

"他借这么多银子干吗？"徐云龙皱起眉头。

"说是最近要进一批药品，数量较大，资金一时周转不开，想请你行个方便。"曾玉冰说。

"他为什么不直接找我借呢？"徐云龙又问。

"你还不知道我哥这个人要面子吗？他怎能屈尊向妹夫直接开口借钱呢？"

"只是这笔钱不是个小数目，怕一时不太凑手。"徐云龙吞吞吐吐地说道。

曾玉冰冷冷地说道："当初，要不是我哥竭力撮合，我才不会嫁给你呢，你应该记得他的好。"

"我知道，大哥是我的恩人。"徐云龙硬着头皮说，"大哥生意上有困难，我决不能坐视不管。这样吧，我去追追货款，三天后，我一定给你凑齐。这样，你回娘家脸面也光彩。"

曾玉冰的脸很快由阴转晴，她笑着说："真没想到你还有点男子汉的样子。"

徐云龙拍拍胸脯："我本来就是堂堂正正的大丈夫嘛，只是你以前一直小瞧我。"

"谢谢老公！我等着你的好消息。"曾玉冰说，"你先休息一会儿吧。"

徐云龙喝了茶，说："不休息了，我要回绸缎庄去盘一下账。"

三天后，徐云龙果然没有食言，亲手将五百两银票交到曾玉冰的手上。曾玉冰说了几句夸赞和感谢的话，徐云龙的虚荣心得到了很大的满足。曾玉冰将银票收好之后，说要送回娘家去，便与秋芬匆匆出了家门。走到半路，曾玉冰说："秋芬，我在前面的云泉茶馆等候，你快去成文堂叫刘金桂过来一趟。"

秋芬答应着，赶紧掉头向成文堂书铺走去。

不一会儿，刘金桂冒着零星小雪，匆匆赶到了云泉茶馆。一进茶室，便开口问道："玉冰，什么事这么急？"

"好消息，你快坐。"曾玉冰等刘金桂坐好，从衣兜里掏出一张五百两的银票放在他的面前，说："拿去筹建雕版印刷作坊，够用不？"

刘金桂吃惊地问："这么短的时间，你在哪儿筹得这么多钱？"

"这个你就不用管了，拿去用吧。"曾玉冰说。

刘金桂说："你过去已经帮衬我不少了，我不能再连累你了，你赶快拿回去吧！"

"金桂哥，这钱是我借给你的，等你赚了钱再及时还给我。"曾玉冰说。

"那得算利息，就按钱庄的利率计算。"刘金桂说。

"利息就免了，到时候还本就行。"曾玉冰说。

刘金桂说："你又是雪中送炭啊，叫我说什么好？"刘金桂的眼睛一下子湿润了。

"能帮你一把，我心里也踏实。你赶快忙去吧。我要回趟娘家。"曾玉冰站起身说。

刘金桂收好银票，说："大恩不言谢！等我发达了，一定好好报答于你。"

"我才不图你什么报答呢，只要你能在胶州站稳脚跟，顺顺当当地过日子就好。"曾玉冰摆了摆手。

刘金桂刚回到成文堂书铺，郭小舟就急呼呼地走上前，说："金桂哥，你上哪了，刚才房东康老先生正在找你呢。"

"他现在人在哪？"刘金桂问。

"现在后院的厨房，与我嫂子聊天呢。你快去看看他有什么事情。"郭小舟说。

刘金桂刚回院落，老远就听到康先生爽朗的笑声。进了厨房，康先生马上迎了上来，说："刘掌柜生意做得不错，恭喜你！"

"康先生来了，欢迎，欢迎！"刘金桂说，"不知康先生因什么事情这么高兴？"

石清梅说："康先生刚才说起他顽皮的孙子发生的故事，就高兴得合不拢嘴。那孩子也着实讨人喜欢。"

康先生捋了一把花白的胡子，说："我这次回温州老家过年，真正体会到什么叫天伦之乐了。儿孙们一大家子凑一起，其乐融融，特别开心。不过，他们都觉得我年岁大了，想让我把胶州的生意辞了，及早回去颐养天年。"

"听说您茶馆的生意不错，丢了怪可惜的。"刘金桂说。

"钱永远是赚不完的。如今我年老体衰，力不从心了。前几日我就把茶店卖了，准备回老家养老。"康先生望一眼北屋，说："我这次回来，是想把这套老宅子卖掉，如果刘掌柜感兴趣，优先卖给你们。"

"我很喜欢这套房子，不知康先生出价多少？"刘金桂说。

康先生说："这房子我建了才二十多年，南、北屋各五间，东、西厢房六间，共十六间大瓦房，院子又宽敞，无论是居住还是用于做买卖，都是个好居处。念咱们是好朋友，我也急着出手，这样吧，三百两银子卖给你吧。"

刘金桂喜出望外，说："我同意！只是我还有点请求。"

"你说吧。"康先生说。

"您也看到了，我现在的生意很红火，只是资金周转一时比较紧张。我想先预付一半的房款，其余一半一年后还清。余额按钱庄利率付息，如何？"

"我与刘掌柜打交道这么久，知道你这个人讲诚信，我就答应你了。只是利息就免了，到期把房款一次性交齐就行。"

"太感谢康先生的慷慨扶助了！"刘金桂异常感动。

"明天一早咱们去胶州商会签订个购房契约，请法会长作证好吗？"康先生说。

"行，我同意。"刘金桂说，"今天中午请康先生在我家里吃个便饭行不？"

康先生爽快地表示："好哇，中午咱们喝杜康酒。"

石清梅做了六七道家常菜，康先生吃得很可口，连干了三杯白酒。刘金桂与康先生边喝边拉家常，聊得十分开心。

第二天上午，刘金桂与康先生如约来到了胶州商会，顺利签署了售房契约，胶州商会法世峰会长亲自作了见证人。这是刘金桂第一次拜会法会长，身材高大、面容威严、风度翩翩的法会长，给他留下了深刻的印象。法会长似乎也对这个英俊帅气、办事灵活的年轻商人颇有好感，再三叮嘱刘金桂有空闲时常来商会喝茶聊天。

第二天上午，康先生派人将老宅中的家具和其他物件全部搬走，将钥匙郑重地交给了新的主人。当天下午，刘金桂与石清梅一起将屋内的卫生清理一番。

晚上，刘金桂来到书桌前，专心研究雕版印刷作坊的筹建方案。石清梅端来一杯热茶，问："金桂，我的心里老是像揣着个兔子，'呼呼'地跳个不停。你说这件事情有把握吗？我们的书铺干得好好的，收入也不错，咱们本本分分地经营书铺有多好？何必要去冒这个风险呢！"

刘金桂抬头望了她一眼，说："这事风险是不小，但不去试试，你怎么知道行不行？我不能像前辈那样当个好货郎就满足了，必须抓住商机，走出一条新路子，才能在胶州打拼出一片新天地。"

"金桂，我还是有顾虑，买房子、买设备、雇伙计，投入这么一大笔钱，你短时间能够凑齐吗？"石清梅担忧地说。

"钱的事已经落实了，有个朋友刚借给我五百两银子，剩下的事，我们按部就班地去做就行了。"刘金桂信心满满地说。

石清梅面露喜色，说："既然这样，那你就放手去做吧，我支持你。"

刘金桂握住她的手说："有媳妇做后盾，我心里就有底气了。"

石清梅抽出右手，开玩笑地指着他的脑门："只许成功，不许失败！"

"那是当然！"刘金桂与她击掌为约。稍停，刘金桂说："还有件事，我想跟你商量一下。我打算把隔壁梁掌柜那套老宅子租下来，咱搬过去住。腾出这里的房子当作坊。到时候，前面开书铺，后面当作坊，前店后场方便些。"

"我同意。"石清梅说，"金桂，你做事考虑周到，天生是个做买卖的料。俺跟你过日子可有盼头呢。"

刘金桂笑了笑说："过日子好事歹事都会遇到，逆境顺境都能赶上，重要的是两个人能够有难同当，有福同享。"

"俺是个容易知足的人，嫁鸡随鸡，嫁狗随狗呗，不用担心俺与你两条心，只要你能一心一意地待俺好就行。"石清梅边说边给刘金桂轻捶着后背。

"我知道老婆是个通情达理的人。"刘金桂后背很快感到一阵轻爽，说，"这几天我想委托王学仁先生去扬州订购设备。再瞅时间去拜访一下付秀田先生，看看能不能把他请过来做技术师傅。"

"生意上的事情我不太懂，你自己拿主意好了。"石清梅说。

正月十三日上午，按照约定，曾玉冰与刘金桂一起乘马车来到杨家花园，去拜会付秀田师傅。付秀田居住在城西溪水河边靠街面的一个四合院里，虽说还未出正月，但来找付秀田刻印章的人络绎不绝。待客人们陆续走后，刘金桂与曾玉冰来到付秀田的工作室里，只见付秀田腰板挺直，面目清瘦，神情十分专注。案桌上摆满了刻好的各种印章。曾玉冰率先打招呼说："付先生好！"

付秀田抬起头看了她一眼，说："曾小姐来了，快请坐吧。"

"大正月的，付师傅还是这么忙。今天我给您领来了一位客人，他就是成文堂书铺的掌柜刘金桂。"曾玉冰说。

付秀田瞟了刘金桂一眼，点点头说："刘掌柜很年轻嘛，欢迎光顾。"说完，继续埋头刻章。

"听说付先生制印有方，我是慕名前来拜访您的。"刘金桂谦和地说。

"刘掌柜过奖了，刻章只是为了混口饭吃。"付秀田冷冰冰地回了一句，再没有言语。

稍停，曾玉冰说："我爹让我捎信，方便时请您到我家里喝茶。"

提起曾晋福，付秀田的脸上有了笑意，说："曾大掌柜的身体好吗？这些年多亏了他不断接济我，帮我给媳妇治病。只可惜她没有福气，去年冬天还是丢下我们父女俩走了。"

"小草还好吧？我记得她应该五岁了。"曾玉冰问，"小草在哪？"

"是的，过了年刚好五岁。她妈走后，小草很受打击，夜里经常做噩梦。今天，她去邻居家找小伙伴玩去了。"付秀田说。

曾玉冰说："你们这样长期下去，也不像过日子的样，有合适的再找一个吧。"

付秀田摇摇头说："我现在这个条件不好找的，暂不考虑啦，眼前只想多赚几个钱把娃娃带大就好。"

"您没想着调换个行当，很好地发挥一下自己的特长？"刘金桂问。

"我除了过去搞过雕版印刷，制个印章什么的，其他的活也不会做呀。"付秀田说。

"我正要筹建一家雕版印刷馆，急需负责雕刻技术的师傅。如果付先生有意，我愿意高薪聘您，今天是专门来拜访您的。"

付秀田放下手中的工具，扫了他们一眼，说："我来胶州快七八年了，至今还没发现能办雕版印刷的人才，你们这么年轻……"付秀田摇摇头，接着说道："搞雕版印刷不是一件容易的事。再说，我现在刻制印章的生意也不错，其他的工作就不做考虑了。"

曾玉冰说："付师傅，您还是再考虑一下好吗？您去做技术师傅，刘掌柜是不会亏待您的。"

付秀田淡淡地笑了一下，依旧无动于衷。

刘金桂看了一眼曾玉冰说："我想邀请付师傅去成文堂书铺看看，不知道付师傅是否肯赏脸？"

曾玉冰于是上前劝道："去吧，刘掌柜诚心邀请您去。大正月的，正好出去散散心嘛。"

付秀田不好再拒绝，于是，跟他们乘马车向成文堂书铺赶去。路上，付秀田忽然开口问刘金桂："你书铺开得好好的，怎么突然想起要搞雕版印刷？"

刘金桂回答说："首先，我是从市场需求考虑的，以胶州为例，目前有三个书院、几十家私塾，在私塾读书的、考科举的人不计其数，对相关教材和书籍的需求量很大，如果放眼到整个胶东，乃至全国，这个需求量自然会更大。其次，雕版印刷是中华传统文化的精髓，它是一种具有突出价值和民族特征、传统技艺高度集中的传统文化，它凝结了中国造纸术、制墨术、雕刻术、摹拓术等多种优秀的中国传统工艺，最终形成了独特的中国文化工艺，是世界印刷最古老的源头。作为年轻人不但要考虑什么生意好做，更要有责任和义务把雕版印刷术传承和发扬下去。老祖宗的东西决不能在我们这代人身上丢失啊！三是雕版印刷业方兴未艾。当下，雕版印刷可分为官刻、坊刻和家刻，而坊刻最具发展优势和潜力。因此，我决定尝试一下。"

刘金桂的一席话，大大出乎付秀田的意料之外，他蓦然间感觉这位朴实精干的小伙子，不但会做生意，而且目光长远，深具家国情怀，绝非等闲之辈。他的脸上终于有了笑意，说："刘掌柜胸有大志，年轻有为，令我刮目相看了。"

"付先生过奖了。"刘金桂说。

路上，他们还相互介绍了一下自己的家庭情况。说话间，不知不觉地到了成文堂书铺大门前。这时，有几个学生怀揣着刚买的书本从店里兴高采烈地走出来。付秀田说："看来书铺的生意还不错。"

曾玉冰说："可不是，书铺开张以来，每天的顾客都络绎不绝。如果将来书籍自己印刷、自己销售，成本低、收益大，生意会更好做。"

"外面天冷，付先生快店里请。"刘金桂热情地招呼道。

付秀田进了店里，看着整齐的货架和琳琅满目的书籍及文具，顿感耳目一新。郭兰芝主动热情地询问道："这位先生想买什么？"

"我顺便看看。"付秀田说，"请问姑娘，这里的文房四宝都产自哪里？"

"笔产自青州和莱州，其他的产自徽州。这份墨条就是著名的徽墨，先生若感兴趣，不妨一试？"说着，端来砚台和墨条，请他研墨调试。

付秀田拿起一根墨条仔细地端量了一下，又轻轻地研磨了一会，连声说道："好墨，是货真价实的徽墨。"

"先生慧眼识珠，一看就知道是个行家。"郭兰芝说。

"他可是大名鼎鼎的雕版大师付先生，对于文房四宝是再熟悉不过了。"刘金桂介绍说。

"欢迎付先生指教！"郭兰芝微笑着点点头。

"这位小姑娘真会说话，怪不得店里的生意这么好。"付秀田说。

郭兰芝说："刘掌柜平日要求我们，不但货物要好，对顾客更要态度和气，要让顾客买得放心、用得舒心。"

"看来，刘掌柜经营管理很有一套，我原来小瞧你们了。"付秀田忽然感慨地说。

"刘掌柜虽然年轻，但经营有方，处事稳妥。"曾玉冰说，"我们到后面的作坊看看？"

"好哇。"付秀田欣然同意。

他们来到后院，将正屋和厢房都看了一遍，刘金桂问："付先生，这里暂且当作雕版印刷的作坊，可否？"

"可以，东厢可做雕版室用，西厢可作仓库。正屋便做印刷作坊。从印刷、装订到成品打包，都可以在此完成。"付秀田建议道。他见两个伙计正在粉刷墙壁，问："他们在装修？"

刘金桂说："简单装潢一下。"

付秀田接着说道："你要注意，搞雕版印刷这一行当，一定要注意'三防'，即防火、防潮湿、防虫蛀。尤其要注意防潮湿。胶州这地儿，夏天多雨潮湿，再加上云溪河经常泛滥。因此，防潮湿是个大事。建议屋内地面要做好防水处理，再铺上一层青砖；屋外要挖好排水沟，使积水能够顺畅排出。这一点切莫麻痹大意。"

刘金桂听后，感慨地说："多谢付先生的指教！付先生的确是个行家，我这里最缺乏的就是您这样的技术师傅。"

"刘掌柜这么看重您，应聘的事您还要再考虑吗？"曾玉冰问。

"刘掌柜这么器重我，我无话可说了，我同意接受应聘。"付秀田伸出右手。

刘金桂一把握住他的手，说："欢迎您！只是创业初期，条件艰苦一些，还请付师傅多担待。"

"以后就是一家人了，理当同舟共济。从今往后，我愿为成文堂效犬马之劳。"付秀田表态说。

"太感谢您了！以后我就把您当成兄长了。"刘金桂说，"您第一次来，今天中午就在我这里吃个家常饭吧，尝尝弟妹的手艺。"

付秀田看看曾玉冰，说："咱们还是不在这添麻烦了吧？"

曾玉冰说："没啥麻烦的，以后要天天在这里吃住呢。"

"那我就不客气了。"付秀田说。

"走吧，去我的新家看看。"刘金桂领着他们来到了隔壁的四合院，说："这里，我们也是刚刚搬进来的。"

石清梅从里屋走了出来，刘金桂给她介绍说："这位客人就是付先生。"

"付先生好，欢迎光临！"石清梅笑容可掬地说道。

"这应该是弟妹了，弟妹好！"付先生鞠了一躬。

"付先生不必拘礼。"刘金桂说，"清梅，中午大家在这里吃个家常饭，你做几个拿手菜吧。"

"好啊，欢迎大家。"石清梅说。

曾玉冰说："我与秋芬一块给你搭把手。"

石清梅于是牵着曾玉冰的手，高兴地朝厨房走去。

刘金桂说："付先生，咱先去堂屋喝杯热茶。"

开饭的时候，郭小舟、郭兰芝也来了，郭兰芝叽叽喳喳地说个不停，很是活跃，逗得大家都很开心。刘金桂打开一瓶玲珑老白干，说："这是我从老家带来的，请付先生品尝。"

付秀田饮酒豪爽，端起酒杯喝了一大口，说："好酒，醇香可口，且劲头大。"

"别光顾着喝酒，多吃点菜。"曾玉冰关心地说。

他吃了一口肉末粉丝，感觉很是爽口，说："这道菜挺奇特，它叫什么名字？"

"蚂蚁上树。是用我们老家的龙口粉丝做的。"石清梅介绍说。

刘金桂说："这可是清梅最拿手的一道菜，您多吃点。"

"好吃！这是我平生第一次吃到的佳肴。"付秀田夸赞说。

"好吃的话，以后就让清梅多做给您吃。"刘金桂说。

"看看，光顾喝酒，耽误说正事了。"付秀田说，"作坊有了，设备、原材料得抓紧时间进了。招兵买马的事也得尽快落实了。"

"以现在的规模，招收多少伙计合适？"刘金桂问。

"先招收二十五人左右即可，以后扩大了规模，再逐步增加人员。"付秀田说，"如果你同意的话，我可以带四五个徒弟过来，他们都有一点雕刻方面的技艺。"

"当然可以。只要您认可的，就带过来。"刘金桂说。

"我也要跟付先生学徒！"郭兰芝突然喊道。

"你在前店当伙计不是挺好吗？"付秀田说。

"好什么呀，枯燥无味。我想跟您学习雕版手艺。"郭兰芝说。

郭小舟瞪了她一眼说："妹妹你犯混了吗？"

刘金桂却说："兰芝想学点手艺是好事，关键是不知道付先生愿不愿收她。"

付秀田听了，爽快地说："刘掌柜发话了，我收下这个女徒弟。"

郭兰芝自己斟了一杯酒，举过头顶，说："谢谢付师傅！"说完，自己一口干了。

曾玉冰说："兰芝是个聪明姑娘，肯定学什么像什么。"

刘金桂举起酒杯，说："来，咱们一起祝贺兰芝心想事成！"

大家有酒的喝酒，没酒的喝水，都一口干了杯。现场气氛甚是愉快。

经过两个多月的精心筹备，成文堂印书坊的筹建工作已基本结束。郭松浩先生专门为"成文堂印书坊"题写了横匾，由付秀田亲自用红松木板雕制而成，六个烫金大字格外醒目。曾玉冰还请人测算了开业日期。道光二十六年（1846）农历三月一日上午九时正式开业，刘金桂在曾玉冰的协助与斡旋下，邀请了很多重要贵宾，胶州知州张廷扬、胶州商会法世峰会长及大通绸缎庄的大掌柜徐长江、济生堂大药店大掌柜曾晋福等众多胶州商界名流都亲临开业典礼现场。许多客商还带来了五颜六色的庆贺花篮和牌匾，满满地摆放在成文堂大门两侧，很是显眼，大大增加了开业现场气氛。开业典礼由郭松浩先生主持，张知州与徐长江予以揭牌，法世峰会长即席发表了热情洋溢的致辞，对成文堂印书坊诞生的意义与影响给予充分肯定，对其未来的发展寄予厚望，使刘金桂甚为感动。刘金桂兴奋地登上临时搭建的土台子，发表了简单的致辞，对前来参加开业典礼的张知州、法会长及胶州商界名流表示诚挚的感谢，对成文堂印书坊服务宗旨及发展规划作了简要说明，衷心希望胶州各界人士给予大力扶持。他的致辞，赢得了现场嘉宾的一片热烈掌声。

对于曾晋福出席成文堂印书坊开业典礼，曾玉彪耿耿于怀。他在心里愤愤不平地埋怨道："爹啊，您真是越老越糊涂了。本来，成文堂书铺抢走了曾府云溪书铺的好多生意，是生意场上的冤家对头，您怎么能亲自跑去给人家捧场？这不是助纣为虐吗？还有，玉冰这个死丫头，为刘金桂这么卖力干啥，这不是胳膊肘往外拐吗？有机会得找她开导一番。"虽然心里有气，但是，成文堂印书坊举行开业典礼时，曾玉彪与庞管家还是悄悄地溜到了现场观摩，见此开业盛况，曾玉彪不由得心里酸溜溜的，他紧皱着眉头对庞管家说："刘金桂真是初生牛犊不怕虎，他还不知道胶州城的水有多深浅，以后会有他好看的，咱骑着毛驴看唱本——走着瞧！"

庞管家鄙视地说道："一个愣头小子，在胶州成不了什么气候，更掀不起什么大波浪。我估摸，不出半年，成文堂印书坊非黄铺子不可。"

"那是肯定的。别看他现在挺得意，有他哭鼻子的时候！"曾玉彪从鼻孔里哼了一声，说，"咱们走！"

于是，他们匆忙跳上了一辆马车，扬长而去。

第八回　萍水相逢两相知　夫人有缘结金兰

　　成文堂印书坊顺利开业后，刘金桂心中悬着的一块石头终于落地，感觉踏实多了，平日的胃口也格外的好。这天晚饭的时候，刘金桂吃了两碗米饭还意犹未尽。抬头见石清梅，细嚼慢咽，一副忧心忡忡的样子，便问："你怎么了？清梅，身子哪里不舒服吗？"

　　石清梅迟疑了半天，说："心不舒服，憋闷得慌。"

　　刘金桂见此，似乎明白她的心思，半开玩笑地说："心不舒服？是醋吃多了吧。"

　　"这次成文堂印书坊开业，曾玉冰跟着瞎掺和，也算出尽了风头吧？"石清梅说。

　　刘金桂说："我估计你在为这事上火。在这件事上，我可告诉你，咱做人得厚道点，不能过河拆桥啊！"

　　"你说我不厚道？"石清梅涨红了脸。

　　刘金桂平和地说："你听我解释，这次成文堂从筹建到开业，从筹措资金，到聘请师傅，人家跟着跑了多少腿，出了多少力，你是看见的。要是没有人家的慷慨相助，成文堂印书坊猴年马月也建不起来。"

　　"她相助什么了？"石清梅问。

　　"人家借给咱五百两银子呀，才使得成文堂顺利建成。"刘金桂说。

　　石清梅听了，情绪忽然有些激动，她把筷子往桌子上用力一放："你为什么不早些跟我说？"

　　"跟你说有用吗？"刘金桂板起了脸。

　　"早知道这样，成文堂宁肯不建，也不用她的臭钱。"石清梅嘟囔道。

　　"狭隘，妇人之见！"刘金桂吼道，"做人要讲良心，人家这么诚心帮助咱们，你总不能把好心当成了驴肝肺！连这点道理都不懂，你怎么在商场上混？这生意你还做不做了？"

见刘金桂动了肝火，石清梅委屈地低下头，说："我就是有点看不惯她。"

"她已经嫁给徐云龙了，早就是徐家的人了，你以后不能胡思乱想了！"刘金桂放缓了语调说，"人在江湖，多个朋友多条路，尤其是像她这样心地善良、重情重义之人，我们没有理由不以诚相待。你不但不能疏远她，还应主动联络她，答谢人家的帮助。"

石清梅说："正常交往我不反对，但你们得保持距离。"

刘金桂忍不住笑了，说："你啊，心眼比针孔还小。我做事当然会有分寸的，这点你放心好了。"

"只是这一大笔钱，我们何时才能还清啊？"石清梅擦着眼泪说。

"印书坊照此运转，今年的收益应该不错。再加上书铺收入，我计划用一年的时间，力争将借款本金与利息全部还上。"刘金桂说。

"经营管理上的事儿我不太懂，但我去了几趟作坊，发现伙计们的工作效率并不是很高。"石清梅说。

"印书坊刚运作，伙计们业务尚不熟练，肯定有不协调的地方，后面再培训一下就走上正轨了。"刘金桂说。

石清梅忽然要求说："要不，也让我去作坊当学徒吧？我天天在家闲着，憋闷得慌。"

"学徒的事就免了，你以后帮我管账如何？"刘金桂问。

石清梅说："我不懂得记账，账目上的事我就不掺和了。"

"那你想做点什么？"刘金桂问。

"实在不行，我还去伙房搭个下手吧，那活不费脑筋。"石清梅说。

"你乐意去伙房也行，我不反对。"刘金桂说。

石清梅高兴地说："那就下周去吧，这几天我把手头的针线活干完。"

刘金桂说："你自己定吧，什么时候去都行。我建议你闲暇没事的时候，别老闷在屋里，多出去走走看看，了解一下胶州的风土人情，顺便帮我了解一下市场的行情，多为成文堂的发展提一些参谋意见。"

"好吧，我听你的。"石清梅说完，将桌子上的碗筷收拾好。

第二天上午，石清梅先是来到东关大街郭先生的私塾拜访了师母李玉玲，李玉玲热情地接待了她。见她面带忧虑，便问："清梅，你是不是有什么心事？"

"没有啊，我今天来是想去天后宫祭拜一下天后娘娘。"石清梅尽量装作若无其事的样子。

"这里环境我熟悉，我陪你一块去吧。"李玉玲说。

"那太好了。"石清梅笑着说。

在去天后宫的路上，她们穿过熙熙攘攘的人群，边走边交谈着。石清梅说："师母，我有个问题想请教你一下。"

李玉玲瞅了她一眼，和蔼地说道："清梅，有什么事尽管与师母说。"

"您说男人最讨厌女人什么？"石清梅说。

李玉玲一听，知道她心里在想什么，说："你与金桂没闹矛盾吧？"

"没有啊。"石清梅竭力掩饰自己的情绪。

李玉玲直视着前方的男男女女，说："男人最讨厌女人胡搅蛮缠了。"

少顷，石清梅又问："那男人最喜欢什么样的女人？"

李玉玲望一眼街道边上随风轻扬的柳树，说："他们应该最喜欢温柔善良、通情达理的女人，最好还能为他分忧解难，有所担当。这样的女人不光招人喜欢，还值得尊重。"

石清梅恍然大悟，说："我说您那么招郭先生喜爱，原来知道那么多。"

李玉玲忍俊不禁，说："你这个鬼丫头，跟师母绕弯子呢，以后师母再也不教你了。"

石清梅紧挽师母的胳膊，说："给我豹子胆，我也不敢戏谑师母。其实，在家庭生活方面，我什么也不懂，今天是向师母讨教来的。"

李玉玲说："一个家庭，生活中难免会出现磕磕碰碰的事情，这没有什么。俗话说，小两口吵架不记仇。但是，两个人相互尊重、相互理解、相互扶持很重要。当然，有时候双方都需要忍让点。我们第一次见面，我就觉得你是一个聪明、实在、贤惠、大度的女子，希望你能理解他，扶助他，力争成为他的左膀右臂。男人成功的背后，都须有一个贤良聪慧的女人做靠山。"

李玉玲的话说到了她的心坎上，石清梅的眼睛有些湿润了，说："师母，听君一席话，胜读十年书。您的话我记住了。"

她们说话的工夫，已经来到了天后宫的大门前。李玉玲说："天后娘娘最懂得人间的疾苦与冷暖，一会儿咱进去给她进香，你有什么心事和愿望，可以向天后娘娘倾诉一下。"

石清梅望着庄严肃穆的天后宫，心里忽然有些紧张起来。李玉玲说："从侧门进去吧。拜拜天后娘娘心里就会舒畅多了。"

祭拜完了天后娘娘，石清梅的心情果然轻松了很多。傍晚，从东关大街回到家里，石清梅露出了久违的笑容。她忽然决定，这几天有空的时候，再去徐府找曾玉冰聊聊。因为她觉得，如果她与曾玉冰之间的关系好了，刘金桂肯定会高兴的。只要丈夫高兴的事情，她都应该努力去尝试。

成文堂书坊开业的当天晚上，徐云龙一直到半夜才醉醺醺地回到家里。曾玉冰一直难以入眠，正在翻阅《红楼梦》。徐云龙摇摇晃晃地走近说："你还没睡?不用等我。"说着，就去拥抱曾玉冰，被曾玉冰厌恶地推向一边，质问他说："你是不是又去赌场了?"

"你猜对了，我刚从赌场回来。自从本少爷娶了你，手气格外的好。今天又赢了一笔银子，刚刚请小兄弟们吃了顿饭，庆贺了一番。"徐云龙醉意朦胧地说。

"你不是答应我以后不去赌场了吗?"曾玉冰生气地问。

"时间长了不赌，手痒。再说，我若洗手不干了，我那帮小弟兄哪能饶过我?"徐云龙哈着酒气说。

"你知道成文堂印书坊今天开业了？你也该做点正事了，别一天到晚的鬼混。你什么时候能像人家那样知道创业就好了。"曾玉冰长叹了一口气。

徐云龙不屑一顾地说道："我徐府家大业大，成文堂能跟我徐云龙比？我就是条龙，刘金桂就是条虫，我随便从身上拔出一根毫毛都比他的手指头粗。"

"徐云龙你吹牛吹破天吧！你要知道，创业与守业是两回事。人家是创业，日子终有一天会过好的，将来是龙是虫还真不好说。你是守业，如果不思进取，天天赌博，早晚要败家的。爹在胶州是个要脸面的人，你得为徐府争一口气了。"曾玉冰苦口婆心地劝他。

"家里不是有你和爹在支撑着嘛！最近爹把凤凰银楼交给你打理，我是举双手赞成的。我就不用操那么多心了，有空闲去赌场玩两把多逍遥自在。"徐云龙说。

"自古以来，赌博没有发家的，你没看见因为赌博，有多少人家破人亡？你现在放手还为时不晚。"曾玉冰说。

"我还年轻，玩几年再说吧。"徐云龙有些不耐烦了，连打了几个呵欠，合衣倒在床上便睡，一会儿便打起了沉闷的鼾声。

曾玉冰失望地摇了摇头，自己下床去了另一间卧室。

第二天早晨，因为昨夜没有睡好，曾玉冰起得有点晚。她刚梳妆打扮完毕，秋芬进来说："夫人，刘金桂夫人石清梅前来拜访。"

曾玉冰一愣，说："快请她进来。"

石清梅手里捧着一件东西走了进来，说："曾妹妹，我看你来了。"

曾玉冰说："邀请你多少回了，今天总算给了面子。快快坐下说话。"

石清梅说："我前几天刚剪了几幅剪纸给曾妹妹送来，也不知你喜欢不？"

曾玉冰赶紧接过来翻看，共三幅，一幅是喜鹊登梅，一幅是鸳鸯戏水，另一幅是鲤鱼跳龙门。她连声说道："剪得太好了，每幅都栩栩如生，惟妙惟肖，又吉祥如意。嫂子真是心灵手巧啊！"

"妹妹过奖了，妹妹喜欢，就收下好了。以后有什么好的图样，我再剪给你看。"石清梅原来局促不安的情绪霎时消失了。

这时，秋芬已给她们泡好了茶，两人便在茶桌旁坐好。石清梅说："徐府真够宽大敞亮的。"

曾玉冰说："偌大的屋子经常就我一个人住，空旷得慌。嫂子若有空闲常来这里陪陪我，说个话。"

"曾妹妹若不嫌弃，我以后就是这里的常客了。"石清梅说，"我来胶州时间不长，人生地不熟的，好多事情还得向你请教。"

"请教谈不上，没事咱俩随便拉拉家常好了。"曾玉冰说。

少顷，石清梅说："曾妹，我至今有个顾虑，金桂匆匆忙忙地建起印书坊，我心中怎么一点底数也没有？印书坊在胶州能够存在和发展下去吗？我着实有些担心。"

"不管别人怎么认为，我对它还是很有信心的，我觉得金桂的选择没有错。"曾玉冰说，"胶州是个有着几千年历史的文化古城，虽然地面不是很大，但地理位置特殊，临海近水，交通发达，学者济济，文人辈出，尊儒风气浓厚，参与科举考试的人多，因此，对教材的需求量很大。成文堂自己印书、自己推销，成本低，获利大，它的发展前景就可想而知了。"

"我刚来，对胶州着实不是很了解。听你这么分析，我对成文堂印书坊就有信心了。"石清梅说，"听说胶州城庙宇枚不胜数，有文庙没？"

"不光有文庙，而且，建筑规模仅次于曲阜，在胶东半岛首屈一指。"曾玉冰说。

"真的吗？"石清梅对此饶有兴趣。

曾玉冰继续说道："当然是真的。早在南宋时期，胶州人就开始筹建文庙，地址多次迁移。直到明洪武八年才在内城的东南隅建成颇具规模的文庙。它的正面是大成殿，东西两面建有厢房，还建有御碑亭、大成门、泮池、月桥、棂星门以及文昌阁、名宦祠、乡贤祠、崇圣祠、忠孝悌祠、名伦堂、敬一亭，依次环绕在大成殿的周围，其景象颇为壮观。"

"这足见历代百姓对孔子的尊崇。没想到胶州民众尊孔、崇孔的风气这么浓厚。"石清梅说。

"那是自然。我们这里自幼时就读'三字经'，书的封面印着孔子的像，启蒙教育时就让他们认识孔子。无论私塾还是公立学堂，均悬挂孔子像，学生们一进教室就要主动鞠躬行礼。"曾玉冰介绍说。

秋芬见她们说得很投机，就提议说："既然你们对文庙感兴趣，我们不如现在去文庙拜一拜孔圣人。"

曾玉冰说："嫂子乐意去吗？"

"乐意。"石清梅站了起来。

于是，她们三人走出徐府，一同乘马车来到了文庙。

进了文庙大门，首先映入大家眼帘的是几株高大挺拔的松柏，耸立在道路两侧，一片苍翠而肃穆。往正面瞧，她们看见大成殿的屋顶一片金黄，而中间用黑琉璃瓦砌成的"万世师表"四个大字则格外光彩耀目。

此刻，去大成殿的人来来往往，络绎不绝。许多游人与她们擦肩而过。曾玉冰说："要是赶上春秋祭孔盛典，前来祭拜的人可多了。祭孔大典为每年的仲春二月和仲秋八月，祭孔仪式极为隆重，鸣赞站在大成殿前平台上主持，发号施令。礼生站在主祭和陪祭人身旁，负责引导他们进行各项祭拜活动。典礼开始与礼成时，还要吹奏音乐。礼乐队伍大都是从民间比较年轻的吹鼓手中选拔的，以吹奏笙、管、笛乐为主，吹得十分动听悦耳。"

秋芬说："我听说参加大典的人很多，密密麻麻的满院子都是。祭孔仪式挺复杂，需要'三拜九叩'，每次大祭要花很多的钱。当然，按照当地规定，我们女人是没有资格参加大典的。"

曾玉冰看了她一眼说："好了，别瞎说了。我们进大成殿里面看看吧。"

进了大成殿，石清梅看得很仔细。大成殿四柱五间，殿内金龙盘柱，四处釉绘，一片金碧辉煌。正面的神龛披挂着黄云绸缎，端坐着高大魁梧的孔子雕像，两侧是其弟子门生的雕像，只是比孔子像小许多。曾玉冰见她看得很专注，悄悄地扯了一下她的衣襟，说："我们给孔圣人上个香吧。"

三个人分别焚香叩拜后，她们又去东南面的文昌阁看了一番，阁楼虽然窄促一点，但仍显得比较神秘。殿堂西面站着一麋鹿泥塑，造型奇特，似鹿非鹿，似马非马。秋芬说："它就是传说中的'四不像'吧？"

　　石清梅说："应该是的。"

　　曾玉冰说："据我所知，每年的二月初三这天，是'文昌会'，不但地方官员要前来躬诣致祭，附近学堂的学生也都前来拜谒。"

　　石清梅说："大家为了求取功名，都要来沾点文曲星的光呢。"

　　从孔庙回来，已近中午，在曾玉冰再三挽留下，石清梅留了下来，大家一起动手包饺子，话儿越说越投机。

　　曾玉冰说："你知道胶州有哪'三多'吗？"

　　"我听金桂说过，好像是桥多、庙多、牌坊多。但我不知道为什么会出现'三多'的现象。"

　　曾玉冰一边包着饺子，一边说道："桥多嘛，是因为有云溪河与墨水河自西向东穿城而过，河流多，人要出行方便，自然修建的桥也多。目前，胶州大小桥梁少说也有数十座。庙多，是因为胶州海运贸易发达、经济繁荣，各地的商贾们，每逢来到胶城，都要到各自信仰的神庙去顶礼膜拜，祈求平安和发财，向所敬的神灵烧香许愿。待平安返回时，就不惜本钱还愿，修建了数量众多的寺庙和庵舍。石头牌坊多，那是因为牌坊是一种门洞式的纪念性建筑物，从明朝开始，胶州城文人墨客云集，进士举人层出不穷，仕宦大族迅速形成，进士举人多、官场的翘楚多，为他们建立的各种石牌坊也就随之多了起来。其实，这些牌坊都是一种文化的载体。"

　　"曾妹妹，你懂的真多，你这么一介绍，我更喜欢胶州古城了。"石清梅说。

　　"我自幼在胶州长大，自然对胶州古城了解得多一些。我听说招远那边也是个很富有的地方。"曾玉冰说。

　　"我们那边近山靠海，地理环境和生活习俗与这边有很多相似的地方，当然也有所不同。胶州有三多，招远其实也有三多，即金子多，粉丝多，果品多。"石清梅说。

　　石清梅的话，引起了曾玉冰的兴趣，说："嫂子你给介绍一下招远的'三多'呗。"

　　石清梅说："金子多，就是黄金多。那里有沙金与岩金两种。我们邻近的淘金河，就有丰富的沙金，好多人在淘金河发了大财。岩金更多，它集中在罗山和玲珑一带。听说有好多矿脉，储量可丰富了。当地有个传说：玲珑山，十八重，金梁玉柱在其中。尖斗沙子平斗金，黄金宝藏胜天宫。为此，因为采金发大财的人不少。粉丝多，那边的粉丝加工作坊多，几乎家家户户都会做，做出的绿豆及地瓜粉丝，清爽可口，老百姓甚是喜爱。果品多，因为那边的水质好，土壤适合果树生长，种植面积就大，大梨、桃子、杏子等水果产量高，且品质好，风味很是独特。"

听了石清梅的介绍，曾玉冰不由得心生羡慕，说："原来招远是个人杰地灵、物产富饶的好地方啊。"

石清梅说："一方水土养一方人，我看胶州也不错。"

"那就待在胶州住一辈子吧。"曾玉冰说。

"只要成文堂的生意能做下去，我就在胶州长期住下来。"石清梅说。

吃过午饭，石清梅依依不舍地辞别了曾玉冰，回到了家里，见刘金桂不在，她就来到了书铺。郭小舟正在帮一位顾客挑选毛笔，抬头见到石清梅，说："嫂子，你来了。"

"你忙你的，我没事，顺便来看看。"石清梅说。

顾客走后，石清梅问郭小舟："最近生意怎么样？"

"还行。咱们自印自销，价格便宜，前来购书的顾客增加了不少。只是，因为书的质量问题，出现了退货和索赔的现象。"郭小舟说。

"为什么？"石清梅紧张地问。

"可能是印书坊开印时间短，伙计们的业务尚不熟练，因而出现一些操作失误和质量漏洞。"郭小舟说，"不过，你放心，听说刘掌柜已经采取补救措施了，责成付秀田师傅现场进行技术指导和培训，伙计们的操作技能已经有了很大的提高。"

听到因为质量问题出现退赔的消息，石清梅原来愉悦的心情一下子变得糟糕起来。她准备晚上亲自问一下刘金桂退赔的具体情况。

晚饭时，刘金桂一直紧锁眉头，像是在思考着什么。石清梅说："今天上午我与曾玉冰去拜谒孔庙了，胶州尊孔崇孔的风气甚是浓厚。"

刘金桂回过神来，说："孔庙建筑是胶州庙宇建筑的代表，这也是儒教盛行的体现。成文堂西面的城隍庙也很有名，是普通百姓祈福求财的地方，因此，那里面长年烟火很旺。你有时间，不妨也去看看，感受一下当地的风俗人情。"

"我也有这个想法，等有空再说吧。"石清梅问，"印书坊现在运营得怎么样了？"

刘金桂一愣，随即淡定地说道："总体来说，还行吧。因为运行时间较短，出现一点小问题是在所难免的。我们改进一下就行了。"

石清梅见他不愿讲得太明白，也不便再刨根问底地追问。只是，一种担忧忽然袭上心头。

转眼到了暮春时节的一天下午，城隍前街，暖风阵阵，柳絮轻扬，燕子在行人的头顶自由地穿行。蓦然，东南天边涌来一阵黑云，似乎压得人们喘不过气来。接着，雨点便"噼里啪啦"地落了下来。

这时，刘金桂铁青着脸，从外面走进家门。石清梅帮他脱下淋湿的外衣，说："金桂，你怎么了？身体不舒服？"

刘金桂一屁股坐在椅子上，气愤地说道："曾玉冰被徐云龙那个狗崽子打了！"

"啊，怎么回事？"石清梅吃惊地问。

刘金桂说："我刚才去市场购货，路上正好碰见秋芬，她把事情的经过告诉了我。"接着，刘金桂简单地把事情经过向石清梅讲述了一遍。

原来，前天下午，徐云龙外出喝酒回来，刚进家门就气哼哼地质问曾玉冰："说吧，前段时间你把那五百两银子借给谁了？"

"不是借给大哥了吗？"曾玉冰淡定地说。

"你打算瞒我到什么时候？"徐云龙红着眼珠子说。

"你今天怎么了，云龙。"曾玉冰小声说道。

"你还装？今天中午我与玉彪大哥一起吃饭，我问他借银子做什么，可大哥根本不知道这件事，你竟然打着大哥的旗号来欺骗我！"徐云龙大声吼道。

曾玉冰平静地说："既然你都知道了，我就实话告诉你吧，这钱借给刘金桂开印书坊用了。因为我怕你不愿借给他，就以大哥的名义借了。"

"算你说对了，我就是扔在大街上送给要饭的，也不愿借给刘金桂，因为他对你一直不怀好意。你这样帮他，是何用心？"

"我们只不过是普通的朋友，朋友之间有难处相互帮衬一下有什么值得大惊小怪的。他只是暂时借用一下，年底前就还给咱们了。"曾玉冰说。

"你敢说你们是普通朋友？我看你就是个婊子！"徐云龙忽地一下站起来，凶神恶煞般地抓住她的衣领。

"放开我!"曾玉冰厉声说道:"如果这日子过不下去,咱们就分开好了!"

"你想得美,我不但不放过你,还要让你生不如死!"说完,一记耳光打在曾玉冰的脸上,曾玉冰的嘴角顿时流出了鲜血。

在打人的一瞬间,徐云龙忽然间后悔了,急忙用衣袖擦去她嘴角上的血迹,口中喃喃地说:"我喝醉了,对不住了玉冰!"

曾玉冰愤然推开他,哭泣着冲出门外。

吵闹声惊动了徐长江,他手持文明棍赶了过来,见此情景,当头断喝:"兔崽子,跪下!"说着,抡起文明棍朝他的后背"噼噼啪啪"地打下来。

徐云龙赶紧抱住徐长江的腿,说:"别打了,爹,我知道错了。"

徐长江怒火未息,说:"这么好的媳妇你不珍重,你要作死啊!"说完,一屁股坐在沙发上。

徐云龙此时悔恨交加,索性躺在地毯上,呜呜地哭泣起来,嘴里喊道:"我不想活了。"

徐长江生气地说道:"你不想活拉倒,活着你就要给我把儿媳妇追回来。否则,我不认你这个儿子!我怎么生了你这么个不争气的东西?"他擦了一把眼泪,起身拂袖而去。

叙述到这里,刘金桂的眼圈红了,石清梅看到他的双拳握得"吱吱"作响。

"以后什么情况?"石清梅焦急地问。

刘金桂叹了口气,又把后面发生的情况诉说了一遍。

原来,曾玉冰赌气跑回娘家后,把徐云龙动手打人的事情跟父母讲了,曾晋福夫妇听了十分气愤,曾晋福说:"玉冰长这么大,我没有戳她一指头,徐云龙竟然为了区区一点借款打了我闺女,这事不能算完!"

曾太太说:"当初我就不主张玉冰嫁给这个赌徒,可你们非得说两家门当户对,这不是把闺女往火坑里推吗?"

"当初还不是为了救你那个宝贝儿子,才让玉冰嫁给他的?现在说什么也晚了。"曾晋福说。

"这事不能算完!"曾太太咬牙切齿地说。

曾太太很快找到曾玉彪说:"你妹妹被徐云龙打了,你知道吗?"

"我也是刚刚听说。不过,叫我说,玉冰该揍!她竟敢打着我的旗号向丈夫借钱给成文堂,她这不是鬼迷心窍了吗?"曾玉彪冰冷地说道,"如果事情发生在我身上，我也不能轻饶她！"

"你，你这个没有良心的东西，要不是为了救你，你妹妹能嫁给他这样的赌徒？"曾太太越说越激动，抓起鸡毛掸子朝曾玉彪打了起来，说，"滚，你给我滚出这个家门！"

曾玉彪没有生气，边躲边嬉皮笑脸地说道："妈，你别生气，我去揍他，为我妹妹争气！"说完，一溜小跑出了家门。

曾太太来到曾玉冰的卧室，劝她说："闺女，甭伤心，我让你哥去给你出头去了。你先在家住几天再说吧。"

"指望他给我出头？我看他们是一伙的。"曾玉冰擦了一把红肿的眼睛，丝毫没对哥哥抱有信心。

第二天一大早，徐云龙在父亲严厉的催促下，带了一些茶叶、水果来到曾府赔礼道歉。在客厅里，徐云龙见到了曾晋福夫妇及曾玉冰，大家都冷冷地坐着，不愿理他。徐云龙搭讪着说："爹，妈，我今天是给玉冰赔礼道歉来的。昨天中午我喝多了酒昏了头脑，将玉冰打了，我罪该万死，对不住她了！"说完，便左右开弓，把自己的脸扇了一顿。

曾太太见他的脸打红了，心便软了下来，说："住手吧，有事说事。"

"我想带玉冰回去，好好过日子。"徐云龙央求说。

曾晋福从鼻孔里"哼"了一声说："我是怕狗到天边也改不了吃屎的本性啊。玉冰在我手里是掌上明珠，从来没有受过一丝委屈，你竟然为了区区的五百两借款动手打了她，你还是个人吗？我曾晋福有的是钱，闺女我还养活得起。你赶快从这里滚出去！"说着，用力猛地拍了一下桌子，杯中的茶水都溅了出来。

徐云龙吓得哆嗦了一下，赶紧跪着抱住曾玉冰的腿，说："玉冰，我求求你，跟我回去吧，我以后会好好待你的。"

曾玉冰把脸转向了一边，并不认同。大厅里的空气一时仿佛凝固了一般。

半晌，曾太太忍不住开口说："既然云龙已经认错了，玉冰就跟他回去吧，无论怎样，以后的日子还得继续过呀。"

曾晋福叹了一口气，说："以后你再敢动我闺女一指头，我决不会轻饶你！"说完，狠狠地瞪了他一眼，拂袖而去。

曾玉冰终于妥协下来，说："我收拾一下东西，咱这就走吧。"

徐云龙高兴地跳起来，说："媳妇，我在门外等你。"

听了刘金桂的述说，石清梅的眼圈也红了。她说："我以前对玉冰还很抵触，可人家为咱成文堂受了多大的委屈呀。将来成文堂发达了，一定不能忘记人家的恩情。"

"你说得有理，吃水不忘打井人。等成文堂赚了钱，咱要加倍偿还给人家。"刘金桂说，"我建议你方便的时候去看望慰问一下曾玉冰，表达一下咱的关爱之情。"

"这我懂。"石清梅说。

事隔一天后的上午，石清梅来到徐府看望曾玉冰，曾玉冰看上去明显消瘦了。她说："玉冰妹妹，金桂让我来看看你，并表示歉意。是我们成文堂连累了你，让你受了这么大的委屈。"说着，情不自禁地流下了眼泪。

曾玉冰平和地说道："嫂子，你说些什么话呀，太见外了。你看我这不是好好的吗？徐云龙喝多了酒，一时犯了糊涂。你放心，他不敢拿我怎么样的。"

"金桂说，如果借款等着用，他就去钱庄借些还给他。"石清梅说。

"不等着用。那点钱对于徐府来说，不过是九牛一毛，你们尽管用就是了，等赚了钱再还给他们也不迟。"曾玉冰说，"成文堂印书坊的生意近期怎么样？"

石清梅摇摇头说："好像不是很顺利。我听说因为印刷质量问题，几次被退货，造成了不少的损失。我正为他们担心呢。"

"任何事情都有个起步过程，前期出现点问题没啥了不起。随着伙计们的操作技能越来越熟练，印刷质量问题很快就会得到解决的。"

"玉冰妹妹，我很为成文堂担心，可我又什么忙也帮不上。"石清梅低声说道，"我听说城隍庙是个祈福纳祥的地方，不知道是否灵验？"

曾玉冰说："心诚则灵。灵不灵验可以去拜谒一次试试嘛。据我所知，胶州人大都很崇拜城隍爷，因为他不但能守护城池，还可以消灾避祸、福佑苍黎。"

"这样说来，方便的时候咱们应该去看一看。"石清梅说。

曾玉冰说："依我看，咱现在就去好了。"

"也好！"石清梅点头同意。

于是，曾玉冰叫上秋芬，三个人步行穿过两条巷子，匆忙来到城隍庙前大街。到了城隍庙大门口，只见大门左右坐有一对大铁狮子，雄狮前爪下面按着一个铁锈球，雌狮前爪下面握着一个小铁狮子。它们竖眉瞪眼，龇牙咧嘴，十分威严。正门上额悬挂一架铜制大算盘，盘梁上镌有"不由人算"四个醒目大字，石清梅的心不由得提了起来。回头看时，只见曾玉冰的神情凝重，眼圈红红的。这一刻，石清梅似乎觉得曾玉冰的心里很苦。

她们缓缓地走进了庙门，转过照壁，呈现在眼前的是一座富丽堂皇的戏楼，楼前悬挂书有"千秋鉴"三个大字的横匾。戏楼上面为舞台与化妆室，下面为木柱支撑的通道。曾玉冰介绍说："别看这戏楼不太起眼，但是作用可不少。每年的城隍庙会、求雨应验、庆丰收、南船进港等庆祝活动都在这里举行，每次都是锣鼓喧天，好戏连台。"

她们穿过戏楼来到北面的大殿，只见通厅有五间大小，中间神台上有一尊铁铸城隍，他的两边分列着雨师、风伯、雷公将军、电光娘娘及牛头、马面、日游神、夜游神等阴帅，左右两边分列仪仗。大殿东西分别为赵公祠和龚公祠。院子两侧为东西廊房，塑有十殿阎君，设有十八层地狱，令人毛骨悚然。

曾玉冰边走边介绍说："城隍庙每年于清明节、七月十五日、十月一日举行三次庙祀，也就是城隍爷'出巡'。清明出巡叫'放孤魂'，七月十五日出巡叫'祭孤魂'，十月一日出巡叫'收孤魂'。出巡前先要举行一番祭拜仪式，然后，城隍爷坐上八抬蓝轿出来巡游，沿途观者如云，拥挤不堪。典礼祭祀期间，庙内的戏楼便开始唱戏，十分热闹。"

秋芬插话说："这里的庙会特别热闹，五月初一至初五为城隍庙会，善男信女们都纷纷前来庙里焚香烧纸，许愿还愿。大街上人来熙往，各类商号与沿途商贩都聚集在街上，借机推销货物，一整天都消停不下来。"

"真是想不到，城隍庙的文化这么深厚。"石清梅感慨地说道。

曾玉冰接着说道："胶州城隍庙还有一个特别的地方，香火不是在前殿，而是在后殿。我们去后殿看看吧。"

她们从殿东面的一个角门走出，来到了后面的大殿。只见这个殿的城隍爷是用木头雕刻的，它头戴黑色的乌纱大帽，身穿红色的滚龙蟒袍，腰系嵌银玉带，脚著白底朝靴，甚是威风。

秋芬见城隍爷的打扮，不禁"咯咯"笑起来，悄声说道："我怎么看城隍爷的穿戴打扮，跟戏里曹操似的。"

曾玉冰扭头瞪了她一眼，说："在这里不可胡说!"

秋芬以手掩嘴，有点尴尬。

曾玉冰牵着石清梅的手，说："嫂子，我们上香吧。你有什么诉求，就向城隍爷祈祷一下。"

石清梅点燃了三炷香，心中默默地祈祷着什么，然后，小心地插进香炉，虔诚地磕了三个头。完毕，她轻盈地站了起来，忽然感觉心情敞亮了许多。

"许过愿了？"曾玉冰亲切地望着她清纯的脸庞。

"许过了。"石清梅羞涩地回答。

曾玉冰说："你的心真善良。我祝你心想事成！"

"谢谢曾妹妹！"石清梅说。

曾玉冰忽然真诚地说道："你我志趣相同，相见甚欢，又聊得来，这也许就是一种缘分吧。我有个请求，以后不叫你嫂子了，改口叫姐姐，你乐意吗？"

"真的？"石清梅感到一阵惊喜，说："妹妹才气过人，待人真诚，我也早有结金兰之意。你这个妹妹我认，以后咱就是亲姐妹了！"

"一言为定！"曾玉冰说着，将自己手上的玉镯摘下，赠给石清梅。石清梅摘下自己手上的金戒指给曾玉冰戴上，俩人相视一笑，紧紧地拥抱在一起。

秋芬取来了香，说："当着城隍爷的面，你们发个誓言吧。"

曾玉冰与石清梅一起小心地上了香，然后，共同宣读誓言："城隍爷作证，今天我俩结为异姓姐妹，姐妹一条心，永远一家亲，同舟共济到白头，互帮互助义断金。义结金兰今朝是，真情实意比海深……"

宣读誓言后，她们朝着城隍爷深鞠了一躬，然后，两人亲昵地手牵着手，大步朝门外跑去。

此情此景，令秋芬感动不已，深为她俩的义举感到庆幸，她擦了一把激动的泪水，快步追了上去。

第九回　成文堂稳步发展　曾玉彪炉火中烧

　　成文堂印书坊开业后，刘金桂根据伙计和学徒们的特长与能力，对他们合理安排了工作岗位。付秀田具体负责工艺技术及雕版制作。他带来的几个徒弟也大都得到重用，大徒弟李国安负责生产印刷，二徒弟刘学厚负责原料供应和书籍推销。其他伙计和学徒大多数是从本地和老家那边招收的，比较老实本分和勤奋，都安排在一线从事流水作业和学徒。开业伊始，由于伙计们操作不够熟练，经验不足，因而经常出现一些质量问题。在付秀田的协助下，刘金桂对他们利用一早一晚的时间，加强了业务技能的培训，使他们的操作技能很快有了提高。刘金桂还根据市场需求，及时调整了经营的重点及方向，除了及时完成一些大客户的订单印刷以外，重点放在启蒙类教材、科举考试资料、四书五经、常用医书、风水地理等书籍的雕刻印刷上，先后刻印了大量私塾学堂普遍用的"三、百、千"即《三字经》《百家姓》《千字文》等启蒙教材，科举通用的《龙光诗经》、四书五经、《千家诗》，以及《四书字典》《诗韵集成》等工具类书籍，供当地私塾、学堂的学子们学习使用。成文堂还通过零售及批发的方式，迅速将印制品推向民间和社会各界，很快受到胶州文人墨客和广大百姓的欢迎。为此，慕名购书的人纷至沓来，一些启蒙教材和工具书经常被抢购一空，成文堂的销售额直线上升，收益也一天天丰厚起来。

　　这天一大早，负责书籍推销的刘学厚一溜小跑来到书房，他看上去三十出头，中等个头，蒜头鼻子、薄嘴唇，一双眼睛十分灵活。见了刘金桂问："刘掌柜，您找我？"

　　刘金桂坐在一张老榆木桌旁，说："刚印制的这批四书五经，好卖吗？"

　　"好卖，供不应求。这些书是学子们登科取第的'敲门砖'，需求量大着呢。"刘学厚说。

　　刘金桂高兴地点点头，说："无论哪个行当，一定要适应市场和客户的需求。再好的东西，客户不需要，一分钱也不值。我们成文堂才刚刚起步，现在可不能盲目乐观啊。"

刘学厚说："刘掌柜说得在理。只是，虽然目前的书籍销路不错，但据我了解，一些客户对我们还有一些不满意的地方。"

"有什么不满意的地方？说说看。"刘金桂说。

"有的客户反映，我们印的一些书，个别地方印刷的字迹模糊，装订时还有漏页的现象，他们对此十分不满。"刘学厚说，"还有的说，成文堂是一家民间印书作坊，没法跟官印的比。要达到官印的水平，尚需时日，不要对他们抱有过高的期望。"

刘金桂听了有些坐不住了，他站起来踱了几步，说："他们这样说成文堂，其实比打我脸还难受。我们民间作坊怎么了，民间作坊就印不出好书来？真是岂有此理！当然，他们这样说，恰好说明我们的确存在着许多质量问题，长此以往，我们成文堂就会信誉扫地，这不是自个把牌子砸了？你马上去给我调查清楚，哪家的货有问题，咱立刻给人家调换，决不能充耳不闻。"

"好的，我马上去办这件事。另外，有个事要向您汇报一下。昨天下午，云溪书铺那边的庞管家来过，送来一本样书，想请成文堂给他们印刷几百册。考虑到他们前段对咱不太友好，刚巧您又外出了，这事我没敢答应他。"刘学厚说。

刘金桂笑笑说："咱开门做买卖，光明正大，没什么可怕的。不管是哪路来的神仙，只要进了咱成文堂的门，就是咱家的客，以礼相待，好生伺候便是。"

"我明白了。还有别的事吗？"刘学厚说。

刘金桂拿出一套书，说："我这里有本《诗韵集成》，一函八卷四册。这套书严格遵守官方押韵要求与原则，采择前代各韵书之长，收词丰富，排列精当，是科举考试必用的韵书，也是文人通常选用的押韵工具书，有很强的参考价值，是目前极为流行的韵书之一。你把它交给付师傅审查一下，抓紧制好刻板。"

"好的。"刘学厚迅速转身去了作坊。

此刻，在胶州城碧云阁二楼一个包间里，曾玉彪、庞管家正在与一位身材窈窕、打扮妖冶、年轻美貌的姑娘珍珠饮酒，不时发出欢快的笑声。珍珠姑娘一会儿与曾玉彪对斟，一会儿坐在他的大腿上撒娇，曾玉彪喝得面红耳赤。停了一会，他对珍珠姑娘说："你先去沏壶茶，我们还有点要事商量一下。"

珍珠姑娘立刻顺从地避开。

"昨天，成文堂为啥不接咱的订单？"曾玉彪瞪着红红的眼睛问庞管家。

"我遇见的是成文堂的伙计，他说自己不敢做主，要等刘掌柜回来再说。"庞管家说，"我原打算明天再去趟成文堂找刘金桂，看他接不接这个订单。"

"这事一定要依计行事，即使搞不垮他，也要搞臭他，让他名声扫地。"曾玉彪恶狠狠地说。

庞管家说："原来我们真是小看他了。没想到他还挺抗折腾的，不但没黄铺，而且越干越大，竟然建起胶州第一家雕版印书坊。现在他们前店后坊，自印自销，成本低廉，一般的书铺怎能与他抗衡？原来的云溪书铺，不客气地说，是胶州同行业第一大赚钱的铺子。自从刘金桂来胶州开店以后，云溪书铺受到的冲击最大，生意急转直下，再不想个办法就要关门大吉了。"

"好了，你不要再说了，这办法不是一直在想嘛。"曾玉彪自斟了一杯酒，咬牙切齿地说，"刘金桂，你不让我安生，我也不会让你好过！"说完，一口将杯中酒喝了下去。

第二天早上，成文堂刚开门不久，曾玉彪与庞管家赶了过来。

刘学厚笑脸相迎："欢迎曾掌柜、庞管家光临！"

庞管家说："刘掌柜在吗？曾掌柜要拜访他。"

"快里边请吧！"刘学厚领着他们来到刘金桂的书房。

刘金桂起身热情迎接道："是哪阵风把曾掌柜和庞管家吹来了？刘某有失远迎！"

曾玉彪满面笑容地说："刘掌柜年轻有为，首办了胶州第一家刻印书坊，真有气魄，令人钦佩！"

"曾掌柜过奖了，我这里不过是个小作坊，比您大家大业的那是小巫见大巫了。"刘金桂谦逊地说。

刘学厚给他们沏好茶，端了过来。

刘金桂说："请喝茶，不知曾掌柜光临寒舍有何贵干？"

"为了表达对成文堂的支持和敬意，我手里有套书，想请成文堂给刻印一下。"曾玉彪看了庞管家一眼。

庞管家闻言赶紧拿出一套叫作《诗料集锦备览》的书，递给刘金桂，说："此书为经史子集精华，集锦共六卷二十三类，十分珍贵，刘掌柜肯帮忙印刷？"

"这本书需印多少套？什么时间交付？"刘金桂问。

"一千套吧，三个月的时间如何？"曾玉彪说。

刘金桂说："时间是仓促些，但我们一定按时交货。"

"印刷费用就按你们核算的计算。我们是否需要签订一个印书契约？"庞管家问。

"那是当然，咱们照规矩来吧。"刘金桂说，"刘学厚，你赶快去拿份印刷契约书过来。"

不一会儿，刘学厚带着印刷契约文本走了进来。曾玉彪接过仔细地看了一遍，说："很好，印刷质量与交货日期都有明确规定。这里我要再次强调一下，《诗料集锦备览》这套书，由知名的伴鹤居士编著，它在胶州是孤本，因此，印刷质量一定要有保证。"

听了他的话，刘金桂隐约感觉有什么说不清楚的玄机，但他的话又似乎都在情理之中，就对刘学厚说："你看看样书，若无其他问题就把它签了。"

刘学厚草草地翻阅了一遍，并没有发现样书有什么问题。

于是，在曾玉彪与刘金桂的见证下，刘学厚与庞管家作为双方代表草签了契约。

契约签订后，曾玉彪强调说："样书先留在这里，请妥善保管。待成品书验收后，咱马上货款两讫。告辞了！"

"谢谢曾掌柜捧场！二位请慢走，您就放心好了。"刘金桂边送客人边说道。

送走了客人，刘金桂回来看了一眼样书，对刘学厚说："你把它送给付秀田师傅，请他们照本宣科，严格按原样刻印，书的字体、行距、尺寸不作任何改变。让他们抓紧时间制作吧。"

刘学厚答应了一声，揣着样书匆忙去找付秀田去了。

当天下午，付秀田找到刘学厚说："我对《诗料集锦备览》仔细翻阅了一遍，发现个别地方有缺页现象。要不要把这个情况向刘掌柜反映一下？"

刘学厚想了想说："曾掌柜说此书在胶州是孤本，可能原书就缺页。他还强调，照原样刻印就行。我们就依葫芦画瓢吧。"

付秀田也没有多想，说："哦，原本是这样啊。那我让师傅们抓紧刻印好了。"

"时间挺紧迫的，你们辛苦点吧。"刘学厚说。

"你转告刘掌柜，请他放心，我们一定按时制好刻板。"付秀田说。

下午，曾玉彪与庞管家去城隍后街一家茶店喝茶，有两个十五六岁穿着邋遢、蓬头垢面的乞丐站在门口向里张望，曾玉彪招了招手，两个乞丐环顾一下四周，蹑手蹑脚地走了进来。

曾玉彪说："你们饿不？"

"饿。"两个人异口同声地说道。

曾玉彪便对庞管家说："你去隔壁的包子铺买两屉肉包子回来，给两个小兄弟垫垫饥。"

庞管家一会儿带回两屉包子，曾玉彪说："你俩每人一屉，赶快趁热吃了。"

庞管家给他俩刚端过去，两个乞丐便迫不及待地用手抓起来就吃。

曾玉彪看着他们狼吞虎咽的样子，笑着说道："好吃吗？"

两个人吃得正急，含混不清地回答："好吃！"

一会儿的工夫，两屉包子一扫而光。两个人似乎意犹未尽，瞅着空空的笼屉，只好作罢。矮个子抹去嘴上的油水，点头哈腰地说："谢谢曾老爷！祝曾老爷发财，发大财！"

"发什么财？不破财就烧高香了。"曾玉彪说，"石铁蛋，张飞毛，后面还有好多事情请你们帮忙呢。"

"什么事，请曾老爷明示，我们就是粉身碎骨也在所不辞！"石铁蛋两个眼珠子贼溜溜地转动着。

"小叫花子还挺会说话的，是个可塑之材。"曾玉彪说，"这里说话不方便，你们两个三天后到济生堂找我，到时候我再告诉你们。"

见张飞毛没有反应，曾玉彪说："张飞毛，老爷的话你听见没有？平时挺机灵的，这时怎么看上去跟个木桩似的。"

张飞毛瘦高个，他因为特别能跑，又会点武功，被人叫作飞毛腿。见曾老爷问他，就生硬地回答说："老爷的话我听见了，三天后我们一定准时赶到。"

"到时见不到你们，我可轻饶不了你们！"曾玉彪直视着他们说。

石铁蛋说："曾掌柜对我们这么好，我们哪敢失约？您放心好了。"说完，两个年轻乞丐转身跑出门外。

望着他俩远去的背影，曾玉彪说："这两个人是后街乞丐帮的头头，一个文，一个武，搭配得不错，乞丐们大多听他俩的话。"

"世间的事有时真不可琢磨，原来我觉得养这些乞丐有什么用？现在看来，还真能派上用场。还是曾掌柜眼光长远。"庞管家不失时机地拍主人的马屁。

曾玉彪得意地说："想在江湖混，三教九流都得交，说不定什么时候就会为我所用。"

"您实在是高明。"庞管家说。

曾玉彪笑着摆摆手，没再说什么。

三天后，石铁蛋与张飞毛如约赶到，曾玉彪在济生堂的书房里接见了他们，板着脸对他俩说："养兵千日，用兵一时。今天找你们来，是要交办你们一件事情。"说着，向他们招了招手。

两个人急忙凑前，曾玉彪耳提面命，低声交代了一番。两个人稍有犹豫，然后，会意地点了点头说："一定照曾老爷的要求去办。"

曾玉彪说："此事一定要保密，千万不能说是本老爷指使干的。而且，要做得天衣无缝。"

"我们明白。"石铁蛋说。

"事成之后，我给你俩每人五两银子的奖赏。"曾玉彪又对庞管家说，"领他们两个去后厨吃顿饱饭。"

"谢谢曾老爷！"两个蓬头垢面的乞丐不自然地朝曾玉彪鞠了一躬。

"二位小哥请吧！"庞管家领着他俩去后厨吃饭去了。

当天晚饭后，石清梅来到成文堂刘金桂的书房，问道："金桂，近来咱的雕版印刷搞得怎么样啊？"

刘金桂说："还行，经过近期的不断培训，伙计们的技术水平明显提高，印刷质量问题基本解决了。咱印的启蒙读物、科举考试资料等书籍，现在都成了抢手货，供不应求。前几天咱还接了云溪书铺一个大订单，已经安排刻版了。"

"曾玉彪的订单你也敢接？你不怕他给你下套子吗？"石清梅不无担忧地说。

刘金桂说："咱成文堂开门做生意，什么样的人也得打交道，只要咱童叟无欺，诚实经商，身正不怕影子斜，有啥可怕的？至于接谁的订单，你不用有太多顾虑。"

石清梅沉默了一会儿，说："我今儿的右眼总是跳个不停，老辈人都说女人右眼跳不是好兆头。"

刘金桂不以为然地笑了："年纪轻轻的咋讲起迷信来了？我看你是近期

有点疲劳了，抓紧时间休息吧。我再把账目核算一下。"说完，噼里啪啦地打起算盘来。

第二天早晨，郭小舟像往常一样打开店门，只见五六个乞丐每人手执一只破碗，提一根打狗棍，等候在门前。一见郭小舟，一齐大声嚷道："大哥行行好，给口饭吃吧!"

郭小舟于是去后院的伙房问石清梅如何处理，石清梅心肠软，说："给他们送点吃的。"说完，赶忙从伙房取了一些黑馍送过来。

乞丐见到篮子里的馒头，蜂拥而上，每人抢了一个，狼吞虎咽地吃了起来。吃过之后，他们却没有要走的意思，有的干脆坐在门前的台阶上。郭小舟见状，过来劝说道："各位小兄弟，东家把饭也给你们吃了，你们怎么还不赶快走?"

几个乞丐像没听到似的，依然坐着不动。待一些顾客将要进店时，他们立刻围拢上来，不住地跟顾客要钱要物，惹得顾客们一个个厌烦地走开了。

一连几天，总是这种状况，而且，乞丐越聚越多，很快增加到十五六个人了。郭小舟忍不住了，拎着一把笤帚，对坐在店门口的乞丐说："各位小兄弟，你们不要在这里胡闹了，没看到顾客们都被你们吓跑了? 你们是不是成心搅乱我们的生意? 奉劝你们赶快离开这里! 否则，我就不客气了。"

乞丐们却像没有听见似的，依旧相互间嘻嘻哈哈地说笑不停，坐着不动。

郭小舟火了，抡起笤帚劈头盖脸地朝他们打过去，乞丐们一哄而散。可待郭小舟走后，他们又迅速地聚拢过来。

郭小舟把这几天发生的事情告诉了刘金桂，刘金桂不以为然地说："几个乞丐能闹腾出什么花样? 无非是想讨点吃的，你们明儿就煮一锅大米粥给他们喝，劝他们不要再来了。"

第二天一大早，众乞丐又在店门前集聚起来。郭小舟把外面的情况告诉了石清梅，石清梅于是差人将熬制的大米粥用大水桶抬了过来，亲自盛到碗里分发给他们，说："小兄弟们，刘掌柜让我熬制了一锅大米粥给你们送来，大家趁热喝吧。"

乞丐们你一碗我一碗地喝着大米粥，感觉很是满足，纷纷投来感激的目光。

石清梅接着说道："小兄弟们，刘掌柜还让我带个话，说大家都在一个地儿混，不容易。成文堂刚开业不久，又是小本生意，请大家多体谅和担待。没事的话，大家散了吧。"

石铁蛋把头一仰说："这位大嫂，你想用这么一锅米粥就把我们打发走了？"

"那你想怎么样？"石清梅的脸色有些变了。

这时，张飞毛站出来说："人家开个店也不容易，今天老板娘亲自出面了。粥咱们也喝饱了，再说兄弟们这几天也挺辛苦，我看先撤了吧。"说完，他朝其他的乞丐挥一下手，自己先走开了。

其他乞丐见状，稍有迟疑，很快也跟着一哄而散。

他们走后，石清梅长吁了一口气，赶紧去了刘金桂的书房。对正在记账的刘金桂说："这帮坏小子总算打发走了。"

"我说你不用担心，他们掀不起什么风浪。"刘金桂说。

"要是他们再来怎么办？"石清梅说。

"咱们仁至义尽，再来就得给他们点眼色看看了。"刘金桂说，"你先忙去吧，有什么事以后再说。"

一直过了两天，乞丐帮没有丝毫动静，就在石清梅以为此事已经风平浪静的时候，这天上午十时左右，十余个乞丐突然闯进了店里，那个叫石铁蛋的乞丐指着郭小舟，高声说道："就是他上次用笤帚殴打弟兄们的，这个仇要不要报啊！"

众人喊道："要报！"

"给我把店砸了！"石铁蛋一声令下。

众乞丐手执木棍纷纷朝书架和货柜砸去，一时间店里"乒乒乓乓"的声音响成一片。

郭小舟奋力阻拦，无奈势单力薄，被逼到了墙角。刘金桂闻讯，顺手操起一根打狗棍闯进店里，大喝一声："住手！"

有几个乞丐猛扑过来，被他三拳两脚打趴。有两个乞丐头部受了伤，血流满面。其余的人见状，拼命四散逃走。

被打趴的瘦乞丐从地上爬起想跑，被刘金桂一把拽了回来，厉声说道："说，谁指使你们干的？"

"我不知道，你饶了我吧。"瘦乞丐央求道。

刘金桂顺势一拎，将他摔倒在地，用打狗棍朝着他的屁股狠狠地打了两棍。

瘦乞丐挣扎了两下，哭求说："你别打了，我听说是曾老爷指使干的，其他我什么都不知道。"

刘金桂愤怒地踹了他一脚，说："狗奴才，滚！再让本大爷见到你们，砸断你们的腿！"

刘金桂看到店里一片狼藉的样子，怒火中烧。他二话没说，拿着打狗棍，火气冲冲地向云溪书铺走去。

一路上，刘金桂脚底生风，怒目圆睁，满脸通红，风吹得他的衣角哗啦啦地作响，那根用枣木做的人头高的打狗棍扛在肩上，像一杆威武的长矛，格外出眼。

石清梅一溜小跑地追赶着他，可怎么也追不上。

刘金桂快要来到云溪书铺门口时，眼尖的庞管家，急忙对书铺的伙计说道："快关门，给我把门顶上！"

刘金桂欲进不能，索性搬起门边的一个石麒麟，奋力抛向路边。接着，他飞身一跃，双手举着打狗棍狠狠地砸向云溪书铺门上方的匾额，匾额登时进裂四散。

过路的人们发出一阵喝彩之声。

石清梅拼命跑上前去，抱住他的腰，哭喊着："你疯了！赶快回去！"

刘金桂转身见妻子大汗淋漓的面容与苦苦哀求的目光，不忍心再让妻子伤心，只好收起打狗棍，独自大步返回。

刘金桂走后，庞管家赶紧去了济生堂大药店，问曾玉彪："刚才刘金桂砸了咱们云溪书铺的匾额，真是胆大包天！你看咱们该怎么办？"

"有种！看样子刘金桂配做我曾玉彪的对手！"曾玉彪冷笑两声，沉着地说道："不就是块匾额嘛，砸碎了再做一块。这笔账先记着，到时旧账新账一块算，咱们骑驴看唱本——走着瞧吧！"

待刘金桂返回店里，郭小舟领着一帮人正在收拾物品。

付秀田闻讯跑了过来，劝说道："不就是几节柜台、几张桌椅吗？整修一下就好了，不碍什么大事，刘掌柜你千万别冲动。"

刘金桂说："我是咽不下这口气啊。"

"曾玉彪搞的这点把戏，乃雕虫小技，他不过是想从精神上扰乱你，让你自乱阵脚，最终垮掉，以便从中渔利。"付秀田说，"我斗胆劝刘掌柜一句，以后遇事别这么冒失，以免吃亏上当。咱只要扎紧篱笆打好桩，他们就没有什么空子可钻。"

刘金桂点点头，说："云溪书铺还有一笔订单，我们现在可否不做了？"

付秀田说："那不行，契约都签了，中途毁约是要包赔大笔损失的。"

刘金桂说："既然这样，就只能奉陪到底了。这笔订单一定要保质保量地干好，免得让人家抓住把柄。"

"我会加紧督促他们干好的。"付秀田说。

乞丐闹事和砸店风波之后，大家不明就里，前来购货的客人明显减少，使成文堂书铺蒙受了很大损失，销售额大幅下降。刘金桂差人将毁坏的柜台和桌椅及时整修，很快恢复了店铺的营业。为了挽回前段的损失，刘金桂亲自外出联系商户，扩大了批发业务，使经营形势逐步有了好转。然而，刘金桂对云溪书铺那笔订单始终放心不下，便定期到作坊里看看印刷进展情况。

转眼三个月的时间快到了，这天上午，庞管家大摇大摆地来到成文堂，找到刘学厚，问他："《诗料集锦备览》一书印刷的怎么样了？"

刘学厚说："近来伙计们加班加点地干，快完成了，目前已进入装订阶段。"

"有没有装订好的？"庞管家问。

"有啊，已经装订好了一批。"刘学厚说。

"你找本新书，再把样书给我，我回去再仔细校对一下。"庞管家说。

"我们已经反复校对过了，你甭担心。"刘学厚说。

"为了万无一失，我还是再校对一遍吧，这样大家都放心。"庞管家坚持说。

"行，那你在这校对吧。"刘学厚说。

庞管家说："这么厚的书，我一时半会儿看不完，不如我拿回去晚上仔细审阅。校对完后我及时还给你就是了。"

刘学厚见他说得在理，也就没有过多考虑，随便拿了本刚装订好的新书，连同原来的样书一并交给了庞管家，说："有什么纰漏请及时知会我们，以便及早纠正。"

"行，三天后我准时送回。"庞管家皮笑肉不笑地说。

庞管家回到云溪书铺后，立刻对店里的程师傅说："《诗料集锦备览》有两张缺页，你把那两张重新装订到里面，记住，不能看出一丝的破绽。"

程师傅是个旧书修补专家，他很快将缺页装订到样书里面，并恢复了原样。曾玉彪看了，十分满意，直夸程师傅的手艺好。他兴奋地对庞管家说："重头戏开场了。"

三天后，正好是云溪书铺订单完成交接之日。上午九时，曾玉彪与庞管家按时来到成文堂，刘金桂沉着地站起来打着招呼："欢迎曾掌柜与庞管家光临！"

"刘掌柜辛苦了！"曾玉彪说，"今天我们是来取货的，想来那套书已经印好了吧？"

"都印好了，请过目。"刘金桂指着墙边打包好的书籍，"你们现在可以拿走了，咱们货款两讫。"

"不急，我们先验货吧。"曾玉彪说，"庞管家，你对照样品审查一下，看看有无其他问题。"

庞管家拿着样书，随意从打包书籍里抽出一本，两相对照，仔细翻看起来。忽然，他双眉紧蹙："怎能缺页呢？"他赶紧又取出一本，细瞧，这本还是缺页。

这时候，大家的情绪似乎都紧张起来。刘金桂亲自要了一本翻看，也是缺少同样的页码，他严肃地问刘学厚："这是怎么回事？"

刘学厚说："他们原来给的样书就缺少两页。"

庞管家不紧不慢地把样书打开，只见里面页码齐全，并无遗漏，说："小伙计，看好了，咱可不能睁着眼睛说瞎话呀。"

"不可能，我们明明看到原来的样书缺少两页，怎么能忽然变出来了呢？"

"你发现了？发现了为什么不向我们提出来？"庞管家直视着他。

"那是因为曾掌柜说，这本书在胶州是孤本，照着样书印就行了，所以我们才没有多想。"刘学厚说。

"可是样书明明摆在这里，是齐全的呀，并不缺页少字，你这不是胡搅蛮缠吗？"庞管家装作一副很委屈的样子。

刘学厚忽然恍然大悟，说："对了，就是你们搞的鬼！当时你提出要校对，我让你在这里核对，你找了一堆借口将样书拿走，回去后你做了手脚，又拿来讹诈我们，你们想干什么！"

庞管家听后勃然大怒："你血口喷人，为了逃避责任，你竟然信口雌黄，诬赖好人！"

听到这里，刘金桂什么都明白了，他平静地问得意洋洋的曾玉彪："曾掌柜，这事可能是个误会，你看怎么办？"

曾玉彪反问一句："开玩笑，怎能是个误会？你说怎么办吧？"

刘金桂说："依我看，事情没那么复杂，请曾掌柜再宽限几天，我们把漏页制版印刷一下，重新装订，再保质保量地交给你们。这样行不?"

曾玉彪摇了摇头说："刘掌柜，这事没你说得那么简单。你今天交不了货，耽误了我售书时间啊，要知道，我与别人也是有契约的。大家都明白，商机很重要，一旦错过，那损失是无法估量的。我明确告诉你，这事只能照签订的契约来办，你们刻印的这些书我已经无法接收了，你们自己留着慢慢卖吧。剩下的事情就是按照契约规定办吧。"

"曾掌柜，再没有商量的余地?"刘金桂说。

"没什么余地了。"曾玉彪哈哈大笑起来。

刘金桂说："看来你是早有预谋的，挖了个大坑让我刘金桂往里跳啊!"

"姜太公钓鱼愿者上钩嘛。都说你刘金桂精明，也不过是个小孩子的智商。"曾玉彪仰脸耻笑他说。

"有些人聪明反被聪明误，早晚要搬起石头砸自己的脚。"刘金桂镇定地说道。

"废话少说，按货款两倍罚款，你给我准备好四百两银子，三日内结清即可。"曾玉彪说完摆摆手准备离开。

刘金桂说："慢着，这事不能你一方说了算，我们得找个说理的地方，如同意，咱请胶州商会裁决吧。"

"胶州商会?行啊!打官司我曾玉彪奉陪到底。"曾玉彪说完，趾高气扬地离开了。

他们刚走，付秀田师傅上前给了刘学厚一个耳刮，大骂道："你这个不长俊的东西，给东家造成多大的麻烦啊!"

"我知道错了，我给刘掌柜和师傅丢脸了，损失从我的薪金里扣除吧。"刘学厚自己打了自己一个嘴巴。

刘金桂制止说："都住手!这事也不能只怪刘学厚，我也是有责任的，都麻痹大意了!事情既然发生了，大伙也别太着急，想想应对的办法就是，以后汲取教训便可。打官司的事我来应付，大伙原来该怎么干还怎么干吧。"

付秀田说："刘掌柜，那这些书怎么处理?"

刘金桂说："先把遗漏的页码补全了，装订好。他们不要，我们自己推销。这本书的内容我粗略地看了一遍，比较实用，说不定是畅销书呢。大家各自忙去吧。"

大伙走后，刘学厚迟迟没走，刚要说点自责的话，被刘金桂打断了，说：

"别难过了，事情既然已经发生，想想解决的办法才是正理。"

刘学厚见刘金桂没有过多地责备自己，心里平静了许多，他把事情从头到尾回忆了一遍，刘金桂边听边做了认真的分析。然后，他语重心长地说："以后行事真的要谨慎一些，老古语说：害人之心不可有，防人之心不可无。这次人家明摆着给咱挖了个陷阱，可咱一点儿也没有察觉，实在是太大意了。"

刘学厚说："刘掌柜您不责怪我，让我更难受。我今后一定会汲取这次沉痛的教训。"

"亡羊补牢，犹未为晚。尽量减少损失吧。"刘金桂说，"你去忙吧。"

之后，曾、刘两家书坊印刷纠纷很快提交给了胶州商会，法四爷请两家掌柜来到商会茶楼协商调解。法四爷说："既然你们相信商会，那我就居间给你们调解一下。请你们各自陈述一下自己的意见与要求。"

曾玉彪干咳了两声，说："我是受害者，我先说吧。敝人在京城购得《诗料集锦备览》一套，委托成文堂刻印一千套，并签订印刷契约。但验货时，他们印刷的书籍却遗漏了两页，故造成我云溪书铺无法按时对外供货。按照契约规定，云溪书铺拒收成文堂不合格的印刷书籍，并要向我方支付货款总额两倍的罚款，共计赔偿四百两银。另外，前段时间，刘金桂借故砸毁云溪书铺匾额一块，要求一同赔偿二十两银子，共计四百二十两银子。"

法四爷听后，面无表情，转头问刘金桂："刘掌柜，你有什么要陈述的？"

刘金桂平静地说道："此次成文堂承印的书籍之所以出现纠纷，乃曾玉彪一手所设圈套，我实在有些大意了，竟被陷了进去。"

"说话可是要有根据的。"曾玉彪生气地说道。

"曾掌柜第一天送去的样书，本来就缺两页，可曾掌柜说此书是孤本，照样子印刷即可。后来，他的管家借核对之机，拿走样书，将缺页补齐，验货时诬赖我们少印了两页，且以此撕毁契约，讹诈我们，请法四爷明断。"刘金桂说。

"你可有证据证明云溪书铺是欺诈行为？"法四爷问。

"作为订单方，一般应该现场校对，而他们却借故将样书带走，以便回去作弊，自不待言。"刘金桂说。

"明知将样书带走违犯规定，你们为什么让其带走？带走之后，怎么能证明云溪书铺有作弊行为？"法四爷说，"主观臆断是不行的。"

法四爷挺直腰板，扫视大家一眼后，说："总而言之，我认为，此次印刷纠纷，都有过错，其一，成文堂发现缺页，为何不向云溪书铺提出交涉？其二，云溪书铺本应提前且现场校对书稿后提出异议，但没有做到。是疏忽还是故意而为，我不敢妄加评论。因此，我的意见，成文堂、云溪书铺各承担二分之一的责任。按照契约及赔偿要求，所印制的书籍，云溪书铺有权拒收，由成文堂自行处理，云溪书铺获得赔偿金后不得干涉。成文堂需要赔偿云溪书铺计二百两银。至于所谓匾额赔偿金，另当别论。你们觉得如何？"

曾玉彪低头略有思考，觉得这样虽然没有达到最终目的，但凭空让成文堂拿出这么多银子，心中也暗自高兴。于是拱手说道："法四爷真是个明理公道之人，您既然这样说了，我也不便与他深究，这个意见我同意了！"

"我也认了。"刘金桂坦荡地说。

曾玉彪接着问："那牌匾的损失怎么办？"

法四爷说："据我了解，成文堂书铺近期遭遇恶人袭扰、砸店，损失很大，有人说曾掌柜是幕后指使人。刘掌柜一怒之下才把云溪书铺的牌匾砸了。"

"他们胡说，我堂堂的一名绅士，岂能指使别人干些偷鸡摸狗的事情？"曾玉彪有些焦急了。

法四爷不慌不忙地说："如果此案报了官，深究起来，在胶州商界的影响也不会太好。我的意见，你们两家都不要再纠结这件事了。但我要劝告你们，冤家宜解不宜结，各商户都应该互谅互让，互相帮衬，决不能相互拆台，以至于两败俱伤。"

"法四爷言之有理，佩服，佩服！"曾玉彪躬腰双手作揖说。

刘金桂站起来，豪爽地说："谢谢法四爷的调解，下午我就差人将银子悉数送到商会来。"

法四爷说："行，银子由商会转交。今天不管二位满意与否，请多担待。"

曾玉彪说："法四爷秉公办事，令人心服口服。谢谢法会长！"

法四爷说："不谢。恕不远送！"

第十回　聘人才增添活力　抓管理注重诚信

此次印刷事故，给成文堂印书坊上上下下的人留下深刻教训，刘金桂也从中得出一些启示：印书坊要长远发展，一是离不开人才，二是内部管理马虎不得。他感觉现在急需一个综合型的管理人才来辅佐一下自己。为此，他怀着求贤若渴的心情，拿了两瓶老家产的玲珑老白干，特地前去拜访商会会长法四爷。在茶室里，法四爷对刘金桂开玩笑说："怎么，又摊上纠纷了？"

"没有。为了感谢法会长上次调解主持公道，我特意捎了两瓶家乡产的玲珑老白干送给您品尝。"刘金桂说。

法四爷接过酒看了看，说："玲珑老白干？好酒，我就愿意喝它。刘掌柜，你这是投我所好呀！"

"法四爷愿喝，我就常给您捎一些来。"刘金桂说。

"不必麻烦的。"法四爷说，"有什么事说吧。"

"上次的印书事故，给我的教训很深，我想聘请一个好管家，帮我把刻印书坊好好打理一下。不知道法会长是否了解和掌握这样的人才？"

法四爷说："据我所知，经商管理人才在胶州城应该不少，但是，要物色一个忠诚可靠又有才华的管理人才，就需要好好访听一下了。对了，我记得开家具作坊时，曾与一位叫杨志明的年轻人打过几次交道，感觉此人非等闲之辈。他三十出头，老家即墨人，曾在当地一家木材商行做过管家，因为东家对伙计们过于刻薄，讲好的事情又多不兑现，一气之下辞了职来到胶州谋生，现在崔家牌坊街开了一间雕花木匠铺，专为庙宇、长廊做些雕刻和修补之类的活。此人聪明过人，学识渊博，擅长雕刻，还懂得账目，人品也很好，是个比较理想的管家型人才。"

刘金桂听了充满期待，说："法四爷看好的人一准没错。"

"你若有兴趣的话，我给你们约个时间见上一面，交谈一下试试。"法四爷说。

"那就有劳法四爷了。"刘金桂说。

不久，在胶州商会的茶室里，法四爷把他俩约到了一起喝茶，法四爷先给他们做了介绍。然后，请他们边喝边聊。刘金桂刚接触，就感觉此人气度不凡，谈吐不俗，而且，他说自己也十分喜欢雕版印刷，曾设想搞个家刻作坊。无奈现在居无定所，一直没有合适的条件。刘金桂觉得此人正是自己要寻求的人才，便开门见山地说："杨先生，你的情况我听会长介绍过，我们都很敬重你。我此次来拜见你，是想聘请你去成文堂做管家，不知你意下如何？"

杨志明笑了，说："法会长与刘掌柜抬举我了，我一个漂泊在外的手艺人，孤陋寡闻，学识浅薄，恐怕难当大任啊！"

刘金桂说："你的才智与为人，众口皆碑。今儿相见，果不其然。成文堂印书坊虽然刚刚起步，但发展前景良好。我这里很需要你这样的人才去做我的管家，真诚邀请你来任职。以后我们将有难同当，有福同享。至于薪金，我会按胶州商界同行最高标准给你。"

杨志明见刘金桂态度坦诚，也不再推辞，爽快地说："刘掌柜创办雕版印书坊，在胶州亘古未有，足见您的胆识过人。您的魄力和为人我早有耳闻，深感佩服。能有幸与您共事，乃我杨志明一生幸事。这事我答应了。只是您刚创业不久，花钱的地方很多，给我的薪金不必太高。"

"除了薪金，年底将根据经营收益情况再予奖励。总之，我决不会亏待于你。"刘金桂说，"你抓紧时间处理一下自己的事情，早点过去任职。"

"谢谢刘掌柜的信任，我回去把手头的事情处理一下，争取早日到任。"杨志明当场表态说。

一周之后，杨志明正式来到成文堂任职。刘金桂夫妇专门在家里做了一桌丰盛菜肴，为杨志明接风洗尘。席间，刘金桂与杨志明推心置腹地谈了很多。杨志明虽然酒量不错，但饮酒有度，两杯酒之后，便换了茶水。谈起近期的印刷事故，刘金桂深为自责，埋怨自己不该这么麻痹大意，以至于上了曾玉彪的圈套。杨志明要求看看刻印的书籍，石清梅赶忙拿来一本递了过去。杨志明看后，兴奋地对刘金桂说："这是一本诗学方面的好书，堪称经史子集的精华。您现在存了多少册？"

"一千多册呢，看了就犯愁。"刘金桂说。

"不用犯愁，我可以想办法帮您全部处理掉。"杨志明信心满满地说。

刘金桂半信半疑地望着他说："你有什么办法？"

"胶州现任学正杨志山是我老家的一个叔伯哥哥，我来胶州后，我们经常在一起吃饭。据我了解，他与胶州的几家书院及几十个私塾、学堂都很熟悉，这套书很适合他们的需求。如果有杨学正推荐的话，这些书院及学堂一定会采购的，库存的这点书怕是不够卖的。到时，我们再根据情况加印一些。"

刘金桂听了喜出望外，说："有你哥帮忙自然太好，可以了却我心中的一件愁肠事。不过，这事不能让他白操心，咱要给他点报酬。"

杨志明说："我哥这人挺正统的，我估计他是不会要的。"

"报酬一定要给他，以后可能还有麻烦人家的地方。"刘金桂说，"另外，我还有件担忧的事情。主要是因为成文堂起步晚，内部管理还不太上套，伙计们的操作水平参差不齐，因而经常出现印刷质量事故，不同程度地影响了我们成文堂的声誉。"

杨志明说："书的印刷质量，事关成文堂的生死存亡。而要抓好印刷质量，内部的管理必须跟上。目前，我还不太熟悉情况，提不出更多的具体建议。"

"此事莫急，待你情况熟悉后，有针对性地帮我制定和完善好各项管理制度，让伙计们都照此规矩来，做到有章可循，有序操作，确保我们的刻印质量。"刘金桂说，"看看，你刚来，我就给你安排了这么多的活，可别压力太大啊。"

杨志明说："刘掌柜这么信任我，我是受宠若惊啊。来日方长，我必当尽全力去做好。"

他们越聊越觉得心里敞亮，两个人之间的距离也很快缩短了。

石清梅一直没有说话的机会，趁他们暂时不语的时候，她插话问道："杨管家今年多大了？早就成家了吧？"

杨志明说："一转眼三十一岁了。我结婚六年了，现在妻子与五岁的女儿在老家与父母生活在一起。"

石清梅说："你怎么不把她们娘俩接过来一起住？"

杨志明说："原来生活一直不太稳定，也就没打这个谱。"

刘金桂说："我刚好租赁了一套民房，过几日你把她娘俩接过来一起住吧。我联系一下，你女儿可以去东关郭先生的私塾就读。等以后成文堂赚钱了，咱再买套好点的房子。"

杨志明感激地说道："刘掌柜考虑得太周到了！"

"生活上有什么困难，一定跟我们说一声。"刘金桂再三叮嘱。

晚饭后，送走了杨志明，刘金桂似乎仍无睡意，便来到大院里散步。秋天的夜晚，皓月当空，繁星闪烁。微风吹拂，秋虫唧唧。他翘首遥望东北方向，仿佛看见父亲那殷切的目光在盯着自己，叮嘱的话儿又在耳边响起："金桂，一定要赌口志气，在胶州好好干，早日扎下根，闯出一片天地来，家乡的父老乡亲都在看着你呢！当然，人在哪儿干都不会一帆风顺，你要经得起各种考验，在困难与挫折面前，一定要挺起腰杆，迎难而上，决不能后退半步。"

一想起老父亲的话，刘金桂仿佛浑身充满了勇气和力量，他暗下决心：开弓没有回头箭，要干必须干出个样子来。

对于刘金桂交代的两件事，新来的管家杨志明十分重视，深感责任重大。他上班的第一天，就深入印刷作坊，加紧与师傅和伙计们的接触，了解生产和经营情况。没几天，他就去了杨志山学正的家里，寻求他的支持与帮助。在杨学正简陋的客厅里，杨志明从怀里掏出一幅字，说："这是郭松浩先生刚写的一幅书法，刘掌柜让我捎给你，作为见面礼，请你赐教。"

杨志山展开一瞧，赞赏道："此书法带有二王风骨，功夫老到啊！这个书法我收藏了。"

接着，杨学正详细看了《诗料集锦备览》这套书后，很是欣赏，说："这套书不错，实用性很强。我可以帮助你们推荐一下。不过，我事务比较繁忙，不能亲自陪你去。给你写封介绍信，你自个先去胶西书院、灵山书院和珠山书院联系一下，这些书院的学生每家都有一二百人，如果人手一套，这三个书院就可以帮你消化大半。不行的话，我再帮你联系几家私塾与学堂。"

"真是太好了，我马上去运作。另外，刘掌柜说了，不会让你白操心的，他想从书款里拿出一部分提成给你补贴家用。"杨志明说。

杨志山摆摆手拒绝说："我身为衙门要员，额外的钱是一文也不能拿的。不过，刘金桂这个人我早有耳闻，虽然年轻，但能文善武，非等闲之辈，是个干大事的人。你受聘做他的管家，我当哥的也引以自豪。你初来乍到，总得使出点本事让人家看看。因此，这件事与其说是在帮助刘金桂，还不如说是支持兄弟你呢。招远人挺实在、挺仗义的，平日你们一定要配合好，他不会让你吃亏的。当然，等你们这些商贾大户发迹了，也别忘了支持一下胶州的教育事业。"

"哥，我懂了，十分感谢你!"杨志明说。

杨志山说话的空当儿，草草写了一封介绍信，递给杨志明。杨志明仔细拿好，说："哥，你这里忙，我就不打扰了。"

"遇到什么困难尽管再来找我。"杨学正热情地说道。

杨志明离开州署后，带着样书先后拜访了胶州这三家著名的书院，三家山长看了杨学正的介绍信后，都很重视，尤其是看了书的内容，都觉得十分实用，对学生的学习很有帮助。于是，各家书院都订购了二百多套。杨志明拿着订书单面见刘金桂，刘金桂甚为高兴，说："三家书院就要了六百多套，除去我一块心病啊!"

杨志明说："考虑到还有几十家私塾没有供货，我建议再加印两千套书如何?"

刘金桂见他颇有信心，兴奋地说道："行，就照你说的办，再加印两千套。"

不久，三千多套书全部卖给了胶州的各大书院和众多私塾学堂。付款时，杨志明还给他们适当地打了折扣，各家书院和学堂也都很满意。

刘金桂万万没有想到，杨志明刚来不足一个月的时间，就卖掉了这么多书，并及时收回书款，拿回了全部印刷成本，不但把原来二百两银子的损失补上了，还盈余好多。这使他对杨志明更加刮目相看了。并暗自庆幸自己选对了人。适逢月底发薪金，刘金桂破例给杨志明发了两个月的薪金，并追加一笔奖金。

杨志明把这套书销售完了以后，心里总算踏实下来。自此，他开始考虑刘金桂交给的第二项任务。他决定进一步熟悉一下作坊的情况再说。本来他就会雕刻技术，所以，一有空，他就来到作坊里的雕刻室，与师傅们切磋交流雕版技术，很快与他们热络起来。有时，还到作坊与伙计们一块印刷和装订书籍，边干边聊，虚心听取他们的意见和反映。同时，他把发现的问题一一记在一个本子上，并试着起草相关规定。

这天晚上，杨志明发现刘金桂书房的灯还亮着，于是敲门走了进去，刘金桂正在埋头整理什么资料，抬头说道："快请坐，杨管家，你没回家休息?"

杨志明说："我刚从家里过来，想找您聊聊。"

"好哇，我也正想找你呢。这些日子作坊里的情况都熟悉一些了吧?"刘金桂说。

"都熟悉了。应该说，伙计们的工作态度还算不错，只是我们在管理上还有些不到位的地方。"杨志明说，"为此，我结合印刷作坊的具体情况，起草了《成文堂印书坊学徒新规》和《成文堂坐班要求及保密守则》，请刘掌柜审阅。"

刘金桂接过翻看了几页，感觉比较满意。又拿出自己起草的材料递了过去，说："杨管家，这是我刚起草的《成文堂雕版印刷生产工艺流程规则》和《成文堂成品书印刷质量标准》，对雕版印刷的各道工艺、质量标准都作了具体标准和规定，你看一下提点修改意见。"

杨志明看了看后，说："有了这个流程规则和质量标准，伙计们以后操作可就有章可循了。"

刘金桂说："我也是摸索了一段时间才懂得质量的重要性的。咱搞雕版印刷，忽视工艺流程和印刷质量，是根本站不住脚的，长此以往只能坐以待毙。这几个规定和章程，我俩先斟酌修订一下。方便时，再找几个业务骨干一块商量讨论一下。"

"还是刘掌柜想得周到，什么时间座谈讨论，我等您的信吧。"杨志明说完，向刘金桂辞别。

一周后，刘金桂召集杨志明、付秀田、刘学厚、郭小舟等人召开了一个座谈会议，专门讨论刚制订的相关规定和制度。刘金桂说："杨管家，你先把《成文堂印书坊学徒新规》和《成文堂坐班要求及保密守则》的内容给大伙介绍一下，征求一下大伙的意见。"

杨志明说："先说一下这个学徒新规，具体要求'十四不许'和'六要求'。'十四不许'，即要求当班日不许饮酒、不许抽烟、不许玩火、不许迟到早退、不许无故旷工、不许串岗聊天、不许赌博、不许无故外出游玩、不许随意接待客人、不许顶撞师傅、不许谈恋爱、不许留长指甲、不许吃大葱、不许吃大蒜。'六要求'：即一要衣着整齐，二要肯于钻研，三要尊重师傅，四要认真负责，五要勤俭节约，六要团结和睦。"

大家讨论了半天，觉得不许吃大葱、大蒜这两条没必要，也就改成了"十二不准""六要求"。对于成文堂坐班要求及保密守则，大家觉得没有不妥之处。

接着，刘金桂亲自介绍了《成文堂雕版印刷生产工艺流程规则》和《成文堂成品书印刷质量标准》的具体内容。付秀田对生产工艺流程规则提出一点修改意见，其他的人一致表示赞同。

"付师傅说得有道理，杨管家你将工艺流程规则再修订一下。"刘金桂说，

"我们之所以拟定了这些规矩，无非是要让大家有章可循，确保印刷质量。这里，我想解释的是，以后我们在建立相关制度的同时，还要考虑改善伙计们的福利待遇。我初步设想，以后伙计们一日三餐可以在伙房就餐，吃住全部免费；新建一个洗澡堂，保证伙计们每个星期可洗两次澡；定期为伙计们采购时令新鲜水果，供应给他们。同时，要调整薪金发放办法，实行多劳多得办法，工薪上不封顶下不保底，业绩好的多发，业绩差的少发，真正做到奖勤罚懒。对于连续三个月不出现质量事故的，酌情给予奖励；对于出现质量事故的，予以处罚，问题严重的予以辞退。"

大家对刘金桂的讲话都表示赞同和理解，一齐鼓起掌来。

这些规矩和制度在成文堂印书坊推开以后，在伙计们中间引起很大的反响，大多数人更加肯干和敬业。杨志明和付秀田还利用班前半小时，对伙计们进行管理知识和操作技术培训，使大家的业务操作水平有了很大提高。

成文堂经过建章立制、调整工薪发放办法等一系列整顿措施，使雕版印刷的质量明显提高，成文堂很快名声大振。胶西书院有一本教材，指定请成文堂印刷。印刷完工验收时，付秀田发现书中有一页存在字迹模糊的问题，按照往常，都不当成什么大事，将就着过关了。但新的质量标准出台后，出现这样的问题谁也不敢掉以轻心。信息反馈到刘金桂那里后，刘金桂只说了两个字："重印！"

因此，三百多本的教材书全部拆了重新装订，事故责任者受到罚款处理。负责印刷工序的伙计叫王智，是个血气方刚的小伙子，听说因为质量事故要扣自己的薪金，一下子恼了，他找到刘金桂当面质问说："就这么一页字迹有点模糊，根本不耽误看书，你们这么大动干戈，值得吗？"

刘金桂严肃地说："小伙子，你到现在还没有认识到问题的严肃性？你别小看这一页纸，它事关我们成文堂的声誉，因为它，很可能引起官司，并砸了大伙的饭碗。前段云溪书铺订单事故你不清楚吗？我们忙活了三个多月，还赔了人家二百两银子，这个教训实在太沉重了！前车之辙，后车之鉴，难道说非得让一粒老鼠屎坏了一锅大米粥你才高兴？印刷的质量问题千万不能忽视啊！"

刘金桂的一席话，说得王智心服口服。他低着头说："刘掌柜，我知道自己错了，以后我坚决改正。"

"知错改错就好，若屡教不改，不单是罚款的问题，到时候你只能另谋高就了。"刘金桂严肃地说道。

"我知道了，刘掌柜。"王智的脸上热辣辣的。

这件事给大家敲响了警钟。伙计们一看成文堂动真格了，工作起来也就更加细心和严格要求。刘金桂又对杨志明与付秀田说："各项制度是有了，但关键还是要落到实处，否则，就是一纸空文。同时，管理和监督需要常抓不懈，方能见效。你俩一定要负起这个责任来。"

"您说得有理。"付秀田点头称是。

杨志明说："刘掌柜您放心，我们一定恪尽职守。"

"有你俩帮助我出主意、抓监管，我就成甩手掌柜了，轻快多了。"刘金桂如释重负，欣慰地说道。

第十一回　树大招风引祸端　门店着火惊四邻

　　咸丰元年（1851）的夏天，天气持续高温，雨水也特别多，胶州古城的空气显得十分潮润。刘金桂每天都要到雕刻作坊、书铺和仓库里查看一遍，生怕存放的书籍、纸张受潮变质。他每到一处便再三叮嘱伙计们，注意防水防潮，要求任何印刷物品不准淋雨和受潮。除此以外，他还十分关心老父亲的腿疼病，因为一遇到下雨阴天，老父亲的左腿膝关节便有点疼痛。他请中医为父亲看了几回，贴了些治疗风湿性关节炎的膏药，稍有缓解，但始终无法根治。为了照顾父母方便，他好劝歹劝，终算在暮春时节把两个老人接到了自己身边。可父母是勤快人，总也闲不住，来胶州后还是忙里忙外地做个不停。尤其是他母亲，对怀孕的儿媳妇照顾得特别周到，儿媳妇想吃啥，她就赶紧给她做啥，家务活几乎全包揽了下来。这天下午，刘金桂踩着大街上雨后残存的积水，去药店给父亲购买了些膏药；又顺便到菜市场买了些猪棒骨和芸豆、蒜薹、芹菜、土豆等新鲜蔬菜，匆忙送回了家中。

　　在厨房里，刘盛元正蹲在地上劈柴，身旁已经存放了一堆柴火。刘太太正坐在一边择韭菜。见刘金桂回家了，两个老人立刻有了笑脸。刘太太说："你又买这么多的东西，一时半会儿吃不完的。你只要记得按时给清梅买点营养品就行。"

　　"记得，只是你们也甭太娇惯她了。您二老只要吃好吃饱，把身体养好，我与清梅就心安了。"刘金桂说着，把买来的东西放在一个菜案上。

　　"娇惯她？那是应该的。你们结婚两三年了，总是借口生意忙，顾不上，一直不要孩子。现在生意好了，媳妇好不容易怀上了，你又天天忙东忙西的，根本照顾不上她。赚钱就这么重要吗？"刘太太边择菜边发牢骚，"我估算了一下，儿媳妇应该在八月十五日前后分娩，近来一定注意给她补充些营养，保好胎。"

　　"你妈就是爱唠叨，她是急着抱大孙子了。"刘盛元笑呵呵地说。

"光我想，你就不想？"刘太太白了他一眼。

刘盛元停下手中的活，问刘金桂："近来书坊的生意怎么样？"

刘金桂说："还行，收益不错。成文堂现在以刻印私塾用的启蒙读物、科举考试用的资料为主，又增加了一些工具书、古典文学书籍的印刷，销路挺好，除了占有本地市场外，还有许多书籍批发到济南、烟台、潍坊、即墨、龙口等地。另外，刻印的订单也不少，好多文化名人慕名让咱们刻印他们的著作。因为活儿多，伙计们不得不加班加点地忙活。照此发展下去，我计划再过二三年，把前店翻修一下，改成二层楼，一楼做门店，二楼做加工；再在胶州城购置一处大宅院。"

"伙计们的薪金能及时发放？"刘盛元问。

"能。薪金算是合理，发放也很及时。咱坚持月薪制，每月发放一次。有些外地伙计，在成文堂干上三四年，收入十分可观，大都在胶州买上住宅了。也有的在老家购置了一些田地。所以，他们在成文堂这里普遍生活得很舒适、很安心。"刘金桂说。

"对伙计们一定要善待，千万别太抠门，出手大方点。另外，我知道培养些熟练操作工不容易，要不断改善条件，想方设法留住他们。他们在这里正儿八经地干，你才能少操些心。"刘盛元说，"对外交往方面，要懂得'舍得'的道理，有'舍'才有'得'，没有'舍'，哪来的'得'？所以，别不舍得花钱，该投入时就得投入，重要的人和环节你必须打点好，才能顺风顺水，左右逢源。再是，你要切记，在胶州咱是外来户，在外打拼不容易，要多交友，少树敌。"

父亲最后一句话，似乎给刘金桂敲响了警钟，但他无可奈何地说："您说得是不错，但许多事情由不得咱自己，即使你不想树敌，可无形中你就偏偏得罪了人，人家就要找你的茬。对此，你可以忍一时，但难忍一世。况且，若一味忍让退缩，他们就会得寸进尺，骑着你的脖子拉屎，直到整垮你为止。所以，对待对手，我的原则是：第一不惹事，第二不怕事，第三必须敢于正视他们，勇敢地跟他们斗争。"

刘盛元放下手中的柴火，叹了口气说："俗话说，树大招风，人在高处方知寒。当你是一般人的时候，朋友可能会很多；当你发迹之后，许多人便疏远你了。而一旦触及某些人的利益，他们就会像疯狗一样地反扑过来，恨不能一口咬死你。前几年我来胶州城，街上的熟人见了都亲热地称我老刘。

而现在见了我，都尊称我刘老爷。你说，他们是亲近了还是疏远了？我看未必是个好现象。远亲不如近邻，一定要坦诚相待，与街坊邻居和睦相处，危急时候也好有个照应。"

"爹，您说得有理，我真希望您能定时给我敲敲警钟呢。"刘金桂心里想："爹虽然文化不高，但走南闯北的，见多识广。有父亲经常敲打一下，对自己的确是件好事。以后真的应谨慎行事呢。"

夏天一天天过去了，转眼又到了秋收的季节。这天傍晚，秋雨"唰唰"地下个不停，偶尔还带有一丝寒意。曾玉彪打着把油纸伞，独自行走在城隍大街上。他想起八月十五日中秋节那天被老爷子训斥的事，心里就觉得恼火。一连几天，情绪一直没有调理好。雨点打得雨伞"噼里啪啦"地响，老爷子的话仿佛又在耳边回响："你都是有家室的人了，为什么整天不务正业？你看看人家成文堂，起步比云溪书铺晚多了，可发展超过了咱一大截，生意干得风生水起，前景十分看好。现在胶州城的人提起刘金桂，哪个不伸大拇指？你呢，天天不是去赌场，就是喝花酒，哪有心思做买卖？过去云溪书铺的收入有多可观？现在却连伙计们的薪金都发不出去了，你是怎么经营的？再不想办法，云溪书铺非要在你的手里倒闭不可！"

曾玉彪觉得老爷子的话，毫不留情，句句扎心。他分析了一下原因，便把账记在了刘金桂的头上。他觉得，自从刘金桂来到胶州城开了书铺和印书坊，自己的买卖便一落千丈。自己一个坐地虎岂能比不上一个没有任何根基的小货郎？他在心里发誓：一旦云溪书铺过不下去了，也决不能让成文堂好过了。他一边胡思乱想，一边悄悄地走近成文堂书铺的门口。但他终究没有进去，驻足观察了一会儿，便拐了个弯向东南大街走去。

按照事先约定，他大步来到了云天茶楼。此时，妹夫徐云龙已经提前在茶室等候。他见曾玉彪上了二楼，连忙上前迎候："大哥，你来了？座位我已经订好，请坐吧。"说着，给他接过雨伞放好。

"让你久等了。刚才我在大街上散了散心。"曾玉彪在靠窗的位子上坐下。

"大哥，你的脸色不太好，近来身体安好吧？"徐云龙关切地问。

"好什么呀，一生气身上就长毛病。"曾玉彪说。

"谁敢惹你生气？"徐云龙讨好地问。

"还不是让刘金桂那个臭小子气的。"曾玉彪恨恨地说道，"云溪书铺的生意原来有多兴旺这个你是知道的。可自从刘金桂开了书铺与印书坊，整个胶州城的售书市场差不多让他独占了。云溪书铺的生意现在十分冷淡，一整天看不见个顾客，照此下去快支撑不了几天了。"

"是何原因？"徐云龙不解地问，"两家铺子一个在东，一个在西，互不干涉，会有什么影响？"

曾玉彪说："你是真不懂，还是装不懂？他的书自印自销，费用少，比我们进的书便宜很多，普通顾客当然青睐成文堂。尤其是，他还与胶州几个较大的书院和众多私塾、学堂建立了业务联系，直接把书出售给他们，获利颇丰。因此，导致我们云溪书铺的书卖不出去，积压在库里。"

徐云龙慢慢品着茶，说："真没想到这个年轻人挺有本事的，做生意有一套办法。"

曾玉彪从鼻孔里"哼"了一声，说："他有什么本事？还不是当初我妹妹拉了他一把？否则，他哪能发展到今天的地步？"

"大哥说得也是。玉冰怎么不向着自家的书铺，反倒帮助一个外人呢？"徐云龙不满地说。

"为情所惑啊，真是个傻女人。"曾玉彪感慨地说。

徐云龙顿时涨红了脸，说："女人的心真是不可琢磨啊。"

沉默了半天，曾玉彪突然问他："玉冰现在对你好些了吗？"

徐云龙苦笑了一下，说："好什么，她始终对我冷冰冰的，形同陌人，没有一丝热情。我总感觉她的心不在我身上，而且脾气越来越坏，经常无端地发火。我真是过够了这种生活。"

"你知道这其中的原因？其实都是刘金桂造成的。不把这个人挤出胶州，你、我的日子都不会安生。"曾玉彪挑拨离间说。

"没那么严重吧？据我观察，他们平时的交往并没有出格的地方。"徐云龙淡淡地说。

曾玉彪瞪了他一眼，说："你好糊涂啊！实话跟你讲，刘金桂就是你的情敌和冤家，是我生意上的竞争对手，是咱俩共同的死对头。咱们应该联手想办法整治他一下。"

直到这时，徐云龙才隐约地知道曾玉彪邀他来饮茶的用意。但他并不感兴趣，他品着茶，似乎心不在焉。

曾玉彪马上切入正题："惩罚他的任务就交给你了。"

"你说什么？"徐云龙像是没听清，说，"我一个手无缚鸡之力的人，哪能斗得过他？"

"其实，整治他不用太费事，你家老爷子不是与杨知州是故交吗？只要请他老人家出面，与杨知州打声招呼，运作一下，责成相关书院和私塾学堂断绝与刘金桂的一切业务来往，把刘金桂的销路给封堵死就行。"曾玉彪轻松地说道。

徐云龙听了，摇摇头说："我爹这样耿直、正统的绅士，他决不会背后给人使绊子的。我要是向他提出这样的要求，他会骂死我的。真对不起，大舅哥，妹夫对此无能为力，你还是另请高明吧。"

"你就别装了！我知道你狠起来比谁都歹毒。如果这个方案不行，还有另一个办法。赌场里你养的那帮小兄弟现在可以派上用场了。"

徐云龙皱起眉头，说："那几个人不过是些酒肉朋友，干些杀人放火的勾当还行，干点正经的事，全是麻筋提豆腐——一个也提不起来。"

"咱就是需要这样的人。"曾玉彪喜形于色，说："有钱能使鬼推磨，给他们使点银子，让他们暗中给他把店砸了。具体怎么操作，你看着办吧。"

徐云龙听了他的话，预感到事情的严重性，他含糊其词地说道："大舅哥，你叫我跑跑腿干点活儿，我都不打怵，整人的事我从来没干过。"

"你害怕了？"曾玉彪用犀利的眼光看着他。

"这不是怕不怕的问题，这事太突然，你得容我考虑一下再做决定啊！"徐云龙说。

曾玉彪没想到妹夫会这么怯懦无用，鄙夷地说道："徐云龙当年的锐气哪去了？既然你没有考虑好，那我给你三天的时间，考虑好了再来找我。行吗？"

"好的，三天后我给你答复。"徐云龙顾虑重重，尴尬地赔着笑脸，灰溜溜地走出了茶馆。

徐云龙走后，曾玉彪轻轻地敲了敲后面的木隔断，庞管家立刻走了进来，见曾玉彪的脸色难看，也没敢多问。

曾玉彪生气地说："徐云龙胆小如鼠，恐怕是靠不住的。"

"你不是给他三天的考虑时间吗？依我看，咱等等再说吧。"庞管家说。

"也好。实在不行，咱就找自己人动手。总之，不能轻易地放过他。"曾玉彪恶狠狠地说道。

徐云龙回到家里，一直愁眉不展。曾玉冰问："云龙，你的脸色不好，生病了，还是遇上什么难题？该不会又是赌输了吧？"

徐云龙说："你想哪去了？没什么大不了的事。"

曾玉冰不再追问，转身要走，却被徐云龙喊了回来。他吞吞吐吐地说道："我想问你个事，如果有人要我去找刘金桂的茬，你说我是去，还是不去呢？"

听了徐云龙莫名其妙的话，曾玉冰似乎预感到有什么不对头的地方，说："夫妻之间，咱有什么话还是直截了当一点好。"

于是，徐云龙把曾玉彪刚才对他的要求简单地叙说了一遍。

曾玉冰听后，先是感到惊讶，随后很快平静下来，说，"云龙，你现在是当爹的人了，咱们的儿子还不足一岁，你该有所担当了。何必去给人当枪使？一家人过点安生的日子不好吗？"

"可大哥向我提出这样的要求，我怎么办？这事的确让我为难啊。"徐云龙说，"所以，我在考虑如何应付他一下再说。"

"应付啥？没这个必要。五年前你赌博赢了济生堂大药店的时候，他就对你充满了仇恨，并梦想着有朝一日报复你。这次的安排，无非是想借你的手来打击刘金桂，若事情败露了，你们便是两败俱伤。而他则是坐山观虎斗，再从中渔利。"曾玉冰说。

"你这么一点拨，我算看明白了。原来我被大哥的花言巧语蒙骗了，没想到他的用心如此险恶！我差点为他铤而走险呢。"徐云龙说。

"你能明白就好。但丑话我要说在前头，如果你敢背后给刘金桂使绊子，让我知道了，那咱俩的婚姻就算到头了。"曾玉冰义正词严地说。

"你放心，我徐云龙再坏，也决不做那些下三烂的事情。"徐云龙拍拍胸脯说。

曾玉冰看了他一眼，说："这还像个爷们！你尽快给大哥回话，告诉他这事咱不掺和。并尽力劝劝他好好做生意，别想些歪门邪道。"

"行，我听老婆的。"徐云龙直到这时，似乎如释重负。

第二天一大早，曾玉冰抱着儿子徐青松来到了成文堂，进了刘金桂的书房里，曾玉冰说："青松，快叫舅舅。"

徐青松瞪着一双大眼睛，陌生地看着他。刘金桂拿过一支毛笔递给青松作玩具，说："青松真乖，长得真可爱。"

曾玉冰说："你现在的生意怎么样？"

"印书坊各方面都上套了，客户也增加了不少，目前效益不错。照此发展下去，我准备扩建一下印书坊的规模。"刘金桂说，"成文堂能有今天，多亏了你的支持和帮助。没有你那五百两银子作支撑，成文堂现在肯定还是个普通的小书铺。"

"那点帮助微不足道。"曾玉冰说，"凡事成功与否，关键在于自己的努力。你现在做得这么好，外人都眼红着呢。"

"有人把成文堂称作胶州第一书铺，我看受之有愧啊。离我心中的目标还差得远呢。"刘金桂说。

这时，曾玉冰叹了口气说："人们都说树大招风，出头的椽子先烂。以前你日子艰难时，我为你上火；现在你生意做大了、做好了，我还要为你的安全担忧。"

"玉冰妹的心意我明白，金桂铭记在心。"刘金桂说。

"你不明白。我是说你现在的日子富裕了，条件也好了，成文堂的安全问题你要特别重视了！早一点雇几个家丁，看好家护好院。"

"还是妹妹虑事周到，我会认真考虑和安排的。"刘金桂点头赞许。

"另外，嫂子是有身孕的人，你别光忙活着做生意，有空多照顾一下她。"曾玉冰说。

"行，我听你的。"刘金桂说。

曾玉冰辞别说："我去看看嫂子，不在这里跟你啰唆了。"

"中午在这儿吃饭吧。"刘金桂说。

"不了，我去坐会儿就走。"曾玉冰说。

曾玉冰走后，刘金桂似乎感觉到她的言行有些异常，但没有十分的在意。

按照约定，徐云龙三天后来到了济生堂大药店，找到了曾玉彪。一见面，曾玉彪问："想好了吗？"

"大舅哥，我想好了，这事我不想跟着你们掺和了。"徐云龙小心翼翼地说道。

"为什么?"曾玉彪点了袋烟。

"孩子还小，玉冰不让掺和，否则，要跟我闹离婚。"徐云龙说。

"这事你怎能让她知道？你是不是昏了头啦！"曾玉彪"腾"地一下跳起来。

"我也不知她怎么知道的。兴许那天我们在云天茶楼的话被谁听到了，便偷偷地告诉了她。"徐云龙说，"因为隔墙有耳嘛。"

曾玉彪没再追究，一屁股坐在椅子上，说："既然这样，我就不勉强你了。但这事你必须保密，不能再让任何人知道，懂吗？"

"我懂，大舅哥，我一定做到，你放心好了。"徐云龙说。

"没事我就不留你了，你忙去吧。"曾玉彪强压怒火。

"谢谢大舅哥宽宏大量!"徐云龙起身告辞。

徐云龙前脚刚走，庞管家就从后门溜了进来。见曾玉彪板着个脸，进言说："徐云龙虽是你妹夫，但与咱不是一条道上的人。你不必为他生气。依我看，从姜家巷烟馆找几个可靠的家丁去办即可。"

曾玉彪摆摆手说："不，我不想让咱们的人直接去做，万一有个什么闪失会连累到我的，咱得想个万全之策。"

庞管家略有思考，说："我有一计，让住在马王庙的乞丐帮去干比较合适，待晚上夜深人静的时候，一把火烧了成文堂。这些人以后即便出了意外，也牵扯不到咱们的头上。"

"这个主意好，就这么做。你马上把乞丐头头石铁蛋、张飞毛给我找来。"

半个时辰的工夫，石铁蛋与张飞毛被庞管家带了过来。石铁蛋说："曾老爷，您找我们有什么吩咐?"

曾玉彪把他俩从头到脚审视了一遍，说："我平时待你们怎么样啊?"

石铁蛋说："曾老爷平日经常给我们送些吃的、穿的，对我们真是恩重如山啊!"

张飞毛说："曾老爷对我们的好，那真是没得说了。"

"算你们有良心，还知道我对你们的好。我现在有件事情有劳两位兄弟，不知你们乐意去做不?"曾玉彪说。

"老爷的事当然乐意，上刀山下火海也在所不辞。不知道老爷有什么要求?"石铁蛋拍拍胸脯说道。

曾玉彪高兴地将他们拉到跟前，把自己的计划向他们耳语了一番。

俩人听后，大吃一惊。面面相觑，不敢表态。曾玉彪厉声说道："怎么，害怕了?"

"这么做合适吗? 这是犯罪行为啊。"张飞毛怯怯地说。

曾玉彪不耐烦地说道："有什么不合适的? 养兵千日，用兵一时。事成之后，我每人赏给十两银子，如何?"

石铁蛋看了一眼张飞毛，说："我们做!"

曾玉彪说："具体行动计划由庞管家与你们商量。记住，这次行动只许成功，不许失败。而且要严格保密，谁要是走漏了风声，我就把他丢到东海里喂鱼。"说着，掏出几块纹银，分别递到他们手上。

"老爷先让你们去买点吃的。事成之后，再来领赏。跟我到这边来吧。"庞管家说。

两个乞丐头目战战兢兢地跟庞管家去了另一个房间，庞管家又对他们详细交代一番。

石铁蛋与张飞毛从济生堂大药店出来后，心里一直忐忑不安。张飞毛说："铁蛋哥，我觉得这样缺德的事咱们不能去干呀！"

石铁蛋说："吃了人家的嘴短，拿了人家的手软。咱现在是骑虎难下了。若不答应，咱们小命恐怕都难保。"

"但我感觉挺打怵的。"张飞毛说。

石铁蛋眉头一皱，说："不行的话，咱俩都不出面，让黑老五去办如何？黑老五这个人胆大心黑，又爱占小便宜，到时你我把赏金拿出一部分给他就行。"

张飞毛说："我的赏金都给他好了，我一文不要。"

"走，回去跟黑老五商量一下再说吧。"石铁蛋说。

黑老五是绰号，真名叫庞通，高密人。十四五岁的样子，因为长的黑，又排行老五，加之心狠手辣，所以，乞丐帮里的人都称他为"黑老五"。黑老五听了石铁蛋的话，尤其是听说事成之后有赏银，立刻满口应承下来。张飞毛便将手中的纹银塞在他手里。

当晚，到了夜深人静的时候，石铁蛋、张飞毛、黑老五像三只夜猫子，蹑手蹑脚地来到离成文堂书铺不远的火神庙门口停了下来，开始观察周围的动静。张飞毛对石铁蛋低声说道："铁蛋哥，我这心里也不知为什么，总是'咚咚'跳个不停。老实说，咱与刘金桂无冤无仇的，这么干，是不是有点缺德了。况且，据我观察，刘掌柜是个挺和善、挺仗义的人，咱不能把事做得太绝了。"

"咱平时得了曾玉彪不少好处，现在撂挑子不干，他不会饶过我们的。"石铁蛋为难地说。

"要不，后院的成文堂印书坊就不要点火了，听说那里还住着伙计呢，这可是人命关天的大事啊！"张飞毛说。

石铁蛋稍有犹豫，说："那就只烧了前面的铺子，应付他们一下。曾玉彪要是追究下来，就说后院有站岗的家丁守卫，外人靠不了前。"

张飞毛无奈地点了点头。石铁蛋从衣兜里掏出一块火镰、一块火焰石，还有一包绒引，交给黑老五说："记住，点燃了前面的书铺后迅速离开，我们在内城东北面的关帝庙里碰头。"

"明白。"黑老五接过那包东西，仔细地端量着那块深黑色、两寸长、十分精致的打火镰，在月光的映照下，"曾记"二字隐隐约约地浮现出来。

草虫唧唧，万籁俱寂。月儿透过乌云，现出朦胧的光晕。大半夜过去了，邻近成文堂书铺的刘家却一直安静不下来。今天是石清梅分娩的日子，可她遇到了难产，全家人急得团团转。李玉玲自告奋勇地当起了接生婆，遇到这种情况，也显得束手无策。她擦着额头上的汗水，焦急地对身旁的曾玉冰说："东关街华光药铺的姚二嫚是当地有名的接生婆，你告诉刘金桂，马上派人去请她，我怕无能为力了。"

曾玉冰立刻转告刘金桂，刘金桂赶忙安排了一辆马车，派郭小舟火速去城东请姚二嫚。

在卧室里，李玉玲与刘太太、曾玉冰竭力鼓励和安抚病床上的石清梅。豆大的汗珠不住地从石清梅的额头上流下来，她痛苦地咬着牙，坚持着。忽然，她安静下来，用热切的目光看着曾玉冰说："妹妹，万一我有个好歹，你能帮我把孩子带大吗？交给你我最放心。如果有来生，我们还是好姊妹……"

曾玉冰泪流满面，拉着她的手说："傻姐姐，别胡说，昨天我已经给城隍娘娘烧香磕头了，城隍娘娘会保佑你们母子平安的，你要坚强一些。"

这时候，接生婆姚二嫚已经请到，她用热水洗了把手，又用酒消了毒，快步来到产房。她看上去五十多岁，面容姣好，慈眉善目，只是不苟言笑。她仔细地打量了一下石清梅的气色，又给她号了脉，迅速从随身携带的包裹里取出一包草药，说："快把它煎了，给她喝下。"

刘太太接过草药，赶紧去煎药，一会儿的工夫，她端着药汤走了进来。

姚二嫚接过药汤，品了品，然后，用汤勺一口一口地将药汤给石清梅喂下。安慰她说："坚持一下，喝下药很快就会好的。"

石清梅尽力配合，一口一口地将药汤咽下。

产房外的客厅里，刘金桂来回踱步，细腻的汗珠挂满了他的额头。忽然，李玉玲从背后走过来，神情严肃地说："姚大嫂问你，是保孩子还是保大人？"

刘金桂不假思索地喊道："保大人！"

李玉玲走后，刘学厚忽然大惊失色地跑进来说："刘掌柜，不好了，成文堂书铺起火了！"

刘金桂一惊，顺手拿起打狗棍，飞也似的向成文堂书铺赶去。

远远地，刘金桂发现成文堂书铺火光冲天，浓烟滚滚。衣着不整的伙计们正手执水桶、铁锹、扫帚等救火工具，洒水的洒水，扑救的扑救，人声吵杂，一片忙碌。刘金桂大步赶到店前，瞅了一眼店上方成文堂匾额，忽然一个鲤鱼翻身，跃上空中，"唰"地将匾额扯下，郭小舟急忙上前接住。

这时，杨志明与付秀田等人围拢上来，杨志明说："这次火灾幸亏发现得早，当班的刘学厚正在后院巡查，忽然发现前店起火，便把大伙叫醒，前来救火。街坊邻居发现后，也都提着水桶赶到了现场。有几个伙计奋不顾身冲进火海，将贵重的东西搬出了一部分。"

"伙计们有没有受伤的?"刘金桂问。

"目前尚未发现。"杨志明说。

"告诉伙计们，一定要注意人身安全！千万别出意外。"刘金桂说，"当务之急，是赶快组织运水，用水浇灭。"

杨志明与付秀田立刻分散下去，组织人员加紧运水，奋力抢救。经过一番紧张的扑救，书铺火势很快弱了下来。这时候，天公作美，天空忽然划过一道闪电，接着传来隆隆的雷声，顷刻间倾盆大雨从天而降。一会儿的工夫，大火终于被雨水彻底浇灭了。

刘金桂站在暴雨中仰天大笑："天不亡我也！"

这时候，郭兰芝打着雨伞，气喘吁吁地跑了过来，说："金桂哥，恭喜你，生了个胖小子，你当爹了！母子平安！"

刘金桂紧握双拳，高擎在半空，从喉咙里发出一阵吼声："嗷，我当爹了！"

待他情绪平稳后，他看到雨中的人们依旧站着未动，动情地说道："危难之时见真情。谢谢伙计们，谢谢众乡邻！雨大，大伙都回去歇着吧！"

说完，他与郭兰芝向家中奔去。

刘金桂擦了一把脸上的雨水，一步闯进了产房。仔细端详着宝宝和妻子，喜悦之情溢于言表，呼喊道："大胖儿子！"说着，轻轻地用手抚摸儿子的脸颊。曾玉冰等人见状，悄悄地退出门外。

"媳妇受苦了！"刘金桂说。

石清梅说："不苦。看你淋得跟个落汤鸡似的，快换件干爽的衣服，别受凉了。"

刘金桂笑着说："你们母子平安就好。就我这体格，棒着呢!"

石清梅担忧地说："听说书铺着火了，严重吗?"

刘金桂摇摇头说："重要的物品大多已经抢救出来了。你甭担心这个了，安心调养就好。"

"噢，是什么原因引起的?"石清梅问。

刘金桂若无其事地说："不是什么大事，以后再说吧。你没给儿子想个名字?"

"你当爹的给他起个吧，最好刚一点。"石清梅说，"要让他坚如钢铁，什么困难和挫折都不怕。"

刘金桂若有所思地说："他们这一代行辈是寿字，叫寿山如何?"

"雄伟如山，寿比南山。中，就叫寿山。"石清梅赞许地说道。

大伙也异口同声地表示赞同。

母子平安的喜悦，暂时冲淡了刘金桂因为铺子失火而产生的愤懑与忧虑，他换了一身干净的衣服，迅速回到了成文堂书铺现场。

第十二回　一身正气查元凶　商会扶助挽损失

等刘金桂赶回现场时，杨志明与付秀田、郭小舟等已经等候在那里，正商量着什么事情。刘金桂见他们个个满面倦容，说："你们还没回去睡啊？"

"这个时候哪还能睡得着？"付秀田说。

杨志明问："刘掌柜，报官不？"

刘金桂思忖片刻，果断地说："报吧，马上报官！"

杨志明说："我与郭小舟一起去吧。"

"行，抓紧去吧。"刘金桂说，"书铺现场立刻派人保护好。印书坊那边明天照常印刷作业。"

"行，我会安排好的。"付秀田说。

他们走后，刘金桂一个人来到火灾现场，仔细勘查起来，他边看边思考着。忽然，他在书铺的前窗边发现一样奇怪的东西，捡起一看，发现是一只精巧的钢制火镰，上面隐约可见"曾记"二字。再仔细寻找，又发现了一块蛇蛋大小的火石，地上似乎还有一团黑乎乎的东西。　刘金桂迅速将地上火镰、火石收起，并抓了一把黑绒绒的东西，一同用手绢包好，悄悄地揣在衣兜里。

胶州州衙得到报案后，天刚蒙蒙亮，就派了四名衙役赶到火灾现场，里里外外仔细地搜查了一番。一位年老的衙役看了现场后，向刘金桂、付秀田、郭小舟等人询问了相关的情况，一一记录在案，并将现场记录由刘金桂签字后带走。前后不过半个小时，他们就完成了火灾现场勘查工作。

几个衙役走后，付秀田悄悄地问刘金桂："胶州衙门能管这事吗？"

刘金桂苦笑着说道："自古衙门朝南开，有理无钱莫进来。破案、打官司没有银子是不行的。"

"那咱也送呗？"杨志明问。

"不送！"刘金桂说。

"这事就这么算了？"杨志明说。

刘金桂从牙缝里挤出两个字："休想！"

正在这时，州署学正杨志山来到了现场，刘金桂与杨志明一愣，赶紧迎上前去。

杨学正握着刘金桂的手说："我也是刚刚知道贵府遭遇不幸，甚为不安，特地前来看望你们。"

"杨学正在百忙之中亲临现场慰问，我刘某感激不尽！"刘金桂说。

"损失大不？"杨学正关切地问。

"临街的书铺烧毁了，后院的印刷作坊尚平安无事。"刘金桂说，"成文堂这次虽然未伤到筋骨，但损失和影响是严重的。"

"起火原因找到了没有？"杨学正问。

刘金桂说："原因不详。不过，半夜三更起火，不排除人为纵火的可能性。"

"像你这样诚实守信、与人为善的商家，何人下得了这般毒手？"杨学正说。

"看来我已经成为个别人的眼中钉了，不整垮成文堂他是不会善罢甘休的。"刘金桂说。

"我将敦促衙门尽快破案，还你一个公道。"杨学正说。

"还请杨学正多呼吁、多进言。我代表成文堂全体伙计和一家老少表示衷心的感谢！"刘金桂说。

"你放心，我会亲自向秦知州建言献策的。"杨学正说，"你们抓紧做好善后工作，我就不打扰你们了！"

"谢谢杨学正的关心。"刘金桂再次致谢，说："杨管家，你去送送杨学正。"

送走了杨学正，刘金桂回到书房，将刚才捡到的东西小心地放在一个抽屉里锁好。一抬头，看见郭小舟走了进来，说："小舟你怎么回来了？"

"金桂哥，有个情况我得及时向您反映一下。"郭小舟说。

"坐下说吧。"刘金桂招呼道。

"昨天半夜里我去接姚二嫂从东关大街回来，快近火神庙时，我发现火神庙门口蹲着几个人，鬼鬼祟祟的，我定睛一看，模模糊糊地觉得里面有乞丐帮的两个小头目石铁蛋与张飞毛，正在小声地说话。他们听见车子行走的声音之后，几个黑影很快窜进了庙里。"郭小舟说。

"你能确认是乞丐的头目石铁蛋和张飞毛他们？"刘金桂问。

"我不敢完全确定，但因为他们前段时间来店里闹事，我对他们的印象很深，所以感觉挺像他俩的。"郭小舟说。

刘金桂点点头，然后说："交给你一个任务，这几天你带几个人帮我摸清乞丐帮石铁蛋与张飞毛的行踪和相关情况。注意，千万别打草惊蛇。"

"好的，我们化装一下，马上去办。"郭小舟说完，迅速离开。

郭小舟前脚刚走，杨志明后脚跟了进来，说："刘掌柜，你找我有事吗？"

刘金桂说："目前有这么几件事等着去做：一件是州衙已经派人把火灾现场看了，留着也没有什么用处了，看着还碍眼。你马上组织人员把现场清理一下，将垃圾运送到城郊废弃的土沟里。再是，把此次火灾的损失统计一下，数字要准确可靠。另外，及早把昨晚参与救火的伙计名单统计清楚，给他们加发些奖金。对于出力大的伙计再包个红包给予特殊奖赏。以后真遇到危急情况，还得依靠大家。注意，失火案件虽然报上了，但不知州衙的态度究竟怎样，因此，要盯紧他们，敦促他们尽快破案，早点给我们个说法。"

"您放心，我马上着手办理。对了，我刚才送杨志山学正回去，发现曾玉彪贼头贼脑地溜进了胶州州署，很可能是去找秦知州捣鬼去了。据说秦知州现在已经被曾玉彪收买了，去年他把贩鸦片的收益给了秦知州一个干股，送了一大笔银两。现在俩人经常在一起吃吃喝喝，称兄道弟。"杨志明担忧地说，"如果此案与曾玉彪有所牵连，秦知州很有可能徇私枉法。"

"做贼心虚啊！衙役们一去查看火灾现场，曾玉彪就有点坐不住了，便去探听虚实。"刘金桂不无嘲讽地说，"明天上午我俩一块去趟州衙，看看秦知州有何说辞。"

"好的，我先忙去了。"杨志明匆匆离开。

这时候，刘盛元急匆匆地走了进来，拽着刘金桂的衣袖说："昨夜城隍庙前街有八九家邻居帮着救火了，咱做事可不能太土鳖，得亲自登门答谢人家才好。"

刘金桂说："应该答谢，可咱带点什么礼物好呢？"

"这你就甭管了，把我从老家带来的绿豆粉丝送点给他们尝尝，每家一包，表达一下心意就中。"

"好啊，绿豆粉丝在胶州可是稀罕物呢。"刘金桂说。

"别磨蹭了，现在咱就挨家挨户拜访一下。"刘盛元说。

俩人提着粉丝，用了不到半个时辰，登门拜访了这些左邻右舍，每到一家，刘盛元好话说尽，感激之情溢于言表。邻居们都觉得他们父子处事厚道，也说了许多同情、宽慰的话。在回家的路上，刘盛元对刘金桂说："我曾经不止一次说过，远亲不如近邻。昨夜的事情充分证明了这句老话的实在。以后，如果左邻右舍遇到什么困难，咱可得全力去帮助人家。"

"看来，平日与邻居们和睦相处，十分重要啊！"刘金桂对于父亲的举动与一番肺腑之言，甚为佩服。他从父亲的身上看到了人性的光芒和知恩报德的重要。他知道，无论在商场上做生意，还是日常为人处事，父亲都是自己学习的榜样。忠厚传家，并不是嘴上说说而已，而是一辈辈人通过言传身教传承下来的。

中午，刘金桂回到家中，见妻子正在给儿子喂奶，说道："奶水够吃吗？"

"够了。不过，这小家伙挺能吃的。哭起来嗓门也挺大的。"妻子侧着身子说。

"你想吃什么，告诉一声。你吃得好，孩子才能吃得饱。"刘金桂说，"明天差人到集上买几只老母鸡炖了。"

石清梅说："我这样天天大吃大喝的要变胖、变丑的。"

"胖点没关系，你没听说唐朝人以胖为美呢。"刘金桂仔细端量着胖乎乎的儿子，忽然间对未来充满了希望，于是，一身的疲倦和烦恼，顷刻间化为乌有。

再说曾玉彪进了老城门后，果然去了秦知州的府上，秦知州正忙于查看成文堂失火的案卷，坐着纹丝未动。半晌，瞅了一眼曾玉彪说："什么风把曾掌柜吹来了？莫不是来投案自首吧？"

曾玉彪像被什么东西噎了一下，说："秦大人真能开玩笑，我曾玉彪一不偷，二不抢，三不杀人放火，是个合法的市民，自首什么呀？"

"昨夜成文堂遭人纵火，有人怀疑是你所为。你莫不是为此事来得吧？"秦知州故意盯着他的脸，试探着他是否有什么破绽。

"那事我也是刚刚听说，我曾玉彪堂堂正正地做生意，从来不干那些偷鸡摸狗的事情。"曾玉彪面不改色心不慌，说："不知此案侦破得怎么样了？"

"此事与你无干我就放心了。"秦知州说，"据初步侦查，此案当认定为恶意纵火案，其性质和影响极其恶劣。本州署若不查个水落石出，就没法向胶州父老乡亲们交代啊！"

"应该严查，一查到底，也好澄清是非。"曾玉彪说着，掏出一包银子，说："这是近日济生堂大药店的经营分红，您收好。"

秦知州用手掂了掂，然后，顺手丢在桌子的抽屉里，脸上顿时有了笑意："我知道曾府家教严厉，品德高尚，这些违法乱纪的事岂能与玉彪兄弟沾边？"

曾玉彪说："我与成文堂的刘金桂素来不和，我担心他会把怀疑的目标指向我，借机把我的好名声毁掉。秦大人关键时刻可要秉公办事、为我做主啊！"

"但愿你是清白的，我会安排得力人员办理此案。若无其他的事情，你先回去吧。"秦知州将手中的案卷收好。

"以后有什么事，您尽管吩咐。告辞！"曾玉彪双手作揖，悬着的心似乎放松了许多。

"恕不远送！"秦知州站起身来。

第二天早饭后，刘金桂与杨志明欲赶往州衙了解一下案情侦破情况。在步行去的路上，刘金桂说："要说这州衙，虽然距离成文堂不远，但我还真不太熟悉。"

"我也是略知一二。"杨志明介绍说，"州署所在地俗称'瓮城'，有东、西、南三道门，东门叫迎阳门，西门叫用成门，南门叫镇海门。因为各道门均为双层门洞，双层之间的墙为瓮式，所以，俗称'瓮城'。据说建胶州城时，因为胶州所辖的薛家岛明代出了一位阳武侯薛禄，朝廷便批准胶州城所建城门可为正门。其实，这座古城不大，周长不过四里多。"

刘金桂问："古城里的格局怎样？"

杨志明说："里面的格局大致是这样：东南面是学署和文庙，东北面是书院、考院和刘将军庙。西北面即是州署和吏目署，西南面是协府署与石河场。"

他们边交谈边从用成门进了古城。刘金桂放眼望去，感觉古城街道十分整齐，东西南北两条交叉的大街，把古城分成了四块。他站在十字路口，向南望去，有两座石坊，高高耸立。从十字口向东面的迎阳门看去，约有四座石坊。杨志明介绍说："大街南面，便是文庙大殿，甚有名气。大街北面，便是考院，是考秀才的地方。"

"那西北面就是知州大人的官邸了？"刘金桂问。

"那里是历代官衙所在地。"杨志明说。

"走，我们去拜会一下知州大人。"刘金桂说着，抬脚向州署走去。

进了州署大门，当班的年轻差役说什么也不准他们进去。杨志明赶紧使了点银子，差役随即放行，并向里面的州署作了通报。

秦知州犹豫了一会儿，说："让他们进来吧。"

差役将他们领进秦知州的书房，秦知州与他们一番寒暄之后，和气地说道："不知二位来本署有何贵干？"

刘金桂单刀直入地问道："成文堂失火案，给秦知州添麻烦了。也不知此案侦破了没有？"

"此案案情复杂，难度很大。我正派得力人员继续侦破。"秦知州干咳了两声后，说："如果你们有什么线索，请及时提供给我们。"

刘金桂把一份损失清单递给了秦知州，说："这是火灾给成文堂书铺造成的损失清单。"

秦知州草草扫了一眼，说："损失这么严重？起火的原因究竟如何，我们终究会查清楚的。"

"现在所有的迹象都表明，这是一起人为纵火案。而曾玉彪作案的嫌疑最大，请知州大人明察。"刘金桂说。

秦知州不以为然地说道："刘掌柜，捕风捉影的事可不要乱讲。光凭怀疑不行啊，办案是需要证据的。你现在的人证、物证在哪？如果有，就拿给我看，我决不会姑息养奸，一定会对纵火犯严惩不贷！"

"有秦大人给我们做主，我们就放心了。我们将拭目以待。"刘金桂说，"后会有期！"

"请慢走！"秦知州将他们送到书房门口，望着他们远去的背影，悄悄地用手绢擦了一把额头上的汗珠。

刘金桂与杨志明走出州署后，杨志明说："您不是在现场找到一些证据吗，为什么不交给他们？"

刘金桂冷笑一声说："你没看到秦知州那假惺惺的样子吗？他现在与曾玉彪沆瀣一气，狼狈为奸，你即使有充分的证据，到了他的手里，也一钱不值，他决不会承认的。你别指望秦大人会给我们出头！"

"那可怎么办？任曾玉彪逍遥法外吗？"杨志明问。

"没那么容易！如果胶州的秦知州徇私枉法，我们就告到莱州府去！"刘金桂说，"另外，我还有个想法，必要时去胶州商会找法四爷协商一下，看看他们有无解决的办法，若商会能够给我们出头解决了，也不失为一策。"

"法四爷是个主持公道的人，我看可以找他一试。"杨志明说。

刘金桂说："这也是不得已而为之吧。"

回到成文堂后，刘金桂的心情异常沉重，秦知州耍滑不管，凶手得不到惩治，他实在咽不下这口气。他点燃了一袋旱烟，大口大口地吸起来，狭小的书房很快充满了浓重的烟草味道。他推开窗户，想透透气，忽然看见刘学厚朝书房走来。他赶紧开门迎接，说："你怎么搞的，一身叫花子打扮。"

刘学厚说："我昨天扮成叫花子，混进了乞丐帮里，好不容易才打听到了石铁蛋与张飞毛的下落。"

"他们现在哪?"刘金桂眼睛一亮。

"听说他俩现在躲藏在城西的福庆寺。"刘学厚说。

"消息可靠?"刘金桂问。

刘学厚说："应该可靠。"

"走，找辆马车，咱俩一块去趟福庆寺。"刘金桂说。

"不用多带几个人? 我听说他们两个都不是省油的灯，尤其是那个张飞毛，听说还会点武功。"刘学厚说。

刘金桂说："他们再厉害，还有我这根打狗棍厉害? 放心，赶快去吧。"

刘学厚赶紧找了辆马车，俩人急匆匆地向城西福庆寺赶去。

等他们赶到城西福庆寺附近的时候，天已经晌了，太阳照得寺庙有些晃眼。刘金桂说："先把马车拴在远处路边的大柳树上，别靠得太近，以免惊动了他们。"

刘学厚麻利地拴好马车，刘金桂提上打狗棍，然后，悄悄地靠近福庆寺。福庆寺的大门是虚掩的，他们轻轻推开，一闪身进了院子，隐隐约约听见寺里有说话的声音，他们用耳朵贴近一扇窗户，只听见里面的人似乎愤愤不平，牢骚满腹。有个声音粗一点的人说："曾玉彪这个狼崽子是在耍我们呢，明明说好事成之后，给我俩各十两银子，可只给了一包碎银，其他连个狗屁影子也没有。"

"更可气的是，庞管家还责令我俩迅速离开胶州，否则，性命难保。岂有此理? 他们这不是卸磨杀驴吗?"另一个声音细点的人说。

"这两年我俩在胶州城也算混熟了，去另一个陌生的地方，今后可怎么活呀?"

"可是，如不赶紧出走，曾玉彪这个心狠手辣的家伙，非要了咱的命不可。"

"先等几天看看再说吧，让狗剩他们按时送点吃的来。"

"按说今天中午狗剩应该过来了，怎么还没有到?"

"再等一会儿吧。现在也不知黑老五那边什么情况了。"

"黑老五还算听话，不会乱跑的。"

刘金桂与刘学厚听了一会儿他们的对话，刘学厚说："是石铁蛋与张飞毛在里面。"

"我进去，你断后。"刘金桂说着，一脚将寺门踢开。

石铁蛋与张飞毛忽见闯进一人，当场吓了一跳，"忽"地从地铺上跳将起来。定睛一看，只有刘金桂一人进来，很快镇静下来。石铁蛋喊了一声："你，你来干啥？"

"我是成文堂的掌柜刘金桂，前来缉拿纵火案犯。"刘金桂大吼一声。

"你，你找错人了。"石铁蛋胆怯地说道。

"不要装了，跟我走一趟吧。"刘金桂手持打狗棍怒不可遏地说道。

石铁蛋眼见脱不了身，狗急跳墙地说："飞毛，操家伙，上！"于是，两个人各操起一根木棒，一齐上前与刘金桂打了起来。

刘金桂左躲右闪，避其锋芒，然后纵身一跃跳到一个高台上，两个人挥棒紧逼。刘金桂又一个鲤鱼翻身，跳将下来。石铁蛋惊慌失措地退了一步，趁其立足未稳，刘金桂飞去一脚，踢中他的下腹，疼得他匍匐在地。

张飞毛见状，不但没有慌张，反而愈战愈勇。斗了几个来回，不分高下。刘金桂深感意外，没想到乞丐帮里也能藏龙卧虎。刘金桂不忍再出手伤害他，便大喝一声："住手！你们别再为曾玉彪当替死鬼了！"

张飞毛本来觉得理亏，见刘金桂放下棍子，也不再上前拼杀。

刘金桂说："我是前来寻找纵火凶手的。我知道，纵火一案，是曾玉彪背后指使的，并非出于你们本意。只要你们敢于交代，好好配合，我是不会伤害你们的。"

张飞毛听了，将木棒扔在一边，一屁股坐在石铁蛋的身旁。

石铁蛋支支吾吾地说："纵火案不是我俩直接干的……你们别误会了。"

刘学厚一步闯了进来说："你们还敢抵赖？八月十八日半夜时分，我与接生婆等人路过火神庙时，发现你们在庙门口鬼鬼祟祟的。不久，成文堂书铺便着了火。"

刘金桂从衣兜里拿出一包东西，说："这块火镰、火石是你们的点火工具，你们因为听到后院有动静，慌乱中这些东西随便丢在地上，然后，仓皇而逃。"

他俩听了，觉得事情已经败露，不如实话实说了。于是，石铁蛋便一五一十地将曾玉彪的纵火计划与安排和盘托出。最后强调："我们与刘掌柜本无冤无仇，今日做出如此荒唐可恶之事，实在有悖良心。当然，我们也是不得已才干的。事到如今，曾玉彪非要将我们赶出胶州，以后我们可怎么过活啊？"

张飞毛说："请刘掌柜原谅我们的愚昧无知，我们愧对您了，实在不应稀里糊涂地做出这般下作的事情。当时，幸亏我们良心发现，没有完全按照曾老爷的计划行事，否则，我们更成了罪大恶极之人。"

"还有什么计划？"刘金桂问。

石铁蛋抢先回答："曾老爷原来让我们将成文堂的书铺与作坊一块烧了，我们下不了手，就只点了铺子。"

"这个狠毒的狗杂种！"刘金桂恨得咬牙切齿，心想，如果这两个愚人都照曾玉彪说的做了，成文堂必将遭受灭顶之灾。他忽然对两个乞丐心存怜悯了。说："你们刚才说的黑老五，他现在哪里？"

"他住在附近的关帝庙。"石铁蛋犹豫了半天，还是讲了黑老五的去处。

刘金桂说："马上带我去见黑老五。"

石铁蛋说："不必了吧，我们会照顾好他的。"

刘金桂说："我见他是为了更好地保护他，请你们放心，我绝不会伤害他。"

"既然这样，我们就放心了。"石铁蛋低头说道。

刘金桂又开口问道："你们两个也老大不小了，还想继续流落街头、靠乞讨过活吗？"

"不干它，做啥？大家不都是在混饭吃吗？"石铁蛋说。

"你们是否想过上自食其力、有尊严、有体面的生活？"刘金桂问道。

"想啊，我们做梦都在想。"张飞毛与石铁蛋异口同声地说。

"那好，只要你们配合我把纵火案结了，我收留你们，让你们去成文堂学徒，每月还有薪金，怎么样？"刘金桂问。

两人一听刘金桂能收留他们，且有差事干，于是喜出望外。石铁蛋问："不知刘掌柜让我们如何配合？"

刘金桂说："关键时候请你们出面作个证，敢吗？"

听了此话，两人觉得做个证没啥大不了的。事成之后，就能有个安身立业的地方，于是，爽快地答应了。

刘金桂示意刘学厚给了他俩几块碎银，让他们平日买点吃的。近些日子就待在这里，哪儿也不准去，以便有情况随时联系。

石铁蛋与张飞毛接过银子，心里甚是过意不去。并对未来生活充满了憧憬。他们表示，从此以后坚决与曾玉彪断绝一切往来，跟着刘掌柜好好做事，混出个人样来。

刘金桂将他们安置好以后，又与刘学厚驾车来到了附近的关帝庙。刚拴好马车，见一位面目黑瘦、衣着不整的叫花子走出关帝庙外。刘金桂见状，大喝一声："站住！"

叫花子想溜，被刘学厚一把扯住。刘学厚说："你就是黑老五?"

黑老五警惕地问："我是，怎么了，你们是谁?"

"我是成文堂的掌柜刘金桂，今天来寻你，主要是为成文堂失火案而来。"刘金桂说。

黑老五听后脸色大变，忽然，奋力挣脱了刘学厚的手，急欲逃走。被刘金桂一个扫堂腿，打翻在地。刘金桂说："学厚，给我绑了！"

黑老五被捆住了双臂，依然赖着不动。刘金桂说："只要你配合好，我是不会伤害你的。上车吧。"

黑老五犹豫再三上了马车，刘学厚将车棚的帘子拉死。马车拐了几个弯，很快驶回了成文堂后院。

下车后，刘金桂说："学厚，你先带他去三号仓库住下。"

"走吧，黑老五，知趣一点，你在外面可能随时丢了性命，刘掌柜是为了保护你才带你来这里的。"刘学厚扯着他的胳膊向三号仓库走去。

晚饭后，杨志明来到刘金桂的书房里，把白天去见商会会长法四爷的情况做了汇报，他说："法四爷对成文堂失火一案十分关注，他认为好端端的铺子半夜失火，不排除人为纵火的可能，并对此表示深恶痛绝。他还说，此案已经不是一件普通的商务纠纷，让他出头调解，恐怕会有不少难处。不过，若刘掌柜真心请他出面协调，他也不会撒手不管。但是，要处理这件事，必须请一个人出山，这个人就是现任商会副会长兼胶州武馆会长王懋勋。此人性情豪爽，办事公道，好打抱不平，白道黑道都熟悉，连官府的人都惧怕他三分。"

刘金桂说："法四爷的顾虑是有道理的，这样的安排也比较妥当。不过，这事先等等再说。我准备近几天再去趟州衙，再与秦知州探讨一下，看他们如何处置。"

几天后的一个傍晚，曾玉彪从州衙出来，神情有些颓丧，他恍恍惚惚地回到了济生堂大药店，一屁股坐在精雕细刻的红木沙发上。庞管家见他的脸色不好，搭讪着问："案情有何进展？秦知州什么态度？"

曾玉彪抽了一口烟，说："妈个巴子，出意外了。秦知州刚才告诉我说，刘金桂现在已经掌握了确凿的人证与物证，如果州衙不能秉公执法，他要跑去莱州府，连胶州州署一并告发。"

"刘金桂这一招也挺狠的呀。"庞管家说，"那秦知州是什么态度？"

"秦知州是个胆小如鼠的人。为了不连累自己，他让我自己想办法私了这件事。并且告诉我，如果此案非得让州衙审理，十有八九，要判我去做大牢。在这件事上，他已经无能为力了。"曾玉彪生气地说。

"你莫生气，让你这样做，秦知州可能是为了你好。"庞管家叹了口气说，"看样子刘金桂已经抓住了咱的具体把柄，否则，他不敢向秦知州提出这些无理要求。"

"秦知州说刘金桂已经掌握了具体的人证和物证，究竟是真是假？石铁蛋他们几个现身在何处？难道已经落入了刘金桂的手中？"曾玉彪惊慌失措地问道。

"不可能，他们应该已经出了胶州城。因为事先我已经跟他们交代好了，他们不敢磨蹭着不走。"庞管家自负地说。

"看来，刘金桂是虚晃一枪，他有证据是假的。你抓紧时间落实一下，看石铁蛋他们现在到底在何处，千万不要麻痹大意了。查清以后，让他们走得越远越好！"曾玉彪说，"既然秦知州逼我们私了此事，看来他是有难处的。你看找谁调处合适？"

"咱家老爷子与胶州商会法四爷不是交情很深吗？我们不妨请法四爷出面调解一下。"庞管家建议说。

曾玉彪皱起眉头，说："我担心让他调处，会对我们不利。"

"事到如今，不妨一试。"庞管家建议说。

曾玉彪无奈地点了点头。当晚，曾玉彪辗转反侧睡不着，他认为，虽然法四爷与父亲是故交，但他这个人太耿直，且对自己并无好感，还常带有敌意。盲目请他出面，对自己有利吗？可是，不找法四爷，目前找谁去？反正刘金桂不一定掌握多少真凭实据，不妨冒一次风险试试。夜过子时，他才迷迷糊糊地合上了眼睛。

不久，曾玉彪与庞管家去胶州商会拜见了法四爷。

法四爷淡淡地说道："不知曾掌柜前来有何贵干？"

曾玉彪说："最近成文堂失火案，想必您已经知道了。现在刘金桂不知怎么搞的，竟一口咬定，说纵火案是我指使干的，实在让人气恼。"

"这事我已经听说了。不知道曾掌柜对此有何说辞？"法四爷看似漫不经心地问。

"刘金桂肯定是误会了，他一无证人，二无证据，怎能轻易诬赖好人？不能因为过去我们之间有些过节，就拿脏水往我头上泼吧？"曾玉彪冷静地说道，"因此，我今天特意来与法四爷商量一下，想请您出面给我们调解一下，以便双方消除误会。"

法四爷为难地说："你知道，咱们商会是民间办事机构，本不该管这类事情，你们应该找州衙处理本案才是。"

"州衙那边已经找过。他们以为，我与刘金桂之间的事情如果能够由民间组织协调解决更好。"曾玉彪说，"在胶州，法四爷是赫赫有名的绅士，为人正派，主持公道，大家都十分仰慕您，您是调解商业纠纷的不二人选。况且，家父与您是多年的故交，同着他的面子，法四爷还是出面调解一下为好。"

听了他的恳求，法四爷说："商会本不愿管你们之间的纠纷，但考虑到你们都是胶州举足轻重的商贾大户，又不能不管。这样吧，待我征求一下刘金桂意见再说，如果他也愿意，我就择机给你们调处一下。"

"太感谢法四爷了！"曾玉彪起身鞠躬道。

"你先别感谢我，我怕调处一场，并不一定能达到曾掌柜的要求啊。"法四爷说。

"只要法四爷出面，没有办不好的事情。事后，晚辈定当重谢！"曾玉彪说。

"不客气，我尽力而为吧。什么时间调处，这几天你等我的信好了。"法四爷说。

当晚，法四爷派人将刘金桂请到商会，征询他的意见。刘金桂甚为感动，说："有法四爷做主，我还有望挽回一定的经济损失。"

法四爷问："你可有充足的证据证明曾玉彪是纵火案的幕后指使？"

"人证物证俱在，确凿无疑，曾玉彪抵赖不了。"刘金桂说。

"既然如此，我心中便有底了，你回去准备一下吧。到时候看看事情的进展情况再说。"法四爷起身说，"夜深了，我就不留你了。我送送你！"

"谢谢法四爷，您请留步。"刘金桂拱手说道。

按照约定，周一的上午九时，曾玉彪与刘金桂同时赶到胶州商会的会客厅，会长法四爷与副会长王懋勋已经端坐在一张大案桌的后边。曾玉彪见王懋勋也在场，感觉有点意外，说："王副会长今日也有空闲？"

王懋勋爽朗地说："本来武馆的事儿挺多，法四爷说今天商会要给你们调处一桩纠纷，我这个商会副会长若不到场怕有失职责。所以，只好到场了。"

曾玉彪说："给王副会长添麻烦了！"

"不麻烦，曾掌柜请坐吧。"王懋勋转头对法四爷说，"法会长，人都到齐了，开始吧！"

法四爷点点头，挺直腰板，扫视了大家一眼说道："众所周知，不久前胶州成文堂半夜失火，蒙受重大损失，在胶州城产生了强烈反响。火灾事故发生后，成文堂刘金桂掌柜怀疑是云溪书铺曾玉彪幕后指使纵火，特向胶州商会提出诉状，要求曾玉彪负责火灾损失。而曾玉彪掌柜拒绝承认和承担责任。为厘清事实，化解矛盾，胶州商会今天受曾玉彪先生与刘金桂先生所托，特意进行斡旋和调解。你们谁先陈述？"

"我先说吧。"刘金桂抬头望一眼曾玉彪，说："人都说同行是冤家，可我从来不认这个说辞。我来胶州开设书铺后，从没有给云溪书铺出过一点难题，可云溪书铺的掌柜曾玉彪却三番五次找成文堂的茬，阻碍我们的正常经营活动，使我们的经营一直不太顺利。这次成文堂失火案件发生后，我们在报案的同时，自己进行全力侦查。有事实证明，是曾玉彪幕后指使所为。也就是说，真正的罪魁祸首是曾玉彪。"

曾玉彪冷笑一声说："刘金桂，你不要血口喷人。我曾府在胶州可是名门望族，你可不要凭主观臆断胡说八道，玷污了我家族的声誉。上一次你怀疑乞丐闹事是我所指使，竟然当众砸了云溪书铺的匾额，看在法四爷说和的分上，我忍了，没再追究。今天，你又平白无故地诬我是纵火犯，是可忍，孰不可忍？只要你刘金桂能拿出真凭实据，证明是我曾玉彪干的，我情愿按民间的规矩来办。如果你拿不出可靠的证据，你则要负一切责任，包赔我的精神损失。"

"好，大丈夫一言九鼎！"刘金桂示意一下杨志明，杨志明立即将一个包裹递过来。

刘金桂迅速将包裹打开，展示给大家，说："大家看，这个标有'曾记'

的打火镰，是我在火灾现场捡到的。很明显，这是曾府的点火工具。"

曾玉彪看了，却哈哈大笑起来，说："这个证据是假的，多年以前我们曾府就丢过多枚类似的打火镰，没想到今天会为你所用，简直是无稽之谈！"

法四爷取过，仔细端详了一会儿，说："刘掌柜，你还有其他的证据？"

"有，我有证人！"刘金桂不慌不忙地说。

他轻轻地拍了两下手，杨志明领着石铁蛋、张飞毛、黑老五不慌不忙地走进客厅。

曾玉彪瞬间浑身哆嗦一下，说："你，你们来这里做什么？"

刘金桂说："这就是直接纵火的人，据他们供述，幕后主使便是曾玉彪。"

石铁蛋有点难为情地说："对不起了曾老爷，我们乞丐不是奴才，也是人，也要尊严，不想为你背这个黑锅了。我要公开承认，这次纵火案是曾玉彪掌柜一手策划、指使我们干的。"

"狗奴才！你头脑发昏了吗？"曾玉彪破口大骂道。

"安静！"法四爷说："请证人陈述。"

石铁蛋此刻神情镇定，他首先作了自我介绍。然后，一五一十地将曾玉彪与庞管家的纵火计划和安排和盘托出。

"你胡说！"曾玉彪气急败坏地喊道。眼前的一幕是他始料未及的，然而，形势的发展似乎已经无可逆转。他忽然狡辩道："这些证人肯定都是被刘金桂买通的，不足为信！"

"张飞毛、黑老五，石铁蛋的话可信吗？"法四爷问。

"可信！我们愿意共同作证！"张飞毛、黑老五异口同声地说。

"一群狼心狗肺的东西！"曾玉彪火冒三丈。

爱憎分明的王懋勋，早已气得脸色通红。他义正词严地说道："曾玉彪，人证、物证俱在，你岂敢抵赖？"

曾玉彪气得嘴唇发紫，对着石铁蛋他们喊道："你，你们这些吃红肉拉白屎的白眼狼，我掐死你们！"说着，就要大打出手。

王懋勋一个箭步冲上前去，一把握住曾玉彪的手脖子，直疼得他龇牙咧嘴。王懋勋说："曾掌柜，莫激动，请坐好了！"

曾玉彪只好不情愿地坐回原座，豆大的汗珠从额头上滚落下来。

这时候，只听法四爷威严地喝道："曾玉彪，人证物证俱在，你承认不？"

曾玉彪低下头没有言语。

"现在摆在你们面前有两种选择：一种是将此案移交胶州州衙，由州衙依法秉公处置；另一种是由商会协调解决，根据实际情况，酌情包赔刘金桂书铺的经济损失。"法四爷说。

曾玉彪与身后的庞管家嘀咕了几句后，说："我同意采用第二种方案，看看包赔多少银两吧。"

王懋勋拿出一张单子，说："据测算，成文堂失火案，共计损失银两六百二十余两。"

曾玉彪听后并不认可，高声喊道："哪里会有这么多损失？纯粹是讹诈！"

王懋勋把明细单子递过去，说："你自己好好看看吧。"

曾玉彪仔细地看了看，脸色阴沉地说道："这数字我看出入很大，能不能再减少一点？"

法四爷抬头望着刘金桂，说："刘掌柜，你可否让一步？"

刘金桂说："法四爷开口了，我没说的，您出个价吧。"

"按一半的损失包赔，拿出三百一十两银子如何？"法四爷说。

"看在两位会长的面子上，我同意这个数。"刘金桂心里知道，索赔多了，曾玉彪也不会认可，现在能挽回多少算多少吧，就给法四爷一个顺水人情。

法四爷又问曾玉彪："曾掌柜，你看如何呢？"

因为只承担了火灾一半的损失，曾玉彪心里略有平衡，他咬咬牙说："我同意了，法会长。"

"好，痛快！现在我宣布：经过双方协商同意，这次成文堂书铺火灾事故，由曾玉彪赔付刘金桂经济损失三百一十两银子。"法四爷说，"请两位掌柜在协议书上签字吧。"

刘金桂与曾玉彪分别在调解协议书上签字画押。

曾玉彪签完字后，对庞管家说："给他们办理银票吧。"

"好的。"庞管家低声答应。

一会儿，法四爷接过庞管家开出的银票，递给刘金桂："刘掌柜，请收好。"

刘金桂接过银票，神色凝重，起身向法四爷和王懋勋深鞠一躬，说："谢谢法会长与王副会长的秉公调解，为成文堂书铺挽回一笔经济损失！"

"不必客气。商会是在尽力而为，有不妥的地方，还请双方谅解。"法四爷说。

此次调解结果，虽然出乎曾玉彪的意料，但已经将自己的损失降低到了最低程度，心里别扭，也只能忍气吞声了。他故作镇静地走过来与法四爷、王懋勋一一握手道别，然后，对刘金桂高声说道："刘掌柜，咱们后会有期!"

"后会有期!"刘金桂回应道。

待曾玉彪走后，刘金桂说："要不是两位会长主持公道，成文堂恐怕一时半会儿难以翻身了。"

法四爷说："曾玉彪并不彪，花钱消灾，何乐而不为？总比他去坐大牢强吧？三百一十两银子着实有点便宜了他。"

"能让曾玉彪低头认罚已经不错了。"刘金桂说。

王懋勋说："惩恶扬善，本是天道。但愿成文堂能够早日恢复营业。"

刘金桂说："两位会长的大恩大德，令我终生难忘。以后商会如有什么难处，请一定告诉我一声。今天我们一起去云溪酒楼吃个便饭如何?"

"免了。待成文堂恢复了元气，我们再去吃饭也不迟嘛。"法四爷朗声说道。

王懋勋说："这顿饭先欠着好了。但你要尽早补上。"

大家都开心地笑了。

第十三回　浴火重生众亲帮　店铺开张客盈门

　　成文堂书铺失火的当天晚上半夜时分，大雨已经停息。曾玉冰从刘金桂家中出来以后，深一脚浅一脚地来到火灾现场，借着微弱的灯光一看，五间偌大的书铺，烧得只剩下残垣断壁，屋里的物件与书籍早已化为灰烬，一片狼藉，不堪入目。她的心禁不住提了起来，她在想：是书铺内部油灯引起了火灾，还是坏人故意纵火？刘金桂究竟做错了什么事，为什么灾难总是青睐于他？她一路上胡思乱想，不知不觉地回到了徐府。在卧室里，她见徐云龙鼾声不断，睡得正香，不由得气不打一处来。她上前一把掀开被子，扭着徐云龙的耳朵将他拉了起来。徐云龙睡眼蒙眬，不耐烦地喊道："半夜三更的，你干吗？"

　　"刚才成文堂失火，你为什么躲在家里睡觉不去救火？"曾玉冰厉声责问道。

　　这时，他仿佛一下子清醒了许多，说："谁说我没去？你看看我那双鞋子都脏成什么样子了。当然，我承认去得晚了一点，赶到时大火几乎快扑灭了。"

　　曾玉冰说："救火如救命，帮别人其实是在帮自己。你想想，大街上铺子挨铺子，如抢救不及时，还会祸及其他的铺子，到时整个城隍庙前大街将面临不可收拾的危险局面。"

　　"说得有理，还是老婆明事理。"徐云龙花言巧语地搪塞她，"听说刘金桂婆娘生了个大胖小子，也算他霉运当中走了好运。时候不早了，你赶快歇息吧。"

　　"慢着，我还有话问你。这次成文堂书铺失火，与你有无瓜葛？"曾玉冰一脸严肃地问道。

　　"你在怀疑我？这与我会有什么关系？"徐云龙有些不耐烦地说，"我徐云龙再不是人，也不至于去干些杀人放火的事情。我可以对天发誓，如果是我徐云龙干的，天打五雷劈！"

　　"你没参与就好。咱千万不能做这样的缺德事。以后要是知道是你做的，咱俩的缘分就算到头了。"曾玉冰见他说得坚决，便松了一口气。

"我是那样的人吗？快睡吧，别操些没用的心了。"徐云龙打了个哈欠，身子往床上一躺，又很快呼呼地睡着了。

曾玉冰披衣坐在床上，望着漆黑的夜空，久久难以入睡。

再说刘金桂从商会回到家里，刘盛元焦急地问他："商会给你们调解得怎样了？能拿回多少损失？"

刘金桂说："在人证物证面前，经过法会长他们的全力调解，曾玉彪终于低头认了错，赔偿了咱们三百一十两银子。"

"你说什么？赔偿额是不是少了点？"刘盛元说。

刘金桂说："商会已经尽心尽力了。当下我们能够索回一点算一点吧。"

刘盛元叹了一口气，说："其实，能索回这些损失也不容易，你从曾玉彪身上拔毛，无异于虎口夺食。我担心曾府赔了这么一大笔银子，恐怕不会善罢甘休的。"

"爹，您放心好了，公道自在人心，我走得正、行得端，半夜不怕鬼敲门。"刘金桂说，"炒两个菜，中午咱爷俩喝两盅，好好庆贺一下。"

刘盛元说："庆贺个啥，你有兴致，我还没有那个心思呢，赶快想法子早点把书铺修好了，再庆贺也不迟。"

"您放心，我已经安排好了，这几天就动工收拾一下房子，后面再备上些货。"刘金桂说。

"修铺子、进货需要一大笔钱，你就凭这点银子能够用吗？"刘盛元问。

提起钱的事，刘金桂是有些挠头。眼下的资金都花在作坊的原材料进货上，印刷出售的书款一时半会儿回笼不回来，能够拿来修铺子的钱可谓捉襟见肘了。

刘金桂不想让老父亲担心，便轻描淡写地说："资金目前是紧张点，但我会想办法解决的，您就甭操心了。"

当晚，刘金桂邀请杨志明来到他的书房，一起探讨书铺筹款事宜。杨志明说："目前仓库里压着不少的货物，占了大量资金，一时周转不开，不如先去钱庄贷点银两，来应付一下当前之需。"

"钱庄的利率挺高的，但眼前也没有更好的办法，那就只能向他们借了，可向哪家钱庄去借合适呢？"刘金桂问。

"据我所知，胶州城目前赵、孙、逄三家钱庄资本雄厚，生意鼎盛，他们具备放贷的实力。"杨志明说。

"那我们明天上午去办理一下看看。"刘金桂说。

第二天一大早，太阳从东方升起，阳光给古城涂上一层亮丽的色彩。经过一夜沉寂的大街，很快行人匆匆，车水马龙，热闹喧哗起来。刘金桂与杨志明各自背着个钱褡子，穿过云溪小桥，走过南北小桥大街，来到了钱市街。赵、孙、逢三大钱庄便坐落在这条繁华的大街上。他们先依次走进了赵记兴隆钱庄。经柜台前的伙计引荐，赵掌柜出面会见了他们。赵掌柜说："刘掌柜亲临小店，不知有何贵干?"

刘金桂说："恕我直言，成文堂不久前发生过一次火灾，损失惨重，想必是赵掌柜已经听说了。现在要修复书铺，资金不足，想跟贵庄借点银子。不知赵掌柜这里是否方便?"

"需要借多少?"赵掌柜一双细长的眼睛透过花镜直视刘金桂。

"五百两银如何?"刘金桂说。

赵掌柜摇摇头，为难地说："真不凑巧，前几天有个主顾去南方进盐，把钱庄的老底全部拿光了。现在我实在无能为力了，请刘掌柜多多包涵。"

杨志明说："少借一点也行。"

赵掌柜说："你就别难为我了，我但凡有点办法，是不会拒绝你们的。"

刘金桂站起身，说："那就不给您添麻烦了，后会有期。"

"恕不远送!"赵掌柜客气地说道。

他们从赵记的兴隆钱庄出来，杨志明说："都说赵掌柜是出名的老抠，他怕咱还不上还是咋的?"

刘金桂说："事情怕没有那么简单。我们再去孙记鸿发钱庄看看。"

来到了鸿发钱庄，孙掌柜干脆没有露面，他指使胡管家出面接待了一下，也是虚与委蛇，假意应承。当听说他们的借贷要求后，胡管家面露难色，说："库存银子倒是有些，只是已经与其他商家签约，近两天银子将全部放出，所以库里的银子一两都不敢动。对不起了，请刘掌柜另想办法吧。"

杨志明问："跟谁家签约了? 是曾家吗?"

胡管家支吾道："嗯，对，曾家济生堂大药店近期要进一批中药，需要大量银两，已跟我们孙掌柜签订了借贷契约。"

"曾家要一手遮天不成?"杨志明说。

"这个嘛，我不便置评，只要你们理解我们的难处就好。"胡管家尴尬地笑了笑。

此时，刘金桂心中已经有数，对杨志明说："多说无益，咱们走吧。"

从孙记鸿发钱庄出来后，杨志明说："咱再去逢记少海钱庄看看？"

刘金桂说："去看什么？咱别在这里浪费时间了，回店去吧。"

"看来曾玉彪的能量还真不容小觑！他提前给我们把路堵死了。"杨志明说。

"曾玉彪是想一手遮天啊！"刘金桂叹了一口气说，"走吧！"

回到成文堂后，杨志明见刘金桂的心情比较郁闷，说："你看这样妥否，咱现在急需用钱，就跟一些用户讲明白，提前把书款要回来。"

"咱与他们都有约定，提前索款是违规行为。若惹得这些老主顾不高兴，以后的生意还怎么做？"刘金桂说。

杨志明说："要不这样，我挑几个伙计将库存的书送到乡下摆摊去卖，如何？"

"不妥，杯水车薪，无济于事啊。再说咱还没到山穷水尽的时候，不能让外界的人以为我们成文堂趴下不行了。"刘金桂深思了一会儿说："当然，我们可以考虑在胶州多设几个销售网点，扩大销售渠道，尽快回笼资金。"

正在他们讨论筹款事宜的时候，付秀田领着他原来的三个徒弟来了，付秀田说："我们师徒几个前段攒了几个小钱，也派不上大用场。知道成文堂现在正是用钱的时候，就凑了六十两银子拿来了，请您收下。"

刘金桂甚为感动，说："你们攒几个钱不容易，成文堂再怎么困难，也不能用伙计们的钱啊！"

付秀田说："伙计们早就把成文堂当成自己的家了，家里遭了难，我们岂能袖手旁观？您一定要收下。"

三个徒弟说："请刘掌柜收下吧。"

刘金桂望着大家热切的脸庞，感激地说："好，我收下。杨管家你给他们打个借条，这钱我是一定要还的，而且，要付利息。"

杨志明迅速写好借据递到付秀田的手里，说："谢谢大家了！"

送走了付秀田他们，刘金桂对杨志明说："危难之时见真情，成文堂的伙计们真好啊。成文堂是我刘金桂的，更是大家伙的，不把成文堂办好，愧对伙计们啊。"

"礼轻情义重啊，伙计们的情义是真金白银难以买到的。"杨志明感慨地说。

刘金桂说："我看书铺修复的事，得抓紧进行了。不妨分步进行吧。先抓紧时间把房子修好。你近期把房梁、椽子、砖瓦等材料准备好，再到胶州工夫市挑选些瓦工，择日动工整修吧。原则上，该刮的刮，该粉的粉，火烤烟燎的痕迹一点不留。"

"行，我马上操办。"杨志明说。

这时，郭兰芝走了进来，说："哥，家里来客人了，嫂子请你赶快回去一趟。"

"什么样的高人贵客要我现在就回去？我这正忙着呢。"刘金桂说。

"你回去就知道了，抓紧点吧。"郭兰芝说完匆匆地走了。

刘金桂回到家里，走进客厅，只见曾玉冰与秋芬正在逗弄小寿山，便开玩笑地说："我说刚才听到喜鹊在树上喳喳叫呢，原来有贵客到家了。"

石清梅抱怨说："玉冰她们都来半天了，你磨磨蹭蹭的才回来。"

曾玉冰说："书铺什么时间开始整修？"

"快了，准备这两天就动工。谢谢你还挂牵这件事。"刘金桂说。

曾玉冰说："铺子失火后，我也连着失眠了几个晚上。事已至此，你与姐姐也别太难过，抓紧把铺子整修好，把损失早点夺回来。我知道你们现在手头紧张，我这里有三百两银子你们先拿去用着。"说着，把盛银子的包裹递了过去。

刘金桂一惊："你哪来这么多钱？"

秋芬插嘴说："大小姐把她的唐三彩瓷花瓶当了，换得这些银子。"

"那只花瓶是你的嫁妆，曾府的传家宝贝啊，你怎么能随意去当了呢？这钱我不能收。"刘金桂有些着急了。

"救急要紧，你甭顾虑太多。"曾玉冰说。

"我真的不能要。"刘金桂说。

曾玉冰见他焦急的样子，说："又不是白送你们的，就算是我在成文堂入股好了。"

刘金桂说："既然这样，我就收下了。只是在成文堂入股是有风险的。"

"没关系，咱就说定了。"曾玉冰起身又逗弄了一会儿孩子，叮嘱石清梅说："成文堂的事让大老爷们去管吧，你少跟着操心上火，早点把身体调养好。"

石清梅眼含热泪，拉着曾玉冰的手说："妹妹的情意，我与金桂一辈子也报答不完。"

"姐姐这么说见外了，咱都说好了的，有难同当嘛。"曾玉冰说，"你安心照顾好孩子。"

石清梅松开手："金桂，你替我送送玉冰妹妹。"

刘金桂将曾玉冰她们一直送到了大门口，忽然低头说道："也许这事我做得有点过分了，对不起你大哥了。"

曾玉冰轻蔑地说道："我没有这样的大哥，大家已经很包容他了，他活该，完全是咎由自取。"

"谢谢你能理解，感谢的话我不多说了。"刘金桂说。

曾玉冰注视着他的脸庞，低声说道："金桂哥，你瘦了，少上些火，多保重！别让妹妹担心。"说完，眼含热泪，转身离去。

刘金桂望着她远去的矫捷的倩影，有一丝暖意涌上心头，眼睛竟有些模糊了。

不久，成文堂书铺整修工程正式动工。动工当天的早晨，郭松浩先生领着五六个学生来了，他说："我征求了几个家长和学生们的意见，这几天来帮个工，也算是上几堂劳动课。"

刘金桂说："我让杨管家去工夫市请了一些瓦匠，修复的活不轻，就不麻烦你们了。"

郭先生说："我也帮不上什么忙，就让我们卖点力吧，工钱能省点就省点。"

刘金桂见推托不掉，说："中午让学生们跟大家一起在伙房里用餐吧。"

"行，午饭就由你们安排。"郭先生说着甩了外套，与学生们一起当起了小工。

前来的这些瓦工都是杨志明从工夫市上千挑万选的，不仅身强力壮，而且技术好。加之成文堂给的工钱高，吃得好喝得足，因此，干活都很卖力。经过十多天的整修，书铺很快恢复了原貌，而且比原来更加实用和美观。内墙刮平后，又用白粉粉刷了一遍，亮亮堂堂的让人耳目一新。

接着，他们又购置一些新货架，摆满了各种物品和书籍，筹备工作顺利结束。

杨志明问刘金桂："刘掌柜，书铺重新开业我们是否举行个仪式？"

刘金桂说："依我看，仪式简单点好，开业那天，把牌子重新挂好，放几挂大鞭就行了。"

成文堂书铺重新开业那天，按照刘金桂的要求，仪式一切从简。当震耳欲聋的鞭炮声打破古街的沉静之后，人们争先恐后地涌向成文堂，争相一睹整修后的店容，排队抢购称心如意的文房四宝和急需的各类书籍，成文堂又很快恢复了往日的兴盛。

成文堂书铺从失火到恢复营业，用了不足一个月的时间。这段时光，对刘金桂来说，是人生中遭遇的一次重大灾难和考验，也是一次磨砺和成长，让他领略了人性的丑陋，也感受到了胶州人的纯朴与善良，以至于在他进入古稀之年的时候，依旧对此念念不忘。

第十四回　贼心不死多刁难　供应链条遭掐断

成文堂书铺复业的第二天，徽商王学仁前来辞行，刘金桂坚持要给他饯行，王学仁也没有推辞，晚上就在成文堂的伙房里就餐，杨志明与付秀田前来作陪。刘金桂将窖存的即墨老黄酒倒进一只铁壶里，配以大姜、枸杞子、大枣等佐料，请厨师煮到滚沸才端上桌来，满屋子便弥漫着一种甘甜、药香、醇厚的酒气，让人有一种未饮先醉、飘飘欲仙的感觉。刘金桂亲自给王学仁斟满酒杯，说："自从与王掌柜结识以来，双方合作十分愉快，王掌柜对成文堂一直不吝支持。此次成文堂书铺顺利复业，多亏王掌柜允许我们货物赊销，缓解了我们资金紧缺的压力，对此，我深表谢意，这杯薄酒我们一起敬王掌柜！"

王掌柜端起酒杯，说："刘掌柜您千万别客气，俗话说背靠大树好乘凉，如果说我这几年经销发了点财，那还不是仰仗您成文堂这棵大树？"说着，他举杯一饮而尽。

杨志明问："王掌柜，这酒的味道如何？"

"不错，这酒甘甜醇厚，味道浓郁，很合我口味。平日我最爱喝的是浙江绍兴的老黄酒。今儿看来，这两种酒各有千秋，都是酒中上品，绍兴老黄酒味道似更清烈、即墨老酒似更醇香一些。"王掌柜谈起老黄酒兴致很高。

"没想到王掌柜对老黄酒也很有研究，平日我也很好这一口。"刘金桂说，"杨管家，王掌柜回去时，给他带上两坛子即墨老黄酒捎回去。"

"这次就免了，携带不太方便。近期我的身体有些不适，腹部时常疼痛。一位老郎中要我抓紧时间去北京的中医馆治疗一下。我打算明天先乘船去天津，然后再转道去北京。"王学仁说，"刘掌柜盛情难却，今天我破例喝了这一碗。只是郎中告诫说：酒好也不能贪杯。"

刘金桂关心地说："派个伙计陪您一起去？也好方便照顾你。"

"不用，我年纪轻轻的抗折腾，能自理。"王学仁停顿了一会儿说，"人到了一定的年龄，不服老是不行的。你记得上次见到的那位制墨大师胡掌柜吗？不久前，听说他得了半身不遂，长年卧床不起。现在生意只好交给他儿子打点了。"

"那位胡掌柜我记得，上次见他还精神矍铄的，也很健谈。他还交给我一个任务，可回来后我光顾忙生意，寻人的事暂且放了下来。"刘金桂有点歉意地说道。

"胶州这么大，人海茫茫，不是说找就能找到的。那次与胡掌柜见面后，我还专门打听了一下他们的情况，胡忠义与胡掌柜原是叔伯兄弟，虽然都学习掌握制墨技术，但属于两个种类，胡掌柜擅长墨水制作技术，胡忠义则擅长雕版印刷用的制墨技术。从某种意义上讲，印刷用墨比书写用墨更讲究一些，因为墨的质量好坏直接关系到印刷制品。"王学仁说，"对了，成文堂刻印以来，用墨是从哪里进的？我除了供应印刷纸张等以外，还从没有给你们供过印刷用墨。"

刘金桂说："不瞒您说，印刷用墨是我们当地一位客商供应的，因为运输成本低，质量也不错，也就没麻烦您。"

王掌柜点点头说："以后需要时尽管找我，这方面我也有些门路。"

"对了，我听供货商韩掌柜提到过，说制墨的师傅也姓胡，不会是你们提到的胡忠义先生吧？"杨志明插话说道。

刘金桂说："世间哪有那么凑巧的事？等改日我们去拜访一下他，事情不就一清二楚了？"

因为王掌柜身体不适，刘金桂也不便劝他喝得太多，天南海北地聊了一会儿，便上了两盘海鲜水饺，大家吃了饭，早早结束了宴会。

第二天一大早，刘金桂安排杨志明将王学仁送到了塔埠头码头，直到他上了客船。杨志明忽然想起昨晚酒桌上提到的胡忠义，感觉此人非同寻常，他的制墨技术可能对成文堂的刻印业务发展会有很大的帮助，此人一定要早点找到。他从码头回到城里后，又专门赶往坊子街茂丰堂专供店，想找供货商韩掌柜了解一下详情。茂丰堂位于坊子街西端，门房不大，但买卖做得很灵活，服务又周全，收益一直不错。待杨志明赶到那里时，已是日出三竿了。可奇怪的是，茂丰堂一直没有开门，杨志明等了一会儿仍不见动静，便以为韩掌柜可能外出办事，故暂时关了门店。他没有多想就转身走了。

刚回成文堂，听说刘金桂掌柜在找他，便急匆匆地来到他的书房。刘金桂说："王掌柜上船了？身体没事吧？"

"上船了，看他的气色不是太好。我看应该抓紧治疗了。"杨志明说。

"找你来，想跟你商量一下石铁蛋与张飞毛的安置问题。这两个小家伙各有特点，石铁蛋头脑聪明，脑瓜子灵活，会办事；张飞毛言语少、厚道些，还会点武功。你看怎样使用他们？"刘金桂问。

杨志明沉默了一会儿，说："刘掌柜，您真的想收留他们？恕我直言，这两个家伙一个也不能用。他们虽说都是穷苦人家出身，但混迹江湖多年，沾染了不少的坏毛病，咱若盲目收留了他们，我担心养虎为患啊！"

刘金桂说："我已经答应失火案解决以后收留他们，咱总不能言而无信吧。再说，人可以随着环境变化而改变嘛。如果对他们撒手不管，继续推向社会，我估计他们肯定学不好。如果咱们收留了他们，好好调教一番，说不定能锻造成为一块好材料。"

"那个黑老五呢？"杨志明问。

"黑老五自己不愿留下，就给他点银子打发他回老家吧。"刘金桂说。

"既然这样，就暂时收下他俩，看看他们的表现再说。如果他们依旧恶习不改，就只得撵走了。"杨志明说，"根据他们的特长和性格，我建议让石铁蛋先去刻印作坊做学徒，考验一个时期再说；目前，成文堂缺少看家护院的人，不妨让张飞毛做个家丁如何？"

刘金桂说："咱俩想到一块了，就这么安排吧。到岗前，你先给他们上一课，把注意事项和相关规矩都告诉他们。同时，在平日生活中还要多关心和照顾他们一下。"

"行。刘掌柜您这人实在是太仁义了。"杨志明说，"我这就去给他们安排好。"

"给他们几个零花钱，让他们洗个澡，买几件新衣服换上，打扮得干净利落一些。平日就跟伙计们一块住宿舍、吃伙房。"刘金桂说。

"我知道了。"杨志明说。

不久，石铁蛋与张飞毛被安置在集体宿舍里，跟其他雇工一样，每人一张单人木床，吃饭就在伙房里，环境发生了根本性变化，生活一下子有了着落，他们仿佛进入了崭新的世界。这天晚饭后，张飞毛对石铁蛋说："咱当叫花子的时候，饥一顿饱一顿的，生活没一点着落，人们还不把咱当人看。现在生活和干活条件这么好，真是做梦也没有想到，多亏遇到刘金桂这个大善人啊。"

"这里的条件是不错，刘掌柜待咱也不薄，可是我担心曾玉彪不会轻易放过咱俩，咱得有个思想准备。"石铁蛋担忧地说。

"怕啥？有刘掌柜给咱撑腰，谁也不敢对咱怎么样。"张飞毛说。

"但愿如此吧。另外，刘掌柜交代咱们，空余时间要跟着郭小舟学识字，你看有这个必要吗？"石铁蛋说。

"当然有了，刘掌柜是在刻意培养咱呢。再说，郭小舟学了七年的私塾，不光文化高，营销业务能力也挺棒的，值得咱们跟他好好地学习。"张飞毛说。

石铁蛋点点头说："唯有多学点本事，咱将来才有出头之日啊。"

"我不跟你说了，值班去了。"张飞毛提一根木棒外出巡逻去了。

晚上，刘金桂陪父母与妻儿在家里吃了顿晚饭，刘盛元说："听说你把那两个纵火犯招进了成文堂，这不是引狼入室吗？"

"爹，事情没那么严重，他们是受曾玉彪蒙蔽和胁迫才干出蠢事的。咱以诚相待，他们会知道感恩的。"刘金桂说。

"可你不能让那个张飞毛做家丁啊，万一变成家贼，我们可是要遭殃的。"刘盛元说。

"张飞毛那个人的情况我已经打听过了，他是巨野人，本来准备在胶州打工，暂时没有找到合适的差事，为了糊口，只好临时混进了乞丐帮。此人从小习武，且忠诚可靠。他做家丁看家护院再合适不过了。"刘金桂说。

刘盛元说："人不可貌相，认识一个人需要时间的检验。对他们要多留点心。"

一直沉默不语的石清梅，开口说："天气逐渐凉了，他们穿得又破又单薄，我想把你的几件旧衣裳拿给他们穿了，你看行不？"

刘金桂笑了，说："还是你们女人心细，那几件衣裳我穿着有点瘦了，你饭后就给他们送去吧。"

晚饭后，石清梅先拿了一套衣裳送给当班的张飞毛，说："天凉了，刘金桂让我给你送件衣服，穿着暖和些。"

张飞毛还想推辞，石清梅硬是塞在他的手里，说："来了成文堂，就是进了自己的家，赶快穿上。以后有什么需要的，尽管开口。"

"谢谢刘掌柜，谢谢刘夫人。那我收下了。"张飞毛双手颤抖地接过衣袍，眼泪夺眶而出。

隔天后，石清梅又将刘金桂的一件棉袍送给了石铁蛋，石铁蛋甚是感激。

随着成文堂书铺的复业，成文堂伙计们的士气大振，书籍订单也一宗接着一宗地多了起来。为了完成订单，伙计们不得不加班加点地干。刘金桂没事的时候，就到作坊里与伙计们一起干，他装订书的速度比那些熟练工还快，这让伙计们甚为敬佩。

而这时，那几笔印书款也陆陆续续地回笼到账。刘金桂对杨志明说："用这钱先把工人们的薪金发了，然后再把王掌柜的供货款结清，剩下的钱准备进些原材料。"

中午吃饭的时候，石清梅对刘金桂说："寿山快满月了，给不给他办个满月宴？"

刘金桂想了想，说："书铺那边刚复业，作坊这边刚接了些新印书订单，都挺忙的，我看就不必大操大办了。"

刘太太却不悦地说："你们再忙，满月头还是要剃的，满月宴不办哪成？"

刘金桂说："那就在家里吃顿便饭，简单地庆贺一下便可。"

刘盛元说："我看行，满月宴不用哄哄扬扬的，越低调越好。"

石清梅说："那就不安排去酒楼了，在家里庆贺一下吧。"

寿山满月这天，刘盛元亲自筹备，一大早就去菜市场采购了一些鱼、鸭、蛋和蔬菜，送到了伙房里。

刘金桂在书房里，将近来的往来账目翻看了一遍。这时，杨志明急匆匆地走了进来，说："刘掌柜，近来生产用墨、雕版用的木材等原材料不多了，而我们的供货商韩掌柜却一直联系不上。"

"怎么回事？"刘金桂抬起头，急切地问。

"前段时间我去坊子街找韩掌柜联系供货，可他的店铺大门紧闭，当时也没怎么在意。今天上午我又去找韩掌柜，见店铺的大门还上着锁。我一打听他的邻居，邻居说，前不久济生堂大药店曾玉彪曾经找过韩掌柜，也不知谈了些什么。傍晚，就听韩掌柜说他近期要去浙江探亲，一时半会儿回不来，请邻居们帮着照看一下店铺。第二天就再没有见到过他。"杨志明说。

刘金桂说："近来接的印书订单，都是签订契约的，时间要求很紧迫，耽误不得。若韩掌柜不能及时供应，那就赶快找王学仁掌柜帮忙。"

"这点我也想到了，可他现在北京治病，根本联系不上。"杨志明为难地说。

刘金桂点了一袋旱烟，抽了两口，说："这次断货可能又是曾玉彪捣的鬼，他是想从原材料供货渠道卡我们的脖子，破坏我们的正常经营。我们应该尽快想出应对的办法来。"

中午，刘盛元亲自抱着孙子请理发师给寿山剃了头，戴了一顶鲜艳喜庆的虎头帽。午宴比较简单，炒了几个家常菜，热了一坛子即墨老黄酒，一家人吃得津津有味。唯独刘金桂低首不语，显得心事重重。刘盛元问："金桂，遇到什么难题了？"

刘金桂悄声对父亲说："成文堂印刷用的油墨快用完了，而胶州的供应商却突然失踪了，我怀疑是有人故意从原料供应上找我们的麻烦。"

刘盛元略有思考后，说："俗话说：狡兔有三窟。做生意万不可把蛋投放到一个篮子里。以后要多开辟几条供货渠道，以备急用。"

刘金桂说："您说得有理，可眼前这道关怎么过啊？您熟悉的周围地方，有没有生产刻印用墨的？"

"据我所知，潍坊木版年画用墨，与刻印有相近的地方，但雕版印刷用墨要求更高。用其他的墨恐怕不能保证印刷质量。听说在胶州艾山那边有一家制墨作坊质量不错。如果你们找不到供应商，何不直接去艾山制墨作坊联系一下？"

"我也有此意，以后尽量可能跟加工作坊直接打交道，减少供货环节，这样可以节省不少的成本。"刘金桂说。

刘盛元说："做生意有时就如摸着石头过河，不能墨守成规。经验积累多了，路子就宽了。"

经与老父亲一番讨论，刘金桂的心里似乎亮堂了许多。

第十五回　水来土掩设谋略　全力应对扭困局

　　早晨，天刚蒙蒙亮，天地间一片灰暗，秋风阵阵，略带寒意。刘金桂早早地来到成文堂门口的大街上晨练，那根打狗棍被舞得"嗖嗖"作响。当他结束锻炼的时候，似有一股暖流涌遍全身。

　　杨志明一直静静地站在大门口观看，见刘金桂结束了晨练，便快步走了过来，说："刘掌柜早！"

　　"杨管家，供应商韩掌柜有信了没有？"刘金桂问。

　　杨志明摇摇头说："还没有。"

　　刘金桂说："别等他了，咱们直接去艾山找胡掌柜如何？合适的话就从他那里直接进货。"

　　"我也是这么想，胡掌柜在艾山的住址我已经托人打听到了。咱们什么时候动身去？"杨志明问。

　　"艾山距城较远，我们备辆马车，早饭后就走。"刘金桂说，"咱们先去伙房吃点早餐。"

　　俩人来到伙房，草草地吃了几个包子，又喝了碗米粥。吃罢早饭后，他们直接上了等候在门口的一辆马车。车夫姜师傅见他们坐稳了，轻轻地一挥鞭，那匹大白马便扬蹄飞奔起来。

　　艾山位于胶州古城西南四十余里处，马车跑了一个多时辰终于赶到了艾山。刘金桂一行从车上跳下来，迫不及待地从山脚下仰望山顶，但见大山高峻挺拔，一片葱郁。大山左右两侧，石耳耸立，嶙峋奇异。山坳上有层层叠叠的庙群，掩映在苍郁茂盛的青松之中，金碧辉煌的圣母庙耸立在山之顶端。远远地大家还看见有一股山泉似白色银练，从山腰飞瀑直下，随风飘舞，颇为壮观。刘金桂说："这里真是个山清水秀、环境幽雅的好地方，怪不得胡老先生选择在此山制墨。"

　　根据路人的指点，他们沿着石阶一路向山坳里攀行。在山东坡上见到一座庙，走进一看，里面供奉的是王灵官塑像，只见他金盔金甲，手持钢鞭，威风凛凛。杨志明说："这可能就是传说中的镇山大王。"

他们继续前行，一会儿来到山坳里的庙群前，只见前排庙内是倒坐的观音，塑像背南面北，庙门上有一副对联：

问观音为何倒坐

恨众生永不回头

刘金桂感觉对联写得有趣，似有感触，他问杨志明说："你说，人一旦上了贼船，下不了船吗？"

"有的人能，有的人却不能。像曾玉彪之类的人就不容易迷途知返。"杨志明抬头往前看了看，说："过了这几座庙，向左拐，前面的山坳就应该是胡先生制墨的作坊。"

"先去见了胡先生，咱们再好好观赏一下艾山的风景吧。"刘金桂说。

他们沿着崎岖不平的山路，蜿蜒而上，终于拐进了前面的山坳，可眼前的情景却让他们大吃一惊，原来那里的几间木屋早已化为灰烬，人也杳无踪迹。只是地面上还留下一些残破的坛坛罐罐，发出缕缕墨香，仿佛让人感受到这个作坊以往的兴盛。

刘金桂说："你能确定这里就是胡先生的制墨作坊？"

杨志明说："前期我曾差人过来打听过，还绘有路线图，应该就是这里，没错的。"

"我们去附近的庙里打听一下胡先生的下落吧。"刘金桂说。

他们来到了离这里较近的一座庙堂，迎面碰上了一位挑水的年轻和尚，经过询问，和尚介绍说：不久前，一直比较红火的制墨作坊，半夜里突然莫名其妙地起了大火，等人们赶过去抢救时，已经化作了一片废墟。

刘金桂说："那胡先生人呢？"

"你是什么人？"年轻和尚警惕地问道。

杨志明说："他是胶州城里搞雕版印刷的成文堂大掌柜刘金桂。"

年轻和尚放下戒心，说："我以前听说过刘掌柜的大名。你们是来买墨的吧？只可惜一把火都烧没了。他人嘛，现在山顶上的圣母庙暂居，卖点字画维持生计。"

打听到胡先生的着落，刘金桂悬着的心似乎放了下来。他与杨志明告别了年轻和尚，经过一番艰难的攀爬，终于来到了山顶上的圣母庙。他们四处找寻，终于在圣母庙一侧的走廊上，看到一位面容清癯的老者正在摆地摊卖字画，有三两个围观的人在看字画，但没有一人愿意花钱买。刘金桂捧起一幅字仔细端量着作者落款，见上面写有"忠义书"的字样。便问："您是胡先生?"

胡先生抬头盯了他一眼，说："你找胡先生有何贵干?"

"我是胶州成文堂的刘金桂，专程前来拜访胡先生。"刘金桂说。

胡先生吃了一惊，胡须抖动着说："你就是成文堂的刘掌柜？我可被你们害惨了。"

刘金桂一愣："胡先生此话怎讲?"

胡先生稍微平复了一下情绪，说："我原来是制作书写墨水的。后来，听我的代销商韩掌柜说，胶州开了一家成文堂刻印社，用墨需求量大，在他的要求下，我干起了自己最拿手的刻印用墨。这些年也发了一笔小财。可好景不长，祸从天降啊。前些日子，有一天晚上我家来了几个蒙面人，说我制的墨不能再供给成文堂了，让我赶快离开胶州。我说成文堂是我吃饭的大主顾，不供给他们，我没得钱赚。再说，偌大一个作坊，还能说搬就搬吗？因此，就耽搁了几天。谁知，五天后，他们就来艾山一把火烧了我的制墨作坊。"

"你知道是谁干的吗?"刘金桂问。此时他终于明白了韩掌柜失踪的原因，原来都是曾玉彪捣的鬼。

"不知道，我至今还蒙在鼓里。"胡先生说，"一定是成文堂得罪什么人了，他们想从供货上卡你们的脖子，才使出这么缺德的招数。"

"你知道韩掌柜现在的下落吗?"杨志明问。

"好长时间了，韩掌柜音信全无，只听说他回南方老家去了。他赊销的一些货款还没有还我呢。"胡掌柜说，"制墨作坊都已经烧成灰了，我现在是一无所有了，只能靠写几个字在圣母庙前摆个地摊，换几枚碎银维持生计。"

"如果是因为成文堂的原因牵连了胡先生，这里我向您道歉了。"刘金桂说。

胡先生一听着了急，说："使不得，其实真正的原因我还没搞清楚，只知道放火的人心比毒蝎还狠。还好，我还能写几个字，混口饭吃。"

刘金桂看着地摊上的书法，说："这些字是您写的?"

"是我写的。现在眼视头不行了，手也无力，已经写不出当年的力道了。"胡忠义说。

刘金桂说："您写得很好。我看它既有二王的笔势含蓄、平和自然的风格，又带有自己笔锋犀利、遒劲优美的风骨。写得真是别具一格。"

听了刘金桂的议论，胡先生不自觉地对他刮目相看了，说："拙作虽没有刘掌柜夸赞的那么好，但一听刘掌柜的评论，就知道您是个行家，出言一语中的，入木三分啊。"

"这些作品您出个价钱，我全部包了。"刘金桂说。

胡先生微笑着伸出两个指头，说："二两银子即行。"

刘金桂说："我出十两吧。但是我们外出仓促，随身没带银两，您得随我们去成文堂去取。"

胡先生还从没有遇到过出手这么大方的买主，自然也高兴起来，说："正好我要到胶州城里去办点事情。那就随你们走一趟。"说着，他将地摊上的书法收拾起来，一并交给了杨志明。

他们三人下了山，已近晌午了。刘金桂指着路边的包子铺，对胡忠义说："胡先生若不嫌弃，咱们一起去小店吃包子？"

胡忠义说："这家艾山包子铺虽然店面不大，但包子品味好，远近闻名。我愿陪诸位一起去品尝。"

刘金桂叫来姜师傅，四人一同落座后，杨志明去柜台上点了八屉小笼包。一会儿的工夫，跑堂的伙计端了上来。刘金桂端下一屉，将上盖打开，一股香气扑面而来。刘金桂说："胡先生请先吃！"

胡先生说："大家一起吃吧。"说着，狼吞虎咽地吃起来。一会儿的工夫吃了两屉。

刘金桂见胡先生着实饿极了，将自己的一屉也推给他，说："胡先生您尽管吃，不够咱再上。"

胡先生也顾不得斯文了，又将刘金桂这屉包子一扫而光。杨志明见状，将自己的那屉也推了过来，请他吃。胡先生有些不好意思地摆摆手,说："饱了，已经吃饱了。不怕你们笑话，我已经有两三天没有吃顿饱饭了。"

刘金桂说："胡先生慢慢吃，边吃边聊。请问，您老家是哪儿的？"

胡忠义说："我祖籍是安徽歙县人。"

"您很早在当地制墨作坊学徒？"刘金桂说。

"是的，你怎么知道？"胡先生问。

刘金桂说："几年前我去了一趟安徽歙县胡记制墨作坊，认识了一位叫胡忠仁的先生，他说，他有个叔伯兄弟叫胡忠义，自小很要好，还一块学过徒。后来胡忠义来胶州谋生。他托我在胶州寻找一下胡忠义，真没想到今天能在这里见到您。"

"胡忠仁是我叔伯哥，年长我一岁，我们哥俩自小是光腚耍伴。我出来这么多年了，也不知他现在的情况怎么样了？"胡忠义听后很是激动。

"胡忠仁精通制墨技艺，一直以制墨为生，生意十分兴隆。听说最近他身体稍有欠安，已经把买卖交给他的儿子去打理了。"刘金桂说，"上次从我们的谈话中，我觉得他很惦记着您。当时，他说如果能够找到您，请您尽快回老家看看。"

胡先生摇摇头说："我也很想他，只是回不去了。你看我现在的狼狈样，哪还有脸回去？"

"恕我冒昧地问一句，胡先生为何来到胶州谋生？现在家里还有什么人？"刘金桂问。

胡先生深思了一会儿，说："早年因为反对父母包办的婚姻，我只身一人出走，来到胶州创业，从此，与老家断了联系。在胶州通过考察，我发现艾山这里的地理环境和气候比较特殊，是制墨的好地方。于是，我便在山上建了一个制墨作坊，利用自己的制墨技术，专门制作墨水推销。虽说生意一直零打碎敲，但维持温饱没有问题。后来我在胶州娶妻生子，本来日子过得挺滋润。可谁知，天有不测风云。八年前，胶州发生一场特大洪水，洪水退后，胶州流行瘟疫，妻子与女儿不幸染病去世。当时，自己只感觉天塌地陷一般，活着也没什么奔头了。消沉了几年之后，我的代理商茂丰堂韩掌柜告诉我，胶州刚筹建了个搞刻印的成文堂，需要大量用墨，于是，我便给成文堂用墨搞起了专供。"

刘金桂沉默了一会儿，说："胡先生别难过，人生总有不如意的地方。也许过了这个坎，后面的日子就好过了。不知您下步有何打算？"

"我已经是个风烛残年的人了，没有什么打算了。走一步算一步吧。"胡先生说。

刘金桂说："您别灰心。您有这么高超的制墨技术，应该好好地发挥出来。我想高薪聘您去成文堂专门制墨如何？在那里保您衣食无忧，过得舒适，而且可以制墨技术入股分红。"

胡先生见刘金桂是个妥实之人，心里也想找个靠山和稳定的环境，于是说道："我去你们那里看看再说吧。"

路上，刘金桂向胡先生请教了一些制墨常识，胡先生侃侃而谈，如数家珍。刘金桂听了很受启发，对他渊博的学识不由得产生敬佩之情。他说："三百六十行，行行出状元。都说您是制墨大师，当之无愧啊！"

"不敢当，你客气了。"胡忠义谦虚地说道。

回到了成文堂，刘金桂做的第一件事便是将采购书法的十两银子交给胡先生。然后，陪他看了看成文堂书铺和作坊。在书铺里，一字排开的整齐的书架和货柜里琳琅满目的文具，给胡忠义留下了深刻的印象。他对杨志明说："你看看店铺里这么丰富的物品，再瞧瞧进进出出的顾客，就知道这里的生意是好是坏了。"

来到了成文堂刻印作坊，车间是个大通堂，各工段流水作业，几十名伙计正忙忙碌碌，紧张工作，但忙而不乱，井然有序。伙计们精神专注，参观的人都到跟前了，他们仍低头忙于工作，视而不见。他最关注的是印刷工段，只见工人们操作十分娴熟，一丝不苟，印出的纸张字迹清晰，堆放整齐有序。胡先生不禁啧啧称赞道："成文堂的管理规范着呢！"

晚上，刘金桂让伙房师傅炒了几个拿手好菜，盛情款待胡先生，刘盛元亲自作陪，他与胡先生似乎很谈得来，胡先生感慨地说："有如此开明的父辈，儿孙岂有不出息之理？认识你们父子真乃我胡某的荣幸啊！"

刘盛元说："成文堂需要您这样的制墨大师，您有什么要求和条件尽管提出来。"

胡先生说："没什么特殊要求。既然你们这么抬举我，我愿意与刘掌柜共事。从今儿起，成文堂就是我的家了！"

刘金桂兴奋地举起酒杯，说："欢迎胡先生加盟成文堂！来，为我们今后的顺利合作，干杯！"

胡先生与大家碰了杯，高兴地说："干！"

当晚，胡忠义先生连夜写了一份制墨作坊筹建书，列出必备条件和所需器皿设施，以及急需的原材料。第二天一大早，便将筹办方案交给刘金桂。刘金桂看了，认为筹办方案比较合理可行。于是，安排杨志明牵头筹建，并要求他尽可能按照胡先生的要求去做。很快，他们腾出四间房子，开挖了地窖。采购了型号不一的各种器具。胡忠义还带着两名伙计去艾山附近的窑场，采购了大量松树烟灰。一切筹建工作紧锣密鼓地进行。不过，胡忠义告诉刘金桂说："虽然筹备工作非常顺利，但制墨有其特殊要求，不能马上就出产品。要完全投产可能需要一个月左右，您要心中有数。"

刘金桂说："制墨您是行家，就按其工艺步骤来吧，心急吃不了热豆腐。"

刘金桂找到杨志明说："胡先生说，虽然制墨的筹建工作很顺利，但要出正品，怕没个半月出不来。你派人再去寻访一下韩掌柜，看他那里是否有剩余的库存。"

杨志明说："好吧，我再派人找找他。"

几天后，韩掌柜那里依旧音信全无，但加工生产却已经告急。刘金桂正与胡忠义在制墨作坊里商量配料人选的事，刘学厚匆匆地走进来，低声对刘金桂说道："刘掌柜，印刷用墨已经告罄，最多只能维持到明天。"

刘金桂紧蹙眉头，说："我知道了，你先回去吧。"

刘学厚走后，胡忠义问："印刷的用墨快没了吧?"

刘金桂无奈地点了点头。

胡忠义忽然说道："刘掌柜，我想下午请个假，回趟艾山，你能否安排辆马车给我?"

"没问题。是否需人陪同?"刘金桂说。

"不必了，有车夫姜师傅就行了。"胡忠义说。

中午饭后，胡忠义便乘马车走了。刘金桂找来杨志明，商量着如何应对供应上的困局，甚至做好了停产的准备。

傍晚，夕阳的余晖洒满成文堂的大院，花坛里的花草蒙上了一层奶黄色温馨的色彩。大街上喧闹的人群渐渐安静下来。突然，一阵急促的马蹄声由远而近，马车在成文堂的门口戛然而止。胡忠义先生率先从马车上跳了下来。刘金桂闻讯急忙迎上前来，搀扶着胡忠义。胡忠义说："车上有六罐制墨，是我藏在艾山洞窟里的，因为作坊要急用，我便取了回来，赶快找几个人卸货吧。"

夕阳的余晖映红了胡忠义那饱经沧桑的脸庞，显得格外祥和与安然。

刘金桂紧紧握着胡忠义的手说："胡先生送来的是'及时雨'啊，您此举为成文堂避免了停工停产所带来的重大损失，我代表成文堂的伙计们感谢您!"

胡忠义捋了一把胡须，说："都是一家人，本应患难与共，互相帮衬。什么话也别说了，赶紧卸车吧。"

印刷用墨的供应问题总算暂时解决了，使成文堂避免了停产和毁约事件的发生。刘金桂心中悬着的一块石头终于落了地。但是，目前雕版所用的木材供应问题尚未得到解决。他找到了正在作坊亲自制版的付秀田先生，说：

"付先生，咱现在的雕版材料断供了，也不知如何解决是好？"

付秀田放下刻刀，说："据我了解，成文堂刻印坊开业之后，所用板材一直靠茂丰堂韩掌柜供应。茂丰堂忽然关门了，弄得我们有些措手不及，现在是该赶快想办法解决了。"

"胶州城只有茂丰堂经营它？"刘金桂问。

"是的。"付秀田说。

"还有哪些地方有卖的？"刘金桂问。

"其实，潍坊、济南等地都有卖的，但是，价钱贵、成本高。加上运输支出，费用则更高。"付秀田说，"通常来讲，刻印所需板材，最好选用枣木、梨木、苹果木、红桦木等优质木材，这些材料质地细腻，不易开口断裂，是制版的理想材质，而西部地区就生长这几类木材。这几天我在考虑，我们是不是可以去西部产林区直接采购一批，拉回来浸水处理一下，除了自己选用以外，还可以将剩余的木材出售给各家的木匠铺，所以，此买卖稳赚不赔。"

刘金桂问："西部有适合的林区吗？"

"枣木一般生长在黄河沿岸地区，山东泰安、济宁等地的枣树和梨树成材率相对较高。我们不妨去那里集中采购。"付秀田说，"如果刘掌柜同意，我愿意亲自跑一趟。"

"去泰安路途遥远，您的身体能受得了？"刘金桂担忧地说。

"我身体结实着呢。虽然过去没大干过体力活，但跑趟路是没啥问题的。再说采购这些木材，需要精挑细选，外行人去我还不太放心。"付秀田说。

"那就拜托您了。我给您备几辆马车，再让刘学厚与张飞毛陪您一起去，路上也好有个照应。"刘金桂说。

"那就这样定了，我们准备一下，明天就出发。"付秀田高兴地说。

第二天一大早，刘金桂亲自送行，对张飞毛、刘学厚再三嘱咐，让他们路上一定要照顾好付秀田师傅。杨志明把盘缠交给刘学厚，让他保管好。付秀田说："由他们两个哼哈二将作保镖，你就一百个放心吧。"

"我们等着您的好消息，早日平安归来！"刘金桂挥手致意。

车夫姜师傅等人驾着四辆马车，载着付秀田一行沿着一条沙土路，飞速驶向西方。

半个多月后，付秀田他们陆续从外地运送回四车枣木、梨木、苹果木等上等木材，经过一番加工处理，彻底解决了成文堂雕版用材方面的燃眉之急。

第十六回 刘家横遭绑架案 深入虎穴化凶险

"雨水"过后，气温迅速回升，山野里冰雪消融，溪流潺潺，春天的脚步已经悄然而至。这天上午，杨志明急匆匆地来到刘金桂的书房，告诉他一个意外的消息："刘掌柜，曾府那边的鞋帽庄出事了，鞋帽庄的掌柜高青山卷了他们的钱财逃走了。"

刘金桂略有吃惊，然后，不以为然地说："据了解，高掌柜与曾玉彪的矛盾不是一时半会了，高掌柜的出走应该是早晚的事情。"提起曾记泰丰鞋帽庄，刘金桂曾亲自去考察和了解过。泰丰鞋帽庄位于墨桥南边的崔家街，平时雇佣三四十个伙计，生产的毡鞋、毡帽，质优价廉，是胶州的一大特产，行销山东、河北和东北诸省，蜚声全国。当地富商大户、绅士家里喜庆迎亲、丧事谢客，大都愿意采购他们的红、白地毡。聘用的高掌柜，原是丹东人，懂技术会管理，又善于研究市场。泰丰鞋帽庄在他的执掌下，生意一直十分红火，收益颇为丰厚。只是后来听说高掌柜与曾玉彪产生了一些矛盾，导致鞋帽庄的生意急转直下。

"道不同，不相为谋。"杨志明说。

刘金桂说："听说泰丰鞋帽平日的生意不错，是个很赚钱的买卖，现在怎么弄成这个样子？"

杨志明说："生意确实一直不错，而且曾晋福也十分赏识高青山，给他的薪金比较丰厚。但是，曾玉彪却看不惯他，尤其是几次从高掌柜那里支钱被拒，更是怀恨在心。因此，时不时在曾老爷那里进谗言，诬告他。开始曾老爷并不在意，可时间长了，自然对高掌柜起了疑心，便开始限制他的权力，以致最后想把他在泰丰鞋帽庄的股份清退。去年底，高青山一气之下，截留了泰丰鞋帽的一大笔货款，连夜出走，人消失得无影无踪。"

刘金桂说："现在情况怎么样了？"

杨志明说："高青山走后，曾玉彪去接管泰丰鞋帽庄掌柜的职位，可干了不足一个月，原来的许多客户纷纷撤离，雇工们因不满他的刻薄待遇，走了一大半。没办法，只得停产。"

刘金桂说："曾玉彪本事再大，可凭他那个熊德性，谁愿意伺候他？现在云溪书铺怎么样了？"

"这些年一直不景气。曾玉彪的心思一直没有用在正经买卖上，现在雇工都发不下薪金了，书铺的买卖基本上黄了。"杨志明说，"听说曾玉彪正在急着出售云溪书铺。这个书铺位于城隍庙前街的西端，地角很不错，我们是否考虑收购了它？"

刘金桂听了，问："他们现在的售价有多少？"

"连房屋带库存，共卖五百两银子，这个价格算是比较便宜。"杨志明说。

刘金桂笑着摇摇头说："不急，等后面再说吧。"

曾玉彪出售云溪书铺的告示贴了满大街，一连十多天过去了，却很少有人问津，偶尔有几个商户一问出售价格，便退缩了。更多的人是慑于曾玉彪的淫威，不敢正面接触购买。这令曾玉彪十分恼火。他对庞管家说："成文堂那边有没有人来打听过？"

庞管家说："没有。"

"那你应该主动与刘金桂联系一下嘛，说不定他会感兴趣的。"曾玉彪说。

庞管家说："那我马上去趟成文堂通融一下。"

得到了曾掌柜的许可，庞管家乘坐一辆马车，一会儿来到了成文堂门前，见刘盛元正在与一个五六岁的小男孩做游戏，立刻好奇地走上前来，说："刘大掌柜好，多日不见，身体还是这么硬朗。"

"是庞管家？哪阵风把您吹来了？"刘盛元说。

"我是来拜访刘金桂掌柜的。这位小孩是？"庞管家对孩子似乎很亲热。

"是刘金桂的大儿子。"刘盛元说。

"转眼长这么大了？"庞管家感慨地说。

"可不，快着呢。他的小儿子也有两岁多了。"刘盛元自豪地说。

"您老真有福气，刘家后继有人啊！"庞管家说着，进了成文堂大门。

当班的张飞毛知道庞管家的来意后，领他来到刘金桂的书房。

刘金桂请张飞毛把杨志明找来一同会客。庞管家羡慕地说："成文堂高瞻远瞩，经营有方，短短几年办得这么红火，真是令人佩服啊！"

刘金桂说："成文堂不过是个小作坊，小本生意而已，哪能比得上云溪书铺这样大家大业的。"

"您可别说了，因为种种原因，云溪书铺在我们手里已经快倒闭了。这不，曾掌柜考虑到刘掌柜是个行家，有意将云溪书铺出售给成文堂。不知刘掌柜意下如何？"庞管家很快说到了正题上。

刘金桂没有正面回答，说："请庞管家喝茶！"

这时，杨志明走了进来，与庞管家握了握手，说："庞管家是为出售云溪书铺的事情来的吧？"

"是的，杨管家真是聪明人，什么事情也瞒不了你。"庞管家说。

"售价多少？"杨志明问。

杨管家伸出五个指头，说："不高，五百两银子。"

杨志明摇摇头说："我看你还是找找别的主顾吧。"

"价格好商量嘛。"庞管家说，"四百五十两如何？"

刘金桂默默地抽着烟，并不言语。

庞管家咬了咬牙说："一口价，四百两银，不能再低了。"

刘金桂将烟斗里的烟灰磕掉，说道："三百五十两银子，多一两免谈。"

庞管家擦着额头上的虚汗，心里在想：刘金桂你这分明是在趁火打劫啊！嘴上说道："这个价格我定不下来，待我请示一下曾掌柜后再说，您听信好了。"

刘金桂说："你们不必勉强，商量好了告诉我。杨管家，送客。"

庞管家闷闷不乐地回到云溪书铺，把刘金桂的出价向曾玉彪说了。曾玉彪恨恨地望着窗外的天空，突然，猛一拍桌子，说："成交！你马上联系成文堂，到商会公证一下，把书铺出售契约签了。"

庞管家说："这太便宜他们了吧？"

曾玉彪说："哼，只要我们保住了大烟的买卖，这个书铺才值几个钱？当然，这笔交易我先给他记着，他吃了我多少银两，早晚得给我再吐出来。你等着瞧吧，好戏还在后头呢。契约签订后，让他们立即兑付现银，不得拖欠。"

"好的，我马上去办。"庞管家不情愿地说。

出售云溪书铺的契约签订仪式很快在胶州商会进行，在法四爷的见证下，庞管家、杨管家分别代表曾府和刘家在契约上签字，杨志明当场将银子兑付给曾府。

成文堂接管云溪书铺的当天，刘金桂与杨志明来到了云溪书铺，见门口坐着三个四五十岁面容憔悴的男人。一见刘金桂的面，一齐围拢过来，一个年长一点的汉子带着哭腔说道："我叫高小鹏，我们三个原来都是云溪书铺的雇员，除了每月给一点可怜的生活费，我们已经有半年没拿到薪金了。听说曾掌柜刚把书铺卖了，我们向他要钱，他却蛮不讲理，薪金一分不给，只发给一点路费，就打发我们走。我们以后可怎么过活啊？不知道刘掌柜接手后，还要不要我们这些伙计了？"

"你们原是曾玉彪的雇工，云溪书铺转让了，你们自然被解雇了。"杨志明说。

高小鹏说："我们几个都是上有老下有小的，满指望我们能挣几个活钱养活家人，可谁知道出现了今天的状况。我在云溪书铺干了近二十年了，他们两个也干了十多年了，对云溪书铺是有感情的，我们不愿离开啊。"

其他两人也眼含热泪，恳求留下他们。

刘金桂说："既然大伙都想留下，那就不要走了，云溪书铺以后还有赖大伙帮忙。但是，掌柜的换了，你们原来的那些干法是不行了，以后管理可能要严格些。如果现在有人提出不干，还为时不晚。"

"严格一点没什么，只要干得有盼头。"高小鹏说。

"那好，试用期半年，适应的就留下，不适应的就另谋高就。"刘金桂说，"高小鹏暂时代理领班，协助杨管家负责书铺日常管理事务。"

"谢谢刘掌柜，我们一定好好干。"高小鹏等几个人的脸上终于露出了笑容。

杨志明望着云溪书铺的匾额，说："牌子怎么办？"

"牌子自然不能用了，要不曾玉彪要告咱侵权呢。"刘金桂说，"咱得琢磨一下起个新名。"

"这里作为成文堂分店，就叫成文堂第二书铺，如何？"杨志明说。

刘金桂说："不用那么复杂，叫成文堂云溪书铺如何？"

杨志明点点头："成文堂云溪书铺，这个名字好！寓意清楚，朗朗上口。"

刘金桂说："那就请郭先生给题个字，请付秀田他们制作个匾牌，用料最好选用梨木或红松材质的。"

"我抓紧安排一下。"杨志明转身对高小鹏他们说："你们先把屋里的卫生清理一下，把后院的垃圾运送出去。"

不久，成文堂云溪书铺的匾额正式高高挂起，七个烫金大字光彩耀目，让人耳目一新。书铺内重新调整和补充了许多的货架和货柜，充实一批新的书籍与文房四宝。杨志明还对原来三名雇工进行新的业务知识培训，把成文堂的规章制度分发给大家学习。书铺正式开张后，很快门庭若市，前来采购东西的、观景的人络绎不绝，甚是热闹。书铺的销售额逐日上升，不足两个月便盈利颇丰。

在济生堂大药店里，曾玉彪正在与庞管家饮茶。庞管家说："我也纳闷了，怎么云溪书铺到了刘金桂的手上，马上就起死回生了呢？看样子他做买卖还真有两下子。"

"雕虫小技，何足挂齿？"曾玉彪说，"我正琢磨着如何让他把多吃的吐出来呢。"

"您有什么高招？"庞管家问。

曾玉彪说："掐指算来，刘金桂的大儿子应该五岁多了吧？"

"对，五岁了。"庞管家的心"咯噔"一下子紧张起来。

"我与高密青龙山匪帮首领张啸天曾在牢狱里相识，并结为把兄弟，我称呼他为大哥。你今天带上些银两和我的一封书信，马上去高密的青龙山交给张啸天，让他把刘金桂的大儿子给绑了。"

"都在一条街上做事，这样做不太妥吧？万一被刘金桂知道了真相，他会找你拼命的。"庞管家说。

"所以，此事要做得天衣无缝，不能让他知道我们与此事有任何牵连。"曾玉彪说，"你去吧，行踪注意保密！"

庞管家只好牵了马，带上些银两，火速向青龙山奔去。跑了一个多小时的路程，庞管家终于来到青龙山。张啸天不在山上，二当家柳光头接待了他，让他等待一会儿。等了约一个时辰，张啸天回来了，听说是曾玉彪派来的，高兴地说："好久不见玉彪弟了，他派你来找我有何事？"

庞管家立刻把信交给了张啸天，他迅速打开信，看了一遍信的内容，爽快地说道："这事就交给我办好了，你回去告诉我玉彪弟，谁他妈的敢跟他过不去，谁就没有好果子吃。"

"拜托您了！大当家，我得回去了。"庞管家说。

"不急。兄弟们刚刚打劫了王格庄的王员外，收获不少，今天中午就请你在山上一块吃酒，跟弟兄们一同乐活一下，好吗？"

庞管家说："曾掌柜还等着我回信，这里我不能久留了。这里有点银子曾掌柜要我孝敬您，请收下。"说着，将腰上一个盛银子的包裹解下递了过去。

"玉彪弟跟我客气什么！"张啸天接过银子，用手掂了掂，然后丢给身边

DA SHU PU

189

的一位中年汉子，说："收好了。你去伙房把那几只野兔打包一下，捎给我兄弟！"

中年汉子立刻唯唯诺诺地答应着，急匆匆地走了。

庞管家说："谢谢大当家的！"

"给我兄弟捎个信，有空到青龙山上消遣几天，我们要大口吃肉，大碗喝酒，喝个痛快！"张啸天声若洪钟，"一会儿派两个兄弟护送你一程。"

庞管家道谢后，慌慌张张地下了山，曾玉彪交办的事儿，虽然张啸天一口应承下来，但因为没有告诉他具体的行动计划，他的心里仍有些不太踏实。回去后，他把去青龙山的情况告诉曾玉彪，曾玉彪听后哈哈大笑说："别看张啸天外表是个粗人，内心可细腻着呢。一旦他答应的事，你就甭顾虑了，等着瞧好吧。"

"我听说，他们刚刚打劫了王格庄的王员外。"庞管家神秘兮兮地说。

"他们若不打家劫舍，山上的几十号兄弟喝西北风去？"曾玉彪不以为然地说，"让厨师把那几只野兔拾掇干净了，炖好，晚上咱兄们好好喝几盅！"

晚饭后，院子里飘起了零星的雨点，一股股冷风从门缝里钻了进来。石清梅收拾完了碗筷，对坐着抽烟的刘金桂说："这两天我抱孩子到街上玩，好似发现有两个陌生人在成文堂门前鬼鬼祟祟的，什么东西也不买，还装作若无其事的样子。"

刘金桂说："你多心了，每天来城隍庙前大街的陌生面孔多的是，你数都数不过来。"

"可我不知怎么的，心里总是犯嘀咕。"石清梅说，再回头看刘金桂时，刘金桂已经上床睡着了，很快发出轻微的鼾声。

石清梅逗着床上躺着的寿楠，说："老二，看你爹累的，头一沾床就睡去了。你也闭上眼睛睡吧，我的好宝宝。"说着，给寿楠盖了盖被子。

寿楠手舞足蹈，调皮地把被子踢到了一边。

她抬头从西厢窗户向东面看去，东厢那边的灯依旧亮着。她心里想：今晚爷爷又在给寿山辅导什么功课？两年前，刘金桂与石清梅有了寿楠后，便将寿山交给了爷爷、奶奶带。寿山从四岁的时候，爷爷就教他识文断字，学习书法。寿山天资聪明，《三字经》能通篇背下，《唐诗三百首》也能背下数十篇。

今晚，在爷爷的指导下，刘寿山正在练习写大仿，已经写完第三张了。

寿山打了个呵欠，说："爷爷，我困了，想睡觉。"

刘盛元说："不是说好每晚写四张吗？做事情可不能三天打鱼两天晒网的。"

寿山挠了挠头说："那明天你能不能带我去集市上买点好吃的？"

刘盛元说："那得看你的表现了，好好写，爷爷就奖赏你。"

"行，我把第四张也写完。"寿山高兴得露出了笑脸。

第四页写完后，刘盛元又仔细端详了一番，找出几个写得好的、几个差的字，给他分析讲解一番。之后，又给寿山泡了泡脚。乖巧的寿山对爷爷说："爷爷，我给你背首李白的《静夜思》吧。"

刘盛元说："好哇，你背吧。"

"床前明月光，疑是地上霜。举头望明月，低头思故乡。"寿山有声有色地背诵了一遍。

刘盛元望着长得虎头虎脑、聪颖可爱的孙子，心头泛起阵阵暖意。

第二天上午，刘盛元兑现了对孙子的诺言，领着寿山去赶集。他们过了安乐桥，来到了长安街。大街上人头攒动，攘来熙往，热闹非凡。刘盛元紧紧牵着孙子的手，边走边给他介绍着沿途的光景。这时，忽然出现两个陌生的男子，紧随其后。

在长安街的一处糕点铺，刘盛元指着铺子上的糕点问："你喜欢吃不？"

"爷爷，我喜欢吃。"寿山高兴地说。

刘盛元转头对糕点铺掌柜说："掌柜的，称它四斤。"

"好的，您稍等。"一位中年男人熟练地称了四斤糕点，用纸包好，递了过来。

刘盛元从衣兜里掏出几文碎银，放在案边，说："请收好。"

他一手提起糕点，一手去牵寿山的手，可是，转眼的工夫，寿山不见了。他一着急，糕点差点跌落在地上。他迅速向四周寻找，可茫茫人海，竟看不到寿山的一点踪影。他带着哭腔，声嘶力竭地喊道："寿山，你在哪里？我的孙子，你在哪里？"

刘盛元在长安街跌跌撞撞地找了大半天，毫无结果。他只好失望地跑回成文堂，找到刘金桂，擦着混浊的眼泪说："金桂，我把寿山弄丢了，你们赶快去找找啊！"

刘金桂心头一惊，简单地问了几句，急忙从后院里牵出一匹高头大马，一跃而上，打马向长安街奔去。张飞毛知道此事后，也骑上一匹快马追了出去。两个人骑马将胶州的大街小巷几乎跑了个遍，又到三个外城门前转了一圈，依然一无所获。

刘金桂策马回到家里，见家里乱作了一团。石清梅抽泣着迎上来说："寿山有信没？"

刘金桂摇了摇头。

石清梅拽着他的胳膊，说："你快去看看爹，他刚才一阵急火攻心，心口疼得不行了，可能是老毛病又犯了。"

刘金桂一溜小跑进了爹的房间，见他仰躺在床上，气息微弱，一副痛苦的表情。刘金桂喊道："飞毛，快去找郎中！"

张飞毛答应了一声，驾一辆马车飞奔而出。

刘金桂眼含热泪，握着父亲苍老粗糙的大手，说："爹，您要挺住，郎中一会儿就到。"

"寿山找到没有？我好糊涂啊，本不该领他去这样混乱的地方。"刘盛元断断续续地说道，"我老毛病犯了，这次，怕，挺不过去了……你一定要给我把寿山找回来，否则，我死不瞑目啊。"

"爹，你千万不要太自责，是我不好，没有保护好你们。"刘金桂说，"您一定坚持住！您不是说过，寿山命硬、命大、福大，他一定不会有事的。"

刘盛元情绪稍有缓解，说："应该不会有事的。"

这时，城隍庙后街上有名的姜郎中已经到了家了，他先给刘盛元号了脉，然后，从随身携带的一个药箱里取出两个药丸子，亲手帮他服下。随后，他又开了一个药方，递给刘金桂，让他差人去药铺买药。

刘盛元服药后，一会儿睡着了。待他醒来时，气色明显见好。

姜郎中给刘金桂使了个眼色，俩人便退出门外，来到刘金桂的书房。刘金桂急切地问："我爹的病情不严重吧？"

姜郎中一脸严肃地说："我正想跟你说这事呢。孙子失踪的事情对老爷子打击很大，他的心脏病复发了，挺严重的，我担心他坚持不了多久，你要有思想准备，早做安排。"

刘金桂急了，握住姜郎中的手说："只要能治好老爷子的病，花多少钱我都不在乎，您一定要想法子治好他的病！"

姜郎中摇摇头说："现在不是钱的问题。当然，我会尽全力去做。如果他能够挺过这三天，也许会发生奇迹。"

刘金桂拿出几两碎银递了过去，含泪说道："请您收好。"

"太多了，我不能要这么多。"姜郎中推辞道。

"请一定收下！烦请姜先生近几天住在我家里帮助照料一下。"刘金桂恳切地说。

姜郎中说："行，这几天我全程陪同。我们现在过去看看老爷子吧。"

两人轻手轻脚地来到刘盛元的卧室里，刘盛元听见动静，慢慢地睁开眼睛，见到身旁的姜郎中，说："我这病五年前是姜先生给治好的，胶州的百姓都称您是神医。只是这次，我怕姜先生无力回天了。"

姜郎中说："看您说的，五年前我能治好您的病，五年后我照样有办法的，您不是叫我神医吗？"

刘盛元的嘴唇嚅动了一下，浮现出一丝艰难的微笑。

草药抓回后，刘太太亲自去煎药。药煎好后，她又一勺一勺地给他喂下。

刘盛元喝了汤药，又睡着了。

刘金桂刚回到书房，杨志明与张飞毛跟了进来。刘金桂说："你们觉得寿山真是在大街上走失了，还是有什么其他情况？"

张飞毛说："他明明是在大街上丢失了嘛。"

杨志明心情低沉地说道："事情怕没有那么简单。"

"近两天，清梅曾经发现有两个陌生人在此转悠，像是侦察什么。种种迹象表明，绑架的可能性很大。"刘金桂说。

"我也是这么想。现在这年头，官府腐败无能，百姓生活艰难，盗贼自然猖獗。此次事件是不是山上土匪干的，一两天后就会知晓。"杨志明说，"我们现在报案不？"

"不急，先找找再说吧。你们再安排几组人马，分头去找，胶州城给我翻遍了再说。"刘金桂说。

张飞毛立即组织各路人马在胶州古城找了一个下午，依旧一无所获。

晚饭后，刘金桂闷坐在书房里，一口接着一口地抽烟。石清梅坐在一旁不停地抽泣，说："你无论如何，一定要想法子找到儿子。"

刘金桂说："寿山他娘，你要镇静一些，大伙不是都在急着找他吗？是福不是祸，是祸躲不过。你赶快帮妈照顾好爹吧，其他的事情我来想办法。"

石清梅走后，杨志明与张飞毛默默地走进了书房，颓然坐在椅子上。刘金桂说："事已至此，等等看吧。你们都回去歇息吧，有什么事我再找你们。"

杨志明说："我们回去也睡不着，不如在这里一起唠个话。我觉得寿山现在应该是安全的，绑匪要的是钱，不是要人，我们准备银子吧？"

"先不要着急，等事情有了眉目再说。"刘金桂说，"估计今晚或着明天，绑匪就应出现了，到时看看他们的胃口有多大？"

时间一分一秒地过去了，很快到了半夜时分。正在院子里巡查的张飞毛听到大门外有异样的声音，迅速外出查看。只见大门上插着一把匕首，带着一封信。张飞毛赶紧取回，跑到书房送给了刘金桂。刘金桂迅速打开信，看了一遍。他面无表情地把信递给了杨志明，说："绑匪索要三百两银子，要求送到高密青龙山下梨树园子，限期三天送到。"

"果然是高密青龙山上的土匪干的。"杨志明说，"报案不？"

刘金桂说："不报！这帮土匪占山为王由来已久，官府剿灭过多次，均没有得手。如果报案，怕他们撕票。我们想法准备银子吧。"

第二天一大早，刘金桂去看望父亲，只见父亲的脸色灰暗，脸颊明显消瘦了，一副有气无力的样子。刘金桂说："爹，寿山有着落了，您别上火了。"

刘盛元听了睁大了眼睛，吃力地说道："在哪儿？"

刘金桂说："被高密青龙山上的土匪绑票了。他们要三百两银子。我们凑齐了银子，去赎回就行了。"

"这么说寿山有救了？"刘盛元激动地淌着眼泪。他望一眼刘太太，用手指了指身旁的衣柜。刘太太立刻明白了什么，赶忙从衣柜里掏出一包银子，说："他爹，就剩这一百二十两银子了，这是咱的养老钱呢。"

刘盛元发出微弱的声音，说："金桂，都拿去，快去救寿山。"

刘金桂说："爹您留着用吧，我手头能够凑齐。"

"拿去！"刘盛元以不容商榷的口吻艰难地说道。

刘金桂双手从母亲手里接过银子，说："二老放心，我很快就给您把孙子接回来。"

刘盛元脸上露出期盼的微笑，很快又昏迷了过去。

第二天一大早，刘金桂找来郭小舟，问："账面上还有多少现银？"

郭小舟说："现银能凑一百五十两。"

刘金桂不禁皱起了眉头，自语道："这离绑匪的要求还差三十两银。"

杨志明见状说道："刘掌柜，我手头上还有点积蓄，这三十两银我负责凑上。"

刘金桂说："你攒这点银子不容易，上有老下有少的，等着养家糊口，哪能用你的？"

"掌柜的，您什么话也别说，救人如救火。"杨志明说完，转身去宿舍取了银子，回来后硬是塞到了刘金桂的手里。

刘金桂感激地说："多谢了！"

经过一番准备，按照约定，第三天是赎人的最后期限。大清早，刘金桂便带足了银两，与张飞毛各骑了一匹马，匆忙向高密青龙山赶去。一路上，他们一会儿在官道上奔驰，一会儿在山间小路中穿行，日升三竿的时候，他们来到了青龙山脚下的梨园茅屋。他们刚一下马，就有四个彪形大汉，一下子围拢上来。一位高个子土匪说："你是刘金桂掌柜的？"

"在下正是，我儿子在哪？"刘金桂说。

"银子带来了吗？"大个子土匪说。

"带来了。"刘金桂说。

"去山上见我们大当家的吧。不过，你们先要委屈一下，把眼睛蒙好。"大个子土匪说完，一挥手，几个土匪上前给他俩把眼睛蒙了，另两人把马拴在旁边的老榆树上。

他们沿着一条崎岖不平的山路，匆匆攀上了青龙山，左转右拐地来到一个幽深的山洞里。一进洞口，一股凉风"嗖"地一下扑到脸颊，刘金桂不禁打了一个寒战，心想：这里应该就是张啸天他们的老巢了。穿过山洞口，来到一处宽敞的地方，土匪给他们把蒙布摘了。张啸天从一把虎皮椅子上站起来，高声说道："我是张啸天，你就是胶州成文堂的刘金桂？"

"久闻大当家的英名。"刘金桂说。

"我的名字跟刘掌柜不可同日而语啊。"张啸天哈哈大笑起来。忽然，他敛住了笑容，厉声问道："刘金桂，你知道我为什么绑你儿子的票吗？"

"小民不知，请明讲。"刘金桂说。

"听说你作为一个外乡人，虽然在胶州地面混得不错，却有些不守江湖规矩啊！你这些年搞雕版印刷赚了这么多的钱，却从来没有孝敬过老子，在胶州还做些欺行霸市的勾当。你说我该不该绑你儿子的票？"张啸天说。

刘金桂说："张大当家的，我听不懂您的意思。其一，我在胶州做的是正当买卖，从来没有违法乱纪，也没有欺行霸市，更没有坏了谁家的规矩。

其二，我赚钱再多，也都按规定上缴朝廷税赋，凭什么要孝敬你山大王？"

"看来你小子嘴还挺硬的，要不让兄弟们给你松松筋骨？"张啸天有点恼火，将一条皮鞭"唰"地摔到案子上。

正在这时，有一位叫王老三的年轻土匪快速跑到张啸天的耳旁，低声说道："玲珑山上王大当家兴师问罪来了？"

"王老三，他们是不是为咱打劫王格庄王员外的事情来的？"张啸天问。

"正是。"王老三说。

"让他们在外面先等会儿再说吧。"张啸天说。

他的话音未落，三个大汉簇拥着一位首领打扮的中年男子已经闯进了大厅。张啸天赶忙起身迎了上来，说："你好王大当家，欢迎,欢迎!"

王大当家虽然长得个头不高，但天庭开阔，颧骨高突，鹰钩鼻子十分突出。他怒气冲冲地说："张啸天，你少给我来这一套! 俗话说，不看僧面看佛面。王格庄原本在老子的地盘，尤其是王员外还是我的一个远房亲戚，你们竟然敢打劫他？"

"对不起了，王大当家。这事是我手下干的，事后我才知道，多有得罪!"张啸天一脸赔笑。

"既然张大当家知道错了，那就没得说了，把拿来的东西与银子统统送还给王员外!"王大当家威风凛凛地说。

"可是，兄弟们辛苦了一遭，总不能白忙活吧。东西既然已经拿回来了，就下不为例吧。再说，王员外腰缠万贯，根基雄厚，哪还在乎这一星半点的东西？"张啸天自知理亏，又不愿将到嘴的肉吐出来，只好假意与之周旋。

王大当家却不依不饶，说道："亏你说得轻巧，废话少说，赶快交出来了事! 并保证以后做事遵守规矩，否则，别怪老子翻脸不认人。"

圆滑而诡计多端的张啸天眨巴了一下眼睛，不慌不忙地说："既然王大当家把话说到这个份上，咱们设个赌局定输赢如何？"

王大当家听了觉得好奇，说："什么赌局？"

"在这里来个比武大赛吧，比武一对一，三局两胜以上者为赢家。您如果赢了，王员外的东西与钱您全部拿走；如果我赢了，您就空手走人。您看如何？"张啸天说。

见王大当家一时发愣，张啸天说："如果王大当家不愿迎战，就算我张啸天什么也没说，不要为难。"

王大当家似乎被他的话激怒了，他扫了一眼身旁的三个汉子，说："我玲珑山人才济济，岂有怕你之理？"

"王大当家您可要想好了。"张啸天说。

"想好了！"王大当家不耐烦地说道。

随行三个大汉此时火气正盛，齐声喝道："比就比，谁熊了是孬种！"

王大当家把手一挥，说："比武擂台就设在大厅，比武开始！"

张啸天大喊一声："好！贾老八，你打头阵！"

一位长得虎背熊腰的人趾高气扬地来到大厅中央站定。

王大当家对一位身强力壮的汉子说："豹子头，你先上，给老子好好教训他一顿！"

两个壮汉怒视了一眼对方，相互施礼后，便在大厅里格斗起来。他们比赛的是散打武功，开始看起来有点势均力敌，四五个回合下来，只打得难解难分，天昏地暗。张啸天与王大当家坐在一旁观阵，不由得跟着紧张起来。这时，围观的人忽然大声为贾老八呐喊助威。

贾老八一时精神大振，频频主动发起进攻，由被动转为主动，逐渐占据了优势。他突然虚晃一拳，趁对方慌乱之际，飞脚踢在对方的头上，豹子头"啊呀"一声倒在地上。大厅里顿时响起一片欢呼之声。

王大当家站起身来，若无其事地喊道："第二局比赛，山中虎，你给老子上！"

新上场的山中虎虽然看起来没有对方壮实，但身子灵巧，出拳敏捷。青龙山上阵的是山上八大金刚中的于老五，只见他沉着稳健，出手刚硬。虽然年近五十，却雄姿依旧。山中虎看上去十分勇猛，更是机智过人。他以守为进，故意消耗对方的体力。于老五急于求成，连续进攻未果。山中虎抓住时机，快速出击，使于老五只有招架之势，没有还手之力，最终不敌山中虎，被踢出场外。围观的人群立刻传来唏嘘之声。

王大当家见状兴奋地跳将起来，说："打得好！第三轮，棍术比赛！黑旋风你上！"

被叫作"黑旋风"的汉子，面目乌黑，双目圆睁，凶神恶煞一般。他手持一根白蜡木棍，一跃跳到大厅中央，当众一站，一股杀气腾空而来。

张啸天一怔，对身旁的几个汉子问："你们谁上？"

身旁的几个人一见这阵势，个个面面相觑，没有敢言语的。

张啸天说："都别他妈的给我装孙子！孙猴子你上！"

被称为"孙猴子"的汉子两腿发软，说："我，我不懂棍术。"

张啸天转而喊道："土包子，上！"

"我，我也不行。"四十多岁的"土包子"浑身哆嗦，低声胆怯地说道。

"妈了个巴子，一群废物！"张啸天边骂边要脱掉鹿皮马褂，准备亲自上阵。

这时，刘金桂手执一根枣木打狗棍，近前说道："张大当家，如若放心，兄弟愿意替你上去一试。"

张啸天端详了他一眼，早前他曾经听说过胶州城有个刘金桂棍术挺厉害，但从未领教过，仍不放心地问："此次比武，非同儿戏，你有把握吗？"

"请张大当家给兄弟一次机会。"刘金桂自信地说。

张啸天严肃地说道："记住，赢了你带儿子走；输了，你把儿子留下！请上场吧。"

刘金桂甩了短衫，一步跳将过去，双手施礼。黑旋风并不搭理，大吼一声，迎面便打。他先是使了拨棍术，左摆右晃，直击对方胸部。刘金桂沉着应战，左躲右闪，使对方无法得手。黑旋风又使扫棍术，只见棍梢贴地，迅猛有力，使对方没有丝毫喘息之机。

观阵的张啸天不由得为刘金桂捏了一把汗。这时，只见刘金桂腾空一跃，跳到了黑旋风的身后。黑旋风轻蔑地掉转身子，接着使出劈、盖、压、扫等多种打法。刘金桂看上去比较被动，但在他躲过黑旋风的多次进攻之后，便开始频频发威，连续使了立圆舞花和提撩舞花等几个动作，直引起围观人群阵阵喝彩。而此时，黑旋风因为迟迟不能得手，心生惧怕，正在犹豫不定之时，刘金桂趁机一跃而起，一棍劈向对方的肩膀，黑旋风被直接击倒在地，仰面朝天，口吐鲜血。

刘金桂巍然站立在大厅中央，一手将打狗棍高高举起。霎时，人群中暴发出雷霆般的欢呼。张啸天激动地大声喊道："英雄，英雄啊！"

黑旋风被另两个大汉扶起，狼狈不堪地退场。王大当家沮丧地站起身来，双手作揖说："你们赢了，咱既往不咎。咱们走！"

张啸天还礼说："恕兄弟无礼，请多包涵。后会有期！"

王大当家一行心不甘情不愿地走后，张啸天上前握住刘金桂的手说："百闻不如一见，真是大英雄！让我张啸天大开眼界。如果兄弟不嫌弃的话，我正式邀请你到青龙山做我的二当家，咱们共享荣华富贵。不知兄弟意下如何？"

"谢谢张大当家的好意，我是个商人，事务繁杂，又拖家带口的，恕难从命。今天我把银子都带齐了，你就还我儿子吧。"刘金桂说。

张啸天一招手，刘寿山被两个土匪送了过来。刘金桂激动地抱起儿子，寿山搂着爹的脖子说："爹，我害怕。"

"儿子，不要怕，咱马上回家。"刘金桂又对张飞毛说，"把银子给他们。"

张啸天说："慢着，刘掌柜刚才比武帮了大忙，争了脸面，赎人的银子还是算了吧。"

刘金桂说："那可不行，山上这么多弟兄等着吃饭呢。"

张啸天不禁为之动情地说："刘掌柜真乃侠义之人，以后用得着我张啸天的地方，尽管来找我。银子就收一半吧。"

刘金桂正要推让，张啸天说："无须谦让，就这么定了。"

张啸天身边的王老三，迅速将银子一分为二，留下一半，另一半交还给了张飞毛。

刘金桂双手施礼，说："恭敬不如从命，谢谢张大当家！再会！"

"慢着，我还有礼物赠你。"张啸天说着，拿过一根精致的拐杖和一把带鞘的大刀，说："这两样宝贝你任选一件。"

刘金桂觉得这拐杖似曾见过，便试探着说道："张大当家的，这根拐杖不错呀，怎么似曾见过？"

张啸天说："这根铜拐杖是我的拜把子兄弟曾玉彪送我的，这把大刀是同行李大当家赠我的，都是我心爱之物。你任选一样，聊表心意。"

刘金桂听后，心里"咯噔"一下，心想：原来曾玉彪的确与张啸天有染。但他尽力克制自己的情绪。说："那我就不客气了，就选这根铜拐杖吧。"

张啸天递给他说："刘掌柜有眼力。这根拐杖暗藏机关，奇异无比。"说着，轻触按钮，一把锋利的宝剑弹了出来。

众人看得目瞪口呆。

刘金桂接过拐杖，心里有些过意不去，说："礼物太贵重了，谢谢张大当家的。"

"以后就是兄弟了，别客气。我送送你们。"张啸天说完，与刘金桂相携走出山洞大门。

第十七回　以牙还牙不手软　为民除害捣烟馆

　　当刘金桂怀抱寿山骑马归来，已经晌天了。烈日当空，气温骤增，汗水浸透了他的衣衫，让人感觉浑身燥热。他刚抱着寿山跳下马，就见邻居崔二嫂坐在成文堂门边嘤嘤啜泣。当她看见刘金桂，忽然双膝跪下，哭喊道："刘掌柜，您是大善人，快行行好，管一管俺家老崔，让他赶快把大烟戒了，俺家的日子真是没法过了。"

　　"崔大嫂，怎么回事，你慢慢说。"刘金桂将她扶了起来。

　　崔大嫂继续说道："这几年老崔染上抽大烟的毛病后，家里值钱的东西都让他卖光了，等他烟瘾上来了，一时找不到钱，就把老婆孩子往死里打，两个十多岁的孩子让他打得不敢进家门。刚才，他又把我打了一顿，胳膊都打肿了。"

　　"他平日从哪里弄来的烟土？"刘金桂问。

　　"后街那边的济生堂大药店。"崔二嫂想了想说。

　　刘金桂说："崔大嫂，你看今天我这里挺忙的，改日有空闲我一定帮你好好劝劝崔大哥，让他把烟彻底戒了。"

　　"拜托刘掌柜了！"崔大嫂说完，退到了一边。

　　刘金桂抱着寿山赶忙进了家门，快步走进刘盛元的卧室，只见全家人正乱作一团。石清梅见到寿山，将寿楠交给郭兰芝，一把将寿山搂在怀里，喜极而泣。

　　"爹怎么样了？"刘金桂问。

　　"一连两天汤米未进，昏迷不醒。"石清梅说。

　　刘金桂急切地来到刘盛元的床边，摇着他的胳膊，大声喊道："爹，寿山领回来了！"

　　刘盛元仿佛从遥远的地方忽又回到了现实，他竭力睁开眼睛，扫视着眼前的人。

石清梅抱着寿山凑近刘盛元，寿山大声呼唤道："爷爷，我回家了！我要吃糕点！"

刘盛元抓住寿山的小手，脸上露出一丝欣慰的笑容，嘴里发出微弱的声音："孙子，你回来了？回来就好……"忽然，他的头一歪，手慢慢松开，终于在见到孙子回归的那一刻撒手人寰。

刘金桂悲痛地摇晃着刘盛元的手，说："爹，您不能走啊，成文堂还需要您掌舵呢！"

一时间，屋里哭喊声响成一片，刘太太的头晕沉沉的，仿佛天塌地陷一般，她哭喊道："说好了，咱俩要一块走的，你为什么不守诺言？你这个死老头子，为什么骗我？"

刘金桂赶紧过去将快要昏倒的母亲扶到了自己的书房里，刘太太喝了杯茶水以后，说："你爹走得仓促啊，都是可恨的绑匪造的孽，这个仇不能忘啊。"

"绑匪被曾玉彪当枪使了，真正的幕后主使是济生堂大药店的曾玉彪。"刘金桂说，"等处理完了爹的后事，我是不会饶过他们的。我想跟您商量一下爹的后事怎么处理。"

刘太太说："叶落归根，你爹生前家乡观念很重，就回老家安葬吧。不过，他对胶州感情颇深，就先让他在胶州这里待上一两天，等这边的亲朋好友与他告别后，再发送回老家殡葬。"

刘金桂说："好的，妈，就按您说的办吧。"

刘金桂从书房里出来，杨志明等人早已等候在门口。刘金桂说："杨管家，你马上派人购买一口棺材来，质材选樟木的。"

杨管家答应后迅速带人外出办理此事。

刘金桂又对张飞毛说："你连夜赶回招远老家找我大哥报个丧吧。"

当天傍晚，杨志明等人去胶州城西的云天棺材铺选购了一口樟木做的上等棺材，安放在成文堂西面的宅堂里，这套宅院是去年秋后刚购置的，今年春天按照中式传统风格刚刚装修完毕。

当晚，刘金桂与家人在堂屋里按照传统的习俗精心地布置了一番，棺材前面一个大大的"奠"字格外醒目，案前摆放着刘盛元的黑白照片，桌子上摆满了丰盛的祭品。刘金桂还亲书一副挽联悬挂在灵柩两边，挽联写道：读礼悲秋木，风卷愁魂寒剑佩；思亲诵蓼莪，月侵梦影度聪棂。

第二天一大清早，众多亲朋好友及商界大佬纷纷前来吊唁，人群里有刘盛元生前好友和客户，也有刘金桂平日结交的官员和绅士。新到任的胶州知州张廷扬也亲临现场哀悼，并敬献了一个花圈，上面是他亲手撰写的一副挽联："愁闻化鹤来胶县，忍着骑鲸返故间。"

刘金桂是第一次与张知州见面，只见他四十岁上下，身着五品官服，高大的身材，方脸嘴阔，两道剑眉向上张扬，给人一种不怒自威的感觉。他握着刘金桂的手，声音低沉地说道："刘掌柜，请节哀！"

"谢大人！"刘金桂点点头。

"我到州署上任不久，还未及拜访刘老先生及刘掌柜，谁知刘老先生不幸病逝，我深感痛惜和遗憾。"张廷扬说。

刘金桂说："刘某本应主动拜见张大人，怎奈家遇不幸，无暇顾及，还请大人见谅。"

"刘老先生的后事处理完毕后，我想专门与刘掌柜茶叙一次，提前预约啦。"张廷扬意味深长地说。

刘金桂说："谢大人抬举，我一定按时赴约。"

张廷扬刚走，法四爷与王懋勋来了，他们代表胶州商会敬献了花圈，并附挽联，上书："品重胶城垂竹史，声传唢呐振云溪。"

随后，他们分别与刘金桂握手，法四爷说："儿子救回来了，父亲却无法挽留。人生自古祸福相依，你要节哀顺便！"

王懋勋说："听说新任知州是个好官，有什么冤屈请张大人做主。"

刘金桂感激地点了点头，说："谢谢两位会长关照。"

出乎意料的是，曾玉彪也来了，他献了一个精致的白色花圈，先鞠了三躬，又燃了三支香插到香炉，嘴里还念念有词地说道："刘老先生一生勤俭持家，广结善缘，讲求诚信，为人厚道，是我们经商人士学习之楷模啊！"说这话的时候，他偷偷地斜睨了旁边的挽联，当他读到"风卷愁魂寒剑佩"一句时，顿觉有一股冰冷的杀气从后背窜了上来，他不禁心头一惊。随后，他努力镇定下来，转头看了刘金桂一眼，然后，主动去握住他的手说："人死不能复活，刘掌柜千万要想开点，别身陷悲哀而不能自拔！"

杨志明看了他的表演，心里直骂道："曾玉彪，你真是猫哭耗子假慈悲呀。"

刘金桂出于礼貌，平静地说："人迟早都得走这一步。只是，没想到曾掌柜在百忙之中还能亲临家父吊唁现场，万分感谢！"

曾玉彪皮笑肉不笑地说："商界好友，遇此变故，表达一下哀悼之情理所当然。"

站在一旁的曾玉冰，鄙夷地看了他一眼，深深地叹了一口气。

到了午饭的时候，杨志明劝说大家去伙房用餐。刘金桂对曾玉冰说："你先去吃点饭吧，不用老靠在这里。"

曾玉冰说："不急，我吃不下。伯父的灵柩什么时候启程回家？"

"天这么热，不能在这里停放时间太久，我准备明天一早就送回老家安葬。"刘金桂说。

"护送灵柩的马车我来安排吧，我家里那辆货车稍做改装就可以用上，车夫也有经验。"曾玉冰说。

"我原来正为此事犯愁，这下省心了，那就有劳你费心安排吧。"刘金桂说。

曾玉冰看着刘金桂憔悴的面容，动情地说道："那我先行回去安排一下，你抓紧吃饭，在这个特殊关头，你可不能轻易病倒啊。"

"我知道。"刘金桂把目光转向了一边。

第二天一早，天忽然下起了小雨，胶城古街的石板上泛出惨淡的光斑，连日来的高温骤然下降，天气变得清爽起来。在成文堂门口，二位骑马的壮士前面引路，八位壮汉护着用白布、黑纱精心装饰的灵车，缓缓地向城西行驶，还有五六辆马车，紧随其后。有人将特制的纸钱轻轻抛撒，纸钱像秋后银杏树金黄色的叶子，纷纷扬扬地从半空散落在路面，给人一种凄迷、悲凉的感觉。

刘金桂向前来送别的法四爷、王懋勋、郭先生、曾玉冰及众多乡邻，深深地鞠了一躬，说："各位请回吧，谢谢大家！"然后，翻身上马，护着灵柩一路向西奔去。

刘盛元的灵柩回归故乡后，众乡亲深为痛惜。刘盛元一生乐善好施，忠厚老实，深得乡邻的敬重。一时间，家里聚满了前来吊唁的人。因为天气炎热，灵柩不能停留时间过长，一天后，刘金桂兄弟征求了族长的意见，按照当地的风俗习惯，为父亲举行了隆重的葬礼。烧完头七后，刘金桂与妻儿便返回了成文堂。他在杨志明的陪伴下，匆忙去书铺和作坊看了看，见伙计们正紧张有序地忙碌着，原来的两个印刷订单基本完成，心里便放心了许多。

回到了书房，杨志明说："真没想到曾玉彪也能前来参加刘老的吊唁活动。"

"醉翁之意不在酒。他是来探听虚实的，我看了他那副假惺惺的嘴脸，心里就不痛快。"刘金桂说。

杨志明说："俗话说得好，欲盖弥彰。寿山被绑票的事一定与他有关系。"

刘金桂说："我从青龙山临走时，张啸天赠送了我一根青铜拐杖，这根拐杖据说是曾玉彪赠给张啸天的。原来他们在牢狱中结识，还结拜了异姓兄弟，足见曾玉彪与张啸天的关系非同一般。事实证明，曾玉彪肯定与青龙山土匪有勾连。"说完，他从书柜里取出那根青铜拐杖，放在桌子上。

杨志明端详了一会儿，说："我们何不赶快去向州衙告发他？"

"仅凭一根相赠的青铜拐杖是定不了他的罪的。"刘金桂说："我考虑再三，这件事就不要再深究了。但是，我们决不能放任这小子逍遥法外。前几天我见过新到任张廷扬知州，对他印象不错。听说这个人办事公道，体恤民众，在益都县任职时老百姓对他的口碑不错。如果他真是一个有正义感的好官，就请他把贩大烟的曾玉彪给法办了，别再让大烟祸害胶州百姓。"

"您说得对，多年来，曾玉彪贩大烟大发横财，官府视而不见，前任知州都被他拉下了水，因此造成胶州城的大烟屡禁不止，有多少人因为吸食大烟被弄得家破人亡、妻离子散。我们是不是尽快将曾玉彪贩卖大烟的行为向官府告发？"杨志明说。

刘金桂说："大烟是祸水啊，大烟一日不禁，百姓一日不得安宁。但是，要告发曾玉彪，彻底扳倒他，必须得拿出充分的证据，空口无凭啊。因此，请你先与张飞毛商量一下具体行动，越隐蔽越好，尽量不要打草惊蛇。"

"行，我马上与张飞毛商量一下对策。"杨志明说完匆忙离开。

杨志明来到成文堂后院，找到当班的张飞毛，把刘金桂的意图悄悄地告诉了他。张飞毛听了杨志明的来意后，爽快地说："曾玉彪欺人太甚，早就该好好整治他了，可刘掌柜心地太软，以致让他得寸进尺。您说下步怎么办吧？"

杨志明说："最好能够抓住曾玉彪贩卖大烟的真凭实据，我们才好告发他。"

张飞毛想了想说："我听说曾玉彪定期从塔埠头码头进货，如果等他们接货的时候，我们协助官府的人在码头将其一网打尽，可以人赃俱获。"

"如何才能探听到他们交货的准确信息？"杨志明问。

张飞毛说："我想找乞丐帮里几个可靠的小兄弟帮忙。"

"他们靠得住吗？办这事千万要稳妥。"杨志明说。

张飞毛说："当年我曾救过他们的命，他们绝对可靠。我现在马上去找乞丐帮头目李斗协商一下。"

张飞毛换了一身旧衣服，提了一瓶老白烧，飞也似的赶往乞丐帮的新驻地——城西关百佛地的老母院，见到乞丐帮头目李斗。李斗正要吃午饭，见张飞毛带来了一瓶老白烧，一把抢在手说："是捎给兄弟我的？"

"当然，我舍不得喝，特地送给李斗兄弟品尝。"张飞毛说。

"还是飞毛哥好，总是惦念着小弟。你来有什么事？说吧。"李斗开门见山地说。

"最近我想借用一下六指和大蚂蚱两个兄弟帮忙做点事情。"张飞毛说。

"你要他们干吗？"李斗打开了酒瓶，自己往杯子里添酒。

"这事暂时不能说，请兄弟谅解。"张飞毛说。

"那你可不能亏待了他们。"李斗有滋有味地品了一口酒，并不想多问。

"我保证，让他们有好吃有好喝的。"张飞毛站起来说。

李斗说："你先去大门外等一下，我随后让他们去找你。"

张飞毛说："谢谢兄弟。"然后，迅速离开。

李斗很快让身边的人把六指与大蚂蚱找来，说："飞毛哥要你俩帮点忙，你们要听他的话，好好干，别给我丢了脸。"

六指与大蚂蚱点头称是。

"他在门外等你们，去吧。"李斗又自斟了一杯。

六指与大蚂蚱一溜小跑去见了张飞毛。

张飞毛买来些包子，带他俩来到一处僻静的地方，让他们吃个饱。尔后，对他们耳语一番，详细给他们交代了具体的行动计划。张飞毛说："事成之后，我会重赏你们的。但是谁也不能走漏半点风声，否则，我割了你们的舌头！"

六指说："那年我俩偷拿了方财主的两件短衫，被他们捉住了，非要打死我俩。幸亏哥哥带人将我们救了出来。我俩的命都是大哥给的，还有什么事能不听大哥的？"

"哥信得过你们！"张飞毛说。

临走，张飞毛从衣兜里掏出几文钱分给他俩，说："你们先花着，吃饱肚子，打起精神来。这些日子不要回老母院。有什么情况第一时间到成文堂找我。记住了吗？"

"记住了！"六指与大蚂蚱恭敬地说道。

按照张飞毛的行动安排，六指负责监视塔埠头码头的情况，大蚂蚱负责盯梢济生堂大药店。他俩衣着破烂，蓬头垢面，每人端着一只破碗，在这两地周围乞讨，看上去无精打采的样子，根本没有引起路人的注意。但是，他们的眼睛却是贼亮的，有意无意地紧盯各种相关目标。

这天傍晚，大蚂蚱发现一个头戴黑色瓜皮帽的神秘人，鬼鬼祟祟地进了济生堂的大门，他赶紧尾随了过去，躲在大门外侧耳细听，只听见神秘人低声对曾玉彪说道："一切妥当，明天晚上八点在塔埠头码头交货，你到时多派几个人手去接货吧。"

曾玉彪摆了摆手，不让他说话，推开门向外瞧了瞧，只见一个乞丐正端着个空碗递了上来。曾玉彪踢了他一脚，呵斥道："快滚！"

大蚂蚱借机跑掉了。他来到成文堂找到张飞毛，把刚才听到的情况向他说了一遍。张飞毛说："你听清楚了？"

"听清楚了，千真万确。"大蚂蚱说。

"好，大蚂蚱，你这次立大功了，到时好好奖赏你。"张飞毛严肃地说，"此事不要对任何人讲。"

大蚂蚱说："大哥，我知道。"

张飞毛赶紧来到刘金桂的书房，把大蚂蚱得到的情报向他说了一遍。刘金桂说："消息可靠吗？"

"可靠！"张飞毛说。

刘金桂说："你去作坊把杨管家找来。"

杨志明刚进了书房，刘金桂说："刚得到情报，明天晚上八时，曾玉彪要在塔埠头码头交货，你马上去找张知州报案，请他们提前做好抓捕准备。到时给他们来个人赃俱获。"

杨志明说："张知州能管这码事？"

"前天我已经去州署找张大人深谈了一次，他对贩卖大烟的行为深恶痛绝，并要求我们协助，一旦找到曾玉彪的犯罪证据，必将严惩不贷。"刘金桂说。

杨志明说："这我就放心了。"

刘金桂说："事不宜迟，你马上去报告张知州。另外，明天晚上由张飞毛带几个人提前混进码头，隐蔽好，随时协助官府的缉捕行动。"

杨志明立刻骑了一匹快马，连夜赶到州署，拜见了张廷扬知州，将有关情况做了汇报。张廷扬握着他的手说："谢谢你们提供的重要情报，我从上任的第一天起，就想把胶州大烟黑市铲除了，实实在在地为胶州百姓做件好事。这次机会终于来了，谢谢你们的支持与配合。明晚，你们挑选几个精干的家丁，提前埋伏好，协助官府的抓捕行动。"

"我们一定照办。"杨志明说。

"千万不要走漏任何风声。"张廷扬再三叮嘱道。

杨志明说："您放心好了。"

第二天傍晚，太阳已经落山，天色暗淡了下来。喧哗的海浪却没有一丝的歇息，往来船只依旧穿梭不停。海鸥在海岸边不停地飞翔，掠过林立的桅杆，飞向暗淡的天边。码头上的灯火开始闪烁不停，映照着川流不息的人群。张飞毛等人化装成码头搬运工人，混入了岸边的人群。

晚上八点整，一辆英国大型货轮缓缓靠岸，曾玉彪等人戴着墨镜出现在岸边，有个人提着一只黑色的箱子，四下张望了一下，迅速跳上了货轮。不一会儿，他又匆匆上岸，向曾玉彪耳语一番。曾玉彪点点头，拍了一下手，一辆神秘的货车悄然赶了过来。很快，有五六个搬运工陆续将货轮里一只只木箱子搬到了货车上。曾玉彪压低声音问道："货物全部装上了？"

一位年纪大的搬运工点头哈腰地说："掌柜的，全都装上了。"

曾玉彪急促地喊道："出发！"

"慢着！"曾玉彪话音刚落，一只乌黑的枪口抵住了曾玉彪的后脑勺："我是州署的捕快，车上装的是什么？我们检查一下。"

曾玉彪大吃一惊，故作镇静地说道："没有别的，刚进了几箱中草药。"

执枪的捕快厉声说道："打开箱子看看。"

有两个捕快立刻从车上拖下一只箱子，麻利地用刀子撬开，一位捕快见了，高声喊道："是鸦片！"

曾玉彪见事情已经败露，掉转身子撒腿就跑，几个捕快一拥而上，将其抓捕。有两个押车的保镖，刚拔出短枪，便被击中倒地。其他几个保镖，也在格斗中一个个被打趴制服。

这时，张廷扬与刘金桂出现在货车旁边，张廷扬厉声喝道："曾玉彪，人赃俱获，你知罪不？"

曾玉彪梗着头，不屑地说："贩大烟也不光是老子一家，凭什么只抓我？"

"看来你嘴帮子还挺硬，给我绑了！"张廷扬命令道。

两个捕快旋即将曾玉彪五花大绑。

张廷扬慷慨激昂地对围观的人群说道："鸦片这东西，是祸国殃民的害人精啊！有多少胶州百姓因为吸食了鸦片变得骨瘦如柴，不能劳动，最后，家产散尽，妻离子散。大清律例明确要求禁售大烟，可为什么屡禁不止呢？就是因为有这些见利忘义、贪赃枉法的不法官吏和商人，为了牟取暴利，置百姓的生死于不顾，铤而走险，知法犯法，才使鸦片走私猖獗。我张廷扬虽然只是个小小的知州，但是，位卑未敢忘忧国。为了胶州百姓的安康，今天，我就是豁出老命，也要搞禁烟，直到把不法分子全部绳之以法！"

码头上的人们立刻沸腾起来，一齐高喊道："禁烟！禁烟！"

眼见群众情绪高涨，张廷扬振臂一挥说："现在我宣布：将缴获的所有鸦片，就地销毁！"

张飞毛等人迅速将车上的鸦片卸下，堆放在一块空地上，并浇上煤油。张廷扬与刘金桂各执一个火把，两人对视一眼后，一起扔到了鸦片堆里。顿时，火光冲天，浓烟滚滚，十多箱鸦片很快化为灰烬。

码头上围观的人群爆发出一片欢呼声。

曾玉彪亲眼看着自己花巨款买进的大烟被销毁，就像心头的肉瞬间被割掉了，禁不住泪流满面。

"将人犯带走！"随着张廷扬一声令下，曾玉彪等一行十多个人被抓捕归案。

曾玉彪被捕入狱后，曾府上下犹如晴天霹雳，号哭连天。曾晋福为了救出儿子托了好多关系，可都无济于事。因此，心情十分忧郁，不久便病倒了。曾玉冰闻讯，回到家里苦苦相劝，她说："贩卖大烟这一行，太缺德。一人做事一人当，我哥是自己造的孽，理应承担这种后果。官府若不给他点惩罚，怎么向老百姓交代？"

曾晋福叹了口气说："话虽是这么说，可他是曾府的顶梁柱，曾府在胶州是名门望族，他若是长时间在牢狱里待着，我这个老脸往哪搁啊？再说，他是曾家独子，万一有个好歹，我怎么向列祖列宗交代啊！女儿你最懂事，快想办法救救你哥吧，就算你帮爹的忙。"说着，站起来双手作揖。

曾玉冰深感无奈，又不愿伤了父亲的心，只好硬着头皮找到刘金桂，说："我知道你与曾玉彪多年不和，可我爹为他被捕的事伤透了脑筋，都快病倒了。所以，我希望你不计前嫌，放他一马。请你去向张知州求个情，把他早点放出来吧。不然我爹娘受不了啊！"说着，难过地落下眼泪。

刘金桂说："曾玉彪私贩大烟，祸国殃民，罪有应得。我一个普通商人，怎么能帮得了他？不久前，因为曾玉彪勾结绑匪绑架了我儿子，我爹急火攻心，命丧黄泉。曾玉彪罪不可恕啊！"

"曾玉彪不走正道，我早就不把他当哥了。可若是我爹娘倒下了，整个曾府就彻底毁了呀！"曾玉冰说，"不看僧面看佛面，看在我爹娘的面子上，你救他一次吧！"

"我们的账还没有算完呢！"刘金桂长叹了一口气，沉默良久。

曾玉冰见状说道："你有难处，我就不麻烦你了。"说完，转身要走。

刘金桂于心不忍，说："慢着，你别心急，我马上去找张知州求个情，不知道他肯不肯给我个面子。"

曾玉冰感激地说道："谢谢你，拜托了。"

当天，刘金桂去州署拜见了张知州，请求府衙放了曾玉彪。张廷扬对此感到不可思议，说："曾玉彪三番五次找你的茬，排挤你，打击你。你却来救他，这是何苦呢？"

刘金桂说："实话实说吧，救他真不是出于我的本意。曾府在胶州也是名门望族，一举一动影响颇大。此事若处理得当，有利于树立您的威望。同时，我担心曾老爷、曾太太年事已高，为此事十分上火，怕他们过不了这道坎啊。另外，我的挚友曾玉冰，为了父母的安危，刚刚找我求情，我真不愿意伤了她的心。因此，我是不得已而为之啊。"

张知州说："看来，你真是位重情重义之人！只是曾玉彪贩毒有罪，至少要拘留一个月以上，且要交上罚款。目前，还有一周的时间，我就可以放人。只是，放他以前需要有保人，且要缴纳一定数目的保释金。"

刘金桂说："这个保人我来当吧，保释金需要多少？"

"你通知他的家属，缴纳二百两银子即可。"张知州说。

"银子我来付吧。"刘金桂说。

"你啊，真是个大度、仗义之人。"张知州说。

"非常感谢张大人！"刘金桂说，"以后用得着我们商人的地方，请尽管开口。"

"我初来乍到，许多情况不熟悉，有赖刘掌柜及商界各位商贾的鼎力支持啊！"张知州说。

"只要张大人有什么吩咐，我刘金桂赴汤蹈火在所不辞！"刘金桂说。

"太感谢了！"张廷扬摆了摆手："恕不远送！"

"谢张大人！"刘金桂拱手施礼，然后转身离开。

第十八回　心系民众舍生死　保家卫城拒捻军

曾玉彪出狱后，曾晋福招呼一家人吃了一顿团圆饭，席间，曾晋福说："你这次能够顺利放出来，多亏成文堂的刘掌柜从中斡旋，你要记住人家的好，以后少给人家添堵了。"

曾玉彪冷笑一声说："送我进牢狱的是刘金桂，救我出来的还是刘金桂，好人都让他当了，我倒成了猪八戒照镜子——里外不是人了。"

曾晋福说："别忘了，他还替你交了二百两银子的保释金，得抓紧时间还给人家。"

"我这批货少说损失了两千多两银子，他才替我拿出二百两，顶个屁用。"曾玉彪说。

"做人可要厚道一点啊。"曾太太生气地说。

"娘，你说我不厚道？"曾玉彪说，"这赚钱的门路被他们封死了，我的云溪书铺也被他低价收购了，他这样做厚道吗？还给我活路吗？"

"什么事情都是讲究前因后果的，你走到今天的地步，都是你自己惹的祸！爹娘真为你操碎了心。"曾太太说着，忽然感到心口疼痛，她稍停片刻，说："你们吃吧，我先回房间休息一会儿。"

"娘，您没事吧？"曾夫人见婆婆的脸色苍白，赶紧上前扶住她的胳膊，去了婆婆的卧室，小心地扶她上床躺好。

曾太太说："你甭管我，快去吃饭吧。"

曾夫人说："我请个郎中给您看看？"

"不用，我这心绞痛是老毛病了，休息会儿就好了。"曾太太竭力装作没事的样子。

曾夫人忧心忡忡地回到了餐厅，往公爹的碗里拨了点菜，然后说："爹，玉彪贩大烟的买卖不干了，以后干啥？您快给他指条路吧。"

"我不指望他能做多大的买卖，只要安分守己就好。"曾晋福想了想说：

"要不跟刘金桂商量一下，咱再把云溪书铺盘下来，从此，玉彪老老实实地经营文化用品这个行当就行了。"

"成文堂云溪书铺现在的买卖正红火着呢，您想再从他的手上买下来，怕是墙上挂门帘——没门。"曾玉彪一点不抱希望。

曾晋福皱了皱眉头，说："我再豁上这张老脸，求他试一试吧。"

曾夫人说："爹，您为这事去找他不合适吧？"

"有啥合适不合适的？做生意脸皮薄了不行。"曾玉彪说。

曾夫人生气地放下碗筷，独自走出了餐厅。

几天后，曾晋福在庞管家的陪伴下来到了成文堂，先是把二百两银子还给刘金桂，刘金桂欲推辞不要，曾晋福说："你能把犬子保出来，我就已经感激不尽了。你要不拿，我的老脸没场搁呀。"

"恭敬不如从命，那我就收下了。曾大掌柜若有什么事情尽管吩咐。"刘金桂说。

曾晋福犹豫再三，终于鼓足勇气说道："曾府现在赚钱的买卖也没有几个了。玉彪出事后，我就琢磨着该让他敛一敛心了，就想着让他做点正儿八经的营生，可做什么好呢？思来想去，还是觉得让他做书铺的生意合适。可是，前段时间曾府已经把云溪书铺卖给了你，为此，我心烦得很。"

刘金桂听后，说："曾大掌柜莫不是想把那书铺收回去啊？"

"正是这么考虑，如果你同意，再好不过了。"曾晋福试探着说。

刘金桂毅然表示："我同意！"

曾晋福没有想到刘金桂会这么爽快，感激地说道："谢天谢地，不如感谢刘掌柜。你打算卖多少钱？"

"成文堂云溪书铺本来现在的生意不错，我没有向外出售的打算。但既然曾大掌柜张口了，那就卖给您。至于价格，由您来定。"刘金桂说。

曾晋福说："你真是侠义之人。五百两银子如何？"他伸出五个指头。

刘金桂摇了摇头。

"再加二百两吧。"曾晋福说。

刘金桂还是摇了摇头。

"再加一百两。这个数差不多了。"曾晋福直盯着刘金桂的脸。

刘金桂终于开口道："当初我花了三百五十两银子买的云溪书铺，现在还按这个价格交还给你们吧。"

曾晋福的脸上一阵燥热，说："现在市场行情不同了，你又添置了一些新的设施，你怎么也得加个价。这样吧，一口价：四百两。"

刘金桂说："曾大掌柜既然坚持，那就这个价吧。"

曾晋福对庞管家说："把契约签了吧！"

杨志明与庞管家分别代表成文堂和济生堂签订了云溪书铺转让契约。

曾晋福说："刘掌柜精明能干，为人大度，真是后生可畏啊！曾某实在佩服！银票一会儿差人送到。"

"曾大掌柜过奖了。我还年轻，请老前辈多多指点和提携！"刘金桂说。

曾晋福与庞管家走后，杨志明有些不解地问："好端端的书铺，您怎么说卖就卖了呢？"

刘金桂说："其实，我们在城隍前街有一家书铺就够了，如果我们用卖铺子的钱，在码头、集市等其他繁华的地方新开设几个分号，销售收入岂不是更好？再说，我们把云溪书铺甩给曾玉彪，以此绑住他的身子，让他少搞些歪门邪道，岂不是成人之美？"

杨志明点了点头说："刘掌柜看得远，想得周到，我自愧不如。"

刘金桂说："有时间请你们去塔埠头码头和相关集市去考察一下，看看哪儿的地角不错，咱再考虑开设一两个分店。"

"我马上去考察了解一下。"杨志明当即应承下来。

曾玉彪把云溪书铺接过手后，又换上原来的招牌，气儿顺了许多。他对庞管家说："刘金桂这么容易就把书铺转让给我们，是不是有点怕我啊？或是另有图谋？"

庞管家摇摇头说："刘金桂虽说是个商人，但他自幼习武，性格豪爽，打架向来是不要命的，他怕过谁？他把铺子让给你，那是看在曾老爷和曾玉冰的面上，跟你怕没有多少关系。要说另有图谋，我还一时半会儿看不出来。"

"你啊，岁数越大越不会说话了。"曾玉彪瞟了他一眼，说："等避过了风头，贩卖大烟这个行当还是要干的，这是一只下金蛋的鸡啊，弃之可惜呀！"

"可新来的知州张廷扬对咱并不友好，再让他们逮着了，那可要倾家荡产的。而目前刘金桂等人又时刻盯着我们，现在这个买卖怕是没法干啊！"庞管家说。

曾玉彪吸了一口烟，说："历来胶州知州对咱曾府都很客气，相互配合默契。唯独这个新任知州张廷扬不识时务，从来不买咱的账，我看他在胶州是兔子尾巴长不了，得想法子挤走他。"

"对，挤走他，另寻靠山。"庞管家十分赞同。

曾玉彪抿了一口茶，眯起眼睛说："我没记错的话，你老家是安徽亳州吧？"

"是啊，有事吗？"庞管家说。

"你老家的捻匪是怎么回事？"曾玉彪问。

"提起捻匪，我多少知道一点信息。'捻'在淮北是'一股一伙'的意思，最初游民捻纸，将油纸点燃，烧油捻纸用来作法，在节日里聚众表演，为人们驱除疾病、灾难以牟取钱财。早期'捻子'向乡民募捐香油钱，购买油捻纸，后来便实行恐吓勒索。捻匪便起源于'捻子'，这些人'居者为民，出者为捻'，朝廷称他们为'捻匪'。"

"什么'捻匪'，我看这些人其实是英雄豪杰，我一直称他们为捻军。"曾玉彪说，"听说捻军这几年发展十分迅猛。"

"可不是嘛，咸丰二年（1852）十一月，捻众在安徽雉河集歃血为盟，开始造反。咸丰五年（1855）因为黄河决口，鲁南、皖北、苏北的大批灾民流离失所，就纷纷加入捻军。到了咸丰五年秋天，各路捻军在安徽的亳州雉河集会盟，亳州、蒙城的捻军推选张乐行为盟主。他们以雉河集为根据地，扩大捻军队伍，建立黄、白、蓝、黑、红'五旗军制'，很快队伍发展到十万多人。咸丰六年（1856）七月，张乐行率兵袭占了淮河流域的商业重镇三河尖，获得了大量物资和人员补充。后来，捻军内部发生过分裂，但是，他们与太平军却保持了密切的联系，转战豫、皖、苏、鲁等地，作战甚为勇敢，所向披靡，成为朝廷的一大心患。目前，朝廷正调集大军准备镇压。"庞管家煞有介事地介绍说。

曾玉彪边听边踱着步子，他沉思了半天说："依我之见，朝廷镇压也不是那么容易，捻军早晚是要成气候的，从长远来看，我们应该及早与他们建立联系。"

庞管家不解地问："现在朝廷对捻军恨之入骨，正四处讨伐他们，这个时候我们有必要与捻军建立联系？"

曾玉彪说："当然有必要了。将来他们一旦打进胶州城，我们的生命与财富受谁保护？与他们建立密切的联系，便是为我们留下一条后路。另外，将来我们还可以借捻军之手打压现任州署官员，以报禁烟之仇。张廷扬不赶走，曾府将永无出头之日。换了知州，曾府方有可能重操旧业，东山再起。"

庞金来恍然大悟，说："你分析得有理。捻军虽是朝廷的敌人，但与我们未必不能成为朋友。我们应该找时机发挥捻军的作用，为我所用。"

曾玉彪说："你明白就好。近期你带上些银子，悄悄地回老家一趟，通过各种关系和渠道，去巴结一下张乐行。告诉他，胶州的曾府愿与他们结交朋友，也请他们在关键时刻高抬贵手，予以庇护。"

"我马上准备返乡，保证完成任务。"庞金来说。

"记住，一定要谨慎行事，注意保密，不可向任何人暴露我们的意图，以免招惹些麻烦，成为众矢之的。"曾玉彪神情严肃地说，"你速去速回吧，免得夜长梦多。"

庞金来说："您放心吧，我一定全力办好。"

第二天一早，庞金来便骑了一匹快马，独自一人踏上了返乡的路程。

就在庞金来走后的第五天，曾太太的心绞痛病忽然再次发作，曾晋福先后请了两个郎中来府中诊治，结果都未见成效，曾太太最终驾鹤西去。为此，曾晋福悲痛万分，痛骂曾玉彪不孝，说老伴的不幸离世，完全是被儿子曾玉彪气死的。而曾玉彪却把仇恨记在了刘金桂身上，他悲愤地对夫人说："若不是刘金桂勾结官府断了我的财路，并将我抓进大牢，母亲岂能急火攻心，病入膏肓，这么快就离开人世？这个仇我迟早要报！"

曾夫人劝他说："冤冤相报何时了？你还是收敛一下自己，踏踏实实地过日子吧。"

"这口气我咽不下去啊！"曾玉彪擦了一把眼泪说。

将曾太太安葬后，曾晋福大病一场，元气大伤。他好长时间寡言少语，不跟外人接触与交流。

咸丰十年（1860）初春，胶州城忽然传言四起，纷纷传说捻军不久就要掳掠胶州城了，一时间闹得人心惶惶。

晚上，石清梅正在给刚满一岁的三儿子寿恭喂奶，她问刘金桂："听说捻军要攻打胶州城了，是真的吗？"

"目前都是些传闻，谁知道捻军何时打过来？"刘金桂说。

"听说捻军挺凶的，所到之处，烧杀抢掠无所不做。用不用让我和妈带着孩子们先回老家躲一躲？"石清梅担忧地说。

刘金桂说："我听老家过来的人讲，为防止捻军入侵，招远县令正在发动各村乡绅与民众沿村外围兴建土墙，以实行防御和自保。咱邻村高家庄子通过集资的方式，筹集了一笔款子，已经开始破土动工了。所以，这个时候回老家躲避也怕没用。"

石清梅说："照你这么说，现在躲哪也不太安全呗?"

"是这么回事，目前捻军行踪不定，忽东忽西的。据说山东及周边的几个省，都是他们重点掳掠的对象。你们暂时哪儿也别去，在这里有我照顾还方便些。从今天起，孩子们不准独自一人上街玩耍，你要看紧一点。"

石清梅担忧地说："我知道了。可州署怎么一点不着急呢?"

刘金桂说："你啊还是少操点心吧，据说州署早就在策划修城防御的事了。"

他们正交谈着，张飞毛敲门进来，说："刘掌柜，刚才一个衙役送来一封信，要我亲手交给你。"

刘金桂迅速拆开，是张廷扬知州的来信，来信请他连夜去趟州署，说是有要事商谈。

刘金桂不敢怠慢，立刻与张飞毛策马去了胶州州署。张飞毛在州署的大院拴好了马，静候在门外。很快，一名差役将刘金桂迎了进去，单独去了张廷扬的书房。张廷扬热情地迎上前握手，说："深夜烦扰刘掌柜，很是抱歉。"

"承蒙张大人厚爱，小民不胜荣幸。"刘金桂说。

进了张廷扬的书房，原来商会会长法四爷、副会长兼武馆馆长王懋勋已经先他一步到了这里。

大家相互打了招呼，然后落座。张廷扬说："深夜请大家前来议事，多有叨扰。敝人来胶州任职之后，与商会的法会长、王副会长还有成文堂的刘掌柜打过几次交道，令我印象深刻，你们的品行着实让我钦佩不已。我们现在算是故交了。今天邀请你们几位来，主要是想商量一下抵御捻军的对策。你们可能听说过了，前些年，在安徽出现了一股捻军，他们打着反抗朝廷的旗号，将一些不法之徒组织起来，打家劫舍，流窜于鲁、豫、苏、皖等省地，重点打击士绅和官府，所到之处烧杀抢掠，粮食及其他财宝被掳掠一空。他们还与太平军相互勾结，互为犄角，对朝廷造成严重的威胁，给老百姓带来深重的灾难。为此，朝廷要求各地官员组织官兵和百姓迅速采取有效的御敌措施，最终彻底剿灭捻军。各位是胶州的商贾大户和开明人士，见多识广，不知你们有何御敌良策?"

法四爷说："其实，对于捻军我早有耳闻，没想到他们会发展得这么快，短短几年时间就发展成为几十万的大军。目前捻军猖獗，形势危在旦夕，您作为胶州的父母官，爱国忧民，积极筹划御敌对策，正是我们所思所盼的。"

王懋勋说："捻军不除，不但官府深受其害，而且，我们这些富商绅士也首当其冲，全城老百姓的人身财产安全都将受到严重的威胁。我王懋勋与捻军势不两立，打击捻军我举双手赞成。"

"要说御敌对策，听说招远知县已经着手部署，发动一些富裕的村庄正在修建围墙，并训练村民，随时准备抗拒捻军。胶州可否围绕古城建设一道坚固的城墙，用以守城御敌呢？"刘金桂说。

"你的想法很好，正体现了朝廷'卫城固防'的防御战术要求。"张廷扬说："清廷现在一方面正在组织武装对捻军进行围剿，另一方面提倡各地修建围墙，固守防御。只是，修建围墙，耗资巨大，州署又没有这样足够的财力，我正为此发愁呢，所以先邀请诸位前来商洽，以寻求解决办法。"

法四爷说："想必张大人已经拿出了修建城墙的方案了。"

张廷扬说："是的，方案是有了，但不好实施啊。"说着，他拿出一份文稿，递给法四爷。

法四爷迅速浏览了一下，又传给王懋勋和刘金桂看了看。

三个人简单地商议了一下，法四爷说："只要州署有安排，我们几个将尽己所能，全力支持。"

张廷扬说："不光需要你们的支持，还需要得到胶州多数富商豪绅的支持啊！修建城墙，是个大工程，耗费巨大，事关全城老百姓的安危。我希望胶州商会能够充分发挥你们的纽带优势，带动更多的人出力献策，帮助州署分忧解难。当然，也希望各位富商在修建城墙这件事上带个头，发挥好领头雁的作用。"

"修城墙，御捻军，是胶州全体百姓的福祉。我们胶州商会有义务有责任积极参与，尽上一点绵薄之力。"法四爷说。

王懋勋与刘金桂也都表示愿意带个好头。

张廷扬说："我要的就是你们这个态度，明天上午召开修建城墙抵御捻军动员大会，届时请诸位多捧场。"

"我们会尽力的。"法四爷说。

第二天上午九时，胶州四十多位富商和绅士齐聚胶州商会的会议大厅，张廷扬知州慷慨激昂地做了动员讲话，他说："今天是一个特殊的日子，把胶州富商和各界名流都召集在一块儿，主要是共谋修筑城墙抵御捻军的大计。众所周知，嘉庆年间，山东、江苏、河南交界的地方形成了一个民间武装组织捻军，他们没有稳固的根据地，具有很强的流动性，原来靠抢劫县城仓库和富豪为生。后来，由于官府的围剿，他们所处的困境愈加艰难，便开始东逃西窜。所到之处，无论穷富，所有财产抢劫一空，稍有反抗，即被杀死。尤其是在攻破县城和城镇后，他们会将房屋烧毁，将年老者全部杀死，壮年男丁随军使用，为官府和老百姓所深恶痛绝。"

张廷扬的话音刚落，会场上立刻引起一片议论声音。法四爷说："捻军不光仇视清廷，还把我们商贾大户和绅士作为主要的掳掠对象。为了保护我们的家人及辛辛苦苦积攒的这点基业，必须积极行动起来，做好防御工作。"

"誓与捻军不共戴天！阻止捻军侵扰胶州！"王懋勋振臂高呼口号。

与会人员也跟着高呼起来，会场上一片群情激昂。

停顿了一会儿，张廷扬激动地说道："大家安静！抵御捻军事关各位的切身利益，我们必须同仇敌忾！根据朝廷'卫城固防'的防御方针，州署决定，近期内环胶州古城修建一条土圩青砖围墙，规划设计：土圩总长二十七里，城墙高二丈五尺，厚一丈二尺，池阔二丈五尺，池深一丈二尺。因为工程量浩大，单靠州署的财力难以完成，真诚希望诸位商贾大户和绅士们积极参与和支持围墙修建工程。我提议，支持的方式有两种：一是捐款集资，每个富裕大户捐款白银三百两，一般商户五十两；二是认领五十丈的小段建设工程，按照州署统一标准修建好。大家可以任选一种。市民认领后剩下的工程由州署负责建设完成。"

会场上各位富商大户面面相觑，没有言语，一时鸦雀无声。

法四爷见此，首先打破会场沉默，高声说道："我愿捐献白银三百两。"

王懋勋高举右手，说："我认领五十丈的建设工程！"说完，去前面的桌子上签了字。

刘金桂快步走到台前说道："我认领五十丈的建设工程！"

在他们的带动下，商户们纷纷到桌前认领捐款或工程。

曾玉彪坐在会场的一角，一直沉默不语，一同前来的曾晋福见其他人都有所行动，焦急地问儿子："我们怎么办？"

"您决定吧。"曾玉彪有自己的盘算，说："实在不行，咱也认领一段工程好吗？"

"我看行，你认领吧。"曾晋福说。

曾玉彪从角落里走了出来，说："我也认领五十丈的建设工程。"

陆续有近四十位商户捐款或认领工程。

签字仪式结束后，法四爷与王懋勋、刘金桂带头鼓掌，张廷扬向入会人员深鞠一躬，以表谢意。会场上出现一派热烈气氛。

曾晋福与曾玉彪回到家中，曾晋福说："这土建工程量挺大的，时间比较紧，才给一年的时间。我们既然认领了，就要认真对待，及早筹划，抓紧施工建设，别扯了大家的后腿，丢了咱曾府面子。"

曾玉彪说："爹，您放心，别人能干的，咱就能行。只是物料和人工的费用您要早点备好。"

"那是自然，我负责筹款。你带人去现场看看，按规划标准筹划好。"曾晋福说。

"我知道了。"曾玉彪说。

曾玉彪辞别了父亲，回到了济生堂大药店，心里惦念着庞管家，他怎么回去这么长时间不见音信呢？与捻军联络上了没有？他烦闷地沏了一壶大红袍，慢慢地品味。说来也巧，说曹操曹操就到，正在这时，门开了，只见庞管家风尘仆仆地走了进来，说："对不起，曾掌柜，此行顺道回了趟老家，父母一再挽留，就住了一段时间，耽搁行程了。"

"没关系，老人家身体可好？"曾玉彪问。

"老父亲身体尚可，老母亲则体弱多病。"庞管家说。

"年岁不饶人啊。定期往老家捎点银子，别耽误了老母亲治病。"曾玉彪说。

"谢谢曾掌柜的关心。"庞管家说。

曾玉彪起身将门关好，问他："事情办得怎么样？"

"还算顺利吧。我通过一个在张乐行身边当差的朋友介绍，拜会了张乐行，把三百两银子亲手送给他。还把您的情况与意愿跟他说了，他听了十分高兴，说鲁南区域包括胶州这些地方，他们迟早会攻打过去，到时，他会对曾府给予特殊关照。但是，他要求咱们提前提供一份胶州城防图和胶州重点商贾大户名单。"

曾玉彪紧锁眉头，说："我们这样做合适吗？提供城防图，是泄露城防机密，若被州署发现，岂不要了我们的命？另外，若商贾大户一旦知道是咱们出卖了他们，他们不恨死了咱们？曾府便成为众矢之的。"

"这事由我负责出面联络，一旦出了事我自己扛着，与曾府无关。您就准备捞人就是了。"庞管家说。

曾玉彪感激地看着他说："难得你有这片忠心，以后我是不会亏待你的。你此行的消息千万要保密。州署刚开会动员，要修筑城墙，我也认领了一块工程，我们明天去现场看看吧。"

刘金桂与杨志明参加动员会议之后，当天就来到城西的工程现场仔细勘察一番。杨志明说："按照州署总体规划，这处城墙南北走向，略呈弧形，工程量很大，如何备料、施工是个大难题啊。"

刘金桂说："材料问题应该能够解决。据说附近有不少石灰窑，山上有好多黏土，河沟里细沙也不少，三合土我们可以就地取材，就地解决。但是，所需的砖要从三里河那边运送，因此，需要不少的车辆。另外，施工人员要找些有瓦工技能的人。"

"施工人员我初步考虑，主要从工夫市上雇佣一些身强力壮的季节工和瓦工，给他们一定的报酬；再从乞丐帮李斗那里借些壮劳力，让他们吃饱吃好就行，工钱就省了。"杨志明说。

"工程的事务就主要靠你了。施工中需要的花费，随时来成文堂提取。"刘金桂说，"这一大帮子人吃喝拉撒什么的都得操心，就有劳你了。"

杨志明说："您放心，我会带好他们的。"

"这项工程做得好坏，事关成文堂的声誉，一定要严格按照标准建设，确保工程质量啊！"刘金桂再三叮嘱说，"遇到什么解决不了的难题，一定要早些告诉我，咱共同想办法解决。"

杨志明说："我想将石铁蛋调过来，让他给我打个下手。他虽然离开乞丐帮多年，但在他们中仍有威信，就让他来管理这些帮工的乞丐。"

刘金桂说："行，你看好了谁，随时调过来用就是。"

没过多久，在州署官员三番五次的催促下，二十多个富商按照统一部署，陆续开工，胶州城很快涌来数千个民工，投入到城墙修建之中。

经过近一年的紧张施工，刘金桂与其他二十多家富商大部分顺利修建完工，州署负责的北段和东段工程也基本上竣工。唯独曾府的建设工程进展比较缓慢，不是因为材料不足而停工，就是因为雇工人手不够而拖延。张廷扬曾多次派人前去现场督促指导，效果均不理想。殊不知，曾玉彪这样做却是另有图谋。他不仅修筑城墙消极延期，还对州署十分敌视。为了掌握张廷扬的相关把柄，一直派人暗中盯梢他，随时搜集一些不利于他的证据。

为了早日挤走张廷扬，他暗地里起草了一封匿名信送到了莱州府，无中生有地诬告张廷扬，打着抵御捻军的旗号，借修建城墙之机，非法向胶州商贾大户摊派巨额税赋，贪污受贿，中饱私囊，胶州百姓叫苦连天，怨声载道。莱州府为了慎重起见，派人来到胶州暗中进行调查。

张廷扬似乎也听到了什么风声，但并没有太多理会。他觉得自己走得正、做得端，身正不怕影子斜，小人再造谣生非也无济于事。因此，他把主要精力用在抵御捻军的各种准备上。在全力加强城墙建设的同时，他还发动胶州的乡绅组建了由三百多名乡勇组成的团练，分别由州署的教头冷茂馨与胶州武馆馆长王懋勋担任正副团练，并聘请成文堂刘金桂负责团练的训练工作。开始，刘金桂不愿接受，他认为这些乡勇好多出自乡绅的家丁，平时散漫惯了，集结起来训练有困难，不太容易管理。张廷扬亲自找他谈话，说："大敌当前，州署没有太多的衙役可以统领，只能主要依靠团练这支民间武装与敌人斗争，这支武装队伍水平的高低，直接关系到全城百姓的安危。你自身会武术，教练水平高，又有较高的威望，因此，我再三斟酌才选聘你负责团练乡勇的训练工作，请莫要推辞。"

刘金桂见张廷扬态度诚恳，也不好再三推辞，只能应允下来。但他提出一个要求，说："这些乡勇虽多为一些乡绅的家丁，但在集中训练之时，不准任何绅士插手干扰训练事务，军纪严明，一切行动听从团练的指挥，不允许自由散漫，自以为是。"

张廷扬说："我赞成，如有非法干预团练者，本州署必将严加处置，您尽管放手训练他们。"

刘金桂说："得此尚方宝剑，我就要按章法严格训练他们。"

为此，刘金桂利用一个多月的时间，集中对三百多名乡勇进行了格斗、摔跤、射击、骑马等战术和体能训练，使这些乡勇散兵得到系统的训练，整体素质和战斗力大大增强。

这天，张廷扬与州署的其他官员，特地观摩了他们的军事训练和表演活动，乡勇们情绪高涨，训练有素，呐喊声震耳欲聋。这使张廷扬感到格外兴奋，他说："我们有这么一支训练有素的队伍，何惧捻军来犯？刘金桂真是训练有方啊！"

正当各项准备工作有序进行之时，张廷扬得到情报：咸丰十一年（1861）八月初，捻军有可能大举入侵胶州城。而正在这个关键时刻，张廷扬忽然得到他与潍县知县殷嘉树对调的命令。原来，曾玉彪得知莱州府派人暗访调查张廷扬的消息后，暗自高兴，很快派人与暗访官员取得联系，多次款待暗访官员，赠送给他们许多金银和珠宝，并再次检举张廷扬贪污受贿的行为。暗访官员得了曾玉彪的好处，便草草出具了极不利于张廷扬的结论。回到莱州府后，他们迅速向赵知府做了汇报，建议立即对张廷扬立案缉查。赵知府经过反复思考，认为张廷扬是个作风正派、清正廉洁的人，不可能借修建城墙之机中饱私囊。大敌当前，更不可草率行事。但鉴于暗访人员得出的结论，张廷扬已经不适合继续留任胶州知州一职。于是，马上向朝廷提议将其调任潍县知县，很快获得清廷批准，便迅速给张廷扬下了调令。

法四爷、王懋勋与刘金桂等人对此调令深感突然，为张廷扬的离任感到不平和惋惜，可是又无能为力。他们亲自赶赴州署，拜见张廷扬，再三进行挽留。张廷扬说："铁打的衙门流水的官。朝廷的任命，我岂敢不从？想起我在胶州任职期间，各位对我的厚爱与支持，心中十分感激。新任知州殷嘉树马上就要到任了，希望你们像支持我一样继续配合好他的工作，齐心协力，共御捻军，保护好胶州数十万父老乡亲。"

他的一番肺腑之言令大家不禁为之动容。大家依依不舍地送他上了马车，久久不愿离开。刘金桂望着远去的马车，不禁潸然泪下。他不由得为张廷扬的离任、为胶州百姓的命运而深深地担忧起来。

新任知州殷嘉树到任后，立即召见了冷茂馨、法四爷、王懋勋、刘金桂等人，一起商量御敌之对策。殷知州看上去比较儒雅，也很平易近人，只是有些优柔寡断，似乎缺乏一种果敢与魄力，为此，法四爷、刘金桂等人的心中不免有些担忧起来。

刘金桂从州署回到家中，立即召集杨志明、付秀田、郭小舟、石清梅等人一起商量捻军入侵后的对策。付秀田说："这段时间，我主张准许雇工与家眷们暂时去乡下躲避一下。过了这段风头再说。"

杨志明说："捻军行踪不定，四处流窜，乡下怕也不十分安全，当然，比待在城里相对要安全一点。"

石清梅说："昨天曾玉冰来过咱家找你，说她有个姑姑家住城外二十里地的曾家沟，她们家是个大户，生活条件不错，而且那边是山地，情况紧急时可以去山里躲藏。问咱们想去不？"

刘金桂听罢，当即做出决定，他说："这段特殊时期，我同意先把成文堂所有老人、孩子和家眷送去曾家沟躲避一下。后面一旦发生战事，除了留下几个家丁待命以外，所有雇工再迅速撤到曾家沟。"

郭小舟问："成文堂现有的设备、雕版等物资怎么处理？"

刘金桂说："暂时都藏到地下室去。并准备一些食物和水一同放到地下室，以备急需时所用。所有事务请杨志明管家统筹安排，郭小舟协助配合。"

杨志明说："我马上安排，请您放心。"

"拜托大家了！"刘金桂说。

刚安排好了家事，刘金桂就接到殷嘉树要他回去开会的紧急通知。刘金桂不敢怠慢，带上张飞毛火速赶到了州署。在殷嘉树知州的书房里，冷茂馨、王懋勋等人已经先到一步。殷嘉树站在一张胶州地图前，神态严肃地说："我刚刚接到情报，捻军将于八月七日午时赶到胶州。大家讨论一下如何迎敌。"

州署巡检、团练冷茂馨说："据可靠情报，此次捻军来袭胶州，约有五千余人，其中先头部队约有数百人。行军路线，从北郊进入，先期驻扎三里河岸边，伺机攻城。"

王懋勋说："我们团练共有三百余人，加上州署的武装力量二百多人，五百人对五千人，敌我力量相差悬殊，守城任务十分艰巨。"

殷嘉树知州说："为了避免全城数万百姓生灵涂炭，守城任务再艰巨也要全力以赴。大家看看有什么良策？"

冷茂馨说："在当前敌我力量悬殊的情况下，最好的办法就是紧闭城门，坚守不出，以守为进，全力抵抗。"

王懋勋说："坚守城池固然是一个办法，但是，目前城池建设尚有隐患。前期所修城墙大部分完工，并通过了验收，唯有曾府分担的东南段建设工程尚未完工，留下一个三丈多的缺口。就目前的情况来看，用砖砌墙已经来不及了。"

殷嘉树紧皱眉头，说："这段工程谁负主责？"

冷茂馨说："济生堂大药店掌柜曾玉彪，因为出现雇工逃散的问题，因而延误了工期。"

殷嘉树严厉地说道："不管他是什么原因，延误了工期，是犯罪行为，要以军法处置，会后马上派衙役去缉拿他。"

冷茂馨说："是！"

"城墙缺口怎么办？"王懋勋问。

刘金桂说："时间紧迫，目前土建已经来不及了，建议城墙缺口暂用沙袋填充，并配备足够的力量守卫。"

殷嘉树点点头说："我同意。"

"我还建议，在全力坚守城池的同时，还应积极御敌，可以考虑派出小股武装在城外打伏击，袭扰先头捻匪，挫其锐气，以缓解城内守军的压力。"刘金桂说，"另外，守城卫家是胶州全体百姓共同的心愿和职责，要尽可能地做好全城居民战时动员，全民皆兵，齐心协力，共御捻匪。军民同心才能战胜来犯之敌。"

殷嘉树知州听了，颇为赞赏，说："大家的意见不无道理，我们既要把重点放在守城御敌上，又要积极防御，以消耗敌人的有生力量。因此，可以选派一小股武装打一次阻击战，以阻滞敌人的进攻。具体的分工：冷茂馨、王懋勋负责组织人员将城墙缺口堵死，带领团练和州署武装坚守城池。刘金桂立即拿出一个具体的行动方案，率领部分团练去外围打一次阻击战，然后，班师回城守围。大家有什么困难没有？"

冷茂馨、王懋勋、刘金桂齐声应道："没有！"

"请大家分头行动吧！"殷嘉树命令说。

会后，冷茂馨立即派人去曾府缉拿曾玉彪，刚好曾玉彪去了乡下，捕快们只好无果而返。曾晋福为此焦灼万分，他一方面准备亲自去向殷知州解释通融一下，一方面火速派人去给曾玉彪报信，让他在乡下躲藏些时日再说。

王懋勋则迅速调集了三十多名民工，调运来一大批草包和泥沙，加紧城墙缺口的修补填充。民工们将泥沙装在草包里，快速地运到缺口处，齐整地垒好。王懋勋身先士卒，赤膊上阵，拎着百十斤的土包码垛，累得汗流浃背。民工们在他的带领下，个个如猛虎下山，奋勇直前。不足半天的工夫，三丈多的缺口便被堵死。

八月七日凌晨，冷茂馨协助刘金桂挑选了百十人的团丁，刘金桂简要地作了阵前动员。然后，带领团练的队员们跑步向胶州北郊进发。很快，他们到达北郊一条官道，在官道两边的山坡上隐蔽好。上午十二点，捻军的先遣部队二百人左右，手持大刀、长矛和火枪，进入了他们的包围圈。刘金桂大喊一声："打！"

路两边的山坡上，瞬间枪声大作，乱石横飞，直接砸向路中央的捻军。

捻军被突如其来的进攻吓得魂不守舍，仓促迎战。一时间，捻军大乱，死伤一片。

刘金桂大刀一挥，喊道："冲啊!"

顿时，团丁们手持大刀、长矛和土枪杀向敌阵，直杀的敌人溃不成军，抱头鼠窜。战场上一片混乱，尸横遍野。

这时，哨探快马来报："捻军大部队正从后面加速赶来，距此已经不足十里路。"

张飞毛建议说："咱们撤吧?"

刘金桂说："你率大部先撤，我领小部断后掩护!"

张飞毛争执不过，只好带领大部团丁先撤。

刘金桂率领十余名团丁，边打边撤，也都顺利地返回城内。东、南两座城门随即关闭。

捻军忽然遭此挫折，知道胶州守军早有防范，不敢轻易冒进，紧急退回相距胶州十五余里的王台驻扎休整。

晚饭后，庞金来与他的新搭档杨垣骑马来到距城十多里地的一个山村面见曾玉彪，曾玉彪了解杨垣的根底，知道他原来做贩盐生意，因为被官府取缔，一直对州署怀恨在心。因此，说话也不回避他。曾玉彪说："因为修城墙延误几天，殷知州竟然要治我的罪，昨天派人去曾府缉拿我，真他妈的欺人太甚!"

年近五十的富商杨垣说："当年你贩大烟时那钱来得多容易啊，只可惜被州署给掐断了财路。"

曾玉彪说："新仇旧恨啊!"

庞金来说："你当年贩私盐的生意也挺红火，不是后来也被官府取缔了?"

杨垣咬牙切齿地说："这笔账我记着呢! 要不这次我怎么能与庞管家搭伙呢?"

曾玉彪说："报仇的机会来了，咱们这次实行的是'借刀杀人'之计，要借捻军之手整垮州署，挤走新任知州殷嘉树!"

杨垣说："怎样行动，您尽管吩咐，我杨垣赴汤蹈火万死不辞!"

"好样的!"曾玉彪紧紧地握住了杨垣的手。然后，将任务仔细地交代了一番。

庞金来与杨垣受命后，不敢懈怠，立即策马奔向捻军大营。半小时后，他们来到了捻军大营门口，表示要见捻军首领张乐军。卫兵向上级请示后，又对他们搜身检查了一番，然后，带他们来到大营中捻军首领住处，见到了首领张乐军。张乐军四十多岁，面孔黑红，下巴突出。他高兴地邀他俩入席，边饮边聊。他说："我恭候二位已经多时，你们给我带来了什么锦囊妙计？"

庞金来说："我受曾府曾玉彪掌柜的委托，特地前来汇报一下有关胶州布防情况和相关建议。"

"曾玉彪的大名我早有耳闻。我来之前，张乐行盟主一再叮嘱我，来胶州后一定要特殊照顾好曾掌柜。他托你带来什么好消息？"张乐军饮了一口酒说道。

庞金来说："为了防备你们的到来，这次胶州州署作了充分的准备，切不可掉以轻心，强攻怕给你们造成重大损失。"

张乐军说："此话怎讲？"

庞金来说："一年前胶州就开始修建城墙，现在外城墙刚刚修建完毕，墙体坚固，防守严密。他们除了州署有一支武装外，还拥有一支训练有素的团练。另外，还从居民中抽调了一部分青壮年，一同参加守卫工作。你们若要强攻，必将付出高昂的代价。"

"从他们的伏击行动来看，真的不可小视他们。对此，你们有何高见？"张乐军说。

庞金来说："曾掌柜特意给将军提了一点建议，叫作'围城震慑，议和索赔'。"

张乐军自言自语地说："围城震慑，是用武力胁迫；议和索赔，才是最终目的。这个主意好，只要他们乖乖地缴上银两，又何必大动干戈、血洗古城呢？"

"打算让他们交纳多少银两？"庞金来问。

张乐军想了想说："就缴纳一万三千两白银，另加一千二百包鸦片。"

"这么多，他们能筹得上来？"庞金来问。

张乐军说："不多，这得看他们的本事了。我相信这个新任殷知州是明智的，应该能够接受。否则，那就等着敬酒不吃吃罚酒吧。我写一封信，你们给捎带回去。"

张乐军取来纸笔，一挥而就。庞金来与杨垣接过信，赶紧点头称是。

张乐军叮嘱说："你们走吧，回去时一定要小心。"

当晚，庞金来与杨垣潜回到了胶州城下，庞金来将带信的箭射向古城的南大门，见守卫士兵取走之后，俩人又悄悄地躲到城西南的杨家庙歇息去了。

殷知州接到勒索信后，十分气愤。冷茂馨、王懋勋、刘金桂等人传阅之后，都表示捻军索要这么多银两与东西，是狮子大开口。大家一致表示，暂不理会他们。

八月初十日夜，捻军见胶州州署没有答应他们的条件，便从王台向胶州城进发，当夜在城南的三里河岸边扎营。十二日，捻军攻打和占领了塔埠头口岸和水师营，并将胶州城进行合围。

合围五天后，胶州城内许多的水井干涸了，蔬菜、肉蛋、面粉等日常用品逐渐断供，难民越发增多起来，他们纷纷拥上大街小巷，沿街乞讨。店铺几乎都关了门，百姓缺米少盐，怨声载道，有的地方甚至出现打砸哄抢现象，城内出现一片混乱局面。

殷知州为此忧心忡忡，专门召集胶州有名望的二十多个乡绅召开了一个商讨会，重点讨论如何应对胶州城内日趋混乱的局面。大家讨论了半天，也没能拿出一个好的解决办法。法四爷说："大敌当前，必须立个规矩，让居民们自觉遵守各项秩序。否则，城池将面临不攻自破的危险局面。因此，官府要迅速组织一批乡勇维持治安，昼夜巡逻，发现不法分子严惩不贷。"

刘金桂说："要从根本上解决难民危机问题，官府及商贾大户，应该立刻开仓放粮，有计划地向难民分发食物，解决他们的温饱问题。"

殷知州说："各位乡绅，法会长与刘掌柜说得都有道理。现在是非常时期，除了加强安保以外，还请你们把粮仓打开，拿出一些粮食分给难民，让他们填饱了肚子，才能扭转当前的混乱局面，最终取得抵御捻军的胜利。希望大家做出一点牺牲，救百姓于水火之中，拜托大家了！"

乡绅们觉得，为了修建城墙，已经奉献了大量的人力物力和财力，现在又要他们把积存的粮食拿出来分了，心里极不情愿。因此面面相觑，没有一个站起来表态的。沉默良久，殷知州甚为失望，他叹了口气，然后宣布散会。商讨会无果而终。

待捻军围城的第五天傍晚，有一位中年蒙面汉子骑着白色骏马，手握弓箭来到城池边上，对准城墙上的一根木桩，"嗖"的一声射了一箭。正在城墙上站岗守卫的张飞毛，一眼看出，射箭人的身影很像是曾府管家庞金来。他心里嘀咕着：这个庞金来鬼鬼祟祟的要做什么？他一把将箭拔下，取下信件，赶紧上交给冷茂馨。冷茂馨迅速转交给殷嘉树。殷知州看后，脸色立马沉了下来，他沉吟了半晌，递给身边的王懋勋说："又是捻军的议和信，你们传阅一下，看看有何意见？"

王懋勋阅后，说："这是敌人的阴谋诡计，我胶州城池固若金汤，守城兵民同仇敌忾，他们奈何不了咱们，才又提出议和，咱决不上他们当！"

刘金桂说："此次捻军来信，虽然措辞上比上封信客气了许多，但是，其索要的金额一点没降。拿出这么多的银子给他们，胶州人民能答应吗？"

殷知州又问法四爷："法会长，您有什么意见？"

法四爷说："战与不战，各有利弊。战，将以牺牲我胶州儿女的生命作代价；不战，则要付出大笔的血汗钱。两弊相较取其轻吧。"

殷知州说："目前城内的情况十分糟糕，形势极为严峻，食品供应停滞，街巷诸井干涸，大批难民流离失所，怨声沸腾。再拖几日，胶州城恐怕真的保不住了。我提议，发动胶州商户按一、二、三个等级募捐筹款，第一个等级缴纳一百两银，第二个等级缴纳五十两，第三个等级缴纳三十两。如若不从，当以战时军法论处。筹款事宜具体由冷茂馨牵头负责。大家认为如何？"

"信上不是说还要缴纳鸦片一千二百包吗？"刘金桂说。

"鸦片的筹集由州署负责，从原来查获的库房里去取。"殷知州说，"大家若无异议，赶紧开始行动吧。注意，在筹款的同时，城防守卫一刻也不能松懈。"随后，殷知州修书一封，交由刘金桂派人送往捻军大营。

募捐开始后，法四爷、王懋勋、刘金桂等大户率先按第一等级认捐，并分头发动其他商户募捐，经过他们苦口婆心的劝导，多数商户表示理解和支持。到第二天傍晚，一万三千两白银终于筹集完毕。

殷知州看着箱子里的银两，感慨万千。他擦了一把模糊的眼睛，说："胶州的百姓识大体顾大局啊！我殷某在任一天，决不负你们！"为了早日解除捻军的围困，殷知州立即派冷茂馨、法四爷与刘金桂连夜赴三里河捻军大营谈判议和，捻军首领张乐军亲自出面，谈判总体上比较顺利，双方最终达成协议。按照协议约定：胶州州署当晚交付捻军白银一万三千两、鸦片一千二百包；捻军悉数收到银两与鸦片后，立即解除对胶州城池的围困，最晚于翌日凌晨开拔，退出胶州境内。

冷茂馨等人带着协议返回城后，面呈殷知州。殷知州见协议并无不妥，随即签署，并派人将装盛白银和鸦片的箱子用马车运送到捻军大营。很快，围城的捻军得到命令，撤离到胶州城外的三里河大本营。第二天一大早，捻军大部队正式撤离胶州，一路向西进发。

清晨，一轮火红的太阳冉冉升起在东方，迷雾散尽，霞光万道，胶州古城又焕发出新的生机。殷知州站在高高的城墙上，俯瞰苍茫大地，心情异常激动，忽然大声喊道："胶州的父老乡亲们，捻军被赶走喽，大家自由了！"

城下，众多士兵和百姓欢呼雀跃，奔走相告，沉浸在一片欢乐之中。

此时，站在殷知州身旁的冷茂馨并没有因此高兴起来，他忧心地提醒殷知州说："捻军实行的是黄、白、红、黑、蓝五旗军制，现在他们各行其是，行动极不协调。我们今天赶走的是捻军白旗部队，那么明天黑旗、黄旗的部队会不会来胶州？一切都是未知，我们不能掉以轻心啊！"

殷知州听了冷茂馨的进言，像被当头浇了一盆冷水，头脑一下子清醒了许多，他叹了一口气说："此次危机算是化解了，但以后能否再次遇上，只能听天由命了。"

他见大家的神情都比较凝重，于是调转话题，说道："诸位在此次抵御捻军的行动中，身先士卒，奋不顾身，表现出的大智大勇，令人钦佩！日后定当为诸位记功褒奖。大家近期都很劳累，赶快回去歇息吧。"

殷知州还单独握着刘金桂的手说："此次御敌，刘掌柜功不可没！我代表州署再次表示感谢。"

此时，刘金桂的心情轻松了许多，多日来的疲劳仿佛一瞬间化为乌有。他对殷知州说："我只是尽了一点绵薄之力而已。您也有几天没合眼了，快回去睡上一觉吧。"

刘金桂辞别了众人，与张飞毛一起匆匆赶往成文堂。

第十九回　临危不惧入龙潭　锄奸除恶驱捻贼

刘金桂从胶州州署回来，直接赶往成文堂印书坊。

作坊里，伙计们在杨志明与付秀田的指挥下，正紧张有序地搬运与布置相关的设施。

杨志明见到了刘金桂，忙走上前来，说："刘掌柜您可回来了，伙计们都在为您担心呢。"

"我没事，成文堂没出什么乱子吧?"刘金桂问。

杨志明说："近些日子，伙计们轮流值班，坚守岗位，都很尽心尽力，没出一点差错。"

"辛苦大家了。"刘金桂说，"这帮白旗捻军总算打发走了，我们印书坊可以正常恢复生产了。"

"可是，有外界传言，白旗捻军拿着巨款一走了事，后面的其他捻军还有可能进犯胶州，不知是真是假?"杨志明有些担心地问。

刘金桂说："现在还说不准。不过，形势依旧很严峻，各路捻军行踪飘忽不定，随时都有可能再犯胶州，我们不得不提前做好相关防备。此事以后再议，大家先忙去吧。"

杨志明说："您也赶快回家歇息吧。刚才，我已经派人去接夫人他们了。"

刘金桂说："我不累，跟大伙一起干吧。"说着，挽起衣袖与伙计们一起忙活起来。

待大家准备开工的时候，忽然听见门外传来马车刹车的声响。杨志明对刘金桂说："应该是夫人他们回来了，我们出去看看吧。"说着，急步跑向门外。

一会儿，石清梅招呼着一大家子人下了马车，回到了家里。十一岁左右的刘寿山、九岁大小的刘寿楠，还有三岁多的寿恭一见到父亲刘金桂，一齐簇拥过来。刘金桂看着他们一个个生龙活虎、天真活泼的样子，心中悬着的石头一下子落了地。孩子们看见多日不见的父亲依然威风凛凛，都格外兴奋，寿恭搂着他的脖子不松手。石清梅说："你们快让开，让你爹洗把脸，好好休息一下。"

刘太太端详着刘金桂悄然变黑的脸色，心疼地说："这才几天的工夫，就晒成这个样子。不过，能平平安安地回家就好啊！"

在济生堂大药店的茶室里，庞金来将一个盒子交给曾玉彪，说："这三百两银子是捻军首领张乐军给您的报酬，请您过目。"

曾玉彪打开盒子看了看，说："才给这么点银子，捻军也够抠门的。分给你一百两吧，够不？"

庞金来说："我不需要，您留着用吧。"

"那可不行，必须拿着！"说着，曾玉彪亲自点了一百两银子装在袋子里，递给了庞金来。

"谢谢曾掌柜！"庞金来恭敬地说道。

曾玉彪又给庞管家沏了一杯茶，说："这次捻军来胶州，他们只掳掠了点银子带走了，对于州署和众多商户，还没有伤到筋骨，尤其是让成文堂逃过一劫。"

"成文堂不光逃过一劫，刘金桂现在还成了御匪大英雄了，他的名字在整个胶州城已是家喻户晓了。"庞管家说。

曾玉彪从鼻孔里"哼"了一声，说："我看他们高兴得有点太早了！"

"此话怎讲？"庞管家问。

曾玉彪神秘地说："你知道捻军实行五旗军制吗？这次侵犯胶州的是白旗部队，我们何不再邀请其他的捻军造访？再来折腾一次，胶州州署怕是要崩溃的，成文堂也要彻底遭殃。"

"这样做合适吗？胶州百姓要是知道咱与捻军继续勾连，能饶了咱？"庞管家有些担忧地说。

曾玉彪说："有什么不合适的？我因为修城墙延误了工期，新任的殷知州竟然要缉拿我，多亏老爷子亲自出马，去跟殷知州反复解释和求情，并交了四百两银子罚款，才暂时放了我一马。看来，这个新来的殷知州也不比张廷扬好到哪里去，我们必须借捻军之手打垮州署，赶走殷嘉树！"

庞金来说："谁让咱不好过，咱就让他不好受。"

曾玉彪满意地点了点头，说："我就是需要你这样忠诚老实又智勇双全的管家。"说着，从抽屉里拿出两根金条，递了过去："你拿去，补贴点家用。"

庞金来受宠若惊地摆着手说："银子我收下了，这个我不能要。"

曾玉彪以不容置疑的口吻说："拿着吧，跟我曾玉彪干，不会让你吃亏的。"

庞金来双手接过金条，说："您有什么要求尽管吩咐，我庞金来为了曾府的荣誉愿意两肋插刀。"

曾玉彪笑笑说："回去休息两天，后面你去捻军黑旗部队找他们的首领温凤磊联系一下。"

"好的。"庞金来手里端着金条，像抱着一个刺猬似的，慌慌张张地溜出门外。

胶州百姓和平安稳的日子刚过了还不足一个月，州署便得到了一个令人惊诧的坏消息：黑旗捻军将于近日过境入侵胶州。莱州知府指示他们，要全力做好御敌准备。于是，殷知州要求冷茂馨、王懋勋、刘金桂他们，立即集结团练队伍和衙役的武装，进行相关训练。

晚上，刘金桂召集杨志明、张飞毛、付秀田、郭小舟等人一起聚集在书房商讨防御计划。杨志明说："我听说黑旗首领温凤磊脾气粗暴，性格强悍，是个杀人不眨眼的刽子手。黑旗部队所到之处，烧杀掳掠，极其凶残。"

付秀田说："看来胶州百姓这次凶多吉少了，我们要赶紧做好相关防范准备。"

刘金桂语气沉重地说："这次我们面临的形势将更加严峻。上次与捻军议和，从各商户拿走了大笔的银子，这一次再筹集银两，恐怕难度很大。而现有的区区数百人的武装，岂能抵挡住近万人的黑旗捻军？硬与他们对抗，无异于以卵击石。因此，我们要做最坏的打算。我考虑，近几天要把雕版印刷设备和相关财物再次搬到地下室掩藏好；成文堂所有老人儿童与家眷尽快去乡下躲藏；同时，我已经与曾玉冰打了招呼，由郭小舟负责带领几个家丁帮助徐府的人一并撤离。成文堂留下部分身体健壮的伙计，化装成难民，分散在成文堂周围做好守护工作。同时，至少准备好一周的水和食物，以备急需。"

付秀田说："我想近期先把成文堂书铺的牌匾摘下藏起来，不知可否。"

"所有的牌匾全部摘下藏好，决不能落于捻军之手。"刘金桂说。

杨志明说："我马上安排好。人在，成文堂就在，誓与成文堂共存亡。"

付秀田说："家里的事您尽管放心，我们会妥善安排！您在外面可要倍加小心啊，成文堂的弟兄们等着您平安归来。"

刘金桂沉思片刻，双手一拜说：“如果我万一遇到不测，战后希望杨管家和付师傅能辅助我的长子刘寿山，把成文堂继续做下去，把雕版印刷的事业传承下去。拜托了！”

杨志明与付秀田听后不禁潸然泪下。杨志明说：“掌柜的，您的话我们铭记在心。但我们相信您一定会平安归来！”

付秀田说：“我们誓与成文堂同生死共命运！”

刘金桂交代完毕，辞别了家人，与张飞毛策马奔向州署。在路上，刘金桂与西行的庞金来和杨垣打了个照面，二人装作没有看见，低头向前策马飞奔。刘金桂心里嘀咕着：“这个时候寻常百姓都忙着备粮或藏身，他们两个却像在大街上侦察什么，不知意欲何为？”

原来，庞金来与杨垣不久前拜会黑旗首领温凤磊后，将曾玉彪的邀请转告给他。温凤磊表示：听说胶州是个富庶之地，他正有意成行。并请庞金来转告曾玉彪：捻军破城后，曾府与杨垣的财产均可受到捻军保护。但是，要求他们必须提前提供胶州城防情报和各富商大户的粮仓及财产情况。为此，庞金来与杨垣正在四处紧张地搜集相关情报。

刘金桂来到州署后，冷茂馨、王懋勋等人都已经到齐。殷知州忧心忡忡地问大家：“此次御敌，大家有几成的把握？我的心里怎么像敲鼓似的慌得很。上次白旗捻军来犯，讹了那么多的银子，各大商户和百姓几乎拿出了自己的家底。这次黑旗捻军若再要银子，胶州的百姓能答应吗？我们从哪里弄银子去？”

“再要银子就麻烦了，居民们根本拿不出来。我们应该提前有思想准备。”王懋勋说。

刘金桂说：“且不管有几成的胜算，重要的是我们有没有守城的坚定决心与御敌的勇气。”

王懋勋说：“目前团练士气总体上不是很高，主要是因为部分绅士随意抽走自己的家丁，不按规定训练，造成军纪涣散。”

殷知州皱着眉头说道：“团练是我们御敌的主要依靠力量，若一盘散沙，这仗还怎么打？还怎么守得住城池？冷巡检，你们要抓紧整顿军纪！”

冷茂馨为难地说：“这些兵勇原来大部分是地方乡绅的家丁，而众多乡绅各自为政，根本不听调遣。对此，我只能尽力去协调。”

殷知州怒斥道：“对不听指挥的乡绅，按军法处置，杀一儆百，严肃纪律，尽快增强团练的凝聚力和战斗力。以后就是有天大困难，也要把团练这支队伍管起来，否则，我们将死无葬身之地！"

冷茂馨大声回应："明白！"

"战时，州署的衙役、捕快等所有武装力量要全部上阵，临阵脱逃者，格杀勿论！"殷知州又高声喊道，"另外，要发动居民做好战争准备，多储存一些食品和生活用品，并想方设法做好他们的安抚工作。大家分头行动吧！"

咸丰十一年（1861）六月十九日下午，黑旗捻军在接到曾玉彪提供的胶州城防情报和其他重要资料后，在庞金来与杨垣的引领下，从东北方向进入，浩浩荡荡地向着西南方向的胶州城进发，队伍沿途迤逦十余里。半夜时分，黑旗捻军正式在三里河畔扎营。当晚，捻军首领温凤磊与庞金来、杨垣彻夜长谈，了解了很多官府和民众的相关情况，并积极采纳了他们提出的攻城建议。第二天早饭后，温凤磊首先指使黑旗捻军将胶州城包围起来。上午十时，杨垣策马来到南城门外，用弓箭将一封劝降书投射到城内。殷知州与法四爷、冷茂馨、王懋勋、刘金桂等人传阅劝降书后，大家异常气愤。法四爷说："黑旗捻军竟然要我们无条件投降，主动打开城门，以礼迎接捻军，并缴纳一万两白银和大批粮食。否则，要将胶州城彻底荡平。真是好大的口气啊！"

"果不其然，捻军还想勒索一万两白银，我们上哪弄去？"冷茂馨为难地说。

殷知州说："敲诈勒索，无耻之徒！"

刘金桂说："黑旗捻军把我们当成任人宰割的羔羊，真是白日做梦！"

王懋勋涨红着脸说："休听捻军那一套，今天不是鱼死就是网破，我们誓将与贼寇血战到底！"

殷知州慷慨激昂地说："我尊重大家的意见，坚守城池，视死如归，决不投降。大家各就各位，准备御敌吧！"

城墙上，将士们群情激昂，严阵以待。捻军见劝降不成，便开始发动攻城，先是摇旗呐喊，接着万箭齐发，雨点般朝城墙上的卫士射击。与此同时，捻军纷纷将云梯架在城墙，安排攻城手攀城。官兵们奋勇抵抗，扔石块的扔石块，放箭的放箭，给攻城捻军以重创。

温凤磊见城池久攻不下，有些着急，赶紧命身边的人找来庞金来和杨垣，请他们帮助拿主意。庞金来犹豫半天后，终于下定决心，指着东南边一处城墙说："东南角的城墙，原来有个缺口是临时用沙袋垒建的，相对比较薄弱。

你们可以集中土炮进行轰炸，打开那个缺口后，便打开了通往城里的通道。"

一席话提醒了捻军首领温凤磊，他立刻命人集中三门火炮向东南角那个缺口发射炮弹。顿时，城墙上的几名守卫士兵被炸飞，沙袋垒起来的城墙开始坍塌。捻军趁机放上梯子，蜂拥而上。王懋勋一看形势危机，亲自手执大刀，直接杀向登上城墙的捻军，他左劈右砍，越战越勇，一会儿的工夫，四五个捻军被他砍死。正在这时，有一个身体健硕的捻军闪到他的后面，用长矛用力刺向他的后背，王懋勋忍着钻心的巨痛，双手挂着大刀，用力挺直胸膛，鲜血从他坚毅的嘴角慢慢渗出。

"爹——"王懋勋三十岁出头的儿子王国梁大叫一声冲了过来，一刀砍掉了父亲身后那个捻军的头颅，边杀着捻军，边扶着父亲后撤，在他的身边，很快有五六个捻军倒下。忽然，有一支冷箭直射入他的胸膛，他一个踉跄，昏倒在父亲的脚下。王懋勋坐在地上，手握着儿子的手，说："儿子，好样的!"说完，倒在儿子的身边，父子双双为守卫胶州献出了宝贵的生命。

在混战中，团丁们不畏牺牲，奋勇杀敌，与敌人厮杀得难解难分，许多捻军或被推到城下，或被杀死。城墙上刀光剑影，血流成河。刘金桂与张飞毛相互配合，越战越勇，有几个捻军的头颅被他的打狗棍打得头破血流。但是，终究寡不敌众。刘金桂对张飞毛说："我来掩护，你快去护送殷知州撤退。"

张飞毛说："我来掩护，你去!"

刘金桂喊道："别争了，服从命令。"

张飞毛只好撤出阵地，沿城墙向西飞奔，扶着疲惫不堪的殷知州下了城墙，从城西门逃出。

这时，刘金桂看到东南城墙已经打开一个缺口，很快城南门也被捻军打开，数千名捻军蜂拥而至，很快挤满了大街小巷。他知道胶州城池已经守不住了。于是，他沿着城墙疾步奔向敌人力量薄弱的西城门，纵身一跃，跳下城墙，翻越池桥，向后山跑去。

正在捻军侵占胶州古城一个小时前，云溪书铺的雇员高小鹏急匆匆地赶到成文堂，面见了杨志明，他偷偷地告诉杨志明说："听人说，胶州城池怕是守不住了。曾玉彪指使他们在云溪书铺门前上方挂了三个红灯笼，他觉得很纳闷，就问曾玉彪这么做是为什么，曾玉彪说，你什么也别管，到时候捻军来了也甭担心，只管睡大觉就是。因此，我琢磨着，挂三个灯笼可能是受捻军保护的信号。"

杨志明说："你提供的情况很重要，但是不要向任何人讲这件事。你现在赶快回到云溪书铺去。"

高小鹏说："知道了。"说完，又悄悄地溜回了云溪书铺。

高小鹏走后，杨志明立刻命人在成文堂的门楼上挂起三只红灯笼。

这时，杨志明看到大街上满是奔跑的混乱的人群，他立刻意识到捻军进城了。他二话没说，跑进成文堂，指使伙计们在成文堂四周散开，进行暗中保护。

捻军进城后，立刻开始掳掠各商贾大户的粮食和财产，稍有反抗，就将这些商户杀死，扔到街头。他们还沿街烧毁了大量的商铺。一时间，胶州城内火光冲天，浓烟滚滚，妇幼啼号，鸡飞狗跳，到处弥漫着血腥味、焦煳味混合而成的令人作呕的烟瘴。

忽然，一支捻军小分队走到成文堂书坊前朝里张望，躲在近处的杨志明的心一下子提到了嗓子眼。他们乱哄哄地刚要闯进屋里抢劫，只见一个高个子的捻军小头目指着头顶上的三个大红灯笼，吹了一声口哨，其他的捻军立刻撤了出来，并随着他向远处跑去。杨志明与伙计们紧张的情绪方才有所缓解。这时，他们看到前面不远处有个布绸店被抢了，捻军将抢来的布绸装了一大马车，准备运走。杨志明对身边化装成乞丐的几个伙计说道："你们几个守在这里别动，我去住宅的大门看看。"

傍晚，刘金桂艰难地登上了北面的后山，在一座破庙里找到了殷嘉树知州，只见他官袍破碎，满面灰尘，愁眉苦脸地坐在破败不堪的院落里。二人相见，都十分激动。殷知州告诉他，王懋勋与王国梁父子均已殉难，冷茂馨身负重伤，不幸被捻军俘虏。团练的士兵大部死伤，只有二十余人逃了出来。据哨探报告，捻军进城后烧杀抢掠，无恶不作，众多富商与百姓惨遭杀害。黑旗捻军首领温凤磊攻进胶州城后，直驱内城州署，抢占了州署的元昌楼，作为捻军的临时指挥部。殷知州一边介绍情况，一边望着胶州城上空的浓烟，痛苦地喊道："我有罪啊，我愧对胶州的父老兄弟！我只有以死来谢罪！"说完，起身撞向庙前的一根柱子。

刘金桂手疾眼快，一把将其拦住，说："殷知州，莫要过于自责！"

殷知州求死不成，抱着刘金桂的肩膀痛哭呜咽起来："兄弟，你让我死吧，我无颜面去见胶州百姓啊！"

刘金桂将他扶到石凳上，说："殷知州，大敌当前，胶州的百姓正处于水深火热之中，你可不能做傻事，扔下大家不管了！当务之急，是尽快想办法拯救他们！"

殷知州听了他的话，情绪逐渐冷静了下来，他说："目前只有身边这二十多个衙役了，许多人还受了伤，我们怎么去救啊？"

刘金桂深思了一会儿说道："不知您把胶州的遭遇向莱州府报告了没有？"

殷知州说："下午我已经派出快骑去了莱州府，请求上级官府尽快调兵驰援胶州，可到现在尚无一点音讯。"

"后山上这二十多号人有东西吃吗？"刘金桂问。

殷知州说："没有。后山上除了有股山泉可以解决吃水问题外，其他的一无所有。"

刘金桂说："我马上带几个兄弟到乡下去弄点吃的，你们先稍等一会儿。"

殷知州说："有劳你们了！"

刘金桂带上三个差役，化装成普通老百姓，匆忙翻越后山，来到了山脚下的转山屯村。这个村的李员外曾请成文堂刻印过宗谱，与刘金桂有过一面之交。刘金桂对他的印象不错，决定请他出面帮忙。当他轻轻地拍打李员外的大门时，院子里猛地窜出一条大黑狗，朝着门外狂吠。狗吠声惊动了李员外，他出来从大门缝向外一看，见是刘金桂一行，迅速将狗拴好，将他们请进家中。刘金桂说："深夜来访，多有打扰。您也知道，现在胶州城已经被捻军攻占，我外逃的数十位兄弟一整天没有吃东西了，肯请李员外帮忙弄点吃的。"

李员外闻说后，当即表示："您与团练的官兵为了守护胶州百姓，置生死于不顾，同捻匪浴血奋战，令我佩服至极。我也帮不上什么大忙，家中尚有几袋米面，你们一并拿走。"

刘金桂十分感动，说："您的义举，我将如实向州署报告，我代表山上的兄弟们感谢您！"

李员外说："目前形势不同寻常，我就不挽留你们了。你们路上一定注意安全。"

刘金桂辞别了李员外，四个人每人扛了一袋子面粉或大米，按原路返回后山。路上，刘金桂警惕地观察四周，见没有异常，才带领大家回到了山上的破庙。

殷知州见了他们，欣喜万分，亲自帮忙从刘金桂的肩上接下米袋，说：
"太好了，大家有吃的了！真是辛苦你们了！"

有几个擅长厨艺的差役，一起动手，在小庙里支了一口铁锅，熬了一锅
大米饭。

大家吃饱喝足后，临时铺了些干草，挤在庙里安歇下来。

晚上，刘金桂觉得闷得慌，就在庙外屋檐下面的石板上铺了些干草，权
作床铺。他躺在上面，望着满天的繁星，思虑万千。他在担心：乡下的亲人
和成文堂的员工有没有受到捻军的伤害？成文堂的财产有没有受到捻军的洗
劫？冷茂馨被俘后，现在什么样了？城内猖狂的捻军何日才能停止洗劫？一
连串的问号萦绕在他的脑海，使他久久难以入睡。他索性倚墙坐了起来，注
视着南面的胶州古城，默默想着自己的心思，忽然有一个大胆的设想逐渐在
脑海里形成。身旁的张飞毛见刘金桂没睡，也坐了起来，说："东家，您劳
累一天了，怎么还不休息？"

刘金桂说："我马上就睡，你也抓紧时间睡吧，明天还要跟我执行一项
任务。"说完，倒地便睡，一会儿发出轻微的鼾声。

第二天天刚蒙蒙亮，刘金桂睁开眼睛一看，见殷知州正独自一人在院子
里散步。他起身上前，望着殷知州布满血丝的眼睛，问道："知州大人昨晚
睡得怎么样？"

殷知州摇摇头说："头疼得跟锥子扎了似的，就是睡不着。你睡得怎么样？"

"我上半夜没睡着，下半夜睡得挺香，一觉睡到天明。"刘金桂向四周巡
视一番后，说："我昨晚想了一条御敌对策，不知可行不？"

"赶快说来听听。"殷知州急切地问。

刘金桂说："我昨晚琢磨了半宿，现在胶州城里，捻军烧杀抢掠，异常
猖獗，众多百姓身受其害，等着上面官府派兵来解救，怕是指望不上了。即
使他们来了，也为时已晚，胶州城将很快被洗劫一空。从敌我双方的力量上
分析，更是无法相提并论。但是，我们可以打破常规，出奇制胜。目前，黑
旗捻军刚刚破城成功，必然自满骄纵。加之捻军军纪涣散，捻军个个都忙着
抢掠东西，基本处于一种无组织、无纪律的状态。我们何不趁此机会，派几
个精兵强将，去刺杀捻军首领温凤磊？到那时，群龙无首，捻军内部必然生
乱，最终将不得不早日撤出胶州城池。"

殷知州紧锁眉头，思考了一会儿，说："此计甚妙，擒贼先擒王，让其

群龙无首。只是此事风险很大，谁能担此重任？"

刘金桂说："为了拯救胶州百姓于水火之中，我甘愿冒此风险。若不成功，便杀身成仁！"

殷知州激动地握着他的手说："你是胶州百姓的救星和英雄啊！我等着你成功的消息。为了助你一臂之力，我给你选派个助手协助你。他是我身边的护卫范全杰，会些武功，跟随我多年，忠诚可靠。尤其是他对州署及元昌楼的地理环境比较熟悉，做你的助手比较合适。其他人选你自己找，如何？"

"您推荐的人肯定没错，一会儿让他见我。我这里还有家丁张飞毛，我们三个人足够了。"刘金桂说，"到时，我们进行分工合作，保证完成此次任务。"

"还有一项任务交给你们。据可靠情报，胶州曾府的管家庞金来及当地富商杨垣已经做了捻军的奸细，向他们提供了不少的城防情报，内勾外联，犯下了不可饶恕的罪行。此次行动，若有机会要将他们一并就地正法。"殷知州说。

"坚决执行命令！"刘金桂说。

刘金桂、范全杰、张飞毛一起吃了早饭，交流了一番行动计划。然后，他们装扮成樵夫，挑着柴火来到了山下，一会儿走到城西大门。大门外有两个站岗的捻军手执长矛，警惕地拦住了他们。走在最前面的范全杰说："兄弟，我们是去州署给贵军送柴火的。"

"接上司命令，为防止不法之徒混进城里，所有外来人员一概不准进城。"其中一位捻军高声嚷道。

刘金桂从后面凑了上来，说："兄弟，这些柴火若不及时送到大营，我们可要受罚的呀，请兄弟们行个方便。我带了只鸡，兄弟拿去炖了喝酒去吧。"说着，将两只公鸡递了过去。

守卫捻军接过公鸡，立刻痛快地说道："别啰唆，赶快进去吧。"说着，给他们打开了城门。

刘金桂一行走到城隍庙前街的时候，不由得加快了脚步。当他们走到成文堂大门前时，看见有几个乞丐横七竖八地躺在门前睡觉，成文堂似乎完好无损。刘金桂心里亮堂了许多。佯装睡觉、实为站岗的石铁蛋，一眼认出了担着柴火的刘金桂，他一骨碌从地上爬了起来，迎上前去，刚要开口，刘金桂赶忙朝他摆了摆手。于是，他俩单独来到成文堂旁边的胡同里。石铁蛋告诉刘金桂，成文堂至今尚安然无恙，留下值班的伙计们也都好好的。听到此话，刘金桂心里悬着的石头终于落了地。这时候，杨志明闻讯赶过来，告诉刘金桂说，从昨晚开始，一支捻军由庞金来和杨垣等人带队，挨家挨户清查参加团练的兵勇与家属，已经抓走了二十余名团练士兵的家属。许多富商慑于捻军的淫威，不得不向捻军妥协投诚，给钱送物，还帮助捻军生火做饭。有的商户被逼着打开粮仓，给捻军提供粮食。

"庞金来与杨垣果然是捻军的奸细与走狗！"刘金桂气愤地说。

"不仅如此，我还听说就是他俩将黑旗捻军招来胶州的，并充当狗头军师，致使捻军选准了城墙的突破口，最终把城池攻破了。"杨志明说。

"狗日养的，简直是罪不可恕！他俩现在何处？"刘金桂问。

杨志明说："此时他们正在城隍庙后街给捻军带队清查。"

刘金桂说："你立刻派人盯住他俩，我忙完了事情再来找你。成文堂伙计们的生命安全都交给你了，你一定要设法保护好他们。"

杨志明说："我明白，您请放心。"

刘金桂一行三人继续挑着柴火向东走去，临近州署大门，刘金桂压低声音对范全杰与张飞毛说："我们白天的主要任务，就是摸清捻军首领温凤磊的生活习惯与行踪，大家且莫盲目行动，以免打草惊蛇。"

范全杰与张飞毛点了点头。

三个人到了州署大门跟前的时候，又被两个站岗的捻军拦住了，其中一个说："干什么的？"

"我们是给元昌楼送柴火的。"范全杰不慌不忙地说。

"谁叫你们送的？"捻军警惕地问。

"是厨师马老五捎信要我们送的，说是要用来给捻军首领做饭。"范全杰说。

站岗的捻军知道有个叫马老五的厨师临时给他们的首领温凤磊做饭，又扫视了他们一眼，看不出有什么破绽，便不敢怠慢，挥手放他们走了进去。

他们一行径直来到元昌楼一楼的伙房寻找马老五，马老五是殷嘉树临时安插的卧底，他老远看见了范全杰一行，迅速提着一把菜，漫不经心地走到他们跟前，说："怎么才送过来？先把柴火放到这边来。"说着，领他们来到一个堆放杂物的地方，将柴火堆放在一起。

马老五边整理柴火，边问道："你们怎么才来？"

"路上岗哨盘查的多，所以耽误一点时间。"范全杰见盯梢他的捻军走后，赶紧问道："你知道捻军头目温凤磊人在哪里?"

马老五说："现在元昌楼的二楼卧室睡觉。昨晚他醉酒后先是吸了一会儿大烟,然后,有人从青楼那边带来两个妓女,陪他几乎玩个通宵,早晨刚睡着,这不到现在还没睡醒呢。"

"他的部队及卫兵是怎么布置的?"刘金桂问。

马老五说："大部队的士兵都分散到各个街巷及部分居民家里住宿。他身边的护卫除了有几个站岗放哨的,其余的则都在一楼喝酒打牌,寻欢作乐。"

"我交给你一个任务,从现在起,你不准离开元昌楼半步,随时掌握温凤磊行踪及其卫兵部署情况。到时,听从我们的调遣。"范全杰说。

马老五知道范全杰是殷知州派来的人,当即表示说:"我一定照办。"

刘金桂抽出扁担和绳索,说:"先不打扰你了,我们去办点别的事情。"

马老五说:"你们慢走。"说完,赶紧回到了厨房。

出了州署,刘金桂说:"现在我们还有点空余时间,是不是去把两个奸贼除掉?"

范全杰与张飞毛听了都很赞成。

他们正往成文堂赶着路,杨志明匆匆赶过来,说:"庞金来与杨垣从捻军那边回来后,又去了东南大街的翠云阁逛窑子去了。"

刘金桂说:"好,你先回去吧。"说完,他们三人飞也似的赶往翠云阁。因为捻军的到来,翠云阁冷清了许多,但依旧有人来往。刘金桂他们刚在翠云阁楼下门口站定,立刻有一位年轻美貌的女人迎上前来,娇声娇气地邀他们上楼去坐。

范全杰说:"不忙,我们是来找个人的。"

"你们找谁?"年轻女子紧张地问。"是捻军首领邀请庞金来与杨垣去云溪大酒楼喝酒,让我们几个当差的来找他。烦请你去招呼一声。"范全杰说。

那个年轻女子说:"他们刚来,让他们玩会儿再去呗?"

"军令如山倒,耽搁不得。快去请吧。"范全杰说。

年轻女子只好一溜小跑上楼去叫他俩了。

一会儿,只见庞金来与杨垣边下楼边整理衣冠,嘴里嘟囔着:"真他妈的扫兴。"

刚出了一楼大门,他们发现刘金桂一行正威然地站在大门一侧,庞金来不禁大吃一惊，脸色骤变。说："刘掌柜，你怎么到这儿来了？"

"怎么，不欢迎？"刘金桂说，"请你俩跟我走一趟吧。"

俩人一时慌了神，拔腿想溜，被范全杰与张飞毛用匕首抵住了后腰，范全杰厉声说道："老实点，跟我们走一趟！"

他们很快来到城东面的一座古庙里，庞金来问："你们这是要干什么？"

范全杰说："死到临头了我就告诉你们！你俩甘愿投奔捻匪，充当奸细，勾引捻军入侵胶城，烧杀掳掠，残害百姓，犯下滔天罪行。今天，我代表州署，宣判庞金来、杨垣死刑！"

庞金来与杨垣万没料到，他们的罪行已经暴露，且被宣判死刑，浑身发抖，撒腿拼命向外逃窜，被范全杰与张飞毛一脚踹倒在地，范全杰大声喊道："你们的末日到了！"说完，他与张飞毛挥动匕首，将其杀死。

范全杰尚不解恨，说："依我看要把他俩的头颅割下，悬挂在南城墙的大门楼上，以儆效尤，让胶州人都知道当奸细的可悲下场。"

随后，范全杰割下他俩的人头，装在一条麻袋里，找来一辆人力车奔向城南。

很快，胶州城的居民传开了：曾府的管家庞金来与富商杨垣因为勾结捻军被官府的人割头示众。一些想投靠捻军、为其卖命的人吓得魂不守舍，纷纷躲避与捻军的接触。躲藏在乡下的曾玉彪做梦也没有想到自己的管家庞金来会落得如此可悲的下场，心里感到无比的沮丧。但为了撇清他与庞金来的关系，竟迟迟没敢派人去收他的尸首。

庞金来与杨垣被刺杀的消息传到捻军首领温凤磊的耳朵里，他十分生气，对下属赵玉启大发脾气，说："庞金来与杨垣是对捻军有功之人，大白天的被人刺杀，你们是怎么保护他们的？事实证明，胶州城内还有残余的团练匪徒，赶快给我搜查，一个也不能让他跑掉。"

于是，赵玉启下令，将胶州三个城门封闭，只留一个大门，且只放进，不放出。对行人必须严格盘查。一时间全城风声鹤唳，人人自危。

除了加紧对全城搜查以外，赵玉启还特地向温凤磊进言："敌人敢在光天化日之下行刺，绝不是等闲之辈所为，您一定要提高警惕，注意自身安全。"

温凤磊听后，哈哈大笑起来，说："我这里戒备森严，给他们一百个胆，也不敢打我的主意。你放心好了！"

"您多珍重！"赵玉启打了敬礼，转身告辞。

刘金桂他们处死庞金来与杨垣之后，又神不知鬼不觉地来到一座庙里，好像什么事情也没有发生似的。中午吃了杨志明送来的饭菜，三个人躺在庙里休息了整整一个下午。晚饭后，行动正式开始。他们首先化装成捻军，花重金从翠云阁请了两位如花似玉的姑娘，来到了元昌楼。

此时，温凤磊正在与赵玉启几个将官饮酒，都已经喝得酩酊大醉。厨师马老五谨慎地端着菜走上来，放在温凤磊的面前，并低声说："姑娘们已经到了。"

温凤磊一听，眉开眼笑，大声吆喝道："快请进来，陪爷喝两盅。"

一会儿的工夫，两位花枝招展的姑娘走了进来，一边一个坐在温凤磊的身边。温凤磊左拥右抱，伸手去摸姑娘的胸部。赵玉启他们觉得尴尬，便借故走出门外。

赵玉启出门后，觉得事情有些蹊跷，便问一位执勤的卫兵："那两位姑娘是谁找的？"

卫兵支支吾吾地说："我也不知道。只知道昨晚也来过两个姑娘。"

赵玉启呵斥道："赶快给我查清楚，是谁操作的。"

卫兵走后，张飞毛从后面闪出，用刀抵住赵玉启的后背，嗡声说道："不准出声，往前走。"

他们走到了一个墙角，张飞毛一脚将他踢倒，迅速用绳索将其捆绑起来，说道："快说，冷茂馨关在哪里？"

赵玉启开始闭着眼睛，并不作声。张飞毛当胸打了他两拳，说："说！不说就送你见阎王！"

赵玉启疼痛难忍，思索片刻，说："关在元昌楼的地下室里，钥匙在我兜里。"

张飞毛迅速从他的衣兜里找到钥匙和几张过路证。然后，取出一条毛巾塞进他的嘴里，说："对不起了，你先委屈一会儿。"说完，转身离去。

与此同时，范全杰端着一盘茶水送进了屋里，温凤磊正嬉皮笑脸地亲姑娘的脸，姑娘躲闪着与他周旋。

温凤磊见进来个送茶水的仆人，打扰了他的兴致，不耐烦地挥手说道："放到一边，快他妈的滚出去！"

范全杰放下茶盘，"唰"地亮出匕首，逼近温凤磊的胸脯，吼道："不许动！"

两个姑娘吓得退到一边。温凤磊大吃一惊，酒醒了一半，忽然，他抓起桌子上的酒瓶砸向范全杰，范全杰一闪身，酒瓶飞向一边。于是，两个人展开了激烈的搏斗。

门外的几个卫兵，听到屋内的打斗声，提着大刀向屋里冲过来，被刘金桂用打狗棍拦住，卫兵们朝刘金桂围拢过来。刘金桂左躲右闪，各个击破，一会儿的工夫，三个青年卫兵被击毙在地。

屋内，范全杰与身材高大的温凤磊打得异常激烈。正当他们僵持不下的时候，刘金桂飞身跳了进来，一脚踢飞了板凳，直砸向温凤磊的后背，范全杰趁机迎面冲上，一刀刺向温凤磊的心脏。

他们确认温凤磊已经死后，迅速向门外冲出。这时，张飞毛冲了进来，说："冷茂馨被关在地下室，我们快去救他。"

刘金桂对刚进来的马老五说："你带路，快去救人！我负责在外警戒。"

一会儿，他们几个将遍体鳞伤的冷茂馨搀扶了出来。刘金桂问他："你还能骑马不？"

冷茂馨咬着牙点点头说："行！"

刘金桂说："马老五，你快领着两个姑娘到后山洞里躲藏起来。咱们后会有期。我们走！"

张飞毛找出几张过路证，递给刘金桂说："给，过路证。有几匹马拴在楼后面的树上。"

他们一行来到元昌楼的小树林，各自选了一匹马，刘金桂将冷茂馨扶上马，然后带领大家策马冲出内城，快速向城南大门飞奔而去。

不远处一支巡逻的捻军发现元昌楼这边的情况有些反常，迅速赶了过来，将捆绑在地的赵玉启松绑。赵玉启吐出毛巾，吃力地喊道："快去救温将军！"

当赵玉启与巡逻的捻军赶到一楼餐厅时，发现温凤磊仰面朝天倒在地上，胸膛上流着鲜血，人早已没有一点气息。赵玉启声嘶力竭地喊道："快，关闭城门，一个匪徒也不能放走！"

刘金桂他们四人来到城南大门，值班的捻军挡住了他们的去路。范全杰说："我们是奉命去城外执行任务的，赶快放行！"并拿出过路证在他们面前晃了晃。值班的捻军看了过路证后，赶紧将城门打开。

正在这时，一队骑兵从后面追了上来，高声喊道："别开城门，拦住他们！"

趁站岗的捻军尚未反应过来的时候，刘金桂他们策马呼啸而出，冲出城门，跃过吊桥，向三里河方向疾奔。

捻军的马队在后面紧追不舍，范全杰从衣袖里取出一枚飞镖，一挥手，甩向最前面的捻军，正中那名捻军的脖子。那名捻军脖子一歪，从马上掉了下来。后面的捻军紧急勒住马缰，来回打转，不敢前行。

刘金桂一行首先来到三里河，见没有异常情况，稍事休息后，沿着云溪河岸向西飞奔，直达西北的后山。殷知州自从早上送刘金桂他们下山后，一整天没有得到他们的确凿消息，正十分焦虑，坐卧不安。傍晚，当他听到山路上的马蹄声响，立刻跑出去观望。见刘金桂一行安全归来，心情异常激动。见到被俘的冷茂馨被解救回来，更是欣喜若狂。他亲自上前将受伤的冷茂馨搀扶下马，热情地将他们迎进庙里。大家坐在草铺上，诉说着今天发生的一切。刘金桂将斩首庞金来与杨垣、刺杀捻军首领温凤磊的经过简要地向殷知州做了汇报。殷知州激动万分，禁不住张开双臂，大声喊道："苍天有眼啊，助我大功告成。捻军首领一死，群龙无首，他们必将很快撤兵，胶州老百姓有救了！"

果然，第二天拂晓，近万名黑旗捻军在捻军副统帅赵玉启的指挥下，从胶州仓皇撤退，一辆辆马车满载抢劫的物品，从城南大门缓缓撤出。临行之际，为了报复胶州官兵的刺杀行为，赵玉启指挥捻军将州署的房屋一把火点燃，古老的内城，霎时间浓烟滚滚。

殷知州听到捻军撤走的消息后，立刻带领大家赶回胶州城里，组织州署差役和当地百姓奋力将大火扑灭。随后，殷知州亲自带领几个州署官员对城内巡视一番，并对部分百姓进行走访慰问。

第二十回　匡源故里遇知已　把酒言欢叙桑麻

捻军撤出胶州城后，刘金桂告别了殷知州，与张飞毛策马归来。一路上，他看到大街上的人们纷纷涌上街头，又说又笑，额手称庆。有的已经开始清理收拾被捻军毁坏的房屋和店铺。当他们回到成文堂的时候，四十多个伙计站在两旁夹道欢迎，像是迎接胜利归来的英雄，大家一片欢腾。刘金桂看到大家安然无恙，欣喜万分，他高声对大家说道："捻军此次破城，杀人掳掠，无恶不作，胶州百姓经历了一场前所未有的磨难。而成文堂保护完好，毫发无损，实属奇迹，全凭大家的聪明才智和尽心尽力的守护，我刘金桂感激万分，感谢大家！"说着，向伙计们深深地鞠了一躬。伙计们也跟着回了礼。

这时，杨志明将藏好的成文堂匾额递给了刘金桂，刘金桂用手轻轻地拂去上面的灰尘，然后，亲自登上梯子，将匾额挂好，现场响起一片热烈的掌声。

杨志明高喊一声："伙计们，留得青山在，不怕没柴烧。大伙开工喽！"

于是，伙计们陆续回到了各自岗位，正式开始复工准备。

刘金桂问杨志明："家眷们派人去接了没有？"

杨志明说："我觉得黑旗捻军刚撤，现在城里还不很安稳，等明天去接如何？"

刘金桂点点头："行，你看着安排吧。"

第二天中午时分，刘金桂一家老小及伙计们的家眷都被接了回来，大家围拢在一起，像是久别重逢，高兴得手舞足蹈。大儿子刘寿山对父亲说："爹，听说你们潜入城内，杀了两个奸细，还刺杀了捻军的头领，真是了不起啊！"

"那不算什么！"刘金桂笑笑说。

二儿子刘寿楠说："爹是大英雄！"

连三岁多的小儿子寿恭也搂着父亲的脖子，朝他的脸上亲了两口。

刘金桂说："爹不是什么大英雄，但绝不是孬种！自从咱们来胶州安家到现在已经近十五个年头了，咱们早就把这里当成第二故乡了。咱家跟胶州人是打断骨头连着筋，命运息息相关啊！如今捻军入侵，胶州百姓有难，我岂能袖手旁观？等以后你们长大了，也要敢作敢为，决不当逃兵和孬种，懂吗？"

"坚决不当孬种！"刘寿楠抡着小拳头喊道。

大家都被他逗笑了。刘太太说："都别站在院子里了，咱回家包饺子吃！"

刘金桂笑笑说："我也是真饿了！孩子们，咱回家包饺子去！"

黑旗捻军撤退后，曾玉彪急匆匆地从乡下赶回城里，乘马车转了一圈，见自己的各店铺均秋毫无损，心里格外高兴。这时他想起庞管家的尸体至今尚未收回来，于是，赶紧派人偷偷将庞金来的尸体和头颅分别找了回来，采购了一具材质上好的棺椁装殓，派人连夜送回他的安徽老家安葬。庞金来是他最信任、最能干的管家，是他的左膀右臂，他的离世对曾玉彪来说无疑是一个沉重的打击。一连几天，他不思茶饭，心情郁闷。曾夫人见状劝他说："这次捻军入城，烧杀抢掠，十分残暴，你看有多少大户人家的商铺被抢、被毁？唯独咱们曾府的店铺安然无恙，没有一点损失。这实在是太侥幸了！所以，你应该高兴才对。至于庞管家遭遇不测，大家心里都很难过。庞管家一向对曾府忠心耿耿，恪尽职守，遭此下场确实令人痛心。可是，官府不会无缘无故地杀他的，你就不要太伤心了。"

"妇人之见，庞管家对咱曾府是有大恩大德的，他遭此不幸，我岂能不痛心疾首？"曾玉彪声嘶力竭地喊叫起来："血债要用血来偿，我是不会善罢甘休的。"

曾夫人知道劝也没用，就没再言语，自己悄悄地去了厨房。

劫后重生的胶州古城，具有强大的复原与创新活力，在捻军撤出仅一两个月后，大街小巷的商铺便陆续恢复营业，大街上又初步呈现出往日热闹繁华的景象。

这天上午，刘金桂从三里河书铺返回成文堂不久，杨志明来到他的书房，说："外面有位先生要拜见您。"

"来者什么人？"刘金桂问。

"听说是当朝原军机大臣、'顾命八大臣'之一匡源先生求见。他刚被朝廷革职，遭返老家胶州。现在大多数人都避之不及，您还见不？"杨志明说。

刘金桂站了起来，说："见！一定要见。"说着，一同出门迎接。

刘金桂抬头一看，是一位年龄四十五六岁的长者，头戴一顶红绒结顶便帽，身着石青色行褂，脚穿一双黑布鞋。来人长方脸，鼻直口阔，一双眼睛炯炯有神。来人首先自我介绍："我是匡源，胶州人。您就是成文堂掌柜刘金桂先生?"

"敝人正是，欢迎匡大人光临寒舍。"刘金桂上前与他握了握手说。

"我现在是闲人，不打扰您吧?"匡源说。

"您客气了，何有打扰一说? 快屋里请。匡大人的大名如雷贯耳，能到我们这样的小店来，实属三生有幸啊!"刘金桂说。

匡源随他进了书房，摇摇头说："此一时，彼一时啊! 言归正传，我在京城的时候就听说过，家乡有一个搞雕版印刷的成文堂，印刷业搞得红红火火，名噪大江南北啊! 我为此深感骄傲，一直想回老家拜访一下刘先生。"

"匡先生若对此感兴趣，不妨去成文堂的作坊看看，指导一番。"刘金桂说。

匡源说："那太好了。我一直对雕版印刷很感兴趣，它是中华民族的传统瑰宝啊，一定要很好地传承下去。"

他们进了成文堂作坊，从头到尾看了每一道操作工序，匡源说："眼见为实，我看你们的雕版技艺的确十分厉害。刚才，我仔细观察了一下，每块版的雕字都清晰有力，十分考究。"

刘金桂说："我们拥有雕版技师七八位呢，个个都技艺精湛。"

匡源说："要制成好的雕版，技师固然重要，但是板料的选材也不可忽视，北方用料一般选用硬度适中、纹理细滑的梨木与枣木，尤以黄河故道上的野梨木为佳。皇宫里的雕版不少选用野梨木。"

"看来匡先生对雕版印刷挺内行的。"刘金桂说。

匡源说："内行算不上，不过略知一二。另外，我看到你们的用墨也比较特别，墨色清晰，墨质上乘，还略带一丝松香。"

刘金桂说："不瞒您说，我们印刷所用的油墨，都是自己加工制作的。我们自己拥有技艺高超的制墨大师。"

"真了不得! 不过，我认为，你们通常采用的应该是松烟墨，它需要先在储藏室长期储藏一段时间，其实这是一个反复发酵的过程，储存年代愈久，其墨色愈加纯净乌黑，渗透力强，印刷出的书籍不易褪色，而且墨香四溢。"

刘金桂说："您懂得真多。"

匡源继续饶有兴趣地说道："其实，印刷也是一道非常考究的工序，它需要印刷师有丰富的经验，你看他们将墨汁用棕帚均匀地轻扫版面，覆上宣纸后，再用棕擦重擦一遍，这个过程手腕的拿捏很有学问。"

刘金桂佩服地说道："成文堂聘请匡先生做我们的技术顾问好吗？"

匡源摆摆手说："不敢当，雕版印刷我只知道一点皮毛而已。"

他们边走边谈，又回到了书房，刘金桂问："匡先生看后印象如何？"

匡源说："书坊布局井然有序，伙计操作规范得当，印刷的书籍，堪称上品；作坊规模之大，人数之多，在胶东绝无仅有，就是北京、上海这些大城市也少有如此规模和精良的雕刻书坊。"

"承蒙匡先生的夸奖，刘某倍感荣兴。还恳请您指出存在的不足和弱点。"刘金桂说。

"我是来学习的。看了你们墙上张挂的各项操作规程和相关制度，我就知道刘掌柜是一个经营管理方面的英才。"匡源说，"我第一次拜访刘掌柜，也没有带什么礼品，只随身带来一份特殊的礼物给你。"说着，从衣袖里抽出一幅《劲竹图》送给了刘金桂。

刘金桂双手接过，仔细端量，只见画中的竹子在狂风中昂首挺拔，竹叶迎风不屈，动感强烈，表现了一种不屈不挠的勇敢精神。他查看了一下落款，为杨师亮。不禁脱口而出："好画！是名家之作？"

"对，不仅是胶州的名画家，也是招远的名画家啊！"匡源说。

刘金桂听了觉得比较有趣，说："此话怎讲？"

"此画是招远人杨师亮所画。说来话长，不妨我就给你介绍一下。"匡源便娓娓道来："提起杨师亮，可以说至今在胶州家喻户晓。他原籍招远县城里村人，进士杨觐光的长子，少年时就身怀文武之才，长大后因性情刚强，不媚权贵，一直得不到提擢。崇祯十年，荫官三司首领，可未及上任明朝灭亡。后为躲避清廷追究，投靠监司当了一名骁骑都尉。后因下属摊上官司，为免受牵连，独自一人漂泊江浙一带。不久，经人介绍来到胶州，开始在地方文武大僚府第做幕宾。据说他自幼承父家教，后习四书五经、诸子百家及星象、卜筮、兵书等，又喜好琴棋书画，且精通韵律，因此，文武经略无所不能。一时在胶州名声大噪。他身材魁伟，美髯长须，平日佩长刀，穿皮靴，背箭袋，俨然似个武将。为幕宾时，饭量极大，曾在一僧舍一顿饭吃了三十多张大饼。"

"他是怎么来到胶州的？"刘金桂对其产生了兴趣。

匡源说："杨师亮在苏杭漂泊期间，认识了胶州名商赵汝珣，赵汝珣介绍给胶州名士姜长植，姜公佩服其对古诗词的见解和渊博的学识，又介绍他与胶州的一些儒士相识。在朋友的热情邀请下，从此便迁居胶州，闲时作画，帮人鉴宝。后来做了驻胶州清军总兵佟辅圣将军的幕宾，受到佟将军的器重。佟将军调离后，他又做过四川按察使、胶州人宋可发的幕宾，成就斐然。"

刘金桂说："他后来一直在胶州生活？就没有想到回老家去？"

"有一段时间回了招远老家种地，但因为他对胶州情有独钟，后来又回来了。"匡源说，"据说康熙十六年，招远县令徐守祖署衙中梁上生出三棵灵芝共七茎，全县人皆称祥瑞之兆，徐公自作'瑞芝集序'，请人赋诗以记其祥。杨氏宗人推荐杨师亮，徐县令也早就慕其大名，两人一见如故。徐县令对他的诗作极为欣赏。徐守祖本是恤贫爱民之吏，知道杨师亮的身世与才华，却贫寒无家，就慷慨购置百亩土地送给他，且三年免交税款。因此，杨师亮才得以回乡定居耕种。可三年后，当他悉知调往栖霞任知县的徐守祖去世的消息，甚为悲痛。将一百亩耕地分给了三个儿子，又独自回到胶州，从此再没回去。回到胶州后，先是靠为人作画、出售刀具弓箭为生。这期间，因为与我曾祖父交往甚好，亲绘一幅《劲竹图》赠送我的曾祖父。曾祖父甚为珍惜，一直保存流传下来。晚年时，胶州总兵惠占春将军重金聘请他为上席幕宾，可他不幸患了脊病，于康熙二十年二月十日去世。惠将军用二十两黄金买了上等棺木盛殓送回招远，归葬在老家坟地。可以说，杨师亮这一生，与胶州有着不解之缘啊！他不仅是招远的豪杰，更是胶州人的骄傲啊！"

"看来，招远人与胶州人，早就缘分不浅啊！杨师亮是我学习之楷模啊！"刘金桂感慨地说。

匡源说："招远自古出英才啊！刘掌柜在胶州经商多年，成就卓著，也与胶州有着不解之缘啊！"

"匡大人过奖了！"刘金桂说，"匡大人在朝廷遇到的事儿我略知一二，我们草民不懂政治，也不想多打听，只是不知道匡大人对今后生活有何打算？若不嫌弃，成文堂有意聘您做技术顾问，共谋发展大计。"

匡源笑笑说："谢谢刘掌柜的好意，我落脚的地方已经找好了，初步打算去济南泺源书院讲学。不久前，我的家眷已经先期到达济南城。我因为好久没有回老家看看了，怀乡情结尚未了却，便独自一人回到了胶州老家，故地重游，抚今追昔，以解思乡之情。另外，因为手头有《珠云仙馆诗抄》《名山卧游录》《奏议存稿》等几部文稿没有付梓印刷，故特来成文堂洽谈书稿印刷事宜。"

"能印刷匡先生的书稿，是我们成文堂的荣幸。若不嫌弃，就在我们这里印刷吧，我保证质量，而且印刷费按半价收取。"刘金桂爽快地说。

"我刚才已经看过你们的印刷工序，认为印刷质量是完全信得过的。这几本书稿就在成文堂印刷吧。只是印刷费用随行就市即可，不能让刘掌柜亏本。"匡源说。

刘金桂说："印刷费收取半价，基本拿回成本。您以后方便时给我们揽点印刷活儿就有了。"

匡源感激地说："刘掌柜真是仁义之人。以后有用得着匡某的时候一定开口，我必当全力以赴。另外，这几本文稿我还准备再详细校对一下，两个月之后，再送来付梓印刷吧。"

刘金桂说："行，我们随时恭候！"

这时，石清梅敲门走了进来，说："光顾与客人说话了，快去吃饭吧？"

刘金桂赶紧给匡源作了介绍，然后，一起去了厨房隔壁的客房。刘金桂说："家常便饭，请大人将就着用吧。"

杨志明问："匡大人喝点什么？"

"烫上两壶家乡的老黄酒吧。"匡源很是实在。

他们边吃边聊，匡源还介绍了自己小时候的一些逸闻趣事，闭口不谈自己当朝为官时的政绩及被朝廷罢官的遭遇。席间没有一句牢骚话。

刘金桂不禁暗暗对其宽阔的襟怀和处事格局深表钦佩。

匡源喝了一大碗黄酒后，津津有味地吃着白菜炖粉条，说："好久没有吃到家乡的饭菜了，真香啊！"

刘金桂说："我这里的几间客房都还闲着，匡大人若不嫌弃，可否在成文堂小住几天，调养一下身体？"

匡源说："像我这样刚遭罢黜之人，许多人避嫌还未恐不及呢，你却敢收留我，不怕受到牵连？"

刘金桂说："我不过是一介草民，从不过问政治，您作为胶州故人，回乡省亲，我接待一下家乡的客人并无过错。"

匡源说："既然这样，那我可不客气了，就待个三两天吧。"

刘金桂端起酒碗高兴地说道："谢谢匡大人赏光，我们把这碗酒干了！"

两人高举起酒碗，一饮而尽。

酒过三巡，两人还谈到了这次抵御捻军的经过。刘金桂说："这次黑旗捻军进攻胶州城，来势汹汹，手段残忍，守城的官兵及乡勇虽然奋勇抗敌，无奈捻军人多势众，装备精良，加之有内奸串通报信，胶州城池很快被攻破，百姓不仅损失了大量财产，还有数百名官兵及民众死于敌手，其惨状前所未闻。"

"我听说刘先生率领两个随从深入戒备森严的捻军大营，斩奸细，杀首领，屡建奇功，最终迫使捻军撤离胶州，真可谓独胆英雄啊!"匡源夸赞说。

刘金桂说："您过奖了! 赶走捻军是大家的功劳，王懋勋、王国梁等一大批勇士们为了守护胶州献出了自己宝贵的生命，他们才是真正的英雄，值得胶州百姓永远怀念。"

匡源说："目前朝廷正组织各路大军全力剿杀捻军，看样子捻军是兔子尾巴长不了。只有天下太平了，老百姓才能安居乐业啊。"

刘金桂低头陷入深思，一想到当今内忧外患的形势，不由得产生深深的忧虑。

杨志明见状，忙岔开话题说："听说济南泺源书院久负盛名，是培养国之栋材的地方，匡大人此去任教，定当大有作为。"

匡源说："我现在是无官一身轻，找点事情做做，总比闲着好。何况，做教育工作一直是我的夙愿。"

刘金桂说："您才学渊博，德高望重，我坚信您一定会胜任的。只可惜我整天忙于事务，无暇前去进修，亲耳聆听您的教诲。"

匡源说："我们来日方长，切磋交流的机会还有很多。"

这时，石清梅走了进来，悄悄地对刘金桂说："门外有位姓曾的先生找你，你去看看吧。"

刘金桂起身说道："你们先喝着，我去看看就回。"

刘金桂出门一看，竟是曾玉彪，深感意外，说："曾掌柜此时来访，不知有何贵干?"

"刘掌柜现在可是胶州闻名的大英雄了。我来你这里，不为别的事，听说匡源大人来到贵府，我有意拜见他一下。"曾玉彪客气地说道，"匡源大人曾是军机大臣，又是'八大顾命大臣'之一，是胶州的名士。虽说他这次遭到罢官，但他毕竟是胶州老乡嘛，我代表曾府拜会一下匡先生，也想尽点地主之谊，结交一下匡大人，一旦哪一天他东山再起，说不定还能帮我一把呢。"

"原来如此，曾掌柜想得够周到的。不过，我须回去请示一下匡大人，看他方便否?"刘金桂说。

曾玉彪说："人都来了，岂有不见之理。你快去通报一下。"

刘金桂返回客房后，说："有位叫曾玉彪的先生想拜见您，不知您是否方便?"

匡源皱起眉头，说："就是那个平时贩大烟、指使管家勾结捻军的曾玉彪? 我在京城多次听人说过，此人的名声不佳啊!"

"他在门外恭候多时了。"刘金桂说。

"不见!"匡源斩钉截铁地说。

刘金桂无奈，出门告诉他："曾掌柜，实在对不住了。匡先生刚才饮酒过多，已有醉意，不想接见任何人。"

"哦，这么不巧，那我就不打扰他了。改日咱兄弟俩好好聚一下，喝个痛快。"曾玉彪尴尬地说道。

"方便时再说吧。恕不远送!"刘金桂说。

曾玉彪被一位长着三角眼的三十多岁的青年人扶上马车，然后，对马夫说："回去吧。"马车很快消失在远方。

刘金桂说："那位年轻人好面熟呀。"

杨志明说："他叫刁长廷，原来在济生堂大药店当伙计，因为人挺机灵，办事能力强，后来做了大药店的二掌柜。庞金来死后，他就被曾玉彪聘为曾府的管家。"

"此人德性如何?"刘金桂问。

"据我了解，此人别看他年轻，城府深着呢。他跟曾玉彪臭味相投的很，当是一丘之貉。"杨志明说。

"我看此人贼头贼脑的，也不会是什么好东西。"刘金桂说，"以后与他们打交道需要当心点。"

刘金桂他们回到客房。匡源说："打发走了?"

"打发走了，他好像有些心不甘情不愿啊。"刘金桂笑笑说，"匡大人真是一个疾恶如仇、爱憎分明的人。令人佩服!"

"甭管他，咱们接着喝。"匡源喝了一口酒，然后深有感触地说："为人处事，一定要近君子而远小人。"

"您说得有理。"刘金桂与他碰了碰杯。

他们接着边喝边聊，谈笑风生，仿佛从没有人打扰过，俩人相谈甚欢。

晚上，匡源被安排在成文堂客房下榻，有专人为其端来洗脚水，送来水果和茶点，照顾得十分周到。

第二天，刘金桂还专门陪他去三里河、杨家花园、墨河及大沽河浏览了一番。在大沽河岸，匡源问他："这大沽河河流宽阔，水源充沛，是农业灌溉的重要水源。但你知道，大沽河的发源地在哪?"

"我知道，它的发源地应该在我的老家阜山西麓，它途经招远、栖霞、莱阳、即墨、平度、胶州等八九个县呢，流域面积很大，河流狭长，水流湍急，是胶东半岛最大的河流。"刘金桂说，"我们眼前这个地方就是大沽河入海口。不瞒您说，平时若遇到有烦心的事，我就愿意到这里来散步，沿着河流遥望家乡，顿时神清气爽，许多的烦恼随风吹去。"

"看得出，刘掌柜也是性情中人。人无论漂泊何方，怀乡情结总是难以割舍。我也感同身受，无论在京城待多久，我总有一种身在异乡为异客的感觉。故乡是每个人的根啊。"匡源也深有感触地说。

"匡大人对家乡有如此浓厚的感情，希望常回家看看。"刘金桂说。

"我会的。"匡源的眼睛湿润了。

当夕阳快要下山时，他们返回了成文堂。晚饭时，匡源说："我在此已经住了两三天了，承蒙刘掌柜和弟妹的厚爱，我在家乡度过了特别愉快的时光，重温了儿时的旧梦，甚是安慰。只是在此多有打扰，增添了不少麻烦。明早我准备启程去济南了。欢迎刘掌柜及诸位朋友有机会到济南茶叙，让我尽点地主之谊。"

"匡大人执意要走，我也不勉为其难了。"刘金桂转身对石清梅说："你去取一百两银子送给匡大人作盘缠。"

匡源摆摆手说："使不得，我随身携带的盘缠足够了。"

刘金桂坚持说："匡大人送了我一幅祖传的画，价值不菲，我十分喜爱。区区百两银子，不成敬意，请您一定要收下。另外，去济南路途遥远，出行不便，我平日乘坐的那辆马车就送给匡大人了，希望一路顺风，平安到达。"

匡源还要推辞，刘金桂说："您就给我一点面子吧。来而无往非礼也。"

匡源感动地说："好吧，恭敬不如从命，我收下了。"

第二天吃罢早饭后，石清梅打点了几件衣物和路上吃的东西放到马车上。在成文堂大门口，刘金桂与匡源依依惜别，刘金桂说："欢迎匡大人常回老家做客。"

匡源说："我会的，也望刘掌柜多去济南看看我。"

刘金桂扶匡源上了马车，再三叮嘱车夫："姜师傅，路上一定要慢行，确保匡先生的安全。"

姜师傅说："您放心好了！"

马车缓缓地驶出城隍庙前街，向城南大门驶去。

刘金桂怅然若失地站在那里望着，直到马车消失在远方。

回家后，他立即差人去装裱店对那幅《劲竹图》进行装裱，并小心地挂在自己的书房里，以便随时欣赏。每每看到这幅图画，心中便充满了些许暖意和力量。

第二十一回　曾玉彪重操旧业　仗势强娶演艺女

　　自胶州古城遭遇捻军洗劫之后，胶州商界一度陷入萧条和窘困境地。胶州州署为了恢复市面，让百姓休养生息，便适度减轻了市民的劳役和税赋。对一些特殊行业也一度放松了管理。曾玉彪趁此机会重操旧业，明目张胆地做起了鸦片贩卖的生意。大烟馆重新开张后，生意十分火爆，很快赚得盆满钵满。财大气粗的曾玉彪很快成为胶州城呼风唤雨的人物，自然也引起了演艺界人士的青睐。有几个民间戏班班主更是有意无意地去巴结他。当时，红极一时的崔家戏班班主崔炳楠曾两次找到他，想请曾玉彪入股，合伙经营。曾玉彪自小喜欢昆曲和民间杂耍，尤其是对民间戏曲情有独钟。对于崔班主的邀请，曾玉彪很感兴趣，只是担心老爷子反对，才没敢贸然答应。崔班主见状，也没有急于让他答复，只是邀请他定时去戏班看戏。几番接触，他认识了戏班里几个年轻貌美的女花旦，曾玉彪花钱大方，一来二往，逐渐成为崔家戏班的贵客。有一天，曾玉彪征求管家刁长廷的意见："崔家戏班的小戏演得怎么样？"

　　"听说目前在胶州城红着呢。"刁长廷说。

　　"前几天崔班主又找我交谈，有意邀我入伙崔家戏班，你觉得这事如何是好？"曾玉彪说。

　　刁长廷说："依曾府现在的财力与影响，养个戏班子不过是小菜一碟。问题的关键，是要看它值不值得。"

　　"你说值得不？"曾玉彪问。

　　"我看值得。您现在家大业大，风头正盛，有个戏班子，是活广告，对于提高曾府的声誉十分有利。据我所知，在胶州城，有许多商贾大户家里养着歌妓，日子逍遥得很。我们隔三岔五请几个女伶陪客，帮着应酬一下客商，不是一举多得的好事？当然，养活个戏班子也不是件容易的事，一年下来的开销也不少。"刁长廷摇头晃脑地说道。

曾玉彪说：“开销点倒没什么，咱曾府拿得起。只是，我家老爷子对此事恐怕不会支持，他那个耿直脾气你又不是不知道。”

刁长廷眼珠子骨碌一转，说：“咱明的不行，就来暗的嘛。每年从大烟生意的盈利中拿出一点钱，暗中扶持一下他们即可。只要保密好了，老爷子不会知道的。”

曾玉彪笑了，说：“还是你鬼点子多。”

“另外，我听说崔班主最近也去成文堂找过刘金桂，探讨入伙的事，不知道他们谈得怎么样了。这事可不能让他们捷足先登。”刁长廷建议说。

曾玉彪听了，不屑一顾地说道：“刘金桂这人抠门得很，你就是让他守着座金山银山，他也不会去干那种亏本买卖的。再说了，他老婆平日看得那么紧，岂能让他与些戏子搅和在一起？”

“您说得有理，刘金桂一个乡巴佬，岂能登上大雅之堂？”刁长廷随即打消了顾虑。

“刘金桂那边姑且不去管他。不过，话说回来，这事也不能操之过急，崔家戏班班主崔炳楠两边下注，足见此人是个势利小人。我们再仔细斟酌一下为好，你先去了解一下戏班子的具体情况再定吧。”

“行，我知道怎么做了。”刁长廷顺从地说道。

清明节快到了，北归的燕子在胶州古城的上空翩翩起舞，偶尔发出呢喃的声音。早饭后，曾玉冰只身穿过石砌的大街，来到刘金桂的住宅，先是见到了石清梅，说：“姐姐，你整天待在家里不憋闷得慌？清明节快到了，城隍庙要举行城隍爷出巡活动，到时戏楼里还有演出活动。你与金桂哥都挺喜欢听戏的，咱不妨一起去凑个热闹？”

“好啊，我来胶州转眼这么多年了，还没有拿出专门时间去看演出，这次就去感受一下。”石清梅高兴地说，“只是金桂那边天天忙掉了头，不知道他有无空闲。”

“金桂哥是个戏迷，你问他试试吧，权当让他休息一下。”曾玉冰说。

“我说了，他也不当回事。还是你去说吧，兴许他能给你一点面子。”石清梅说。

“那好吧，我亲自去说。”曾玉冰说。

不一会儿，她俩兴冲冲地来到了刘金桂的书房，刘金桂抬头一看，说：“什么风把你俩吹来了？有什么事吗？”

"没事就不能来了？不欢迎呀？"曾玉冰故意板着脸说。

"欢迎，欢迎，二位快请坐。"刘金桂赶忙站起身来。

曾玉冰"扑哧"一声笑了，说："我俩见你一天到头的忙生意，挺辛苦的，想让你找个机会外出散散心呢。"

"谢谢你们的关心。"刘金桂边说边忙着给她们沏茶。

"后天是清明节，城隍庙举行城隍爷出巡活动，很是隆重，我们想邀请你一起看场戏、散散心。"曾玉冰说。

"你看我手中一大堆的活儿，哪还有那个闲心思？"刘金桂拿着一摞账簿让她们看。

"到时候戏楼里有戏曲杂耍呢，可好看了。"曾玉冰说。

"真的？那太好了。"刘金桂抬起头兴奋地说道，随即，又摇摇头说："还是算了吧，等有空闲的时候再去看吧。"

曾玉冰依旧坚持说："目前胶州城一窝蜂组建了六七家戏班子，好多演出提前要印'海报'，将来这一行当的印刷业务恐怕不会少。你是不是应该借机出去考察了解一番？"

刘金桂放下手中的账簿，高兴地说道："你这个建议太好了，让我的经营思路一下子开阔了不少。前段时间崔家戏班的崔班主还来成文堂探讨过印刷海报的事宜。看来，我很有必要去了解一下胶州的演艺市场。"

"同意去了？"曾玉冰说。

"同意了。"刘金桂说。

曾玉冰与石清梅会意地笑了笑，石清梅说："我说嘛，金桂最听你的话了。"

四月五日清明节这一天上午，城隍庙人流如潮，异常热闹。在去庙会的路上，曾玉冰说："今天要是带上孩子们来就好了。"

"孩子们都在上学，别因为看光景耽误了功课。"石清梅说。

"你说得也是，等赶上礼拜天再说吧。"曾玉冰说。

刘金桂转头问曾玉冰说："城隍庙每年举行几次庙祀？它是从什么时候开始的？"

曾玉冰说："城隍庙每年于清明节、七月十五日、十月一日共举行三次庙祀。具体从什么时间开始搞庙祀，我也说不太清楚。但我听父亲说，明朝时期人们就很重视庙祀，胶州城的城隍庙都修缮过五六回了，才修成现在的样子。但不管怎么说，历朝历代无论是官府还是百姓，都把城隍庙当作了人们日常祈福场所，城隍庙祀便一直坚持了下来。"

"这三次庙祀还有什么讲究吗？"刘金桂好奇地问。

"当然有一定的名堂。清明出巡叫'放鬼魂'，七月十五出巡叫'祭鬼魂'，十月一日出巡叫'收孤魂'。另外，五月初一日至初五日是城隍庙会，这期间善男信女上庙焚香烧纸的人特别多，各种各样的商号、沿街叫卖的商贩，一齐云集在街上，显得格外热闹。我小时候爱凑热闹，三次出巡每一次也少不了我参加。"曾玉冰说。

"胶州的传统文化真是丰富，生在胶州太有福气了。"石清梅说。

"胶州当然是个人杰地灵的好地方，要不咱能在这里扎根生存吗？"刘金桂说。

他们正交谈着，一阵悠扬的唢呐声传了过来。曾玉冰说："快去，祭拜仪式开始了。"

他们一行急匆匆地来到城隍爷的寝殿，但见城隍爷的木雕像居于中间，大奶奶身着红袍坐东间，二奶奶身着绿袍坐西间。一位年长的司仪发表了简短的致辞之后，在唢呐的伴奏下，几位道士虔诚地为城隍爷焚香烧纸。仪式完毕，一位中年道士将城隍爷膝上的机关一按，城隍爷立刻自动站立起来。于是，执事人员将他小心翼翼地抬了出去，请他坐上八抬"蓝轿"开始出巡，前面则由几个打路鬼带路。蓝轿先是缓慢行至城北的邑厉坛，然后，掉转方向，一路向南前行。沿途观者云集，人声鼎沸。刘金桂与石清梅从来没有看到过这么宏大庄重的场面，心中十分好奇。这时，曾玉冰提醒道："演出马上要开始了，今天演出的曲目是《牡丹亭》，由崔家戏班的小花旦梁玉芳出演杜丽娘，听说演得很不错。我们赶快过去看戏吧。"

三个人很快返回到城隍庙的售票口，正要排队买票。崔家戏班的班主崔炳楠不知何时悄然来到他们跟前，谦恭地对刘金桂说："刘掌柜来了？有失远迎。"

"是崔班主？你怎么在这？"刘金桂说。

"我是在这儿特地迎接你们的，快请进去入座。"说着，去拉刘金桂。

刘金桂说："不急，我们先买了票再说吧。"

"咱家戏班子演的戏，哪能用您花钱买票呢。"崔炳楠说着去拉刘金桂的胳膊。

刘金桂回头对石清梅说："我先走一步，记得买三张票。"

崔炳楠见刘金桂执意要买票，也不便再说什么，拉着刘金桂径直去了戏台一侧的休息室，刘金桂从怀里掏出一张设计稿，说："这是你要的《长生殿》演出海报设计稿，你看满意不？"

崔炳楠看了看说："若能将《长生殿》的女主角梁玉芳的肖像放在突出位置，那就更好了。"

刘金桂说："可以，你把梁玉芳的肖像给我一张。"

他们正说着，一位风姿绰约的妙龄女子端着茶盘走了进来。崔炳楠忙给他们介绍说："这位是成文堂刘掌柜，她是我干女儿、崔家戏班的台柱子梁玉芳。"

"刘掌柜好，请喝茶！"梁玉芳娇声喊道，赶忙倒了一杯茶水敬上。

刘金桂抬眼望去，只见梁玉芳身着淡红的戏装，窈窕的身材，椭圆的脸蛋刚化了淡妆，两条柳叶眉下，一双水汪汪的大眼睛楚楚动人。

他着实没有料到，胶州小城竟还有如此美貌、令人动容的女子。他双手接过茶杯，喝了一口，连连夸赞说："好茶！好茶！"

"玉芳，再给刘掌柜斟上。"崔炳楠说，"我这个干女儿，不仅长相出众，而且颇有才气，吹拉弹唱样样精通，是我们崔家戏班的年轻花旦。"

刘金桂问："姑娘今年芳龄几许？"

"小女今年十八岁了。"梁玉芳有些羞怯地说。

"年轻有为啊！"刘金桂夸赞道。

"还请刘掌柜多多指点。"梁玉芳施礼说。

"我平日里对戏曲只是喜欢而已，指点是谈不上的。"刘金桂摆摆手说。

"难得有这个喜好，还望刘掌柜多来捧场！"崔炳楠说。

"一定，一定！"刘金桂高兴地应允道。

这时，一位中年妇女走了进来，说："玉芳，该去做演出准备了。"

梁玉芳向刘金桂打了招呼，匆忙离开。

刘金桂目送她走出门外，说："崔班主真有福啊，养了这么个好闺女！"

崔炳楠说："刘掌柜若是喜欢，改日让她去认你干爹如何？"

刘金桂急忙摆摆手说："使不得，使不得！要是被你弟妹知道我私下认了个漂亮的干女儿，她不吃了我才怪呢。"

崔炳楠笑着说："原来刘掌柜也惧内呢。"

"男人惧内也不是什么坏事，有人约束少走歪路嘛。"刘金桂说，"话归正传，这张海报设计图我就按你的意见，拿回去再修改一下，将梁玉芳的肖像加上。"

崔炳楠说："拜托了！"

刘金桂一行三人被安排在观众席第一排左侧，刘金桂转头望去，曾玉彪与刁长廷不知何时坐在了离他们不远处的右侧位置，正津津有味地嗑着瓜子，还不时地朝他们斜睨一眼。

崔家戏班的拿手好戏《牡丹亭》开演之后，先是杜丽娘与她的丫鬟春香登场游园，杜丽娘美丽的身姿及优美的唱腔，很快赢得了观众热烈的掌声。石清梅是第一次观看这部戏曲，就悄悄地问曾玉冰："玉冰妹，《牡丹亭》演得什么内容？"

曾玉冰压低声音告诉她："这是元朝著名剧作家汤显祖写的一部爱情戏剧，又叫《牡丹亭还魂记》，主要讲述了南宋初年江西南安太守的独生女儿丽娘追求幸福爱情的故事。她与岭南书生柳梦梅梦中幽会，醒后思念成疾，不幸病逝。后来在柳梦梅等人的帮助下，杜丽娘起死回生，俩人终得团圆。整个故事很是曲折感人，我每次看它都落泪的。"

石清梅说："不光故事感人，戏演得也好看，你看演员的表演多么逼真感人。"

对于她们的交谈，刘金桂全然没有听见，他正在全神贯注地听戏，并为梁玉芳的精彩表演所打动。他想抽袋烟，立马被石清梅夺了下来："这地方人多，你不能随便抽烟。"

刘金桂尴尬地笑笑，将烟袋收好，没有吱声。

此时，曾玉彪看得也很开心，随着剧情的发展，他不时地为梁玉芳的表演大声叫好，引起一旁观众的反感。

演出进行到一半时，崔班主手执盘子来到观众席前，吆喝道："各位看官，崔家戏班的演出好看吗？请各位看官打个赏，捧个场！无论赏多少，您都是我们的高人贵客！谢谢各位，祝各位鸿运当头，万事亨通！"

崔炳楠边说边从前排左边开始收取。坐在前排的几个绅士纷纷向盘子里投掷银两和钱币。于是，盘子里发出叮叮当当的声响。刘金桂提示一下石清梅，说："打赏啊！"

曾玉冰要从包里取钱，被刘金桂制止。石清梅从包里取了几枚碎银丢进了盘子里。当崔班主快走到曾玉彪跟前时，曾玉彪站起来高声嚷道："刁管家，拿十两银子赏给崔掌柜！这个时候咱可不当缩头乌龟！"说完，他轻蔑地看了一眼刘金桂。

崔炳楠甚是感动，大声致谢："济生堂大药店曾玉彪大掌柜赏银十两，谢谢曾大掌柜！"

曾玉冰气不过，欲从包里取钱，被刘金桂用手按住，说："济生堂家大业大，打赏区区十两银子，算不了什么。"说完，眯上眼睛，若无其事地继续看戏。

《牡丹亭》一戏整整演出了两个半小时，演出非常成功，获得观众经久不息的掌声，许多人戏散了还不愿离开。刘金桂与戏楼上的演员挥手道别，然后与石清梅、曾玉冰一起从城隍庙的侧门走了出来。杨志明派姜师傅驾车早已在门外等候。刘金桂招呼她俩上了马车。石清梅问："金桂，天都晌了，你让我们饿着肚子回去？"

"不会的，中午咱们去云泉酒楼吃海鲜怎么样？山珍海味管你们吃个够，花不了十两银子吧？"刘金桂调侃道。

"曾玉彪当众给戏班打赏十两银子，人家多有面子啊！你不行，抠门！"石清梅说。

刘金桂笑笑说道："咱成文堂挣的每一文钱都是血汗钱，咱跟人家比富斗狠，犯得着吗？"

曾玉冰说："我看他是让钱烧的！这哪像个过日子的派头？"

"话也不能这么说。人家有钱，不花留着干吗？我听说曾玉彪正在探讨接管崔家戏班子呢。"刘金桂说。

曾玉冰叹了一口气，说："他离败家不远了！"

午饭后，刘金桂一行回到了成文堂，又派姜师傅驾车将曾玉冰送回了家。他独自回到了书房，展开那张海报设计草图，细细地修改起来。根据崔班主的要求，在那张海报的显要位置，他用铅笔很快将梁玉芳的演出肖像惟妙惟肖地画了出来。

这时，杨志明走了进来，瞅了一眼设计稿说："刘掌柜，您在修改海报设计草图？"

"根据崔家戏班崔班主的要求，我又做了适当修改，你看有无不妥？"刘金桂把草图递了过去。

杨志明看了看说："海报草图是不错，只是以我们目前的雕刻水平来看，恐怕印刷不出彩色的效果。"

"你的担忧是有道理的，其实这个问题我早就考虑过了。因此，年初我就派郭小舟与雕刻室的杨兴到潍县杨家埠去学习木版年画雕刻印刷技术了。"刘金桂说。

"潍县木版年画有何特点？"杨志明问。

刘金桂点了一袋烟，从抽屉里拿出几张潍县木版年画，说："潍县木版年画雕刻历史悠久，在胶东颇负盛名，它的工艺相对复杂，主要采用木版水印套色印刷，以红绿黄紫等色调为主，既单纯又鲜艳，效果反响强烈。它的特点既有北方年画的质朴明快，又具有南方年画的柔丽和雅致。"

"您什么时候对潍县木版年画有研究？"杨志明甚为惊奇。

"近两年我就对此感兴趣了。我琢磨着，随着胶州民间戏剧团体的迅速增多，他们必然要印制大量海报、戏票及其他宣传品，这是一个新兴的市场，我们必须及早着手准备。"刘金桂说。

"刘掌柜，您的眼光真是超前啊，我觉得这个行当将来的印刷量不会少，收益也会可观。而且，我们可以把业务扩散向周围县城。"

"那要看我们的印刷质量怎么样了，质量过关了，就可以创出牌子，抢占更多的市场。"刘金桂说。

"另外，据我所知，胶州百姓对木版年画也十分喜爱，逢年过节都置办一些年画，市场需求量也很大。我们除了掌握演艺界的印刷业务外，还应逐步占领胶州年画印刷市场。"杨志明说。

刘金桂听了，把烟袋锅里的烟末一磕，说："这个主意好！今后我们要围绕木版年画大做一些文章。郭小舟他们这几天就要回来了，你给他们专门安排一个加工作坊，配齐相应的设施和工具，加紧把崔家戏班的海报印刷出来，看看效果如何。"

"行，我马上安排。"杨志明说。

"另外，有件事我还一时拿不准主意，请你帮忙参谋一下。"刘金桂说，"我们可否自己建设一个戏剧场呢？这个戏剧场除了自己用以外，平时供各家戏班子无偿使用。"

"戏剧场建在哪里？"杨志明问。

"我家住宅东边不是有个菜园子吗？把菜园子拆了，建成一个戏院子。坐北朝南筑一个戏台子，戏台子后面建五间瓦房作为演员化妆、休息室。戏台子前面作为观众席位。建成后的戏院子就叫'成文堂戏剧院'。"刘金桂说。

"戏剧院建成后，如何使用大有文章可做啊。"杨志明说。

刘金桂说："我初步设想，到时戏剧场供各戏班子免费使用，但各家演戏要给咱成文堂免费做广告，且使用的门票、海报印刷须由成文堂包揽；过年过节闲暇无事的时候，成文堂的伙计们也可以利用戏剧场自编自演一些小戏，自娱自乐。你看如何？"

杨志明说："刘掌柜的设想太好了，这样我们与各戏班子可以互利互惠，我举双手赞成！"

"你没有意见？"刘金桂说。

"没有意见。"杨志明说，"只是剧场建成后，建议一定要选一个精明能干的人管理才好。"

"是的，这个人选你替我物色一下吧。至于剧场筹建的事情就有劳你负责了。"刘金桂说。

"没问题。"杨志明说。

晚上，刘金桂半依在床上，对身边的石清梅说："清梅，睡着了？"

"没呢。我在回忆白天的演出。"石清梅说。

"好看吗？"刘金桂问。

"好看。怎么了？"石清梅问。

"以后让你天天去看戏，好吗？"刘金桂说。

"拉倒吧，别哄我高兴了。"石清梅说。

"真的。我想跟你商量一下，把咱家东边的菜园子建成一个戏剧院，胶州及各地的戏班子可以轮流来演戏，到时，你不是可以天天去看戏了？"刘金桂说。

"刘金桂，你葫芦里到底卖的是什么药？你是不是想把我家的菜园子给占了，去建什么戏剧院？"石清梅一骨碌爬起来。

"正是这个意思。你同意不？"刘金桂问。

"你发的是那根神经啊，招呼些戏班子来家门口演出有什么好？亏你想出这么个馊主意。"石清梅嚷道。

"看你急的，听我慢慢说嘛。"刘金桂分析说，"这事是我与杨管家共同商量过的。要说建个戏剧院好处还真不少。其一，成文堂戏剧场建成后，各家戏班子一传扬，成文堂的名声可就大了。你说对咱们的印刷业务有利不？"

"当然有利了。"石清梅说。

"其二，以后各戏班子的海报、门票印刷等业务会给谁做？"刘金桂问。

"当然会给咱做了。"石清梅说。

"其三，成文堂五六十个伙计，他们也想看戏，定期在戏剧场娱乐一下，干活的劲头会更足，你说这是不是好事？"刘金桂问。

"当然是好事。"石清梅说。

"最后一条，你与母亲、孩子们以后看戏方便不？"刘金桂问。

"当然方便啦。"石清梅说。

"你看，建戏剧院有这么多的好处，我们何乐而不为呢？"刘金桂趁热打铁地说道。

"好是好，只是太可惜了。这块菜园子种的菜可供成文堂伙计们和家里人吃半年的，你若把菜园子占了，以后吃菜怎么办？"石清梅担忧地说。

"其实，这个问题我早就考虑过了。我打算在城郊租它十来亩地，雇两个人专门种菜，成文堂伙计们全年的吃菜问题就解决了。"刘金桂说。

"可是，我还是有些担心。"石清梅担忧地说道，"你与戏班子的女孩子打交道多了，不能变坏吧？"

刘金桂笑着说："你想哪了，我都是四个孩子的爹了，咋还有那些歪心思？"

"你要保证不学坏就好！"石清梅一把抓住刘金桂的手说。

"我保证！"刘金桂轻轻地将妻子揽在怀里。

刘金桂做事情向来不拖泥带水。他先找专业人士做了一个规划设计图，大家一起研究讨论了一番，然后，将筹建任务交给了杨志明。杨志明将脑瓜灵活、能说会道的石铁蛋从印刷作坊里抽调出来，协助自己开始筹建工作。他们请了专业施工队，先将五间瓦房建好，接着，用砖石砌出戏台，套好了院墙。石铁蛋还找来几个强壮的乞丐过来帮工，施工进展十分顺利。

郭小舟与杨兴去潍县杨家埠学成归来后，刘金桂亲自为他俩接风洗尘，勉励他们回来后要在木版年画印刷方面搞出点名堂来。郭小舟说："刘掌柜不惜花大本钱选派我们去潍县学习木版年画制作技术，对我们寄予厚望，我们若是不争气，能对得起谁？"

刘金桂说："暂时给你们安排了一间工坊，你们尽管放手去干，有什么困难随时告诉我。将来戏剧海报、门票、年画什么的，都要尝试着印刷。所以，以后从草图设计，到木雕、套色印刷，一条龙的工艺技术你们都要熟练掌握。"

"我们一定认真钻研，早日全面掌握木版年画印刷技术，决不辜负东家的期望。"郭小舟说。

"请东家放心，我们一定努力钻研技术，印出合格的年画。"杨兴表态说。

不久，郭小舟他们较好地完成了几份木版雕刻印刷的海报，还印刷了几种风俗年画，印刷质量总体上达到了设计要求，这使刘金桂印刷木版年画的信心大增，他决定，适当的时候，再派几个技术骨干去天津学习一下杨柳青木版年画的制作技术，尽快提高木版年画的印刷制作水平。

在"成文堂戏剧院"即将建成完工之际，杨志明向刘金桂推荐了一名负责人选，他说："刘掌柜，你不是让我推荐一位戏剧院负责人吗？现在我物色好了，我觉得石铁蛋来任这个职位比较合适。"

刘金桂紧锁眉头，说："他能行吗？"

杨志明说："能行，别看他是乞丐出身，文化程度不高，但他聪明好学，适应能力强，又能说善辩，办事特别有眼力劲儿。近期筹建戏剧院，好多对外协调的事情都由他来做，大多处理得比较妥善。"

"此人能力尚可，但我总觉得他还是浮躁了一点。"刘金桂说。

"年轻人有缺点是难免的，我们可以耐心培养一下嘛。"杨志明说。

"这样吧，戏剧院还由你负总责，让他来做你的助手如何？具体的事情让他多跑跑，磨炼一下，待他成熟一点后再把这个摊子交给他。"刘金桂说。

"这样也好，更稳妥些。"杨志明说。

六月初，气温骤升，街道两旁的白杨树一片生机盎然，茂密、油绿的叶子在阳光的照射下，银光闪烁，光斑陆离，给人一种静谧和神秘莫测的感觉。

一群在大树下乘凉的百姓们，正喊喊喳喳地议论着，翘首以盼成文堂戏剧院的落成典礼。

院子里，坐满了胶州各大戏剧班子的班主和演员，以及部分街坊邻居，他们大都是自发地赶过来，凑个热闹。然而，成文堂戏剧院落成庆典似乎没有人们期待的那样隆重，一切看起来平淡无奇。庆典由杨志明主持，由胶州商会会长法四爷与刘金桂共同为"成文堂戏剧院"牌匾揭牌。然后，由刘金桂发表简短的致辞。他说："各位戏班班主，各位父老乡亲们：承蒙大家的厚爱和支持，成文堂戏剧院今儿正式落成，这不仅是我们成文堂的一件盛事，也是胶州百姓的一件大喜事。因为它为戏剧演员们提供了一块展示才华的舞台，为胶州百姓提供了一份精神文化盛宴。从今以后，成文堂戏剧院将为各戏班免费提供排练场地，免费提供演出舞台，免费提供照明支持。同时，希望各家戏班能够排练出更多精彩的戏曲节目，为丰富胶州百姓的文化生活奉献自己的力量！我们成文堂将尽己所能，竭诚为你们搞好服务，排忧解难。预祝成文堂戏剧院吉祥顺意、前程似锦……"

刘金桂的致辞博得了大家一片热烈的掌声。

庆典仪式结束后，崔家戏班首先将拿手好戏《牡丹亭》正式推出。

成文堂戏剧院正式落成的消息很快传到了济生堂大药店。刁长廷对曾玉彪说："刘金桂搞雕版印刷刚挣了几个小钱，就开始嘚瑟开了，听说刚刚建了个戏剧院，全胶州城的人都在议论他呢。"

曾玉彪没有搭话，在屋内来回地踱步。

刁长廷见曾玉彪没有反应，忽然建议说："我们用不用找几个地痞去把他的场子砸了？"

曾玉彪诡秘地笑了笑说："我们平白无故地砸人家的场子干吗？他建戏剧院是好事啊。"

"让他在胶州城出尽风头了，还是好事？"刁长廷不解地说。

"俗话说得好：天欲让其亡，必令其先狂。刘金桂放着正当的生意还没做好，就去涉水演艺行当，这分明是不务正业了。若是沉迷娱乐，很快可以瓦解他的斗志，其生意非荒废不可。对我们来讲，能说这不是好事？"曾玉彪说。

刁长廷听后，不由得竖起拇指，说："曾掌柜高见！您看问题总是比常人高出一筹。"

曾玉彪拿出一只木雕烟斗，点了烟，狠吸了一口，说："我们不但不能砸他的场子，还要竭力去捧他的场子，让成文堂戏剧院顺顺当当地干下去，你明白我的意思吗？"

"我明白了，曾掌柜。"刁长廷说，"另外，崔家戏班的崔班主托我问一下您，入伙的事考虑得怎么样了？"

曾玉彪吸了一口烟，又吐出一串烟圈，说："实话跟你讲吧，与其说我对崔家戏班感兴趣，还不如说我对他家的小花旦梁玉芳更感兴趣。我每次看她的演出，心里都像揣着个小兔子似的，慌得很。这小女子太可爱、太有魅力了。有朝一日非得把她弄到手，我才心安呢。"

"让她做你的小妾？"刁长廷问，"你家嫂子能同意吗？"

"她敢不同意？她敢阻拦就休了她。当然，还是尽量少招惹她。"曾玉彪说。

刁长廷说："实在不行，在外面给她买个房子，养着她也行嘛。"

"嗯，这样不错。"曾玉彪说，"你去告诉崔班主，崔家戏班曾府可以接管，但是，前提条件是梁玉芳必须早日嫁给我。"

刁长廷拍拍胸脯说："我知道怎么做了，这事包在我身上。"

成文堂戏剧院开张后，因为条件方便，各戏班子争相要求前去排练和表演。石铁蛋逐一给他们登记排队，妥善安排，戏剧院的演出活动很快步入正轨。石铁蛋周旋于各戏班子，与各戏班班主很快混得很熟。但他坚持不吃请受贿，无论哪个班主请他吃饭，他都一概拒绝。因为他心里明白，刘金桂让他做杨志明的助手，正是考验他的时候。因此，做事十分谨慎，自身约束很严。不过，让他为难的是，近期曾玉彪出入剧院十分频繁，每逢崔家戏班演出，他几乎都来观赏。见了自己也格外热情，有一次还特地邀请自己去云溪酒楼饮酒，被他婉言拒绝了。因为他心里明白，自己若与曾府走得太近，那可是犯忌讳的，闹不好自己要丢掉饭碗的。因此，他与曾玉彪的交往接触，尽量保持一定的距离。同时，他还发现，只要晚上崔家戏班有演出，刘金桂再忙也能到场观看。有时候还亲自去后台看望慰问演员们。有个年轻演员梁玉芳似乎对刘金桂很崇拜，那流盼的目光里，满是羞涩与热情。刘金桂对她也颇有好感，经常对她嘘寒问暖，格外的关心。石铁蛋虽然将这一切都看在眼里，但他从未向任何人提起或说穿过此事。

这天上午，天阴沉沉地下着小雨，街道上的青石板油湿打滑，偶尔泛出点点光泽。他觉得今天这样的天气，刘金桂应该不会外出，是个汇报事情的好时机。于是，他便匆匆向成文堂走去。

此时，刘金桂正在书房里查看账目。忽然，一位青年女子手提花雨伞，头发散乱，跌跌撞撞地冲进屋，"扑通"一声跪在地上，喊道"刘叔，救救我!"

刘金桂定睛一看，是崔家戏班的花旦名角梁玉芳，十分吃惊。他赶忙上前将她扶起，问："玉芳，你怎么了？快坐下慢慢说。"

梁玉芳在一张板凳上坐定，眼泪止不住地流下来，说："昨晚，济生堂大药店的曾玉彪派刁管家前来我家，向我干爹求亲，要娶我做妾。可我知道曾玉彪是什么样的德性，我不愿往火坑里跳啊！刘叔，我很尊重您的为人，只有您才能救我啊!"

"你干爹什么态度？"刘金桂问。

"我干爹当场没有答应，说是等与我商量一下再说。不过，我干爹是个见利忘义的人，他经不起曾玉彪钱财的诱惑，迟早要出卖我的！"梁玉芳说。

"曾玉彪这个狗杂种，仗着自己有几个臭钱，竟然为所欲为，把魔手伸向了一个弱女子，可恶至极！我决不能让他的阴谋得逞！"刘金桂气愤地说道，他稍平复一下情绪，说："有个问题我想知道，崔班主是怎么成为你干爹的？"

"说来话长。崔班主和我爹都是平度人，他们两个本是同学。我出生时，我娘因为难产，在生下我之后不幸去世。我爹一把屎一把尿地把我拉扯到七岁的时候，被采石场滚落的石块击中头部，生命垂危。临终的时候，崔家戏班的崔炳楠来看他，见到我心生可怜，说：'芳芳这个孩子长得俊秀乖巧，将来是个演戏的料。如果你放心，就交给我收养吧。'我爹也是无可奈何，只好点头同意。艰难地对我说道：'爹快不行了，你就跟着崔班主去混口饭吃吧。从此以后，他就是你干爹了，由他负责抚养你成人，你快给你干爹磕个头。'我哭着给崔炳楠磕了头，他将我抱起来，说：'老梁，你放心吧，我会像亲闺女一样待她，还要好好培养她，让她将来出人头地。'听了他的话，我爹才放心地合上了眼睛……"

"玉芳，真看不出你有如此凄惨的遭遇。你打算让我怎么救你？"刘金桂叹了口气说。

"我今年十八岁了，就算他养活了我十二年吧，你能否花钱把我赎出来？我宁愿给您家当丫鬟，当牛做马，也不想嫁给曾玉彪。可这样一来，需要刘叔破费一大笔银子。"梁玉芳说。

"破费点银子倒没有什么，只要能把你救出来，我会不惜一切代价的。你考虑好了？"刘金桂说。

"我考虑好了。赎出来以后，我甘愿做您和刘太太的丫鬟。"梁玉芳说。

刘金桂摇摇头说："你进刘家以后是不会让你做丫鬟的，来成文堂打工吧，做个售书的店员怎么样？"

"我愿意。我真不知道怎样感谢您。"梁玉芳激动地擦着脸上的泪水。

这时，传来"咚咚"的敲门声。刘金桂喊了一声："请进！"

石铁蛋推门走了进来，一看梁玉芳在这里，又要急着退出。刘金桂招呼说："铁蛋，你来得正好，你马上去给我把崔炳楠班主请来！越快越好。"

"好的。"石铁蛋一溜小跑奔出门外。

不久，崔炳楠慌慌张张地赶了过来，说："刘掌柜找我有何贵干？"

刘金桂板着脸说："听说你要把梁玉芳嫁给曾玉彪？"

"他是来求过婚，可我还没有答应他。这事我要与玉芳商量好了再定。"崔炳楠低声说道。

刘金桂问："你征求过梁玉芳的意见？"

"征求过，只是她死活不同意。"崔炳楠说。

"玉芳还年轻，本人又不愿意，嫁给曾玉彪做小妾，你觉得合适吗？"刘金桂问。

"我也知道不太合适，可曾玉彪这样的绅士，我惹不起啊！他提出的事，谁敢不答应？"崔炳楠怯怯地说道。

"既然你也觉得不合适，我有一个主意，你看如何？"刘金桂说，"我母亲年岁已大，身边急需一个贴身丫鬟照顾，我想出钱把她赎出来，给我母亲做丫鬟，行不？"

"行是行，可赎人的钱可不是一笔小数目。她从七岁就跟我学艺，养活她这么大，我费尽了心血。现在她还是戏班的台柱子，她走了，我要遭受多大的损失呀！"

刘金桂说："少啰唆，你出个价吧！"

崔炳楠盘算了一下，伸出了五个指头。

刘金桂说："你这是天价啊，再少一点吧。"

崔炳楠冷冷地说道："五百两银子，一两也不能少。"

"行，就这么定了。我准备一下，明天上午十时，我差人把银子送到你家，直接把人领回。"

"好，爽快！我明天上午在家里等着。"崔炳楠说。

这时，梁玉芳含泪从里间走出来，说："谢谢干爹！"

"不要谢我，咱得感谢刘掌柜，人家为人仗义着呢！你能来刘家做丫鬟，我最放心了。"崔炳楠说。

"谢谢刘叔！您的大恩大德我终生难忘。"梁玉芳向刘金桂深鞠了一躬。

"别客气，以后咱们就是一家人了。"刘金桂说，"赶快与你干爹回去收拾一下东西，明天上午就来我家吧。"

"十分感谢，我与闺女走了！"崔炳楠抱拳告辞。

刘金桂说："铁蛋，你送送崔班主。"

石铁蛋送走了崔炳楠与梁玉芳，回来对刘金桂说道："这事咱得抓紧了办，省得夜长梦多。我担心曾玉彪对此事不会善罢甘休，咱得提前有所准备。"

"我刘家买个丫头，他管得着吗？甭在乎他！"刘金桂说，"你明天与杨管家一块把银子送去，把人给我顺利地领回来。你现在去叫杨管家来我这里一趟。"

"好的。"石铁蛋匆匆走出门外。

待成文堂凑足了现银，第二天上午十时，杨志明与石铁蛋驾车准时来到西郊崔炳楠的家，意外的事情发生了。原来半个时辰以前，曾玉彪与刁长廷带人刚刚来过他家，给了崔炳楠六百两银子的聘礼，并表示愿意接收崔家戏班。崔炳楠见钱眼开，很快妥协，把与刘金桂的口头协议完全甩在脑后，答应把梁玉芳嫁给曾玉彪。梁玉芳苦苦哀求说："干爹，我们不是与刘掌柜都说好了吗？我宁肯做刘金桂家里的丫鬟，也不愿嫁给曾玉彪，你别把我往火坑里推呀。"

崔炳楠此时主意已定，劝她说："闺女啊，曾玉彪在胶州是远近闻名的商贾，有钱有势，给他做二房，不丢人的。你荣华富贵的日子马上就要来到了，别不知好歹。"

梁玉芳苦求无果，便想以死抗争。她从地上爬起来，一头向门框撞去。然而，曾玉彪早有防备，一个箭步挡在她的前面，梁玉芳一头撞在了他的怀里。曾玉彪厉声喝道："来人，带走！"

于是，梁玉芳被曾玉彪手下的人强行带走。

杨志明与石铁蛋了解了事情原委以后，十分生气。杨志明质问道："崔炳楠，昨天你刚与刘掌柜谈得好好的，为什么说变卦就变卦了？"

崔炳楠低声说道："曾玉彪给的银子多嘛。同时，我还得为戏班的其他人着想啊！"

"你这是在卖闺女啊！你还是个人吗？"石铁蛋也发火了。

崔炳楠立刻装出一副可怜的样子，说："两位兄弟，请多担待，我本是个穷班主，上有老下有少，过日子离不开钱啊。再说了，我觉得与其把小女卖给刘金桂当丫鬟，不如嫁给曾玉彪做小妾体面，我这是为小女着想啊！"

"一派胡言！我看你怎么向刘掌柜交代？"杨志明说。

"求求俩兄弟带个话，这事我身不由己啊，我向刘掌柜道歉了！"崔炳楠"忽"地跪在地上，朝门外磕了三个响头。

见此场面，杨志明也拿他没有办法，他招呼一声石铁蛋说："我们走！"

回到成文堂，杨志明把刚才在崔炳楠家里发生的事情一五一十地向刘金桂说了，刘金桂当场恼了，将桌子上的茶盘猛地掀翻在地，怒吼道："岂有此理！崔班主是十足的无赖！曾玉彪是胶州头号地痞流氓！"

杨志明劝慰道："刘掌柜，您冷静些。"

"我对不住玉芳姑娘啊，她是那么信任我，我明明答应人家了，可偏偏出了差错。"刘金桂自责地说。

杨志明说："《道德经》上讲，福兮祸所伏，祸兮福所倚。曾玉彪强霸民女，天怒人怨，不会有好果子吃的。"

"我看他是捧了个烫手的山芋回去，曾府的好戏还在后头呢。"石铁蛋插话说。

刘金桂叹了口气说："这事都怪我考虑不周，动作迟缓。事已至此，暂且罢了。你们都回去吧。"

杨志明与石铁蛋见刘金桂的情绪有所平静，便悄悄退了出来。

曾玉彪将梁玉芳带走后，并没有直接打道回府，而是去了东郊一处新租的民房。民房里布置一新，大红喜字张贴在新房里格外显眼。曾玉彪派了几个家丁严加看管，委托刁长廷劝说开导梁玉芳。稍事安排之后，便驱马车回到了曾府，直接面见曾夫人，说："今儿跟你商量个事，我准备迎娶个小妾，你同意不？"

"哪家闺女？该不是崔家戏班那个小妖精梁玉芳吧？"曾夫人强忍心中怒火问道。

"你知道了？"曾玉彪说。

"我看你近期一有空就往崔家戏班子钻，神魂颠倒的，想必是被那个戏子迷住了。"曾夫人说。

"这么说你同意了？"曾玉彪说。

"你们曾府欺人太甚！我自从嫁到你们曾府，上侍候老人，下照顾孩子，且天天为你担惊受怕，吃了多少苦头？如今你嫌我人老珠黄了，就想另寻新欢，你的心让狗吃了？"一向温柔善良的曾夫人此刻忍不住泪流满面。

"我知道你对曾府劳苦功高，以后无论娶几房，谁也代替不了你的位置，这一点你放心好了。"曾玉彪说，"我们现在两个闺女了，可一直缺少个儿子。我想再娶个小妾，给我们生个儿子，也好延续曾府的香火。"

曾玉彪的理由虽然听起来冠冕堂皇，却深深刺痛了曾夫人的心。自己虽然想为曾府生个儿子，可一直天不遂人意，连着生了两个闺女。如今他要娶妾生子，自己还怎好阻拦呢？于是，她思忖半天，开口说道："我眼不见为净，你在外面愿怎么疯癫就怎么疯癫去吧！但要记住，只要我还有一口气，就决不允许你把别的女人领进家门！"

曾玉彪知道，曾夫人已经做出了最大的让步。况且，老大住家里，小妾住外面，互不干涉，这不是两全其美吗？何必非要让她们凑在一块你争我斗的？他抚摸着曾夫人的肩膀说道："你的心情我能理解，就按你说的办。以后家中大小事儿还是你说了算，梁玉芳凡事都得听你的。"

曾夫人没有言语，扭身进了里间。

安抚好了曾夫人，曾玉彪感觉身上轻松了许多。于是，又喜滋滋地驾车奔向他东郊的新巢。

第二十二回　初生牛犊露头角　刘家后人渐成才

在宽敞的厅房里，刘金桂正在认真阅读刚印出的书稿，石清梅提着一包东西从外面走了进来，老远兴奋地喊道："我刚才去了趟估衣街，给儿子们挑选了几件旧衣服，款式还不错，价格又便宜，你看怎么样？"说着，把包里的衣服放在桌子上。

刘金桂抓起一件随便瞧了瞧说："将就着穿倒可以，只是寿山今年都已经十八岁了，连寿楠、寿恭、寿祥他们也都慢慢长大了，孩子现在都知道要面子。你以后就别去旧货市场划拉些破烂衣裳让他们穿，给他们定做几件新的，咱现在的条件又不是不允许。"

"条件是好了，可咱也不能乱花钱啊。既然你这么说，那就先给寿山、寿楠做两件新衣服。寿恭、寿祥他们先将就一些吧。"石清梅说。

刘金桂说："寿恭、寿祥的穿戴也要整齐一点，甭让街坊邻居看不起。"

"知道了，你拿四个儿子跟宝贝似的，我吃什么穿什么你咋不管不问？"石清梅边收起衣服边发牢骚。

刘金桂说："你是咱家的大管家，愿买什么你就买什么，还用我操心？"

"说得好听，我的这身衣袍都穿了三年多了。"石清梅说。

"换件新的吧。"刘金桂笑笑说，"只怕是给你钱，你也花不出去。"

"针眼里看人——小瞧人！我节省一点，还不是顾虑你们赚钱不容易吗？"石清梅说。

刘金桂说："你别在这里啰唆了，玉冰与青莲来了，你快去书房那边看看她们。"

石清梅把衣服放好，匆忙来到书房，见寿山正在为徐青莲、寿恭他们辅导书法功课，曾玉冰站在一旁欣赏。

"玉冰妹妹，我刚才去买了点东西，回来晚了，让你们久等了，真不好意思。"石清梅说。

"你忙你的，这里有寿山给他们作书法辅导。"曾玉冰说，"寿山的欧体字，方圆兼施，点画劲挺，笔力险峻，又严谨工整，写得真是别具一格。青莲特别喜欢跟她寿山哥学习书法。"

"寿山练的字，也是逼出来的，跟郭先生读私塾时，每天晚上都要临帖，常常写到半宿，第二天再把作业交给郭先生批改。记得有一次偷懒未写完，被郭先生用戒尺把他的手都敲肿了。俗话说得好，严师出高徒啊。"石清梅看了看青莲写的字，说："我看青莲的悟性极高，刚上手就写得这么好。"

"你别夸她了，都十岁的人了，写的字还不经看。"曾玉冰说。

徐青莲抬头看了她妈一眼，显得有点不服气，当着外人的面她又不便顶撞她，于是提议说："寿山哥，带我去雕版作坊看看呗，我听说那些雕版师傅大都写得一手好字。"

"你的字还没写完呢。"刘寿山说。

"停会儿再写嘛，寿山哥，领我去看看嘛。"青莲抓着刘寿山的胳膊不停地摇晃。

石清梅见状，说："寿山，青莲想去开开眼，你就领她去看看吧。"

刘寿山说："我的师傅付秀田可厉害了，你不怕他?"

"不怕!"徐青莲说。

"好，那你洗洗手，咱马上去。"刘寿山说。

刘寿恭高声嚷道："我也去!"

刘寿山说："跟屁虫! 你去干吗? 在这写字，哪也不许去。"

"不! 青莲姐姐能去我就能去。"刘寿恭坚持要去。

刘寿山说："皮孩子，真拿你没办法。那咱们就一起去吧。"

刘寿恭高兴地一下子跳起来，撒腿就往外面跑去。

石清梅说："我也好久没去作坊了，大家一起去看看吧。"

路上，曾玉冰说："我记得我家青松跟你们寿山是同岁，青松生日大点。青莲又跟寿恭同岁，寿恭生日大点。转眼间，孩子们都长大了，我们也一天天变老了。"

"人到中年，日子过得像流水似的快。我家寿山跟寿楠从胶州德国教会学堂毕业后，现都在成文堂学徒。依我原来的想法，给他俩各支个铺子，让他们自己独立去干。可他爹说，现在还不行，尚缺乏历练，必须要让他们从学徒开始干起，多积累一些实践经验。"

"你家金桂有头脑，有谋略，教子有方。不像我家的徐云龙，绣花枕头一个，整天只知道赌博和玩乐。青松这孩子多亏还有个好爷爷带他，才没有走下坡路。"

"青松怎么没来?"石清梅问。

"今天被他爷爷带去大通绸缎庄盘点去了。"曾玉冰说，"姐姐，我有时候真羡慕你，你的命咋这么好啊!"

石清梅说："你的命更不错，出身大家闺秀，又嫁给了富贵人家。不像我，从小在小渔村长大，吃了不少的苦。"

"先苦后甜才是有福之人呢。"曾玉冰说。

他们边说边来到了雕版室，付秀田正忙着刻板，一见他们赶忙起身迎接，说："刘夫人、徐夫人好，欢迎光临!"

石清梅说："孩子们对雕版印刷工艺有好奇心，想过来看看，没打扰您吧?"

"不打扰，只要不动手碰着就行。"付秀田平日紧绷的脸此时显得十分谦和。

付秀田对刘金桂和石清梅的尊重，不是出于表面应酬，而是发自内心的。他刚受聘到成文堂作技术师傅时，因为刚失去爱人，一连几年，一直郁郁寡欢，打不起精神。刘金桂看在眼里急在心里，便催促石清梅帮他尽快找个对象。石清梅想起在印书坊学徒的郭兰芝，年龄也不小了，但不知道她对付秀田有没有好感，于是，专门找她征求意见。郭兰芝其实早就对付秀田师傅心生爱慕，只是担心父母因为年龄原因而反对，因此一直压抑着自己的情感。石清梅知道了她的想法后，又去征求付秀田的意见，他更是乐意，说："兰芝这个姑娘聪明、勤快，善解人意，是个百里挑一的好姑娘。只是我年岁比她大十多岁，怕人家嫌弃呢。"石清梅听了，说："人家姑娘不挑岁数。看来你俩挺有缘啊!"接着，她又登门去做郭先生夫妇的工作，见他俩还有些犹豫，她便请求刘金桂出面劝说。刘金桂利用周末去了趟郭先生的家里，劝说道："付先生年龄虽然比兰芝大一点，但他人长得端庄帅气，人家还掌握着过硬的雕版技术，有技术那可是铁饭碗呢，走遍天下都不怕。据我观察，他这个人重感情讲义气，人靠得住。兰芝若嫁给他，肯定不会受委屈的。如果你们同意他们的婚事，我就给他们在胶州城里买上个四合院，让他们婚后去住。你们不用再愁她出嫁的事了。"

听了刘金桂的一番话，老两口的态度缓和了许多，又与付秀田接触了几回，感觉他人实在、正直，心地又比较善良，才放下心来，说："既然金桂与清梅都觉得这桩婚事还行，我们也没什么意见了，兰芝以后全靠你们帮衬了！"就这样，付秀田与郭兰芝终于喜结良缘。刘金桂不仅给他们买了一套四合院，还为他们置办了所有家具和生活用品，小两口为此十分感动。一年后，他们就有了一个聪明可爱的女孩。

今天石清梅她们的突然造访，不禁使付秀田想起了许多刘金桂夫妇帮助他们的往事。

"叔叔，板子上的字怎么是反写得呀？"徐青莲天真地问付秀田。

付秀田回过神来，给她粗略地介绍了一些刻版的知识。

"这些字写得漂亮不？"刘寿山问徐青莲。

徐青莲说："漂亮！"

刘寿山耐心地说："这些字写得漂亮还不够，更要规范。字写得好，版才能刻制得好。你不是想当一名雕版大师吗？那就要把字练好，把基础打好。"

"我懂了，寿山哥哥。"徐青莲说。

付秀田看了刘寿山一眼，眼睛里流露出一丝赞许的目光。

石清梅问："付先生，寿山跟你学徒这么长时间了，他做得怎么样啊？"

"我这个徒弟聪明好学，很有悟性，尤其是做事情特别专心，一丝不苟，性格也谦和。我先后带徒弟十多人，他是我最喜欢的一个。目前，他的小楷写得十分娴熟，已经能够独立刻版。"付秀田拿起一块刻版，说："这块版是寿山刻的，你看他的刀法剔透稳健，下刀凌厉准狠，线条流畅挺括，字体端正，深朴厚重，十分清秀。我们最近印刷的《对字本》，版页均为寿山一人所刻，大家可以随意看看。"

刘寿恭抢拿了一本，顺便翻了一页，大声念道："经营不让陶朱富，买易常存管鲍心；立万世无疆之业，来四方有道之财；和气远招千倍利，公平广进四方财。这是些什么词语啊，我看不大懂。"

"你真笨，这些是对联。"徐青莲从他的手里夺过来，又翻了一页念道："治家勤为本，立身孝为先；忠厚传家远，诗书继世长；上苑春光好，重门喜气新；天官常赐福，仁常广增财。"

刘寿恭故意打岔说："哪来的天官啊，应该是老天爷吧。"

徐青莲见他故意搅场子，生气地噘着嘴，一下子将书合上，不再念了。

曾玉冰说："书的内容固然不错，但制版更精良，独具匠心啊。寿山年纪轻轻就学得雕版真传，实在了不得啊。"

"我还是新手，技艺比我师傅差远了。"刘寿山不好意思地说。

石清梅说："你知道就好，我看你现在只学了点皮毛，硬功还差得远，要赶上师傅的水平，尚需时日与努力的。"

付秀田说："寿山是棵好苗子，青出于蓝而胜于蓝。我心里有数，他早晚要超过师傅的。"

刘寿恭忽然插嘴说："大哥，我二哥在哪？我想去看看他是怎么制墨的。"

"你这个小家伙，什么都想知道。走，我领你去看看。"刘寿山说。

石清梅说："付先生，我们一块去看看，就不在这里打扰您了。"

付秀田说："也好，孩子们好奇心重，就带他们到处走一走看一看吧。"

他们出了雕版室，来到大院西北角一处比较僻静的地方，远远地便闻见一股淡淡的墨香。刘寿山说："到了，这边就是制墨作坊。"

他们进了作坊里，只见靠墙的地方是一拉溜的大缸小罐，胡忠义师傅正向一口大缸里配料，刘寿楠等徒工手持一根木棍，插入缸底均匀地搅拌起来。胡忠义回头一看进来这么多人，生气地喊了一声："谁让你们进来的？都出去！"

石清梅与曾玉冰他们只好尴尬地退出门外。

胡忠义对走在最后面的刘寿山说："配料重地，讲究卫生，闲人一概不得进来，这点你还不懂吗？"

"胡师傅，是我不对，未经您的同意就带他们进来了。"刘寿山说，"原本是两个孩子出于好奇，才来拜访您的。"

胡忠义洗罢了手，走出门外，方才看见人群中有石清梅与曾玉冰，连连说道："是刘夫人与徐夫人来了？老夫年老眼花，有眼不识泰山，对不住了！"

石清梅说："胡师傅您好，多有打扰！"

胡忠义说："这边请吧。"说着，领他们进了一间雇工休息室。

大家随意坐在靠墙的木条长凳上，胡忠义说："你们稍等片刻。"

一会儿，他抱着一个小瓷罐走了进来，仔细地将盖子打开，屋子里立刻溢满一股墨香。他亲切地招呼寿恭与青莲过来一探究竟，两个孩子睁大眼睛看着罐里黑乎乎的东西，寿恭说："这些黑不溜秋的是啥东西？"

徐青莲吸了一口气说："哇，好香！你怎么连墨都不认识？"

刘寿恭说："伯伯，这墨是怎么制作出来的呀？"

这时，年已十六岁的刘寿楠快步走了进来，胡忠义抬头看了他一眼，说："来得正好，寿楠，你来给妹妹与弟弟们讲一讲制墨原理吧。"

刘寿楠首先朝石清梅与曾玉冰她们点了点头说："你们都来了？两个小家伙也想学制墨啊？"

"寿楠哥，给我们讲一讲呗。"徐青莲央求道。

刘寿楠说："我还没出徒，说不太好，就简单地介绍一下吧。眼前的这罐墨，叫松烟墨，以松木烟灰为原料。知道烟是什么？烟是动植物未尽燃烧而生成的气化物，烟遇冷而凝固成烟炱，它有松烟炱和油烟炱之分，我们现在采用的多是松烟炱。它的特点是姿媚而不深重，浓墨无光，入水易化。"

"告诉我，它是怎么制成的。"刘寿恭说。

刘寿楠说："你是说制作工序吧，这个可比较复杂了，概括地讲，要经过烧烟、熔胶、杵捣、锤炼等多道工序研制而成。"

徐青莲问："不是说要发酵吗？需要多长时间？"

刘寿楠说："你是打破砂锅——纹（问）到底了，这可是秘密，不能再说了。"

"二哥，你就说说嘛，这里又没有外人。"徐青莲依旧不依不饶。

刘寿楠笑了笑说："真拿你们没办法，实话告诉你们，这松烟墨不经三冬四夏的存放与发酵是出不了成品的。至于发酵时添加什么原料，我就不能告诉你们了。到时，你们给我当徒弟时再说。"

大家一下子被他说乐了。胡忠义满意地对石清梅说："寿楠这孩子有心劲，肯动脑筋，又能言善辩，将来是块经商的好料。"

石清梅说："他还年少无知，全靠胡师傅教授和帮带。另外，这孩子平时有些娇惯，请您严加管教。"

"这孩子很懂事，只怕我平时要求太严，让他吃不消。"胡忠义说。

曾玉冰插嘴说："严师出高徒。我看寿山、寿楠这俩孩子在师傅的管教下，出息多了。"

正在这时，杨志明匆忙找来，说是刘金桂让刘寿山现在去趟书房。

石清梅说："胡师傅，不给您添麻烦了，我们一块走了。"

胡忠义说："不麻烦，请慢走。"

刘寿楠却默不作声，用指头戳了点墨，然后迅速在寿恭的上唇画了两撇，寿恭看上去像长了两撇胡子，大家见了立刻哄堂大笑起来。待寿恭回头寻找哥哥时，哥哥早已抱着瓦罐，鞋底抹油——溜了。

一路上，刘寿山心里直犯嘀咕，不知道父亲忽然找自己有什么事情，就问杨志明是怎么回事。杨志明说去了你就知道了。等他们进了刘金桂的书房，刘金桂正埋头噼里啪啦地打着算盘，半晌，刘金桂抬头问他："你今年多大了?"

刘寿山摸不着头脑，机械地回答："十八岁了。"

"不小了。我到胶州那年也不过二十来岁。"刘寿山说，"刚才我与杨管家商量过了，塔埠头那边有个书铺，原来生意不错，可这两年不知怎的，一直没有盈利，你去调查一下什么原因，提出一个整改方案。你乐意去不?"

刘寿山说："乐意去，只是付师傅知道这件事吗?"

"杨管家一会儿去跟你师傅打个招呼，你快做准备，抓紧时间去调查，争取早日给我个答复。"刘金桂说。

"好吧。"刘寿山答应后，去宿舍换了件衣服。然后，匆匆找到了付秀田，将父亲的安排跟他说了一遍。付秀田说："刚才杨管家已经替你请假了。你尽管去，这里你先不用牵挂，集中精力去办那桩事。这可是你爹对你独立办事能力的一次考验啊。"

刘寿山有点为难地说道："我第一次处理这样的事情，心里慌得很，还不知从哪儿下手呢。"

付师傅瞪了他一眼，说："凡事都要牵住牛鼻子，先从最关键处入手。你去了，先查账!"

"还是师傅高明，一语中的。那近期我就集中办这件事了。"说完，把手头没有完成的活，交还给了师傅。

第二天上午，刘寿山装扮成一名普通的顾客来到成文堂塔埠头书铺，只见当班的四个店员，大多精神萎靡，心不在焉。顾客进出既无迎声，更无送声，服务态度十分冷淡。当班的店员中，只有一个年近五十岁的男店员，态度还算和气，卖货比较殷勤。他打听了一下，男店员叫吴向贵，是胶州本地人，从书铺成立时他就来了，现为书铺的店员兼记账员。刘寿山观察了大半天，出了书铺大门，来到离店铺不远的一棵大柳树下站定。待店员们下班后，刘寿山从后面追上了吴向贵，自我介绍说："吴师傅您好，我是刘金桂的大儿子刘寿山，想请您一起去吃午饭。"

吴向贵开始愣了一下，听了刘寿山的介绍后，说："你是刘掌柜的大公子啊，长得可够帅的。但是，你请客我可不敢去啊。"

"天到这个时候，我是真饿了，可对周边的饭店又不太熟悉，这不，正好遇见了您，您就帮个忙给引荐一下嘛，咱也好顺便聊聊天。"刘寿山说。

吴向贵见刘寿山说话挺诚恳的，就答应了他的要求。他们来到一家叫"东城风味水饺"的小店，点了两盘三鲜水饺，边吃边攀谈起来。刘寿山不经意地问："上午怎么没有看到孙启元掌柜？"

　　"他嘛……"吴向贵欲言又止。

　　刘寿山说："我听说您是老店员了，人品也好。我想从您这儿听到一些实话，就算帮帮成文堂吧。"

　　吴向贵终于鼓足勇气说："孙掌柜这两年的所作所为，大家是越来越看不下去了。听说他前几年染上了吸大烟的毛病，外面还包养了一个戏子。"

　　"既是这样，花费可大了，他从哪儿开销？"刘寿山说。

　　"还不是从书铺里拿？那可是东家与伙计们的血汗钱啊。店员们对此都很是反感。"吴向贵气愤地说，"光我手里的欠条就这么厚了，可他只借不还，他这么造孽，书铺岂能盈利？"

　　"账簿谁管理？"刘寿山问。

　　"平日记账由我负责，大账由他保管。"吴向贵说。

　　刘寿山说："从明天起，我要对塔埠头书铺的账目进行一次稽查，希望得到您的支持与配合。"

　　"没问题，我全力配合大少爷。"吴向贵表态说。

　　第二天一大早，刘寿山来到了孙启元的书房，只见孙启元四十二三岁，面容消瘦，初识感觉精明能干，但掩饰不住他的疲倦之容。两人自我介绍、寒暄一番之后，刘寿山开门见山地说："我奉刘大掌柜之命，要对塔埠头书铺近两年的财务账目进行一次核查，请孙掌柜给予配合。"

　　孙启元听了感到十分突然，脸色煞白，半晌，他吞吞吐吐地说："欢迎核查。只是不用这么仓促吧？因为所有账簿都放在柜子里，而柜子的钥匙放在家里。从明天开始核查可否？"

　　刘寿山说："不，就是现在。如果钥匙放在家里，你马上派人回去取回。"

　　孙启元见没有商量的余地，说："容我想想，找找看。"他边说，边挨个抽屉找，终于在最底层的那个抽屉里找到了钥匙。

　　他紧张地说道："瞧我这记性，还好，钥匙找到了，不用回去取了。"说着，起身打开了一个装账的柜子。

　　刘寿山说："平时谁记账？"

　　孙启元说："店员吴向贵。"

"快将他找来。"刘寿山说。

孙启元立刻起身去找。一会儿,吴向贵来到了孙启元的书房。

刘寿山装作不认识似的,与他握了握手,然后说道:"你是记账员?把这里所有的账簿收拾一下装好。这几天就有劳吴师傅配合我看一下账。孙掌柜可以吗?"

"当然可以。您用谁都行。"孙启元不自然地回答。

吴向贵将账簿收拾好以后,刘寿山说:"账簿齐了吗?"

吴向贵说:"齐了。"

"那好,我们带走吧。"刘寿山说。

吴向贵将账簿放到一个箱子里,自己扛了出去。

孙启元倒吸了一口凉气,跟着他们一溜小跑送出门外,直到目送他们上了马车。

刘寿山回到成文堂后,找了个单间,把每年的账簿分门别类摆好,对吴向贵说:"这些账目你比我熟悉,你就多卖点力,核查一下。另外,那些欠条你带来了吗?"

"带来了,前些日子孙掌柜跟我要过这些欠条,我没给,当时我就想,他若是把这些凭证销毁了,以后追查起来,钱花哪了,我也是有口难辩。所以就找了个借口拖下来没给。"吴向贵说着,从衣服里小心翼翼地掏出一个大信封,放到刘寿山的面前。

刘寿山说:"近两年,孙掌柜总共向书铺借支了多少银子?"

吴向贵说:"我初步计算了一下,总共四百二十余两。"

"真是胆大包天!"刘寿山气愤地说,"你重点把进货账簿清算一下。我算一下销货账,看看每年应该获利多少。"

于是,两人各自加紧突击清算。晚上,他们又挑灯算到了半宿。

经过两个昼夜的清算,账目逐渐有了些眉目,他们的眼睛里也都布满了血丝。刘寿山说:"等账目清理完了,我请客,咱去酒店喝上几盅,不醉不归。"

"一言为定。"吴向贵平时也喜欢喝点小酒,一听这话,赶紧应承下来。

这时,张飞毛敲门走了进来,说是门外有个叫罗士高的中年商人约请刘寿山与吴向贵中午去酒店吃饭。吴向贵对刘寿山说:"这个罗掌柜跟我们是老主顾,一向关系很好,他通常做批发生意,进咱们的货,再转手批发出去。您看参加不?"

刘寿山说："既是你们的老主顾，那你去吧，中午少饮点酒。我就不去了。"

吴向贵一听，急了说："人家诚心请咱俩个的，你不去，我哪能自己去？这两天我们都累了，还是一块放松一下吧。"

刘寿山见他挺执拗，没多说什么，就一同去了。罗士高热情地引领他们来到著名的云溪阁大酒楼，上了二楼，进了一间雅室，不承想，孙启元与三个歌姬热情地站起来迎候，刘寿山第一次遇见这样的场面，脸色有些微红，他刚要转身退出，被孙启元亲切地拦住，硬是扯到了主客位置，有位叫阿翠的漂亮女孩，立刻依偎在他的身边。此时的刘寿山心里想，既来之则安之，我倒要看看孙启元要耍什么鬼花招。

孙启元见刘寿山性格比较随和，心里越发高兴起来。他亲自给大家斟满了酒，说："刘公子年轻有为，风流倜傥，那天我一见面，就佩服得五体投地，认识刘公子真是三生有幸啊！我提议，这第一杯酒为刘公子接风，大家干了！"

男士们都一饮而尽，几个美女则喝了点饮料。

接着，罗士高又敬了两杯酒。

三杯下肚后，孙启元往刘寿山的盘子里夹了一只大虾，问："刘公子有了意中人没有？"

刘寿山红着脸说："还年轻，不急。"

孙启元说："年龄也不小了，该找一个了。"说完，示意一下翠花。

翠花赶忙自斟一杯，起身说："初与刘公子相见，酒不醉人人自醉。我敬刘公子一杯，并愿献上一支小曲。"

她的话，立刻引来大家的一片掌声。

刘寿山没法推辞，又一口干掉。翠花则款款来到窗前的古筝边坐好，深情地弹奏一曲《高山流水》。雅室里立刻荡漾起时而慷慨激越，时而低沉缠绵的曲调，令人心驰神往。

刘寿山渐渐地被她的弹奏所吸引，心中不由得对眼前的才女产生怜惜之情。但是，他很快就冷静下来，他知道，这是孙启元设的鸿门宴，如果自己轻易上当，岂不是辜负了家父的一片期望？

这时，曲子戛然而止，雅室里又是一片掌声。

孙启元摇摇晃晃地站起来，嘶哑着嗓子说："我朗诵曹操的一首《短歌行》，给大家助兴：对酒当歌，人生几何？譬如朝露，去日苦多。慨当以慷，忧思难忘。何以解忧？唯有杜康。青青子衿，悠悠我心。但为君故，沉吟至今……后面的我记不起来了，大家喝酒，莫负这良辰美景。"说完，他醉醺醺地坐到了一边的椅子上。他的相好"小半仙"赶紧跑过去给他捶肩。

罗士高趁机来到刘寿山的身边，搭讪着说："听说刘公子在查塔埠头书铺的账？"

刘寿山说："有这回事。"

罗士高说："我是那里的老主顾了，对那里的情况多少有些了解。胶州近几年新上了不少的书铺，竞争越来越厉害，生意也越来越难做了。据我所知，孙掌柜是个很敬业很守规矩的人，当然也有不足的地方。孙掌柜现在家中上有老，下有小，日子过得挺艰难。希望刘公子处事宽怀大度一些，如发现有不周不齐的地方，请对他高抬贵手。"

刘寿山一时酒意袭来，看上去迷迷糊糊的，不发一言。

罗士高见状，只好悻悻而去。翠花添了茶水，小心地端给刘寿山。刘寿山喝了，醉眼蒙眬地说："谢谢！吴师傅呢，扶我去趟洗手间。"

吴向贵赶忙过来扶着刘寿山，向门外走去。

罗士高悄悄地对孙启元说："他喝醉了，我费了半天口舌，也不知他听懂了没有。"

"我似乎感觉他没有醉，像是装醉，想来后生可畏啊！那就听天由命吧。"孙启元一把推开"小半仙"，心烦意乱地说。

刘寿山进了洗手间，立刻恢复了常态，对吴向贵说："快离开这里！"

"不用打个招呼？"吴向贵问。

刘寿山说："都喝成这个样子了，还打什么招呼？"

吴向贵连忙会意地说道："我知道了，咱们走！"

他俩从酒楼出来，直接回到成文堂，刘寿山泡了一壶茶，俩人对酌起来。吴向贵说："原来大家都以为你喝多了，可你一点没事，你真是海量啊！"

刘寿山说："老兄啊，以后这样的鸿门宴咱还是不去为好。"

吴向贵说："有志不在年少。刘公子胸有大量，深不可测啊！"

刘寿山说："你没事吧，能坚持住？"

"喝这点酒没事。"吴向贵说。

"那好，咱继续查账！"刘寿山说。

一个礼拜后，他们将账目全部理清完毕，又去仓库作了清点，然后，拿出一份完整的稽查报告，交给了刘金桂。

刘金桂看了报告上的数据和结论，心情极为复杂，一方面，他为刘寿山办事效率和处事能力的长进感到由衷的高兴；另一方面为自己近两年对于分店疏于管理而痛心不已。既然结论已出，就要尽快采取补救措施。便问刘寿山："既然报告结论出来了，你对塔埠头分店下步经营管理有何建议？"

刘寿山说："我建议，第一，撤销孙启元的掌柜职务，并将其辞退，虽然借支挪用的款项较大，但不主张送官，以其在胶州所置的田产与住宅抵顶；第二，晋升店员吴向贵为塔埠头书铺掌柜，店员不再增员，分店掌柜与店员同样当班，节省的费用作为奖金补发给大家；第三，抓紧清仓核库，把滞销旧货尽快以成本价格处理掉，以免扩大损失；第四，分店账务实行日清月结，按时向成文堂报账，切实加强对各分店的监督和管理。"

听了寿山的建议，刘金桂禁不住暗暗欣喜与慨叹："儿子转眼间长大了，已有自己的思想与见解了，成文堂后继有人了。"

他抿了一口茶，抬头问道："你自己就没有想过到塔埠头书铺去当掌柜的？"

"还没有。因为我觉得，经营人才相对好找，而培养一个技术人才却非常不易。目前，支撑成文堂半壁江山的恰是雕版印刷技术，只有咱自己将雕版印刷技术全部掌握好，成文堂才能应对各种风险，才能在市场竞争中立于不败之地。因此，我想继续跟付师傅学习雕版技术，直到成为雕版印刷的行家里手和传承人。"刘寿山的眼睛里闪烁着奇异的光彩，直视父亲。

刘金桂平常严肃的脸孔瞬间露出一丝欣慰的笑意，他点点头说："儿子，这样也好，就依你的建议办吧。但是，我要告诉你，做人不能夸夸其谈，而是要脚踏实地去做事。冰冻三尺非一日之寒，不积跬步无以至千里。持之以恒，百折不挠，方能做大事、成大器。"

"儿子记住了。"刘寿山略有所思地点了点头，悄悄地走出书房。

刘金桂望着儿子远去的背影，掏出老旱烟，欣慰地点上一袋烟，自言自语道："真有点像我当年的虎气！只不过比我更老练些。"

这时，石清梅忽然走了进来。刘金桂一愣，说："你来这里干吗？"

"这里我不能来吗？"石清梅有点不乐意了。

"有事坐下说吧。"刘金桂说。

"刚才墨河茶庄的丁掌柜派人给寿山提亲来了，媒人说丁掌柜的女儿长得如花似玉，家境条件又好。你看怎么办吧？"石清梅说。

"还有提亲的吗?"刘金桂问。

"有啊,至少有四五家呢。"刘太太说。

"老家那边有没有提的?"刘金桂问。

"有啊,我邻村的马莲沟有位远房表姐,一直想把她的侄女王春燕介绍给寿山。"石清梅说,"听说姑娘朴实能干,心地善良,长得也俊秀,尤其是心灵手巧。"

刘金桂点了一袋烟,说:"对于寿山的婚事,我是主张从老家那边找个对象的。我并不是说胶州的姑娘不好,因为我觉得毕竟老家的人实在、贤良,便于沟通与相处。重要的是,我想让他记住自己的根在哪里。"

"你啊,总是家乡观念太浓。"石清梅说,"既然如此,老家那边的春燕姑娘我就托人打听一下,如果合适的话,我再告诉你。"

刘金桂高兴地点点头说:"这事你就看着办吧。"

第二十三回　抓住商机扩门路　刘家筹办古玩店

　　自从去年刘寿楠跟随胡忠义学徒以来，两个人的关系越发密切，俨然是一对父子。在胡忠义的眼里，寿楠虽然比较贪玩和顽皮，但是，他聪明好学，头脑机灵，悟性极高。加上嘴巴又甜，很是招人喜欢。寿楠刚跟师傅学徒时，见师傅整天板着脸，不苟言笑，行事比较武断，心里着实有点打怵。不过时间一长，他发现胡师傅就是个刀子嘴豆腐心，外表看上去很严厉，其实内心很善良，尤其是对待自己格外偏爱。寿楠知道师傅虽然酒量不大，但喜欢喝点度数高的白酒，于是，隔三岔五就从家里偷拿两瓶胶州老烧或家乡的玲珑老白干送给师傅，师傅身边无子，就经常邀他晚上来宿舍一起对饮，寿楠就是这样跟胡师傅慢慢学会了喝酒。有一次喝酒，喝到高兴的时候，胡忠义从橱柜里取出一个精致的木盒，小心地打开木盒，层层揭开黄布包裹，取出一只瓷碗，说："你见过北宋的官窑吗？"

　　刘寿楠摇摇头，说："从没见过。"

　　胡忠义说："这只碗便是，你看它釉质精细，釉面光润，釉色呈淡雅的青绿色。"

　　刘寿楠接过，仔细端详了一番，觉得这只瓷碗十分奇特，拿在手里光润细腻有玉质感。他情不自禁地说道："师傅，这可是一件宝物啊。"

　　胡忠义说："那可不，贵重的很呢。这是我年轻时去京城古玩市场花重金淘得的一件宝贝，一直珍藏到现在。其实，老祖宗给我们留下了很多的宝贝，比如这制墨技艺，都是中华民族的瑰宝，需要我们好好珍惜和传承下去。"

　　"您说得对，师傅。不过，我还有个疑问，您这么喜欢古董之类的东西，为什么不去开一家古玩店？"刘寿楠问道。

　　胡忠义说："年轻时确实想过，而且至今还有这个梦想。自从那年家眷与女儿得了瘟疫病逝后，我就万念俱灰了，从此打消了这个念头。"

　　"您的女儿若在世，应该多大岁数了？"刘寿楠问。

胡忠义说："应该三十多岁了，我早当外公了，现在正是享受天伦之乐的时候。只可惜，我的命运不济啊。"

刘寿楠说："师傅您别这样说。师姐不在，还有我嘛，我愿意养您一辈子。"

胡忠义的眼睛一下子湿润了，说："你是我最疼爱的徒儿，有你这句话，师傅就知足了。"

从那次谈话后，胡师傅对寿楠的要求似乎更严格了，尤其是在一些配料技术环节方面，点拨得更仔细、更清楚，这使寿楠受益匪浅，长进很快，独立操作的能力明显提高。

然而，这年的立春刚过，胡忠义的哮喘病又复发了，身体每况愈下。但他坚持着每天由人扶着来作坊指导一番，然后返回宿舍休息。刘金桂知悉后，焦虑万分，他先后请了胶州两位医术高超的老郎中前来给他医治，却始终不见好转。

这天上午，春雨潇潇，如泣如诉。病榻上的胡忠义忽然神清气爽。他对守候在他跟前的刘金桂、石清梅及刘寿楠说："我是个日薄西山、行将就木的人了，临终有个请求不知当讲不？"

"胡师傅，有什么要求您但说无妨。"刘金桂说。

"我这一生，原来有个女儿早早地走了，一直缺个儿子。我想认爱徒刘寿楠做我的干儿子，不知寿楠与两位家长乐意不？"

刘寿楠用征询的目光望一眼父母，刘金桂与石清梅点了点头，于是，寿楠大声说道："我乐意！"

刘金桂与石清梅说："我们同意。寿楠给干爹磕头！"

刘寿楠立刻跪在地上磕头，嘴里喊了一声："干爹！"

"哎！"胡忠义饱含热情地答应了一声，然后，用颤抖的手从枕头边取出一个布包，慢慢地打开，说："这只碗是北宋官窑，异常珍贵。这两根金条，是我一生的积蓄，留给我干儿子作个纪念吧。"

刘寿楠双手接过，泪流满面，哽咽着说："谢谢干爹！您的身体没事的，孩儿还要给您养老送终呢。"

胡忠义欣慰地笑了笑，又哆哆嗦嗦地从衣袖里抽出一个用油纸包的小册子，说："这是祖传的制墨秘方，我把它正式传给我的干儿子寿楠，希望你好好珍藏。以后遇到什么疑难，就查询一下小册子上的配方。"

刘寿楠双手接过，朝师傅磕了三个响头，说："谢谢师傅，谢谢干爹！

我一定用心珍藏好，并世世辈辈传承下去。"

刘金桂眼含热泪，说："胡师傅为成文堂的发展立下汗马功劳，您是刘家的大恩人啊！我们永远不会忘记您的恩情。您还有什么要求，请告诉我。"

"我年轻时是负气走的，在胶州生活了大半辈子，我死后那儿也不去了，请你在胶州云溪河的上游买块墓地，把我就地安葬吧。"胡忠义艰难地交代完了后事。

石清梅端来汤药，要喂他，胡忠义微笑着拒绝了，牵着刘寿楠的手，久久不愿松开……

胡忠义去世后，刘金桂在云溪河上游的山头上买了一块坟地，花重金买了一口樟木棺材，举行了一场隆重的葬礼，刘寿楠和胡忠义的其他徒弟一路披麻戴孝，悲痛欲绝。路人见了都不禁为之难过与动容。

刘寿楠在师傅走后，心情一度十分郁闷。不过，受师傅的影响，他对收藏古玩也逐渐产生了浓厚的兴趣。他约石铁蛋一起，利用一早一晚等闲暇时间，经常光顾古玩大街。石铁蛋对收藏古玩也很入迷，两个人一起从小摊上寻找古物，一起分析研究，还查阅了许多的资料，渐渐地掌握了很多古物收藏知识。他们先从小物件入手，收购一些古代铜钱、刚出土的青铜器、陶片古瓷、民间的线装古书、名人字画等，然后，再倒卖赚几个差价，日积月累，俩人不但收藏了一堆宝物，还赚了一笔不菲的收入。不过，世间没有不透风的墙，他们神神秘秘的反常行为，还是被刘金桂注意到了。

转眼到了夏天，天气异常的热。晚饭后，刘金桂装作很随意的样子，敲开了刘寿楠的宿舍，刘寿楠光着上身，正在小心地擦洗一件青铜物件。见父亲忽然闯入，也来不及收拾眼前的古董，就问："爹，你怎么这个时候来了？"

"怎么，这个时候爹不能来吗？还要提前向你通报一声不成？"刘金桂说。

"我不是这个意思，您随便坐。"刘寿楠手足无措地说。

刘金桂指着书桌上的一堆古装书，说："这些书是哪来的？"

"是我从古玩市场上淘的。"刘寿楠小心地说。

"这几件青花瓷呢？"刘金桂问。

"是从商贩那里买的。"刘寿楠回答。

"收藏这些东西需要不少的钱，你从哪弄来的钱？"刘金桂严肃地问。

"我是将一些古董买了再卖，来回折腾一番赚了几个小钱。您放心，来路正着呢。"刘寿楠见父亲什么都知道了，此时心里反而坦然了许多。

刘金桂依旧板着个脸，说："你不好好上班，整天鼓捣这个，是不务正业啊，孩子！"

"我没耽误上班，你看我收藏的这些古书，许多是刻版书，印制的十分精良，我正潜心研究呢。"

听了这话，刘金桂严肃的面孔终于有了笑意，说："玩物丧志，你可千万别走下坡路。"

"爹，哪能呢？我这样做对于提高自身技能是有好处的。另外，还给家里节省了一大笔的开支。"刘寿楠说。

刘金桂说："你别再狡辩了，你打小就是卤煮寒鸭子——肉烂嘴不烂。"说完，他也蹲在地上，仔细地察看一件件瓷器。

刘寿楠见父亲似乎对这些古董也产生了兴趣，便趁机建议道："爹，咱们也上一家古玩店吧。"

刘金桂一愣，然后说："开古玩店要内行，就你掌握的这点知识和本事还开得了古玩店？不赔死才怪呢。再说，胡师傅不在了，制墨作坊还需要你挑大梁呢，你哪能有这个精力？"

刘寿楠说："即使我不能亲自去干这行，但是，咱成文堂还有其他的人选。"

"谁？"刘金桂问。

"石铁蛋。"刘寿楠说："他业余钻研古董这行已经有好长时间了，我们经常结伴去淘宝，他比我还有悟性，是个难得的人才。"

一提起石铁蛋，刘金桂的心里就犯嘀咕了，此人的确聪明过人，适应能力也强。当初成文堂草草地收留了他，对他并没有抱太多的期望。但他很努力，平时工作挺认真，从没出过什么纰漏，为人处事也比较圆滑，尤其是这两年在戏剧院做事，各个事项安排得都比较稳妥。只是因为他的城府较深，情绪从不轻易表露，人品究竟怎样谁也摸不准。深思片刻，说道："此事我先琢磨一下，以后再议吧。我再告诫你一次：你以后的主要精力要用在制墨上，将来不但要保证成文堂自己用墨，还要研制一些适销对路的产品，推销到外面去，逐步使制墨作坊发展壮大起来。"

刘寿楠说："爹，我记住了。"

从刘寿楠那边出来，刘金桂来到了城隍庙东大街散步，一阵海风从东南刮过，他的身上顿感异常凉爽。他敞开衣领，边走边在思考，原来他感觉寿山长大了，成熟了不少；而今天，他忽又觉得寿楠也当刮目相看了，已经成为一个有思想、有见地的青年人了。至于筹办古玩店的事情，他觉得有必要跟管家杨志明筹划一下。抬头看时，一个身影径直朝自己这边走来。他定睛一看，竟是杨志明。杨志明提着一个水果篮子，说："刘掌柜你在散步？"

刘金桂说："黑灯瞎火的你干吗去了？"

杨志明说："天热，闷得慌。我去瓜果市场买了点水果。"

刘金桂说："正好，我有个事情想找你商量一下。"他便将寿楠的提议讲了一遍。

杨志明不假思索地说："我看可行，一来成文堂这些年的积累比较雄厚，应该考虑上个赚钱的项目；二来古董店可以给年轻人一个锻炼成长的平台。"

"可是我们没有懂行的管理人才啊。"刘金桂担忧地说。

杨志明说："我倒觉得有一个人才比较适合，他就是当年你收留的那个乞丐石铁蛋。此人这两年在戏剧院给我当助手，干得很称职。据我观察，他聪明机敏，肯动脑筋，又能说会道，是做买卖的一把好手。最近，我听说他对古玩很有钻研，业余时间收集了不少的古玩，积累了一定的古玩鉴赏知识。让他去管，应该不会有太大的差池。"

"此人人品怎样？靠得住吗？"刘金桂问。

杨志明犹豫了一下，说："这个我还真说不准，只感觉他平时比较低调，隐藏的深沉一些。我建议，您先兼任古玩店的掌柜，让他干古玩店的二掌柜，观察一段时间再说。"

"你说得有道理，我也是这么想的。古玩店建起后，我先兼任掌柜一职，聘请石铁蛋作二掌柜，平日由他主持店里的工作，但店里的大事要事均需向我汇报与定夺。"刘金桂说。

杨志明说："这样好，由您把关掌舵，一定没有问题。只是石铁蛋去古玩店后，戏剧院那边的空缺怎么办？"

刘金桂想了想，说："你觉得在书铺当店员的那个郭兰芝去替他如何？"

杨志明说："郭兰芝性格有点泼辣，多才多艺，做事缜密，是个合适的人选。"

"你若同意，咱就这么定下。"刘金桂说。

经过一个多月的筹备，成文堂古玩店在城隍庙后街西端正式开业。开业的前一周，刘金桂问石铁蛋说："古玩店建好后，你觉得应该如何经营？"

石铁蛋稍加思考后说："我对此考虑不多，不过，我觉得要干好这个行当，起码要会新的'三字经'，首先是个'活'字，就是勤购快销。古董这玩意，大多价格不菲，长期不出货，会积压大量资金。因此，好东西也要快出手。其次是个'慎'字，古董涉猎时间久远，真伪难辨，需要我们进货时慎之又慎，一定要慧眼识珠，明辨伪劣。三是个'严'字，管理一定要严格，安保措施要严密。古董这东西很金贵，有的价值连城，往往会引起众人眼馋，所以必须严格做好安全防范。"

刘金桂听了，满意地点点头说："你这'三字经'念好了，咱成文堂古玩店的生意就好做了。看来，你还真是个人才。我想正式聘请你做古玩店的二掌柜，平日主持日常事务，你看如何？"

石铁蛋听了内心十分激动，他迅速单膝一拜，说："我愿意。感谢刘掌柜对我的信任和厚爱，我定当效犬马之劳。"

刘金桂继续说道："你要直接对我负责，平日有什么重大事情必须及时向我汇报，不得擅自做主。"

"我保证恪尽职守。"石铁蛋说。

刘金桂将他拉了起来，"快起来吧，抓紧筹备古玩店开业事宜。"

石铁蛋出任成文堂古玩店二掌柜的消息传开后，在成文堂的伙计中引起了很大反响，就连刘家内部也出现一些争议。晚饭时，石清梅说："石铁蛋是个乞丐出身，社会背景挺复杂，你把那么些古董和财宝交给他，你不怕他哪一天给你卷跑了吗？"

刘金桂说："张飞毛不也是乞丐出身吗？让他看家护院，我们不是很放心嘛。"

"我总感觉他跟张飞毛还不是一路上的人。"石清梅说。

刘金桂说："我只是用他的长处，先给他一个平台，干一段时间不就什么都知道了吗？你们别多想了。"

这时，一直闷头吃饭的刘寿山终于开口说："依我看，开古董店还是交给自家人管理放心些。最好让寿楠去挑头，若寿楠不愿去，咱本家族的刘作信就是个合适的人选，他人非常勤快，肯吃苦，尤其愿意钻研业务。人品也可靠，稳重老练。他在成文堂三年的学徒期已经结束了，他要是去当这个掌柜，可靠多了。"

刘金桂说："是金子早晚会发光的。以后有合适的岗位，再考虑安排他也不迟。"

大家见刘金桂的主意已定，知道再说也于事无补，便不再谈及此事。

　　成文堂古玩店开业后，从印刷作坊里抽调了两名心细可靠的伙计过来当班。石铁蛋到任后，也很努力与攒劲，对待顾客热情周到，并坚持早去晚归，整天靠在店里，与两个伙计的关系相处十分融洽。他还坚持店里大小事都及时向刘金桂汇报，并做到勤进快销，因此，古玩店的买卖很快打开了局面。

第二十四回　刘作信另立门户　成文堂快速崛起

　　光绪元年（1875）夏天，细雨连绵不断，胶州古城又进入了闷热潮湿的季节。六月初一日，是刘寿山与王春燕结婚八周年纪念日，又适逢刘寿山二儿子龙庆满月的日子。一大早，已经七岁的大儿子刘麟庆，就寻找新衣裳穿，并对爷爷嚷嚷道："今天弟弟的满月宴在哪个酒楼开办呀？"

　　"不去酒楼了，在家张罗一下就行了。怎么，你想去饭店吃？"刘金桂问。

　　"在哪吃都一样，只要让我参加就行。"刘麟庆嘟囔着说，"平时家里来了客人老是不让小孩子上酒席，不公平。"

　　刘金桂笑了笑，说："莫焦急，今天是你弟弟的满月宴，自然会叫你上酒席的，你放心好了。"

　　"噢——太好了！"刘麟庆说着，蹦蹦跳跳地跑去了院子。

　　经过众人一上午紧张的筹备，中午时分，刘家在自家客厅里举办了一个简单又喜庆的满月宴，一张红木大圆桌摆放在大厅正中间，宴桌上摆放着回锅炒鸡、红烧猪头肉、清蒸加吉鱼、五香八爪鱼等丰盛的饭菜及一些时令水果。年近耄耋之年的刘太太带病参加了宴会，端坐刘金桂夫妇中间。王春燕抱着小龙庆坐在石清梅的身边。刘金桂的二儿子寿楠、三儿子寿恭带着各自家眷及四儿子寿祥等，则依次围着圆桌坐好。今天，刘作信作为刘家本族人也应邀参加了宴会，他看上去二十七八岁的样子，中等个头，额头宽阔，一双雁眼深邃有神，温文尔雅。他谦恭地坐在刘寿山的身旁。满月宴另外还邀请了郭松浩夫妇与杨志明管家、付秀田师傅等参加。石清梅首先递给小龙庆一个大红布包，说："这是一把金制长命百岁锁及一对银手镯，赠给龙庆，这是我跟爷爷的一点心意。愿龙庆宝宝平安幸福、开心快乐、健康成长！"

　　王春燕抱着龙庆，说："龙庆，快谢谢爷爷、奶奶！"

　　龙庆懂事似的伸展一双小手，惹得奶奶高兴得合不拢嘴。

　　刘金桂环视一下大家，说："今天是我孙子龙庆满月喜宴，到宴的大都是自家人，亲家原本是打算过来参加的，但因为招远那边近几天连降大雨，出行受阻。话归正传，我二十来岁来胶州闯荡，转眼快三十年了，已近知天命的年龄了。如今成文堂的事业兴旺发达，蒸蒸日上，而且人丁兴旺，儿孙满堂。吃水不忘打井人，我之所以有今天，多亏了像郭先生、杨管家、付师傅、胡师傅等诸多亲朋好友的鼎力相助！这里，我尤其要感谢我的母亲长期以来的谆谆教诲和严格管教，我提议这杯酒首先敬我的母亲，敬祝她老人家福如东海，寿比南山！"

大家都一齐站了起来，共同为老人祝福。

刘太太甚为感动，虽然身子行动不便，没有站起来，但声音依旧爽朗："谢谢诸位！今天能参加曾孙子的满月宴会，我倍感激动。四世同堂，幸福满堂。我也回敬一杯，祝愿大家喝了这满月酒，健康到永久；喝了这满月酒，你有我有大家有。"

宴会上响起一片欢快的掌声和笑声，气氛一下子活跃起来。

杨管家作为副陪，端起酒杯，说："成文堂走过风雨三十年，使中华民族的传统瑰宝——雕版印刷业得以传承和弘扬，完全有赖于掌舵人刘金桂先生的聪明才智和艰辛付出。借此机会，我代表伙计们敬刘掌柜一杯！"说完，一饮而尽。

刘金桂饮后，刘作信赶紧给刘金桂斟满。刘金桂说："我要纠正一下，成文堂之所以有今天，不是我刘金桂一个人的功劳，是成文堂所有人员同舟共济、顽强打拼的结果！这里，我代表全家老小敬为成文堂的发展立下汗马功劳的郭先生、杨管家、付师傅及全体员工一杯酒，祝你们身体健康、万事如意！"

宴会上再次响起一片热烈的掌声。之后，郭兰芝站起身说："为了给龙庆满月庆贺一下，我下午专门在咱的戏剧院包了一场大戏，大家有空尽量去观赏。"

孩子们高兴地跳了起来。

因为成文堂下午的事情较忙，宴会时间也就没有拖得太长，大家畅饮一番之后，便匆匆地吃了喜宴面，结束了宴会。

由于雨季的到来，刘金桂最担心仓库里的货物淋雨受潮。他拒绝了郭兰芝的看戏邀请，中午稍事休息后，在杨志明的陪伴下，急忙到各作坊与仓库进行巡查。从印刷作坊出来后，他们来到原材料仓库，仓库保管员刘作信正在清点物品，自从他完成三年的学徒后，因为他心细扎实、责任心强，便安排他做了材料保管员。刘金桂见仓库里的物品堆放得井然有序，编号清楚，便满意地说："我记得以往仓库里的物品摆放，时常杂乱无章，领取点东西得费半天工夫。现在好了，货物堆放得这般条理，归类一清二楚，看来作信是个细心严谨之人啊。"

杨志明说："作信做什么事情都很认真，让人放心。"

刘作信谦虚地说："谢谢爷爷、杨管家的夸奖。你们今天应该是为检查防水防潮的事情过来的吧？"

刘金桂微笑着点点头说："看来你这里是有所准备了。"

刘作信说："两个月前我就将房屋漏水的地方做出标记，请杨管家安排人员做了修缮，还对房屋周边的沟渠进行清挖。目前，仓库里不漏水、不返潮，物品保护完好无损，这里基本上不用你们操心。"

刘金桂说："除了防水防潮以外，还要加强防火安全，确保不出纰漏。"

"您放心，我会做到的。"刘作信说。

这时，刘金桂见门边的一张桌子上，摆放着一些笔墨纸张，有一张正楷字刚写了半张。他端详了一会，说："作信的字写得不错，看来下了不少的功夫。"

他见桌边有一本手抄本，顺手拿起来翻看了一下，只见手抄本里详细记录了雕版印刷的工艺流程，还有雕版常用工具、雕版常识、装订规格及技艺、销售渠道、原材料供货渠道等等，心头不禁为之一动：他对雕版印刷的工序和技艺抄录得这么详细、条理和全面，意欲何为？他把手抄本顺手递给杨志明，说："作信勤奋好学，做事用功，是个有心人啊！"

杨志明翻看了一眼，漫不经心地问："作信，你记这些干吗？"

刘作信脸一下子红了，但很快平静地说道："顺便记点常识，熟悉一下业务，没什么用的。我这个人脑子笨，有些东西和要点，不亲手抄写一遍，总也记不完整。这个手抄本多是我学徒期间随意抄录的。"

刘作信虽说是本家族的晚辈，经常跟寿山、寿楠他们往来，但刘金桂却与之接触不多，了解也少，今见其字练得规范娟秀，笔记要点精准，尤其是他温雅得体的谈吐，给刘金桂留下了深刻的印象。他笑了笑说："年轻人就得有上进心，做事认真踏实才好。不过，我想问你，你已经出徒两年多了，怎么见你平时穿戴还这么朴素呢，是薪金不够用吗？"

刘作信说:"成文堂给的薪金不少,只是家里太困难,我除了留点生活费,其余的都寄回老家了。"

"说起来咱都是同宗同族,有什么困难应该及早跟我说。"刘金桂说,"我的父亲刘盛元与刘中元是亲哥俩。我这辈,与刘金调是亲哥俩,与金泰、金门是亲叔伯兄弟。刘金门的儿子刘椿龄,生了你们兄弟六个对吧?分别是作仁、作义、作礼、作智、作信、作常,你排行老五,对不?"

刘作信听了倍感亲切,说:"您说得对。我的四个亲哥哥、一个弟弟现都在家里种地或给人打工,土里刨食,连温饱都解决不了。我爹的腿常年患风湿性关节炎,也不能干重活,母亲也常年抱着药罐子。我现在已经是两个孩子的爹了,全家人还挤在祖宅两间西厢房里住。这日子过得实在太艰难了,我现在虽说混得尚可,但想帮扶他们一把,也是心有余而力不足啊。但我就不信,这苦日子没有熬完的头。"

刘金桂说:"我当年刚创业的时候,家里的境况也好不了多少。人只要胸怀大志,自强不息,终究能改变自己的命运。"

"谢谢爷爷的开导,我会积极努力的。"刘作信说。

刘金桂说:"一会你去账房支几个零花钱吧。"

刘作信说:"现在还不需要,需要时,我会麻烦爷爷的。"

刘金桂亲切地拍了拍他的肩膀:"在这好好干,爷爷不会亏待了你。"

"谢谢爷爷。"刘作信的眼睛湿润了。

从仓库里走出来,刘金桂一路沉默无语。杨志明开口说:"我记得徽商王学仁掌柜多次说过,成文堂是个卧虎藏龙的地方,寿山、寿楠、作信他们将来都是能够成大事的栋梁之材。他尤其对刘作信十分看好,甚至把他比作三国时期的卧龙孔明,说他才智过人,一旦有合适的机会,必将成就大事,做出不凡业绩。"

刘金桂问:"刘作信跟王掌柜熟悉吗?"

杨志明说:"通过寿山、寿楠与他结识,两个人似乎志趣相投,很谈得来。"

"我也觉得作信是棵好苗子,是不是考虑应该给他加点担子?"刘金桂说。

杨志明说:"我赞成。"

刘金桂说:"近期我正在考察,在靠近老家的龙口设立成文堂分号,因为那里近海靠港,流动人口较多,招远在那里设立的粉庄不少,经济比较发达。在那里搞雕版印刷的潜力很大。但是,谁去任分号掌柜,这个人选尚未考虑好。"

杨志明说："不妨让刘作信去任掌柜？也好给他一个锻炼成长的机会。"

"等征求一下刘作信的意见再说吧。"刘金桂说。

晚上，在刘家的书房里，石清梅端来一杯茶水递给正在看书的刘金桂，说："我见你最近派人去龙口考察建什么分号，已经定下了吗？谁去担任掌柜啊？"

刘金桂抬头看了她一眼，说："龙口那边现在经济发展得不错，流动人口多，文化氛围也比较浓厚，我想在那边建立个分号。掌柜人选尚未最后确定，初步考虑让刘作信去任分号掌柜。"

石清梅一听有些焦急，说："刘作信与咱快出五服了，是个不相干的人了，这么好的一个机会，自家孩子不用，你让他去担任掌柜？我看你是越老越糊涂了。"

刘金桂皱起眉头，解释说："刘作信与我同宗同祖，怎能说是个不相干的人呢？再说，这事我主要是从工作需要及他们的管理才干、道德人品等方面考虑，才打算让刘作信去的。"

"寿山、寿楠才干不行，还是人品方面有问题？为什么不让他们去？"石清梅情绪有些激动地说。

"寿山、寿楠也很优秀，他们现在是成文堂的顶梁柱，工作上我自有安排。作信还年轻，我想有意去培养锻炼他一下。"刘金桂耐心解释说。

"总之，我不同意你的安排。龙口那边随便安排寿山和寿楠哪个都行，刘作信去不妥。"石清梅坚持说。

刘金桂火了，一拍桌子，怒斥道："妇人之见！我正告你，以后成文堂的事情少干预！"

石清梅掩面哭泣道："你这个没良心的老东西，现在日子过好了，你有能耐了，就看不上俺啦，就听不得俺的一点意见了。"说完，扭头便走。

刘金桂把书本一扔，去卧室里取了一条被，干脆蒙头睡在了客厅里的沙发上。

石清梅小心翼翼地坐在沙发的一边，没敢吱声。

礼拜天很快又到了，适逢王学仁来胶州送货，晚上，刘作信约王学仁单独去迎春饭店吃饭。迎春饭店坐落在东关大街，虽然门面不大，但很干净卫生，还有几个小雅间，适合谈话聊天。他们便选了一个小雅间，点了几个海鲜和小菜，边喝边聊了起来。王学仁问："作信，这次我来为成文堂送货，怎么见你愁眉不展的，像是有什么心事？"

刘作信说："王掌柜洞察秋毫，什么事情也瞒不了您。这几天我的确有点心事，所以专门请您来，帮我破解一下这个心结。"

"咱是多年的朋友了，只要你信得过我，有什么事情尽管说。"王学仁说。

刘作信说："是这么回事，前几天东家刘金桂找过我，说是成文堂近期准备在龙口码头附近设立分号，想聘请我去做分号掌柜。"

"这是好事啊，说明刘金桂对你很重视，想重点培养锻炼你。虽然说是分号的掌柜，但每年的薪金是不会少的，这比你在这里当保管员好多了。"王学仁说。

"可是，最近我有一个不成熟的想法，不知可行不？"刘作信一口将杯中的酒饮下，说："我觉得即使去龙口做了分号的掌柜，并有丰厚的年薪，但毕竟还是给人家打工。如果我另起炉灶，寻块地方自己干个雕版印刷作坊，我自己当东家，挣多挣少自己说了算，该有多好？"

王学仁笑了笑说："其实，我见你学徒这么用功，对雕版印刷技术钻研得这么透彻，我就知道你是不会安于现状的。我原来就有过预言，像你这样有大智慧的人，将来肯定是干大掌柜的料。"

刘作信说："可是，我仍有不少的顾虑，尚没有理出头绪。首先，我觉得东家刘金桂对我不薄，我这样撂挑子走了，心里总有些歉意。其次，独立开印刷作坊，需要一大笔钱，如何筹集钱款是个大难题。再说，供销渠道还有赖于王掌柜，不知您是否愿意帮我？"

王学仁平静地问他："你准备在哪里搞？"

刘作信说："我已经考察好了，定在潍县，如何？"

王学仁说："俗话说，金胶州，银潍县。潍县是山东著名的旱码头，经济比较活跃，文化底蕴十分丰厚，那边的销售市场十分可观。刘作信，你很有眼光啊！我完全赞同你去潍县发展。至于筹建的资金，我愿意提供一部分，不足的部分你自己想别的办法。另外，我可以提供原材料，三年内所有供货可以赊销，分期结算。"

"您这么一说，我的心里就有底气了。"刘作信激动地站起来说，"谢谢王掌柜！您真是我的大贵人啊！"

"甭谢我，我是在商言商，因为我们是合作伙伴嘛，你的买卖做好了，我这个供应商自然就跟着沾光。我现在拉你一把，归根结底还是为自己铺路呢。"王学仁坦然地笑了笑说。

"我另起炉灶，你这样帮我，刘金桂不记恨你？"刘作信担忧地说。

"你放心，我这么多年跟他打交道，最了解他，他绝不是一个鸡肠小肚之人。"王学仁说。

"那么，这事就这么定下了。明儿我就跟刘掌柜辞职。"刘作信兴奋地说。

"一言为定！"王学仁说。

第二天上午，刘作信怀着忐忑不安的心情走进了刘金桂的书房。刘金桂热情地招呼他坐下，说："怎么样，那事想好了？"

刘作信摇摇头说："对不起，爷爷，我不想去龙口。"

刘金桂和蔼可亲地说："为什么，说说理由嘛。"

"我，我辜负了爷爷对我的信任和器重。"刘作信低着头，脸色微红。

"直言不讳地说吧。"刘金桂给他添了一杯茶水。

"我想去潍坊自己挑头干，爷爷您不能介意吧？"刘作信鼓足勇气，抬头看着刘金桂。

刘金桂暗暗地吃了一惊，但很快恢复了平静，因为他预感的那一天终于到了。说："这是一件好事，雄鹰的翅膀硬了，就要到更广阔的天空去翱翔。年轻人敢想敢做，勇气可嘉嘛。"

"您这么说，我真有点无地自容。我家兄弟六人，一直没个有出息的人，一大家子穷得一贫如洗。就我读了几年私塾，又在您这里学了点雕版印刷技术，所以，全家人都把希望寄托在我的身上。我也只能盲人骑瞎马——乱闯乱碰一通了。"

"这你就谦虚了。凭你的才干和执拗劲，你一定会成功的。"刘金桂鼓励他说，"你有什么困难告诉我吧，我全力帮你解决！"

"原材料供应方面，我还主要靠王学仁掌柜的支持和帮助。目前，只是筹建资金紧张点，我想回老家筹集一下。"刘作信说。

刘金桂说："需要多少银两？借给你一千两够不够？"

"一千两？足够了！您一下子拿出这么多，不会影响成文堂的生意吧？"刘作信做梦也没有想到，刘金桂会如此鼎力相助，分外感动，说："这钱我不会白用的，按钱庄的利率计算。不知您能借用我多长时间？"

刘金桂说："三年期限如何？若周转不便，可以再延期。"

刘作信说："太好了，三年到期后，我定当本息一次付清。"

刘金桂问："你的堂号想好了吗?"

刘作信说："我正想向爷爷请教。我初步考虑,叫'诚文信',一方面要借'成文堂'的光,另一方面,要表达诚实守信的经营宗旨。不知爷爷允许不?"

"这个堂号好,既体现了成文堂的精髓,与成文堂一脉相承,又独自标新立异。"刘金桂说。

"这个堂号爷爷若是觉得好,以后就叫这个了。"刘作信谦恭地说。

刘金桂从抽屉里取出一张一千两的银票,递给了刘作信:"先拿着,不够时再来找我。"

刘作信双手颤抖着接过银票,心中充满了无限的感激,他向刘金桂深深地鞠了一躬。说:"谢谢爷爷的鼎力支持,作信永世难忘!"

刘金桂握住他的手,说:"好好干吧,祝愿你早日闯出一片新天地!"

刘作信离开胶州后,刘金桂专门将寿山、寿楠、寿恭和寿祥招呼在一起,吃了顿晚饭。席间,他流露出了对刘作信的好感和赞佩,勉励儿子们都要向刘作信学习,积极奋发有为,敢想敢做,并要有强烈的责任担当意识。最后,他宣布:由刘寿恭出任成文堂龙口分号的掌柜。

两天后,年仅十七岁的刘寿恭奔赴龙口走马上任。他从成文堂带去五名技术骨干人员,又从老家招聘了二十余名技术工人,购置了必需的雕版设施,很快开张营业。

刘金桂的母亲听说寿恭去了龙口分号,就提出要回老家生活。她对刘金桂说:"胶州的气候有点潮湿,我一直不太习惯。我年龄大了,想回老家生活了。听说寿恭去龙口做事,离家近,有空就让他回去照顾我一下。"

刘金桂说:"妈,我近期忙一点,没能好好照顾您,您不会生我的气吧?"

刘太太说:"哪能?你是个大忙人,我哪能指望你。"

"那是清梅惹您生气了,还是您的孙子们惹您不开心?"刘金桂又问。

刘太太说:"你别多虑了。我知道你是个孝子,我在这里住太享福了。只是年龄一大,就想离你爹近一点。正好寿恭去龙口,顺便把我带回招远老家就行。"

刘金桂知道母亲要强和固执的性格,也没有做更多的劝说,亲自带人回家把老宅整修一番,把火炕重新盘了一下。又买了些柴火堆在院子一边,添置了一些衣物和日用品。待收拾停当,刘金桂亲自把母亲护送回孟格庄村。

第二十五回　石掌柜险遭算计　神秘客秘典宝物

在济生堂大药店，曾玉彪正在与管家刁长廷饮茶。刁长廷看上去已经四十多岁了，身材偏瘦，鼻梁尖削，两腮无肉，一双三角眼闪烁不定。他把碗里的茶末吹到一边，说："据说成文堂最近变故不少，先是刘金桂本家有个叫刘作信的人另起炉灶了。此人比较有才能，刘金桂却一直不予重用，人家干脆辞职不干了，还去潍县筹建什么'诚文信'刻印坊，公开与他分庭抗礼。另外，不久前，他的母亲刘太太可能因为与儿媳关系不睦，一气之下，回了老家。"

"刘金桂惜财如命，小家子气，他哪能留住人才？人才都跑光了好啊，咱不怕再多几个刘作信，多几个竞争对手，早点把成文堂打压挤垮才好。"曾玉彪幸灾乐祸地说。

"不过，我还听说一件事，最近他在龙口码头附近设立了成文堂分号，已经开张营业了。"刁长廷轻描淡写地说。

曾玉彪显然对此很感兴趣，分析说："他不是为成文堂撤出胶州打基础、铺后路吧？"

刁长廷摇摇头说："我看不像，只是扩大市场业务而已。"

曾玉彪又问："那个成文堂古玩店现在经营得怎么样？"

"听说还不错，那个石铁蛋挺卖力的。"刁长廷说。

"哼，这个叫花子当年跟我混过，人很机灵，我待他也不薄，可后来背叛了我，到了刘金桂的麾下，还混上了古玩店的二掌柜。多年来我一直想教训一下这个穷小子，可始终没有得手。"

"想教训一下他？那好办，由我来做吧。"刁长廷看了一眼周围物品陈设，说："不过，眼前龙骨架上的那个汝窑瓷瓶得借给我用一下。"

"那是仿品，不值什么钱，你随便拿就是了。"曾玉彪说。

"谢谢曾掌柜。"刁长廷嘴角露出一丝阴险的笑意。

第二天上午，石铁蛋正在打扫卫生，刁长廷抱着一个精致的盒子走了进来。石铁蛋放下手中的抹布，热情地迎上来："欢迎刁管家光临小店，快请坐。你带来了啥宝贝东西？"

刁长廷小心翼翼地将盒子放在一张古老典雅的圆桌上，喘了口气，说："我今天还真带来了一件稀世之宝，石掌柜是个行家，您仔细瞧瞧这是什么货色。"说着，他打开了盒子，将一件精致的汝窑瓷瓶拿了出来。

石铁蛋仔细端量一番，眼睛一亮，说："这莫不是宋代的汝窑瓷器？"

"你真是个行家，一眼就瞅出来了。你看它的造型古朴优美，以名贵玛瑙为釉，光洁素雅，色泽滋润纯正，质地柔顺，真是一件上等汝窑花瓶。"刁长廷将瓷瓶小心地递给了石铁蛋。

石铁蛋双手接过，透过窗户的光线，观其釉色，似乎并没有发现有什么奇特之处。

刁长廷却赞美它说："你细瞧这釉色，正如'雨过天晴云破处''千峰碧波翠色来'。它似玉，非玉，而胜玉。"

石铁蛋说："我怎么感觉釉面比较粗糙？"

"这你就不懂了。实话告诉你，这瓷瓶原是曾府曾晋福老爷所藏，念我在曾府效力多年，在我四十岁生日时亲手赠送给我的。"

"这么珍贵的东西你怎么要卖掉？"石铁蛋问。

刁长廷望了一眼门外，说："不瞒兄弟，如今我已到了不惑之年，须为自己的后路打算一下了。我在即墨老家看好了一个乡绅的大宅院，明代初年建筑，古朴而又气派。我早就想将它买下来。可购房需要一大笔款子，因此，我就打算把这个古董变现，以解燃眉之急。等我有钱了再设法将它赎回。"

石铁蛋听了，觉得他说得没有谎话，不禁怦然心动。他问："刁管家，这东西你想卖多少钱？"

刁长廷伸出三个指头，说："三千两白银。"

石铁蛋摇了摇头："贵了。"

"不贵，绝对物有所值。"刁长廷观察着石铁蛋的表情，说："考虑到我们都是老熟人、老朋友了，我就再优惠点，那就两千两吧。这个价，我可亏大发了。"

石铁蛋仍为难地说："这可不是一笔小款项，我怕自己做不了主。今天刘掌柜去龙口分号送货去了，我得等刘掌柜回来后商量一下再定。"

"你这个二掌柜是傀儡吗？事事都得请示刘掌柜？"刁长廷故意将他的军。

"店有店规嘛，咱得照章办事。"石铁蛋低声说道，"不知道刁先生能否再出个最低价？"

"与你说了怕也没用。"刁长廷犹豫了一会儿，说："如果你能做主，咱就一手交货一手交钱。考虑到我这急需用钱，我就忍痛割爱，一千两银子出手吧。这是最后的底价，一文钱也不能少了。你决定吧，要是等到明天，别嫌我反悔了。"

石铁蛋听了，喜出望外，他觉得今天肯定是捡了个大便宜，在市场上一倒弄，可挣到两三倍的利润。在刘掌柜跟前露脸的机会到了，于是，爽快地答复道："一千两白银，成交。"

刁长廷暗自高兴，嘴上却说："没想到石先生真是交易高手，刁某自愧不如。"

石铁蛋填了一张一千两的银票，递给刁长廷。

刁长廷查验后，说："那个宝贝你收好，咱们两讫了。"

刁长廷走后，石铁蛋仔细地观察着瓷瓶，心里并不踏实。这时，一位年约六十多岁、皮肤白皙的长者，神清气闲地来到了古玩店。他见石铁蛋正捧着个瓷瓶看，问："这个瓶子是你刚收买的？"

"是的，先生也懂这个？敢问先生尊姓大名？"石铁蛋一看来人气度不凡，只是听起来声音略带点鼻音。

长者并未正面作答，只是仔细地端量着这个瓷瓶，先看了看瓶子底部，然后，微闭着眼睛，用手轻轻地抚摸釉面，并用手指轻轻地敲了一下瓷瓶，瓶子立刻发出"嗡嗡"的声音。待他睁开眼睛时，石铁蛋急切地问他："先生真懂这行？"

"略知一二。"长者轻淡地回答。

"那么，您看这个汝窑瓷瓶是真是假？"石铁蛋迫不及待地问。

"假的，纯系后人仿造。"长者肯定地回答，又问："花了多少银两？"

"一千两啊。"石铁蛋大吃一惊，一屁股瘫坐在地上，半晌，他带着哭腔说道："刘掌柜平时交代我，大事要事不能一个人做主，可我偏偏不听，我怎么向他交代啊？"说着，自己抽起嘴巴来。

"不能追索回来？"长者同情地问他。

石铁蛋摇了摇头："刚才是曾府刁管家卖给我的，肯定受到曾府的指使。

胶州谁人不知曾玉彪诡计多端，心狠手辣。银子进了曾府人的腰包，想拿出来谈何容易？"

"刘掌柜在吗？我今天是专程来拜访他的。"长者说。

石铁蛋从地上爬起来说："刘掌柜今天去龙口分号办事去了，怕一时半会儿回不来。"

"那我改日再登门拜访吧。"说完，长者起身要走。

"慢着，先生。"石铁蛋见长者是个非同一般的人物，便问："先生可否指点一下，眼前的事情怎么解决才好？"

长者看了他一眼，意味深长地说："大路不通走小路。即以其人之道，还治其人之身。告辞了！"说罢，转身匆匆离开。

长者走后，石铁蛋反复揣摩着他的话，忽然豁然开朗，他想："直接去索要，肯定是没门了。那就只好用下三烂的手段对付下三烂的人了。"

晚上，他从自己的床铺地下拖出一个柳条编的箱子，翻出几幅古画，其中一幅山水画作《步溪图》引起了他的注意，这是三年前他在一个小书摊上花十二银子买的假画，虽说是仿作，但是，画家功力颇深，画得惟妙惟肖，几乎可以假乱真。他心里想："就用这张画作鱼饵吧，但愿这个王八蛋能够上钩。"

几天后，一位书生模样的中年人在济生堂大药店的斜对门摆了个书摊，里面有一些古书和名人字画，引起了刁长廷的注意。他本来就是个古玩爱好者，蹲在书摊边翻看个不停。中年人神情悠然，似乎并不在意眼前这主顾。刁长廷搭讪说："先生原来是做什么的？如何淘得这么多的古籍书？"

中年男子说："我原来教了多年私塾，觉得做先生太操心，不如鼓捣点古物来钱容易。正好家父当年在北京皇宫做过事，收藏了不少古籍书和古董，于是，我便改行做起了这摊生意。"

刁长廷很快来了兴趣，问："那你家里一定有不少的好东西吧？"

"古玩不多，但名人字画还是有不少的。"中年男人说，"我一看先生就是个行家，有机会请您帮助品鉴。"

"先生若信得过我，我定当尽力而为。"刁长廷说，"只是，不知先生手头有什么好的画作需要品鉴？"

中年男子向四周张望了一下，小心地从一只布袋中取出一幅画，摆放到刁长廷的面前。刁长廷仔细一看，是明朝唐寅的一幅山水画，只见画面中远山峻拔秀丽，近山绿树掩映，溪水从山间潺潺流出，两名雅士款款涉水。他赞叹道："好一幅漂亮的《步溪图》。只是，这幅画像是一幅赝品。"

"笑话。当年家父在北京皇宫做事，什么样的字画没见过？是他亲口告诉我，唐寅的这幅《步溪画》是真品，价值不菲，要我好好珍藏。"中年男子说。

"那你为何要卖掉它？"刁长廷问。

中年男子说："我没说要卖啊，拿出来只是让您品鉴一下嘛。"说着，伸手就要收回。

刁长廷说："慢着，你卖给我吧，出价多少？"

中年男子有些为难地说："祖传的东西真有点舍不得卖。既然先生喜欢，我就忍痛割爱吧。要是在拍卖行上，这幅画至少要卖到五千两银子，给你就三千两吧。"

"我给你一次结算，你再便宜点。"刁长廷说。

"那你出个价吧。"中年男子说。

"一千两！"刁长廷说。

中年男子思考了一会儿，说："一千二百两，这是底价了。"

刁长廷有些犹豫不决。

这时，挤过一个白须老翁，说道："这个价卖给我吧。"说着，就去拿画。

刁长廷不耐烦地用手挡住："总得有个先来后到吧。这幅画我买下了，就一千二百两，我回去取银票。"说着，把画卷好似要带走。

中年男子说："莫急，交了银子再取。"

"你得等我一会儿。"刁长廷再三叮嘱说。

一会儿的工夫，刁长廷回来了，将一千二百两的银票送了过来。

中年男子说："咱们算是有缘啊。我再赠给你一幅当代名人书法。"说着，又取了一幅横条书法送给他。

刁长廷连声致谢，捧着画卷和书法，高高兴兴地回了济生堂。在他的书房里，他点亮了蜡烛，仔细察看画面的每一个细节，最后发现，落脚章盖得不太规范。待他出去寻找书摊时，售书人早已无影无踪。他的心"咯噔"一下，猛然间，感觉受了欺骗，立刻沿街寻找起来，可寻了半天，连个人影也没有见着。他踉踉跄跄走了几步，一下子跌倒在地上。

晚上，石铁蛋陪中年男子与白须老翁吃了晚饭，每人送了一些银两，备了一辆马车，连夜送他俩出了城外。

DA SHU PU

待他回到成文堂古玩店，把亏空补上时，悬着的心总算落了下来。他盘点了一下，除去给那俩人的报酬，自己还净赚五十多两银子。他在心里嘀咕说："曾玉彪、刁长廷，想跟我石铁蛋玩阴的，老子奉陪到底！"这一夜，他睡得特别安稳。

三天后，那位白面长者抱着一个盒子又来了，石铁蛋二话没说，给他磕了一个响头，说："谢谢恩人指点。"

长者笑了笑，说："石掌柜，你这样做我可受用不起。你赶快起来。我想拜见刘金桂先生，他在哪？"

石铁蛋忙起身说："刘掌柜一会儿就到，您先请坐。"说着，又是让座又是递茶。

不一会儿，刘金桂来了，长者起身说："您就是刘金桂掌柜的？"

"鄙人正是。"刘金桂望了他一眼，说："听口音，你是从京城来的客人？"

"刘掌柜见识广，好眼力。鄙人姓刘，名保强。原在朝廷当公公，因病告老还乡。"长者说。

"天下刘姓一家人，请屋里说话。"说着，刘金桂领他进了内室。

"刘掌柜的大名与人品，我早就如雷贯耳，今日专程前来拜访，得以相见，三生有幸啊！"刘保强说。

"能在此结识刘公公，也是缘分啊。不知刘公公前来有何贵干？"刘金桂说。

"我来见您，着实有些唐突与冒昧，可我目前的身体不佳，怕支撑不了多少时日了。因此，我思虑再三，想面见刘掌柜，一块商量件事情，以了却我的一块心思。"刘保强说。

"有什么事情您尽管说好了，我一定尽力而为。"刘金桂说。

"恕我直言不讳，我在宫中当差时，结识一位王爷，他曾遇到一次劫难，是我在皇上跟前斡旋，从而救了他一命。我离宫的那天晚上，这位王爷为了报恩送了我一套大清地图，要我好好珍藏。我说，我一个公公要那玩意干啥，他说，这套地图十分珍贵，价值连城，是留给后人的一笔巨大财富。一定要珍藏好，且万不可对外泄露。于是，我就带回了胶州老家。考虑到我现在已是个病入膏肓的人了，得赶快托付给一个可靠的人，因此，思来想去，就认准了您。"刘保强说。

"您这么信任我，真是让我诚惶诚恐。"刘金桂说着，打开了那个长条盒子，将地图取出一看，感到十分惊讶。原来那地图是康熙五十七年（1718）

御制的《康熙皇舆全览图》，还有二十八张各省分布图。他的心头不禁为之一震：真是稀世之宝啊！

刘保强热切地看着刘金桂的脸："只有托付给您这样诚实可靠之人，我才放心。"

刘金桂说："您典当多少银两？"

"五十两。"刘公公说。

刘金桂说："我知道刘公公只是象征性收了点银子。这么办吧，此宝物暂时寄藏我处，我定当妥为保管。他日您若需要，可随时来取。"

"国之瑰宝，请妥为珍藏。三年后若我不能来取，便是永久托付给您了！"刘保强拱手说道，"刘掌柜，拜托您了！"

刘金桂取了五十两银子，又加送了一包碎银，一同送他，刘保强推辞说："我现在乡下生活，没啥大花销，这多余的银两就不要了。"

刘金桂说："不论在京城还是在乡下生活，哪都需要银子。这是我的一点心意，怎么说您也得收下。"说着，执意将两份银两递到他的手里。

刘保强没再推辞，心情似乎轻松了许多，说："谢谢刘掌柜，我先行告辞了！"

"刘公公，请加紧诊治，多多保重！"刘金桂说。

刘金桂送刘保强外出的时候，看见柜台边上，曾府的管家刁长廷正捧着一件青铜鼎热情地向石铁蛋推介。只听见石铁蛋说："刁管家，任你说得天花乱坠，我这小店也收不起的。你快去别的地方忽悠去。"

刁管家讨了个没趣，忽然转身走到内室门口，向里瞅了瞅摊开的地图，然后，假装走错了门，神情诡秘地溜走了。

送走了刘保强，刘金桂与石铁蛋来到了内室，石铁蛋好奇地翻看了一会儿，说："这地图真是稀世珍品啊！"

"这套地图是康熙年间御制的，的确十分珍贵。我们一定要妥善保藏好。防蛀，防潮，更要防盗。"刘金桂叮嘱说。

石铁蛋说："我会做到的，刘掌柜。"

"刁长廷刚才来有事吗？"刘金桂问。

石铁蛋说："他刚才来卖一件古董，我担心有假，被我打发走了。"

"嗯，以后与曾府的人打交道，一定要慎之又慎，敬而远之。"刘金桂叮嘱说。

"我记住了，刘掌柜。"石铁蛋双手垂立。

刘金桂思考了一会儿，忽然说："铁蛋你去请付秀田师傅来趟这里。"

石铁蛋答应一声，脚底生风似的走了，很快找来了付秀田师傅。他们进了内室，刘金桂说："铁蛋，你去柜台照顾生意吧，这里没你的事了。"

石铁蛋被支走后，刘金桂将地图展开，请付秀田鉴赏，说："付师傅，你看这张大清地图绘制的怎样？"

付秀田看后大吃一惊，说道："这套大清地图难得见到，堪称国宝啊！它应该是康熙年间木刻印制的，图面清晰，标记精细，世间稀有。"

刘金桂接着问道："付师傅，你能否刻制出这样的地图？"

付秀田一愣，反问道："刘掌柜，您刻制这样的地图有何用途？"

刘金桂说："不瞒你说，我刚才忽然产生一个念想，这套地图既然如此珍贵，我怕将来保不住啊，一旦出现差错，我对不住刘公公，对不住大清朝廷啊。不如及早想些办法，未雨绸缪。因此，咱们不妨仿制一套假的，以防以后遇到不测。"

付秀田说："此套地图，一张总图，二十八张分图，若凭我一己之力恐怕短时间难以完成。"

刘金桂说："如果只刻制一份总图呢？"

"这个我可以想办法完成。"付秀田说。

"太好了，让你辛苦了。我在你家附近安排一间密室，你瞅空雕刻制版吧。"刘金桂说，"但是，这件事一定要保密。"

付秀田说："我会的。只是您可不能太急，要给我一些时间。"

"这事不急，慢慢来吧。"刘金桂说。

付秀田说："我会尽力完成的。"

刘金桂找来一只柳编的长方形小箱子，小心地将地图装好，并上了锁。

走出内室后，刘金桂拎着箱子对石铁蛋说："这套地图我先带回家仔细观赏一下。此事万不可走漏风声，否则，你可要卷铺盖走人了。"

"您放心，打死我也不会对外讲的。"石铁蛋信誓旦旦地说。

第二十六回　刘金桂返乡过年　重教育筹建学堂

　　进入腊月，一场雪接着一场雪地下个不停，胶州古城一片银装素裹，连接城乡的道路，大都被冰雪覆盖，给人们出行造成诸多不便。

　　这天中午，大雪刚停，大街上堆满了齐膝深的积雪，刘金桂领着刘寿山及十多个伙计，忙着去清理成文堂门前的积雪。刘金桂说："瑞雪兆丰年啊！明年庄稼肯定有个好收成。"

　　刘寿山说："今年冬天的雪下得这么大，多年没有看到了。天气照这样下去，路面的积雪越来越厚，我担心今年过年赶不回老家了。"

　　"雪再大，风再急，路面再滑，我们也要赶回老家过个团圆年，这是祖辈留下的传统，咱不能破了。再说，我们不回去，你奶奶怎么办？她这么大年纪了，肯定巴望着我们早点回去。"刘金桂边铲着雪边唠叨着。

　　刘寿山说："爹，我想问一下，今年回去过年咱办备点什么东西？"

　　刘金桂略有所思，说："除了多办备点年货、胶州大白菜、日常用品以外，还要给你奶奶定做几件新衣裳和两双棉布鞋。你大伯、伯母，每人给买件棉袍。另外，近几天你给寿恭捎个信，让他提前给家里送点年货回去。"

　　"街坊邻居们用不用准备些？"刘寿山问。

　　"当然要准备。今年将咱印的四书五经、唐诗宋词等书籍，多带点回去分发一下；给孩子们也准备点他们喜欢的儿童读物及各类文具用品，让他们高高兴兴地过个年。"刘金桂说。

　　"还是爹想得周到，我马上准备一下。"刘寿山说。

　　"你跟杨管家商量一下，成文堂伙计们的年货也要提前备齐，多买些猪头、猪下货、刀鱼、巴鱼什么的，尽量实惠一点，让他们高高兴兴地拿回家过年去。另外，准备几份年货分别给郭先生、曾玉冰、杨志明、付秀田单独送到家里去。"

　　"爹，庙里那些乞丐们今年要不要管？"刘寿山问。

"当然要管，按照惯例，每年去旧货市场采购点棉衣、棉被，再发两锅馒头，一块送过去。"刘金桂说，"记住，人都有走霉运的时候，乞丐也是人啊！"

"难得爹每年年关都想着他们！我一定操办好。"刘寿山又问，"爹，今年让谁在胶州守护铺子？"

刘金桂说："你们兄弟轮流守护吧，我记得去年过年是你在这里的，今年就让寿楠在这负责守护吧。"

说完，刘金桂又到前面招呼伙计们，将路面的积雪铲向路边的空闲处。

有几个心灵手巧的伙计，迅速在路边用铁锹雕塑出一本翻开的大书，上面刻着"成文堂"三个大字，引得路人驻足观赏，啧啧称赞。

转眼到了大年三十，刘太太早早地起床，来到院子里望着南方的天空。此时，北风"嗖嗖"地刮个不停，天空一片晴朗，偶尔在天边还能看见几丝浮云。她喃喃自语道："都大年三十了，金桂他们也该回来了呀。"

忽然，街门"吱嘎"一声门响，刘太太的大儿子刘金调穿着一件陈旧但干净的长袍走了进来。他比刘金桂大两岁，但看上去却苍老了许多，见母亲定定地站在院落里仰望天空，便知道母亲的心思，他上前小声地说道："妈，您甭担心，今天是个好天气，金桂他们一家肯定会按时回来的。"

"你说，这时候他们应该走到哪了？"刘太太问。

"早出胶州城了。因为路上的积雪尚未完全融化，要按时赶回来，我估计他们昨晚半夜就得动身，傍晚就应该赶到家了。"刘金调紧了紧衣袍打了个冷战说。

"路这么滑，他们怎么走？"刘太太继续问。

"像往年一样，应该乘坐马车吧。现在一大家子人了，再加上年货和日常用品，没马车可赶不回来。"刘金调说。

俩人正说着话，刘金调的两个儿子刘寿龄、刘寿彭从门外走了进来。刘寿龄嗓门大，说："奶奶，大冷天的您跑到院子里干吗？"

"我瞧瞧今天的天气怎么样，看能不能影响你二叔一家从胶州赶回来。"刘太太说。

"奶奶，您没看见太阳都出来了？天气没事的。老天照应着呢。"刘寿彭边说边跺了跺沾满雪的脚。

"那咱们赶快包饺子吧。"刘太太说。

刘金调笑笑说："我先准备一下菜馅，等吃了中午饭，咱全家人一齐动手，一两个时辰就包好了。"

刘寿龄说："奶奶，家里有糨糊吗？我去把对子贴好。"

"糨糊放在锅台上，自个去拿吧。"刘太太说。

刘寿龄端来糨糊，从刘寿恭捎回的几副对联中选出一副，与刘寿彭一起将对联贴在大门两侧，他轻声地念道："丹桂有根独长诗书门第；黄金无种偏生勤俭人家。"他觉得寿恭写的这副对联，不光吉祥，又合家境，不禁啧啧称赞。

刘寿彭也觉得这副对联写得好，说："寿恭现在是有文墨的人了。"

正在他们欣赏对联的时候，刘寿龄、刘寿彭的几个孩子吵吵嚷嚷地来到了大门口，吵闹着要放鞭炮。

刘金调从衣兜里拿出一大把散的炮仗与小鞭，扔了过去，孩子们争先恐后地去抢，有两个小一点的孩子没有抢到手，急得掉眼泪。刘金调就偷偷地塞给他俩几个小鞭。孩子们便将这些散碎的鞭炮一个一个地点燃，街门口不时发出"嘭、嘭"的鞭炮声响，以及孩子们一阵阵的欢呼声。

刘太太远远地瞅着正在戏耍的孩子们，脸上绽开了喜悦和幸福的笑容。

吃罢了中午饭，刘金调与老伴、几个儿媳妇早早地赶过来，剁馅的剁馅，和面的和面，一起动手包起饺子来。

刘太太插不上手，就来到了门口，向远处瞭望。邻居王大嫂嗓门洪亮地说："婶子，您在等儿孙们回家过年？"

刘太太说："是啊，过个年也不早点赶回，真让人牵挂。"

"他们生意做得那么大，天天忙得不可开交，您老就别责怪了。过年这天他们早晚能赶回来就行。"王大嫂安慰说。

"生意再忙，过年可不能耽搁了。"刘太太似乎仍不满意。

太阳快落山的时候，饺子也包得差不多了。在案桌上摆了十多篦子。刘太太对寿彭说："我们再去村头看看，你叔他们怎么还没回来？"

刘寿彭搀扶着奶奶，一步一步地赶到了村头迎接。

这时候，他们隐约地听到马车的"吱嘎"声及"嘚嘚"的马蹄声，一会儿，四辆马车及一辆骡拉的货车，浩浩荡荡地来到村头，一溜排开，看上去甚是气派。

刘金桂首先跳下车，握着母亲的手说："妈，天气这么冷，您怎么出来了？"

刘太太兴奋地说："我焦急呀！都回来了？"

"除了寿楠一家要看护铺子以外，其余的人都回来了。"刘金桂说。

"节后让寿楠一家也回老家看看。"刘太太说。

"没问题，正月里让他们回来一趟，寿楠他们也很想家。"刘金桂说。

他转身望着村口那棵三百多岁的粗壮的大槐树，心潮起伏，嘴里喃喃地说道："孩子们，咱们到家了!"

孩子们忽啦啦跳下了车，直涌向刘太太的身边。

石清梅争着与婆婆打了招呼，然后退到一边。刘寿祥问母亲："大槐树上怎么挂了那么多的红条条?"

石清梅说："图个吉利嘛，你一会儿也去系上一根。"

这时候，刘金调夫妇及后生们，还有一群街坊邻居热情地迎了上来。刘金桂高兴地跟大家一一握手，相互打着招呼，嘘寒问暖。然后，大家便帮着将一袋袋年货和衣物等都卸了车，运送回家中。牲口和马车被安置在村西一个闲置大院，有专人照料。

这时，邻居王大嫂从人群中挤了过来，说："二哥、二嫂，你们可回来了，你看把俺婶子都急成什么样子?"

刘金桂笑着说："王大嫂也来了，一年没见了，你一点也不见老相啊。"

"我这人不长脑子，不知忧愁，自然年轻。"王大嫂又转身对刘太太说："婶子，你可真有福气啊。俺听说金桂哥在胶州的印刷买卖干得可红火了，日进斗金呢。大书铺是咱孟格庄村民的骄傲!"

刘太太挺直了腰板，说："王大嫂就是会说话。她不光能说会道，做事更没说的，平日里真没少照顾我。"

石清梅听后，迅速从包袱里取出一件皮坎肩，递给王大嫂，说："弟妹，也没有什么好东西，这件皮坎肩送给你，感谢你平日对我婆婆的照顾。"

王大嫂接过皮坎肩，抚摸着里面的皮毛，激动地说："真暖和，这礼物太重了。"

刘太太说："你收下吧，金桂与清梅的一点心意，等过年穿上暖和。"

"太感谢你们了!"王大嫂连声道谢。

刘金桂转身对刘寿山说："你把带回来的书籍分发给街坊邻居们，告诉他们，这些书是咱成文堂刻印的。"

刘寿山便与寿恭、寿祥他们将一个盛书的大箱子搬到大槐树下，将书籍一套一套地分发给众人。街坊邻居人手一套，爱不释手，个个十分感动。

刘太太对刘金桂说："别看光景了，咱们回家煮饺子吃。"

儿孙们像众星捧月似的簇拥着刘太太，说说笑笑地回到老宅里。

刘金桂首先默默地来到北床边，注视着那张宽大而泛黄的宗谱。他对刘金调说："哥，从刘锡老祖宗来揿，我们应该是第十二世了吧？"

刘金调说："对，十二世了。"

刘金桂特地看了看供桌上的祭品，只见上面摆满了盛着鸡、鱼、肉、素丸子的碗，每只碗顶放着菠菜、香菜及本地绿豆粉丝。其中，有两个碟子盛着口衔红粉丝的公鸡和一对加吉鱼，中间有一只大碗盛着凸尖的"捞剩饭"，两边各摆着一摞大枣饽饽，旁边还摆放着四碟水果、点心、糖等，格外丰盛和庄重。刘金桂心里想，现在的日子好过了，摆的祭品也丰盛多了，但愿老祖宗们都能满意。

这时，刘金调在身后说："金桂，我们去上个坟，请老祖宗们回家过年吧？"

刘金桂说："行，时候不早了，我们抓紧去吧。"

一会儿的工夫，刘家男丁十多人去了村东南的祖坟地，刘金调在刘家祖宗的坟头压了烧纸，然后聚集在父亲的坟前，燃放了鞭炮，焚烧了纸钱。刘金调嘴里念念有词："老祖宗们，请回家过年吧！"

仪式结束后，众人回到了家中。此时，水饺也恰好煮熟出锅，锅里冒出的一股股热气和肉香，弥漫了半个屋子，让人感觉一片温馨与祥和。

刘金桂专门在碗里盛了几个水饺，递给母亲。刘太太高兴得合不拢嘴，说："你们吃，甭管我。平时大家天南海北各自忙活，只有大年三十这天，全家人才能凑在一块吃水饺，我的心啊甭提有多高兴了。"

"高兴就多吃一些。这水饺的味道不错，白菜肉馅水饺，是我小时候最爱吃的。"刘金桂说，"小时候过年的时候，您还教过我们儿歌，我一直记得呢。"

"你说给孩子们听听？"刘太太说。

刘金桂放下碗筷，孩童般地吟诵道："拔萝卜，拔萝卜，拔拔拔。切白菜，切白菜，切切切。洗萝卜，洗萝卜，洗洗洗。炒白菜，炒白菜，炒炒炒。包饺子，包饺子，捏捏捏。吃饺子，吃饺子，吃吃吃。"

全家人被逗乐了，一齐鼓掌喝彩。

刘太太忽然含泪说道："要是你爹在世，一大家子在一块热热闹闹地过个年该有多好啊！"

大家一阵沉默。之后，刘金桂偷偷地擦了一把泪水，转移话题说："饺子味道真不错，大家趁热吃吧。"

吃罢了晚饭，大家一起守岁。年轻人搓起了麻将，刘金桂与刘金调等人坐在土炕上，陪刘太太聊天。他们一起回忆起小时候过年贫寒但快乐的情景，还提到了当年被刘金桂打瞎了一只眼睛的孙大牙。刘金调说："当年孙员外在世的时候，孙大牙还有所收敛，可待孙员外去世后，孙大牙很快染上了吸大烟的恶习，没几年的工夫，偌大的家产被他糟蹋光了，原来二百多亩土地，大多卖了，只剩下十多亩盐碱薄地。他原来还是很健壮的，现在人瘦得皮包骨头了。"

刘太太说："老古语讲，富不过三代。发家难，但败家易啊。你爹生前最喜欢的一副对联是说：忠厚传家远，诗书继世长。忠厚，其实就是厚道仁义，是刘家几代人一直倡导的家风，此家风要世代传承下去，儿孙们才能永远走正路。诗书是什么？就是要求子子孙孙都要读书，书中自有黄金屋，书中自有颜如玉。唯有读书，后代们才能增长才干，老祖宗的基业才能不断发扬光大。"

刘金桂听了母亲朴素而富有哲理的话语，也深有感触，他说："妈，您的话儿子记着了。忠厚传家远，诗书继世长，永远是咱刘家的座右铭和传家宝，要让子孙后代永远牢记在心。"

"是的，对子女及家人，还要不断地严格管教。要知道，子不教，父之过。你们两个当爹的也老大不小了，要负起教育后代的责任，要教后代走正路。像辛庄村那个孙员外，花天酒地一辈子，疏于对后人的管教，不败家才怪呢。另外，言传身教也很重要，俗话说，上梁不正下梁歪。你们做长辈的要事事处处带个好头，树立个好榜样。"刘太太停顿了一会儿，说："你们也别嫌我唠叨，我没几年的唠叨头了，很快要寻你爹去了。"

刘金桂听后，眼睛不由得落下泪来。他强装笑颜说道："妈，您身体好着呢，活到百岁没问题的。"

刘太太将脸上的白发理到耳后，继续说道："唉，要是你爹活着，看到刘家今日的兴旺景象，他会有多高兴啊！他是那么一个好胜的人，怎么就等不到今天呢？"

"妈，您别难过。我爹若在天有灵，他同样会无比高兴的。"刘金桂安慰她说。

刘太太赶紧擦去眼泪，恢复了常态，说："大过年的，你看我说这些干啥。"

刘金桂故意避开这个话题，说："我傍晚见那个街坊王大嫂，还是一副嘻嘻哈哈、不知愁肠的样子。"

刘太太说："她是个敞亮人，有事没事爱找我聊天。只是自从去年她丈夫得了腿疼病不能下地干活后，她愁闷多了。"

刘金调补充说："就是腿得了风湿病。一遇下雨阴天就疼得厉害。"

"我在胶州认识一位老中医，他好像有个治风湿的方子，待回去后替他讨要一个试试。"刘金桂说。

刘太太说："那可要抓紧了。对了，王大嫂前段时间还给寿恭提亲了，姑娘是她河西王家村的，她爹是个粮贩，家境殷实。姑娘身材苗条，知书达理。王大嫂提议，趁你们回来过年的机会，给他们把婚定下。"

刘金桂笑了笑说："妈，这事先不急。寿恭去龙口发展时间不长，生意上还没有什么建树，需要集中精力做点事情。这事等等再说好吗？"

"你就知道等，殊不知婚姻是讲缘分的，错过了这个村，就没有这个店。"刘太太说。

刘金桂见母亲不太高兴，说："这事还要征求一下寿恭本人的意见，还不知他怎么想的呢。"

"也好。咱刘家要办事就是要开明一点，不能搞父母之命媒妁之言那一套。"刘太太说完，似乎有一丝困意袭上心头。

刘金桂忙扶着母亲斜倚到被子上，刘太太很快发出轻微的鼾声。

刘金桂问大哥："现在过年通常几点钟去祠堂祭拜？"

"现在时间有所调整，一般集中安排在凌晨一点钟左右。"刘金调说。

时间很快过了十二点钟，此时，村里及周边村"噼里啪啦"的鞭炮声震耳欲聋，此起彼伏，响彻云霄。

鞭炮声一响，刘太太便醒了，她问："现在是几点了？"

刘金调说："十二点刚过。"

"起床发纸！"刘太太爬起身来，说："金调，把家里所有的灯和蜡烛全部点燃，照亮家里每一个角落。金桂，烧纸上供后，赶紧让孩子们燃放鞭炮吧。"

刘金调、刘金桂立刻分头去做，屋子里很快明亮如昼。

石清梅麻利地煮了一些素馅饺子，捞出两碗，恭敬地供在北床上。刘金桂接着燃香烧纸，然后，指挥寿恭、寿祥他们在院子里燃放鞭炮。先是燃放了一些二踢脚和呲花炮仗，震得窗户"嗡嗡"作响。然后，他们将长龙似的大鞭点燃，"噼噼啪啪"的声音响了一刻多钟。院子里立刻堆满厚厚的红色纸屑，像铺上了一层厚厚的地毯。

燃放鞭炮后，刘金调领着大家分别向天地公公、灶王爷、宗谱、财神"浇奠"叩头，接着，一家人去刘太太房间叩头拜年。

刘太太安坐在一张太师椅上，神情祥和。她将刘金桂给她准备好的红包堆放在一个精致的木盒子里。红包印制得比较考究，在红包的右下角，"成文堂印制"五个字格外醒目。按辈分大小，晚辈们依次来到刘太太房间叩拜问好，均领到一个红包，欢声笑语，充满了整个家庭。

发纸和叩拜仪式结束后，刘金调、刘金桂兄弟俩领着晚辈男丁们急匆匆地赶到刘家祠堂祭拜。刘家祠堂位于村西北，是族人出资共同修建的一个五间大的祠堂，附带一个大院。等他们赶到时，刘家族人已经到得差不多了。大院里摆着一口生铁铸造的大缸，专门用来烧纸使用。八十多岁高龄的族长刘盛邦精神矍铄，正坐在中堂的一张椅子上与族人寒暄着。刘金调与刘金桂兄弟俩，先来到中堂与族长打了招呼，又点了三支香，恭敬地插到供案上元宝形的香炉里。刘金桂端详着供桌上的远祖刘锡及远祖母刘氏和蔼可亲的画像，总感觉似曾相识。

刘盛邦望着巨幅宗谱，声音平和地说："当年祖先之所以选择孟格庄村定居，是因为这个村的地理地貌像一本大书，希望在这里生活，子孙后代能够多出书家和文人，精通孔孟之道，传承中华文明。现在，我们村出了个'大书铺'和'二书铺'，专搞雕版印刷和经营，名扬四海，为弘扬中华传统文化，推进国人教育，做出了卓越贡献。为此，我们可以自豪地告慰先祖，你们的后代没有辜负您的期望。愿先祖永远恩荫后代，造福千秋。"

刘盛邦说完，回头扫了众人一眼，见族人来得差不多了，于是决定开始举行叩拜祖宗的仪式。大家按辈分大小一直从中堂排到大院里，随着刘盛邦"一叩首，再叩首，三叩首"的口令，刘家族人虔诚地向先祖磕了三个响头。

祠堂祭拜祖宗的仪式结束后，族人开始相互拜年，大家先是依次给没出五服的家族长辈拜年，然后，再给其他的长辈和亲邻好友拜年。此时，大街小巷张灯结彩，人来人往，熙熙攘攘。家家户户都贴着大红春联，大门上方悬挂着大红灯笼，大门框上还贴有红色的剪纸，在美丽的夜色中随风飘曳。这时，大街的上空弥漫着一股由香烟、烧纸、硫黄等组成的混杂的香气，沁人肺腑，整个山村到处充满浓郁的喜气和年味。

刘盛邦与刘盛元是叔伯兄弟，是刘金桂兄弟俩没出五服的长辈，理应早去他家拜年。刘金桂兄弟俩与后生们参加祠堂祭祖仪式后，首先来到村北刘盛邦的家里拜年，刘盛邦备了一桌子好菜，执意要跟他们喝上几盅。盛情难却，刘金调、刘金桂只好落座，与他对斟起来。三杯酒下肚后，刘盛邦说："金桂是大书铺的掌门人，大过年的大伯有几句话不知当讲不当讲？"

刘金桂说："您但说无妨。"

刘盛邦说："金桂目前是咱村的首富，虽然年年帮贫济困，老百姓也没少夸赞你，但有件事，我一直想跟你商量一下。你最近有没有考虑给咱村里做点有益的事情？"

刘金桂说："我心里始终挂念着众乡亲，也想着为他们做点具体有益的事情。您有话直说吧。"

"咱村虽然历来十分推崇孔孟之道，可是，因为众多人家还不富裕，许多孩子上不起学，整天像些野孩子一样打打闹闹的，学业都荒废了，我看了忧心如焚啊。"刘盛邦说。

"您是说办个学堂，让村里的孩子都能够上学？"刘金桂望着刘盛邦，说："不瞒您说，我早有此意，已经考虑多时了。我每年回来，都给村里的孩子们带些书本回来，目的就是让他们多学点知识。"

"可办学堂并非易事，建教室、聘老师等都需要一大笔银子。"刘盛邦为难地说，"你的钱也不是大风刮来的。"

"办学堂，我十分赞同，所有的费用由成文堂出好了。"刘金桂爽快地表态，"我建议，先在村子里物色一处大点的宅院，我出资买下，咱整修一下当作校舍。讲书先生就由村里负责聘用，他们的工资报酬和其他花费由我负责。招生的事就拜托给您了。"

"金桂，你真像你爹，是个仁义之人。我代表全村的父老乡亲谢谢你了！"刘盛邦激动地站起来，向刘金桂深鞠一躬。

"大伯，您别客气。如果我能为家乡的教育尽点绵薄之力，那是我的荣幸。"刘金桂说，"我建议，筹建事宜可由寿恭配合您老具体操作，钱款我随时打过来。您看如何？"

"这样好，寿恭在龙口做事，离家近，有些事情就让他帮我跑跑腿。"刘盛邦说，"来，为本村学堂早日建成干杯！"

刘金桂举杯为敬，一口干掉杯中的酒。

从刘盛邦家中出来，刘金调、刘金桂俩兄弟领着众后生在村子里转悠了半天，向各前辈和邻居们都拜了年，天色也慢慢地亮了。

等回到家的时候，饺子已经煮熟了摆放在饭桌上，刘太太说："回来得正好，赶快吃饺子，看谁吃得钱多。"

刘太太第二个水饺就吃出了一个大枣，立刻高兴得合不拢嘴，说："来年有甜头，过得更舒心。"

大家都开心地笑了。

饭后，刘金桂把筹办学堂的事儿说给母亲听，母亲听了问："钱由谁出?"

"成文堂负责。"刘金桂说。

刘太太欣慰地说："值，为老百姓办点好事，是积德啊。"

见母亲这般支持，刘金桂的心里轻松多了。

过了正月初三日，刘金桂一家人要回胶州。刘金调劝道："听说今年咱这里要舞龙灯扭秧歌，还是过了正月十五再走吧?"

刘金桂说："胶州城那边的大秧歌也很出名，我的几个儿媳妇也都参加排练了，她们还要回去参加表演活动呢。"

刘金调怅然若失地说："看来孩子们已经习惯了胶州那边的生活，回趟老家反倒觉得像做客。"

"是啊，年轻人适应快，还是建议他们多出去看看。寿龄、寿彭他们的孩子如果不愿待在老家，也可以到成文堂去学徒。"刘金桂主动说道。

刘金调说："我正有此想法，想让寿龄、寿彭两家的长子去你那里学徒，开开眼界，长点知识。只是这样一来怕给你们增添麻烦。"

"自家人，不麻烦。过了正月十五，就让他们去成文堂报到吧。只是那里的规矩挺多，不能闹特殊，你得跟他们提前交代清楚了。"刘金桂。

刘金调说："人送过去你尽管严格要求，与外人一视同仁，千万不可迁就他们，闹些什么特殊。"

刘金桂说："若不好好干，我是不会轻饶他们的。"

刘太太听说两个重孙子要去成文堂学徒，自然从心底里高兴，只是对于他们仓促离开，心中不免产生依恋之情。

正月初四一大早，刘金桂一家人要返回胶州。刘太太舍不得，抹着眼泪说："你们就不能在家多待两天?"

刘金桂说："妈，我回去要准备一下开工事宜，不能再住了。等春暖花开的时候，我接您去胶州住些日子。"

刘太太叹了一口气说："也好。"

临走的时候，刘金桂特意把刘寿恭叫到跟前，把筹建学堂的事情又跟他详细交代了一番，叮嘱他全力配合好老族长，加快学堂筹建进度，有什么困难随时通报一声，学堂争取今年四月以前正式开课。刘寿恭表示他一定全力以赴，协助完成学堂筹建任务。

临行前，刘金桂还领着几个儿子来到了村后的姑姑庙里进行祭拜，刘金桂对寿恭、寿祥说："你们有什么心思，就在这里许个愿吧。"

姑姑庙依旧保存完好，香炉里的烟灰积了很厚的一层，庙里充溢着缕缕清香。一晃几十年过去了，物是人非，刘金桂触景生情，心中充满无限的凄楚。他忽然记起城隍庙那块铜制的大算盘盘梁上那几个大字："不由人算"。他摇摇头，忽然喃喃自语："我就是有些不服啊！"

第二十七回　曾玉彪巧设圈套　徐云龙嗜赌败家

　　刘金桂一家人从招远老家返回胶州后，当天下午，石清梅领着两个儿媳去徐府给曾玉冰他们拜了年。第二天一大早，曾玉冰又领着儿子徐青松、女儿徐青莲来到成文堂给刘金桂夫妇拜年。刘金桂赶紧拿出家乡的炒花生、炒栗子和大枣给他们品尝。他们品尝了一番，都说味道不错。徐青松与徐青莲在屋里坐不住，抓了几把花生和大枣，就跟寿楠、寿祥他们跑去街上玩了。屋子里就剩下刘金桂夫妇与曾玉冰三人。刘金桂望一眼神情黯然的曾玉冰问："看你的样子好像不太开心。"

　　曾玉冰叹了一口气说："人家过年都高高兴兴的，我过个年却跟过关似的。按说儿女们都这么大了，徐云龙应该给他们做个好榜样，可他的耍心依旧没有收敛，整天只知道赌博与吃喝。这个春节他几乎没大回家，晚上大都是在赌场度过的。"

　　"听说他的赌技挺厉害的，在胶州赌界颇有名气。"石清梅说。

　　"老古语说得好，十赌九输。搞赌博有几个能发家的？等他赢了钱，就去逛窑子、吃喝玩乐。输了就回家索钱，不给就吵闹，这日子真是没法过下去了。"曾玉冰抹了一把眼泪说。

　　"听说徐老爷也是个很要面子的人，他不管吗？"刘金桂说。

　　"他也曾严厉地管教过他，可徐云龙就是不争气，有一次当场耍起了无赖，寻死寻活的，差点闹出人命来。对此，一直比较娇惯儿子的公公长吁短叹，只好作罢。摊上了这样嗜赌成性的儿子他实在没了主意，只能睁一只眼闭一只眼。但是，家里的生意一直没敢放手交给他做。至今大通绸缎庄的业务由公公掌管，老凤凰银楼交由青松与我打理。"曾玉冰说："这些生意要是交给他，恐怕早就被他败光了。"

　　"听说青松这孩子很懂事，很有才华，做事也挺认真的。可见，徐家后继有人啊。"刘金桂说。

"青松的确有志气，上进心强。他爷爷也把希望都放在孙子的身上，对他格外倾心辅导。但愿青松将来千万别跟他爹学坏了，走偏了路。"曾玉冰说。

石清梅说："你对青松从小管教得这么严，他应该早就定性了，将来肯定会有大出息的。"

"但愿如此吧。"曾玉冰谈起儿子，脸上终于有了一丝欣慰的笑容。

刘金桂说："大家平日都挺忙的，难得一聚。今天大正月的有空闲，咱们一起包饺子吃吧。"

"不添麻烦了吧。"曾玉冰说。

石清梅说："这有什么好麻烦的。都别走了，咱一起包饺子吃。"

他们几个人，又叫上刘家的两个儿媳，立刻来到厨房，有的和面，有的剁馅，大家一起忙活起来。刘金桂还用碱水洗了几枚硬币，说："包上它，图个吉利。"

半天的工夫，大家包了好几篦子水饺。刘金桂亲自添水生火煮饺子，很快，两大盘热气腾腾的水饺端放在客厅的餐桌上。

石清梅尝了一个说："嗯，好吃。俗话说：舒服不如躺着，好吃不如饺子。大家快动手吃吧。"

于是，大人孩子都围拢在一起，边吃边聊起了家常。

刘金桂边吃边说道："我小时候最大的梦想，你们猜是什么？就是吃水饺、穿新衣，背着书包上学堂。现在的生活条件好了，平常生猛海鲜、鸡鸭鱼肉，什么都能吃到，吃水饺更是家常便饭，可过年了，什么山珍海味都不想，只想着能够吃上水饺，而且还须是大白菜猪肉馅的，才能够吃出年味来。"

石清梅看着寿山、寿楠、寿祥他们，说："日子过到今天这个程度，实在不易啊，当年你爹避难来到胶州当货郎、建书铺，历尽艰辛，多亏有你曾姨相助，才度过一道道的难关。滴水之恩，当以涌泉相报。大家什么时候都不能忘记你们曾姨的好。"

曾玉冰说："那都是些陈年往事了，我做得那点事情根本不值一提。"

刘金桂抬头对孩子说："刚才你妈说得对，你们曾姨对咱刘家恩重如山啊！等你们长大了，一定要好好孝敬你们的曾姨。"

曾玉冰听了，心中不禁涌起一股暖流，她鼻子一酸，差点落泪。

徐青莲现在已经是个十七八岁的姑娘了，她坐在刘寿山与王春燕的边上，抬头看着母亲的脸，悄声说道："妈，大过年的，您不要这个样子。"

曾玉冰擦去眼泪，很快恢复了常态，说："妈是为刘家今日的兴盛和发达而高兴的。"

刘寿山赶紧从盘子中夹了两个水饺放到青莲的碟子里，说："没事的，你快吃吧。"

刘金桂故意岔开话题说："对了，今年正月的大秧歌还搞吗？"

提起扭秧歌，曾玉冰立刻高兴起来，说："当然了，胶州城每年正月十五的秧歌表演是必不可少的。我与清梅她们到时都要参加表演活动。"

刘金桂说："你们只知道喜欢胶州大秧歌，可你们知道它的来历吗？"

徐青莲说："大伯，给我们讲讲呗。"

刘金桂继续说道："关于胶州秧歌的起源，相传在明末清初，大约乾隆二十九年（1764）春，城东南面的东小屯村有姓马与姓赵的两户人家，相约去关东逃荒，一路上乞讨卖唱，老头背腰鼓，儿子舞打狗棍，老婆背花布包，儿媳孙女则边舞边唱，沿路行乞。十余年后两家人又返回胶州，这种表演形式也就是秧歌的雏形，距今已经有一百多年的历史了。后来演变成现在的膏药客、翠花、扇女、小嫚、棒槌、鼓子等六个行当，以及小调秧歌和小戏秧歌两种表现方式。民间艺人先后创编的《裂裹脚》《拉磨》《送闺女》《打灶》等数十出小戏秧歌，很受老百姓们欢迎。"

徐青莲说："大伯，您虽然不是土生土长的胶州人，但我觉得您是个胶州通呢。"

"胶州通谈不上。我对胶州秧歌也是一知半解的。"刘金桂笑笑说。

曾玉冰说："你别忘了，你刘伯伯是搞雕版印刷的，什么样的书籍和剧本他没看过、接触过？他自然而然地就变成文化人了。"

"不敢当的。"刘金桂笑着摆摆手，说："不过，我觉得秧歌再好看，也比不上咱成文堂戏剧院的演出好看，听说正月有几出戏是新排演的昆曲剧目，大家有空看戏去。"

孩子们高兴地拍手欢呼，宴席上的气氛一下子活跃起来，大家说说笑笑，十分开心。

饭后，曾玉冰心里有事，急着回家，刘金桂没再挽留，石清梅将他们一直送到了大门口。

曾玉冰回到家里后，只见徐云龙喝得酩酊大醉，躺在沙发上呻吟着："渴，我渴……"

曾玉冰急忙给他端了杯温开水送过来。徐云龙喝后，酒似乎醒了许多，他吃力地坐起来，忽然眉飞色舞地说："今天中午叫了些哥们喝酒，曾玉彪的管家刁长廷也去了，可是这个家伙不识抬举，非但不敬我酒，我敬他酒他也不喝，竟然口出狂言，说是除了曾玉彪，任何人没有资格命他喝酒。我他妈的惯他些臭毛病，过去捅着他的鼻子灌了一杯，酒桌上的朋友都为我鼓掌欢呼……"

　　"你要大祸临头了。"曾玉冰气愤地说，"你赶快找人家赔不是去，也许还能挽回一些。"

　　"我去向他赔不是？笑话！他再不知趣，我让舅子玉彪辞退了他。"徐云龙醉眼蒙眬地说。

　　"你以为玉彪能听你的？他们两个狼狈为奸，臭味相投。你敢欺负他的管家？等着曾玉彪收拾你吧。"曾玉冰说。

　　"他敢？他要是对我无礼，那他在胶州贩大烟的买卖就甭想做了。"徐云龙咋呼道。

　　"你现在也染指了大烟生意？"曾玉冰一颗心紧张地悬了起来，她忽然有一种不祥的预感袭上心头。她正色劝告说："大烟生意祸国殃民，伤天害理。如果你真的卷入了，必须及早退出，悬崖勒马！"

　　"妇人之见！"徐云龙说完，又躺在沙发上呼呼地睡了过去。

　　在济生堂大药店，刁长廷气愤地向曾玉彪诉苦告状，他说："这个徐云龙愈来愈猖狂了，竟然当着众人的面，捏着我的鼻子灌酒，真是奇耻大辱啊！"

　　曾玉彪"扑哧"一声笑了，说："徐云龙酒后失态，你甭往心里去。"

　　"俗话说，打狗还得看主人呢，我看他分明不把你放在眼里。酒席桌上他还公开说过，曾玉彪算什么东西？他不过是靠贩大烟挣了几个臭钱，等哪一天老子一高兴，我断了他的后路。"刁长廷说。

　　听到这些，曾玉彪的脸色"忽"地黑了下来，说："他当真说过这样的话？"

　　"真的说过，我若撒谎，天打五雷劈好了。"刁长廷说，"我听说最近他跟塔埠头的赵八爷打得很火热，赵八爷还给了他一些大烟让其代卖，已经挣了一大笔了。他这样做，分明是在拆你的后台，挖你的墙脚，你可要引起警惕啊！"

　　"这个不仁不义的东西，竟然把手伸到我的地盘，想骑着我的脖子拉屎？看来，不给他点眼色看看，他是不知道天高地厚了。"曾玉彪说。

"可是，他可是你亲妹夫，你得手下留情啊。"刁长廷假惺惺地说。

"哼，利益面前无君子。他不仁我不义，他敢太岁头上动土，我就叫他吃不了兜着走。"曾玉彪的脸色铁青，一副怒不可遏的样子："老虎不发威，他还当咱是病猫呢！你赶快想个法子，废了他。"

"马善被人骑，人善被人欺。这次咱不好好治治他，他是不会长记性的。"刁长廷说，"我记得多年以前，他曾在赌场上捣鬼，赢了你的药店和书铺，逼得你把妹妹嫁给这个赌徒。可有这回事？"

曾玉彪说："这个仇恨我怎能忘记？常言说，君子报仇，十年不晚。二十年都过去了，这个结是该有个了断的时候了。"

"那咱也从赌博下手，让他输得一干二净。"刁长廷说。

"具体计划，你来实施，要做得干净漂亮，一举整垮他！"曾玉彪说，"你可以从江湖上聘请个赌博高手来操作，再送些银子给庄家，请其协助好。但要注意，此事必须万无一失。"

"我明白，您就放心好了。"刁长廷说。

刁长廷先是回即墨老家住了几天，拜见了一位赌场高手，双方达成一项契约。然后，又支了一笔银子，趁着夜晚去了一趟崔家大街的地下赌场——金百合茶庄，在一间茶室里，他悄悄地拜见了赌场掌柜李治魁。李掌柜是一位年近六旬的老人，面容清瘦，肤色干黄，鹰钩鼻子，花白发须。他吸了一口大烟，慢条斯理地说道："刁管家深夜来访，有何贵干？"

刁长廷说："曾掌柜托我给李掌柜拜个晚年，这点银两是孝敬您老的，感谢您平日对我们曾府的关照。"说着，将一袋银两递给李掌柜。

李掌柜顺手将袋子拿在手里掂了掂，说："刁管家，这礼太重了，我无功不受禄。"

刁长廷说："李掌柜，区区银两，不成敬意。您千万给我个面子，否则，我没法向曾掌柜交代。"

李掌柜见执拗不过，只好把银子放到抽屉里，说道："那我就不客气了。你有什么事，直说吧。"

于是，刁长廷把利用赌博整治徐云龙的计划简要地向李治魁讲了一遍，并允诺说："事成之后，再重金酬谢。"

李治魁听后，摇摇头说："此事难办啊。且不说曾玉彪与徐云龙是亲戚，单就徐云龙与我的交情来讲，就不能陷害他。胶州谁人不知，徐云龙是我多年的老主顾，我怎么下得了黑手啊？"

刁长廷见李掌柜犹豫不决，便进一步说道："我听说徐云龙准备自己另起炉灶，计划在东关大街开设一家赌场，此事正在紧锣密鼓地筹建当中。现在你不摁倒他，到时可有您好看的了。"

"此话当真？"李治魁警惕地睁大眼睛。

"千真万确。他前段在酒席桌上公开说的，您家的家丁阿六也在现场。"刁长廷说。

"我需要落实一下，是否真有其事。"李治魁半信半疑地说。

刁长廷见他还下不了决心，于是增加了筹码，说："曾掌柜说，事成之后，李掌柜三年内个人所需烟土均由济生堂大药店负责提供。"

李治魁本来就是个大烟鬼，一听说有这个优惠条件，立刻打定主意，应允下来："看在我与曾掌柜有多年交情的分上，这事我答应了。只是……"

刁长廷立刻心领神会，迅速从携带的提包里取出几包烟土堆放到茶桌上，说："我知道您喜好这口，随便带了几包，您先用着。"

李治魁两眼放光，一把将烟土抓在手里，啧啧夸赞道："刁先生真是个聪明人。咱们暂定于正月十三日上午在此聚赌，你跟你的朋友提前约好了。"

"好的，我告辞了。"刁长廷松了一口气，起身告辞。连夜赶回去向曾玉彪做了汇报。

曾玉彪听了，甚为高兴，但提醒他说："你的那位玩家朋友可靠吗？"

"绝对可靠。此人是我小时候最要好的玩伴，他虽然其貌不扬，但聪明绝顶。曾在上海赌场混了多年，练就了一手绝活。今年适逢他回即墨老家过年，被我给逮住了。我把咱们的计划与丰厚的报酬与他讲了，他满口答应下来。"刁长廷说。

"很好，就按原计划进行吧。"曾玉彪奸笑了一声。

转眼到了正月十三日，清晨，徐云龙便早早地起床了，梳洗一番之后，特地来到自己的书房里，在韩信雕像前，点燃了三支香，磕了三个响头，默默祈求一番。按照约定，他今天要去金百合会个朋友，玩两把。他记得前几天好朋友阿六找到他说："金百合李掌柜让我转告你，曾府刁长廷有位即墨的朋友想跟你玩两把，不知你是否肯赏脸？"

"刁长廷的朋友是干什么的？"徐云龙问。

"我听说他只是一位普通的茶商，出道很晚，根本与你无法相提并论。"

阿六说。

徐云龙说："刁长廷还为灌酒一事记恨于我？真是鸡肠小肚。他怂恿别人向我提出挑战，就是想出我丑，但我徐云龙偏不信这个邪。在胶州地盘上，能赢我徐云龙的人怕还没有出生吧。"徐云龙自负地说。

"我看也是。徐大哥在胶州赌界久经沙场，大名远扬。他敢来挑战大哥，真是不知天高地厚，这次你要让他输得心服口服。"阿六说。

"言之有理。"徐云龙轻蔑地说。

"这么说此事定下了？"阿六说。

"定下了。你回去告诉李掌柜，我接受即墨老客的挑战。如果他后悔了，可以提前通知我。"徐云龙冷笑一声说，"我一定准时赴约。"

徐云龙默默地望着韩信的雕像，陷入沉思。

"云龙，快吃早饭了！"曾玉冰喊了一声，打断了徐云龙的回忆，他立刻快步走出书房，来到了饭厅。

曾玉冰见徐云龙今天起得早，神情有些恍惚，说："今天在城隍庙前大街有秧歌表演，你不去凑个热闹？"

徐云龙剥了一个煮鸡蛋吃着，说："不了，今天我还有一桩生意要谈，就不去了。"

"大正月的，在家好好歇着吧，别整天只知道外出大吃大喝的，什么酒肉朋友也交往。"曾玉冰叮嘱说。

"我知道的。"徐云龙不耐烦地说，草草吃了早饭。

见曾玉冰走出家门，他便迅速从衣橱里取出一袋银子，揣到怀里，雇了个马车，迅速向崔家大街金百合茶庄奔去。

等他进了大门，阿六热情地迎上前来，引导他进了赌厅。此时，刁长廷与他的即墨朋友田林茂已经来了。只见刁长廷站起来，皮笑肉不笑地说："徐掌柜，我以为您没时间来呢。"

徐云龙哈哈大笑说："刁管家跟你的朋友有约，我岂有不到之理？唉，上次喝醉了酒，有失礼貌，刁管家不会放在心上吧？"

刁长廷说："我若是记恨于你，岂能再与徐掌柜相会？对了，我给你们介绍一下，我的这位朋友是即墨茶商田掌柜，正月里闲着没事，特地前来拜会徐掌柜。"

徐云龙扫了一眼田林茂，只见他矮矮的个头，肥胖白皙的面孔，一双低垂的眼，衣着朴素，是一位再普通不过的小商贩模样。他的心情立刻放松了许多。他轻蔑地与田林茂握了握手，说："我是大通绸缎庄的徐云龙，欢迎田掌柜莅临！"

田林茂点点头，客气地说道："认识徐掌柜十分荣幸。"

徐云龙说："我闯荡江湖几十年了，在赌场上还没有服气过谁。赌博这行当，愿赌服输，你要提前有所准备。"他想给田林茂先来个下马威。

田林茂眯着眼睛，谦虚地说："兄弟冒昧前来拜会徐掌柜，确实有点不自量力，请徐掌柜手下留情，高抬贵手。"

"不必客气，咱赌桌上见！"徐云龙说。

一旁的庄主李治魁终于开口道："商量一下，今天你们怎么个赌法，慢的就推牌九或打麻将，快的就来骰宝，你们看看选哪一种合适？"

"来个快的，骰宝吧。"徐云龙大声说道。

田林茂略有迟疑，低声道："行，由徐掌柜决定。"

他们来到一个案台面前，李掌柜作为庄家，先把三个骰子放在一个精致的瓷罐内，盖上盖子，有节奏地摇晃起来。徐云龙与田林茂分别下注。开始五局，当李治魁打开瓷罐并进行派彩后，徐云龙总是特别的顺利，五局全赢。他不禁喜形于色，异常的兴奋。田林茂连输五局之后，手边的银子所剩无几了，神态像霜打的茄子一下子蔫了。

徐云龙笑着问："老弟还想玩吗？"

田林茂点点头，什么话也没说，把剩下的银子全部押上了。

徐云龙竖起大拇指，说道："有种。"说着，把刚才赢来的钱大部分都押上。

第六局的结果出来了，田林茂赢了，他不动声色地将桌子上堆放的银子揽回自己这边。又是四局后，徐云龙手中的银子几乎输没了。

田林茂微笑着问："老兄，还能玩吗？"

此刻，徐云龙已经失去了理智，他红着眼睛说："谁不敢玩是孙子。"

当徐云龙把手中的银子全部输光的时候，庄家李治魁问："能玩不？"

徐云龙涨红着脸，说："继续玩！"

"拿什么玩？"李庄家问。

"我有大通绸缎庄和老凤祥银楼作抵押，怕我拿不出银子怎么的？"

"抵押多少？"李庄家问。

"绸缎庄与银楼一共抵两万两银子怎么样？"徐云龙输红了眼。

李庄家回头对阿六说："你把契约写好，君子一言，驷马难追。"

阿六迅速写好契约，递给徐云龙，徐云龙擦了一把脸上的虚汗，用颤抖的手签字画押。

到了午饭的时分，大家简单地吃了盘水饺，没有停歇。这场赌博一直持续到下午三点多钟。徐云龙已经累计输了两万一千多两银子，这意味着他把老父亲辛辛苦苦攒下的所有基业全部输掉了。

在李治魁的威逼之下，徐云龙艰难地在契约上签了字，摁了手印。此时，他像一只丧家之犬，极为狼狈，口中喃喃地说道："我是败家子，我是败家子。我愧对祖宗，让我死了吧。"他步履蹒跚地走出了金百合茶庄的大门，竟不分东南西北，找不到回家的路了。李庄主示意了一下阿六："去给徐掌柜要辆马车，送他回去。"

此时，刁长廷一屁股坐在椅子上，闭目足有两分钟后，一个高跳将起来，哈哈大笑说："赢了，我们赢了！"稍后，他从衣兜里取出一张一千两的银票，双手颤抖着递给李庄主，说："我代表曾掌柜，谢谢您！这点报酬您先拿着。"

李庄主把银票揣进怀里，自责地说："我真缺德啊，我这一世清白让你给毁了。"

刁长廷说："您放心，所有的承诺都能兑现。"

"等着去接管大通绸缎庄与老凤祥银楼吧！"李庄主看看窗外的天空，说："人是贱种，全是贪欲惹的祸，活该！"

徐云龙被人送到长安街徐府附近，自己跳下了车子，踉跄着来到路边一个小酒馆，要了一盘炒花生米和一瓶老烧，独自喝起闷酒来，越喝越觉得今天的赌局好像藏着什么猫腻，越喝越觉得自己对不住年迈的老父亲，终于抑制不住内心失落的感情，嘤嘤啜泣起来。

刁长廷与田林茂向李庄主道谢之后，快马加鞭赶回了济生堂大药店。此时，曾玉彪正急得团团转。当听了刁长廷的汇报，看了徐云龙所签的契约，曾玉彪长吁了一口气，忽然哈哈大笑起来，说道："报应啊，报应！你徐云龙也有败家的一天！这一箭之仇二十年后终于报了。"

"这次操作，田林茂先生立下汗马功劳。"刁长廷说。

曾玉彪紧紧握住田林茂的手说："你是我的大恩人，谢谢你了，田先生！我不会亏待你的，等事情了结后，我把你应得的报酬一块算给你。"

"你不必客气，按原来的约定兑现就好。"田林茂说。

"那是肯定的。"刁长廷说。

"怎么样，咱现在去徐府讨债去?"曾玉彪看着契约，迫不及待地说。

刁长廷说："天快黑了，今天去讨不太合适吧，明天再去也不迟。"

曾玉彪说："也行，就给他们一夜的准备时间。"

曾玉冰早晨外出随秧歌队在古城扭完秧歌后，回家已经是晌午了，秋芬早就做好了午饭，对曾玉冰说："夫人，您出去活动一上午了，一定很累了，赶快吃饭吧。"

曾玉冰忽然想起徐云龙早晨慌乱的神情，说："不急，我怎么一点胃口也没有。徐云龙回家了吗?"

"大少爷大清早就走了，到现在还没回来呢。"秋芬说。徐青松说："我爹可能在外面做生意有应酬，中午不可能回来了，咱就甭等他了。"

曾玉冰说："你去叫爷爷和妹妹，咱们先吃吧。"

大家吃罢了午饭，各自散去，曾玉冰却仍坐在那里没动，心里慌乱得很，似有猫爪在胸口抓挠。停顿了一会儿，她起身从厨房来到书房，又从书房走到院落，漫无目的地走着。她从下午一直等到晚饭后，还是不见徐云龙回来。曾玉冰有些焦急了，她出了大门，向远处张望，只见大街两侧的大红灯笼都点亮了，发出微弱的光芒，影影绰绰的，一片迷茫。路上行人逐渐增多，可就是不见徐云龙的影子。她不由得打了一个寒战，一种不祥之感蓦然涌上心头。

当天晚上，徐云龙一夜未归，曾玉冰也一夜未眠。天刚放亮的时候，秋芬去开大门，只见徐云龙衣冠不整、蓬头垢面地蜷缩在徐府大门前的石阶上，睡得正香。她赶紧给曾玉冰报信。待曾玉冰与徐长江闻讯赶来后，徐云龙翻了个身，又沉沉地睡去。徐长江见此情景，怒火中烧，一拐棍打在他的屁股上，吼道："你这个不长俊的东西，快起来!"

徐云龙披头散发、醉眼蒙眬地爬起来，"嘿嘿"地笑了两声，忽然愤怒地指着徐长江的鼻子，说："你是谁? 竟敢合伙欺骗本少爷，我跟你拼了!"说着，两眼直视着徐长江。

曾玉冰忽然感觉徐云龙的大脑像是受到某种刺激，精神有些失常，心情一下子沉重下来。她弯下腰使了很大的劲将他扶起来，说："云龙，别胡说，快回家休息吧。"说着，吃力地搀扶着他回到了家中。

"我怎么养了这么个畜生!"徐长江痛心疾首，拐棍用力地戳着地面。

曾玉冰将他扶到床上，迅速给他擦了把脸，将他的头发拢好。回头对秋芬说："秋芬，你快熬碗姜汤，里面多放一点红糖。"

徐云龙喝了一碗红糖姜汤，神情逐渐稳定下来，但仍不开口说话。

早饭后，秋芬过来对曾玉冰说："少奶奶，曾府的刁管家前来拜访。"

曾玉冰一怔，说："你快去把老爷找来。"

徐长江与曾玉冰刚进客厅，刁长廷从院子里一步踏了进来，首先恭敬地向徐长江鞠了一躬，说："晚辈给徐老爷请安！"

"刁管家稀客啊，不知是哪阵风把你吹到这里来了？"徐长江说。

刁长廷不慌不忙地从怀里掏出一份契约递到徐长江面前，说："请徐老爷看仔细，徐云龙已经把大通绸缎庄与老凤祥银楼赌博输给曾府了。今天我代表曾玉彪掌柜前来正式接管。"

徐长江看后，简直不敢相信自己的眼睛，一股热血冲到脑门，耳朵嗡嗡作响，他站立不稳，一屁股坐在了沙发上。

曾玉冰上前瞅了一眼契约，冰冷地说道："这契约是假的，签名是假的，你们赶快滚出去！"

这时，徐云龙举步艰难地走过来，"扑通"一声跪在地上说："刁管家，我的好兄弟，都怪我自不量力，与高手较量，把大通绸缎庄和老凤祥银楼给输了。请您与玉彪大人不计小人过，高抬贵手，饶我一次吧。你回去告诉玉彪，我是他亲妹夫，别逼得我走投无路啊！"

"当年你赢了曾玉彪，不也是逼得他走投无路吗？"刁长廷说，"咱们要公私分明，大丈夫处事就要敢作敢当。你赶快把绸缎庄与银楼的地契拿出来吧。"

徐云龙绝望地抱着他的腿，央求说："求你们再给我一次机会吧。"

刁长廷一脚将他踹在一边："你就别难为我了，实在要说，你找曾掌柜说去。"

曾玉冰强忍怒火，对身旁的秋芬说："让人备车，我找曾玉彪去。"

秋芬立刻叫来隋师傅套好马车，载着她们，风驰电掣般奔向曾府。

就在曾玉冰尚未动身的时候，徐青松已经提前一步来到曾府济生堂大药店，他要找舅舅曾玉彪问个究竟。一进大药店的门，徐青松怒目圆睁，生气地说道："舅舅，我问你，你为什么要抢我们的绸缎庄和银楼？还要不要我们活命了？"

曾玉彪故作和气地说道："青松外甥来了？这事你没问问你爹吗？你爹

在赌场上混了大半辈子了，叱咤风云，风光无限啊。不过，这次点儿太背，输得太惨，把大通绸缎庄与老凤祥银楼输给我了。俗话说，愿赌服输，这是老祖宗的规矩，你们就认了吧，省得吃官司让人笑话。"

"我是你亲外甥，求你给我们全家留条活路吧！"徐青松强忍怒火说道。

"赌场无父子，休怪我六亲不认。"曾玉彪阴沉着脸说。

徐青松说："我怀疑你们设套骗赌，陷害我爹，我要报官！"

曾玉彪说："你有证据吗？没有证据说什么也没有用，爱上哪告上哪告去！"

徐青松终于忍不住心中的怒火，一个箭步冲上前去，一下子掐住了曾玉彪的脖子，曾玉彪拼命挣扎起来。这时，大药店的两个伙计闻声冲上前来，将徐青松摁倒在地。曾玉彪从地上爬了起来，使劲咳了两声，才缓过神来，气急败坏地说："给我绑了，关起来。"

很快，徐青松两只胳膊被捆起来，嘴里被塞上毛巾，被人拖到了后院的仓库。

这时，曾玉冰赶了过来。曾玉彪一边抚摸着脖子，一边忍痛说道："妹妹来了，快请坐。"

曾玉冰冷冷地说道："你还认得我这个妹妹？"

"我就这么一个亲妹妹，哪有不认的道理？"曾玉彪转眼冷酷地说，"当然，咱们公私分明，我知道你为什么来的，这事我无能为力啊。"

"俗话说不看僧面看佛面，同着咱们亲兄妹的关系，你就放徐云龙一马吧！"曾玉冰说。

"你别忘了，当年他是怎么对我的。那一次赌博，几乎把咱家的大药店和书铺都拿走了，我差一点被逼上了绝路。"曾玉彪说。

曾玉冰说："你自己有损害吗？你赌输了却把你的亲妹妹卖了，将她推向了万丈深渊。你知道这些年来我过得是什么日子吗？"

"我知道你内心很苦，可这都是命中注定，婚姻谁也说不清楚是怎么一回事，你且自己珍重吧。"曾玉彪低语道，"但不管怎么说，今天这事是我与徐云龙之间的恩怨，总得有个了断，与你无关，你赶快回去吧。"

"你准备赶尽杀绝吗？真是六亲不认的畜生！"曾玉冰禁不住落下眼泪，转身要走。

曾玉彪忽然大声说道："慢着，把你的宝贝儿子一起带走！他刚才已经失去理智，竟然敢殴打舅舅，我看在你的面子上，就不与他计较了，不准备送官了。"

"猫哭耗子假慈悲。有本事你把他送进大牢里去。"曾玉冰气愤地说道。

"放心，青松是我看着长大的，我不会拿他怎么样的。回去你自己好好管教一下吧。"

一会儿，徐青松被五花大绑地带了进来。曾玉彪说："你们怎么弄得，快给他松绑！"

徐青松被松绑后，依旧怒气不息，还要过去找舅舅算账，被她母亲死死拉住。徐青松咆哮道："曾玉彪，你今天非法拿走的东西，早晚要还给徐府，我是不会放过你的！"

曾玉彪浑身打了个冷战，说道："这小子还挺有血性，比他爹强！"

"跟畜生说话有意思吗？我们不求他了，走！"曾玉冰强拉着徐青松含泪离开了济生堂大药店。

第二十八回　刘金桂扶危济困　施援手共渡难关

正月十四日，刘家吃午饭的时候，石清梅告诉说："徐云龙因为赌博把绸缎庄与银楼输给曾玉彪了。虽说徐云龙不争气，可是曾玉彪也太狠毒了吧，连自己的亲妹夫也不放过。"

"此话当真？"刘金桂放下筷子，神情严肃地说。

"我上午出去买菜，大街上的人都这么说的。"石清梅说，"听说曾玉彪的外甥徐青松去找舅舅讨说法，被曾玉彪的手下给打了。徐老爷因此火病了，卧床不起。"

"徐云龙嗜赌成性，迟早要败家的，这一回家里人都跟着遭了殃。"刘金桂说。

石清梅低声说道："听说这次是曾玉彪提前串通好了庄主，暗中设了圈套，才使徐云龙输得一败涂地。"

"曾玉彪心如蛇蝎，什么不光彩的事情都干得出来。"刘金桂又对石清梅说，"玉冰这个时候一定很难过，午饭后我们去请个郎中，一起去趟徐府，为徐老爷诊治一下病情，顺便安慰一下玉冰。你让杨管家去安排一下。"

午饭后，石清梅带了些点心，刘金桂备了一辆马车，他们先是去东关大街请了著名的老郎中史经广，然后，一同赶到徐府。刚进大院，刘金桂就觉得氛围有些异常。只见徐云龙大冷天的披着长发，赤着脚，在大院里又蹦又跳，一会儿嬉笑，一会儿怒骂。开门的秋芬告诉他们说："徐少爷疯了。"

出来迎接他们的曾玉冰，两眼有些浮肿，面容憔悴，明显清瘦多了。她见了刘金桂夫妇，似见到了久违的亲人，委屈的泪水夺眶而出。石清梅劝慰道："妹妹，你要坚强些。即使发生天大的事，还有金桂和我帮你扛着。"

刘金桂说："你别难过了。听说徐老爷身体欠安，我们请了一位郎中，赶快去看看他吧。"

曾玉冰擦了一把眼泪，领着刘金桂一行径直进了徐长江的卧室。只见徐长江躺在床上，面容蜡黄，喘气似乎比较艰难，还不时伴有咳嗽的声音。刘金桂上前握着徐长江的手说："徐叔，您没事吧？史郎中来了，让他给您瞧一瞧病吧。"

"谢谢你们来看我。"徐长江艰难地发出低微的声音。

史郎中坐在他的床边，将其右手放平，说："您先别激动，我给您号一下脉。"

号完了脉，史郎中来到外间。刘金桂与曾玉冰跟着走出来。曾玉冰急切地问："史先生，我公爹的病情怎么样？"

"徐老先生是急火攻心所致，他目前脉象浅弱，气血阻滞，运行不调，极易引起并发症。"史郎中说，"必须赶快医治，否则有生命之忧。"

刘金桂说："请史郎中费心治疗，不惜一切代价也要治好他的病。"

史郎中说："我写个方子，快去东关大街经广药店抓药。"

刘金桂立刻带着药方乘马车去药店取回中药，石清梅接过中药，赶紧在厨房里煎熬。

药煎好后，曾玉冰亲手给公爹一勺一勺地喂药。徐长江喝了药，似乎有些困意，很快迷迷糊糊地睡着了。

史郎中起身要走，说："晚饭后再喂他一次药，估计明天应该见好。"

曾玉冰说："慢着，史郎中，我丈夫徐云龙忽然痴狂，该怎么医治啊？"

"我刚才在院子里已经观察他一番了，他是因突然受到打击和刺激导致精神紊乱的。此病需要慢慢调养，平日尽量不要激怒他。"史郎中说，"我给他开个安神补脑的中药方子，让他一天三顿喝药，调理半个月后方可见效。"

一会儿的工夫，史郎中写好了药方，递给曾玉冰，说："服药期间，尽量不要让他吃一些辛辣的东西。"

"我记住了，谢谢史郎中！"曾玉冰说完，赶忙给他结付了药费。

史郎中向徐长江辞行，说："压压火气，凡事想开些，你的病才能早点痊愈。"

刘金桂安排车夫将史郎中送了回去。

史郎中走后，曾玉冰泪眼婆娑，失声说道："姐姐，我的命好苦啊！"

石清梅劝慰她说："妹妹，你别难过，这个时候你可千万要挺住。"

曾玉冰说："姐姐，老天爷怎么让我找了这么个不争气的东西，一夜之间把老祖宗积攒的这点家产全败光了。如今，绸缎庄和老凤祥让那条恶狼接管了，徐云龙疯疯癫癫的，公爹又病得这么重，万一公爹有个好歹，徐府的天真的是彻底塌了。我以后可该怎么办啊？"

"常言说：天无绝人之路。你现在是徐府的顶梁柱，万不能倒下。有困难大家一起扛吧，我与清梅是不会撒手不管的。"刘金桂忽然问道，"青松今年多大了？"

"二十六岁了。"曾玉冰说，"本来打算今年春天给他们把婚事办了，谁料到又摊上了这种事情。"

"我听说青松这孩子不错，挺懂事、挺能干的，应该给他加加担子了。"刘金桂说。

"还行吧，只是年轻气盛一点，容易冲动，有待历练。"曾玉冰说。

刘金桂见徐长江睡得挺熟，说："让徐叔睡会儿吧，你按时给他吃药，多开导一下，让他早点调养好身体。我们改日再来看他。"

曾玉冰说："你们快回去休息吧，这里有我，你们不用太担心。"

送走了刘金桂他们，徐青松刚好回来，他穿着破旧的衣服，一身雇工打扮，头上还戴了一顶破毡帽。曾玉冰问："都快一下午了，你跑到哪去了？"

徐青松说："我知道过去舒坦的日子已经过完了。为补贴家用，多分担一些，我打算外出打工赚几个钱。可说来也怪，今天下午去工夫市待到现在，没有一家愿意雇佣我的。"

秋芬说："一看你长得细皮嫩肉的，根本不像个粗人，所以，谁愿意雇你呀？"

曾玉冰听说一向娇生惯养的儿子去工夫市当雇工了，心头涌起了一阵酸楚。徐府的生活一夜之间发生巨变，这是她始料未及的、不愿意看到的。可是，现实是残酷的，她又不得不面对它。她转过身，强忍着泪水，跑向自己的卧室。

刘金桂夫妇回到家里，石清梅说："当时我们姐妹结为金兰之好的时候，曾誓言要有福同享，有难同当。玉冰家里现在有难了，我们是不是得帮她做点什么啊？"

"我也觉得应该拉他们一把才对，可怎么个帮法啊？"刘金桂说。

"他们眼前急需什么就帮什么呗。"石清梅说。

"当然是缺钱了。"刘金桂说，"当年成文堂书铺被一把火烧光了以后，曾玉冰曾经拿出卖古玩的银两入股，帮助成文堂整修房屋，恢复营业。后来我想分红给她，都被她婉言拒绝了。今天人家有难，咱就把分红的银子还给人家吧。"

"我同意。"石清梅说。

翌日，天忽然飘起了雪花，风一阵紧似一阵，气温骤然降了下来。路面上结了一层薄冰，走在路上的行人都小心翼翼的。但有几个顽皮的儿童，却不顾天寒地冻，在路边尽情地嬉闹着，还不时燃放几个炮仗，不断发出"嘭嘭"的声响。

刘金桂站在院子里瞅了天空一眼，吩咐姜师傅备好车辆，回屋叫上石清梅一起乘车向城南长安街赶去。

不一会儿的工夫，他们驱车穿越安乐桥，来到长安街东西大道上的徐府门前。秋芬闻知后赶紧打开大门，热情地将他们迎了进来。刘金桂与石清梅穿过大院，直接来到客厅，曾玉冰起身迎了上来："金桂哥，清梅姐，你们来了?"说着，给石清梅轻弹身上的雪花。

刘金桂说："这天气，怎么说翻就翻了。徐叔怎么样了?"

曾玉冰说："自从喝了药汤，明显好多了，现正睡着呢。"

刘金桂从衣袖里掏出一张一千两的银票，说："去年底成文堂效益不错，把你的分红提出来了，你收好。"

曾玉冰接过一看，说："金桂哥，无功不受禄，这银票我不能要。"

"当初成文堂修复书铺时，你当了自己的古玩珍品，拿了三百两银子给我。我说过要作为股份的，可过去几次分红给你，你都不要，但是这次你必须拿着，它会派上用场的。"刘金桂说。

"拿着吧，玉冰妹，这是你应得的分红。"石清梅说。

曾玉冰此刻眼睛有些潮湿了，说："不用这么多的，你们还有生意等着周转。"

"成文堂现在家底厚实着呢。"刘金桂说，"对了，这两天怎么不见青松呢?"

曾玉冰说："不瞒你说，他又去工夫市了，想临时找点活干，赚点钱补贴一下家用。"

刘金桂说："这孩子真懂事，有骨气，像他的爷爷，将来准是个干大事的人。但是，我觉得靠外出打工也不是长久之计，最好有个赚钱的生意才能维持生计。"

"现在哪有什么好生意可做啊?"曾玉冰为难地说。

"徐府大院闲置房子不少，我建议你们利用大宅院的空房筹建一个刻版印刷作坊吧，这事就由青松牵头负责。"刘金桂说。

"不太合适吧，成文堂的生意我们怎好随便涉足？再说他一个毛孩子，什么都不懂，哪会做那样精细的活？"曾玉冰摇摇头说。

"好的生意任谁都可以做的。到时，我可以派寿山过来做技术师傅，帮他一起做。"刘金桂说。

曾玉冰说："不妥，这样不是拆你们的台吗？"

"看你说的，拆什么台？我计划把这里作为成文堂的一个分号，原料供应、订单安排和销售暂由成文堂负责，这里只负责书籍印刷制作即可。我们这是分工合作、互利互惠嘛。"刘金桂说。

"若是这样，当然好了。谢谢你们的一片苦心。这事我想等青松回来以后，听听他的意见，再跟公爹商量一下决定吧。"

"也好，你们商量一下吧。我过去看看徐叔。"刘金桂说。

他们一起来到徐长江的卧室，见他睡得很沉，曾玉冰要叫醒他，刘金桂急忙摆手制止，悄悄地走出房间。

"让徐叔好好休息吧，我们就不打扰他了。"说完，径直向街门走去。

曾玉冰知道刘金桂很忙，也不便挽留，说："等我公公睡醒后，我告诉他一声。"

刘金桂说："我刚才看到徐叔的脸色好看多了。"

"愿老天保佑，帮你们渡过眼前的难关吧。"石清梅说。

"云龙身体怎么样了？"刘金桂又问。

曾玉冰叹了口气说："他时好时坏的，现正在卧室里睡觉呢。"

刘金桂说："大夫说了，他是精神受到刺激引起的，你要坚持给他用药，多吃一些益智安神的药。"

"我知道，昨晚给他熬制了点人参汤，让他喝了，昨晚好像睡得踏实多了。"曾玉冰说。

"你也多加保重。"刘金桂注视了她一眼。

曾玉冰默默地点了点头，搀扶着刘金桂与石清梅的胳膊，一直将他们送到大门口。

石清梅说："天冷，妹妹回去吧。"

曾玉冰站在寒风中，一直目送刘金桂他们的车子消失在风雪之中。

傍晚，徐青松回家后，从衣兜里掏出几枚纹银放在桌子上，兴高采烈地说："妈，这是我今天帮人搬家挣的钱，不是很多，您先存着吧。"

曾玉冰看着他冻得红肿的手，心疼地说："看你把手冻的。不管钱多少，这是你辛苦劳动所得，妈十分高兴，我先替你攒着。"接着，她把刘金桂计划帮助徐家设立成文堂分号的想法说了，征求徐青松的意见。

徐青松听了眉头紧锁，冷冰冰地说道："我不需要他帮忙。这个作坊谁愿干谁干。"

曾玉冰一愣，说："青松，你怎么了，你刘叔叔这么做，是真心想帮助咱们的。"

徐青松似乎并不领情，忽然岔开话题说："妈，我想跟您说个事。我爹虽然不大务正业，但他毕竟是我的亲爹啊。我不想看到你和刘家扯连不断，你要让刘金桂远离徐家，徐家的事不用他操心。"

曾玉冰厉声说道："你胡说什么！我与你刘叔虽然比较要好，但只是朋友，是清白的。"

徐青松说："但愿吧。只是我不愿徐府做刘金桂的附庸，我要独立自主做自己想要干的事情。"

曾玉冰听后十分伤心，骂道："你这个没良心的东西，我白疼你了。"说着，头一阵晕眩，趴在了桌子上。

这时，徐长江拄着拐棍颤巍巍地走了进来，朝着徐青松的屁股打了一拐棍，厉声说道："刚才你们的话我都听到了，跪下！"

徐青松自幼深受爷爷宠爱，爷俩感情颇深，他对爷爷也十分敬重，见爷爷生气了，有点害怕了。他"扑通"一声跪在地上，说："爷爷，别打我。"

徐长江喘了口粗气说："你知道吗？刘家是咱徐家的贵人啊。你小时候几乎是你石姨母帮着带大的。那年捻军侵犯胶州城，因为你刘金桂叔叔的竭力保护，我们全家人才得以平安度过。这次咱徐府落难，许多人落井下石，人家刘金桂却想方设法帮助我们，听说要帮咱上个雕版印刷的书坊，这是天大的好事啊！你不但不知感恩，反而仇视人家，你像个徐府的后代吗？"

爷爷的一番话，使徐青松头脑清醒了许多。他低声说道：

"是我一时糊涂，没开窍，爷爷您使劲打我骂我吧。"

"你小的时候，我就教育你要明辨是非，知恩图报。这是做人最基本的法则和道理，你怎么就忘了呢？"徐长江越说越生气。

曾玉冰将公爹扶到椅子上坐好，说："您老别生气了，他还是个孩子，不懂事，您就原谅他这一次吧。"

"你甭护着他!"徐长江直视着徐青松说，"你妈为了支撑这个家，操了多少心啊，你怎么越大越不明事理了呢? 竟然还敢顶撞你妈，今天你必须给你妈道歉。"

此刻，徐青松已经后悔莫及，他朝自己的脸上狠狠地扇了一巴掌，说："妈，对不起，我错了。"

曾玉冰急忙跑过来抓住他扬起的手，说："好孩子，知道错了就好。妈不怪你，赶快起来吧。去给爷爷把药端过来。"

徐青松起身朝爷爷鞠了一躬，退出房间取药去了。

曾玉冰说："孩子从小让我惯的，现在大了，得让他有点事做，好好磨一下他的性子。"

徐长江说："是该好好历练一下，他生在这样的家庭环境里，凡事太顺了，一旦遇到点困难和挫折怕他吃不消啊。不过，这个孩子有志气，走正路，我就放心了。"

曾玉冰说："筹建雕版印书坊的事，正要跟您商量一下，不知您是否同意?"

徐长江说："刘金桂这是雪中送炭啊，是帮徐府的大忙，我感激还来不及呢，岂有不同意之理? 只是，我想问一下，厂房改造、购买设备、材料、雇工等需要一大笔的费用，这笔资金如何解决?"

曾玉冰说："爹，实不相瞒，当年我投了几个钱帮助成文堂修复了书铺，这次刘金桂送来了一千两的银票，因此，筹建雕版印书坊的钱够用了。"

徐长江说："这就好，以后有这个作坊支撑着，我们徐府就垮不了，就有东山再起的时候。这个事你跟刘金桂打声招呼，就说我十分赞同，十分感谢。大家抓紧筹建吧，早建成早见效益，帮助咱们度过这次危机。若钱不够用时，咱再想办法。"

曾玉冰感激地说："谢谢爹的支持!"

"不用客气，这个时期大家理应团结一心，拧成一股子力量。"徐长江说。

几天后，刘寿山来到徐府，与徐青松一起看了看宅院闲置的房屋及结构，仔细地丈量了一下面积，很快拿出一个改造方案。场房改造结束后，他们立即着手招兵买马，购置了相关设备和材料。成文堂专门派了一个技术师傅过来，又招收了八名工人。经过近一个月的紧张筹备，一个小型雕版印书坊正式开业了。

　　开业前，徐青松征求爷爷的意见，是否搞个开业仪式？爷爷建议：既然作为成文堂的分号，就得听从刘金桂的意见，由他决定。徐青松前去征求刘金桂的意见，刘金桂说："我觉得，挂个牌子，放挂大鞭就中，不用搞得动静太大。"大家一致赞同他的意见，曾玉冰找人选了个日子，由徐长江与刘金桂共同揭牌，雕版印书坊便紧锣密鼓地开张了。虽然开业的阵势不大，但反响不小，许多经过作坊门前的行人又对徐府投来羡慕和敬佩的目光。

　　见哥哥徐青松当了书坊的掌柜，妹妹徐青莲坐不住了，对母亲说："去年秋后，我从教会学校毕业，一直赋闲在家。如今家中遇到这样的变故，我也不能在家白吃闲饭了。我想学习一点中医针灸技术，好给老百姓行医治病。"

　　"针灸是祖辈传下来的一种独特的医术，是中国特有的治疗疾病的手段，学会了会受益终生的。我支持你。我听说东关大街的史经广郎中，对针灸医术比较精通，但这个人脾气古怪，一般不收徒弟。这人与刘金桂关系不错，要想拜史经广为师，恐怕还得找你刘叔去疏通和帮忙。"曾玉冰说。

　　"那咱赶紧去求刘叔呗。"徐青莲说。

　　曾玉冰说："你刘叔刚帮咱筹建起雕版印书坊，操了不少的心。我真不忍心再去打扰他。"

　　徐青莲说："刘叔的心肠这么好，就再去找他一次嘛。你要是不愿去，我自己找他去。"

　　"你本事见长了，你自己去找吧。"曾玉冰说。

　　"去就去。"徐青莲说完，转身出了大门，出了长安大街，一会儿来到成文堂刘金桂的书房。刘金桂正在"噼噼啪啪"打算盘，见徐青莲来了，和蔼地说道："是青莲来了？快请坐。"

　　徐青莲站在桌子前面没动，说道："刘叔，打扰您了。我有个事要找您帮忙。"

　　刘金桂说："闺女，有话直说好了。"

　　徐青莲说："刘叔，您做事可不能太偏心眼了，给我哥找了个好差事，为什么不管我？"

　　刘金桂笑了，说："你这是来找门子呀？你打算让我怎么管你？"

　　徐青莲说："我想去跟东关的史经广郎中学习针灸，您能不能去给说个情啊？"

"你这个鬼丫头，拐弯抹角的原来是为这事。不过，我要告诉你，人家不收徒弟，这事不好办呀。"刘金桂说。

"正因为难办，我才请刘叔帮忙嘛。您可不能不管。"徐青莲看上去很是执拗的样子。

"你学针灸干啥?"刘金桂问。

"这几年爷爷的腰腿老是出毛病，我想用针灸治好他的病。方便的时候再开个针灸诊所，为普通百姓针灸治病，救死扶伤。"徐青莲说。

刘金桂说："难得你有这片孝心。这事我帮你问问试试。"

"你什么时候去东关大街那边拜会他?"徐青莲说。

刘金桂说："看样子你也是个急性子。要不，咱现在就去拜访史郎中吧。"

"太好了。"徐青莲高兴地跳了起来。

刘金桂安排车夫装了一坛子玲珑老烧，三个人径直来到东关大街经广大药店，马车刚停下，见史经广刚好出诊归来。一见刘金桂领着个大姑娘来了，心中有些纳闷，热情地说道："刘掌柜今天有空了? 还带来个大美女?"

刘金桂笑着介绍说："这是史郎中。这是本家侄女徐青莲。"

"徐青莲?"史郎中说。

"对，徐长江的孙女。"刘金桂说。

史郎中说："幸会!"

他见姜师傅吃力地将一坛酒搬到药店的柜台上，说："刘掌柜，您这是干吗?"

"多日不见，给您带了一坛家乡产的玲珑老烧，请您品尝。"刘金桂说。

"就您知道老夫好那一口，太感谢了。"史郎中喜上眉梢，说："快屋里坐。"

来到了药店的会客室，史郎中笑着说："刘掌柜平日忙得很，一定是无事不登三宝殿，有事直说。"

"史郎中是个爽快人。我今天是给您送徒弟来的。青莲这闺女，对针灸特别感兴趣，知道您在此方面造诣深厚，特慕名前来拜师。"刘金桂开门见山地说。

"您是知道的，我过去从不招收徒弟。"史郎中为难地摇摇头。

"您今年多大岁数了?"刘金桂突然问道。

"转眼快七十了，是古稀老人了。"史郎中感慨道。

刘金桂说："针灸是老祖宗留下的瑰宝，您可不能失传了啊! 用它治病救人，是积德行善。再说了，雁过留声，人过留名。虽然说人活一世，草木一秋，但总得留下点值得后人怀念的东西。孔子收有三千弟子，弟子们替他扬名；孟子与弟子共同编写《孟子》一书，将仁政学说传播天下。您如果多带几个徒弟，您高超的医术就不会失传，您的大名将世代相传。果真这样，您才不枉来世上一遭。"

史郎中开怀大笑，说："您啊，真会说话。当年我是想这门技艺传儿不传女，可是我命里没有儿子。女儿又远嫁他乡。我也觉得这门技艺不应在我手里失传啊。"

刘金桂说："您同意了？青莲，快喊师傅。"

"慢着。咱得先讲讲条件。徐青莲是徐府的大小姐，从小没有吃过苦头。因此，我首先要告诉你，学针灸不是谁都能学会的，既要有耐力，又要勤奋刻苦，还要干店里其他好多的杂活，你能够吃得消？"史郎中转向徐青莲说。

"能，再苦再累我都心甘情愿。"徐青莲回答说。

史郎中说："两年学徒期间，这里没有分文的工钱，你能接受吗？"

徐青莲毫不犹豫地说："能。工钱我分文不取。"

"好，你这个徒弟我收下了。不过，我这里还有一位姓陈的伙计，他在我药店里做事已经快三年了，你们就一块学徒吧。"史郎中说。

徐青莲听后，赶快给端坐在太师椅上的史经广行了拜师礼，史经广说："徒儿起来吧，从今往后，你就是我的正式徒弟了。"

徐青莲的心头一下子敞亮多了。说："谢谢师傅！"

中午，刘金桂就近找了一家饭店，大家一起饮酒祝贺。史郎中虽然好酒，但从不贪酒。谈起徐府近期的遭遇，他愤愤不平地说："俗话说，赌场十赌九骗。那真不是人去的地方，赌徒的心理，赢了想再赢大的，输了想扳回本钱，结果是越陷越深，许多人万贯家财最终也要输得个精光。我年轻时也在赌场吃过大亏，幸亏我醒悟得早。"

"史郎中是见过大世面的人，医术高明，像徐云龙的病能否治好？"刘金桂问。

史郎中说："刘掌柜，您真是个好人，时刻想着帮助他人。就徐云龙目前的状况来看，他应该是精神抑郁，待我开几副中药，给他调理一下，肯定会见好的。当然，这需要家人的配合，多关心、多疏导，使他尽快从阴影中走出来。"

徐青莲说："师傅，我代表全家人感谢您！"说完，从不饮酒的她，将一杯黄酒一口干掉。

刘金桂说："闺女跟您学徒，我放心。您这里没有宿舍，平常就让她早出晚归吧。请多费心指导，拜托了!"说着，跟史郎中碰了碰酒杯，然后一饮而尽。

史郎中说："徒弟我收下了。另外，我还有一事相求。"

刘金桂抬头说道："但说无妨。"

史郎中说："我这里有一本有关针灸方面的孤本，担心失传，想在成文堂翻印一下，不知可否？印刷费由我自己负担。"

"当然可以。不过，我想问一下，这本书印制以后，是你自己留存，还是对外销售?"刘金桂问他。

"这本书是有关针灸的一些基本常识，内容珍贵，通俗易懂。我年龄大了，想普及推广一下相关知识，把祖宗留下的好东西传到民间去，也算是我为普通百姓做的一点好事。"史郎中说。

"史郎中不但医术高明，而且医德高尚啊。"刘金桂感慨地说。

史郎中说："那还不是受您的影响?"

刘金桂说："我是在商言商，我提议，这本书的印刷费用由我负责，销售利润咱按五五分成，您看如何?"

史郎中一听，十分感动，说："这样做对我太优惠了，刘掌柜真是个有大格局的人。这本书改日由青莲送去成文堂。添麻烦了!"

刘金桂说："交给我您就放心吧。以后有什么好书需要印刷，找我就行。"

史郎中说："我还有个计划，方便时，想请青莲帮我把我这一生的行医经验记录总结一下，最好能够辑成小册子，以便传给后人。"

"我乐意!"徐青莲表态说。

"太好了，祝您心想事成!"刘金桂说。

第二十九回　圣言会影响日甚　石清梅执意入教

去年秋后，年迈的母亲刘太太得了一场重病，费尽周折才保住了性命，但至今仍未完全康复。刘金桂为此忧心忡忡，整整一个冬天，他的情绪十分低落，身体日渐消瘦。他在家人及朋友的开导之下，才逐步恢复了常态。这一切变化，石清梅看在眼里，急在心里，同时，也深感人生无常，前途迷茫。后来，一个偶然的机会，她受朋友邀请去了驻胶州的西方教堂，听了牧师的一堂讲道，内心充满了好奇，很快就被圣经内容所吸引，她空虚的心灵立刻开始充满期待与向望。时间不久，她又去了几趟教堂，对圣言会逐步产生依恋之情。

光绪七年（1881）清明过后，春回大地，万物复苏。成文堂庭前的一棵大柳树，鹅黄色的枝条逐步变成翠绿，随风飘荡。刘寿山的大儿子刘麟庆领着七岁左右的弟弟刘龙庆正在柳树下玩耍，他麻利地扯下一根柳条，轻轻一扭，将条骨抽出，然后，制作了两根哨笛，试吹了一下。弟弟争着来要，他则围着大柳树兜圈子，逗得弟弟差点急出了眼泪。这时，石清梅不知何时出现在他们的面前。龙庆赶忙跑过去告状："奶奶，哥哥欺负人！"

石清梅说："你哥怎么欺负你了？"

龙庆抹着眼泪说："我哥做的柳笛，可好玩了，他自己一个人拿了两根，就是不给我，气死人了！"

"别急，我来给你要。"石清梅说，"麟庆，你就别逗他玩了，快给弟弟一支。"

刘麟庆这才嬉皮笑脸地递给弟弟一支，龙庆接过，便迫不及待地吹起来，清脆的哨音立刻打破了傍晚的宁静。石清梅也被孙子们欢快的情绪所感染，脸上显出了一丝宽慰的笑容。她说："孩子们，别玩了，都回家吃晚饭喽！"

大家回家后，集聚在餐厅，围着一张红木大圆桌坐好。桌子上摆放着一盆大白菜炖豆腐，还有几碟青菜、咸鱼和咸菜。主食是馒头和大米粥。石清梅边吃边说道："我听邻居说，近几年西方教会在胶州建了好几座教堂，经常布道讲经。同时，还建了一些教会医院和学校，市民就医上学方便多了。因此，都觉得圣言会不错，现在入教的人越来越多了。"

刘金桂听后瞪了她一眼，没有作声。

刘寿山此时打开了话匣子："其实，西方教会来胶州已经有好几年了。最早来的是法国的方济会，在胶州传道多年。后来，德国圣言会传教士安治太和福若瑟神甫先是在香港进修一年，然后于光绪六年（1880）来到山东传教，得到德国公使和德国政府的大力支持。他们配合德国政府与法国展开在华保教权的激烈争夺，最终，法国方济会妥协，把鲁南教区划给德国圣言会分管，安治太担任了鲁南教区的主教。"

刘寿楠插话说："我听说德国人在蜈蚣街等地建起了圣言会教堂，在乡下有布道所三十余处，影响越来越大。现在胶州城加入圣言会的人的确越来越多。"

石清梅接过话茬："不瞒大家，前几天我领着两个媳妇去蜈蚣街的教堂参观了一下，真是大开眼界。那天教徒们正在做弥撒，有位神父告诉我们，弥撒是天主教纪念耶稣牺牲的主要宗教仪式，是天主教祭献天主的大礼，也是整个天主教礼仪生活的中心……"

"好了，在家里少谈西方这个教那个会的！我们作为孔孟之乡的百姓，只信儒家学说，讲究的是仁义礼智信恕忠孝悌，概括地讲，就是要互敬互信、仁而有序、微言大义、重义轻利和格物致知。用在我们经商上，就是诚实守信，博施济众。这是中国几千年流传下来的正统思想与礼教，尤其是它产生于咱山东本土，你们都应该好好地学习和研究它。"刘金桂大声说道。

这时，刘寿祥嘀咕道："爹，您说的那些都是老古董了，现不合时宜了。我认为，孔子的儒学注重伦理道德的研究，强调'学而优则仕'，提倡'三纲五常'的伦理道德规范，特别束缚人们的思想。您看人家西方，思想开明，科技发达，国力自然雄厚。听说一些有识之士，开始掀起洋务运动，公开提出'师夷智'，自强、求富。承认西方文明强于华夏文明，开始了许多'师夷长技'的实践活动。因此，我觉得，西方宗教未必都是异端邪说，中国的孔孟之道也未必需要固守……"

他还要滔滔不绝地讲下去，刘寿山见爹的脸色铁青，赶紧用胳膊肘碰了一下刘寿祥，悄声说道："老四，少废话，快吃饭吧。"

刘金桂把筷子放下，厉声说道："老四，你年纪轻轻的竟然学了这么多歪门邪说。我真后悔让你去西方教会学校修读，都学了些什么东西？以后谁敢说儒学的不是，我捆烂他的嘴！"

"孩子他爹，你别发火，孩子们大了，有自己的见解，思想活跃一点，有什么不好？"石清梅犹豫了半天，终于说道："正好今天说到这个话题，就跟你商量一下，我想与寿山、寿楠家的媳妇一块去蜈蚣街加入圣言会，不知你同意不？"

刘金桂听后用手猛地一拍桌子，吼道："我看你是越老越犯糊涂了。从今以后，谁也不准再提加入西方教会的事！"

饭桌上，大家立刻鸦雀无声，石清梅脸涨得通红，起身气恼地离桌而去。

当晚，刘金桂回到客厅，家中不见了石清梅。他闷头坐在沙发上，翻看一本古籍，没有作声。这时，大媳妇王春燕端着一杯茶水走了进来，轻声说道："爹，您请喝茶。"

刘金桂接过茶杯，随便问道："你妈呢？"

"我妈上曾姨那里了，她临走的时候说，她今晚不回来了，大家不用等她吃饭。"王春燕说。

"嗯。"刘金桂沉闷地答应了一声，见她脸色苍白，问："你的身体最近怎么样了？"

王春燕摇摇头说："不是很好，胃有时疼得厉害。"

刘金桂说："史郎中的药方见效不？"

"吃了一个多月了，仍不太见效。"王春燕说，"爹，您甭为我担心，药效也许过段时间才能反映出来的。坚持吃几服药就会好的。"

"千万别大意了，史郎中的药若不见效，我们可到别处看郎中。必要时，去济南府瞧瞧。"刘金桂稍停顿了一会说，"你家老大、老二已经不用太操心，可骏庆、凤庆还太小，需要有人照顾，你可千万要把身体调理好。"

王春燕说："我明白，爹。还有两服药没有吃完，等吃完了再说吧。谢谢爹的关心。"

刘金桂说："嗯，一定注意休息。"

石清梅当天下午坐在客厅的椅子上，越想越气闷，尤其是想到中午吃饭的时候，刘金桂当着孩子们的面呵斥她，感觉自尊心受到很大伤害，于是，她想去找曾玉冰诉苦。

下午，石清梅跟王春燕打了声招呼，便独自一人来到了徐府。秋芬接待了她，告诉她，曾玉冰去雕版印书坊了，要她先等一等。约有两刻钟的工夫，曾玉冰回来了，说："姐姐来了？难得你有点空闲，好久没有见到你了，妹妹好想你。"

"我也想妹妹，所以今天特意登门拜访。"石清梅见她精神挺好，便问："妹妹去印书坊干吗？"

"我去帮工呀，顺便帮青松掌掌眼。"曾玉冰说，"自从金桂哥帮忙上了这个印书坊，我就没闲着，天天去做装订活。如今有点营生干，也不那么寂寞无聊了。"

"印书坊好干不？"石清梅问。

"好干，寿山天天靠在那里指导大家，工艺技术方面的问题根本不用青松操心。销路也不成问题，金桂哥都一手安排好了。只要平日伙计们用心去做，保证印书质量就行。"曾玉冰说，"当然，印书是个细腻的活，马虎不得。就拿书的装帧来说，工序就挺复杂。它要经过分书、折页、数书、齐栏、穿纸捻、包角、扣面、打眼、订书线、贴笺等多个步骤才能完成装帧。除了纸装书以外，我还刚学会了卷抽装、经折装、旅风装、蝴蝶装等装帧方法。"

曾玉冰如数家珍似的说了一大堆的话，石清梅听得入了迷，说："妹妹，你可真是有心人，转眼间都成了印书行家了。"

"姐姐过奖了，这方面我还刚入门，比姐姐差远了。"曾玉冰笑着说，"我见你好像不怎么开心，姐姐怎么了？"

"唉，叫刘金桂这个老东西气的。本来想领着几个儿媳妇加入圣言会，结果，午饭的时候跟他一商量，他就发火了，还当着孩子们的面把我训斥了一顿，你说他这样做，让我的老脸往哪搁？"石清梅说。

"我当是什么事呢，你又不是不知道金桂哥的直率脾气。"曾玉冰说，"不过，入教的事情还是要慎重一点好。最近，我也正在为加入教会的事情顾虑呢。我想问你，你为什么要入教？"

石清梅沉吟片刻，说："虽说现在的日子吃不愁穿不愁，表面上过得很舒适，可内心里总感觉闷得慌，精神上缺少点什么安慰。我想入会后，有更好的精神追求。"

曾玉冰皱起眉头，说："其实，我多年来比你愁闷得多。也想寻找点精神寄托。"

"那正好，咱们姐妹结伴一起加入吧？"石清梅说。

"我想再了解一下再说，不急的。"曾玉冰说。

"今天来，我除了跟妹妹说说掏心窝子的话，主要是想请你出面帮我劝劝刘金桂，让他别再拦挡此事了。"石清梅说。

"我劝他有用吗？"曾玉冰说。

"有用，在一些大事上，他最愿听从你的意见。"石清梅说。

曾玉冰说："我劝他试试。不过，你甭生他的气了。金桂哥有时候就是死脑筋，好钻牛角尖，凡事需要慢慢来。"

姐妹俩说得很投缘，时间不知不觉到了傍晚。曾玉冰说："今晚咱们包饺子吃，怎么样？"

石清梅愉快地答应下来，并说她最爱吃韭菜馅的水饺。于是，两人和面的和面，调馅的调馅，一起动手忙活起来。

吃饭的时候，徐府的人也都到齐了。现在徐府的掌舵人徐长江已经从那次打击中缓过神来，身体一天天地硬朗起来。徐云龙虽然不太愿说话，但情绪似乎稳定多了。徐青松与新过门的媳妇刘文凤也过来了，一家人说说笑笑的挺开心，完全看不出那次打击带来的阴影。

吃罢了晚饭，曾玉冰请石清梅去客厅饮茶。石清梅说："喝会儿茶，你随便给我找个卧室，我今晚不回去了。"

曾玉冰见她态度似乎犹豫不决，说："你看，青莲晚上回来了，家里还没有多余的卧室呢。再说，你不回去，我怕金桂哥找上门来兴师问罪的！"

"我不愿见他嘛。"石清梅说。

"快别嘴硬了，我看你刚才晚饭就吃得没滋没味。一会让青松送你回家。"

"唉，妹妹若不留我，我真的没有地方可去了。那就回家吧。"石清梅说。

曾玉冰掩嘴"扑哧"一下笑了。

等石清梅回到刘家，刘金桂已经吃了晚饭，刚回到卧室休息。石清梅泡了一杯龙井茶，送了进去。刘金桂说："我以为你失踪了，差点去打寻人启事呢。"

"你就巴不得我失踪了，你好再娶个年轻的二房。"石清梅说。

"你不管我，我当然要再娶个年轻的了，总得有人照顾我吧？"刘金桂故意板着脸说。

"你想得美！"石清梅有点恼了。

刘金桂一下子笑了，说："我就是有这个贼心，也没这个贼胆啊。"说着，接过茶水，有滋有味地喝起来。

石清梅说："我辛辛苦苦侍候你大半辈子了，算你有点良心。"

刘金桂说："只要你以后别产生一些怪念头，就什么事情也没有了。"

石清梅听了，脸一下子黑了下来，但没再多说什么。

几天以后，曾玉冰不忘石清梅的嘱托，她打扮一新，忽然来到刘金桂的办公室，说："金桂哥，今天忙不忙？"

刘金桂说："不忙，怎么打扮得跟要出远门似的？"

"能陪我出去走走吗？"曾玉冰说。

"难得今天你有如此雅兴，我就陪陪你。"刘金桂说，"咱们乘马车去？"

"行，你看着安排吧。"曾玉冰说。

刘金桂亲自驾了一辆马车，载着曾玉冰向城西方向奔去。

"金桂哥，你这是往哪儿走？"曾玉冰从车篷里探头问道。

"你说呢？"刘金桂反问道。

"后沙滩。"曾玉冰心照不宣地说。

提起后沙滩，曾玉冰又陷入了深深的回忆当中，当年他们在后沙滩相亲相爱的场景，又历历在目。弹指一挥间，三十多年过去了，不知不觉已近知天命的年纪，这期间经历了多少坎坷与变故？经历了人世间多少喜怒与哀乐？她越来越感到人生苦短，世事无常。她隐约地觉得，每个人似乎并不能主宰与左右自己的命运。难道世界上一切姻缘与恩怨都是上天的安排？她一面看着窗外沿途的光景，一面胡思乱想着什么。不知不觉来到了城西云溪河南岸的后沙滩。

刘金桂将马的缰绳系在一棵大柳树上，绅士般伸出右手将曾玉冰搀扶下来。

故地重游，曾玉冰感到十分亲切与新奇，她放眼望去，云溪河像一条银练，横挂古城西面的山巅。河边的沙滩，仍旧洁白如洗，在阳光下闪烁着迷人的光斑和亮点。西边是成片茂盛的柳林，枝繁叶茂，随风摇曳。东边是一片沼泽地，里面长满了翠绿的芦苇，像一片茂密的竹林，生机盎然。让人新奇的是，这里的鸟儿不知何时增多了不少，它们在丛林里飞来飞去，"叽叽喳喳"地叫个不停，仿佛这里成为鸟儿的天堂。与过去不同的是，南面的一个高坡上多了一个人工修建的亭子，依山傍水，飞檐翘翅，亭亭玉立，显得恬静安宁。

刘金桂说："你瞧，这里的风景依旧是那么的美丽。这几年你来过没有？"

"三十多年前我们一块来过这里后，以后我就没有再来过一次，因为我怕来了勾起伤心。"曾玉冰说："你后面来过吗？"

"我几乎每年都要来这里两三趟，在沙滩上散散步，看看清澈的云溪河，心情便亮堂多了。"刘金桂说，"尤其是在我比较郁闷的时候，特别愿意来这里看看，触景生情，仿佛感觉你就在我的身边，于是，浑身充满了战胜困难的勇气和力量。"

曾玉冰此刻深情的眼睛有些湿润了，她竭力装作没事似的，搀扶着他的胳膊，漫不经心地说道："大丈夫应当横行天下，岂能为儿女私情所牵绊？"

"人非草本，孰能无情？三十年弹指一挥间啊！"刘金桂叹了一口气说。

"原来世间的缘分都是上天的安排，半点不由人啊！"曾玉冰感到莫名的悲伤。

"你信天命？"刘金桂问。

曾玉冰点点头，说："我不光越来越信天命，似乎越来越崇拜上帝呢。"

刘金桂愣了一下，没有言语。

他们踩着细腻的沙子，在沙滩上漫步，脚下发出吱吱的声响，一切显得那么静谧。走了一段路程，刘金桂望着蔚蓝的天空，忽然说道："玉冰，你今天约我出来，不会是做说客来的吧？"

曾玉冰笑了，说："什么事也瞒不过金桂哥的眼睛。我姐前几天与你商量入教的事，惹你发了那么大的火。她托我劝劝你呢，别再一根筋到底了。"

"不是我反对，你觉得西方这些教会靠得住吗？"刘金桂说。

"那只是一种信仰，一种文化嘛，靠得住靠不住是另一回事。"曾玉冰说。

刘金桂说："据我所知，西方传教士来中国传教，也不是现在才有的，早在明朝万历年间就有利玛窦等人来中国传教，清朝初期传教士也比较活跃。只是后来几经反复，有时受到欢迎，有时遭到驱逐。直到鸦片战争以后，外国传教士凭借一系列不平等条约，获得了在中国传教的特权，基督教等各教派纷纷在沿海及大中城市建立教堂，使基督教及其他教派很快传播开来。"

曾玉冰吃惊地说："你原来对西方教会是有所研究的嘛。"

"我只是听生意场上的朋友介绍的，知道一点皮毛。"刘金桂说，"对现在胶州的德国圣言会，我还真是不太了解。前段时间好像听说，入会的教徒成分比较杂乱，好人坏人都有，有一些地痞流氓入教后，依仗教会的保护，横行乡里，欺压百姓，老百姓对这些教徒深恶痛绝。"

"你说的那些人只是少数，大多数的教徒还是很讲究道德品行的。"曾玉冰说，"你没看见西方教会这几年做了多少好事吗？他们在胶州建立了一座平民医院，老百姓有病都可以去治，治疗费非常的便宜。还开设两所西式学校，传授西方的科技知识和文化，好多孩子都愿意去。"

刘金桂说："我见你总是为教会说话，莫非你也想入教？"

"金桂哥，你说对了，我这大半辈子过得称不称心你是知道的，这样浑浑噩噩地过来了。到晚年了，我要寻找一下自己的信仰。"

刘金桂转身仔细地打量着曾玉冰，只见她那白皙透红的脸庞上，已经布满细腻的皱纹，原来那头乌黑的头发，已经失去了往日的光泽。他不忍心再反驳她的观点，淡淡地说道："入会的事慢慢了解一下再说吧。"

曾玉冰见他有点松口，便开玩笑说："大老爷们，别婆婆妈妈的管些闲事。咱到前面河边看看吧。"

于是，他们孩子似的来到河边，刘金桂拽着她的胳膊上了堤坝，只见湍急的河流，激起层层浪花，水珠雨点似的溅到他们的身上，一阵清爽的风儿吹来，撩动起曾玉冰的衣襟。她用手对成喇叭状，孩子似的大喊起来："哎——哎——"

山谷里立刻响起她甜美的声音："哎——哎——"

刘金桂的情绪似乎也受到她的感染，也大声喊叫起来："哦嗬——哦嗬——"

一群飞鸟越过丛林，飞过他们的头顶，向着蔚蓝的天空飞去。

刘金桂深情地说："我好久没看到你这么开心了。"

"我也好久没有看到你的笑容了。"两颗晶莹的泪珠，顺着曾玉冰的脸颊滚落下来。

刘金桂默默地掏出手绢递给她："玉冰，我们该回去了。"

曾玉冰方才回过神来，说："下次你要领着我姐姐一块来。"

这时，有一个浪花击来，溅了他们一脸的水珠。他们都开心地笑了。

快近中午的时候，他们驱车赶回了城里。刘金桂说："我们一起去饭馆吃个家常便饭？"

曾玉冰说："拉倒吧，等以后有机会到家里吃我包的水饺。我姐姐在家一定等急了，快回去吧。"

刘金桂将曾玉冰送到家门口，然后驾车回到家里。刚拴好牲口，石清梅走了过来，说："大媳妇的病越来越严重了，刚才一直呕吐，胃疼得厉害。"

"史郎中的药不管用吗？"刘金桂问。

石清梅摇了摇头，说："你说这孩子年纪也不大，她会是得了什么病？胶州有没有更好的郎中了？"

刘金桂说："史郎中的医术在胶州最闻名，他治不好的病，其他人恐怕望尘莫及。要不赶紧到济南去瞧郎中？"

"去济南路途遥远，我怕来不及了。万一有个闪失怎么办？我想领她去教会开设的福音医院看看西医，你看行不？"石清梅焦急地说。

刘金桂皱着眉头略加思考，说："有病乱求医。快去看看吧。"

"你叫姜师傅驾车，我与寿山陪春燕过去。"石清梅说。

"我也去吧。"刘金桂说。

"你去不方便。你忙你的，有什么事寿山会告诉你的。"石清梅说。

很快，姜师傅驾车来到门口，刘寿山与石清梅将身体虚弱的王春燕扶上车。刘金桂关心地说："老大媳妇，你千万要挺住啊！"

王春燕艰难地点了点头。

刘金桂一直目送马车驶出了城隍前大街，向西南方向飞奔而去。

整个下午，刘金桂一直焦躁不安，心不在焉，有两个客户来访，他只是随便应酬了一下。

傍晚时分，刘寿山回来了，说："春燕已经住院了。医生要她住院治疗。"

刘金桂焦急地问："现在什么情况了？"

刘寿山说："医生给她输了液，服用几片西药，明显见好，我回来的时候，她已经安静地睡着了。"

"看来西医也是起作用的。治得好，就在福音医院多待几天，直到治好为止。平时让你弟媳她们轮流去照顾她吧。"

刘寿山说："行，我先在医院照顾她几天，观察一下她的病情。"

刘金桂说："你赶紧准备点日常用品和吃的东西带到医院。家里的事情你先不用操心。"

刘寿山匆忙走了，首先找到麟庆嘱咐一番，让他这些日子看管好弟弟们。又找到李妈，见了凤庆一面，并请李妈平日多上心，给孩子经常喂些米粥。安排妥当，他便取了些衣物及食品，急呼呼地赶回了福音医院。

两个礼拜后，王春燕的胃病奇迹般地痊愈了，能够喝一些粥饭了。虽然身子还有些虚弱，但已经能够下地活动了。刘金桂亲自下厨，炒了几个拿手菜，给她们接风洗尘。吃饭的时候，石清梅一个劲儿地夸赞西医的神奇，夸赞西医高明的医术。她说："福音医院的条件可好了，特别干净卫生。尤其是人家治疗的方法看上去并不复杂，疗效还好。不用煎药汤，只吃几个小药片就管用。这次我是见识西医的厉害了。"

"我长大了也要去学西医。"刘龙庆听了奶奶的话，也对西医产生了兴趣。

王春燕笑着说："你先好好学功课，等以后长大了再说吧。"

刘金桂若有所思地说："不管怎么说，这次是西医治好了春燕的病，看来，西医并不那么可怕。以后看病既可找中医，也可找西医，谁能对症治疗咱就找谁去。"

听了刘金桂对西医的肯定，石清梅心里自然高兴起来，忙着给春燕的盘子里夹了好多的菜肴。

王春燕痊愈出院后，刘家上下又有了欢声笑语，生活很快恢复到往日的宁静。

有一天傍晚，刘寿山去了趟郭先生的私塾，之后，回家来到刘金桂的书房，说："爹，跟您商量个事。"

刘金桂抬头看了他一眼，说："什么事？说吧。"

"我想将麟庆与龙庆转学到教会开办的育英学校去。"刘寿山说。

刘金桂一愣，说："郭先生知道这件事？"

"我跟他打个了招呼，他说只要您同意，他就没有意见。"刘寿山说。

刘金桂说："西方教会开办的学校有什么好？"

"那里开办了数学、地理课，还有其他一些自然科学知识方面的教学，可以让孩子们开开眼界，学习一些实用性的东西。"刘寿山说，"现在不少条件好一点的家庭，都急着把孩子送到育英学校就读。"

"外国的先进知识固然重要，但中国的传统文化可是丢不得的。"刘金桂说，"这样吧，我去与郭先生商议一下，权衡一下利弊再做决定。"

刘寿山说："这样也好。"

第二天上午，刘金桂乘坐一辆马车来到郭先生这里。等郭先生下课走出教室后，刘金桂从院中的石凳上站起身来，郭先生赶忙迎上来，说："金桂什么时候到的？让你久等了。"

两人寒暄之后，便围着石桌坐下来。刘金桂把刘寿山给孩子转学的想法直截了当地提出来，征询郭先生的意见。郭先生说："寿山昨天为此事找过我，他这个想法并不稀奇。今年以来，我这里已经转走了三个学生。"

　　"西方教会的学校可靠吗？"刘金桂问。

　　"这要实事求是地去看待它。在西式学校可以学到一些自然科学方面的知识，在我这里，可以学习一些中华传统的文化知识和礼仪。孩子们将来要修身立志、做大事，肯定要把中国传统的文化知识学深学透，打下牢固的基础才好。"郭先生说。

　　"对两个孩子转学的事情，您怎么看待？"刘金桂说。

　　郭先生略有思考，说："恕我直言，我认为麟庆现在去比较适宜。他今年十二三岁了，在我这里已经念了多年的私塾，掌握了不少传统的文化知识和中文写作知识，可以再去西式学校学习数学、物理等一些自然科学知识。但龙庆还小，处于基础阶段，我是主张他继续留在私塾读书。"

　　刘金桂说："郭先生见识高明，言之有理，我也觉得这样妥当。这次就先转走老大吧。您还有课，我就不打扰了。"

　　"以后有空咱们好好聊聊。"郭先生说。

　　刘金桂回到成文堂后，告诉刘寿山："我跟郭先生商量了一下，龙庆还小，还是让他继续读私塾吧，把基础打好。麟庆可以去育英学校就读，你抓紧给他办理转学手续吧。"

　　刘寿山觉得这样安排比较妥当，也就同意了。

　　不久，刘麟庆正式去了教会开办的育英学校就读。

　　石清梅见刘金桂对西方教会的看法有了转变，就趁机问他："春燕的身体虽说逐步见好，但她平日精神上还有些苦闷，我想领她早日加入圣言会，让她也好有个精神寄托。"

　　刘金桂"吧嗒吧嗒"地抽了一袋烟，然后说道："你看着办吧。不过，我有话在先，咱刘家一直崇尚的是孔孟之道，你可不能把西方那些东西搬到家里来。否则，别说我跟你急眼。"

　　"我心里有数。"石清梅说。

　　几天后，石清梅领着两个儿媳妇去德国教堂接受了洗礼，正式成为圣言会的教徒。她们坚持每周都去天主教堂参加礼拜，忽然间感觉生活充实了许多。

第三十回　曾玉彪寻求自保　圣言会敞开怀抱

在曾府书房，年逾八旬的曾晋福鹤发童颜，神态安然，正在兴致勃勃地练习书法，一张草书刚刚写完，这时，听到有人轻轻地敲打书房的门。曾晋福坐到一张太师椅上，说："进来吧。"

是曾玉彪的女婿姜克利与闺女曾平平推门一步闯了进来，他们看上去大约都在三十一二岁，两个人现都在老凤祥银楼任职。只见姜克利气喘吁吁地说："爷爷，告诉您一个不好的消息，昨晚老凤祥银楼被抢了，绸缎庄的部分仓库也起了大火。"

曾晋福紧锁眉头，神情凝重地说："损失大吗？"

"银楼里的贵重物品夜间都撤走了，损失不是很大。绸缎庄仓库起火，烧了一些布匹，损失不少。"姜克利说，"爷爷，我们是不是去官府报案？"

曾晋福说："你爹知道这件事了？"

"尚不知道。我们去家中找他，他昨晚没有回家。"姜克利说。

"赶快派人去寻找，一会儿我们一块商量一下对策。"曾晋福说。

"我知道，一会儿就派人去寻。"姜克利说，"当务之急，是不是尽快向官府报案？"

曾晋福说："报案有用吗？我觉得案子非但破不了，还要再赔进去好多的银子。唉，好端端的怎么能发生这类事情？"

曾平平问："爷爷，我们现在与州署的关系如何？报了案他们能不能管？"

曾晋福说："这些年来，咱们曾府与州署的关系时好时坏。无奈州署是铁打的衙门流水的官，那些知州跟走马灯似的，关系刚刚热络了，很快又调走了。说实在的，我们这些大户人家，没有官府的保护真是不行。可你爹这几年偏偏与州署的关系搞得十分紧张。"

曾平平说："岂止与州署关系闹得紧张，与同行当的商贾大户都不睦。先是与成文堂刘金桂斗来斗去，后又与徐长江结下怨仇，现在又跟苏阿七在争斗。"

曾晋福问："苏阿七是干什么的？"

曾平平迟疑了一会儿，说："苏阿七是塔埠头那边的一个毒枭，近几年羽毛渐丰。现在要与我爹争夺毒品市场份额，我爹不肯拱手相让，因此关系闹得僵持不下。"

曾晋福叹了一口气说："我跟你爹说过多少回了，鸦片贩卖的生意不能做了，不能再干那些祸国殃民的缺德事了。可你爹就是不听，明顶暗撞，我行我素。我担心他将来早晚要为此付出代价。"

"我也劝过我爹多少回了，可我爹说，你这个乳臭未干的毛孩子懂什么！贩大烟的生意虽然有些风险，可钱来得快。要在世上立足，没有钱能行吗？把我狠狠地训斥一顿。"曾平平说。

"你爹是走火入魔了，以后慢慢劝说吧。当前重要的是要迅速保护好现场，同时，赶快招几个家丁，充实到各店铺，昼夜值班，不得再出任何纰漏。"曾晋福说，"你妈她们呢？"

曾平平说："我妈与小妹去天主教堂做礼拜去了。我今天因为有事没能去。"

曾晋福点了点头说："嗯。你们赶紧去找找你爹，到现场去处理吧。"

姜克利夫妇答应一声匆忙走出门外。

此时，待在梁玉芳那里的曾玉彪已经得到了刁长廷的报信，他暗吃了一惊，脸也没顾得洗，急匆匆地赶往现场。他与刁管家先是来到老凤祥银楼，姜克利与曾平平此刻已经提前赶了过来。他们一起察看了被撬坏的窗户与柜台，曾玉彪问："损失大不？"

"损失不是很大，贵重与值钱的东西我们已经收藏起来了。"姜克利回答说。

曾玉彪又愤愤地问刁长廷："你觉得这能是谁干的？"

"案子没破之前，我也说不准。不过，我觉得塔埠头毒枭苏阿七嫌疑最大。"刁长廷说，"他为了与咱争夺买卖，故意使出下三烂的手段。当然，是不是刘金桂那边的人干的，也不好说。总之，从现场来看，不像是一般的纵火盗窃案。"

曾玉彪说："我也是这么想。可能这些年我树敌太多了。但不管是谁干的，待我查清之后，决不会轻饶他们。"

姜克利说："爹，咱们赶快报案吧？"

"这个我自有安排。你先派人保护好现场，尽量不让外人靠近这里。"曾玉彪说。

姜克利说："好的，我马上安排。"

曾玉彪说："我与刁管家再去趟绸缎庄看看。"然后，他们乘马车向绸缎庄赶去。

一路上曾玉彪默默无语，他仿佛感觉有一把匕首正从背后直抵自己的脊梁，而使匕首的人他却看不清楚。不过，他在心里嘀咕："苏阿七是个崭露头角的毒枭，此人心狠手辣，是个不达目标誓不罢休的人。去年以来，因为争夺贩毒地盘，两家屡屡发生冲突。因此，他指使作案的可能性最大。"于是，他在心里骂道："这个该死的苏阿七，你不仁，我不义，看我该怎么收拾你。"

正在他胡思乱想的时候，刁长廷提醒他："曾掌柜，绸缎庄到了。"

他们下车后，径直来到后院的仓库，只见最边上的一间屋子，已经烧得面目全非。

刁管家说："昨晚说来也巧，半夜时分，有个当班的家丁去后院巡逻，刚好见那边的仓库着火，他大声呼喊，唤来夜宿的伙计们紧急救火，浇水的浇水，填土的填土，很快将大火扑灭。要是成片的仓库烧起来，那损失可大了。"

曾玉彪说："你查一下那名家丁是谁，我要重重奖赏他。"

刁长廷说："我赞成，我马上查清楚。"

曾玉彪叹了一口气说："我怎么感觉我们现在是危机四伏啊！"

刁长廷说："俗话说：背靠大树好乘凉。这几年我们与州署的关系这么冷淡，对您这样的巨商大贾，未必是正确选择啊！关键时候，官商本应互为一体、相互照应。"

"你说得有道理，可现任的知州杨方刚是个软硬不吃的家伙，我几次拍马屁不成还差点被它踢死。"曾玉彪说。

刁长廷说："现在清廷上下一片贪腐，我就不信还有不喜欢钱财的官员。咱只要把州署的人打点好了，利用他们之手灭掉苏阿七是最好的选择。"

"前段我们还没有找到杨知州的准穴，下步你赶快暗中调查清楚，这个杨知州到底喜好什么？他喜好什么，咱就投其所好。"曾玉彪说。

刁长廷会意地点点头，说："我马上去办。"

曾玉彪说："当务之急，你先去州署把案报了。"

"我知道。"刁长廷说。

很快，刁长廷去州府报了案。胶州州署接到报案后，迅速派人来到现场查看取证，并对相关证人证词一一做了记录。

事后，刁长廷通过多种渠道打听杨知州的生活习惯及爱好等相关情况，终于得到一些重要的信息。这天傍晚，刁长廷专门来到济生堂大药店向曾玉彪做了汇报。他说："州署的几个熟人及一些商界朋友，我都悄悄地打听过了，都说杨知州是个清官，平日很节俭，不贪财。送礼的人多被他拒之门外。"

曾玉彪问："他就没有什么爱好？比如说，女人、珠宝什么的。"

"听说他老婆是个大家闺秀，两人的感情颇深。而且他很惧内，从没听说在他身上发生过风流韵事。"刁长廷说。

"只要他食人间烟火，那肯定就有爱好，就有软肋和不足。"曾玉彪说。

刁长廷说："对了，我想起来了，听朋友说他对字画特别爱好，鉴赏水平也挺高。"

曾玉彪两手一拍，说："这就对了，有喜好就好办。我这里有一幅南阜老人高凤翰的山水画，特别珍贵，我想杨知州一定会感兴趣的。"

"这么名贵的画你舍得送出？"刁长廷说。

曾玉彪笑着说："舍不得孩子套不着狼，没有好鱼饵岂能钓到大鱼？"

不久，曾玉彪以打听破案进展情况为由，设法拜见了杨知州。杨知州早就听说了曾玉彪的为人，根本不愿见他。因为考虑到曾府在胶州的巨大影响力，因此，只好出面敷衍一下。杨知州介绍说："这两起案子我已经派人去现场查看过，并对相关线索进行了细致侦查，只是目前侦破工作尚无太大进展。"

"给杨大人添麻烦了。"曾玉彪说。

杨知州说："没什么。从这两起案件的侦破情况来看，我们认为很可能是一个团伙所为，且作案报复的可能性较大。我冒昧问一下曾掌柜，你在胶州有哪些仇人？"

曾玉彪说："平日仇人倒没有多少，但同行竞争肯定要得罪人的。这两起案子，我报案时已经汇报了，感觉塔埠头的苏阿七嫌疑最大，其次是成文堂的刘金桂。不知你们对其侦查了没有？"

"此事我们自有安排，其余无可奉告。你如果有新的线索，请及时知会我们。"杨知州说。

曾玉彪赖着没动，说："我这次来看您，还有一事相求。听说您是书画鉴定专家，我这里有一幅画作，想请您给鉴定一下。"说着，将一幅山水画展开，递了过去。

杨知州接过此画，展放在桌子上，找来放大镜细看，说："我哪里是什么专家，对书画只是一种爱好，略知一点皮毛而已。"

杨知州瞅了一会儿，大吃一惊，说道："你看这幅山水画，顽石嶙峋，雾气氤氲，清秀俊美，朴实苍劲，带有宋朝画家庄重雄伟之气魄。此画乃康熙至乾隆年间胶州名士高凤翰用左手所画，当为真迹。他是胶州著名的左笔书画家，'扬州八怪'之一，还是郑板桥的挚友。此画珍贵无比啊！"

"您真是书画行家，真知灼见，令人佩服！"曾玉彪不由得肃然起敬。

"行家算不上，我只是对高凤翰很推崇。此人博学多才，书、画、诗词和治印，无所不通，多有建树，是胶州历史上的大才子啊！我这里还藏有他的诗集《湖海集》《岫云集》《鸿雪集》和《归云集》，这些都是珍品啊。"杨知州话语间透露出对高凤翰发自内心的崇拜之情。

曾玉彪一听，心里十分高兴，他趁热打铁，说道："杨大人才识渊博，独具慧眼，实在让人佩服！我看杨大人与高凤翰先生有缘啊，若不嫌弃，这张画就赠送杨大人了。"

杨知州稍有迟疑，随即摆摆手说："这画太名贵，我承受不起啊。再说，我是无功不受禄啊！请你拿走。"

曾玉彪执着地说道："您克勤克俭，为胶州百姓做了不少好事。也为我们曾府操了不少的心，请允许我略表心意。您若不收，是打我的脸面啊！"

杨知州说："曾掌柜，你这样说严重了。我杨方刚为官二十多年，从不占别人的便宜，你别因为一张名画毁了我的半世名声。"

曾玉彪见杨知州的态度坚决，也不好再固执己见，只好草草将画作卷好，说："杨大人为政清廉，严以律己，实在令人叹服！告辞了！"

"曾掌柜的心意我领了，十分感谢！"杨知州双手抱拳施礼。

曾玉彪碰了一鼻子灰，倒吸了一口凉气。从州署出来，他分明感觉到杨知州性格刚直、作风清廉，不是一个能够轻易拉拢的人。对他来说，不会再抱任何幻想了。他深一脚浅一脚地走着，突然滑了一下，身子一歪，差点摔倒，幸好刁管家及时扶住了他。

曾玉彪与刁长廷一直出了古城西门，刁管家见到他始终黑着脸，一言不发，知道事情办得不会太顺，也没敢多问，小心翼翼地将他扶上了马车。好半天，曾玉彪从牙缝里挤出了一句话："看来，杨大人是个软硬不吃的家伙，

359

等你求着我的时候再说!"

回到了济生堂大药店,曾玉彪对刁长廷说:"这个杨知州跟咱不是一条道上的人,道不同不相为谋。我们思谋一下今后有谁值得我们依靠?"

刁长廷说:"容我想想。天不早了,您早点歇息吧。有什么事咱明天再商议如何?"

曾玉彪说:"你简单地安排一下,我今晚就住在济生堂。你若没特殊情况也不要走了。"

刁长廷立刻叫来当班人员为曾玉彪开了个房间,备好洗刷用品和热水。曾玉彪简单地洗漱之后回到房间,躺在床上,辗转反侧睡不着,一直到第一遍鸡打鸣的时候,才迷迷糊糊地睡着了。

第二天上午,刁长廷说:"我昨晚琢磨了半宿,深感目前想整垮我们的人挺多,曾府现在是危机四伏啊。州署现在故意与我们保持距离,肯定是有所忌惮的。我听说有人已经多次向州署举报我们贩卖大烟,州署已暗中派人展开调查了。一旦被他们抓住了什么把柄,必置我们于死地而后快。咱家老爷子是个有深谋远虑的人,他在胶州城也享有较好的声望,我建议你与他长谈一次,好好听取一下老人家的意见。"

曾玉彪说:"老爷子的意见固然重要,但是,你作为我的管家,就没有一点建议吗?"

刁长廷见曾玉彪问得紧,只好坦露自己的想法:"我认为,目前州署那边咱是高攀不起了,那就另寻靠山呗。而西方教会则是目前我们最可依赖的靠山。自鸦片战争以后,西方教会在中国迅速取得一些特权,朝廷上下多不敢得罪他们。而一旦中国人成为他们的教徒后,就要受到他们的特殊庇护。近几年德国与法国在中国围绕护教权展开了激烈的争夺,法国已将鲁南教区让给德国。据说代理主教安治太是位雄心勃勃的传教士,有胆有识,更有魄力。他任代理主教仅两年的时间,教徒从阳谷县坡里庄一百五十八人的小团队,很快扩展到现在的数万人。胶州城这边教徒也有数百人了。另外,与安治太同来中国的一位神父叫福若瑟,十分虔诚和敬业。这两人是鲁南教区的掌门人,你可想办法与他们结识与协作。听说他们定期到胶州来,有机会你与他们认识和接触一下为好。"

曾玉彪显然很感兴趣,他问:"胶州蜈蚣街德国圣言会教堂谁任神父?"

刁长廷说:"是德国籍的斯丁铭。此人头脑灵活,比较善于交际。在胶州已经建起两座教堂、布道所三十余处。"

曾玉彪点点头说："我心中有数了。"

晚上，曾玉彪带了一小坛子黄酒回到家中，让曾夫人炒了几个可口的菜，约请老父亲一起饮酒。曾晋福好久没有单独与儿子饮酒了，不知道儿子葫芦里卖的是什么药，但知道找他肯定是有事的。他也没有多问，只是一味地喝酒。一碗酒下肚后，曾玉彪心情沉郁地说："爹，咱家近来出了几起案子，到现在也没有侦破。现在似乎还有人时刻盯着我，总想置我于死地。您说这是怎么回事？有什么应对的办法没有？"

曾晋福用汤勺挖了几个酱煮茴香豆，慢慢地嚼着，说："中国人最讲因果报应了，我多次劝你要积德行善。可你做到了吗？损人利己的事情做多了，必然是要遭报应的。"

曾玉彪冷笑道："您是说我作恶太多？"

"还少吗？"曾晋福反问他。

曾玉彪说："您别唱高调了，您当初在胶州发家，还不是靠走私？"

曾晋福说："我年轻时是做过不太正当的生意，可我没有干危害别人利益的事情。况且，贩卖私盐的生意只干了几年，我便金盆洗手了。而你呢，知错犯错，屡教不改。"

曾玉彪听了很不舒服，一口气喝下一碗酒，说："我不过是为多赚几个钱，维持家用嘛。照您这么说，我应该如何做才对？"

曾晋福说："要走出目前的困局，我给你指出三条道来。其一，停止与成文堂的争斗。两虎相争，必然两败俱伤。其二，将赌博赢得的银楼与绸缎庄还给你妹夫，化解两家怨恨。其三，别跟塔埠头那个毒枭苏阿七争了，把贩大烟的生意停了，全身而退，你就会逢凶化吉。"

"你不让我做这些，那让我做什么？"曾玉彪问。

曾晋福说："规规矩矩地做点正经生意，把济生堂大药店和云溪书铺经营好了，咱就可以丰衣足食了。"

曾玉彪苦笑着说："人在江湖，身不由己。我与成文堂的争斗，积怨已久，就像那奔跑的马车，刹不住车了。我与徐云龙之间，已无情谊可言，当年他利用赌博害过我，现在我报复他，实属正当。再说，吃进口里的东西你想让我再吐出去，我很难做到。另外，我跟苏阿七的争斗，是不共戴天的，他用下三滥的手段对付我，这口气我岂能忍下？再说贩卖大烟的买卖又不是

DA SHU PU

361

光我一人做，为什么要轻易放弃？"

曾晋福的脸憋得通红，他努力克制自己的情绪："三条路你都不走，打算怎么样？"

曾玉彪抬头说："我打算投奔西方教会。据我所知，西方教会目前在中国非常吃得开，他们拥有特权，当地官吏连他们的教徒都避让三分。"

曾晋福感到十分意外，说："西方教会你了解吗？靠得住吗？你要真与他们搅和在一起，将来当心栽大跟头。"

"胶州知州可靠吗？人家见了我们跟躲避瘟疫似的，对我们一点不怀好意。因此，我决定投靠德国的圣言会，这也是不得已而为之的事情。"

"你总是有理由。"曾晋福叹了一口气说，"都说子不教父之过。我这一生，最大的失败就是对子女的管教不够。现在连我的话都不听了，你就好自为之吧。"

"我知道爹是为了我好，可我现在已经是骑虎难下了。您就别跟着瞎操心了。"曾玉彪说。

曾晋福没有再说什么，一仰脖子，将碗里的老酒喝下，两滴混浊的老泪滚落下来。然后，他起身蹒跚着离开饭厅。

曾玉彪此刻却安静了下来，他在盘算着下一步的具体行动。

不久，在已经入教的曾夫人的引导下，曾玉彪去德国圣言会教堂做了洗礼，正式成为圣言会的一名教徒。然后，他带着五百两银子，专程拜见了教堂神父斯丁铭。见面后，曾玉彪说："我这里带来了五百两银子赠给圣言会，用于支持教堂的慈善事业，请笑纳。"

斯丁铭神父接过银子，倍感惊喜，连连致谢。当听说他是曾晋福的儿子、胶州城知名绅士，颇感兴趣。他说："据我所知，曾府是胶州的大家望族，曾晋福先生德高望重，远近闻名。曾先生经商有道，也是大名鼎鼎。圣言会非常喜欢你这样的教徒，真诚希望得到你们的大力支持。"

曾玉彪说："德国圣言会在胶州开设医院，举办学堂，广施恩泽，胶州百姓受益匪浅，十分感念圣言会的恩德。我将发动更多的亲朋好友加入德国圣言会。"

俩人越谈越投机，斯丁铭神父说："圣言会重视和欣赏你这样的教徒。待鲁西南主教安治太来胶州，我将把您引荐给他。"

曾玉彪听后，兴奋异常，结识安治太主教，正是他所渴求的目的之一，他说："安治太主教，知识渊博，赫赫有名。若能亲耳聆听他的教诲，我将不胜荣幸。"

曾玉彪从斯丁铭神父那里出来，心情格外高兴。他步行穿过教堂院子中的林荫小路，径直出了大门。刁长廷与车夫一直在教会门口等候，见曾玉彪一副春风得意的样子，他们立刻知道事情进展得很顺利。但是，刚才发生的一件事情，刁长廷觉得必须尽快告诉他，说："曾掌柜，刚才济生堂大药店有个伙计来找过您。"

"什么事？"曾玉彪问。

刁长廷说："他说刚才有几个衙役来过济生堂，店前店后稽查了一番，像是在翻找什么东西。"

"这帮混蛋开始动手了。查出什么东西没有？"曾玉彪问。

刁长廷说："好像什么也没搜出。只是说，他们要见您，问您去哪儿了。"

曾玉彪说："走，回去看看。"

刁长廷说："您还是去云溪书铺躲避一下吧。济生堂那边的事情我去应付一下吧。"

曾玉彪点点头说："也好。他们若没走，就给他们几个小钱打发了。"

"好的。我先送送您。"刁长廷说。

刁长廷将曾玉彪送到云溪书铺，然后，驱车来到济生堂。但见四五个衙役坐在济生堂大药店大厅的椅子上喝茶。刁长廷与他们见面后，先自我介绍一番，接着询问衙役们到此有何贵干。其中一个领头的衙役站起来说："有人举报，济生堂大药店涉嫌贩卖大烟，我们奉命前来稽查。请济生堂的掌柜曾玉彪跟我们走一趟，去衙门说明一下相关情况。"

"曾掌柜刚去南方进货，一时半会儿回不来。待他回到胶州后，我们立刻转告他，请他去衙门解释清楚。"刁长廷客气地说道。

可几个衙役像什么也没听到似的，只顾饮茶。

刁长廷见状，赶紧从衣兜里掏出一把碎银子分给他们："快晌天了，请兄弟们自个去饭馆吃点什么，我就不陪大家了。"

衙役们接过银子，立刻起身站了起来，领头的衙役说："别忘了我交代的事情。我们走！"

"不会忘记的。"刁长廷点头哈腰的很是客气，一直将他们送到大门外。

曾玉彪知道这个情况后，非常恼火，生气地说道："他妈的，倒霉的事情全都来了。"

"近期您就先躲避一下吧。"刁长廷说。

"躲过了初一，躲不过十五啊。我们必须尽快想出对策。另外，从今天起，姜家巷那边要低调一点，加强戒备，防止有人捣乱。今后所有大宗的烟土交易，必须经过我点头同意，不可贸然行事。"

"我懂了，曾掌柜，您放心好了。"刁长廷说。

时间转眼过了一个礼拜，安治太主教与福若瑟神父来到胶州，经斯丁铭神父的引荐，安治太主教约见了曾玉彪。事前，斯丁铭向安治太介绍过他的情况，安治太认为，圣言会要迅速在胶州打开局面，亟须当地绅士和商贾大户的支持，像曾玉彪这样的既有经济实力又颇具影响力的商人，可以很好地利用起来。这次两人一见面，彼此都有好感，曾玉彪觉得安治太主教仪表堂堂，神情威然，既富有学识，又办事干练，心中不免产生敬畏之情。安治太初看曾玉彪感觉他有些猥琐和奸诈，但他很快发现此人聪明过人，八面玲珑，是个难得的可用人才。他用生硬的中文说道："曾先生，见到你很高兴，听说你为教堂捐献了五百两银子，支持教堂的慈善事业，我作为鲁南教区的主教，表示衷心的感谢！"

曾玉彪说："我作为虔诚的天主教徒，能够为教会提供一点力所能及的支持，是理所当然的。"

安治太说："圣言会就是需要像你这样的优秀教徒，我们才能在胶州立足，并发展壮大。以后，你可以把胶州的上层名流和商人多介绍入会，我们教会也可以为他们提供更多的服务和保护。"

"我会尽力发动的。"曾玉彪说。

安治太说："一见面就知道曾先生是个聪明信达之人，希望以后多加合作。"

曾玉彪不慌不忙从衣兜里掏出一个精美的盒子，双手递给安治太说："初次见面，带了一点薄礼，请您笑纳。"

安治太主教接过，好奇地打开盒子，掀开一块红色绸布，一块晶莹剔透的玉佩豁然呈现在眼前，他惊奇地喊道："中国古玉佩！"

曾玉彪说："此物出土于胶州三里河，年代十分久远，它是当年中国帝王所用之物。"

安治太慨叹："真是一件稀世之珍宝啊！我太喜欢了。我早就听说过，胶州历史悠久，人杰地灵，是一座著名的文化古城，三里河文化闻名全球，留下了大量的文物和宝藏。今日所见，果真名不虚传，真让我大开眼界！"

曾玉彪说："安治太主教喜欢就好！"

"太感谢曾先生了！"安治太仔细地放好，说："以后我们就是好朋友了！你个人有什么要求可以随时提出来，我们圣言会将竭尽全力帮助你。"

"说实在的，我们这些商人还真需要德国圣言会提供更多的保护和帮助。"曾玉彪说。

"有什么事情不妨直说吧，曾先生。"安治太微笑着说道。

曾玉彪停顿一会儿，开口道："我们这些商贾大户，看上去很风光，其实，各有苦衷。我因为平日得罪了小人，最近有人举报我贩大烟，胶州州署便要兴师问罪，缉拿于我，真是岂有此理！"

安治太主教听后，立刻明白了曾玉彪的用意，拍拍他的肩膀，说："曾先生不用担心，圣言会的教徒是受本会保护的，地方官员奈何不了你们。近两天我将通过一定的渠道，向胶州州署转达我的要求，必须撤掉对你的无理指控与稽查。"

曾玉彪听了，像抓到了一根救命稻草，立刻大喜过望，说："安治太主教，您就是我的大救星啊！曾某以后愿为您效犬马之劳！"说着，单膝跪地，行了个大礼。

安治太主教快速将他扶起，说："曾先生，朋友之间不必客气，我们理应互帮互助。如果你愿意，我们可以考虑在胶州圣言会教堂给你谋个差事。"

"求之不得！请问什么差事？"曾玉彪急切地问道。

安治太主教："我听斯丁铭神父说，目前教堂尚缺个传道员，推荐你任此职如何？"

曾玉彪觉得如此一来，自己与圣言会的联系将更加密切，地方官员对自己更是不敢轻举妄动。于是，愉快地答道："我乐意！谢谢安治太主教！谢谢斯丁铭神父！"

第三十一回　成文堂放长眼光　石印馆应运而建

这天上午，杨志明急匆匆地来到刘金桂的书房，说："刘掌柜，有个事情不知您听说了没有。听说曾玉彪最近刚加入了德国的圣言会，并担任了胶州圣言会大教堂的传道员。"

"我听清梅说，曾玉彪经常携带夫人、女儿去做礼拜。你说人年龄大了，真需要一种精神寄托吗？其实，他若真能皈依天主，忏悔和纠正自己的罪过，也未必就是件坏事。"刘金桂说。

杨志明说："我怕事情没有那么简单，他之所以投靠德国圣言会，很可能是为了自保。我听说塔埠头的毒枭苏阿七为了与他争夺大烟的生意，派人抢了他们的银楼，还纵火焚烧了绸缎庄的一间仓库，造成不少的损失。而胶州州署根据举报，加强了曾玉彪贩毒取证调查活动，随时准备将他抓捕。幸好有圣言会方面斡旋和施压，胶州州署才撤销了对曾玉彪的缉拿令。自此以后，曾玉彪更是死心塌地为德国圣言会效命。"

"对德国圣言会咱不太了解，他们表面上开设医院、举办学堂，给老百姓做了不少实事，提供许多的方便，但他们的真实面目，咱一时半会儿还看不清楚。"刘金桂说。

杨志明说："我看他们无非是以此树立教会的友善形象，最终为顺利传教打好基础。据了解，近两年胶州已有数千人加入了德国圣言会。"

刘金桂说："随着西方教会的不断渗透，他们在胶州的政治、经济和日常生活影响日甚，逐步占据了一席之地。我们将来也避免不了要与他们打交道，咱们心中要提前有所准备。"

"您总是高瞻远瞩，未雨绸缪。"杨志明说。

刘金桂摇摇头说："他们是好是歹，只能有待日后检验了。"

胶州州署对曾玉彪发出的缉拿令解除之后，曾玉彪心存感激，专门宴请了斯丁铭神父等人，以答谢他们的从中斡旋。有一段时间，他把手头的生意大部分交给了刁长廷，专心来到教堂从事传道员的工作，对职责范围内的一些教事活动亲自过问和安排，力求圆满无误，还组织人员将教堂破损的门窗和漏水的屋顶进行了修缮，因此，很快得到了斯丁铭神父的认可与赞许。但是，前两天斯丁铭神父三番两次向他打听成文堂的事情，他却敷衍应付，引起了斯丁铭神父的思虑和不满。原来，福若瑟神父要为教会在胶州物色一家定点印刷企业，让斯丁铭神父帮助了解一下胶州成文堂的情况。曾玉彪介绍说：成文堂规模小、印刷质量不稳定，经营不讲信用。还建议教会去潍县考察一下刘作信的"诚文信"印书坊。曾玉彪的介绍显然与别人说的情况大相径庭，斯丁铭神父紧锁眉头，说："曾先生，你说的情况与我了解的不太一样。过几天我要与福若瑟神父亲自去成文堂实地考察了解一下。"

曾玉彪灵机一动，说："我可以陪同你们一起去考察。"

"不必了。"斯丁铭神父摇摇头说。

没过多久，福若瑟神父来到胶州德国圣言会大教堂，询问定点印刷作坊选择情况，提出要去成文堂看看。临行，斯丁铭神父想请他乘马车前去，福若瑟神父拒绝说："不必太讲究，两条腿走路比坐两个轮子的方便，还是步行去吧。一路上正好看看胶州古城的风光。"斯丁铭知道福若瑟平日十分简朴，始终保持平民的风格，就只好答应了他的要求。当他们步行走到成文堂大门口的时候，斯丁铭的额角已经渗出细腻的汗珠。而福若瑟一路谈笑风生，走得十分轻松自如。

刘寿山外出办事刚好归来，见两位德国圣言会的神父在打量着门匾，不免心生好奇。他上前说道："两位神父来这里有何贵干？"

斯丁铭神父见眼前的人似非等闲之辈，谦和地说："我是圣言会大教堂的神父斯丁铭，这位是鲁南教区的神父福若瑟。我们今天特地前来拜访刘金桂先生，不知先生你怎么称呼？"

刘寿山和气地说道："我是刘金桂的长子刘寿山，请跟我来。"

斯丁铭神父说："幸会，幸会！"

两人跟着刘寿山来到刘金桂的书房。刘寿山主动给父亲作了介绍，刘金桂听了，赶紧热情地与他们握手。不过，刘金桂觉得他俩虽同是神父，但俩人的打扮与气质却大不相同。斯丁铭神父身着一件黑色的长袍，显得端庄文雅。而福若瑟神父却是非常的朴实，穿着中式的长袍马褂，且留着辫子，跟中国一个普通农夫似的。正是因为纯朴的形象，一下子拉近了他们之间的距离。相互介绍之后，福若瑟神父开门见山地告诉刘金桂，他们正在山东物色一个规模大、质量好、信誉高、有较强实力的印书坊，定点印刷教会的书籍和宣传资料。今天特地前来实地考察成文堂印书坊。刘金桂知道他们的来意之后，便详细地介绍了成文堂印书坊的基本情况，引起了两位神父的浓厚兴趣。接着，刘金桂建议他们去印书坊亲眼看看，两个人愉快地接受了邀请。他们来到作坊里，从刻版、印刷到装帧等各道工序，仔细看了一遍。福若瑟神父问："你们现在有多少工人？"

"八十多名，都是熟练的技工。"刘金桂说。

"你们平常都印刷什么？"斯丁铭神父问。

刘金桂说："平常主要为山东各地科举考试印刷一些所需教材，另外，经常翻印一些医学、种植、养殖方面的技术资料及一些古籍、小说等文学作品。"

"刘掌柜，您的经营宗旨是什么？"福若瑟神父突然问道。

刘金桂不假思索地答道："诚信为本，质量至上。我们作为山东雕版印刷龙头老大，之所以能够长盛不衰，主要是我们始终把质量放在第一，始终坚持诚实守信。"

福若瑟神父满意地点了点头。

参观完毕，他们回到刘金桂的书房，福若瑟神父说："经过综合考察了解，鲁南教区考虑将把胶州成文堂作为教会定点的印刷企业，以后德国圣言会的书籍及宣传资料将全部由你们印刷。您是否愿意一起合作？"

刘金桂没有直接回答福若瑟神父，而是开起玩笑，说："福若瑟神父，像您这样尊贵的人，怎么打扮得跟个农夫或商人似的？还这样平易近人？"

福若瑟神父笑了，说："我是来中国传教的，我的打扮越普通，越能与这里的人们打成一片。我越不摆架子，人们便越信任我。"

"有意思。您喜欢中国吗？"刘金桂忽然觉得福若瑟神父很有趣。

福若瑟神父抬头远望，深情地说道："中国地大物博，历史悠久，人口众多，且大多数中国人十分友善。我太热爱中国了，可以说中国是我的第二故乡。将来即使到了天堂，我仍然愿意做中国人，我愿为造福中国人死一千次。我没有太多的奢望，唯一的心愿，是希望我死后，能把我的尸骨埋在中国同胞之间。"

福若瑟神父的一番话，令刘金桂大为感动，他平生第一次遇到像福若瑟这样喜爱中国的神父。他问："支撑您千里迢迢来中国传教的信念是什么？"

"爱！只这一个字。爱是让所有人都能懂的唯一的外国语言。"福若瑟神父动情地说道。

刘金桂的心灵似乎受到很大震撼，他说："中国人讲仁，您讲爱，仁爱是相通的。希望您在中国的传教生活幸福快乐，诸事顺心！"

"我会的，谢谢刘掌柜的祝福！"福若瑟神父觉得刘金桂也是具有仁爱之心的人。

"太感谢福若瑟神父和斯丁铭神父的厚爱与支持，我们成文堂愿意与你们合作！"刘金桂高兴地说，"今天中午我请二位在成文堂伙房吃个家常便饭如何？"

斯丁铭神父说："我们已经有所安排，今天中午就不在这里吃了，有机会再聚！"

福若瑟神父临走对刘金桂说："刘掌柜，虽然成文堂的雕版印刷在山东乃至江北地区赫赫有名，但是，恕我直言，你们的印刷技术在当今世界，不是最先进的。欧洲人现在已经用石版印刷术了，印刷速度快、质量好、成本低，你可以先行考察一下，争取早点采用石印技术。"

刘金桂愣了一下，他是第一次听说石板也可以搞印刷，但究竟是一项什么样的技术，他心里一点底也没有。于是，他说："雕版印刷术是我们老祖宗传下来的宝贝，我们是不会轻易舍弃的。但是，若有更好的技术，我们也不会排斥。"

福若瑟神父说："我的建议谨供参考。祝大家合作愉快！"

"合作愉快！再见！"刘金桂说着，一直将他们送到大门口。

刘寿山见他们是步行来的，说："我给你们安排辆马车送一程吧？"

福若瑟神父笑笑说："中国有句古话叫作安步当车。我这两条腿就是最好的车轮子。"

"福若瑟神父真是风趣可爱。"刘金桂说。

福若瑟神父说："我愿意与刘掌柜做个好朋友。"

"多谢福若瑟神父的厚爱！"刘金桂高兴地说。

送走了两位神父，刘金桂说："寿山，以后你就负责与他们的对接，想来德国教会的印刷数量不会少的，这是利润不薄的一笔买卖。在印刷价格上要优惠于国内同行价格，别把买卖做死了。"

"福若瑟神父建议咱们及早采用石印技术，您有何想法？"刘寿山显然对其提议很感兴趣。

"你先多方了解一下再说吧。"刘金桂淡淡地说道。

斯丁铭神父与福若瑟神父回教堂后，天已经晌了。曾玉彪早已安排人员准备好了饭菜。斯丁铭神父邀他一起作陪，他便愉快地接受了。吃饭的时候，他询问斯丁铭上午去成文堂考察的情况，斯丁铭告诉他，福若瑟神父对成文堂印书坊非常满意，打算将其作为鲁南教区定点印刷企业。曾玉彪一听，心里有些着急，便琢磨着如何阻止他们的合作。他假惺惺地说道："我作为圣言会的教徒及本教堂的传道员，对圣言会是特别虔诚的。为了维护教会的利益，有句话不知当说不当说?"

斯丁铭神父说："有什么话但说无妨。"

曾玉彪说："中国人有句俗语：鸡蛋不能放在一个篮子里。我与成文堂的刘金桂打了几十年的交道，对他我还是比较了解的。此人别看表面上比较随和与厚道，其实人很传统保守，且刚愎自用。他高兴时什么事情都可以谈，翻脸时却是六亲不认。您若是单单依靠他一人，到时非吃大亏不可。"

斯丁铭神父不解地问："据我观察了解，刘金桂虽然比较保守，但也是个厚道诚实之人。跟他合作应该不会出现大的问题吧?"

曾玉彪说："您是只知其一，不知其二。其实对他并不了解。"

斯丁铭神父问："你说鸡蛋不能放到一个篮子里，是什么意思?"

曾玉彪说："就是说不能单纯依靠他一个印书坊，做事情要多准备几手。"

"你的意思，还要再找一家印书坊，让其相互竞争，更有利于我们?"斯丁铭神父说。

"对，正是这么个意思。"曾玉彪说。

福若瑟神父说："据我了解，山东至今还没有任何一家印书坊的实力能够跟成文堂抗衡。"

曾玉彪说："您来中国时间短，不太了解情况。我给您推荐一个，刘金桂本家族有个叫刘作信的人，现在潍县开了一个'诚文信'刻印书坊，规模虽然比不上成文堂大，但是管理非常规范，质量有保障，生意十分红火，在当地小有名气。如果您感兴趣，我可以带您前去考察一下。"

福若瑟神父终于被他说动，表示近几天前去潍县看看，正好了解一下那里圣言会的发展情况。

斯丁铭神父觉得曾玉彪这样做似乎居心不良，但又没有充足的理由去阻止他们，只说了一句话："我这里的事情挺多，抽不开身子，我就不去了。"

福若瑟神父说："你忙你的，我与曾先生一起去便可。"

几天后，曾玉彪陪着福若瑟神父来到潍县，在城中心一条繁华的大街上找到了"诚文信"书坊。此书坊也是前店后场的构造，院子十分宽敞。刘作信在茶室里会见了他们，指着曾玉彪说："这位先生我怎么觉得好生面熟？"

曾玉彪客气地说："我是云溪书铺的曾玉彪，咱是同行。"

刘作信很快想起他在胶州时见到的那个曾玉彪，他想到了这个人屡次给成文堂造成的麻烦和苦难，不禁高度警惕起来。当听说他们的来意后，刘作信问："胶州的成文堂是江北雕版印刷的鼻祖，印刷规模和实力更是无人可比，你们怎么不去找他们？"

曾玉彪说："福若瑟神父考虑，想多找几个印书坊作为合作伙伴，到时印刷材料会更方便些。"

福若瑟神父迫不及待地要求去作坊里看看。刘作信略有犹豫，还是领着他们参观了一下。作坊里干净齐整的布置、工人严谨的操作、印刷清晰的印制品，给福若瑟神父留下了深刻的印象。他竖起大拇指夸赞说："很好！"

曾玉彪问他："福若瑟神父，您觉得这里与成文堂哪家更好？"

福若瑟抬头看了他一眼，笑着说道："都不错，他们各有千秋。"

"您同意选择诚文信？"曾玉彪问。

福若瑟神父点点头说："两家都要。你征询一下刘作信掌柜的意见，看人家愿意合作与否？"

曾玉彪兴奋地对刘作信说："刘掌柜，恭喜您了！圣言会有意将你们列入定点印刷企业，你是否乐意？"

没想到刘作信冷冰冰地说道："你们的好意我心领了，我不愿意与他们合作。"刘作信明白，曾玉彪的做法无非是想在他们之间下一块楔子，使他们形成竞争与消耗，以达到龙虎相争、两败俱伤的目的。

刘作信的回答，大大出乎曾玉彪的意料，他焦急地问道："多么好的发财机会！你为何拒绝？"

刘作信淡淡地说道："因为我这里平时的订单太多，根本无暇顾及。再说，刘金桂是我的长辈，还是我的师傅。我当徒弟的岂能从师傅的碗里抢肉吃？"

曾玉彪此时不得不佩服刘家人的骨气与格局，他扼腕叹道："太惋惜了！你是否再考虑一下？"

刘作信斩钉截铁地说道："不用再考虑了，我刘作信做生意讲的是信义。"

福若瑟神父见状，似有感触地说："刘掌柜，打扰您了。在你们的身上，我终于知道中国商人所讲的'信义'到底是什么了。"

刘作信双手抱拳，说："谢谢，后会有期！"

福若瑟神父从潍县走后，直接回到了山东阳谷县坡里庄教堂。根据安治太主教的要求，他先将一批圣言会宣传材料样品送到胶州成文堂，并签订印刷合同，要求一个月内完成这些材料的印刷。

为了保质保量地完成这批材料的印刷，刘寿山带领技术师傅昼夜加班加点，雕刻制版。制版完成后，刘寿楠亲自带领伙计们精心印刷。刘金桂还常来作坊里检查印刷质量，发现问题随时纠正。

第一批印刷品交货后，福若瑟神父看了材料的印刷质量感到十分满意，以后便接二连三地发给他们许多印刷材料，成文堂也都按期完成了印刷合同。不过，他们虽然对成文堂的印刷质量没有任何可以挑剔的地方，但对印刷工期方面，还是有些期待与要求。

有一天，斯丁铭神父托人找来刘寿山、刘寿楠兄弟俩，在圣言会教堂进行面谈，表示圣言会愿意支持成文堂从德国引进石版印刷技术，这样以后印刷书籍、材料等更方便，更有效率。刘寿山借此机会询问石印技术的特点，斯丁铭神父详细做了介绍，两个人听后，都对石印技术产生了浓厚的兴趣。刘寿楠问："引进相关的设备和技术需要投资多少？"

斯丁铭回答："约需三千两白银。另外，项目上马后，我们将派两名德国技术顾问来这里工作，每月的工资需由你们负责。"

刘寿山觉得，引进外国的石印技术应当是对国内传统的雕版印刷技术的一次挑战和冲击，但是，不引进新设备、新技术，成文堂印书坊就没有活力，就难以在市场竞争中立于不败之地。他表态说："谢谢斯丁铭神父的建议与好意，我们准备回去商量一下，有什么结果再通报给您。"

斯丁铭神父说："机不可失，时不再来。希望你们早点商定此事。"

从德国圣言会大教堂回来，兄弟两人直接来到刘金桂的书房，刘金桂正聚精会神地核算一本账簿，见寿山、寿楠兄弟俩同时过来，不禁一愣，说："你们两个结伴过来，有什么事吗？"

刘寿山便将德国圣言会斯丁铭神父计划帮助成文堂引进石印技术的建议向父亲叙说了一遍。刘金桂听后，似乎并不重视，淡淡地说道："我记得上次福若瑟神父与我见面时，曾经提到过石印技术，这东西有啥好的？"

刘寿山便将它的好处详细地介绍了一番,他说:"石印术,就是石版印刷术,它是一种平版印刷技术。据说石印术是1798年由奥地利人施内费德发明的。它是利用油水相斥的原理,用油脂性油墨将图文绘制在石板上,然后,用水润湿石板的表面。印刷时,用纸张覆盖在经过施墨及润水的石板上,然后,通过木质压架使石板上的墨迹转移到纸张上,便可获得印张。由于这种印刷术成本低、印刷质量好,它很快在欧洲传开。目前,石印术已经在欧洲普及。"

刘金桂不屑一顾地说:"若此项技术像你说得那么好,为什么一直没有在中国推开?"

刘寿山说:"据说同治年间,上海徐家汇天主教会所设的土山印书馆,就使用了石印机,刊印出一批宣传天主教的书籍。斯丁铭神父那里就有他们印制的收藏本。光绪五年上海成立了点石斋石印书局,采用了石印技术,印刷出来的书籍很受读者欢迎。"

刘金桂说:"事情不会像你说得那么轻巧。我想问你,若是成文堂引进这个石印术后,原材料方面,如石板、油墨、纸张从哪进?印刷技术由谁掌握?"

刘寿山挠了挠头说:"原材料由他们从欧洲进,技术方面,他们派两名技术顾问过来长期指导。"

刘金桂说:"印刷技术由人家掌握,原材料供应由人家进口,哪些事情能由你自己说了算?遇上什么问题,人家可以随时卡住咱的脖子,这样的生意你能干吗?"

刘寿山的脸一下子红了:"这些事情我还没有想好。"

这时,刘寿楠站起来说:"爹,其实这些事情也没什么难的。技术方面咱可以明着学,暗着偷,反正早晚咱得学到手。至于原材料供应,欧洲商人多着呢,若德国进不来还可以从英国搞嘛。总之,活人不能让尿憋死。"

刘金桂一愣,心里想:"做生意还是老二脑瓜子灵光、鬼点子多。"但嘴里却训斥道:"就你说得轻巧,净些歪门邪道。此事以后再说吧。"

兄弟俩走出书房后,刘寿楠对哥哥说:"你别看爹的嘴硬,其实他是活心了。"

刘寿山说:"未必吧。他搞了大半辈子雕版印刷,你让他采用石印术,放弃雕版印刷,根本是不可能的。我们只能在保留雕版印刷的基础上,再采用新的石印技术,也就是说,两种印刷术并存共用。现在最好再找个人劝劝他就好了。你说找谁呢？找曾姨行不？"

刘寿楠说："找她不妥，我看可以找商会法四爷劝劝他，他最尊重法四爷，法四爷的话他最爱听。"

"行，我们一块去求法四爷。"刘寿山说完，兄弟俩一起去找法四爷了。

很快，兄弟俩去胶州商会见到了法四爷，说明了来意。法四爷是开明之人，很赞成他们的主张，支持他们早日把石印技术引进来。因此，对于他们的请求，也就满口应承下来。

事隔两天后，法四爷捎信请刘金桂前去商会茶馆下棋，刘金桂欣然前往。待他来到二楼的茶室，法四爷已经摆好了棋盘在等待他。法四爷笑着说道："好久没跟刘掌柜切磋棋艺了，今日请你来，还怕你没有空闲呢。"

刘金桂说："难得法会长有如此雅兴，兄弟即便再忙，您的要求岂敢耽搁？"说着，脱了外套坐下来。

"来，来，你红棋先行。"法四爷说。

"那我就不客气了。"刘金桂说着飞马。

法四爷迅速按上当头炮。

刘金桂飞象，他下棋从来很注意防守。

法四爷飞炮打掉对方的卒子。接着，跳马、出车，一路主动出击，气势压人。

刘金桂疲于应付，处处被动，最终败北。

法四爷哈哈大笑说："只知被动防御，不知主动出击，岂有不败之理？"

刘金桂不服，接着再下第二盘，又输给了法四爷。

法四爷说："先喝杯茶，再下吧。"

刘金桂说："士别三日当刮目相看。法会长的棋艺什么时间长进得如此之快？"

法四爷给他杯里添了些茶水，说："不是我的棋艺见长，而是你的棋艺落后了。看来，人过于谨慎与保守，并不是什么好事。"

刘金桂觉得他的话里有话，就问："此话怎讲？"

法四爷说："其实，做生意跟下棋是一个道理，有时候四平八稳的不行，要善于应变，敢于出险招，这样方可出奇制胜。"

刘金桂似有所悟："我那两个儿子惊动您老人家了？"

"他们找我，是信任我。这个面子我必须得给，不能寒了年轻人的心。"

法四爷说，"我觉得孩子们的意见是可行的，时势在变化，技术在进步，我们不应该再墨守成规了，要勇于接受新生事物。我听说，石印术在欧洲已经普遍推广开了，在咱大清国还当什么稀奇宝贝，这就是咱与西方人的差距。"

"雕版印刷术是老祖宗留下的瑰宝，总不能到我辈舍弃了吧？那样岂不太可惜了？"刘金桂说。

"我听寿山与寿楠讲，引进石印术，雕版印刷照常搞，两种印刷相互搭配，合理使用。"法四爷看了他一眼，说，"再说，你我年龄都一大把了，体力与魄力都不比当年了。有些事情就应交给年轻人干了，再一味地瞎操心，不是自找苦吃吗？"

刘金桂抿了一口茶水，说："听君一席话，胜读十年书。经法会长这么一点拨，心头总算亮堂多了。"

法四爷畅怀大笑，指着他的头，说："想通了？"

"想通了，这件事交给孩子们去做吧。"刘金桂也爽朗地笑了。

从胶州商会回来后，刘金桂将刘寿山、刘寿楠叫到书房里，神情严肃地说："我暂时给你们兄弟俩分一下工，从明天起，寿山负责石印坊的筹建工作，寿楠负责刻印坊的日常经营管理。你们还有什么意见没有？"

"没有。"兄弟俩异口同声地回答，知道父亲在法四爷的开导下终于想通了此事，都感到特别的开心。

不久，刘金桂安排刘寿山与德国圣言会斯丁铭神父进行协商洽谈，并签订了合作意向。成文堂腾出了十一间仓库，进行改造，为石印坊所用。德国圣言会负责引进相关设备和技术。还从社会上招收了二十多个有一定文化的工人，德国安排两名技术师傅做顾问，进行技术指导。经过两个多月的精心筹备，中德合营的成文堂石印坊正式建成营业。石印术的引进，有力地提高了书籍的印刷效率。石印坊在短时间内保质保量地石印了奥古斯的《忏悔录》《上帝之城》《耶稣降世传》和《马太传音》等教会所用书籍，受到教会和广大教徒的一致好评。成文堂与福若瑟神父都对此次合作甚为满意。

第三十二回　曾玉彪误上贼船　贪小利替人卖命

　　夏至后，胶州虽然进入高温季节，但因为临海近水，夏季并不感觉特别炎热，早晚还比较清爽。凉爽宜人的气候，成为各地达官贵人和绅士们避暑休闲的好地方。安治太主教为了躲避内地的酷暑炎热，在斯丁铭神父的邀请下，夏至后没几天就悄悄地来到胶州圣言会大教堂住下。其实，他这次来胶州，名义上是来避暑的，实际上他是带着任务来的。傍晚，安治太主教与斯丁铭神父在教堂的后花园散步，他看着西方如火似血的晚霞，神情严肃地问斯丁铭神父说："斯丁铭神父，你知道我们圣言会来中国传教的主要目的和使命吗？"

　　斯丁铭神父不假思考地回答说："当然是为了扩大圣言会在中国的影响，以便有效地传播天主教的理想与信义。"

　　安治太主教冷笑了一声，说："你说的这些都是表面和形式上的东西，我们最终的使命和宗旨你可不能忘记啊！"

　　斯丁铭神父似有所悟，说："我知道，我们所做的一切，都要为德意志帝国服务。"

　　安治太主教点点头说："为此，情报侦探与收集工作，咱们一刻也不能松懈。无论是政治、经济、军事，还是文化等各方面的情报都要广泛收集，有价值的情报要随时上报。"

　　"我明白了。"斯丁铭神父警惕地看了一下四周环境，低声答应。

　　安治太主教继续说道："另外，中国的一些文物、古董什么的，我们也要抓紧购买收藏，这些东西是中国历史文化遗产，许多文物价值不菲，极富收藏和研究价值。"

　　斯丁铭神父说："我来胶州以后，对胶州三里河遗址文化做过初步了解与考察，还真发现了一些奥秘。"

　　安治太主教很感兴趣，说："你能介绍一下吗？"

斯丁铭神父说：“据了解，三里河遗址的文化堆积分为上下两层，叠加关系清晰，其中，下层为大汶口文化晚期遗存，上层为龙山文化遗址。这里的遗址至今尚未系统发掘。不过，民间盗挖现象严重，出土了一些玉器、铜制品和陶器，其中，薄胎黑陶高柄杯最为有名，实为稀世珍宝。”

“这些珍宝现藏在哪？”安治太的眼睛熠熠闪光。

斯丁铭神父说：“可能都散失在民间。”

“德意志帝国目前对中国胶州的地理环境、海湾及历史文化极感兴趣。我认为三里河遗址的文物太有价值了，一定要不惜重金想办法搞到这些东西。”安治太主教说，“如果你直接出面不方便，可以安排胶州当地灵通人士去搞，比如，请曾玉彪先生去办这件事就很好。”

斯丁铭神父眼睛一亮，说：“我看可以。此人头脑灵活，为人狡诈，处事颇有手段，让他去办这件事，再合适不过了。只是没有利益的事情恐怕他是不会卖力的。”

“我们有这方面的经费，你就让曾玉彪去做吧，做好了给予奖赏。”安治太主教说。

“我马上委托他试试。”斯丁铭神父说。

很快，斯丁铭神父亲自来到济生堂大药店拜会曾玉彪，神秘地说道：“曾先生，恭贺你，发财的机会来了。”

曾玉彪一时摸不着头脑，说：“发什么财，您有什么事情需要我办吗？”

斯丁铭神父说：“是的，有件重要的事情需要您出面去做。听说胶州三里河遗址是大汶口文化和龙山文化的遗存，出土了不少的文物和宝藏，大部分散落在民间。你知道，我本人是一个古玩和文物的爱好者，对大汶口和龙山文化十分感兴趣，很想得到这些失散的东西，用来研究三里河遗址和历史。因此，我想收购这些东西，尤其要将薄胎黑陶高柄杯等之类的宝藏搞到手，不知曾先生可否愿意帮忙？”

“这些东西的确十分珍贵，目前大都散落在民间，而且价格高昂，恐怕很难收集到手。”曾玉彪淡然地说。

“购买文物的钱，你不用犯愁，由我负责提供好了。事成之后，我再给你一笔奖赏。至于从哪收购、怎么收购，那是你的事了。”斯丁铭神父说。

曾玉彪一听费用不成问题，立刻爽快地说：“我身为土生土长的胶州人，情况熟悉，人脉广泛，这事就交给我办好了！”

斯丁铭神父听了他的表态，立刻从手提箱里取出一张银票，放在他的面前："这是一千银两银票，作为你的活动经费，你先拿去用着，后面需要多少再告诉我。"

曾玉彪拿过银票，连声说道："谢谢您的信任，我会尽全力去办好这件事情。"

斯丁铭神父走后，曾玉彪立刻找到刁长廷，俩人对收购古物的事情仔细研究了一番。刁长廷说："这帮德国人要那些老旧古董干吗？也不知安得是什么心。我总觉得，咱老祖宗流传下来的宝贝，要是让外国人拿走了，我们以后有何颜面向国人交代？"

"幼稚！你别混充正人君子了，只要有利可图，有什么不可以干的？"曾玉彪对其嗤之以鼻，说："当然，事成之后，也少不了你的分成。"

刁长廷说："我只是随便说说而已。要我怎么做，您吩咐就是了。"

曾玉彪说："做这件事，要先摸摸市场情况，然后，有的放矢地去做。"

刁长廷眼珠子一转，说："这好办，我们先对胶州的古董店和集市小摊走访了解一下，寻找一些线索。然后，再顺藤摸瓜，找出真正的收藏者。"

"嗯，还是你点子多。你赶快从济生堂挑选几名精干的伙计，这几天分头下去了解一下情况。注意，大家行动要保密。"曾玉彪说，"重要线索和情况要随时向我报告。"

刁长廷说："我知道，您放心好了。"

很快，刁长廷从大药店挑选了几个伙计，布置了一下任务，开始分头行动。他们先后走访了胶州十多个古董店和四五个集市，零零星星地发现了不少的线索。为了慎重起见，曾玉彪还从当地聘请了一位文物专家作顾问。开始，他们虽然收购了一些石器、骨器、牙器和蚌器、玉器等稀有物品，但传说中的珍贵陶器，始终没有找到。只是听说西郊核桃园有一位败落的财主韩玉信，家中还藏有几件宝物，对外从不声张。曾玉彪托人打听了一下此人的情况，原来，他的家境十分富裕，城里有一个当铺，乡下有二百多亩地，日子过得还算滋润。但自从韩玉信染上了抽大烟的恶习，没几年的工夫，城里当铺关门，乡下土地卖了大半，家境迅速败落，度日如年。曾玉彪觉得这是向他们收购珍藏的最好时机，赶忙派刁长廷登门求购。可是，刚见面便让刁长廷吃了个闭门羹，带有书生气的当铺掌柜韩玉信听说了他来访的目的，当场予以拒绝，并说他这些东西是老祖宗传下来的，打死也不卖。

刁长廷碰了一鼻子灰，回去找曾玉彪汇报。曾玉彪恶狠狠地说道："给他脸不要脸！直棍子打不着，咱就用弯弯棍子打。他不是好抽大烟吗？你就常邀他去咱的大烟馆做客，不用现钱，赊账就行。等欠债压得他翻不过身来的时候，你再逼他就范。"

"还是曾掌柜高明，我马上去办。"刁长廷说。

第二天上午，刁长廷亲自驾车去核桃园那边采购蔬菜水果，在回来的路上，车子故意放慢了速度。在大街上，见到穿着邋遢的韩玉信正在一棵大柳树下吸着烟乘凉。刁长廷停住马车，对他说："这不是韩掌柜吗？咱又见面了，真是缘分啊。快来吃水果。"说着，从车上拿下一些黄瓜、西红柿等新鲜果蔬来到树下，两人边吃边聊了起来。

过了一会儿，见四下无人，刁长廷说："姜家巷的烟馆你去过没有？"

韩玉信一边吃着黄瓜，一边摇摇头说："去不得，那里的价格死贵，我们普通人承受不起的。"

"你去过？"刁长廷说。

"只去过两三回，以后没再敢去。"韩玉信说。

"我邀你去，价格优惠五折，还可以赊账。"刁长廷说。

"真的？"韩玉信瞪大眼睛，旋即又耷拉下头，"你该不会给我下什么套子？"

"你别有什么顾虑，咱们认识了就是缘分，我很想交你这样的朋友。我作为曾府堂堂一个管家，套你图啥？不过是为朋友提供一点方便而已。"

"你能说了算？"韩玉信问。

"打个折，赊个账什么的，我说了算。"刁管家说。

"让我想想。"韩玉信说话的时候，直打哈欠，两个眼皮子像打架似的。他抓起一个西红柿，大口地吃了，仍然掩饰不住内心的焦虑与狂躁。

刁长廷沉着地说："反正邀请你了，去不去是你的事。"

韩玉信忽然擦了一把鼻涕，急切地说："我听兄弟的，去，马上去。"

刁长廷立刻起身说："韩掌柜，有请。"

韩玉信被扶上了车子，马车飞也似的向崔家街赶去。

在成文堂刘金桂的书房里，刘金桂正焦虑地来回踱着步子。自从曾玉彪受圣言会委托搜集收购三里河遗址文物的消息传到刘金桂的耳朵里，他大为吃惊。他知道三里河遗址有许多十分珍贵的文物，散落于民间，若被曾玉彪抢购，最终落在西方人的手中，对国家和民族都会造成不少的损失。他思来想去，决定投资抢购这些珍宝。对此，杨志明却持有不同的观点，他说："文物保护是朝廷与官府的事情，我们民间百姓管这些事情怕是多此一举啊。再说，收购这些文物投资巨大，我们成文堂负担得起吗？"

"三里河遗址文物是老祖宗给我们留下的宝贝，是了解大汶口和龙山历史文化的见证，这些东西决不能落入西方人的手中，守护国宝，匹夫有责。我听说有一件薄胎黑陶高柄杯，十分珍贵，现在核桃园有个叫韩玉信的人那里，曾玉彪他们正在设法购买，我们一定想办法，抢在他们的前面购买过来。"刘金桂说。

杨志明见刘金桂态度比较坚决，就没再阻拦，说道："让我先去会一会韩玉信吧。"

刘金桂说："不要心疼钱，再贵也要买到手。拜托你了！"

杨志明说："我想办法看看。"

接下来，杨志明先后去找了他两遍，说明求购意愿，都被韩玉信婉言拒绝，他说老祖宗传下的东西，再贵也不卖。

一晃两三个月过去了，韩玉信三天两头泡在姜家巷大烟馆里，虽然过足了烟瘾，可赊的债务越来越多。有一天晚上，韩玉信心满意足地抽完了一泡大烟，正要开溜，当班的伙计拦住了他，说："韩掌柜，这是近期的赊账，您今天结算一下？"

韩玉信拿过账本一看，居然赊了好几百两银子的账，顿时傻了眼。他结结巴巴地说："我哪有钱结账？你，你们去找刁管家要去。"

当班的伙计不让走，说："这账又不是刁管家所欠，找他没用。欠债还钱，天经地义。今天你若不把账结了，休想走出大门半步！"说着，一挥手，两个身材魁梧的家丁迅速上前扭住了韩玉信的胳膊。

韩玉信奋力挣扎，正在这时，刁长廷刚好从外面回到了烟馆，见此情景，他大声呵斥道："住手！韩掌柜是我的朋友，你们怎能这样对待他？"说着，上前将两个家丁推开。

"谢谢刁管家！"韩玉信擦了一把脸上的汗水，弯腰致谢。

"韩掌柜的账先记在我头上，以后再说吧。"刁长廷扶着韩玉信的胳膊走向门外，说："我有车方便，送你回去吧。"

韩玉信正要推辞，刁长廷已经将他推到车里。

路上，刁长廷说："手下的人不认识你，刚才无礼了，你别在意。不过，这些人个个心狠手辣，你平时尽量不要招惹他们。"

"都是我不好，染上这个穷毛病，现在离死不远了。"韩玉信万念俱灰地说。

"好死不如赖活着。你还有那么多宝贝，赶紧卖了它，好好享用一下。"刁长廷回头看了他一眼，说："如果你把那些东西卖给我，你抽烟赊的账我出钱付。"

"你容我想想再说吧。"走投无路的韩玉信犹豫了一会儿说道。

"还想什么？三天之后我带着银子来取货，你准备好了。"刁长廷说，"要不烟馆的家丁再找你的茬，我可没法管了。"

韩玉信擦了一把模糊的眼睛，终于点头答应了。

很快，车子来到那棵大柳树下。刁长廷盯了他一眼，说："到家了，我不送你了。记着刚才的话。"

"我记着呢。"韩玉信有气无力地说道。

韩玉信下了车，跌跌撞撞地回了家，心情一直难以平静下来。他仿佛被刁长廷逼到了墙角，感觉已经身不由己了。心里想到：这些老物件留着也是祸害，不如卖了赚几个酒钱喝。这样想着，便一头倒在床上迷迷糊糊地睡了过去。

一直监视韩玉信行踪的线人，将此消息告诉了杨志明，杨志明又立即转告了刘金桂，刘金桂果断地说："必须抢在曾玉彪他们的前面，把薄胎黑陶高柄杯买到手。"说完，他把自己的计划与杨志明说了一遍。

杨志明说："行，我立刻照办。"

第二天下午，韩玉信从大烟馆出来，摇摇摆摆地走在姜家巷里。一辆马车戛然停在他的面前，一位年轻的车夫说："刁管家请你去喝茶，快上车吧。"

韩玉信犹豫片刻，还是上了马车。

不久，马车驶到郊外的一个关公庙。车夫将马拴好，领着韩玉信直接进了院子。院子里除了几棵古柏挺立在两边，别无他物，一片沉寂。他们走进庙里，只见高大的关公像下，坐着两个仪表堂堂的男人，但没有看到刁长廷的身影，心里不免紧张起来。这时，杨志明站起来迎接说："韩掌柜请这边坐。"

韩玉信拘谨地在一块木凳上坐好。杨志明说："今天是成文堂刘掌柜请您来的，多有打扰。"

"韩掌柜，欢迎您！"刘金桂和气地说，"韩掌柜的大名我也早有耳闻，没想到咱们在这个地方见面，抱歉了！"

韩玉信惊呼："您原来就是成文堂古玩店的刘掌柜？幸会，幸会！"

"您有什么事，请直说。"韩玉信试探着说道。

于是，杨志明把求购薄胎黑陶高柄杯的要求简单地说了一遍。

韩玉信摇摇头说："晚了，我已经答应卖给别人了。"

刘金桂说："之所以把您单独约出来，就是想告诉您一些实情，据我们掌握的情况，您的那些东西，是曾玉彪替德国人买的。"

"是德国人要的？"韩玉信感到大吃一惊。

"胶州三里河遗址文物，是老祖宗留下的瑰宝，是研究大汶口和龙山历史文化的物证。作为一个有良心的中国人怎能将老祖宗留下的东西拱手送给外国人呢？"

"开始我也不想卖，后来……唉。"韩玉信轻叹了一口气。

刘金桂接着说："不管什么原因，您不能轻易卖给曾玉彪。我买了以后，准备择机献给官府，由国家收藏。您能告诉我，那个高柄杯曾玉彪出价多少？"

"五千两银子。"韩玉信说。

刘金桂说："我出一万两白银，如何？"

韩玉信难以置信地睁大了眼睛，他在心里迅速盘算着：有了这笔钱，抽大烟的赊账可以还上，当铺可以赎回，卖掉的土地可以买回，他又可以成为风风光光的财主和绅士了。想到这，他痛快地喊道："成交！"

"咱一手交钱一手交货，今天就把这件事情办了。"刘金桂说。

韩玉信说："行。但我要提个要求，这桩买卖千万要保密，任何人都不能说。你们知道，曾玉彪是蛇蝎之人，一旦走漏风声，他会要我命的。"

刘金桂说："放心，我们绝对保密，不会让您因此受到一点伤害。"

"这样我就放心了。"韩玉信说，"晚饭后咱就在这个地方交易。"

刘金桂说："一言为定。您近来的出行由我派人护送。"

"还是刘掌柜想得周到！"韩玉信说。

当晚，双方交易十分顺利，韩玉信将一万两银票揣在怀里，双手将薄胎黑陶高柄杯送到刘金桂手中。刘金桂仔细鉴定后，立刻派张飞毛带一辆马车，神不知鬼不觉地将韩玉信送回了家。

回到成文堂，刘金桂拿着这件薄胎黑陶高柄杯，借着烛光反复端详，不禁慨叹："真是稀世之宝啊！"

至此，杨志明的心里也踏实多了。说道："刘掌柜，没什么事，我先回去了。"

刘金桂开心地说："杨管家，辛苦你了，你干了一件利国利民的大好事啊！"

"小事一桩，没什么的。"杨志明也轻松地笑了。

"此事严格保密！"刘金桂叮嘱说。

"我清楚。"杨志明说完，走出书房。

刁长廷那天将韩玉信送回家后，赶忙将韩玉信的承诺向曾玉彪做了汇报，曾玉彪听后也十分高兴，说："这个没落的老财主还摆什么架子，早晚还不得听咱的？不过，在东西没有拿到手之前，你不能掉以轻心，继续盯紧了他。"

刁长廷说："你放心，煮熟的鸭子，它飞不了。"

第三天的期限刚到，中午时分，曾玉彪与刁长廷便急不可耐地来到了核桃园韩玉信的住处。韩玉信端坐在房门前，身边摆了两个箱子，仿佛正恭候他们的到来。刁长廷急切地问："韩掌柜，东西准备好了？咱进屋谈？"

韩玉信看上去喝了不少的酒，但依然很镇静地说："屋内光线昏暗，咱们就在院子里谈吧。你们把银子带来了？"

刁长廷拍拍一个随身携带的袋子，说："带来了，先验货后交钱。"

韩玉信哆哆嗦嗦地打开一个精致的箱子，里面盛着几件石器、玉斧、锛、扁铲、镞等，还有几个鸟形、半月形的穿孔玉饰。

曾玉彪仔细察看后，大声问道："黑陶高柄杯呢？"

韩玉信像是想起什么，又打开另一个箱子，拿出一件陶器，醉意蒙眬地说道："你们看，这只宝物就是曾掌柜所要的薄胎黑陶高柄杯。"说着，他小心地放在一只盘子里。

曾玉彪与刁长廷伸长脖子，仔细地端详着面前的珍宝，一时惊讶得说不出话来。

此时，韩玉信颤颤巍巍地站起来，上前两步，双手托着盘子递给刁长廷，说："请刁管家收好！"

刁长廷伸手去接盘子，忽然，盘子倾斜，黑陶高脚杯一下滑落在青石板铺的地面上，"砰"的一声摔了个粉碎。

大家一下子惊呆了，韩玉信双腿一软坐在地上号啕大哭起来，并抓住刁管家的腿不松手，哭喊道："你为什么不接住？你赔我的宝贝！"

刁管家一脚将其踢倒在地，大骂道："你这个酒鬼，毛手毛脚的，成事不足，败事有余。自己摔碎的，竟敢诬赖于我？"

曾玉彪也一时傻了眼，气愤地骂道："蠢货！"

刁长廷捏着地上的碎片，十分恼火。他瞅了瞅另一只箱子的宝贝，断定也是稀世珍宝。于是，问道："这些玉器怎么卖的?"

韩玉信此时已经恢复了常态，他爬起来回答说："这些东西都是无价之宝，有人曾出一万两银子我都没卖。曾掌柜若看好了，我自然要便宜些。"

"少啰唆，这几件玉器我们都包了，赶快出个价！"曾玉彪说。

韩玉信说："一口价，九千两白银。"

刁长廷说："贵了。六千两?"

曾玉彪背着手，喝呼道："就五千两！"

韩玉信哀求说："太少了，您大家大业的，再给长两千两吧。再说我刚才的损失太大了，您应该给我补偿一点。"

曾玉彪以一种不容置疑的口气说："你自己摔碎的，还要我给你补偿?做梦去吧！别啰唆了，就五千两。刁管家把东西收了，把银子给他。"

韩玉信还要说什么，刁长廷说："别再磨叽了，曾掌柜给的是公道价。"

韩玉信没再作声，用绒布将各个物件仔细地包好，重新装在盒子里，交给他们。然后，无奈地接过银子。

临行，刁长廷说："韩掌柜一夜之间又发家了，可喜可贺！你银子也有了，请明天抓紧时间去姜家巷把欠账结了。"

韩玉信苦笑着点点头说："我知道怎么做了。"

刁长廷神秘地笑了笑，说："人生苦短，得空多去享乐享乐！"

韩玉信说："有什么好享乐的，不死在烟馆里就是万幸了。这里，我要告诉刁管家一个消息，我准备戒大烟了！"

刁长廷异样地看着韩玉信，然后，哈哈大笑地说："爷们有志气，但愿你能心想事成。告辞了！"

"恕不远送！"韩玉信步履蹒跚地送到门口，吃力地摆了摆手。

待他们出了街门，乘车走后，韩玉信终于长吁一口气，擦着额头上渗出的细腻的汗珠，喃喃说道："终于应付过去了。多亏了刘掌柜的点拨！"

刁长廷亲驾马车踏上了返回的路程，天空忽然转阴，一股潮湿的空气扑面而来。曾玉彪面色难堪，沉默了一会儿说道："太可惜了，多么珍贵的一件宝物，只可惜最终竹篮打水一场空，实在太遗憾了！"

"也活该韩老财主自毁财路，要不，那件宝物至少也值个万儿八千的银子。"刁长廷说。

曾玉彪仰天长叹，说："天公不作美啊!"

说这话时，天空忽然一道闪电袭来，接着，远方响起了隆隆的雷声。很快，大雨便"噼里啪啦"地下了起来。一会儿的工夫，大街小巷响起了潺潺的流水声。

雨水从车篷上渗了进来，打湿了曾玉彪的衣服，他焦急喊道："快去济生堂大药店!"

刁长廷甩了一个响鞭，马车便一阵飞奔，很快消失在风雨之中。

两天后，曾玉彪携带刚收购的数件宝物来到德国圣言会大教堂，去见斯丁铭神父，适逢安治太主教刚来胶州。他们一起来到一间密室里，对这些珍贵的宝物一件件进行鉴赏。安治太主教手拿放大镜，仔细地端量着每一件玉器，最后，面带笑容，啧啧称赞："真是稀世珍品啊!"

不过，停了一会儿，安治太皱着眉头问："怎么不见薄胎黑陶高柄杯呢?"

曾玉彪叹了一口气说："真是不巧，这次费了九牛二虎之力也没有寻到它。"

安治太严肃地说："后面继续寻找，一定要想方设法找到它。"

斯丁铭神父问："这些东西得花多少银两?"

曾玉彪说："这些东西若是按市场价算，三万两银子也不止。我通过各种关系，费了不少周折，共花了一万五千两银子。"

斯丁铭神父说："这么多?"转头看看安治太主教。

安治太主教手一挥："悉数给他!"

斯丁铭神父将东西小心翼翼地收好，放进一个保险箱里。然后，取出一张一万五千两的银票给他。

曾玉彪谦恭地接过银票，连声道谢。

斯丁铭神父又从一个箱子拿出两根黄澄澄的金条递了过来，说："鉴于你收购有功，安治太主教与我特地奖赏你两根金条。"

曾玉彪喜不自禁，收起金条，再次道谢。

安治太主教说："慢着，我还有件事情要请你帮忙。"

曾玉彪说："您有什么事请尽管吩咐。"

安治太压低声音说："目前，我需要一张胶州地形图和一张胶州塔埠头港的军事布防图，你能搞到吗?"

曾玉彪不解地问："不知安治太主教要那些东西做什么?"

斯丁铭神父说："不要问那么多为什么，你已经是教会虔诚的教徒了，有义务为教会做任何事情。但是，除了天主，任何人都不得知道你所做的一切事情。"

安治太主教说："坦率地讲，就是利用你的人脉帮教会做一点事情。当然，我们不会让你白辛苦的，会给你可观的报酬。"

曾玉彪一听做此事有好处，便爽快地说道："难得安治太主教信任我，我定当竭尽全力去做好。"

安治太主教高兴地拉着他的手说："愿上帝赐福给你，护佑你，从今时直到永远！"

"谢谢！"曾玉彪一副受宠若惊的样子。

从圣言会大教堂回到济生堂大药店，曾玉彪把安治太主教的要求跟刁长廷说了一遍，以便共同商量对策。刁长廷说："这不是明摆着让我们帮助他们搜集情报嘛，我们一旦暴露了身份，官府可要治我们罪的。"

曾玉彪说："你别顾虑那么多，自从宣宗道光二十年的鸦片战争打开了中国大门，外国人蜂拥而至，中国还有什么机密可保？胶州这巴掌大小的地方，更没有什么机密可言。再说了，做这事是有利可图的，他们给的报酬很丰厚，我们不做也会有人去做。"

"有些事不是有报酬就可以干的，这可能涉及军事机密，我担心……"刁长廷说。

刁长廷的话还没有说完，曾玉彪不耐烦地说道："别婆婆妈妈的了，你什么时候像小脚女人一样走路了？"

见曾玉彪主意已定，刁长廷没再敢多言。

曾玉彪说："胶州地形图与塔埠头港军事布防图，能够放在谁的手里呢？"

刁长廷说："访听一下看看吧，我看最好找官府里的人查证一下。"

"嗯，你抓紧去办吧。"曾玉彪从衣兜里掏出一包银子，说："这是上次收集古物的辛苦费，你拿去吧。"

刁长廷接过后说："太多了吧。"

"不多，咱俩有财一起发，有福一同享嘛。"曾玉彪说。

"谢谢曾掌柜，我知道怎么做了。"刁长廷愉快地收起银子，然后匆匆地走出店门。

不久，刁长廷打听到，本地有位姓赵的人曾在胶州府任州判，手里有一张胶州地形图，现已赋闲在家。但这老头脾气挺倔，怕不好对付。

曾玉彪冷笑一声说："我在胶州还没听说有摆不平的人。对付这些人，就是要软硬兼施，威逼利诱。告诉他，若不交出地图，就去州衙告他，看他还敢嘴硬。"

刁长廷说："我去试试吧。"

三天后，刁长廷将胶州地形图顺利地拿到手。曾玉彪看着这张已经发黄变色的胶州地图，仿佛看见一堆白花花的银子。他咽了一口唾沫，说："你做得很好，下步要想办法尽快把塔埠头军用地图搞到手。"

刁长廷说："那边的人我不太熟悉。"

曾玉彪说："你不必为难，驻军有个长官与我一同做过烟土生意，私交甚好。过几天你带些银子偷偷地送给他，请他想办法把军用地图搞到手。"

刁长廷说："这人可靠?"

"绝对可靠！只要咱使足了银子。"曾玉彪说，"你可以装扮成州署的官差拜见他。"

"我懂了。"刁长廷说。

事情果然如曾玉彪所料，这位长官接过厚重的礼金，立刻答应了他的要求，不到一周的时间，轻而易举地窃取了一张军用地图，秘密交给了刁长廷。

事情办妥后，这天傍晚，曾玉彪乘着马车，带着两张地图飞也似的赶到圣言会大教堂，秘密交给了斯丁铭神父。斯丁铭看了这两张地图，脸上立刻浮出欣喜之情，竖起大拇指夸赞道："曾先生，真是好样的，你又立下大功了！这点银子你先拿去用吧。"说着，从抽屉里取出一包银子递给了他。

曾玉彪接过沉甸甸的银子，深鞠了一躬，说："谢谢斯丁铭神父，您有什么要求请随时吩咐!"

斯丁铭神父高兴地拍拍他的肩膀，说："我们的合作才刚刚开始呢!"

"曾某愿为圣言会效劳!"曾玉彪说完，匆忙走出密室，悄悄地溜出圣言会教堂大门。

第三十三回　曾玉彪骑虎难下　索宝图不择手段

　　成文堂石印坊营业以来，鲁南教区陆陆续续送来大量的宣传印刷品及传教书籍的订单，为成文堂带来了丰厚的利润。眼见为实，刘金桂不再担心引进石印技术的风险，并对石印技术的领先水平深信不疑。他对寿山说："石印技术省去不少人工成本，而且印刷的质量得到保障，尤其是它的印刷时间比雕版印刷快多了，节省好几倍的时间。因此，石印坊这边以后除了专印国外教会书籍资料外，国内的一些教材和资料也可以搭配印刷些，总之，不能让它闲着，最好让它满负荷生产。"

　　刘寿山说："看来，石版印刷的技术的确先进，成文堂若不及时引进新设备、新技术迟早要落伍。幸好我们做了一个正确的抉择。我建议在此基础上，成文堂应该再进一步扩大石印规模。"

　　"扩大规模？你们对石印技术全部掌握了吗？原材料进口渠道都摸清楚了吗？"刘金桂问。

　　"目前还有两名德国师傅留在这里作顾问，与我们的工作关系还算融洽，除了核心技术没有告诉我们外，一些基本的技术知识已经普及。至于原材料进口供应渠道，我们正在加紧联络，不过尚需时日。"刘寿山如实说道。

　　"核心技术不掌握，有朝一日德国人卡我们的脖子怎么办？"刘金桂问。

　　刘寿山说："您说得对。我正要跟您商量一下，可否派几个年轻徒工去上海石印馆学习一下石印技术？这样可为以后的发展打好基础。"

　　刘金桂说："你倒是蛮有打算的，先挑选两个文化程度高一点的徒工去吧。"

　　"我马上安排，让他们近两天就走。"刘寿山说。

　　刘金桂说："说起扩大石印规模，也未尝不可。只是，你觉得作坊选在哪里合适？"

　　刘寿山说："我前段初步考察过，成文堂斜对面的邵家大院就比较合适，整个布局是前门店后仓库。将来把仓库改建成作坊即可。这户人家原来是做绸缎生意的，现在举家迁到杭州老家了，正欲对外出售，我们可否去探讨买下它？"

刘金桂微笑着说："原来你早就有谋划啊。购房的事就交给你去联络吧。"

"好的，我马上去找房东洽谈。"刘寿山说。

刘金桂说："这种事情不能够太焦急，你越急往往越谈不拢，人家会把价格抬得很高，所以，把握好火候最要紧。"

刘寿山开窍似的点了点头。

不久，成文堂顺利地将邵家大院买下，并请专业人员规划设计一番，进行了简单的改造与装修。之后，便将成文堂石印坊整体搬迁了过去。同时，又新进了一批设备，新招了十多个工人，石印坊的规模比原来扩大了近一倍。

成文堂石印坊扩大生产规模后，效率大增，很快赚得盆满钵满。此消息传到曾玉彪的耳朵里，他如鲠在喉，心生不平。为此，他时常朝药店伙计们发一些无名火，伙计们被弄得一头雾水，也不敢问个究竟。刁长廷知道主子的心思，他说："您不用生气上火，我估摸，成文堂石印坊是兔子尾巴——长不了的。"

"此话怎讲?"曾玉彪斜睨着眼睛问。

刁长廷说："你别看成文堂眼前挺风光，可印刷技术掌握在德国人的手里，哪一天德国人不高兴了，随时可以卡住他们的脖子，到时，成文堂哭鼻子都来不及。"

曾玉彪点点头说："有道理。你安排人继续给我盯好了，有什么情况随时告诉我。"

刁长廷说："我明白。"

他们正交谈着，在圣言会当差的看门人庞老三匆忙闯了进来，说："曾先生，安治太主教回来了，请你过去一趟。"

曾玉彪一听安治太主教找他，心里格外高兴，这说明自己已经在安治太的心目中占据了一定位置。他赶忙换了一身干净衣袍，便急三火四地赶了过去。

在教堂的会客室里，安治太热情地起身迎接，安排他坐在自己的身边，对于他前段的行为大大夸赞了一番，说："事实证明，曾先生是一位有胆有识、有大智慧的人，您所做的贡献，圣言会不会忘记，德意志帝国也不会忘记。让我再次对您表示衷心感谢!"

"您见外了，我是圣言会忠实的教徒，咱是一家人，一家人不说两家话。"

曾玉彪激动地说。

"好。今天请你来，还有一件重要的任务交给你。"安治太郑重地说。

"有什么任务您尽管交代。"曾玉彪谦恭地说道。

安治太说："你与胶州成文堂的刘金桂熟悉吗?"

曾玉彪一愣，说："打过多年的交道。"

"熟悉就好办。现在有两件东西都与他有关，需要你去想办法取回。"安治太用勺子轻轻地搅动杯中的咖啡，说："据我国驻北京公使馆透露，清廷有一套1718年木刻版的《康熙皇舆全览图》，标注清晰，异常珍贵，可能流落在胶州民间。而目前的藏主很有可能就是刘金桂。德意志帝国非常希望得到这张大清地图。"

曾玉彪听到这里，忽然想起几年前刁长廷曾经说过的一件事，像是刘金桂亲自接待过一位宫廷老人，并收下什么地图。他下意识地点了点头说："待我查实一下再说。"

"另外，据可靠情报显示，三里河遗址最重要文物薄胎黑陶高柄杯并没有打碎，现在刘金桂的手里。"安治太主教轻蔑地看了曾玉彪一眼："你上次说的情况，与我们掌握的情报完全不符。"

曾玉彪涨红着脸说："不可能吧? 我亲眼所见，那件高柄杯在他的院子里摔得粉碎。"

"你被骗了，被摔碎的应该是赝品，而真品已经被刘金桂高价买走了。"安治太主教抿了一口咖啡，说："这件古物十分珍贵，对于我们德意志帝国研究中华历史及龙山文化非常重要。你要向上帝发誓，一定要设法搞到手。记住，要不惜一切代价和手段! 事成之后，我再重重奖赏你!"

曾玉彪听了顿感任务艰巨，热血沸腾。他忽地站起来说："我向上帝发誓，愿意竭尽全力完成这项任务，不辜负安治太主教对我的期望!"

安治太主教高兴地拍了拍手，斯丁铭神父立刻过来递上一张银票。安治太主教说："这是一张两千两的银票，你先拿去作为活动经费，不足的后面再给你补上。"

曾玉彪双手接过银票，说："谢谢安治太主教和斯丁铭神父的支持! 不过，我还有个请求。"

安治太主教说："请讲!"

曾玉彪说："我听说胶州州署依旧视我为眼中钉肉中刺，抓住我贩大烟的事情不肯罢休，至今还派人暗中监视我。我恳请圣言会能切实做好我及家庭成员的保护工作。"

安治太主教站起来，踱了几步，然后说道："我会通知德国公使继续向杨知州施压，确保你的人身和财产安全。你是圣言会的忠实信徒和朋友，是受圣言会保护的，我决不允许任何地方官员伤害于你！"

"太感谢您了！"曾玉彪得到他们的承诺后，仿佛心里的一块石头落了地。从大教堂出来后，他乘马车在古城的大街上慢慢地行驶着，一边观赏古城的繁华街景，一边思索着下步的行动计划。他忽然觉得，自己与刘金桂争来斗去几十年，图的是什么？况且，刘金桂不是一个可以随便拿捏的人，整不好会引火烧身。另外，听说自己的小女儿曾亮亮正与刘金桂的小儿子刘寿祥谈恋爱。这个时候去招惹他做什么？他有些后悔接手安治太主教交给的这个任务。可是，既然上了贼船，就身不由己了。因此，他感觉现在手里像捧了个棘手的刺猬，扔也不是，留也不是，心中不免烦躁起来。当马车行驶到成文堂古玩店门前时，他忽然记起了这里的二掌柜石铁蛋。凭自己对他的了解，此人应该是一个极有利用价值的人。因此，他忽然心生一计，决定从石铁蛋身上寻找突破口。

当天傍晚，刁长廷偷偷摸摸地来到成文堂古玩店，见石铁蛋身边没人，就把头上的风帽摘了下来，说："你好，石掌柜可还记得我？"

石铁蛋和气地说："大名鼎鼎的刁管家，谁人不知，谁人不识？不知刁管家来小店有何贵干？"

"我是受曾玉彪掌柜所托，今晚请你去喝酒。"刁长廷小声说道。

"找我喝酒？我与曾掌柜几十年没有瓜葛了，喝什么酒啊？我不去，今晚有事。"石铁蛋婉拒说。

刁长廷依旧耐心地解释说："曾掌柜请你吃饭，也没什么大事，一来想叙叙旧情；二来生意方面有点事情想一块探讨一下。希望你能赏脸。"

石铁蛋不知道曾玉彪葫芦里卖的是啥药，稍加犹豫，说："既然谈生意，我不去有失礼貌，那就去吧。"

刁长廷说："六点一刻，我们在云溪大酒楼等你。"

石铁蛋说："好的，不见不散。"

刁长廷走后，石铁蛋按照习惯，迅速将当天的账目梳理了一遍，存放好。又将贵重的物品整理归箱，存到后院的仓库。待一切整理妥当后，他便关了店门。

六点多钟，他准时来到云溪大酒楼二楼，刁长廷热情地迎接他，引导他进了一间雅室。曾玉彪立刻招呼说："欢迎石掌柜光临，请快快入座。"

"不客气，曾掌柜好！"石铁蛋看到曾玉彪一副巴结他的样子，心里忽然有一种不知所措的感觉。

"你有点发福了，日子过得挺舒坦嘛。想当年你游荡街头，做什么乞丐帮的头目，但我从来没有歧视过你，一直把你当成小兄弟对待。"曾玉彪说。

石铁蛋淡淡一笑，说："陈年旧事，不值一提。不过，对当年曾掌柜的接济之恩，始终不敢忘怀。借此机会，我敬曾掌柜一杯！"

曾玉彪端起杯，说："我知道石掌柜聪明伶俐，又是个重情重义之人，所以，无论时间过去有多么久远，我的心里始终挂牵着你这位小弟。"说完，将酒一口干掉。

"谢谢曾掌柜的知遇之恩。曾掌柜今天请我来，不知有何贵干？"石铁蛋说。

"没什么大事，就是喝点小酒叙叙旧。"曾玉彪一副大大咧咧的样子。

这时，刁长廷插话说："当年曾掌柜也曾有意留你在济生堂大药店做事，可阴差阳错，被刘金桂挖走了，实属遗憾。听说你在成文堂古玩店做得很顺手，都快成古董专家了。因此，有些事情还得向你请教。"

刁管家这么一说，石铁蛋立刻有点飘飘然了，说："专家称不上，但在胶州古董行当还算得上是个行家里手。有什么疑难问题，请尽管讲出来。"

刁长廷说："听说三里河出土了一件什么黑陶高柄杯，十分的珍贵，是不是以讹传讹啊。"

石铁蛋脱口而出："确有其事，这件薄胎黑陶高柄杯，价值连城，听说德国人都对它十分感兴趣。"

"现在这件宝物在哪？"刁长廷漫不经心地问。

"这个，我哪知道？"石铁蛋支支吾吾地说："我也只是耳闻，从没见过它。"

曾玉彪咳了一声。刁长廷立刻拿出一包银子堆放在石铁蛋的面前，说："听说兄弟的家境不算宽裕，这点银子是曾掌柜给你补贴家用的。"

石铁蛋眼睛一亮，贪婪地瞅着银子，但嘴里却说："不行，我是无功不受禄啊。你们想让我做什么？"

"只想让你说出高柄杯的下落。"曾玉彪说。

"你问这个做什么？"石铁蛋警惕地问。

"没什么，天下的财宝有的是，各归其主。我只是顺便问问。"曾玉彪说。

石铁蛋擦一把头上的汗，自己斟了一杯酒，仰面一口喝下，说："它就在刘金桂的手里。"

曾玉彪与刁长廷交换了个眼色。刁长廷说："没想到刘金桂手里还有这样的宝贝。听说，他手里还有张大清地图？"

"是的，是一套木刻版《康熙皇舆全览图》，当年一个在朝廷做事的公公寄存在这里的。"石铁蛋不假思索地说道。

曾玉彪又给醉意朦胧的石铁蛋斟满了酒，说："别光顾着说话，来，兄弟俩再干一个。"

"喝就喝！谁怕谁？"石铁蛋又喝了一杯。

见石铁蛋喝得差不多了，曾玉彪对刁长廷说："刁管家，你把石掌柜送回家吧，路上要小心些。"

石铁蛋在刁长廷的搀扶下，摇摇晃晃地走出了酒楼。

待曾玉彪回到济生堂大药店后不久，刁长廷回来了，说："我把他直接送回家了，他的媳妇出来把他扶了进去。"

"看样子真喝大了。"曾玉彪说。

"是喝大了，但银袋子抓得可够紧的。"刁长廷嘲讽地说道。

"我知道这是个贪钱的家伙，只要你给他足够的好处，他什么都能干。以后，我们就是好好利用他。至于下一步如何去做，你有什么高招没有？"曾玉彪问。

"我建议，分步去做吧，首先，派人去收购。当然，这得花巨额银两。其次，去偷。若前两步行不通，再走第三步，这一步是险招，以后再说吧。"刁长廷说。

曾玉彪没有多问，略加思考后，说："先走第一步吧，花钱能办妥比什么都强。办这事我们不便直接出面，请我们上海的供应商黄光明掌柜操作吧。具体怎么做好，你与他商量着办吧。"曾玉彪说。

刁长廷站起来说："我明白了。"

不久后的一天上午，有两位衣着光鲜的客商来到成文堂古玩店，自称是上海古董商人，一位姓高，一位姓邹，并拿出随身带的一个瓷瓶，欲请成文堂的专家帮助鉴定。刘金桂在会客室里接见了他们，见他们两个身材臃肿、谈吐儒雅，知道他们不是普通身份。刘金桂说："你们是上海人，应该见多识广，怎么跑到我们这个名不见经传的小店来鉴宝？岂不让人贻笑大方？"

高掌柜摆摆手说："此言差矣，俗话说：高手在民间。我们是慕名前来拜访刘掌柜的。此瓶有人说是宋朝汝窑所制，也有人说是明朝官窑所制，我们一时也弄不准，正好路过胶州，特地前来讨教。"

"我也是半路出家，既然客人不嫌弃，我就献丑了。"刘金桂拿起瓷瓶仔细观察一番，然后，断然说道："此瓷瓶应该是明朝前期景德镇官窑所制。"

高掌柜说："何以见得？"

刘金桂说："其一，此瓷器露胎处有火石红痕迹；其二，造型厚重，釉质肥厚、滋润，且为晕散；其三，明代以前景德镇瓷器多不书款，永乐以后，才开始在官窑瓷器上书写本朝年号款。民窑瓷器上始有图记款。因此，我断定此瓷必为明朝前期所制的物件。"

高掌柜与邹掌柜相互会意地看了一眼，暗暗称是。高掌柜说道："刘掌柜慧眼识珠，一语中的。高某实在佩服！"

邹掌柜开口说道："刘掌柜，您觉得这件东西是否值钱？"

"好东西，值钱，价值连城。"刘金桂夸赞道。

邹掌柜饮了一口茶，缓缓地说道："刘掌柜，您既然对此古董有兴趣，我们做一笔买卖如何？"

"什么买卖？"刘金桂平静地问他。

"我用两件宋朝官窑制品，再加两件明朝官窑制品换您的薄胎黑陶高柄杯和《康熙皇舆全览图》，如何？"

刘金桂心头一惊：原来这两个贼人是奔着我那两件宝贝来的。他面无表情地说道："刚才邹掌柜说的话，我怎么听不明白？什么杯啊图啊的，我这里哪会有这些东西？从来没听说过，你们肯定搞错了。"

高掌柜狞笑了两声说道："刘掌柜，您就别装了，我们知道您有这两件东西，交换一下您并不赔本。另外，如果您不想交换，给您银两也可以的。一口价，三万两银子怎么样？这可让您赚大发了！"

坐在一旁的石铁蛋吃惊地张着嘴巴，心里想：刘金桂这次又发大财了。他把热切的目光投向了刘金桂。

刘金桂好像无动于衷，说："你们在说些什么呀？我没有这些东西，怎么卖给你们？你们还是另寻高明，多说无益。"

高掌柜说："我们真诚地想做好这笔交易，请刘掌柜三思。这里，我想提醒您的是，那张大清地图放在您这里风险很大，万一有人举报到官府，说您私藏来路不明的大清国宝，不光您要被砍头，还会连累全家人的。刘掌柜是个明白人，利弊自会权衡。"

刘金桂有些恼怒，一拍桌子说："我刘金桂自小出来闯荡江湖，不是吓着长大的。谁敢在我身上打主意，那是瞎了狗眼！铁蛋，送客！"

两位客商见此情形，尴尬地站起身来，灰溜溜地走出了店门。

客商走后，刘金桂问石铁蛋："这两位客人你见过面？"

"没有，我也是第一次见面。"石铁蛋说。

"他们怎么知道成文堂的底细，是谁透露给他们的信息？"刘金桂说。

"这个我哪知道？反正我没有走漏任何风声。"石铁蛋紧张地说。

"俗话说：不怕贼偷就怕贼惦记。从今以后，我们务必当心防范。"刘金桂严肃地叮嘱道。但此刻，并没有引起他对石铁蛋的怀疑。

"从今晚开始，我增设当值人员，加强巡逻和安保。"石铁蛋毕恭毕敬地说道。

"近期搞一次清仓核库吧，对现有的古董重新登记清点一次。"刘金桂嘱咐说。

"好的。"石铁蛋说。

两位神秘客商从成文堂古玩店走后，径直来到济生堂大药店，高掌柜简要地向曾玉彪和刁长廷把事情的经过诉说了一遍，说："没想到事情办成这个样子，我们实在是无能为力了。对不起！"

邹掌柜说："此次没有帮上大忙，实在愧对曾掌柜。"

刁长廷说："不怪你们，要怪就怪刘金桂这个老狐狸太难缠了。"

曾玉彪叹了一口气说："你们不用自责，事情应该在预料之中。你们不知道，他这个人就是茅坑里的石头——又臭又硬，太难对付，我跟他打了大半辈子交道，心里还能没个底？"

高掌柜说："以后需要我们做什么，再及时告诉我们。作为多年老客户、老朋友，我们愿意为老兄尽绵薄之力。"

"太感谢你们了，给你们添麻烦了。以后有事自然还会有劳诸位。"曾玉彪站起来说，"今天中午让刁管家陪你们吃顿饭，我有点事，就不作陪了。"

两位客商说他们正有事，急着回去办理。曾玉彪不再勉强，拿了几包烟土让他们带上，两位客商也未推辞。

客商走后，刁长廷问："咱们下步怎么办，按计划进行？"

曾玉彪说："你今晚把石铁蛋请过来，我们摸清底子再行动。"

"好的。"刁长廷说："两名高手我已经找到了，正在待命。"

曾玉彪点点头说："先去伙房吃午饭吧。"

晚上八点多钟，刁长廷陪同石铁蛋按时来到济生堂大药店面见曾玉彪。曾玉彪询问石铁蛋地图和杯子所藏的具体位置，起初，石铁蛋还战战兢兢、犹豫不决。他说："这事以后你们能否别再找我了？否则，我会把饭碗丢了。"

曾玉彪说："兄弟，你已经沾上了这件事，再怎么推辞也脱不了干系了。没有退路，只能往前走了。如果真发生什么不测，我曾玉彪会保护你的，大不了到我济生堂当差，我是不会亏待你的。"

曾玉彪的一席话，让石铁蛋心里像吃了颗定心丸，心里想，有曾玉彪做靠山，自己冒这个风险值了。他说："这两件东西因为比较珍贵，放在仓库西北角一个铁箱子里，箱子外面用一个普通物件遮挡着。"

曾玉彪满意地说："这才像是自家人。刁管家，把银子给他。"

刁管家从柜子里取出一包银子，说："这是二百两银子，你先拿去用吧。"

石铁蛋双手哆嗦着接过银子，说："谢谢曾掌柜！那我走了。"

"慢着。"曾玉彪说，示意刁长廷出门侦察一番。

刁长廷出去转了一圈，说："外面没有发现可疑之人。"

曾玉彪便对石铁蛋说："你乘刁管家的马车走吧，路上小心一点，别被人发现。"

石铁蛋这才慌慌张张地走出药店大门，爬上了刁管家的马车离去。

礼拜天的晚饭后，刘金桂感觉放心不下，来到成文堂古玩店问石铁蛋："今晚谁当值？"

"我与店伙计小曹。"石铁蛋说。

"护院的家丁来了没有？"刘金桂问。

石铁蛋说："来了，今晚张飞毛在这里吃的晚饭。"

刘金桂说："大家平时都警醒点，切不可麻痹大意。今晚我也在这。"

"嗯，您有什么事请随时吩咐我们。"石铁蛋说。

见过石铁蛋后，天色渐渐暗了下来。刘金桂手提那根伴了自己几十年的枣木打狗棍，来到了古玩店的后院散步。院子中间是一个圆形的花坛，长满了牡丹、芍药、月季等各种鲜花和奇草，微风吹来，院子里到处弥漫着一股淡淡的清香。这时，一轮弯月挂在空中，时隐时现，天空灰蒙蒙的一片，偶尔可见几个星星眨着疲乏的眼睛，偷偷地窥视大地。刘金桂用铜烟锅挖了一袋烟点上，"滋滋拉拉"地吸了两口，想起前几天两个不速之客的所作所为，心中忽然产生一种莫名的担忧。他觉得这件事情并非偶然，背后可能隐藏着什么阴谋，而且，事情也不可能到此为止。那么，到底谁是主使呢？难道又是曾玉彪？前段时间他为德国教会收购三里河文物，就说明他与德国教会必定有勾连。因此，他判断，这次外地客商前来收购地图与高柄杯子的事情，一定与曾玉彪、与教会有着千丝万缕的联系。但他不明白，德国人千方百计地要中国的这两件东西是为了什么。他想等有时间了，再去找法四爷下棋，随便讨教一下，以便消除心中的疑惑。

这时，有一个黑影从仓库那边闪了过来，原来是夜巡的张飞毛提着长矛走过来。他轻声地问："刘掌柜，您也过来了？"

刘金桂说："是飞毛啊，刚才有没有发现可疑的情况？"

"没有，一切正常。"张飞毛说。

刘金桂说："飞毛，我近来左眼怎么总是跳呢？"

"可能您是太疲劳了。"张飞毛说。

"嗯，也许是这样。"刘金桂说，"你家属的病情好些了？"

"好些了，感谢刘掌柜给找来的郎中，她吃了三服药就能下床走动了。"张飞毛说。

刘金桂说："再吃几服药巩固一下，直到彻底治愈。"

"谢谢您的牵挂。"张飞毛说，"对了，有件事我得跟您说一声。我听店里的伙计说，今天白天，有两个乡下打扮的年轻人，围着成文堂古玩店转悠了好半天，什么也没做，最后又鬼鬼祟祟地溜走了。"

张飞毛的话引起了刘金桂的警觉，他眺望远方，语气沉重地说："可能有人在打咱的主意。你们晚上值班，一定要提高警惕，千万不可麻痹大意。"

"有我在，您放心好了。"张飞毛提着长矛走了。

半夜时分，起风了，天骤然有些凉意。刘金桂便提着打狗棍回到了宿舍。他脱去外衣，倚在床上。因为他白天有些劳累，一会儿工夫便进入了梦乡。

忽然，有两个黑影从高墙外翻了进来。值班的石铁蛋与小曹发现情况异常，提着棒子冲进后院，与两个盗贼相遇，四个人对打起来，石铁蛋与小曹哪是盗贼的对手，只几个回合，他俩便被打晕在地。一个高个子盗贼从石铁蛋的身上取出钥匙，直奔仓库大门，正当他们把门锁打开的时候，张飞毛出现在他们的背后，只听他大喊道："盗贼住手！"

两个盗贼一愣，手握匕首转身向张飞毛扑来。张飞毛躲过他们的反扑，挥舞长矛与他们在院中激烈地打斗起来。两个盗贼身子敏捷，忽前忽后，忽左忽右，硬是让张飞毛摸不上头绪。几招下来，张飞毛并未占几分上风。他心里明白：这两个毛贼肯定是经过特殊训练，不可小觑。单凭一己之力，恐怕难以对付这两个毛贼。于是，他把左手放在嘴里，打出一串响亮的哨音。

尖利的哨声划破了寂静的夜空，刘金桂一下子从梦中惊醒。他知道，这是张飞毛呼叫同伴的哨音。他一骨碌爬起床，提着打狗棍冲了出去。借着朦胧的月色，刘金桂直扑高个盗贼，一个戳棍，差点击中对方的腿部。接着，他棍梢贴地，猛力抢摆，直打得盗贼连续后翻三个跟头。刘金桂持棍站定，大声呵斥道："大胆盗贼，是谁派你们来的？竟敢欺负到你刘金桂爷爷的头上！"

两个盗贼一听说眼前的好汉是刘金桂，立刻停止进攻，两个人同时朝向刘金桂鞠了一躬，然后腾空一跃，跳上高墙，接着跳下墙头，消失在茫茫的夜色之中。

张飞毛问："追不追？"

刘金桂摇摇头说："别追了。这两个飞贼训练有素，身手不凡啊！石铁蛋他们没事吧？"

这时，刚刚苏醒的石铁蛋与小曹艰难地从地上爬起来，踉踉跄跄地走了过来。

刘金桂忙上前关心地问道："受伤了没有？"

石铁蛋擦着嘴角上的血迹，说："妈的，这两个盗贼出手真够狠的，把我们打晕了。还好，只受了点皮外伤，无大碍！"

刘金桂说："飞毛，赶快进屋给他们包扎一下。"

张飞毛嘟囔着说："你们两个真是饭桶一个！"

石铁蛋忽然焦急地吆喝说："我的钥匙呢？咋不见了？"

张飞毛赶紧跑去仓库门前，将库门锁好，取过钥匙还给了石铁蛋。

刘金桂此时睡意全无，他坐在花坛的边沿上，点了一袋烟，大口大口地吸了起来。

第三十四回　刘金桂鱼目混珍　施妙计成功救子

对于近来索宝行动的连连失利，曾玉彪十分恼火，可是他考虑到女儿与刘金桂小儿子的特殊关系，又不想把事情搞得太过火了。因此，一连几天，他在苦苦琢磨着下一步的行动计划。这天一大早，曾玉彪来到斯丁铭神父的会客室，向他介绍了近来购取宝物的进展情况，他说："尽管近来我们采取了一些行动，但是都不太顺利，至今迟迟没有得手。今天来主要是想请教一下斯丁铭神父的意见，看下一步该怎么办好？"

斯丁铭神父毫不客气地说道："我看你们在这件事情上谋划还不够周密。"

曾玉彪为难地说："刘金桂是个软硬不吃的家伙，我真拿他没法子了。所以，想请您直接出面想想办法。"

"我想办法倒是有，但需要你们的配合。"斯丁铭神父神秘地说，"你先回去吧。"

"我随时听从您的调遣。"曾玉彪说完后起身告辞。

斯丁铭神父送走了曾玉彪，慢慢地喝着咖啡，忽然心生一计。他自言自语地说道："看来，这台大戏该我登场了。"

第二天一大早，斯丁铭神父乘马车来到成文堂古玩店，说是要来拜访刘金桂。石铁蛋不敢急慢，忙唤人去把刘金桂请了过来。刘金桂与他一见面，热情地招呼道："好久不见，欢迎斯丁铭神父光临！里面请！"

在会客厅里，斯丁铭神父说："我听说成文堂的生意十分红火，获利丰厚，可喜可贺啊！"

"承蒙你的支持和恩惠，石印坊才有今天的好光景。我想询问一下，我们成文堂的印刷质量能否达到你们的标准要求？"刘金桂说。

斯丁铭神父客气地说道："成文堂的印制质量，跟德国企业的并无二致，效率也很高，价格又相对较低，我们非常满意。安治太主教还让我转达他对您的问候与感谢。"

"您客气了，如今我们是互利双赢。"刘金桂谦和地说，"今日斯丁铭神父光顾小店，不知有何贵干？"

"用中国人的话说，我是无事不登三宝殿的。今天我来是要跟刘掌柜谈一桩生意。"斯丁铭神父说。

刘金桂心里已经猜到了大概，说："有什么事请您直说好了。"

斯丁铭神父扫了一眼门外，见没有外人，然后压低声音说道："听说刘掌柜有一幅《康熙皇舆全览图》和一只胶州三里河遗址出土的黑陶高柄杯，我作为一个古玩爱好者，很感兴趣，你可否忍痛割爱，将它们卖给我？"

刘金桂淡定地说道："我听不懂斯丁铭神父什么意思，我一个平常百姓，哪里会有这些古物？"

斯丁铭神父说："我是个坦诚之人，您不要隐瞒了，胶州城的人谁不知道你是大收藏家？"

"那肯定是以讹传讹、子虚乌有的事情。"刘金桂说。

斯丁铭神父耐心地说道："刘掌柜就不必谦虚了。您出个价，咱们商量一下。"

刘金桂斩钉截铁地说道："对不起，斯丁铭神父，我真没有这些东西，也就没有什么商量的余地。"

斯丁铭神父脸色大变："真的没有商量的余地？您要知道，这些东西放在您这里未必是件好事，说不定哪一天它会给你带来灾祸的。"

"如果真有什么灾祸降临，我刘金桂愿意承受一切。"刘金桂丝毫没有畏惧。

斯丁铭神父努力克制着自己的情绪，说："刘掌柜，我们是多年的朋友，而且有生意上的协作关系，请您三思而行。您再考虑一下，我给您三天的时间。"

刘金桂冷笑道："我刘金桂做事一向光明磊落，而且，从没有因为别人的胁迫而动摇过。"

斯丁铭神父起身冰冷地说道："大清官府都对德国圣言会礼让三分，您好自为之吧。"说完，一甩手走了。

斯丁铭神父离开后，刘金桂悄然来到了成文堂石印坊，看着工人紧张忙碌的身影及一捆捆、一摞摞的印刷书籍，心中不免有些欣慰，同时，也有一种深深的担忧。这时，刘寿山见父亲来了，赶忙迎上前来，说："爹，您来有什么事吗？"

刘金桂说："没啥事，我随便看看。近期圣言会的订单干完了没有？"

刘寿山说："圣言会的那些宣传资料印刷得差不多了。又刚接到珠山书院的一批教材订单。"

刘金桂点点头说："一定要保质保量，按期完成，讲究信用。"

"我知道。"刘寿山见父亲的神情一直比较冷峻，便小心地问："爹，没什么事吧？"

"没事，啰唆！"刘金桂没好气地说道，大步走出石印坊，忽然转身说道："这里若发生什么事情，要及时告诉我。"

刘寿山丈二和尚摸不着头脑，一直目送父亲走出了视线。不过，心里不免嘀咕道：父亲到底是遇到什么难题了？

刘金桂从石印坊回家后，心里一直比较郁闷，一想起斯丁铭神父高傲的表情和通牒式的语气，气便不打一处来。他想不通：你外国人凭什么在中国这样霸道和骄横？想得到什么东西便可以不择手段？这两件东西都是国家的瑰宝，如果轻易地送给外国人，自己岂不成了千古罪人？他决定，先将此事搁置不管。

三天的时间，很快就过去了。第四天上午，刘寿山急匆匆地来到刘金桂的书房，说："爹，出事了。今天早上，德国的技术师傅休假走了，临走时告诉我说，成文堂有两件古董，如果不及时卖给圣言会，他们将无限期休假。而且，所需的纸张与用墨，马上断供。"

刘金桂说："他们这是在要挟咱成文堂啊！"

"他们说的是什么古董啊，重要吗？要是价格合理就卖给他们算了。"刘寿山说。

刘金桂说："当然重要。所以他们才不择手段啊！"

"若不将那物件尽快卖给他们，石印坊以后可怎么办？"刘寿山焦急地问。

刘金桂说："你派去上海的两个伙计，技术学得怎么样了？"

"怕还不够熟练。"刘寿山说。

刘金桂又问："外国供货商找到了没有？"

"接触过，但没有谈妥。"刘寿山说。

刘金桂紧锁眉头，说："当初我早就预料过，技术和原材料供应都拿捏在人家的手里，可以随时卡我们脖子。这种局面必须尽快想办法解决。目前印书订单还有多少?"

"教会的订单基本完成了。目前还有不少的国内订单,若停产了,这些订单不能按期交货,也会误事的,有的可能面临索赔,成文堂将遭到重大损失。"刘寿山忧心忡忡地说。

刘金桂思索了一会,说:"这样吧,暂时将石印坊停下,改去雕版印刷。我让寿楠抽调几个师傅过来,再添上相关设备,抓紧刻印吧。"

"伙计们能适应吗?"刘寿山担心地说。

"待时机成熟后,我们再恢复石版印刷。当前是不得已而为之。大家即使一时不适应,也得学着慢慢适应。"刘金桂说。

刘寿山说:"我马上安排好。今晚,我妈要咱们都回家吃饺子。"

刘金桂点点头说:"把孩子们都一起带过来吧。"

晚上,刘金桂一大家子围着一张大圆桌,其乐融融地聚在一起吃水饺。只是迟迟不见刘寿祥回来。刘金桂终于开口问道:"寿祥咋没回来呢?"

石清梅说:"他近期经常不回来吃,别等他了。"

"他干什么去了?"刘金桂随意问道。

大家一阵沉默,寿楠见没有人回答,便主动说:"他最近正与曾亮亮谈恋爱呢,光顾谈情说爱,连饭也顾不得吃了。"

"曾亮亮是谁家的孩子?"刘金桂问。

"是曾玉彪的小女儿。"刘寿楠回答。

听到这里,刘金桂顿时变了脸色,下意识地放下筷子。他问石清梅:"是真的吗?"

石清梅说:"先吃饭再说吧。"

刘金桂虽然没再追问下去,但饭桌上的气氛一下子紧张起来。刘寿楠的媳妇瞟了寿楠一眼,悄声说道:"就你多嘴。"

刘金桂一看大家紧张的表情,立刻故意放松下来,换了一张笑脸,说:"来,大家赶快吃吧,甭等他。这水饺是你妈调的馅,很可口的!"

大家也纷纷夸赞今天的水饺好吃,石清梅脸上露出满足的笑容。

等大家都吃饱饭,离开餐厅后,刘寿祥姗姗来迟。一进门,说:"爹,妈,我回来晚了。"

石清梅说:"锅里给你留着水饺,自己去端吧。"

此时,刘金桂坐在椅子上,抬头扫了他一眼,发现他的个子长高了,肩膀宽了不少。心里不禁感叹道：真快，转眼老四也长大成人了，也到了找媳妇的年龄了。可在刘金桂的眼里，老四并不成熟，尤其是在西方教会的学堂念了几年的书，思想似乎太开放了点，言行有一些浮躁。

刘寿祥自己端来水饺，放在桌子上，狼吞虎咽地吃着，一会儿的工夫，一大盘子水饺被席卷一空。这时，他看了父母一眼，忽然一本正经地说："正好今天爹妈都在这，我想跟二老商量个事情。"

石清梅一边收拾碗碟，一边说道："有什么事直说吧。"

刘寿祥说："我刚谈了个对象，姑娘叫曾亮亮，是曾玉彪的小女儿。"

石清梅问："你们认识多久了？"

"我们在圣言会的育英学校读书时认识的，她很漂亮，性格开朗，我们两个志趣比较相投。"刘寿祥说。

石清梅又问："曾玉彪知道你们在谈恋爱？"

"这个我不太清楚，但她的妈妈知道这件事，而且没有表示反对。"刘寿祥说。

一直沉默不语的刘金桂，终于闷声闷气地说道："我与曾玉彪的关系，难道你不了解吗？我们打斗了几十年，他什么样的德性我不清楚吗？真是冤家路窄，你怎么能够认识他的女儿？"

"爹，曾亮亮与他爹不是一样的人，她聪明善良，又挺新潮挺大方的，我特别喜欢她，您就成全我们吧。"刘寿祥恳切地说。

刘金桂紧锁眉头，说："你觉得我会让一个仇人的女儿嫁到咱刘家来吗？"

刘寿祥一听急了眼，赶忙跪在父亲的面前，说："爹，老一辈的恩恩怨怨，难道还需要后辈们来承担吗？我喜欢她，她也爱我，为什么不能走到一起？"

刘金桂强忍心中怒火，说："凭咱家的条件，你在老家或胶州找个什么样的姑娘不行，为何非得找曾家的女儿？"

"这就是缘分吧，是天主让我们相识相爱的。"刘寿祥说。

刘金桂说："自老辈以来，儿女婚姻讲究的是父母之命，媒妁之言。你到西方教会学校才学了几天？有用的东西没学到多少，竟学会自由恋爱了。你们这么随心所欲，婚姻基础是不牢固的。再说了，即使我同意你们的婚事，曾玉彪也不会答应的，你的头脑应该清醒一下了。"

石清梅说："寿祥，你爹是为你好，你再认真考虑一下吧。"

刘寿祥哭喊道："还考虑什么，除了曾亮亮，我谁也不娶！"

刘金桂终于怒不可遏，用力一拍桌子，吼道："你非得逼我动用家法？告诉你，若再执迷不悟，就将你扫地出门！"

刘寿祥悲伤地从地上爬起来，擦去眼泪，一溜小跑向门外冲去。

刘金桂咳了两声，说："真是气死我了！"

石清梅赶忙来到他身后，为他捶背，说："金桂，你别上火。孩子们大了，有自己的主张，你要慢慢跟他们讲道理。"

"讲道理？他听吗？我为老四的将来担忧啊！"刘金桂说。

"儿孙自有儿孙福，一切顺其自然好了。"石清梅劝导说。

刘金桂瞪了她一眼，说："在这件事情上，你需要站在我的立场上。"

"都是一家人，你说些什么话！"石清梅一边帮他揉着肩膀，一边耐心地劝说他。

刘金桂因为心烦，抽了一袋烟，独自来到大街上蹓达散步。他忽然听到身后有脚步走动的声音，回头一看，是付秀田师傅赶了过来。刘金桂说："付师傅，一起走走吧。"

付秀田说："刚才去过您家，听说您在大街上蹓达，于是，我就赶过来了。"

"你有何事？"刘金桂问。

付秀田见四下无人，低声说道："最近我发现有人到我的密室窗户前向里面窥探，被我轰走了。我见来人虽然遮着脸，但那个人的身影很像是石铁蛋。"

"他发现了什么没有？"刘金桂说。

"应该没有。"付秀田肯定地说道。

刘金桂说："这几年我也发现，石铁蛋虽然比较聪明圆滑，社交能力不错，但这个人似乎比较贪婪，恐怕靠不住啊。近来，我忽然发现他有点魂不守舍、贼头贼脑的样子，我担心他与曾玉彪已经有了勾连。因此，对此人要多加留心，不该让他知道的事情千万保密。"

付秀田说："当初您收留了两个人，现在看来，张飞毛是个为人忠厚的老实人，这个石铁蛋像个笑面虎，怕是靠不大住的。"

"你心中有数就好。我跟张飞毛打个招呼，让他晚上在你的密室周围暗中加个岗哨。"刘金桂说，"地图刻版进展得怎么样了？"

付秀田说："快完工了，我正在加紧突击。"

刘金桂说："我现在遇到点麻烦，等着用，你越快越好。"

付秀田说："我明白了。"

刘金桂看看天色已晚，说："我们一起回吧。"

他们刚走两步，忽然看见两个男女青年手拉着手，说笑着闪进一条胡同。

付秀田说："那不是四公子寿祥吗？他好像在谈对象。"

刘金桂叹了口气说："这孩子真让我操心，我担心他会惹出大麻烦来。"

付秀田开导说："咱这些上了年纪的人观念老化了，年轻人谈恋爱，有什么好担心的？"

刘金桂没作声，一路上似乎忧心忡忡。

几天后，刘金桂不放心石印坊那边的事情，一大早就来到石印坊了解情况。但见作坊里堆放的东西杂乱无章，工人们忙的忙，闲的闲，工序之间对接混乱。刘金桂严肃地质询刘寿山："怎么搞成这个样子？"

刘寿山说："刚调整岗位，工人们一时不太熟悉和适应，我想他们很快就会走上正轨的。"

"你要多发挥一下师傅们的聪明才智，别瞎指挥。"刘金桂说。

"各道工序我已经安排好业务骨干，我想用不了多久就理顺了。"刘寿山说。

刘金桂说："上海那边只派两个人去学徒不够，可以再选派几个人过去系统培训一下。"

"好的，我马上办。"刘寿山说。

这时，张飞毛急匆匆地来找刘金桂。刘金桂赶忙走出作坊，问："什么事这么急？"

张飞毛焦急地说："今天一大早，寿祥与曾亮亮在云溪花园散步，被一伙不明身份的人绑走了。"

刘金桂听了，火气一下窜到了脑门，他跟跄两步，然后站定说："光天化日之下，竟然敢有人实施绑架行为？真是胆大包天！"

"报案不？"张飞毛问。

"不，先牵两匹好马来，我们寻找一下。"刘金桂说。

一会儿的工夫，张飞毛牵来两匹高头大马，刘金桂一个鲤鱼翻身跳上马背，迅速沿古街道飞驰而去。他俩从城东门走到城西门，又从城西门来到了城南门，满城的主要街道都转遍了，结果一无所获。

等他们回到成文堂的时候，太阳早已偏响了。石清梅不知从哪里得来的消息，哭得跟泪人似的。她拽着刘金桂的胳膊，焦急地问："孩子他爹，老四有消息了没有？他现在怎么样了？"

刘金桂摇摇头，没有吭声，直接回到了客厅。石清梅哭着说："你要赶快想法子救救他啊!"

刘金桂终于忍不住火了："嚷什么嚷，他死不了! 你冷静点，别再火上浇油了。"

石清梅问："他们为什么要绑架老四呢?"

刘金桂说："他们可能是冲着我那两件宝贝来的，绑架了老四，以此来要挟我们。"

"那你还不赶快把那些破烂东西给他们，换回我们的儿子。"石清梅央求道。

刘金桂说："你先甭焦急，等事情有了眉目再说吧。有一点你放心，在他们没拿到宝贝之前，寿祥是绝对安全的。我会想办法营救他。"

这时候，刘寿山、刘寿楠、杨志明、付秀田、张飞毛等人都赶到了会客室，商量解救的办法。有的主张赶紧报案，有的主张组织人马四处寻找。刘金桂说："大家先别慌，目前还是静观其变吧。等有了新的消息，大家再一起想办法。请各位先回吧。"

大家只好悻悻离开。唯有付秀田没有走，他见众人都走了，说："刘掌柜，他们绑架寿祥，该不是冲着地图来的吧?"

刘金桂说："应该是这样。他们三番两次地来索取，没有得手，便来了个狠招。"

付秀田说："告诉您一个好消息，我昨晚又干了个通宵，地图的刻印版上午制作完成了，就等着试印了。"

刘金桂高兴地站了起来，说："太好了，辛苦你了。你马上试印两份，看看效果如何。印刷品最好想办法处理一下，看上去尽量陈旧一些。"

"这个我懂，您放心好了。"付秀田说，"我先回去了。"

刘金桂饱含深情地握着他的手说："拜托了!"

付秀田走后，石清梅忽然走进来问道："刚才我忘记问了，曾亮亮有事没有?"

刘金桂说："听说只是给她把眼睛蒙上了，绑在一棵树上，没怎么着她。你问她干吗? 与咱家有关系吗?"

石清梅说："你这个倔老头子，儿子在与她谈对象，能说没有关系吗?"

刘金桂瞪了她一眼，没有作声，取出荷包和烟袋，点燃一袋烟，大口大口地吸起来，一会儿，客厅充满了浓重的烟草味。

此时，曾亮亮正在曾府的客厅里向曾玉彪求情。她说："爹，我们一大早在云溪花园里玩，没招谁惹谁呀，怎么就忽然出现一伙蒙面人把寿祥绑走了？不会是你干的吧？因为我与刘金桂的儿子谈恋爱，你就派人把他抓走，故意要拆散我们？"

"傻丫头，你可别胡说！就冲着我宝贝女儿的面子，我也下不了手啊。听说他家得罪了德国圣言会的人，事情就变得复杂起来。"曾玉彪喝了一口咖啡说。

曾亮亮说："你不是跟德国人很熟嘛？你快去向他们求情，早点把寿祥放了吧。"

曾玉彪说："事情没有你想象的那么简单。刘金桂与德国圣言会的问题不解决，他恐怕一时半会出不来的。解铃还须系铃人，能否放人，那得看刘金桂是否识趣。否则，刘寿祥谁也保不了他。"

曾亮亮有些焦急了，说："刘叔叔在胶州的口碑这么好，他怎么会去跟圣言会的人闹矛盾？肯定是圣言会的人找他的茬，跟他过不去。"

曾玉彪虎着脸说："黄毛丫头，还没过门呢，就这么向着刘家说话。"

"我是向理不向人。我看这件事你也没起什么好作用！"曾亮亮嘟嘟着嘴说道。

"你可千万别胡说，我可没有参与其中。"曾玉彪做贼心虚，急忙分辩道。

曾亮亮见父亲不答应救他，只好退一步讲："在问题没有解决之前，你要跟他们说说，必须保证寿祥的人身安全。他要是有个三长两短，我也不活了。"

曾玉彪知道小女儿清纯任性、性情刚烈，也不愿招惹她，说："闺女这点你放心好了，爹会替他求情的，尽量确保他的生命安全。"

"不是尽量，而是必须！"曾亮亮说。

曾玉彪笑了，说："真够霸道的！这点像你爹。"

曾亮亮说："我跟妈妈一样善良，才不像你那么坏。"说完，转身跑出了客厅。

当天晚上十二点左右，正在夜巡的张飞毛见成文堂的大门上插了一把匕首，带着一封信。张飞毛赶紧取下，来到刘金桂的书房。刘金桂打开书信一看，只见上面写道："刘金桂先生：贵公子刘寿祥现落在我们的手上，限你三日时间，务必于本月十七日上午九时带上《康熙皇舆全览图》与薄胎黑陶高柄杯一只，前去西郊关帝庙交换人质，不准报案，否则，人质将人身不保。江洋大盗。即日。"

"妈的，什么江洋大盗，纯粹是西方强盗。"刘金桂把信摔在一边，尔后，又问："石铁蛋近期有什么动静？"

"近期我一直派人监视他。这几天他共去了两趟济生堂大药店，回来时，都是由刁长廷的马车送回。我觉得刘寿祥绑架案的发生，似乎与他脱不了干系。"

"是他们共同策划的？"刘金桂说。

"极有可能。石铁蛋最近花钱特别大方，我分析曾玉彪可能给了他大笔的钱，将他收买了。"张飞毛说。

刘金桂点点头："石铁蛋是个贪财之人，可能经不起金钱的诱惑。你继续派人监视他。"

"好的，我先走了。"张飞毛说完，退出书房。

刘金桂关好了书房门，索性不打算回家了，直接睡到了沙发上。

早上，石清梅过来敲门，刘金桂刚睡醒，他打开门，嘟哝着说："人家还没有睡够呢，你一大早来吵吵什么。"

石清梅说："赶快回家吃了早饭，陪我去趟城隍庙。"

"去哪地方干吗？"刘金桂话虽这么说，但他心里知道，人都是有事乱拜佛。老伴肯定是救子心切，要去上香求愿，也就不忍心再多说什么。

回到家里，刘金桂喝了一碗羊奶，吃了两个鸡蛋，又吃了一碗面条。然后，准备抽烟。石清梅已经等不及了，拽着他的胳膊就走。

一会儿，他们匆忙来到了城隍庙里。刘金桂平时很少来这里，见到里面精美奇异的雕梁画栋及各种栩栩如生的塑像，感到格外好奇。人已经来到城隍爷面前了，他还在东张西望地看光景。石清梅故意碰了一下他的胳膊，提醒他别再分神。随后前去虔诚地上了香，并拉着刘金桂一起跪下，嘴里念念有词，似乎是一些请求城隍爷保佑儿子刘寿祥平安归来的话语。

从城隍庙出来，石清梅感觉浑身轻松多了。刘金桂幽默地问她："城隍爷能管我们的事吗？"

"咋不能管？这里的城隍爷可神通广大了，人间无论什么难事他都愿意帮助化解，有求必应的。"石清梅瞪大眼睛说。

刘金桂不无讥讽地说："这事城隍爷最好不要管，让天主去管好了！"

石清梅一怔，气恼地低下头，没再搭理他，加快脚步朝前走去。

刘金桂从城隍庙回来后，没有进家，直接去了付秀田的密室，付秀田正在拿新印的地图，与原地图比照，他说："刘掌柜，我正想请您来鉴赏地图，您看如何？"

刘金桂面露喜色，说："总体印制的很精美，只是新了点，你适当作一下旧。"

"您说得对，我抓紧调整一下。"付秀田说，"刘掌柜，我听说他们要的是两件东西，地图我们可以翻印一张给他，那么，另一件东西怎么办？我听说它价值连城。"

"两件东西一样也不能给他们，中国的瑰宝决不能双手供奉给洋鬼子。成文堂古玩店前几年收了几个黑陶杯子，其中一个可以以假乱真。那就无偿赠送给他们吧。"刘金桂说。

付秀田说："此举实在高明！"

刘金桂说："高明什么，我们是在作假啊，不过，为了救人，也为了保全大清国的瑰宝，这也是迫不得已而为之啊。等后面适当机会，我准备将手中这两件真品送还朝廷。"

"您的爱国精神，实在令人钦佩！"付秀田感慨地说。

刘金桂说："您才是真正让我佩服的人，为了刻制这份地图，费了多少心血啊！"

付秀田眼睛有些湿润了，说："有您这句话，再苦再累我也值了。明天下午，我把调好的地图送过去。"

"太好了。咱后天就要与那帮'江洋大盗'做交易了。"刘金桂说。

付秀田说："我明白，您放心好了。"

时间很快到了第三天，上午九时，按照约定，刘金桂与张飞毛驾车来到西郊关帝庙大门前，一位外国传教士已经端正地站在大门前，还有几个彪形大汉站在他的身边。传教士用生硬的中国话说："刘掌柜，来得很准时，可见你是一个讲信用的人。东西带来了吗？"

刘金桂手提一只精致的长条木箱子，神情严肃地说道："东西我带来了，人质在哪？"

传教士扭头喊道："带人质过来。"

很快，刘寿祥被两名壮汉架了过来，刘寿祥哭喊道："爹，救救我。"

刘金桂见他虽然蓬头垢面的一副狼狈样子，但身体似乎并无大碍，说："老四，你受伤没有？"

"没有。"刘寿祥哭喊道。

父子见面之后，刘寿祥又很快被壮汉带到一旁。

刘金桂于是把长条木箱交给那位传教士："两件东西均装在里面，请过目验收。"

传教士接过箱子，说："请刘掌柜稍候。"说完，他急匆匆地走进庙内。

原来，安治太主教前几天就到胶州了。他与斯丁铭神父、曾玉彪今天一大早就来到庙里等候。他们打开箱子后，对地图和高柄杯仔细地进行甄别。曾玉彪看了地图，总感觉缺点什么，他忽然想起石铁蛋的介绍，《康熙皇舆全览图》除了总图以外，还有二十八张分图，刘金桂为什么不把分图一起送来？我要不要对斯丁铭讲明实情？如果讲了实话，分图弄不来怎么办？我不是自找苦吃吗？正在他陷入深思的时候，安治太主教问他："这张大清地图是真的吗？"

曾玉彪说："这张地图印刷清晰，标注清楚，应该没有问题。"

"你看这个黑陶高柄杯是否有假？"斯丁铭神父又问。

曾玉彪说："我也是第一次见到这样的杯子，感觉很古老，应该就是传说中的薄胎黑陶高柄杯。"

斯丁铭神父这才放心地对身边的人说道："收好吧。"

刘金桂与张飞毛在门外等了半天，不见传教士出来，心里都有点焦急。张飞毛多次想冲进去看看，都被刘金桂拦住。正在这时，传教士走出门外，大声说道："放人！"

壮汉给刘寿祥松了绑，刘寿祥跟跟跄跄地跑向父亲。传教士向刘金桂鞠了一躬，说："刘掌柜您走好，后会有期！"

刘金桂双手作揖："后会有期！"

这时车夫姜师傅驾车赶过来，刘金桂一把扯住儿子的手，果断地说："快上车！"

三个人上车后，马车立刻急速返城，路上霎时尘土扬起，淹没了行驶的车辆，直到消失得无影无踪。

第三十五回　识破庐山真面目　宁为玉碎不折腰

当刘寿祥回到家后，石清梅抱着儿子的脖子泣不成声，刘寿祥劝慰母亲说："妈，别这样，我这不是平安回来了吗？"

石清梅停止了哭泣，端详着儿子的脸，说："这几天你没受什么委屈吧？"

"没有，每天都有好吃好喝的，他们不敢把我怎么样。"刘寿祥说。

"'江洋大盗'是些什么样的人？为什么要绑架你？"石清梅问。

"什么'江洋大盗'？是德国教会干的，他们主要是为了向我爹索取几件古董。"刘寿祥说。

"看来，德国教会表面上道貌岸然，实则什么龌龊事也能干得出来。"石清梅说。

刘寿祥说："通过这次事件，我算看清了圣言会的真实嘴脸。以后咱做事一定要提防着他们。妈，您先忙吧，我有点事情要告诉我爹。"

刘寿祥来到了刘金桂的书房，低头说道："爹，这次儿子给您闯祸了，让家里亲人跟着担惊受怕，对不起了！"

刘金桂正在记录什么，说："不关你的事，你坐下说吧。没想到圣言会的人这么卑鄙无耻，竟然拿你作人质来要挟我。"

"您把东西给他们了？"刘寿祥问。

"不给还能怎么办？人总比东西贵重吧。"刘金桂说。

"简直是帮强盗，在中国的土地上还敢作威作福，我早晚饶不了他们。"刘寿祥说。

"这几日你被关在哪里？受苦了没有？"刘金桂问。

刘寿祥说："一直关在圣言会大教堂的一个房间，倒没受多少苦，只是被限制人身自由。"

刘金桂皱了皱眉头，说："你说圣言会千方百计地要那些东西做什么？"

刘寿祥忽然想起了什么，说："爹，有件事我必须告诉您。我在被扣押期间，教会知道我会德语，逼我给他们翻译了几份材料，一份是《山东地矿资源调查报告》，一份是《胶州湾地理位置及战略评估》，还有一份是《山东人文及儒家文化的影响》。"

"这些不都是关乎山东的经济、社会和文化等方面的情况？他们要这些资料做什么？"刘金桂问。

刘寿祥继续说道："头两天，还有人对我看管得比较紧，稍后便有点放松了。第三天上午，我拿着翻译的资料去找斯丁铭神父，进错了门，原来闯进了安治太主教的临时办公室，我见桌子上有一封信，尚未封好，便好奇地抽出来看了看，信是用德文写的，信的内容大致是：德意志皇帝陛下：按照皇帝的旨意，我们圣言会对山东进行了重点考察和了解，德国要实现在远东的目标，在华建设和拥有一个自己的母港极为重要，而胶州湾则是最理想的选择地点。胶州历史文化悠久，民风敦厚，易于知足。胶州湾面海背陆，既有得天独厚的建港优势，还有广阔的足够依赖的内陆资源腹地。既可以将其建成一个四通八达的海上交通枢纽，成为出口贸易汇集的中心点，又可以通过发展陆路交通，吸引四面八方的内贸。未来可以修筑铁路，构建一个以胶州为中心、连通港口与内地的铁路网，届时必将获取巨大的贸易额和其他经济利益。为此，我吁请德国政府：欲图远东势力之发达，必须占领胶州湾。随信寄上胶州相关地图及资料，谨供参考……"

听了刘寿祥的陈述，刘金桂的脸色很快变得煞白，他说："看来德国人早就对胶州湾垂涎三尺了，有计划、有目的地收集了很多胶州经济、文化和军事方面的大量资料。而圣言会在这其中究竟扮演了一种怎样的角色呢？"他决定，立刻去商会拜会一下法四爷，随便聊聊这个话题。

刘金桂要了一辆马车，在张飞毛的陪伴下，很快来到胶州商会。刚进门，法四爷迎了上来："你来得正好，我正准备去看看你呢。我也是刚刚听说你家公子被人绑了，现在怎么样了？"

刘金桂说："已经安然无恙了，所以，我才有心思来寻法会长下盘棋。"

"来，坐下说。到底是什么人干的？'江洋大盗'是谁？"法四爷关切地问。

"什么'江洋大盗'，德国圣言会干的。他们到底是干什么的？"刘金桂说。

"果然是他们，我已经注意他们很久了。"法四爷边说边摆好了棋谱，说："你先走吧。"

刘金桂也不客气，直接攻卒。

法四爷按上当头炮，说："你走卒是为马开路吧？我现在逐步看清楚了，圣言会就是德意志帝国的马前卒，其野心不容小觑啊！"

"我对政治比较愚钝，这到底是怎么一回事？"刘金桂飞象。

"据我的长期观察和研究，德国人早就在打胶州的主意了。我担心胶州迟早有一天要遭大难的。"法四爷边下棋，边分析道："道光二十年（1840）的鸦片战争，外国列强打开了中国的大门，德国作为西方后起的资本主义强国，便对远东古老的中国产生兴趣，滋生了要在中国沿海地区或岛屿获得据点的图谋。为了实现这一目标，便开始派遣以传教士和工程技术人员为代表的探险家们来到中国，悄悄地对中国进行大规模的调查和情报收集活动。早期，地质学家和地理学家李希霍芬就受德国政府的指派，先后多次来中国考察，到同治十一年（1872）将近四年的时间，以游历为名，以上海为基地，对中国进行了大规模的地质、地理考察，足迹遍及广东、江西、山东等十多个省市，并重点调查了山东的地理、物产及港口情况。根据考察情况，他向德国政府提出了在胶州湾建港的建议。后来，德国政府连续派遣德国传教士和其他人员对胶州的地理、经济、军事等情况进行综合调查和研究。而圣言会则是一个与德皇'世界政策'亦步亦趋的天主教修会团体，成为德国政府重要的情报机构，获取了大量有价值的资料和情报。"

听到这里，刘金桂恍然大悟，可他心里仍有些迷惑，说："圣言会在胶州建医院，办学堂，做了不少的好事呀！"

法四爷说："我们要透过现象看本质啊！如果圣言会不那样做，就不会产生太多的迷惑性和欺骗性，就不会吸引更多的中国人加入圣言会。你现在应该彻悟了吧？"

刘金桂说："我知道了。"之后，他把棋子一推，准备要走。

法四爷也不拦挡，说："圣言会是朝廷批准进入中国的，对此我们管不了，地方官府也奈何不了他们，以后跟圣言会的人打交道，心中一定要有个小九九。"

刘金桂点了点头，心情沉闷地与法四爷告辞。

刘金桂回到成文堂书房，黑着脸对杨志明说："你去把石铁蛋找来。"

杨志明一会儿的工夫将石铁蛋找来。石铁蛋忐忑不安地来到刘金桂的面前，尽量显得很镇静，说："刘掌柜您找我？"

刘金桂双眼直视着石铁蛋，说："你知道我为什么找你来吗？"

"不，不知道。"石铁蛋开始有些紧张。

"是谁将成文堂古董店的秘密透露给曾玉彪的？是谁收了曾玉彪的银子后参与圣言会对刘寿祥的绑架一案？"刘金桂"啪"的一声用力拍了一下桌子。

石铁蛋见事情已经暴露，双腿一哆嗦，一下子跪在地上，说："都是我一时糊涂，我对不起刘掌柜啊！"

刘金桂痛心疾首地说道："当年你只是一个乞丐，衣不遮体，食不果腹，是我刘金桂收留了你，从学徒一直培养担任了成文堂古董店的二掌柜，生活安定，还娶妻生子，过上了像模像样的日子。可是，你贪婪成性，薄情寡义，竟然为了蝇头小利而出卖主子，居心何在？"

石铁蛋懊悔不已，照着自己的脸上狠狠地抽了两个耳刮，痛哭流涕地说道："是我一时昏了头脑，才做出这样的缺德事。我有罪，我对不住自己的恩人！"

刘金桂说："我历来强调，先做人后做事，你好好反省一下。事情都到了这种地步，大家说该怎么办吧？"

杨志明说："鉴于石铁蛋故意泄露商家机密，贪取好处，给成文堂造成重大损失，我建议送衙门处置。"

刘寿楠则为他求情："石铁蛋的业务能力是有目共睹的，这次犯错误，可能是一时冲动，或受到外人胁迫。可否再给他一次将功赎罪的机会？"

刘寿山却不依不饶地说："狗到天边也改不了吃屎的毛病，继续留在成文堂将是一大祸害，后患无穷。"

杨志明说："真没想到，石铁蛋竟是忘恩负义之人。"

刘金桂扫视了一下大家，说："看来，石铁蛋这种'人才'成文堂是留不得了。再给他一条活路，就不送官了。把他这个月的薪金结了，请其另谋高就吧。"

石铁蛋听后，一屁股坐在地上，绝望地说道："是我咎由自取，活该！"

他从地上爬起，向刘金桂深深地鞠了一躬，说："谢谢刘掌柜的大恩大德，铁蛋告辞了！"

刘金桂把头转向一边，不忍直视。刘寿山陪同石铁蛋走出门外。

杨志明说："这样处理，是不是太便宜他了？"

刘金桂说："他现在上有老下有小的，还能一棍子打死？再说，出现今天的状况，是我教化不够，我也有不可推卸的责任啊！"

杨志明叹了口气说："您为人处事总是太仁慈了。"

刘寿楠问："石铁蛋走后，古玩店人员怎么安排？是不是让寿祥过去担任二掌柜的？"

刘金桂摇摇头说："寿祥历练一段时间再说吧。寿山、寿楠都有重要的一摊，也都不用考虑了。我想请杨管家暂时兼任二掌柜，不知杨管家意下如何？"

杨志明慌忙说："我对古董这个行当不太熟悉，怕胜任不了这个职位。"

刘金桂说："你的人品我最看重，暂时兼任一段时间再说。我也是半路出家的，对于古玩行业的操作，不懂的地方可以慢慢学嘛。"

"既然刘掌柜这么信任我，我一定好好干，争取尽快早日进入角色，不负您的重望。"杨志明表态说。

刘金桂说："好，就这么定了。你们各自去忙吧。"

当天下午，石铁蛋领取了当月的薪金，又回成文堂古玩店带走了自己的日常用品。他望着古玩店里熟悉的柜台及整齐的货柜，感到既亲切又陌生，痛心疾首，百感交集，往事像过眼云烟。当他恋恋不舍地退出大门的一霎，两颗混浊的泪水夺眶而出。

他在大街上漫无目标地走着，步履沉重而缓慢。大街上的几乎每一个角落都是那么熟悉。他想起当年自己做乞丐时，经常夜宿街头，饥寒交迫。后来遇到了刘金桂，才过上正常人的生活，而且还当上了古玩店的二掌柜，享受着丰厚的待遇。如今，因为自己贪占便宜，好端端地把饭碗砸了，回去怎么向老婆孩子们交代啊？他懊悔万分，一屁股坐在路边的石块上，抽泣了一会儿，竟迷迷糊糊地睡着了。

不知何时，他被一阵鞭炮声吵醒了，他睡眼蒙眬地抬头望去，前面不是济生堂大药店吗？有什么喜事值得燃放鞭炮？于是，他艰难地站起来，不自觉地朝济生堂走去。

石铁蛋刚战战兢兢地走到济生堂大药店的大门口，刁长廷从敞开的大门里发现了石铁蛋，他快步走下台阶，迎接石铁蛋说："刚才曾掌柜还念叨过你，快快请进。"

石铁蛋疑惑地问："这个时候咋放起鞭炮来了？"

刁长廷兴奋地说道："今天安治太主教正式擢升曾玉彪掌柜为胶州福音大教堂执事，相当于教堂的二把手。刚才伙计们自发地为他燃放鞭炮以示庆贺。"

石铁蛋冷笑一声，说："曾掌柜如今是春风得意啊！"

刁长廷此刻发现他的脸色不对，问道："你的气色不好看啊，你背这么多东西干啥？"

石铁蛋叹了口气说："我被成文堂辞退了。"

刁长廷赶忙过去扶着他的胳膊，说："先进屋再说吧。"

会客室里，曾玉彪身着一套白色的执事长袍，端坐在一把红木雕花椅子上，正与身边的几个女戏子说笑着。见到石铁蛋来了，格外亲切，招呼他赶快坐下。石铁蛋深鞠了一躬，说："祝贺曾掌柜荣升福音大教堂执事！您是胶州全体教徒的荣耀啊！"

曾玉彪说："我最爱听铁蛋说话。你提着大包小包的要干吗？"

石铁蛋低沉地说道："我被成文堂辞退了。"

曾玉彪一怔，随即摆了摆手，让几个女戏子退出。然后说道："你做的事被他们发现了？他们为难你了？"

石铁蛋把被辞退的经过简单述说了一遍，说到最后又抽泣起来。

曾玉彪起身将他领到身边坐下，说："我历来欣赏你的才华和本事，刘金桂不用你是他有眼无珠。再说，我曾经说过，只要你真心实意地为我效命，我决不会亏待你。从今天起，如果你愿意的话，就在济生堂跟我干吧。"

石铁蛋说："谢谢曾掌柜收留兄弟，只是不知道来做什么差事？"

曾玉彪说："济生堂不是在姜家巷有个分店吗？那里的生意以后就交给你代管了。"

石铁蛋知道那里表面上是药店，实际上是个大烟馆，心里不免有些打怵，说："我从来没有做过那种生意，怕一时半会不能适应。"

"没啥难的，先让刁管家带带你。"曾玉彪说。

石铁蛋心里想：既然要端人家的饭碗，就得听从人家的调遣。于是，他顺从地点头应允。

曾玉彪高兴地拍拍他的肩膀，说："我今天又是升职，又是喜得人才，真是双喜临门啊！今天晚上，叫上几个姑娘，一块去云溪酒楼好好热闹一番，专为兄弟接风洗尘。"

石铁蛋忙站起来，说："谢谢曾掌柜的重用和款待。"

"以后就是一家人了，不必客气了。"曾玉彪说。

刘金桂从法四爷那里回来后，一直感到比较郁闷。晚上，他破例喝了两杯老烧，便早早地歇息了。

第二天一大早，天刚蒙蒙亮，刘金桂手提打狗棍，在空旷的后院练了一会儿工夫，直感到浑身热乎乎的。

正在晨跑的杨志明，见刘金桂练得差不多了，便默契地跑了过来，打着招呼："刘掌柜，好吃早饭了。"

"还早着呢，一起散散步吧。"刘金桂说。

于是，两人边走边聊起来。其实，每天他们都在这个时候碰个头，这是多年来约定俗成的习惯，也是他们商量事情的最佳时机。

刘金桂说："石印坊那边以后不能再依靠圣言会的人了，必须依靠自己的力量来搞了。"

杨志明知道刘金桂现在对德国圣言会彻底失望了，说："对，应该脱钩了，单纯依靠他们不是长久之计。可是，目前的石印技术咱还不完全掌握，所进的原材料还有赖于他们进口。脱钩后，我们怎么办？"

刘金桂说："昨晚，我思虑了半宿，才下定了决心。我想请你近期办两件事，一件是去趟上海的石印坊，聘请个技术师傅过来。另一件事是尽快寻找一两家可靠的外国供货商，打破目前德国人对技术和供货渠道的垄断局面。"

"正好徽商王学仁明天来胶州，我请他帮忙想想办法。"杨志明说。

"这几件事要悄悄地做，不可提前声张。"刘金桂说。

杨志明说："您放心吧，我心中有数。"

上午，刘金桂在书房仔细校对刚刚雕版印刷的一本书籍，刘寿山一步闯进来，兴奋地说："爹，德国那两个技术员已经回来了，石印业务又正式恢复了。"

刘金桂听了，淡淡地说道："他们回来干吗？离开他们地球不转了？"

刘寿山收起笑容，说："他们动不动就卡我们的脖子，真是可恶至极。不过，这次他们又带来了不少的宣传印刷资料订单，够我们印刷生产一段时间。"

刘金桂没有接茬，反而问道："我让你联系的外国供货商，找到了没有？"

刘寿山说："还没呢。"

"石印技术全部掌握了没有？"刘金桂问。

刘寿山摇摇头说："也没有。"

刘金桂说："我安排的事，你怎么一件也没完成呢？下次要是德国人再卡我们的脖子，你可怎么办？"

"我抓紧时间去办。"刘寿山低声说道。

刘金桂说："你先集中精力把圣言会的宣传材料印刷完了再说吧。"说完，继续翻看他手中的书籍。

刘寿山说："那我先走了。"说完，退出书房。

杨志明接到任务后，加紧了联络工作。通过徽商王学仁认识了意大利的一位客商。经过洽谈，杨志明觉得这位意大利客商比较诚实守信，且有较强的实力。而意大利客商早就听说过胶州的成文堂及刘金桂掌柜，表示愿意成为成文堂的长期供货商。当他把这个信息告诉刘金桂后，刘金桂松了一口气说："我说过，活人是不会让尿憋死的。抓紧与他签订供货协议吧。"

"另外，这几天我准备去趟上海。您有什么要交代的没有？"杨志明说。

"没有了，你按原计划进行吧。"刘金桂说。

转眼又到了周末。刘寿山回来吃饭的时候，刘金桂单独把他叫到了会客室。刘金桂问："现有的订单印得怎么样了？"

刘寿山问："快了。爹您有什么事吗？"

刘金桂说："我想跟你商量一下，自下周起，咱要跟圣言会断绝一切业务往来。"

刘寿山吃了一惊，说："爹，这是为什么呀？"

刘金桂说："你还不知道为什么？德国圣言会的人策划了'绑架案'，勒索走了我们的宝物。这口气你咽得下去？关键是我听说，圣言会又是搜集情报，又是掠夺文物，动机不纯，行为诡秘，我担心它们是德意志帝国伸向远东和中国的爪牙。"

刘寿山不屑地笑笑说："爹，您多虑了！圣言会在胶州办了一所医院，两所学校，还有一个女子学堂，广行善事，教徒众多，影响甚大，它不像是什么情报组织。"

刘金桂说："这只是表象的东西，他们近期的所作所为，充分暴露了他们的狼子野心，我们应该醒醒了，再也不能跟他们同流合污了。"

一向温文尔雅的刘寿山，此刻却有些激动了，说："爹，我们经商人只重效益，不问政治。您知道自从开办石印坊以来，我们获得多少收益？光是印刷教会的宣传品和传教书籍，我们每年就有大量进项。如果抛开圣言会，我们的印刷订单跟谁去拿？那将要蒙受多大的损失啊！"

刘金桂的火气也上来了，说："你没有看到那些传教宣传品已经成为麻痹中国人的精神鸦片？现在与圣言会的合作，不仅关系到我们成文堂的声誉和未来，也关系到维护国家和民族大义的问题。我们再执迷不悟，继续与他们纠缠、合作下去，将来要成为历史的罪人。"

刘寿山焦急地说："我真的想不通，真的舍不得啊！"

刘金桂说："我看你是舍不得！舍不得也得舍，记住，在利与义之间，我们宁肯取其义而舍其利。"

刘寿山说："一旦圣言会的人撤出后，我们今后怎么办？"

"单独干，还搞石版印刷！"刘金桂斩钉截铁地说。

"您再容我考虑一下好吗？我筹划一下怎么延续下去。"刘寿山说。

"我自有安排，你尽管去实施好了。一周内让圣言会的人滚蛋，并发表声明，与圣言会断绝一切业务和经济往来。"刘金桂一锤定音。

刘寿山还想说什么，刘金桂已经起身，大步走出门外。

一直待在门外的石清梅走了进来，对刘寿山说："你爹是大风大浪里过来的人。你别固执己见了，听你爹的准没有错。"

刘寿山说："能容我仔细想想吗？"

石清梅说："人无远虑，必有近忧。不要再犹豫了，赶快与圣言会的关系一刀两断。"

"好的，我马上去办。"刘寿山说。

周一早晨，两位德国技术员悠然自得地来到石印坊，像往常一样跟刘寿山打着招呼，刘寿山礼貌地应承了一下，随后，向德国人当面宣读了成文堂断绝与圣言会业务合作的声明，并要求他们从速离开成文堂。两位技术员感到十分意外与吃惊，又无可奈何。迅速回去向斯丁铭神父做了汇报，斯丁铭神父极为恼火，但又不知道如何应对眼前的局面。于是，他决定亲自去阳谷县坡里庄拜会安治太主教，征求他的意见。

安治太主教听说了事情的原委之后，淡然一笑说："你们索拿了人家的宝物，像刘金桂这样性情刚烈的中国人，岂能善罢甘休？关系闹僵了实属自然。"

"那我们下一步怎么办？"斯丁铭神父问。

安治太主教眉头一皱，说："既然刘金桂不识抬举，印刷之事以后就不要再依靠他们了。不过，也不能让他好过了。我们可以再扶持刘金桂的死对头曾玉彪，让他在同一条大街上开一个新的石印坊，让他们两家之间互殴吧，我们便可坐收渔翁之利。"

斯丁铭神父并不十分赞成，担忧地说："我与曾玉彪打交道时间不短了，我觉得这个人的品行靠不住的。"

安治太平静地问他："这个人贪不贪婪？爱不爱钱？"

"太贪婪了，视钱如命。"斯丁铭神父说。

安治太主教说："中国有句古话，叫作'有钱能使鬼推磨'。只要他贪财爱钱，他就能被我们牢牢地控制在手中，为我们圣言会效力。所以，在中国，所谓的正人君子我们是不能用的，要用就用这些贪财的小人。也就是说，用中国人的矛，攻中国人的盾，让他们相互间争斗去吧。"

斯丁铭神父恍然大悟地说道："还是安治太主教高见，我望尘莫及。"

安治太主教说："告诉曾玉彪，新筹建的石印馆，实行股份制，我方以设备和技术入股，占百分之五十一，其余由他们负责投入。同时，可以答应他们，以后圣言会在山东的所有印刷业务可以全部集中在胶州做。双方每年年终按比例分红。"

"这是一个不错的主意，曾玉彪一定会高兴的。我们也不用为印刷之事犯难了，还可以收到很好的经济回报。"斯丁铭神父高兴地说。

安治太主教还特意叮嘱道："放上眼线，随时注意成文堂那边的动向。"

斯丁铭神父点头答应，并提出要安治太主教给石印馆起一个名字。

安治太略加思考，说："叫德华石印馆如何？"

斯丁铭神父点头称是："不错，寓意吉祥，就叫这个名字吧。那我要回去了。"

"明早再走吧。今晚一块与福若瑟神父吃顿晚饭，聊聊天。"安治太主教说。

斯丁铭神父说："说起福若瑟神父，我总感觉他瞧不起我们俩，似乎不太愿意与我们共事，他倒与中国的普通百姓走得挺近的。"

安治太主教叹了一口气说："我与福若瑟是同时结伴来中国的，他对德意志政府的旨意极为反感，他坚持传教要超越政治。我劝过他多次，也没起多大作用。"

"中国有句古话，道不同不相为谋。我们对他应该敬而远之。"斯丁铭神父说。

安治太主教摇摇头说："我们不能因为政见不同而抛弃他。据我了解，他这个人正直善良，勤俭质朴，深受中国普通民众的喜爱。因此，他的影响力很大，这对我们的传教工作十分有利。"

"主教的胸怀如大海一样宽广，令人佩服。"斯丁铭神父说，"人各有志，不必强求。"

"身处异国他乡，相互扶持为好。"安治太主教说，"一会儿我领你参观一下这里的教堂吧。目前虽然简陋一些，但我有信心在不久的将来，将在济宁等地建设世界一流的大教堂。"

"我相信会有这么一天的。"斯丁铭神父说。

第二天上午，他们走马观花地看了看大教堂的陈设和周边环境。

当天下午，斯丁铭神父便辞别了安治太主教与福若瑟神父，乘马车连夜返回胶州。

第二天，曾玉彪听说斯丁铭神父从阳谷县回来了，当天晚上在云溪大酒楼安排了一桌晚宴，为他接风洗尘。斯丁铭神父没有推辞，欣然前往。落座后，斯丁铭神父自斟一杯红葡萄酒，说："我对你们中国的老白干还喝不习惯，就喝红葡萄酒了。首先，敬各位……"

他的话还没说完，曾玉彪便示意他坐下，说："按照中国的传统礼节，都是东家先敬客人，您敬不算，请让我先来。"

斯丁铭神父说："那就客随主便吧。"

曾玉彪今天兴致很高，连续敬了三盅，说了许多恭维斯丁铭神父的话。斯丁铭神父听了，也很高兴，酒过三巡之后，他说："这次轮到我敬酒了吧？来，我的第一杯酒恭喜曾掌柜发财！"

"斯丁铭神父真能开玩笑，我平日干点小打小闹的买卖，能发什么财呀？"曾玉彪说。

斯丁铭神父说："准确地讲，是我们共同发财的机会来了。"于是，他把安治太主教筹建德华石印馆的方案和建议一五一十地跟曾玉彪讲了一遍。

曾玉彪听了立刻喜上眉头，但还不敢贸然答应，他望了一眼低头深思不语的刁管家，说道："对于安治太主教和斯丁铭神父的提议，我很感兴趣，可否允许我们回去再考虑一番，然后正式答复您，好吗？"

斯丁铭神父说："当然可以，等你们想好了再告诉我。"

晚宴进行得很愉快，尤其是曾玉彪，一想到天大的好事忽然降临，感到格外兴奋，不知不觉又贪了几杯。斯丁铭神父见他已经有些醉意，便提议早点收场结束。

等曾玉彪与刁管家赶回济生堂大药店的时候，已经到了晚上九点多钟了，石铁蛋仍然一直等候在这里。他倒了一杯果汁，递给曾玉彪喝下，曾玉彪立刻清醒了许多。他说："正好你在这里，有件事大家一起讨论分析一下。"于是，他把斯丁铭神父的合作提议简单讲述了一遍。

石铁蛋说："这是天大的好事啊！虽说德国圣言会的胃口大了一点，但人家的贡献大，自然要占大股。而对于我们来说，则是稳赚不赔的买卖。据我所知，成文堂石印坊原来的生意十分红火，每年的收益特别丰厚。现在圣言会把那里的业务全部转交给我们做，这是打着灯笼都找不着的买卖啊。我建议，无条件答应人家。"

刁管家说："我也觉得比较可行。只是我还有点疑问，对方都派什么样的人过来？谁做石印馆的掌柜？"

曾玉彪说："他们暂时派两个技术师傅，还有一个财会员过来。其他的管理层人员和雇工由我们负责安排。"

刁管家说："这就好，虽然技术、原材料供应我们说了不算，但石印坊的掌柜一职由我们担任，我们就基本上可以掌控局势。只是掌柜人选您考虑好了吗？"

曾玉彪说："我正在考虑，你有合适的人选？"

刁长廷瞟了一眼石铁蛋，说："有啊，远在天边近在眼前。我看石铁蛋曾经干过雕版印刷，又有鉴赏古玩的经验，他就是一个最理想的人选。"

"我哪行？我这点本事怕是不能胜任的。"石铁蛋谦虚地说道。

曾玉彪笑了，说道："刁管家的眼力就是毒，石铁蛋是不二人选了。"

石铁蛋立刻起身致谢："谢谢曾掌柜的信任，谢谢刁管家的举荐！"

"明天你把崔家大街那边的事情跟刁管家交接一下。然后过来集中精力筹建德华石印馆。"曾玉彪对石铁蛋交代说。

石铁蛋爽快地答应了，再次起身致谢。

曾玉彪看了一眼墙上的挂钟，说："时间不早了，都回去歇息吧。"说完，把鞋子一蹬，就势躺在了沙发上。

第二天上午，石铁蛋在姜家巷那边的烟馆交接完了手头上的事情，便开始物色石印馆的建址。昨晚，他兴奋得半宿没有睡好，一来自己担任了石印馆的掌柜，从此可以咸鱼翻身了；二来他认为这是报复刘金桂的最好机会，他决心把德华石印馆办成山东甚至北方地区一流的石版印刷企业，从而，把成文堂彻底挤垮。因此，他打算把石印馆的选址重点放在城隍庙前街上，到时可以面对面地对着干。最终，他在距成文堂石印坊西侧路南不足半里的地方，看好了一个段姓乡绅闲置的大院。他赶紧向曾玉彪做了汇报，曾玉彪很重视，亲自去察看了那个大院，也感觉比较理想。于是，找到段掌柜说明求购意愿。段掌柜刚买了一条运输船只，急需钱用，便痛快地答应了，双方很快签订售房契约，曾玉彪以低于市场的价格买下段家大院。接着，石铁蛋在德国技术师傅的指导下，对大院房屋内部进行简单的改造和装修，顺利完成了德华石印馆的筹建任务。

开业那天，曾玉彪邀请了胶州商界的几十位名流前来参加开业典礼，刘金桂也在受邀之列。开业的时间快到了，可迟迟不见刘金桂的身影，曾玉彪悄悄地问刁长廷："你说刘金桂今天能来吗？"

刁长廷说："今天是我们的大喜日子，可对刘金桂来说，却是最懊丧的日子，我猜想，他现在正在家里鼓肚子呢。"

曾玉彪立刻露出一丝幸灾乐祸的表情。

就在这时，刘金桂身着一身崭新的长袍马褂，头戴黑色风帽，手持枣木打狗棍，神采奕奕地来到曾玉彪的面前，高声喊道："恭贺曾掌柜开业大吉!"

曾玉彪愣了一下，说道："欢迎刘掌柜光临，里边请!"

刘金桂说："为庆贺曾掌柜开业大吉，特准备贺匾一块，略表心意。"说着，一挥手，请身后的人献上。

曾玉彪看着匾额上的对联，轻声念道："鸿运当头照；江河下碧洋。此联有气魄！来人，将它高高地挂起!"

刁管家小心地接过，赶紧安排人员将匾额悬挂于大门的上方。

刘金桂没有进客厅休息，而是直接进了德华石印馆的大院，对石印馆里的布局和设施仔细参观了一遍。院里值班的人员见他胸前挂着贵宾的红绸条，也不敢拦挡。开业典礼开始后，有人先燃放了鞭炮，接着，曾玉彪与斯丁铭神父站在高高的台阶上分别致辞。刘金桂没有听完他们说些什么，从人缝里挤出，向杨志明招了招手，然后悄然打道回府。

开业典礼已经结束了，曾玉彪发现人们还在朝刘金桂赠送的匾额指指点点，有的人甚至掩嘴嗤笑。他不解地审视着这副联，忽然，听一位老秀才解释道："这副联的真正用意你们知道吗？我给大家解释一下：'江河下碧洋'，意指投靠洋人，必将江河日下，事业衰败。"他的话引起人们的一阵骚动与哄笑。

曾玉彪这才恍然大悟，他怒气冲冲地朝刁长廷喊道："快把刘金桂送来的那块匾额摘下来砸了!"

　　刚才还春风满面的曾玉彪,此刻脸涨得跟猪肝似的发紫,他对人群咆哮道:"快走,都给我走!"

　　围观的人群见此情形,纷纷抱怨着离开现场。

第三十六回　刘寿祥情迷私奔　王春燕病入膏肓

　　德华石印馆开业的当天下午，刘寿山与杨志明来到成文堂刘金桂的书房，一进门，杨志明笑着说："刘掌柜赠给曾玉彪的匾额，给德华石印馆增色不少啊！"

　　刘寿山说："街上的民众看了匾额后，纷纷拍手称快，都说曾玉彪与洋人勾结，好日子过到头了。"

　　"提醒他一下，只是一个警告，让他知道与洋人狼狈为奸是不会有好下场的。"刘金桂淡然地说道，又问刘寿山："现在成文堂石印坊还有什么困难没有？"

　　刘寿山说："自从杨管家从上海请来万师傅后，石印技术基本解决了。另外，印刷的纸张、用墨等材料也通过意大利商人安德尼陆陆续续地进货了。现在重点印刷科举考试方面的教材和资料。"

　　刘金桂说："对新来的万师傅，在薪金待遇上要优厚，在生活上要关心照顾好。还要给他配备得力的助手，尽快请他培养几个熟练的技术骨干。你要亲自钻研和学习石印技术，争取早日成为石版印刷的行家。"

　　"我会带领伙计们努力钻研技术的。只是现在我很担心，德华石印馆开业后，对我们成文堂的业务冲击会很大。下一步我们该如何应对他们？"刘寿山忧心忡忡地说。

　　刘金桂镇定地说道："我想问你们，森林里的树木为什么大多长得又高又壮？"

　　刘寿山说："这些树可能是为了得到更多的阳光和养分而竞相攀高吧？"

　　"对，就是这个道理，自然界的法则就是有竞争才有发展。"刘金桂说："多个竞争对手未必就是坏事，只要我们居安思危，做好自己的事情，再多一个德华石印馆也无妨。当然，我们也不能麻痹大意，被动应付。"

　　杨志明说："曾玉彪筹建石印馆，是他勾结圣言会的产物。他的优势是背靠教会，订单多，销路宽。但是，他们的雇工大都是新招的，操作水平一时半会儿赶不上来。况且，他们之间的合作，各自考虑各自利益，未必不钩心斗角。我们成文堂石印坊经营多年，已经积累了丰富的经验，而且伙计们的操作水平比他们更熟练。只要我们保质保量，讲求信用，客户就会越来越多，自然少不了订单。因此，我对成文堂今后的发展始终持乐观态度。"

刘金桂伸出大拇指说："杨管家的分析入木三分，我很赞成。另外，我有个提议，把咱的名字改一下，可否？"

杨志明与刘寿山一听要改名字，都感到有些意外。

"经常改名字是做生意的大忌，不知您怎么个改法？"杨志明说。

刘金桂说："只改一个字，将成文堂石印坊的'坊'字改为'馆'字，如何？"

"这样改好，我们老字辈的企业，不能比德华石印馆矮了。"刘寿山高兴地说道。

"我也赞成！一字之改，便可提升我们成文堂的档次。"杨志明说。

刘金桂说："那你们就赶快把牌子换了。"

"我们马上去办。"刘寿山说，"爹，我还有个建议，石印馆这边事情繁杂，我一个人掌管有些吃力，可否让寿祥过来做我的助手，共同分担一下？"

一提起刘寿祥，刘金桂的脸上立刻显出不悦的神色，说："寿祥这孩子年轻气盛，且心浮气躁。他过来能够心甘情愿地配合你的工作吗？我看还是让他暂时去成文堂古玩店学习磨炼一下吧。"

刘寿山听了父亲的话，也不再坚持自己的意见，便匆忙告辞了。

刘寿山走后，杨志明问："寿祥人聪明机敏，思路活跃，很适合经商，应该好好培养一下。近来，他是不是有什么事惹您不高兴了？"

刘金桂叹口气说："这孩子的确聪明，但太固执，且刚愎自用。就拿他的婚事来说吧，上门给他介绍的有多少？可他根本没往心里去，一心只钟情于曾玉彪的小女儿曾亮亮。你说在胶州找谁家的姑娘不好，非要选中曾玉彪的女儿？他当老子的人品尚且如此，孩子的人品能好到哪里去？为此事，我们爷俩争执过多少回了，可他就是不听。昨晚，我俩又谈崩了，他甚至扬言要带曾亮亮离家出走，简直是胡闹，被我狠狠地训斥了一顿。"

杨志明淡然地笑了一下，说："刘掌柜，这事不是我埋怨您，您在此事上也有做得不妥当的地方。"

"我做的有什么不妥？"刘金桂瞪了他一眼。

杨志明说："首先，曾玉彪不好，未必他的女儿就一定是坏人，我听说她的性格挺像她母亲的。其次，儿女大了都有自己的想法和选择，我们当长辈的不必事事为他们做主。只要他们在一块能够幸福快乐，我们何必非要干涉呢？"

"你总是护着他们，年轻人一时头脑发热，当长辈的就该给他们号号脉、把把关。好了，这事先不说了。"刘金桂说，"寿山那边你经常过问一下，帮他筹划安排好。最近，他的妻子王春燕身体欠佳，胃病又犯了。寿山那边一大摊子事，整天忙得不可开交，也没有闲暇照顾她，我有些担忧啊。"

杨志明说："没请郎中给她瞧瞧？"

刘金桂说："请郎中瞧过几回，一连吃了十多付草药都不大见效。"

杨志明说："我听说东关大街有位外国传教士懂得西医，可否请他来医治一下？"

刘金桂心有疑虑地摇摇头说："西方医生怕是靠不大住，我们还是请郎中吧。"

"也好。"杨志明说。

刘寿山辞别了父亲，回到石印馆调度了一番。安排妥当之后，他想起徐府那边，有几天没有过问了。于是，便匆匆赶到徐府雕版印刷作坊。待他查验了作坊刚刚印制的书籍后，刚巧徐青莲进来办事，见到他像久别的亲人，十分亲昵，并竭力邀请他去家里饮茶。刘寿山推辞不过，只好跟着她进了徐府。路上，他开玩笑说："当年你还是个天真活泼的小姑娘，转眼间变成一个俊俏美丽的大姑娘了。"

徐青莲大大咧咧说道："准确地说，不是大姑娘，是老姑娘了。"

"你人这么优秀，条件也不错，怎么不赶快嫁人？"刘寿山问。

徐青莲说："优秀什么呀？原来大家给我介绍了不少的人家，我就是没有对眼的，高不成低不就的拖了下来，没缘啊！"

刘寿山说："听哥一句话，眼光别太高了，差不多就嫁了吧。"

徐青莲说："那可不行，如果不遇到像哥这么能干可靠的人，我宁愿一辈子不嫁人。"

刘寿山说："你真傻！"

他们边走边交谈着，很快进了徐府客厅。徐长江与曾玉冰正在拉家常，见刘寿山来了，赶忙又是让座，又是沏茶。刘寿山礼貌地打了招呼，说：

"爷爷的身板挺硬朗，精神比前几年还好。"

徐长江说："寿山这孩子文雅有礼，会说话。我的身体确实比以前好多了，腿疼病差不多快好了。"

"您是怎样保养的？有什么养生秘诀？"刘寿山问。

"哪有什么秘诀，还不多亏了青莲学会了针灸，定期给我扎针，总算把我的腿疼病治好了。青莲真是个孝顺孩子啊！"徐长江自豪地说道。

曾玉冰说："青莲孝敬一下爷爷，那是应该的。"回头寻找青莲，青莲却一时不见了身影。

徐长江对刘寿山说："你去印书坊了？书印的合乎要求吗？"

"印刷得不错，从没有因为质量问题而出现退货的现象。"刘寿山夸赞道。

徐长江忽然感慨地说："危难之时见真情。你爹在徐府遭难的时候，拉了我们一把啊！要不是你爹仗义，徐府可能已经衰败不堪了。"

刘寿山见曾玉冰的眼睛有些红了，赶紧说道："我爹只是举手之劳，您不必记挂在心里。"

曾玉冰问："寿祥现在做什么？好像年龄也不小了吧？应该与曾亮亮差不多。"

刘寿山说："对，他们年龄相仿。"

曾玉冰说："我听说这孩子挺聪明的，有时间请他过来一起吃个饭。"

"请他做什么，人家哪有这个闲空？他正忙着跟我表妹曾亮亮谈对象呢。"大家正说着话，徐青莲带着自己的书法习作走过来了，说："寿山哥，我昨晚刚抄录了一首词，你快给我指导一下书法。"

刘寿山展开一看，眼睛一亮，说："你现在的行草体练得也不错，长进很大，士别三日当刮目相看了。"

"寿山哥，你多找缺点嘛。"徐青莲说。

刘寿山将书写的内容细阅了一遍，只见上面写道：

小重山·梅思

乍见梅花情不禁，日晴寒未去，也销魂。幽园独放自含熏。行芳径，疏影不沾尘。

香冷却情真。孤山明月下，雪中人。天涯望断凭谁寄？只能够，折取一枝春。

刘寿山的情绪似乎也受到了感染，说："好词，是谁填的？我猜想，应该是一位奇女子写的吧？"

徐青莲回头看了一眼母亲，说："是我妈写的，我在她一本笔记本里发现的，就顺手抄录下来。"

刘寿山说："曾姨原来这么有才华！"

曾玉冰略有尴尬，说："闲暇之余的消遣作品，不屑一看的。"

徐青莲说："寿山哥，你知道我最喜欢谁的词？第一喜欢的是李清照，第二喜欢的就是我妈的大作了。"

曾玉冰说："傻丫头，你看着吹吧！也不怕别人笑话。还是让寿山哥给你辅导一下书法吧。"

刘寿山说："字总体上写得不错，但有些字的结构比较拘谨，放不大开。像'梅'字，偏旁木和每挨得过紧，显得呆板了。'明'字中的日和月的结构就合理些。"

徐青莲说："你说得有道理。可我记不大住，你还是给我现场做个示范吧。"说着，不由分说地递过纸张和毛笔，并铺好毡子。

刘寿山只得调好了墨汁，提笔书写起来。

徐长江见他的字如行云流水，又刚劲有力，不禁夸赞道："好字啊，当年我知道刘金桂的楷体字非常有名，没想到寿山书法的功夫丝毫不逊于他的父亲。"

刘寿山不好意思地说："马马虎虎吧。"

徐青莲说："你带了章没有？我要收藏。"

刘寿山说："我出来带那东西做什么。"

"那下次你再带来，给我补盖个章嘛。"徐青莲说着，去拽刘寿山的胳膊。

刘寿山说："行，我答应你。"

正在这时，曾夫人敲门走了进来，她神色慌张地问："玉冰，亮亮来过你这里没有？"

曾玉冰问："没来啊，怎么了，嫂子？"

"她从昨天下午离开家到现在也没回来，不知道去哪了，至今连个音信也没有，急死我了。"

曾玉冰说："嫂子你先坐下喝杯茶，她那么大的人了，不会出什么事的。"

曾夫人落座后，说："都怪我不好，前几天她曾扬话说，近期要外出旅游玩几天。当时，我也没放在心里，只随意说了几句阻拦的话。谁知，她竟然真的外出了。"

刘寿山听了，心里"咯噔"一下，心想：她该不会与寿祥一块走了吧？于是，借口成文堂有事，匆忙离开徐府。

待他回到家里，见父亲刘金桂脸色铁青，戴着一副老花镜，正在细看一封信。

"爹，您在看什么呢？"刘寿山说。

刘金桂摘下老花镜，把信丢给他："你自己看吧。"

刘寿山接过信，见上面写道："爹，妈：孩儿不孝，对不起了。我决定，今天正式离家出走。至于出走的原因，我想你们应该知道，为什么我三番五次地请求你们成全我与亮亮，你们却始终不答应呢？我知道问题的关键，是因为亮亮是曾玉彪的女儿。的确，曾玉彪曾经做过许多伤天害理的事情，伤害过咱老刘家，这些我都记着。可是，这与他女儿的婚事完全是两回事，难道父辈的罪过，需要下辈人来承担吗？难道就因为她是曾玉彪的女儿，就永远不能与刘家结亲吗？我实在想不通，一向宽宏大度的父亲，怎能在这种事上固执己见，斤斤计较呢？我知道，让我明媒正娶曾亮亮，恐怕已没有这个奢望了，我只有通过非常的途径，来寻求我们的幸福之路。我很怀念我在教会学校读书的日子，西方人的民主自由的思想，给我打开了一扇追求自由与光明的门，我终于下了决心，要冲破这个封建传统的牢笼，去大胆追求我们幸福的生活……我携亮亮再次叩拜敬爱的双亲，祝你们健康长寿、平安吉祥！"

看完这封信，刘寿山默默地将信放在了桌子上，说："爹，您别生气，我弟弟还年轻，一时冲动。也许他什么时间想开后就回来了。"

石清梅擦着眼泪说："他会自己主动回来？老四好的没跟你爹学点，这个拗毛病，一学就会，甚至比你爹有过之而无不及。你们赶快想办法找找他吧。"

刘金桂抽了一袋烟，说："去询问一下曾府，曾亮亮是否真的跟寿祥一块出走的？如果真是一块走的，肯定是他们提前筹划好的，我们现在找也没有用。"

"找找试试嘛。"石清梅有些焦急了。

刘金桂说："查询一下古玩店的伙计们，寿祥近期有没有异常举动，看能不能找到点线索。"

刘寿山说："我马上去落实一下。"

这时，他们听到大门外有吵闹的声音，有人大声吆喝道："快让刘金桂出来说话！"

张飞毛跑了进来，说："东家，是曾玉彪来了，吵着向刘家要女儿，非得请您出面不可。"

刘金桂迅速把烟灰末磕掉，说："走，我去会会他！"

刘金桂一出大门，见曾玉彪与刁长廷气势汹汹地站在外面，忙赔笑脸说："是曾掌柜和刁管家来了，有失远迎，快屋里请！"

曾玉彪说："刘家的大门我是不进了。今天我来，你应该知道为什么？"

刘金桂说："曾掌柜，你说得让我有些糊涂了，怎么回事？"

"废话少说，快把我的女儿曾亮亮交出来！"曾玉彪蛮横地说道。

刘金桂说："曾掌柜的女儿自己没有看好，上我这里来要人，是哪门子道理？"

"刘金桂，你少来这一套。按说我们两家在胶州都是名门望族，如果你儿子真的相中了我女儿，就得明媒正娶，派十八台大轿来抬，兴许我会给您点面子的。可是，你指使儿子偷偷摸摸地把我女儿拐走了，这不太像你刘金桂家的做派吧？堂堂的男子汉，岂能做些偷鸡摸狗的事情？"曾玉彪痛斥道。

刘金桂平静地说道："原来曾掌柜早就知道他们相恋的事情？我曾经问儿子说：你一个仪表堂堂的年轻实业家，胶州这么多的好姑娘你不找，怎么偏偏相中了曾玉彪的女儿呢？我担心曾掌柜不会同意你们的婚事。"

曾玉彪瞪着充血的眼睛，说："你，你好觉不错！我女儿看上你家公子，是抬举你们刘家，就好比鲜花插在牛粪上。"

刘金桂并未恼怒，依旧和颜悦色地说："曾掌柜，多说无益！实话实说吧，现在我也不知道我儿子在哪，正派人四处寻找呢。一有消息，我会马上通报给您的。"

"刘金桂，我女儿若有个三长两短，我决不会轻易放过你们刘家！"曾玉彪气急败坏地喊道。

刁长廷见刘金桂可能真的不知情，再纠缠下去也没什么结果，便对刘金桂说道："州衙那边我们暂且不报案了，如果你们有什么线索，请及时通报给我们。"

刘金桂笑道："刁管家要报案，也无妨。请官府的人帮助一起寻找，不是更快捷一些？"

刁长廷被噎了一下，说："报案我怕连累刘家，只要你们把人早早送还，可以既往不咎。"

刘金桂说："如果你那边有了消息，也别忘记通报我一声。"

曾玉彪拉了一把刁长廷的胳膊，说："别跟他们啰唆了，我们走！"

刘金桂双手作揖："二位慢行！"

曾玉彪与刁管家走后，刘金桂一家人回到了家里，石清梅怒骂道："明明是他家的女儿勾引我们儿子走了，还好意思跑到这里要人，真不要脸！"

刘金桂瞥了她一眼，说："你是不是急糊涂了，才胡说八道的。"

"对，是我急糊涂了，你们大老爷们一个个躲在家里干什么？还不赶快出去找？"石清梅情绪似乎有点失控了。

刘金桂对刘寿山说："照我说的，你先去查询一下吧。"

刘寿山答应着，拉着王春燕的胳膊就要出门。

石清梅忽然想起了什么，说："慢着，春燕，你先别走，我问你，前天下午，寿祥好像回来一趟，悄悄地找过你。他有什么事？"

王春燕说："哦，我忘记告诉您了。前天下午寿祥的确回来过一趟，说是秋风凉了，他想添几件秋季的衣裳，问我借几个钱，我就借给他一些。"

"这事你为何不早点告诉我和你爹？你不知道寿祥在跟曾家的闺女谈恋爱吗？他要银子你就从家里拿给他？还有没有脑子？"石清梅的火气忽然上来了。

王春燕从没见婆婆发如此大的火，脸上红一阵白一阵的，说："妈，这些银子是我与寿山平日攒的，没有动用家里的一文钱。"

石清梅说："不管是谁的钱，你若不给他银两，他两手空空的能离家出走吗？"

王春燕分辩道："自家兄弟借钱，我实在不好意思推辞。自己当时真的没有想那么多。"

石清梅呵斥道："你还犟嘴！"

刘金桂瞪了石清梅一眼，说："春燕本是一片好心，你就少说两句吧。"

石清梅说："不行，我得追查清楚。"

刘寿山走过来劝母亲道："妈，是春燕考虑不周，没有及时告诉您，是她不对，您就别再生气了。"

石清梅说："你这个当大哥的也有责任，平日总是惯着他，放纵他，才导致出现今天的结局。"说着，抓起桌子上的鸡毛掸子朝他的胳膊乱抽起来。

王春燕急了眼，拉着刘寿山就向门外走。

石清梅喝道："慢着，老大媳妇，以后这个家你就不必再管了，把钥匙交出来再走！"

王春燕愕然地站定，迟疑了一会儿，将手中的一大串钥匙递给了婆婆，两行热泪"唰"地流了下来。她忽然捂着胸口，踉跄着跑出门外。

刘金桂愤然说道："你今天是吃了枪药啦！"说完，也起身走了。

待他们走后，石清梅趴在桌子上大声抽泣起来。

刘金桂来到成文堂，差人找来杨志明与张飞毛，刘金桂说："寿祥这个不争气的东西，又给大家添麻烦了。"

杨志明说："年轻人容易冲动，您别生气。我建议找一找他吧，即使劝不回来，起码知道他们的下落也好。"

"有什么安排您尽管吩咐给我们。"张飞毛说。

刘金桂说："他俩现在是在跟我赌气，就随他们的意吧。"

杨志明再次请求说："还是打听一下他们目前的下落吧，大家也好安心。"

刘金桂思考了一会儿，说："也好，还是分头去寻吧。胶州城里城外，由张飞毛负责寻找。潍县那边，有刘作信在那里，不知他们是否奔着二书铺刘作信去了，杨管家去一趟潍县看看吧。

注意，只能暗暗寻找，不得惊动他们。只要打听到他们的下落，就算完成了任务。"

张飞毛建议说："若是找着了，还是劝他们回来吧。"

刘金桂摇摇头说："不成。寿祥这孩子从小在优越的环境中长大，饭来张口，衣来伸手，比较娇惯，没有吃过苦头，也没有经历过什么挫折和磨难，尤其是念了几天西式学堂，不同程度地受到了西方思想文化的熏染。因此，满脑子怪思想，还心高气傲。让他出去历练一下，体验一下人世间生活的艰难，未必就是个坏事。"

张飞毛点点头说："刘掌柜的良苦用心我明白了。我马上去寻找他们。"

杨志明说："我明天就去趟潍县，看看那里有什么情况。"

刘金桂说："你们看着办吧。"

到了晚上，在刘寿山的卧室里，他把孩子们都打发走了，端起桌子上的药吹了吹热气。王春燕迷迷糊糊地躺在床上，似醒非醒。她头发凌乱，一脸的憔悴。偶尔还用手抓一下腹部。刘寿山调试了一下药温，端到床边轻声喊道："春燕，喝药了!"

王春燕闭着眼睛，说："我不喝。"

刘寿山耐心地说："喝了吧，药汤停会儿就要凉了。"

王春燕依旧摇了摇头。刘寿山无奈地站在床的旁边。

停了一会儿，王春燕微微地睁开双眼，寻找刘寿山。刘寿山赶忙俯下身子，问："春燕，你好一点了?"

王春燕摇摇头，开口道："寿山，你说实话，我嫁到刘家后，我这个媳妇当得怎么样啊?"

刘寿山说："当得好啊，谁不夸你是个贤妻良母？咱俩前后生了四个孩子，我平日忙着做生意，是你含辛茹苦地把他们一个个拉扯大。你始终上孝敬老人，下呵护孩子，总是默默地付出。我能找到你这样的媳妇，真的是心满意足了。"

王春燕的眼睛湿润了，说："不，我肯定有不少不足。爹妈让我管这个家，是不是有许多料理不到的地方？或者处事不够公道?"

刘寿山说："这方面你可想多了。自从你管家以来，对下面几个兄弟从来都是一视同仁，财务平均分配，从不偏颇。有时候宁肯自己吃点亏，也不让别人挑理。爹妈对你是十分满意的。"

"也未必都做得好，就拿四弟借钱的事儿来说，可能是我处理得有一定欠缺，起码事后没及时跟爹妈告诉一声。"王春燕似乎在反省自己。

刘寿山说："下午的事儿你别往心里去。妈是急疯了才乱发脾气的。可怜天下父母心啊，哪一个孩子出了问题，她都是抠心挖胆似的痛。你也是当母亲的人，应该有同感的。"

听了刘寿山的一席话，王春燕的面容平静祥和了许多，她睁开眼睛，说："我把药汤喝了吧。"

刘寿山立刻小心翼翼地端起药汤，一勺一勺地喂她。王春燕喝了药后，又安静地睡了过去。

在刘金桂的房间，他坐在椅子上，大口大口地吸烟。石清梅给他端来茶水，他视而不见。她多次劝他上床休息，他始终无动于衷。他们俩僵持了半天，刘金桂终于说道："你今天实在太过分了!"

石清梅坐在床边上，低头说道："儿子失踪了，我不是一时着急吗？"

"焦急就可以像疯狗一样乱咬人吗？春燕这个媳妇有多贤惠啊，而且身体还有病，你怎么能这样对待人家？"刘金桂狠狠地瞪了她一眼。

"我知道我错了，现在可后悔死了。"石清梅难过地说。

刘金桂说："知错改错，明天早上把钥匙送过去，再向媳妇赔个不是，把事情化解一下。"

"让我去给媳妇道歉？我可是她的长辈呀。"石清梅有些想不开。

"长辈怎么了，长辈有错就得错到底？常言说，家和万事兴，家不和必遭祸。老四这个丢人现眼的东西已经让我丢尽了脸面，你再一番闹腾，这不是火上浇油吗？解铃还须系铃人，你自己掂量着办吧。"刘金桂把烟锅里的灰磕掉，又一口气将茶杯里的茶水喝光。

石清梅稍有犹豫，小声说道："我知道该怎么做了。"

这一夜，石清梅辗转反侧，没有睡好。第二天早上，公鸡刚打鸣的时候，她就来到了厨房，用温火炖了两只鸽子。然后，盛在一个瓦罐里，小心地提着，早早地来到刘寿山家里。刘寿山刚刚洗漱完毕，见母亲来了，赶忙上前迎接。石清梅问："春燕醒了没有？"

刘寿山说："刚醒，您进去吧。"

王春燕见婆婆来了，努力从床上爬起来坐好。石清梅说："别动，倚着床背就好。我给你刚炖了两只鸽子，你趁热吃了，补补身体。"

"妈，大清早的，您不用这么辛苦，我随便吃点什么就行了。"王春燕说。

"你尝尝这口味怎么样？"石清梅亲自用汤匙喂了她几口。

王春燕说："好喝，真鲜！"

石清梅说："再把鸽子肉吃了。"

直到看着儿媳妇把鸽子吃掉了，石清梅才懊悔地说道："唉，昨天我真是老糊涂了，心里一着急，脑袋就蒙了，好端端地朝老大媳妇发了一顿火，真是太不应该。春燕没生我的气吧？"

王春燕的眼泪"唰"地一下流了下来，说："妈，我怎么会生您的气呢？自从我嫁给寿山，您一直拿我像亲闺女一样对待，我感激还来不及呢。"

"你办事历来公道，想得又周到，是个称职的好管家。这个家还得你操持啊！"石清梅说着，从衣兜里掏出一大串钥匙，递到她的手里。

王春燕说："谢谢妈的信任和支持。可是，我现在病成这个样子，怕是心有余而力不足啊。这个钥匙我还是不接了吧。"

石清梅说："你若不接，妈的心不安啊。你还年轻，这点小病没啥大不了的。拿着吧，妈知道你能够胜任的。"

王春燕握紧钥匙："妈，钥匙我接了，但我有个要求，平时若有纰漏的地方，您可一定给我指出来，以便我及时纠正。"

"我是个直性子，若你们真有毛病我肯定是要说的。说错了，也别往心里去。"石清梅笑笑说。

王春燕说："谢谢妈。您还没吃早饭吧，我下去给您煮碗面条？"

石清梅说："不用了，我还得回去侍候你爹吃早饭呢。你赶快躺下休息会儿。等这个周末咱们一起去做礼拜。"

王春燕孩子似的望着婆婆，愉快地答应了。

等石清梅赶回家，刘金桂已经在厨房做好了荷包蛋面条。石清梅说："今儿个真是日头从西面出来了。"

刘金桂不动声色地问："到大媳妇那里干吗去了？"

石清梅故意板着脸说："明知故问！"

刘金桂神秘地问她："去赔礼道歉了？你不是不想去吗？"

"还不是你逼的？"石清梅说。

刘金桂说："我可没逼你，是你自愿的。当婆婆的能大能小，能伸能屈，有度量！"

"快吃你的饭吧，别挖苦我了。"石清梅说。

刘金桂边吃边问道："大媳妇的身体见好吗？"

石清梅叹了一口气，说："我感觉她的病一天比一天重了。"

一丝乌云霎时布满刘金桂的脸上，他只吃了半碗面条，便一点胃口也没有了。他放下碗筷，说："中医实在不行，就去教会医院治疗一下看看吧。"

周日，石清梅与老大、老二媳妇乘马车去福音大教堂做了礼拜，王春燕的精神有所好转，但病情依旧没有见好。周一上午，在刘金桂的督促下，王春燕又住进了教会医院，开始进行西医治疗。

张飞毛接受任务后，二话没说就来到了刘寿祥原来居住的房屋处，先后向他的两三个邻居打听情况，大家都说不清楚。正在他为难之时，他忽然发现乞丐帮头目万大头，手执一只竹篮从胡同里走了出来。他吆喝了一声："万大头，干吗呢？"

万大头定睛一看，说："张大叔，你怎么到这来了？"

张飞毛将他叫到一边，悄声说道："我是来找刘寿祥少爷的，你这两天见过他没有？"

万大头摇摇头说："没看见，找他干吗？"

张飞毛把刘寿祥失踪的消息告诉了万大头。万大头说："平日刘掌柜对我们有恩，寻人的事就交给我们好了，不用你亲自出马。"

张飞毛说："辛苦弟兄们了！"

"没问题，关键时刻出点力是应该的。我马上派兄弟们四处打探一下。一有信就去成文堂找你。"万大头说。

张飞毛说："太感谢兄弟们了！"

两天后，万大头来找张飞毛，告诉他说："刘寿祥走的那天，是租了一辆马车走的，当马车行到城西郊的时候，恰好被我一个行乞的兄弟拦住了车辆，四少爷给了他一文银子，我兄弟认识他，便问四少爷要去哪里？四少爷说他要回趟老家看看……"

张飞毛立刻领着他去见了刘金桂，刘金桂听后，说："有可能是回老家了。让你们辛苦了！飞毛，拿点碎银给他！"

万大头却坚辞不收，说："平日刘掌柜这么关照我们，我们做这点事情是应该的，决不能收取任何报酬。"

刘金桂问："帮里现在还有多少人？"

"四五十号人呢。"万大头回头说。

"生存是个大问题啊，这点银子你拿回去，另外，我教你们一条谋生的小门路。"刘金桂说，"胶州城现在有十多个集市，你们在每个集市的边角建一至两个简易厕所，挖个大坑，外面围上人头高的篱笆即可。到时，你们把收集的粪便卖给乡下的菜农，一年算下来也是一笔可观的收入。你们用这些钱给兄弟们添置点衣物，买点吃的用的，不好吗？"

张飞毛说："建好了厕所，赶集的人不能随地大小便，集市干净卫生了，这是两全其美的好事呀！"

万大头似乎也开了窍，感激地说道："这个主意太好了！省钱省力，还有一大笔收入。"

刘金桂说："你们这些人年纪轻轻的，可不能惜力气，最终还是要靠劳动求生存的。"

万大头点点头说："刘掌柜，我明白了，谢谢您的指点！"

万大头带上银子走后，刘金桂说："顺着这个线索，你这两天去趟招远、黄县那边访听一下。"

张飞毛说："我明天就去。"

几天后，杨志明也回信了。只是，杨志明查寻的这几个地方，音讯杳无。刘金桂告诉他，已经派张飞毛去招远那边寻找去了。

不久，张飞毛告诉刘金桂：刘寿祥与曾亮亮现已找到，他俩现在黄县城租房居住，刘寿祥还受聘在一家私塾当老师，目前他俩的生活已经安顿下来。据说是刘寿恭暗中给他们提供了帮助。

刘金桂说："老三现在翅膀硬了，竟敢与老四合伙对付我，看我怎么收拾他们！"

张飞毛说："刘掌柜，您不是说人查到就行了吗？您还跟他们较真，何必呢？"

刘金桂苦笑了一下，说："你啊，确实实在。那我暂且不与他们计较，这笔账等以后再算吧。"

杨志明说："我觉得，有寿恭帮助他们，他们应该不会饿着的。不过，我们应该定期给他送点生活费去，那样更近乎情理些。"

"他想得美，不用管他！"刘金桂说，"这事先到此为止。注意，对外任何人不要提及。"

张飞毛说："我们知道。"

刘金桂又说："杨管家，你去外面买点礼品，我们去趟教会医院看看老大媳妇。飞毛，你把马车赶过来，一起去吧。"

一会儿的工夫，他们三人驱车到了教会医院，刘金桂初来乍到，只见宽敞的走廊里，身着白大褂的外国医生及年轻端庄的护士进进出出，只感到十分的陌生。在杨志明的陪伴下，他们来到了王春燕住的病房。病房里安了四张病床，王春燕就在靠窗的地方，正在打吊瓶。刘寿山见父亲他们来了，赶忙起身迎接。刘金桂问："大媳妇好些了吗？"

刘寿山神情木然地摇了摇头。他准备叫醒正昏睡着的王春燕，被刘金桂阻止了："让她睡会吧，别惊动她。"

刘金桂看了看床头桌上的一堆西药，多是白色的小药片，又望着吊瓶里晶莹无色的药汁，心中产生诸多的疑惑和迷惘。他对刘寿山说："要请最好的医生，用最好的药，不要怕花钱。"

"我会的。"刘寿山红着眼睛说，"只怕她的病……"

刘金桂打断了他的话，说："要不惜一切代价，全力治好她的病。你近期不用挂牵石印馆的事，那边有我与杨管家操持，你专心照顾好春燕就行了。"

"您年纪大了，别太操劳，一定注意休息。"刘寿山说。

杨志明说："这里若人手不够，我再派个护理人员。有什么事及时跟家里打招呼。我们刚带了点水果与点心，你们抓紧吃了，别放时间太长。"

"谢谢杨管家，让大家跟着操心了。"刘寿山说。

杨志明说："没事，辛苦你了。"

"经常往家里捎个信，告诉一下这里的情况。我们先回去了。"刘金桂再三叮嘱道。

从教会医院出来，刘金桂的心情陡然变得沉重起来。因为他发现，王春燕的气色不太好看，尤其是医治一周多了，病情依旧未见好转，这使他感到忧心忡忡。他问杨志明说："你说实话，老大媳妇的病还能不能治好？"

杨志明劝导说："俗话说，病来如山倒，病去如抽丝。她才来了一周多，哪能立刻就见好转？您甭着急，观察一段时间再说吧。"

刘金桂听了生气地说："你不要说些劝慰的话，给我实话实说不行吗？"

杨志明看了他一眼，说："我又不是医生。不过，人有时也得听天由命啊。"

刘金桂不再追问，他的手哆嗦着点了一袋烟，开始大口大口地吸起来。

半个月后，刘寿山大白天突然回家了，要找二老商量事情。见面之后，刘寿山直截了当地说道："爹，妈，春燕的病治不好了，她快不行了。我今天回来，主要是想跟二老商量一下她的后事。"

刘金桂与石清梅一下子惊呆了，两个人霎时泪流满面。石清梅忍不住抽泣起来。刘金桂说："她的后事，你准备如何安排？"

"今天早上，春燕清醒的时候，提出一个请求，她死后想按圣言会教徒的葬礼仪式举行，要我跟二老商议一下这样可否？"

刘金桂双眉紧皱，说道："王春燕是不是刘家的媳妇？她是不是中国人啊？她怎么能按照西方教会的仪式举办？如果她现在断绝与刘家的联系，她想怎么样，我决不反对。"

一时间，家里的空气快要凝固了。刘寿山求助地看着母亲，期盼着母亲替他说几句话。可母亲却低着头，视而不见。刘寿山心里这才仿佛明白，母亲可能也有抵触。于是，他开口说道："春燕嫁过来已经十八年了，这些年里，她相夫教子，勤勤恳恳，从没有提出过分的要求。如今，她快不行了，最后提出这么一个要求，您二老就忍心拒绝吗？"说着，一下子跪在地上。

石清梅终于开口了："春燕活着的时候，已经为刘家奉献了她的青春和一切，为刘家哺育了四个男儿，使得刘家香火不断，她是功不可没啊。人死如灯灭，孩子他爹，我求求你，就满足孩子这个请求吧。"说着，过去拉刘寿山起来。

但刘寿山固执地跪地不起。

刘金桂见此情景，心里跟打翻了五味瓶般难受，经过一番思索，他终于妥协了，说道："罢了，老刘家的规矩破例一次吧，就按老大媳妇的要求办吧。只是，弥撒仪式进行完毕后，她的尸体要运回老家祖茔地安葬。"

刘寿山朝父母磕了一个响头后，说道："我与春燕一起谢谢爹，谢谢妈！"然后快速走出门外。

此时，刘金桂再也控制不住自己的感情，两行混浊的老泪夺眶而出。

第三十七回　刘金桂巧解困局　助徐府重振家业

　　刘寿山在老家安葬妻子王春燕后，有一段时间一直沉浸在巨大的悲伤之中。他们两人虽然没有青梅竹马的经历，但是，结婚后心心相印，感情笃深，很少有红脸红脖子的时候。如今，她扔下自己与四个孩子，独自走了，刘寿山只感到天塌地陷一般，经常夜不能寐。为此，刘金桂劝他说："儿啊，人的命运一半在自己把握，一半由上天安排，未知的成分太多，凡成大器者有几人不是命运多舛？人去不能复生，活着的人更要担负起责任。成文堂还需要你扛大梁，孩子们还需要你抚养，你不能再消沉下去了，要像个顶天立地的男子汉，也好给孩子们树立个榜样。"

　　刘寿山听了父亲的肺腑之言，压抑的心情略有放松，他只是淡淡地说道："爹，我没事，我调节一下自己的情绪很快会好的。我想，世间没有过不去的坎，再难的事咬咬牙就挺过去了。"

　　"男子汉就应该这个样子。近期石印馆的生意怎么样？"刘金桂转入正题。

　　刘寿山有些担忧地说："虽然日常尚能维持，但印刷订单减少了很多，不能满负荷生产。"

　　"什么原因？"刘金桂问。

　　刘寿山说："我听说曾玉彪与石铁蛋靠行贿新结识了刚来胶州上任的学正邹开生，请他给各大书院施加压力，争抢订单。有些山长考虑到与我们的协作关系，顶着没动。有的则妥协了，就把一些教材的订单给了德华石印馆。"

　　刘金桂说："德华石印馆这么快就在暗中出手了？"

　　刘寿山说："曾玉彪他们不仅垄断了圣言会的材料印刷业务，还不断抢占胶州各书院和私塾的订单，分明是在挖我们的墙脚，最终想彻底挤垮我们成文堂啊！"

　　刘金桂说："为参加科考的寒门学子提供各类教材和资料，是目前我们的主要业务，各类书院和私塾更是我们的重点推销市场。一旦我们丢掉了这块市场，成文堂就难以在印刷行业立足。因此，我们必须采取果断的应对措施。"

"您说怎么应对？"刘寿山为难地说。

刘金桂说："长期以来，成文堂靠的是质量，讲的是信誉，才赢得了众多客户的信赖和支持。今后，我们还要在服务方面大做文章，要主动去与各书院和私塾沟通联络，想方设法为他们提供更多的便利。总之，这块市场是成文堂的命根子，必须保住。"

刘寿山似乎受到启发，说："我想增加一辆送货车，待书印好后，不必等客户自己来取，我们主动送过去。另外，在胶州再开设部分销售点，建立一个遍布城乡的销售网络，以扩大我们的销售量。"

刘金桂说："这个主意不错，我很赞成。同时，我认为，成文堂现在是雕版印刷和石版印刷两个轮子一起转，什么订单都可以做了。因此，印刷的种类和视野必须放开，必要时，我们可以翻印一些中国四大名著、古侠传奇之类的书籍，一些生产生活技能方面的书籍也可以印刷，以满足更多读者的口味和需求。只有不断地开辟新的市场和客户，我们才能在竞争中站稳脚跟。"

刘寿山说："爹，原来我觉得您多少有点传统守旧，真没想到您在经营策略上总是有独到和超前的发展眼光。我是怎么学也赶不上您老人家的。"

"话可不能这么说，长江后浪推前浪，一代更比一代强。你要在干中学，学中干，早晚会积累丰富的学识和经验，千万不可妄自菲薄。"刘金桂说。

刘寿山说："爹，我记住了。"他忽然间感到身上的担子沉甸甸的。

刘金桂又嘱咐说："徐府那边的刻印坊，你还要经常过去指导一下，安排足够的订单给他们，确保他们能够支撑和发展下去。"

刘寿山说："我会特别关照他们的。"

在徐府的作坊里，曾玉冰戴着花镜正聚精会神地检验刚刚装订的书籍，她以挑剔的眼光仔细审阅着桌子上的样品书，然后，将个别有点瑕疵的书挑了出来。这时，秋芬匆匆走了进来，在她的耳边低声说道："徐老爷找你，要你回家一趟。"

曾玉冰放下手中的书，穿过宽敞的大院，快步来到徐府的会客厅。徐长江身着绿地绸缎做的长袍，手执一根贵重的拐杖，端坐在一张太师椅子上。曾玉冰见老爷子和颜悦色，精神不错，紧悬的心便放松了下来。她说："爹，您找我有事？"

"是的，青松他娘，你坐下说话。"徐长江招呼儿媳妇坐下。

待秋芬添上茶水离开房间后，徐长江开口说道："青松近来干得怎么样？"

曾玉冰说："青松这孩子挺有志气的，做什么事情很要强，挺扎实的，不像他爹那样浮躁，印书坊打点的有条不紊，获利也比较可观，现在家里的各项开支都够用的了。他计划再干上个三五年，攒点本钱，再上个绸缎庄。"

徐长江的脸上露出了久违的笑容，说："我生了一个不长俊的儿子，是我人生最大的不幸。但我有个有骨气、有才能、走正道的孙子，是我徐府不幸中的万幸啊！我对青松观察了好长时间了，我发现他勤奋敬业，不怕吃苦，能伸能屈，将来是个做大事的材料。"

青松得到了爷爷的好评与肯定，当母亲的自然喜不自禁。她连忙给徐长江的杯子斟上茶水。说："青松听了爷爷的表扬，肯定会特别高兴的。"

"因此，我决定，给他创造一个机会，让他施展一下自己的聪明才智。"徐长江缓缓说道，"我省吃俭用攒了一千两银子，本是我的养老钱，一直没舍得动。今儿我想拿出来让青松去做生意，再筹建一个绸缎庄。因为做绸缎生意是我们徐府发家的根基，也是最熟悉的老本行，生意场上客户多，朋友多，如果有个得力的人手操持，再有我的扶持，徐府完全有可能东山再起。我看，经过前段的磨砺，青松应该成熟了，就由他去挑这个大梁吧。"

曾玉冰甚为激动，说："这笔养老钱您还是不要动了，万一青松没做成赔了怎么办？"

徐长江说："我是经过慎重考虑才拿出来的，我信任青松，给他创造一个舞台，让他放手一搏吧，输赢我都认了。不过，我对今后的前景还是蛮有信心的。"

曾玉冰起身致谢："谢谢爹对青松的信任和厚爱，我相信，青松不会辜负您的期望。徐府翻身的时刻指日可待了。"

徐长江说："为了给青松增加点压力和责任，我考虑，这笔款要经刘金桂的手'借'给他。刘金桂那边你提前跟人家商量好。我的意思你明白吧？"

"爹，您的良苦用心我都明白。方便的时候，让青松过来一趟，您可当面教导他，帮他筹划一下。"曾玉冰说。

"让他明天上午过来一趟吧。"徐长江说。

曾玉冰心情十分激动，赶紧应承下来。

晚上，曾玉冰找到徐青松说："你爷爷觉得你现在成熟稳重了不少，对你寄予厚望。他希望你能再筹建一个绸缎庄，继续做咱最熟悉的丝绸生意，不知你是否愿意？"

"妈，不瞒您说，我早有此意，原计划印书坊再干上个三年两载的，积攒点本钱，再去筹建绸缎庄。没想到我的想法跟爷爷不谋而合。"

"你爷爷的意思，现在就筹划建设，早开工、早受益。另外，你爷爷做了一辈子丝绸生意，有广泛的人脉，趁他健在的时候，还能帮你一把。至于资金投入等方面的事情，你去听听爷爷的意见，一块分析探讨一下，请爷爷给你支个招。"曾玉冰说。

"那太好了。我一会儿就去找爷爷。"徐青松按捺不住内心的激动，兴奋地在房间里蹦跳起来。

"晚上就别打扰爷爷休息了。你明天上午过去吧。"曾玉冰吩咐说。

徐青松在房间里走了几步，忽然停住脚步，说："印书坊的生意现在也不错，虽然钱挣得比较辛苦，但收入还算平稳。我走了，那里怎么办？"

"这事要跟你刘叔商量一下再说，这里毕竟是成文堂的分号，大事还是应该跟他们协商好了。不过，我初步设想，你走后，让青莲去接你的职位比较好。"

徐青松有点疑虑，说："一个女孩子做掌柜的，能服众吗？"

"女孩子怎么了？别看你妹妹长得纤细文弱，但她从小要强，性格泼辣，完全有一种男人气概，为人处事大度着呢。"曾玉冰夸赞女儿说。

"这我知道，平日连我都惧怕她三分呢。我只是担心她业务不熟啊。"徐青松说。

"业务不熟学嘛，你也不是自来就会的。再说，我身体还不错，平日可以帮帮她。"曾玉冰说。

"有您坐镇，我就没有担心的了。"徐青松说。

"你早做准备吧。"曾玉冰说，"你爹是没什么指望了，现在你爷爷和我的全部希望就寄托在你的身上，你要赌出这口志气来。"

"我一定不辜负爷爷和您的期望。将来生意做大了，我要把爹输掉的东西全部赎回来。"徐青松的目光在蜡烛的辉映下，霎时闪出一道炽热的光亮。

"妈知道你是个胸怀大志的人，我期待这一天早一天到来。"曾玉冰的眼睛湿润了。

第二天一大早，曾玉冰带了一条鲢鱼及一包点心来到了刘家，她要看望一下患病的石清梅。听说曾玉冰来了，石清梅一骨碌从床上爬了起来，将头发简单地拢了拢就来到了客厅。她说："妹妹来了，你快坐下。你瞧我这狼

大书铺

狈样，请别见笑。"

曾玉冰说："听说姐姐病了，我来看看你。"

"自从老大媳妇走后，我这头疼病又犯了，晚上经常半宿睡不着觉。"石清梅伤心地说道，"春燕年龄并不太大，可惜红颜薄命，走得太早。我是白发人送黑发人，伤心啊。"

曾玉冰说："我看你跟大媳妇感情太要好，因此，思虑成疾啊。宋朝苏轼在《水调歌头》说道："不应有恨，何事长向别时圆？月有阴晴圆缺，人有悲欢离合，此事古难全。"我们都到了这个年龄，更得看开点，想开点，别整天郁郁寡欢的，跟自己过不去。我刚带了条鲢鱼，你把鱼头好好炖炖，多放点水。鱼头汤最健脑安神。"

"还是妹妹心细，知道疼我。"石清梅感激地说，"金桂一大早去了成文堂的书房，你若有什么事直接去找他吧。"

曾玉冰说："印书坊那边还有点事找金桂哥商量。"

"那你快去吧，我就不陪你了。我浑身没有力气，懒得动弹。"石清梅说。

"那你赶快休息吧，我不打扰你了。"曾玉冰说完，出了刘家客厅，径直来到成文堂。

刘金桂正在查阅账本，见到曾玉冰来了，起身让座，说："哪阵风把你吹来了？有什么事吗？"

"没事就不能过来看看你呀？"曾玉冰说。

"我这里的大门随时为你敞开。"刘金桂说，"不过，凭我的经验，你是无事不登三宝殿的。"

曾玉冰说："什么事也瞒不了你，还真有件事需要你帮忙。"然后，她把公爹请刘金桂帮忙转"借"钱的事情说了一遍。

刘金桂说："老爷子是给我安排了个美差事，做这样的好人，我何乐而不为呢？你让青松来找我好了，我会做得滴水不漏。"

"我当然信任你。只是还希望你给他支支招，点点路子，把你的经验多传授给他。"曾玉冰说。

刘金桂说："现在光凭经验做事不行喽，年轻人思路活跃，有自己独到的想法。所以，你教他，他也不一定愿意学，当然想学也未必都能学得来。"

曾玉冰说："你少给我推辞，你的儿子、孙子培养得那么好，我的儿子你就不管不问了？"

刘金桂说："看，你性子还是那么急。他的事我要管，而且要管到底，扶上马还要送一程。"

"我不要你耍贫嘴，反正青松交给你了，你要负责带到底。"曾玉冰说。

"好吧，不过，带不好到时可别埋怨我。"刘金桂笑笑说。

"还有，印书坊那边，青松走了之后，我想让青莲过去接手，不知你同意不?"曾玉冰问。

刘金桂略有思考，说："青莲去接，也不错。这闺女聪明又能干，一定会胜任的。"

曾玉冰说："她人虽然聪明，但刚开始接触，怕是不太适应。"

刘金桂说："总得有个适应阶段嘛。这段时间有什么不懂的，就让寿山去帮帮她。"

"有寿山帮带，我就放心了。"曾玉冰忽然转换了话题，说："我刚才去家里见到姐姐，发现她的精神状态还不是很好，你要多开导一下。"

"你姐这人心地善良，重感情，春燕的离去对她的打击很大，慢慢调整吧。"刘金桂说，"我听说你经常到印书坊干活，没必要的。去掌个眼可以，就别亲自操作了。"

"闲着没事，去活动一下筋骨挺好的。"曾玉冰说。

"当年四体不勤的大小姐，现在什么也能干了，真不容易啊!"刘金桂说。

曾玉冰说："此一时，彼一时。都是生计所迫啊。"

刘金桂说："青松这孩子做事扎实，是块好料子，由他经营绸缎庄，前程无量啊。你的苦日子也快熬到头了。"

曾玉冰眼含热泪，说道："但愿如此吧。"

两天后，徐青松按照爷爷的嘱托，忐忑不安地来到了成文堂，拜见了刘金桂。刘金桂说："听说你把印书坊做得不错，订单完成得很及时，印刷质量也能保证，客户对你们甚为满意。人无论干什么事情就得善于动脑筋，勤奋、扎实，一丝不苟。这些你都做到了，寿山时常夸奖你。"

"这都是您教导得好，寿山大哥具体指导得好。"徐青松说。

刘金桂见徐青松谦虚稳重，心里越发喜欢起来。说："你还年轻，今后的路还很长，要学的东西还很多。生活中学无止境啊。"

"刘叔说得有道理，只有多读书、多积累，才能改变人的命运。"徐青松说。

"你爷爷的身体怎么样了?"刘金桂关切地问道。

徐青松说："那次我爹把家产输光后，我爷爷大病一场，差点去了鬼门关。自从您帮助我们上了印书坊后，爷爷对今后生活又看到了希望，精神状态好多了。加之我妹妹学了针灸术，把他的腿疼病给治好了。他还每天早晨坚持打拳锻炼，身体恢复得可好了，平时饭量一点不比我的少。"

"大难无恙，必有后福。你爷爷是个宽宏大度之人，无论遇到什么样的坎，他都能挺过去的。"刘金桂赞赏地说道。

"提起爷爷，他还托我向您问好，并要您保重身体。"徐青松很快切入话题，说："他还建议我筹办一个新的绸缎庄，以尽快振兴家业。"

"这个建议不错，做绸缎生意是你们徐府的老本行，人脉资源广，运作经验丰富，独具优势啊。"刘金桂表示赞成。

徐青松低声说道："可是目前缺少资金投入啊。所以，此次来想请刘叔帮忙。"

"需要多少银两？"刘金桂问。

"至少一千两吧。"徐青松说。

刘金桂没有直接回答，而是问道："绸缎生意虽然是你家的老本行，但据我所知，你以往涉足不深，主要靠你爷爷支撑。我想问你，绸缎庄建成后，你准备如何经营？"

徐青松略加思考，说："我初步准备采取三种办法，第一，迅速恢复与老客户的业务关系，争取生产商户给予赊销、代销等优惠政策，弥补资金紧缺的问题；第二，加强内部雇工的培训，使其个个成为行家里手；第三，诚实经营，童叟无欺，争取早日赢得客户信赖。"

刘金桂轻轻地拍了拍手说："你这三板斧用好了，这个绸缎庄就一定能干好！这一千两银子我借给你。"说完，从抽屉里取出一张一千两的银票递给他。

徐青松双手捧着银票，内心特别激动，说："谢谢刘叔！千言万语表达不尽我的感激之情，我就什么也不说了。"

刘金桂说："不用谢，叔支持你是应该的。"说完，递过一张空白纸。

徐青松明白他的意思，迅速打了一张欠条递过来。

刘金桂扫了一眼说："字写得不咋的啊。空闲的时候要把字好好练练。同时，学会打算盘，把账目理清楚，这是做生意所必备的基本技能啊。"

"刘叔，谢谢您的教诲，我都记住了。"徐青松说。

刘金桂说："以后无论遇到什么困难，都要告诉我。你妈给我交代了一个任务，要我监督指导你。我怕不能胜任啊。"

"我有刘叔的指点和呵护，信心更足了。"徐青松说，"另外，我想请刘叔给绸缎庄起个新名字。"

刘金桂想了想说："你家原来的那个名字是不能叫了，就叫东山绸缎庄如何？"

徐青松会意地点点头说："这个名字好，我一定会东山再起的。"

刘金桂一直把他送到门外，鼓励他说："为了你爷爷，为了你妈，也为了徐府的荣誉，一定要赌口气，成败就看你的了！"

"请您放心，我决不会辜负刘叔的期望。告辞了！"徐青松深鞠了一躬。

徐青松回家后，又跟爷爷商量了一番，徐长江说："你先在城里繁华的地段租个门面房吧，最好临街，后院带有仓库。"

"东关那边的地角如何？平日我见东关大街那边比较繁华和热闹，人流量挺大的。"徐青松说。

徐长江说："那边的街道宽阔，人气还行，你去物色一下，看好了告诉我。"

不久，徐青松在东关大街东南角看好了一幢二层楼，一层可以做门市，二楼可以作书房和卧室，后面是一个院子，院子虽然不大，但是，院子北边是八间平房，简单地收拾一下屋顶就可作仓库。房主是个盐商，叫牟维华，近几年贩盐发了财，将总号搬到了济南，这处楼房便闲置下来，急欲整体出租。牟维华领着徐青松将房子里里外外看了一遍，问其是否满意。徐青松表示房子不错，愿意租下来，只是不知房租多少。牟维华说，房子整体租下来，自然要给予优惠。两个人谈得很默契，很快一拍即合。双方约定，明天上午来这里签订房屋租赁契约。

徐青松筹办绸缎庄的消息，很快传到了曾玉彪和刁长廷的耳朵里，晚饭后，他们两人慢慢地品着茶，抽着烟，一直商量到半宿。曾玉彪说："据我了解，我这个外甥一点也不随他爹，性格刚毅，有勇有谋，不是一个省油的灯。他凭着好好的印书坊不干，涉足绸缎生意做什么？我看这小子野心不小，该不会想着为他父亲报一箭之仇吧？"

"来者不善，善者不来。我听说他们把店名都起好了，叫什么东山绸缎庄，这不是分明想东山再起吗？他这是明摆着要与你对着干，你可要有思想准备。"刁长廷说。

"为了避免以后出现两家激烈竞争的局面，现在我们就要想办法阻止他。"

曾玉彪黑着脸说。

"怎么阻止?"刁长廷问。

曾玉彪说:"你明天从烟馆带上两个弟兄迅速找到牟维华,与他好好谈谈,吓唬他一下,阻止他把临街的楼房租赁给徐青松。"

刁长廷说:"也不知牟维华有什么背景,他能听咱的指使吗?"

曾玉彪说:"牟维华只是个普通的盐商,没什么大的靠山。这个人处事圆滑,谨小慎微,你们只管带上猎枪、刀斧等家把什吓唬他一番再说。但是,先不要轻易动手。"

"他若不听怎么办?"刁长廷问。

"他敢不听?他是个识时务者,不会敬酒不吃吃罚酒的。"曾玉彪冷笑一声,"他若真不识抬举,自会有好果子吃的。"

"我们明天就去找他。"刁长廷说。

"嗯,今天就谈到这里,你去休息吧。"曾玉彪催促刁长廷走后,自己仍没有睡意,于是,点了一袋烟,嘶嘶啦啦地吸起来。

几天后,刁长廷向曾玉彪报告,事情已经摆平,那个牟维华果然胆小如鼠,经过一番犹豫,终于答应与徐青松解除房屋租赁契约。曾玉彪问:"徐青松有何反应没有?"

刁长廷说:"那个小子听说牟掌柜不租给他了,气得直蹦高,说什么东方不亮西方亮,他就不信偌大的胶州城就没有他的立足之地。"

曾玉彪笑笑说:"毕竟嫩了点,不知天高地厚,他就不知道东关大街租不成,那西关大街就能容得下他?"

刁长廷附和道:"孙悟空再能,还能跳出如来佛的手掌心?"

曾玉彪说:"派人继续观察其动向。"

房屋租赁契约被解除后,徐青松的心里十分郁闷。他曾几次追问牟维华反悔的原因,可牟维华始终含糊其词,不肯说出真正的原因。这不禁使他想到,牟维华是不是受到什么胁迫或压力才这样做的。难道又是曾玉彪在背后捣的鬼?带着这样的疑问和满腔的愤懑,他找到了刘金桂,请他帮助分析一下其中的缘由。刘金桂听了他的诉说,说道:"显而易见,牟维华是受人胁迫才解除房屋租赁契约的。而幕后的主使,很可能就是曾玉彪。他是担心你将来一旦成气候了,直接威胁到他的利益。"

"我也觉得事情有些蹊跷,怀疑是曾玉彪捣的鬼,可眼前怎么办才好?这口气我实在咽不下去啊。"徐青松停顿了一会儿,说:"实在不行,我先忍忍,到别处去另租吧。"

刘金桂说:"你到别处去租,他就能遂你心愿?现在的事情明摆着,无论你到哪去租,他都不会善罢甘休的。"

"曾玉彪欺人太甚!我找他说理去!"徐青松气愤地说。

"他要是讲理,早就好了。"刘金桂说。

"那就没有别的办法了?"徐青松有些气馁地说。

"你真看好牟维华的那套房子?"刘金桂问。

"真看好了,是我近期看到的最为理想的一套。"徐青松说。

"既然这样,我去找牟维华交涉一下,你听信就是。"刘金桂和颜悦色地说。

"又让刘叔跟着操心了。"徐青松说。

"跟叔客气,就见外了。"刘金桂说,"你先领我去东关大街看看房子再说吧。"

在徐青松的引导下,他们乘马车很快来到了牟维华的房子那里。正巧,牟维华领着人在维修门窗。见到刘金桂甚为吃惊,说:"不知道刘掌柜光临,有失远迎。"他与刘金桂五年前就认识,牟维华曾经因为一桩官司,请刘金桂去州衙疏通过关系,才得以顺利解决,因此,一直对刘金桂心存感激,尤其是对他的人品十分推崇。

刘金桂说:"早知道牟掌柜要维修,我派几个伙计过来帮忙好了。"

"区区小事,岂敢麻烦您老人家?"牟维华说,"请刘掌柜这边说话。"他领着刘金桂单独上了二楼的一间茶室。

二人坐定后,刘金桂说:"听说牟掌柜要搬家?"

牟维华说:"总店刚刚搬去济南府了,胶州这边原有两个盐店,一个在东关大街,一个在城隍庙后街,我想只保留城隍庙后街那个就行了,东关这个要撤掉。"

"这个闲置的店你想出租还是出售?"刘金桂问。

牟维华忽然苦笑了一下,说:"原来我想出租给徐府的徐青松,后来,因为遇到了点意外和麻烦,因此没有租成。我对不住人家啊,可又无可奈何。"

刘金桂说:"你们不是谈好了吗,怎么说变卦就变卦了?"

牟维华似有难言之隐,说:"不方便说,请多包涵!"

刘金桂见状，没再追问，便说道："这套房子你打算出售吗？"

牟维华说："这要看买主是谁了。如果是徐青松，我是断然不敢卖给他的。如果是您要，我是可以考虑的。"

刘金桂说："我要，你出个价格吧。"

"您真的要？"牟维华眼睛一亮，说："这个地段在胶州可是个黄金地角，是做买卖的绝佳地方，您可真有眼力。"

"我真的要！"刘金桂说。

牟维华见他并非戏言，心里想："刘金桂是曾玉彪生意场上的老对手，争斗了几十年，谁也没把谁打趴。徐青松若是买，恐怕他们还要从中作梗，刘金桂想要，任谁阻拦怕也没有这个能量。"于是说道："我出租给徐府怕有人干预，我出售给刘掌柜心里最踏实。因此，我愿意卖给您。按照现在的市场价，此房能值八千两银，念在您我多年的交情上，您给我五千两即可成交。"

刘金桂对房子的位置与价值自然心中有数，说道："我出个公道价，六千两吧，你也别吃亏。"

牟维华一怔，说："别人都急着向我讨价还价，您却给我涨价，叫我说什么好？您的确是个公道、仗义之人。这个价格我同意了，同时，这里的家具和厨房的用品我都不带了，全部赠送给您。您看如何？"

刘金桂说："牟掌柜为人敞亮，够意思。你看我们什么时间办理出售手续？"

"明天上午签订售房契约，您看在哪里办理？"牟维华说。

"行，明天上午在胶州商会办理吧，请法四爷他们做个见证人。"刘金桂握着他的手，说："交易完成之前，此事万不可对外泄露。"

"我明白，您放心好了。我是个说话算数的人。"牟维华说。

"明天见！"刘金桂双手作揖。

"不见不散！"牟维华赶忙还礼。

刘金桂匆忙下楼，叫上徐青松迅速乘车进了一条胡同，出了胡同口，拐了个弯，才上了返回的路程。徐青松见刘金桂神情凝重，低头什么也不说，也不便多问。待马车走到成文堂的门口，刘金桂跳下了车，对徐青松说："东关大街这边的房子你就先不用考虑了，你到长安街那边物色一下吧。"

徐青松立马显出一副怅然若失的样子，说："刘叔，您回家休息吧，我这就到长安街去一趟。"

刘金桂对张飞毛说："飞毛，你陪徐青松一起去吧。"

"好的，刘掌柜!"张飞毛驾车向长安街方向飞奔而去。

第二天，刘金桂与张飞毛乘马车按时到达了胶州商会，牟维华早早地在商会二楼恭候，法四爷亲自给他们起草了一份售房契约，两人看后觉得没什么不妥，各自签字画押。法四爷为他们做了见证人。刘金桂将一张六千两的银票递给了牟维华。牟维华将房契和钥匙郑重地交给了刘金桂。此时，牟维华悬着的心才放松下来，刘金桂的脸上也露出了笑容。牟维华说："今天中午我请客，到云溪大酒楼去好吗?"

法四爷说："不用那么张扬，我这里有伙房，咱中午就在伙房里吃吧。"

牟维华看了看刘金桂，刘金桂说："我看行，我车上有两瓶好酒，咱中午把它喝了。"

牟维华说："伙房清静，环境不错。我派人去采购海鲜去。"

法四爷说："你这样见外了。"

牟维华说："这是必需的，您甭管了，我马上差人采购去。"

法四爷说："真拿你们没办法。咱们继续喝茶。"

刘金桂顺利地买下牟维华的房子后，捎信让徐青松来到成文堂，一见面，徐青松说："近几天我看了好多处房子，都没有东关大街的那栋房子理想。"

刘金桂："房子你就不用再到处找了，我已经把东关大街牟维华那栋房子买下了。不管你租谁的房子，曾玉彪都会暗中掣肘，我的房子他就无权干预了。你先用着，以后不用了再交还给我。"说着，将一串钥匙放到他的面前。

徐青松听后又惊又喜，他激动地说道："刘叔为了帮我，不惜投入巨额资金买下这栋自己并不需要的房子给我使用，我代表全家人感谢您了!您的大恩大德我终生难忘。"

"傻孩子，你说这些做什么，刘叔不过是尽点绵薄之力，帮不上大忙。以后的经营还要靠你自己。"刘金桂说。

徐青松看了看手中的钥匙，说："刘叔，我有个请求，这房子我不能白用，要付房租的。你看我原来给牟维华的房租多少，就付给您多少，如何?"

刘金桂说："你才刚起步，我收你什么房租啊，等你发展好了，再考虑付房租的事也不迟。"

"不行，刘叔，这个房租我必须得付，要不太亏欠您了。"徐青松态度坚决地说。

刘金桂稍加思考，说："既然你这么坚持，我也不便推辞。房租按原租赁契约的一半给付，每年底结算一次。租期就看你的需要，想租赁几年都行。"

"好的，刘叔，这样已经很照顾我了。"徐青松开心地说。

"你去抓紧时间筹建吧，时间就是金钱，早点筹备开业。"刘金桂说，"以后遇到什么困难，及时告诉我，我尽力帮你解决。"

徐青松的眼睛湿润了，他深深地鞠了一躬："谢谢刘叔的支持，我告辞了！"

刘金桂购买了牟维华的房子并转租给徐青松的消息很快传到了曾玉彪的耳朵里，他为此十分愤懑，以至几天不思茶饭。他对刁长廷说："刘金桂看到我的石印馆抢了他的生意，便想了些歪招来打击我。说不定，徐青松热心筹办东山绸缎庄，是他的主意呢，这分明是在借刀杀人。"

刁长廷说："虽然不敢断定此次徐府筹建绸缎庄刘金桂是不是他的军师，但有一点是肯定的，他要扶持徐青松打败我们。其用心险恶啊！"

"我们还有何招数可以阻止徐青松呢？"曾玉彪说。

刁长廷不以为然地说："他还是个乳臭未干的'愣头青'，不足为患的。我估计他短期内成不了什么大气候，观察一下再说吧。"

曾玉彪叹了口气说："他虽然年轻，仍不可小觑，我似乎感觉他身上有一股刘金桂当年的虎气。一旦放虎归山，后果不堪设想。况且，他身后站着的人是他的爷爷徐长江，此人城府颇深，又乐于行善，人脉极广，是个很难对付的角色。"

"其实，没必要太把他当回事，对付他这样的年轻人，还不是易如反掌？"刁长廷轻蔑地说。

"话虽这么说，可我们也不能掉以轻心。你要继续派人跟踪监视他，随时给他点难堪，总之，要把它扼杀在摇篮之中，决不能让他的梦想付诸实现。"

刁长廷说："曾掌柜，我知道该怎么做了。"

徐青松取回东关大街楼房的钥匙以后，立刻紧锣密鼓地进行了绸缎庄的筹建工作。他组织伙计对一楼进行简单的改造装修，又将过去的几个优秀店员聘了回来。接着，带着爷爷的推荐信，亲自去苏杭等地加紧走访联络以往关系密切的几个供货商，赊销和采购了大量绸缎布匹，准备工作基本就绪。东山绸缎庄的牌匾是请刘金桂采用行体书写的，五个大字遒劲有力。至于开业典礼，徐青松本来想搞得隆重一些，借以造势。但爷爷徐长江不同意，要求他一切从简，低调处理。

农历十月初六日上午，秋高气爽，艳阳高照，东关大街一片祥和。按照徐长江的要求，徐青松只邀请了一小部分客人到场，上午十一时，东山绸缎庄开业典礼正式开始，在"噼噼啪啪"的鞭炮声中，由法四爷、刘金桂共同为东山绸缎庄剪了彩，徐青松发表了三分钟的致辞。东山绸缎庄开业典礼便举行完毕。开业仪式虽然比较简单，但前来围观和助阵的市民却不少，大家看着修葺一新的楼房和醒目的牌匾，都充满了好奇心和新鲜感。开业典礼一结束，纷纷涌进一楼的营业大厅观赏和购买。而在开业的第一天，徐青松搞了一个"优惠大酬宾"活动，当日价格要比外面店家的便宜三分之一，立刻引起了广大顾客的兴致，大家纷纷挤过来抢购。一时间，东山绸缎庄门庭若市，人声鼎沸，似乎再现了当年徐府绸缎庄的兴隆与辉煌。曾玉冰远远地站在一边，注视着面前的一切，心情久久不能平静，激动的泪水润湿了她含笑的眼睛。

东山绸缎庄开业后，徐青松带着妻子刘文凤住进了店里，为了节省开支，刘文凤主动担任了伙房的大师傅，负责操办伙计们的一日三餐。徐青松对伙计们的管理很严，还请爷爷徐长江专门为他们上课培训，传授业务知识和服务技能。他还特别要求大家，要以诚实为本，谁也不准短尺少寸，更不能无端顶撞和怠慢顾客。良好的信誉和热情的服务态度，很快赢得了广大顾客的好评，同时，也获得了良好的经济收入。开业当月，便有可观的盈利。

然而，正当东山绸缎庄刚刚步入正轨的时候，麻烦事却接踵而来。先是有几个供货商不再允许东山绸缎庄赊销，有的干脆断供，不与他们进行正常的业务往来。接着，隔三岔五，有几个闲散人员来店里闹事，买东要西，一番折腾之后，便什么也不买就扬长而去，弄得店里无法正常营业，许多顾客见状也不敢登门，一时间，东山绸缎庄门庭冷落，伙计们也是人心惶惶。无奈之下，徐青松来到成文堂，把店里遇到的情况向刘金桂详细述说了一遍，并请他帮忙拿个主意。

刘金桂问："闹事的这些人是谁指使的？"

徐青松说："我也不知道，估计应该是曾玉彪指使干的。"

刘金桂说："原来那几个供货商可能也受到了曾玉彪的胁迫和压力，才与你断绝往来的。"

"您说得有道理，可我们该如何是好啊？"徐青松有点畏难发愁。

"先阻止这些闹事的人再说。"刘金桂说完，出门安排人去叫张飞毛。

张飞毛不一会儿赶过来，说："刘掌柜，您叫我？"

刘金桂说："东山绸缎庄那边遇到点麻烦，有几个流氓天天过去闹事，搅得店里没法正常营业。从明天起，你带几个手脚利落的伙计去那边上班，遇到这些前来闹事的流氓就狠狠地教训他们一顿，来一个打一个，来两个打一双，直到把他们打熊了再说。"

张飞毛说："行，我们明天一大早就过去。"

第二天上午，张飞毛领着两个弟兄穿着店员的服装，刚上班，就遇到了五六个流氓来找碴。张飞毛说："哥们，你们是来买布的，还是来找事的？"

其中一个长得五大三粗的中年男人蛮横无理地说道："你是从哪冒出来的穷小子？明告诉你吧，大爷是来找事的，看你能怎么着？"

张飞毛说："爷爷我正闲得手有点痒痒了，你若有胆，咱到大街上练练？"

"你不去是龟孙子！"壮汉大声吼道。

张飞毛摘下手套，说："请吧。"

两个人刚出门口，壮汉拍拍胸脯说："来吧，龟孙子。"

张飞毛快速出击，右拳直击其胸膛，可这家伙站在那里，几乎纹丝不动。张飞毛立刻明白，此人是个拳击高手，不能轻敌。待他转身的工夫，壮汉猛地打出左拳，击中了张飞毛的臂膀，张飞毛一个趔趄差点摔倒。壮汉狂妄地举起双手，喊道"来呀，孙子！"

张飞毛稍加冷静了一下，凭借敏捷的身子，在他眼前忽东忽西，忽前忽后，使其晕晕乎乎的摸不着头脑。趁此机会，他飞起一脚直踢中他的头部，壮汉身子一摇晃，一头栽在地上，再也没有爬起来。其他几个打手见状，一齐朝张飞毛扑来。张飞毛带的伙计们，也一起冲了上来，一阵混战之后，对方的六个地痞全被打趴。张飞毛厉声喝道："我警告你们，如若再来这里滋事生非，你张爷爷定当砸断你们的腿！"说着，一脚踩在壮汉的腰上。

壮汉刚刚苏醒，连连求饶说："大爷饶命，我不敢了，再也不敢了。"

张飞毛说："以后别让本爷爷再看见你们，滚！"

六个地痞慌忙爬起来，相互搀扶着逃走了。

壮汉带着残兵败将垂头丧气地回到了济生堂大药店，曾玉彪气恼地问："什么人把你们打成这个狼狈样子？"

壮汉说："今天有个瘦高个儿出现在现场，武艺特别高强，我们这些人根本不是他的对手。他自称是什么'张爷爷'。"

刁长廷说："应该是张飞毛，看来刘金桂正式介入了此事。怎么办？"

曾玉彪面露煞气，说："如果我们就这样灰溜溜地撤了，以后还怎么在胶州城混啊？我觉得应该花重金从武馆请几个高手，去好好整治一下这几个穷小子，杀杀刘金桂的威风。"

刁长廷说："您说得对，咱不能轻易地便宜了他们。今晚我就去找武馆的师傅商量一下相关行动。"

壮汉一行撤走后，张飞毛回到成文堂向刘金桂汇报了刚刚发生的事情，刘金桂开心地笑了说："曾玉彪不过豢养了一群草包！"

杨志明说："刘掌柜，曾玉彪能咽下这口气吗？他能就此罢手吗？"

刘金桂说："凭我多年与他打交道的经验来看，他是不会善罢甘休的，明天他将组织更多的地痞前来挑战，试想着扳回面子。"

杨志明说："那我们应该早做准备，到时多派几个精干的伙计去。"

刘金桂说："我们生意人，打打杀杀的不是长久之计啊。这么着，下午你亲自去趟州署拜会杨知州，我写一封信你捎给他，请他务必于明天早上多派几个捕快赶到东山绸缎庄，提前隐蔽起来，待曾玉彪的人闹腾起来，一举拿下，请官府来整治一下这帮害群之马。到时把他的人一抓捕，曾玉彪就草鸡了。"

杨志明说："衙门能管这事吗？"

"于公于私，杨知州都会管的。"刘金桂说。

杨志明说："原来您早就筹划好了。"

"对付曾玉彪，不动点脑筋是不行的。"刘金桂轻松地说道。

"我还是现在就去州署找杨知州吧，以便他们早做安排。"杨志明说。

"你看着办吧。"刘金桂点点头说。

第二天上午，果然不出所料，曾玉彪派了十多个打手赶了过来，找不到张飞毛他们，便把气撒到了门店伙计们身上，当场打伤了两个店员；有的甚至抱了几捆绸缎要带走，刚好被二十多个捕快团团围住，捕头大喝一声："人赃俱获，统统带走！"有几个打手还想反抗，不料黑洞洞的枪口猛然抵住了他们的脑壳。他们迫不得已，都乖乖地举起了双手。然后，排队被押送到州衙。

张飞毛及时把东山绸缎庄发生的情况通报给刘金桂，他说："这十多个人中，听说有刚刚从武馆聘请的五名武林高手，这回算是彻底栽了。"

刘金桂慢慢地品着茶，说："胳膊再粗也扭不过大腿，这回够曾玉彪喝两壶的。"

张飞毛说："曾玉彪目无王法，一再欺压百姓，是断没有好果子吃的。"

"坏人可以猖獗一时，但很难能猖獗一世。慢慢走着瞧吧。"刘金桂深有感慨地说。

第三十八回　刘寿山喜迎新人　徐青莲不负众望

　　一大早，刘寿山就起来忙活着做早饭，他给孩子们每人煮了一碗荷包蛋面条，熬制了一锅大米粥，又切了一盘韭菜碎用酱油腌好，然后，招呼孩子们过来吃早饭。已经十七八岁的大儿子刘麟庆刚打扫完院子里的卫生，第一个来到厨房，因为急着去教会育英学校读书，说了一声："爹，我先吃了。"

　　刘寿山说："你赶快吃，别耽误了上学。"

　　这时，老三刘骏庆哭哭啼啼地来到厨房，他看上去约有六岁左右，充满稚气的脸上挂着委屈的泪珠。刘寿山问："老三你怎么了？"

　　"二哥欺负我，他打我的屁股了。"刘骏庆哭着说。

　　刘寿山给他擦去眼泪，抱到椅子上，说："不哭了，你先吃饭，我去揍你二哥。"

　　刘寿山进了卧室，见老二刘龙庆正在给刚四岁的老四刘凤庆穿衣服。自从他们的母亲王春燕病逝后，照顾弟弟的任务就暂时安排给了十一二岁的刘龙庆，心细懂事的刘龙庆中断了私塾的学业，协助奶奶每天照看弟弟们的生活起居。刘寿山问："老二，老三刚才哭闹什么？"

　　刘龙庆说："他刚才跟弟弟争玩具，被我打了两巴掌。"

　　刘寿山说："你当哥的可不能随意打骂自己的弟弟，他们有错，可以跟他们讲道理。"

　　"这个我懂，可心里烦闷，就想动手打他们。爹，我老是待在家里照顾弟弟，学业都荒废了，我焦急啊！我要继续去念书！"刘龙庆忽然央求道。

　　"爹知道近来难为你了，为了照顾弟弟你做出了很大的牺牲。"刘寿山为难地说，"可你去念书，凤庆他们怎么办？"

　　刘龙庆抬起头，说："爹，不行您快给我们找个后妈吧，或者雇个保姆，由她们来照顾弟弟好了，我真的想读书。"

　　刘寿山有些心酸，说："实在不行，先雇个保姆吧。你再坚持一段时间。"

刘龙庆听了，高兴地跳起来，说："爹，您可要抓紧点。"

"先去吃早饭吧。"刘寿山抱起凤庆一起去了厨房。

这时，石清梅端着一碗刚煮的新鲜的羊奶走了进来，说："寿山啊，春燕走了快一年了，你可以考虑一下自己的婚事了，瞧瞧你现在，又当爹又当娘的，实在顾不过来啊。"

"妈，这事不着急的。"刘寿山说。

石清梅说："怎么不着急，现在的状况还像个过日子的样子吗?"

刘寿山看了看墙上的挂钟，赶忙把凤庆递给母亲，说："妈，快到点了，我得赶快去石印馆了。"

石清梅说："吃了饭再走吧。"

"来不及了。"刘寿山说完匆匆走出门外。

石清梅望着儿子远去的身影，心里不由得涌起一阵酸楚。

她耐心地侍弄凤庆喝了羊奶，吃了早饭，然后领着骏庆和凤庆来到了客厅。

这时，刘寿楠的媳妇邱子英领着六岁的鸿庆来了，邱子英说："妈，鸿庆吵吵着要来跟两个弟弟玩耍。"

"好哇，让他们一起玩吧，孩子们在一块玩得高兴。"石清梅说，"本来骏庆与鸿庆同岁，生日只小他几个月，原来也很活泼淘气，自从她妈走后，这孩子很快变得沉默寡言了。"

邱子英说："这些孩子没个妈，就像没主的孩子，可怜啊。我大嫂已经烧了周年了，我大哥也应该考虑一下个人的婚事了，即使不为自己考虑，也要为孩子们着想啊。"

石清梅说："可不是嘛，你大哥这里我也劝过他几回了，可每次他都说忙，顾不上。依我看，说忙是借口，其实他的心里还没有放下春燕啊。"

"您说得对，人家都说我大哥这人太重感情了，拿得起放不下。但老是这样拖着，也不是个法子，寿楠都为他的婚事着急呢，您得瞅机会再劝劝他。"邱子英说。

石清梅说："不管他现在是否应承，我们先帮他物色一个再说吧。如果老家没有合适的，就在胶州端量一个，我发现这里人的脾性跟老家那边的差不多。"

"其实，我已经为大哥在胶州物色了一个，您熟悉的。"邱子英说。

"谁家的姑娘，你快说!"石清梅焦急地问。

"就是曾玉冰的小女儿徐青莲，她今年可能二十八岁了，至今未婚，她可是要模样有模样，要才华有才华，满胶州城百里挑一的好姑娘。"邱子英说。

石清梅一愣，担忧地说："姑娘长得跟她妈一样漂亮，人品也是没说的，只是寿山比她大十多岁，人家能愿意吗？"

"如果您同意，我愿意做回月老，给他们牵线搭桥。"性子直爽的邱子英大包大揽地说道。

石清梅说："此事不急，等跟你爹和寿山他们商量好了再说吧。如果他们没有意见，你再去说合一下也不迟。"

"妈，我听您的。"邱子英说，"我领着孩子们去院子里玩了。"

又到了周五，按照惯例，刘寿山要到徐府的印书坊去检查指导一下相关的业务。上午九时，刘寿山来到了徐府印书坊，徐青莲正与伙计们装订书籍，刘寿山抽检了几本书籍，感觉印刷的墨色稍见暗淡，于是，他找到了分管调墨的师傅，告诉他调色过程应该注意的几个问题。例行检查结束后，徐青莲邀请刘寿山去她的书房看看。书房是徐青莲办公的地方，刘寿山一进门，感觉有一股淡淡的墨香和清香相间的味道扑鼻而来。室内摆设简洁而又讲究，一张樟木办公桌放在靠窗的地方，桌子上摆了几个小动物的根雕。窗台上，摆放着一盆君子兰、一盆仙人掌，还有一盆吊兰。门的右侧放着一张精致的茶桌，墙上挂着两张字，横幅写着"惠风和畅"四个大字，另一幅摘抄的是唐朝刘禹锡《陋室铭》的词句。刘寿山问："这几幅字你还留着？"

徐青莲说："哥写的，我能不好好珍藏吗？"说着，她把工作服顺手挂在一个红木挂衣架上。

刘寿山一回身，忽然感觉她的变化很大，清秀的面容，柳叶眉下一双杏眼格外有神，窈窕的身姿，丰满的胸脯，浑身上下充满了青春活力。她笑起来的样子更特别，两腮边有一对浅浅的酒窝。当他们无意间相对视的时候，徐青莲的脸上忽然有些羞涩，她赶忙低下头去沏茶，嘴里说道："寿山哥，你随便坐。"

刘寿山坐在茶桌边，端起茶杯品了一口，说："是崂山茶吧？"

"是的，看来你对品茶还挺内行。"徐青莲说。

"崂山茶是'江北第一名茶'，因为它的生长周期长，叶肥味厚，特别受人们青睐。我平日最喜欢喝它。"刘寿山说。

"我也是，咱俩一个口味。"徐青莲会心一笑。

刘寿山问："青松那边的绸缎生意做得怎么样？"

提起哥哥青松，徐青莲的眼神立刻泛起光泽，说："做得还行，自从那次州衙抓捕了几个闹事的地痞，后面的生意就顺当多了。我哥哥这人虽然出身富家子弟，但肯吃苦，胆子也大，做生意有自己的一套，连爷爷都挺佩服的。以后徐府能不能翻身，就全仰仗他了！"

"青松年轻有为，前途无量啊！"刘寿山说，"只是石印坊这边他一走，把个摊子丢给了你一个姑娘家，真难为你了。"

"累是累点，但也很充实。我想，哥哥绸缎庄的生意慢慢做大了，以后就不用靠石印坊养家糊口了。等我什么时候嫁人了，这边的石印坊就停下不干了。"徐青莲说。

"你找婆家了？"刘寿山问。

徐青莲摇摇头说："八字还没有一撇呢。一直没有合适的，光着急也没用。今天早上，就有个做皮货生意的乡绅派人来我家里提亲，被我撵出了大门。"

刘寿山说："你再不抓紧找个婆家，快变成老姑娘了。"

徐青莲嗔怪地瞪了他一眼："你怎么跟我妈一个口气？你们再这样说我，我真的不想嫁人了，到时候哥得养着我。"

刘寿山的脸有点红了，说："养活你倒不成问题，只是我建议你还是找个称心如意的男人好，到时有个人心疼你。"

徐青莲说："反正不是你心疼我，我的事你就甭操心了，还是先管好你自己吧。你现在孤身一人，打算怎么办？"

刘寿山苦笑了一下说："还能怎么办？我现在是四个孩子的父亲，谁愿意来跟我遭这份洋罪？我还有两年就奔四十了，已经不是当年的小青年了！"

沉默片刻，徐青莲说："你啊也确实够可怜的，不过，女人们也不都是你想象的那样，个个贪图享乐。说不定有人相中你本人，其他的条件人家不在乎呢。"

刘寿山说："妹妹，你别逗我了，我有自知之明的。"

"你笨，我说的是实话。"徐青莲的脸忽然变红了，她向刘寿山投去一缕热辣辣的目光。

刘寿山此刻反而异常镇定，说："世上如果真有这样的姑娘，那也是一时感情用事，我怕长久不了。"

徐青莲说："哥哪里都好，就是做事太谨小慎微，总是前怕狼后怕虎的。"

刘寿山说："我是个很现实的人，不想拖累任何人。"

徐青莲说："不跟你谈这个了，说多了让我生气。以后孩子们如果需要补习功课，你就告诉我，我去辅导他们。"

"那敢情好，我代表孩子们谢谢你了。"刘寿山说。

"谢什么，当年哥辅导我写书法那么耐心，现在我辅导孩子们做功课，是应该的。"徐青莲说，"以后没事的时候，希望哥多来坐坐，陪我喝茶聊天。"

刘寿山说："行，下次还喝崂山茶。"

临走的时候，徐青莲执意将一包崂山茶塞在刘寿山的手里。一股暖流霎时涌上刘寿山的心头，但他心有顾忌，只是淡淡地说道："谢谢妹，茶我带走了。"

晚上，石清梅单独把刘金桂与刘寿山叫到书房，说："有件事需要跟你俩商量一下。"

刘金桂点了一袋烟，说："什么事神神秘秘的?"

石清梅说："你们光知道整天忙着做生意，家里都烂（乱）成一锅粥了，也不过问一下。"

刘金桂说："有你张罗着，还用我们操心?"

"老是这样也不是个事啊。我是说，寿山该成个家了，要不孩子们谁帮着照顾?"石清梅说。

刘寿山说："妈，这事急不得，春燕走了才一年，我咋好意思急着另娶新人呢?"

石清梅说："现在不是你焦急不焦急的问题，是四个孩子急需有个后娘来照顾他们。"

刘金桂说："这么说你已经有了合适的人选了? 说来听听。"

石清梅说："早上我跟老二媳妇合计了一下，曾玉冰的女儿徐青莲都二十八了，至今未嫁，她是位十里八乡难寻的好姑娘，可否给她和寿山撮合一下?"

刘金桂一怔，说："你们怎么打起人家姑娘的主意来了? 就咱家现在的条件，人家能同意吗?"

刘寿山说："青莲是我看着长大的，一直把她当妹妹看待。可我现在这个状况，实在不忍心拖累人家。"

石清梅说："既然你们都觉得她是个好姑娘，那就说合一下试试嘛，咱家里也不是个火坑，以后进了咱家门，只要善待人家就行。"

刘寿山还要推辞，石清梅说："这件事情不是你个人的事情，你再推辞就是不负责任了。"

刘寿山心里有话只得咽了回去。

刘金桂说："既然这样，可以先去试探一下，看看人家的态度，若有这个意思就好办了，咱再正式提亲。若没有这个意思，咱也别烧火棍子一头热。"

"那得看他俩的缘分了。"石清梅说，"明天我就派老二媳妇去徐府套套话。"

见刘寿山站着没动，石清梅说："你现在是又当爹又当娘的，就别在这啰唆了，快去照顾孩子们睡觉去吧。"

刘寿山说："孩儿的事让爹妈操心了。但我的婚事，总觉得不用着急。"说完，走出房屋。

石清梅见刘金桂似乎还有疑虑，说："你不用顾虑太多，曾玉冰是我干姊妹，两家多年来是至交，她应该不会反对的。"

刘金桂说："正因为是至交，我怕给人家添难为啊。"

"话也不能这么说，青莲自小跟寿山要好，经常哥哥长哥哥短的，说不定姑娘愿意呢。倘若他们都有情有意的，岂不是天作之美？"石清梅说。

刘金桂说："你别太天真了，毕竟他们的年龄差距不少，这事一定要办得稳妥点才好。"

第二天上午，邱子英受婆母所托，提着一篮子桃子来到徐府看望曾玉冰，一进门说道："曾姨，这桃子是我家后院的桃树长的，我妈刚摘了几个，让我送过来给您尝尝鲜。"

曾玉冰说："送这么多，你妈心里总是记挂着我。来，我给你接着。"

曾玉冰领她进了客厅，端过一盘荔枝送到她的面前："这些荔枝是一位客商刚从南方捎来的，挺新鲜，你尝尝。"

邱子英边剥荔枝，边随意地问道："青莲妹妹不在家？"

曾玉冰说："在印书坊那边。自从青松去做绸缎生意后，她就接管了印书坊，现在一天到晚靠在那里，天天忙得不亦乐乎。"

"青莲妹看上去长得文弱，其实真能吃苦耐劳，而且聪明能干。您有这样的女儿真值得骄傲。"邱子英说。

曾玉冰笑了，说："她这一点做派挺像她爷爷的，无论做什么事情都认真踏实、不浮躁。"

"谁家要是娶到这样的媳妇，那是积了八辈子德了。对了，她找婆家没有？"邱子英问。

提起徐青莲的婚事，曾玉冰叹了一口气，说："这几年来提亲的人都快踏破门槛了，可她偏偏不着急，也不知道她心里怎么想的。唉，也许是她心气太高，或者缘分不到吧。有合适的你给妹妹操心介绍一个。"

"那是应该的，只是不知道妹妹有什么标准？"邱子英说。

曾玉冰说："都老大不小了，还讲什么标准？只要男方诚实可靠，两个人瞅着对眼就行。"

"最好找个知根知底的，才让人放心。"邱子英说，"其实，我近期也有点心事，寿楠非得要我帮忙给大哥寿山找个对象，我物色了半天，也没找到合适的。"

"你大哥老成稳重，心地善良，又会做生意，应该好找的，这个不用你愁的。"曾玉冰说。

"他自个是不着急，可我婆婆急啊，有时候愁得饭吃不香觉睡不好。"邱子英说。

"可怜天下父母心啊！"曾玉冰说。

邱子英见曾玉冰对刘寿山的印象不错，便鼓起勇气说："曾姨，恕我冒昧地问一句，现在寿山与青莲都是单身，可否给他俩撮合一下？"

曾玉冰万没有料到邱子英能提出这样的要求，一时语塞，半晌，她平和地说："女儿的婚事自己做主，当妈的不想干预太多。等我把你的话转达给她，由她自个拿主意吧。只是我请你跟我姐姐说声，若是他俩的婚事能成，咱两家自然是亲上加亲，若是没有这个缘分，大家也不要因此伤了感情，该怎么往来，还要怎么往来。"

邱子英说："曾姨，您真是个深明大义的人。我这样贸然提出，是不是有点唐突了？"

曾玉冰说："你别想的太多了，我就喜欢你的直率性格。"

"那我回去了，曾姨。"邱子英起身说。

"有空多来陪陪我。"曾玉冰边说边拿来两包桃酥，说："拿回去给孩子们吃吧。"

邱子英也没有推辞，说："曾姨，过两天我再来陪您吧。"

邱子英走后，曾玉冰来到院子中间的池塘边，给池塘里撒了几把鱼食，清澈的水里，立刻引来各色美丽的金鱼，争抢鱼食。因为太专注，公爹什么时候来了她还不知道。

徐长江说："在喂鱼呢?"

"爹,您来了?瞧我光顾喂鱼了,还没看见您来了。"曾玉冰转头看着公爹。

徐长江说："我看你好像有什么心思似的。"

曾玉冰说："还不是让青莲的婚事挠心?也不知道她整天怎么想的,这些年提亲的人这么多,她就没有一个对心思的,真让大人操心。"

徐长江说："闺女的婚姻的确应该考虑了。但也不能操之过急,许多事情都是水到渠成。近期有来提亲的没有?"

曾玉冰说："有啊,还有人提到了刘金桂的大儿子刘寿山。"

徐长江问："谁来提的?"

"刘寿山的弟媳邱子英刚才来过咱家,谈起此事。"曾玉冰说,"您觉得他俩合适不?"

徐长江听后脸一沉,说道："真是乱弹琴!我徐长江的宝贝孙女岂能给人填房?听说刘寿山已经有了四个儿子,他还比青莲大那么多,他们两个怎能走到一块?"

曾玉冰说："据我接触,刘寿山这孩子是个挺稳重厚道的人,做事情也靠谱。这几年咱家的印书坊要是没有他的热心扶助,哪能干得这么红火?"

徐长江说："虽然我平日也很喜欢他,但谈婚论嫁完全是另一回事。不要以为刘家过去帮了徐府许多的忙,为了报恩,就轻易把闺女嫁人,若真这样做能对得起青莲吗?"

曾玉冰说："爹,这事您先甭急,慢慢斟酌一下再说嘛。这件事如果青莲同意呢?"

徐长江以不容置疑的口气说："她同意也不行,只要她眼里还有我这个爷爷,就坚决不能嫁给刘家!"说完,拄着拐棍蹒跚着离开了。

公爹的态度,更加重了曾玉冰的疑虑,她不知道这件事究竟怎么办才好,但是,不管怎么样,她要告诉女儿,听听女儿的意见。

中午,青莲刚回家,母亲把她叫进书房,开门见山地说："你邱子英二嫂上午给我送了些桃子,提到你的婚事,她想把你介绍给刘寿山,我没有表态,说是要听听你的意见。"

徐青莲的脸"唰"地变红了,说："这事来得突然,我也没有想好。妈,我想听听您的意见。"

曾玉冰一看女儿的表情，心里便知道了个大概，她通情达理地说："为了避免你妈当年父母包办婚姻的悲剧，我建议，你的婚事由你自己做主吧。"

"妈，既然您这么体谅女儿，那我就自做一次主张吧，我同意嫁给寿山哥。"徐青莲说。

"你真的同意？想好了？你要有思想准备，他比你大近十岁，而且是四个孩子的父亲了。将来这些孩子的抚养和管教可够让人操心的。"曾玉冰说。

"想好了，妈。寿山哥在我小的时候就辅导我功课，一直非常关心我。我喜欢他，主要是觉得他心地善良、稳重可靠，我们在一起有安全感。你知道，我爹贪玩，不顾家，我从小缺乏父爱。而寿山哥给了我很多的关爱，我心里很仰慕他，原来我就想，长大后就要找个像寿山哥这样宽厚仁慈、有责任担当的丈夫。可我苦苦寻求了多年，一直也没有遇到。现在寿山哥孤身一人，处境比较艰难，我愿意与他结为夫妻，替他分忧解难。"

听了青莲的表白，她觉得女儿现在真的长大了，成熟了，择偶方面有自己独特的想法，但有些事情还是要提前嘱咐到了。她说："婚姻是人生大事，有些事当妈的还是要提醒和唠叨一下。"

"妈，您尽管说。"徐青莲说。

"婚姻是两相情愿的，相互爱慕、相互尊重才行。也不知寿山有啥态度？"曾玉冰说。

"我跟寿山哥暗示过，我感觉到他也非常喜欢我，但他似乎有什么顾虑和心事，因此，看不出他有什么态度。"徐青莲说。

曾玉冰沉思了片刻，说："有两种可能，一种是他觉得自己家庭负担较重，他不愿拖累于你；另一种可能是，他只把你当成妹妹，还没有娶你的打算。当然，第一种的可能性较大，你要坦然地面对这种状况。"

"妈，我有思想准备。"徐青莲略带一丝失望地说。

"另外，这件事可能复杂化了。我刚才去征求过你爷爷的意见，他并不赞同。"曾玉冰说。

徐青莲惊愕地睁大眼睛："我爷爷这么疼爱我，他怎么能阻止我们的婚事？"

"你爷爷说，正是因为他特别疼爱你，所以要阻止你们的结合。"曾玉冰说。

"这可怎么办？您帮我做做爷爷的工作呗！"徐青莲焦急地站了起来。

"你别急，我会想办法去做做你爷爷的工作。这件事情都需要冷静一下再说。"曾玉冰说。

"现在我懂了，你当年为什么写下那么多悲凄的诗词。"徐青莲忽然低首慨叹。

"你莫灰心，只要缘分到了，拦都拦不住的。"曾玉冰鼓励她说。

时间过得真快，转眼两个礼拜过去了。按照习惯，每周五刘寿山都要来徐府的印书坊一趟，指导检查一番，可不知何故，近期刘寿山一直没有过来。徐青莲有些担心，便带上刚印刷的样本，来到成文堂石印馆。刘寿山正在帮助校对书稿，见徐青莲来了，忙迎上前去，领着她进了自己的书房。徐青莲一进门便问："怎么这么长时间没见你去我们那里了？"

刘寿山说："近期刚接了个大订单，要突击印刷，也没能顾过来。你快坐，喝点水。"

"这是我们刚出的书样，你看看有无问题，若无问题，我们就要开印了。"徐青莲说。

刘寿山说："我不用看了，以后你检查把关了就行。"

"怎么，不想管我们了？"徐青莲说。

"哪里的话。我是看你现在业务都很熟练了，用不着我操心了。"刘寿山说。

"你不管可不行，出了问题你要负责。"徐青莲板着脸说道。

刘寿山见她的脸色不太好看，便关切地问："青莲，你近来是不是有些疲劳？一定要注意休息。"

徐青莲说："累死活该，反正也没有人管我。"

刘寿山耐心地说："你可不能这么说，要好好保重身体，以后的路还长着呢。"

徐青莲说："哥哥要是真心关心我，就不要虚情假意了。你敢将我明媒正娶？"

刘寿山一愣，望着徐青莲炽热的眼睛，他的心情十分复杂。他说："青莲妹，你的好意我心领了，可你要冷静一点好不好？我们两人不光有年龄上的差距，而且，我还是四个孩子的父亲，我真不忍心拖累于你！"

"这些我都不在乎，我只想问你，你心里有没有我？"徐青莲情绪有些激动。

刘寿山说："我一直把你当亲妹对待，特别喜欢你这个聪明开朗的小妹。"

徐青莲说："你仅仅把我当成妹妹？就没有想到别的？"

刘寿山思索半晌，含泪点了点头。

徐青莲气愤地喊道："我恨你，你是个懦夫！"说完，转身跑向门外。

一连几天，徐青莲没有去印书坊，她把自己一直关在书房里，不断地抄写李清照的诗词，写了一张又是一张，案头竟堆放了厚厚的一沓。曾玉冰端着饭菜，敲了几次门，她都没有开。为此，曾玉冰心急如焚。她找到徐青松，让他来劝劝妹妹。徐青松知道原因后，买了些水果，迅速来到妹妹的书房。他急促地敲了敲门，说："妹妹，我是哥哥，你看我给你带来什么好吃的？你快开开门！"

停了一会儿，只听徐青莲说："哥哥，你帮妹妹办件事，你去修道院，把平平表姐叫来好吗？我想见见平平姐。"

徐青松心里明白，曾平平是曾玉彪的大女儿，前几年因为丈夫不忠、婚姻不顺去修道院当了修女。她与表姐从小十分要好，表姐对她也特别疼爱。因此，当青莲听说曾平平当了修女后，大哭了一场。如今，妹妹心里苦闷，想见见曾平平，借机让表姐来开导一下也好。于是，他说："妹妹，你把水果拿进去，我马上去找表姐。"

徐青莲说："你放在门边，赶快去吧。"

约过了近一个时辰，徐青松领着表姐曾平平赶了过来，徐青莲打开门，将他们迎进了屋里。只见曾平平身着修女特制的黑色长袍，面容清瘦，她担忧地拉着青莲的手，说："妹妹，你这是怎么了？"

徐青莲对青松说："哥哥，你先去替我买点吃的，我与表姐说几句话。"

徐青松知趣地退出屋外。

徐青莲说："姐姐，你在修道院过得好吗？"

曾平平摇摇头，咬紧嘴唇。少顷，她问："妹妹，你有什么心事，说给姐姐听听。"

"我也想去修道院做个修女，请姐姐帮帮我。"徐青莲眼含委屈地说。

曾平平吃了一惊，说："你怎么能这么想？我是在万念俱灰的情况下才走上了这条道路，你正值青春年华，美好的前景正在等着你，千万别胡来！"

"姐姐，我心口疼，我已经看不见生活的希望了，我想与你一样去修行，孤寂一生。"徐青莲无助地望着表姐的脸。

曾平平态度坚定地说："不行，我不会支持你的。你要知道，当修女也并非简单的事情，她需要加入女修会，在初学院修道至少修行六年以上，而且要向天主发三个意愿，即'绝财''绝色''绝意'，忠于天主，发誓后便终身不能结婚。我坚决不同意你再步我后尘。我估摸你近期在婚姻上可能遇到一点挫折，但你要理智地对待。如果你信任姐姐，有什么心事，你要坦白地告诉我。"

半晌，徐青莲说："你认识成文堂的刘寿山吗？"

"我记得，挺儒雅的一个人。"曾平平说。

徐青莲继续说道："他的弟媳邱子英有意撮合我俩，可是，我的爷爷表示坚决反对，而且，令我苦恼的是，刘寿山本人对此优柔寡断。"

"刘寿山为什么这样？"曾平平问。

徐青莲说："刘寿山说他的家庭负担重，不愿拖累我。"

曾平平说："我的妹妹呀，你傻啊，他这是真心疼爱你才这样做的，你若喜欢他，就不要轻易地放弃。"

听了表姐的话，徐青莲的心头一下子亮堂了许多，说："那我再等等看吧，只是爷爷那里也不知能否改变态度？"

曾平平说："爷爷那么爱你，只要你态度坚定，他一定会妥协的。"

她们两人在屋里的对话，徐青松在门外听得一清二楚，他决定找爷爷好好交谈一下。他来到后花园找到了正在散步的爷爷。徐长江一见到孙子，脸上立刻有了笑容，说："青松来了，有空闲了？"

徐青松说："爷爷，您在散步？气色不错呀。"

徐长江说："自从你妹妹给我针灸治好了腿疼病，现在腿轻快多了。"

徐青松说："我刚刚去看妹妹了，她病倒了。听说还想去修道院当修女。"

"你说什么？"徐长江急了，说："这是怎么回事？"

徐青松说："还不是因为您反对她与刘寿山的婚事，她才绝望的。"

徐长江一顿脚说："她的心眼怎么这么小啊！"

徐青松说："咱家落魄的时候，是刘家帮助咱渡过难关的，刘家对咱是有大恩的。"

徐长江说："知恩图报，这个理爷爷比你明白，但是，我决不能拿我孙女的幸福去做交易。你不知道吗？他是四个孩子的父亲了，我不想让她去受苦受累，爷爷这样做完全是为她好。"

"您的动机和心意是好的，但是，您不了解我妹妹的想法，她是真心喜欢寿山哥的。为了他，她什么都不在乎。"徐青松说。

"她不在乎我在乎，我们徐府是堂堂有名的名门望族，决不能让她去填房。"徐长江冷冷地说道。

徐青松见爷爷依旧固执，于是，生硬地说道："如果我妹妹因为这件事去当了修女，我就去五台山当和尚！东山绸缎庄就交还给爷爷了。"说完，转身要走。

"慢着，你这孩子怎能跟爷爷较劲？"徐长江最心疼青松这个孙子，并对他充满了希冀，眼见他的态度，只好做了妥协，说："你妹妹的婚事我不干预了，她自己的事情自己做主吧。"

徐青松高兴地挽着爷爷的胳膊，说："我就知道，爷爷是个通情达理的人。"

之后，徐青松将爷爷的表态告诉了母亲，曾玉冰欣慰地说："青松一天天见成熟了，会帮着妹妹做工作了。你快去把这个消息告诉你妹去。"

徐青松答应着，一溜小跑去见妹妹。

曾玉冰却径直去了成文堂拜会刘金桂。刘金桂正在翻看一本刚印刷的武侠小说，曾玉冰挖苦地说道："这些武侠书好看吧？"

"好看！"刘金桂抬头说道。

"你还真有闲情逸致呢！"曾玉冰说。

刘金桂不知她的来意，说："马马虎虎吧。也送你一套看看？"

曾玉冰说："我不稀罕！我今天来是有事问你的。"

刘金桂说："快坐下说，你今天好像吃了枪药似的。"

"我问你，我家青莲闺女怎么样？"曾玉冰说。

"好啊，是百里挑一的好姑娘。"刘金桂说。

"她配不上你家的大公子？"曾玉冰说。

"配得上！比寿山强多了。"刘金桂说。

曾玉冰发火了，说："既然是个好姑娘，又配得上你家公子，你家拉得什么架子啊！惹得我闺女病了好几天，你这个老东西安得是什么心啊！"

刘金桂恍然大悟，起身说道："只要你们不嫌弃寿山和我们这个家，近期我派人去徐府正式提亲，再择日明媒正娶，如何？"

曾玉冰说："你能说了算？"

刘金桂说："看你说的，刘家的事情我能做不了主？"

曾玉冰紧绷的脸终于有了笑意，说："我们两辈人欠不够你们刘家的！"

刘金桂满面笑容，低声说道："儿女们能成婚，也是我多年的凤愿啊！"

曾玉冰说："看把你美的，我把女儿交给你刘家，若让她受了委屈，我就拿你是问。"

"你放心，我会拿她比亲闺女还亲。"刘金桂一拍胸脯说。

"你继续看你的闲书吧，我走了。"曾玉冰说着，转身走出门外。

送走了曾玉冰，刘金桂差人把刘寿山找了来，说："你给我说句实话，那个徐青莲姑娘你到底有没有意思？"

刘寿山说："我一直把青莲当妹妹对待，你看我现在的处境，怎么好拖累她呢？"

刘金桂说："废话少说，你就说你喜不喜欢人家姑娘？"

"喜欢。"刘寿山说。

"这不就得了嘛，你有情人家姑娘有意，还婆婆妈妈的干吗？亏你是个大男人！这事就这么定了，准备去提亲好了。"刘金桂说。

"我妈同意吗？"刘寿山问。

"当然同意了，你妈在我跟前不知催了多少回了。"刘金桂说。

"又让爹妈操心了！"刘寿山红着脸说。

"为儿女操心，有操不完的心啊！"刘金桂说，"你瞅空去看看青莲，她可能因为上火生病了，你给她买些好吃的送过去。"

"好的爹。没别的事我回去了。"刘寿山说。

"去忙吧。"刘金桂又津津有味地翻看起那本武侠书来。

刘徐两家准备联姻的消息很快传到了曾玉彪的耳朵里，他顿感如芒刺在背，坐卧不安。在他看来，他们两家的联姻，最终可能发展成为经济上的联盟，对曾府的利益无疑是个很大的威胁。一旦时机成熟，他们就有可能联手索要徐府原来被自己拿走的生意和财产。他思索半天，终于想出一条计策。他跟刁长廷一合计，刁长廷十分赞成，说："这个计策妙！即使搅不混水，也要让刘金桂吐点'血'出来。不能这样便宜了他们！"于是，曾玉彪让刁长廷在云溪大酒楼安排了一桌酒席，请徐云龙赴宴。

徐云龙自从因为赌博输了家产脑子受到刺激，精神时好时坏，平日爱上了养鸟，其他家务事一概不管。徐长江也乐见儿子这样，只要不出去闯祸、不给家里惹麻烦就行。久而久之，徐云龙两耳不闻窗外事，自得其乐，慢慢习惯了这样清静安逸的生活。可是，刁长廷今天亲自驾车来接他，说是大舅哥请他喝酒，又勾起了他对外面世界的好奇与向望。他从后门走出，上了马车，很快来到云溪大酒楼。在一个雅间里，曾玉彪跟一位青楼的妙龄女子正在等他。他进门瞟了女子一眼，她的娇艳丽质陡然使他平静的内心里生起一股波澜，他仿佛觉得自己又回到了当年意气风发的青春时期，因此，情绪高涨。酒过三巡，曾玉彪又举杯说道："听说青莲要嫁给刘寿山，恭喜妹夫，喜事临门！"

"有什么可恭喜的，说老实话，我对这门亲事并不赞成，可闺女自己愿意我也没啥办法。"徐云龙无奈地说道。

曾玉彪说："我倒有个主意，不知当讲不当讲？"

"你是我大舅哥，有什么不好讲的，请直说就是了。"徐云龙醉意朦胧地说。

曾玉彪说："咱家青莲姑娘出身名门望族，是有身价的。可不能随随便便地打发出去。所以，彩礼要的越多，越能够显示她的身价。你要借机向刘金桂多要点彩礼，才能把闺女嫁过去。否则，免谈！"

徐云龙说："彩礼当然得要，但是，也不能太过火了。若因为要彩礼闹得两家不愉快，把他们的婚事给搅黄了，也不好收场吧。"

"你不是不同意她们的婚事吗？要黄了正好达到你的心愿。要不黄就宰他一刀，你也好赚个养老钱。"

徐云龙琢磨了一会儿，说："我这样做，是不是有点欠妥当？"

曾玉彪说："青莲是黄花大闺女，你要少了会掉价的，是要被人嗤笑的。"

"好吧，就按你说的办。"徐云龙摇摇晃晃地站起来，说，"这事不能太便宜了刘金桂，我这就找他去。"

"刁管家，你把他送回去。"曾玉彪说，"妹夫，你慢些走。"

徐云龙没有回家，而是直接去了成文堂。刘金桂刚吃了午饭，听说徐云龙来了，忙将他迎进家里的客厅。说："快请喝茶，亲家。"

徐云龙醉眼蒙眬地说："我现在还不能算你的亲家，你先把彩礼交齐了才算数。"

刘金桂说："你是为彩礼的事情来的？"

"当然，我当父亲的要为女儿的幸福负责。我也不难为你，好事成双，交出两万两银的彩礼，我就把女儿嫁给你家，少一两也不行。"

刘金桂见他有些醉意，说："你要两万两银子少点了，青莲进门后掌管的财产可不止这一点。"

"你少应付我，给我来点实在的，我等着回话呢。"徐云龙说完，摇摇晃晃地往外走。

刘金桂心里虽然不太高兴，但还是强装笑脸，把他一直送到了大门口。

徐云龙赶回家后，坐在门外的石阶上。曾玉冰正在四处找他，见到他后，问他："你中午到哪喝酒了？到处找不到你。"

徐云龙说："中午大舅哥请我吃了顿酒，饭后我去刘金桂家里商量了件事情。"

曾玉冰紧张地问："你去刘家商量什么事情？"

"彩礼的事情，我让他拿两万两银子，少一两也不嫁女儿。"徐云龙满嘴喷着酒气。

曾玉冰气恼地说："你把女儿当成什么了？你太丢人现眼了！"

这时，徐长江从院子里走出，刚好听到了曾玉冰与徐云龙的对话，抡起拐杖就打，说："你这个不争气的东西，徐府的脸面都叫你给丢尽了，我打死你这个混账东西！"

徐云龙一见徐老爷子，身上惊出一身冷汗，爬起来抱着头向家里奔去。徐长江还在追赶，曾玉冰连忙制止说："爹，他喝醉酒了，您甭跟他一般见识。"

徐长江说："他这么胡闹，刘金桂那边怎么想啊？"

曾玉冰说："没事的，爹，我去跟他解释一下好了。"

徐长江说："你现在就去成文堂解释一下，别让人家瞧不起咱。"

曾玉冰说："我知道了，爹，您回去歇着吧。"说完，匆忙向成文堂赶去。

曾玉冰在成文堂刘金桂的书房里见到他，一见面，刘金桂开玩笑说："你是来取银子的？"

曾玉冰说："你们这些商人整天只知道认银子，你把我女儿当成什么物件了？"

"我倒没有。刚才云龙来过这里。"刘金桂说。

曾玉冰说："他从这里回家后，被我公爹揍了一顿。公爹非得让我过来解释一下。"

刘金桂说："我知道醉酒之人说话不算数的。不过，我刘金桂也是要脸面的人，一切都得按礼数来。"

"入乡随俗就是了，你也不能闹特殊的。"曾玉冰宽宏大度地说。

"我知道了，但也不能太寒碜了。下周三我想举行个定亲仪式，不知你是否同意。"刘金桂说。

曾玉冰爽快地说："我同意。定亲后，下个月初八就为他们把喜事办了吧？"

刘金桂说："好，咱就这么定了。"

几天后，刘徐两家为刘寿山与徐青莲举行了订婚仪式，一个月后，按照约定，刘家为他们举行了隆重的婚礼，在云溪大酒楼举行了盛大喜宴，除曾府的人未被邀请以外，胶州几大富商和一些有名望的绅士都前来参加了宴会。一时间，整个酒楼高朋满座，人声鼎沸，到处洋溢着喜庆欢乐的气氛。

第三十九回　尽慈善关爱备至　解心结终认继母

　　就在刘寿山与徐青莲结婚的当天下午，刘麟庆把三个小弟弟都召集到了书房里，他觉得自己作为兄长，有些话有必要跟弟弟们叮嘱一下。他清楚地记得，一周前，也是在这个书房里，父亲刘寿山把四个孩子叫在一块，说："孩子们，我要跟你们商量件事情。你娘走了一年多了，我天天上班忙得焦头烂额，也顾不上你们。因此，我打算给你们找个后娘，以便好好照顾你们。"

　　"后娘是谁？"刘麟庆问。

　　"她嘛，你们都认识的，就是常来咱家玩的那个徐青莲阿姨，她很善良与贤惠，还非常喜欢你们。你们觉得怎么样啊？"刘寿山问。

　　四个孩子没有一个吱声的。刘寿山就问刘麟庆："麟庆是老大，你表个态？"

　　刘麟庆一本正经地说道："爹，要我说，我不同意你找后娘。我们这样过不是挺好吗？"

　　刘寿山并没有感到特别意外，耐心地说道："你的弟弟们还小，需要有人照顾的。"

　　刘麟庆说："爹，我听说家里只要有了后娘，就有后爹了。你娶了新娘就可能不管我们了吧？"

　　"你们都是爹的亲骨肉，无论什么时候爹都不能扔下你们不管的。"刘寿山说。

　　刘龙庆忽然大声说道："找个保姆还不是同样可以照顾我们吗？"

　　刘寿山愣了一下，为难地望着老二，说："你想找个保姆？"

　　"嗯。"刘龙庆说。

　　刘寿山说："老三、老四有什么想法？"

　　老三、老四都说想找个后娘。

　　刘麟庆见父亲尴尬的样子，只好解围说："大家都别争了，爹要是有意，就娶个后娘吧。咱兄弟们都别太自私了，爹为了这个家日夜操劳，咱也要为爹想想，他也需要有个贴心的人照顾。"

老大表明态度后，兄弟们便不再表示异议，全都举手表示赞同。

刘寿山欣慰地说："谢谢孩子们，知道疼爹了。我敢保证，她来咱家后，一定会对你们好的。今天不早了，大家都早点休息吧。"

刘麟庆在书房里正想着心思，刘龙庆推了他胳膊一下，说："哥，你找我们来干吗？"

刘麟庆抬头见弟弟们都到齐了，说："弟弟们，你们知道今天是什么日子吗？"

老四懵懵懂懂地说："是爹娶后娘的大喜日子。"

老三说："是个热闹又让人心烦的日子。"

老二说："管他什么日子，与平日没啥两样。"

刘麟庆知道老二心里还有抵触情绪，但脸上没有表现出来，说："弟弟们说得对，今天是爹娶新娘的大喜日子。你们高兴吗？"

老二、老三异口同声地说："不高兴。"

老四忽然哭着说："我想妈妈了。"

兄弟几个于是都跟着抽泣起来。

刘麟庆说："弟弟们不要哭了，我之所以把你们叫在一块，就是要告诉你们，以后后娘不管对咱们好坏，咱们都要学会自立和自理，学会照顾好自己。老三、老四以后早上都要自己穿衣服，自己洗脸刷牙。老二、老三每天晚上要主动温习功课，不能有半点松懈。以后自己的衣服自己洗，还要主动帮着奶奶做家务。老四以后也不能太娇惯了，要好好吃饭。你们能做到不？"

"能做到！"弟弟们相互看看，异口同声地做了表态，仿佛在这一刻他们都长大了。老三犹豫了半天开口说："以后后娘打骂我们、欺负我们怎么办？"

刘麟庆平和地说："不用担心，有大哥在嘛，没人敢欺负你们。"

刘龙庆说："咱以后就听大哥的，大哥让咱们怎么做咱们就怎么做。"

"同意！"老三、老四也举起了拳头。

刘麟庆说："你们都是十分懂事的弟弟，以后还要团结好了，不要因为一点小事就吵吵闹闹的，让后娘瞧不起咱们。记住了没有？"

老三、老四高声喊道："记住了！"

"好了，没有别的事了，大家出去玩吧。"刘麟庆说。

刘家大院热闹了一天，傍晚时分，前来赴宴的客人们大都走了。刘寿山身着鲜艳华美的新郎官衣服去寻孩子们吃晚饭，见他们一个个像哭过似的，并且都刻意回避他。因此，他原来兴奋喜悦的心情一下子凉了半截。他这时才意识到，自己对孩子们的关爱和沟通还远远不够。徐青莲这个后娘不一定能当好，她何时能被孩子们接受、何时融入这个大家庭，都没法预料。他找到母亲说："妈，我看孩子们今天都不太高兴，情绪十分低落，我这里顾不大上，您能张罗他们一下吗？"

石清梅说："孩子们由我招呼好了，你去忙你的。眼下，突然来了个后娘，孩子们感情上一时半会儿接受不了，也是人之常情。人之间的感情就需要慢慢培养，你与青莲平时要多关心和照顾他们，多交流沟通一下，别冷落了孩子们。时间久了，我相信他们终归会接纳她的。"

"我也期盼着孩子们能够与青莲早日亲近起来。如果太过陌生，我心里也会难受的。"刘寿山说。

石清梅说："青莲既然嫁到了刘家，就要担负起做后娘的责任。你是家里的长子，青莲是长子媳妇，以后这个家就由她管吧。等过几天，我就把钥匙交给她。"

"她能行吗？我看不用急着给她钥匙。"刘寿山说。

石清梅说："我看行。青莲虽然出身豪门，但是她母亲并不娇惯她，她从小聪明好学，其处事谋略和能力一点不亚于你们男人。你以后遇事要多跟她商量。"

"妈，您太抬举她了。"刘寿山说。

"我不是抬举她，是信任她。她本来各方面的条件这么好，却一点不嫌弃咱刘家。这可能就是大家说的缘分到了吧。你要好好珍惜，千万别亏待了人家。"石清梅再三叮嘱儿子。

"妈，我会拿她好的，您放心吧。"刘寿山说，"我这就去新房陪她吃饭。"

回到了新房，刘寿山唤徐青莲吃饭，徐青莲却开口说："孩子们吃晚饭了没有？我想见见孩子们。"

刘寿山听了自然高兴，只是说："他们正在一起吃呢，今天就不忙着见了，等明天见也不迟。"

徐青莲说："再忙也不能忽略了孩子们，一定要照顾好他们。既然你这么说了，那就明天早餐时与孩子们见个面吧。"

"行，难得你心里装着孩子们，你赶快吃吧。"刘寿山说。

洞房花烛夜，徐青莲依偎在刘寿山的怀里，心里还是记挂着他的孩子们，她说："孩子们现在生活都能自理了吗？"

刘寿山说："老四今年才四岁，生活需要别人照顾，其他的孩子自理不成问题。"

徐青莲说："不行的话，从明晚开始，让老四跟着咱睡，让我照顾他，如何？"

刘寿山迟疑了一会儿，说："这样会给你增添很多麻烦的。"

"以后我就是他们的娘了，还谈什么麻烦不麻烦的。"徐青莲说。

刘寿山感激地说："你看着办吧，只要你乐意。"然后，深情地将她抱住。

第二天早晨，大家集中在餐厅吃早饭，刘寿山招呼孩子们过来，徐青莲主动说道："孩子们早上好！"

开始，孩子们没有一个回应的。稍停，只听刘麟庆说："徐姨好！"

刘寿山赶紧说道："过去她是你们的徐姨，大家都很熟悉。从今往后就是你们的娘了，以后改口叫娘。"

可孩子们正相互嬉闹着，他的话似乎根本没有往心里去。

徐青莲蹲下来想抱一下小凤庆，小凤庆生疏地挣脱她的手，跑到奶奶那边去了。

徐青莲尴尬地笑笑，正不知所措。刘金桂说："来，大家都坐下吃饭吧。"

刘麟庆坐下后，迅速扫了徐青莲一眼，然后，给身边的几个弟弟剥着鸡蛋皮，显出一副少年老成的样子。徐青莲此时方才意识到，自己要被孩子们所接受并非一朝一夕的事。但她觉得自己有足够的耐力和智慧能够赢得孩子们的信任。她抓起一个馒头大口吃着，一副若无其事的样子。

然而，一个礼拜过去了，尽管她努力亲近孩子们，可孩子们对她似乎依旧比较陌生。接下来，孩子们还接二连三地搞起了恶作剧。先是她的一个梳妆盒被藏起来了，她找了半天才从枕头底下找到。她笑了笑，说："这些捣蛋鬼！"

可没过几天，她的一双绣花鞋，只剩下一只，满家找了个遍，才在床底下发现了。她摇了摇头，并没有作声。

可是，待到周日午饭后，她回卧室休息，忽然发现床上有一条食指长的虫子横卧在床铺上，她自小害怕虫子之类的东西，不禁失声喊叫了一声。可定睛一看，是一根细长的树绒。这下她可来气了。她断定，此刻孩子们正在门外偷听呢。她拿起一根鸡毛掸子，悄悄地走到房门，猛地把门拉开，正趴在门上偷听的老二与老三，随着开门一下扑进屋里摔倒在地。徐青莲呵斥道："你们偷偷摸摸的在干吗？"

老二说："我们正在捉门上的虫子。"

"我床上的虫子是谁放的？"徐青莲质问道。

老二嬉笑着说："我们哪里知道？"

徐青莲说："你们三番五次地恶作剧，今天我要好好地管教一下了。你们几个都到院子里站好，什么时候认错了再说。"

待他们站好后，她搬了个凳子坐在他们的面前，说："说吧，是谁干的？"

兄弟四个一拉溜站着，面面相觑，但没有一个吱声的。

秋后中午的太阳，特别灼热，阳光直刺他们的眼睛，一会儿的工夫，一个个晒得头上冒汗。老三、老四的脸颊晒得通红，看上去有些疲劳。见此情景，老大刘麟庆举手说："这事是我干的，不关弟弟们的事。"

徐青莲说："我再问一句，这件事真是你做的？"

"是我做的。一人做事一人当，任打任剐你处罚我自己吧。"刘麟庆说。

"你这个当哥哥的整天想些什么？如何给弟弟们树立个好榜样？"徐青莲说，"麟庆留下，其他的人解散。"

三个兄弟磨磨蹭蹭地不想走，刘麟庆说："你们还磨蹭什么？赶快温习功课去。"

老二便赶紧领着老三、老四向书房走去。

徐青莲板着脸说："罚站太便宜你了。我罚你把大院与门口全部清扫一遍。"

刘麟庆说："扫就扫呗。"说罢，从门边拿起一把扫帚使劲清扫起来。约用了一个多钟头，才将院子里里外外地打扫一遍。

晚饭的时候，徐青莲特意下厨房做了几个拿手菜，还焖了一锅大米饭，满心欢喜地端上来。可孩子们吃得并不顺口，不是嫌这个菜咸了，就是嫌那个菜淡了，老二、老三干脆放下筷子不吃了。任刘寿山怎么劝，都说没胃口。徐青莲见孩子们这般挑剔，心里很不是滋味，躲到厨房里抹起眼泪来。刘寿山劝她说："孩子们刚开始可能不太习惯你做的饭菜的口味，慢慢就习惯了，你别难过了。"

徐青莲说："孩子们不喜欢我做的饭，说明我的厨艺有问题。我近期再钻研一下，你放心，我早晚让他们吃得都可口。"

刘寿山说："我相信你能够做到。先过去吃饭吧，别让爹妈不高兴。"

徐青莲擦干眼泪，若无其事地回到饭桌上，继续吃饭。

刘金桂见大家晚饭吃得差不多了，便朝石清梅点了点头，石清梅从衣兜里取出一串钥匙，说："趁大家都在，我要宣布一件事。青莲进门已经半个多月了，她是长子的媳妇，也有这个能力，以后这个家就由她来当了。给，这是家里的钥匙。"

徐青莲赶忙站起来，说："妈，我刚进门，情况还不熟悉，我怕担当不起，辜负了您与爹的期望。"

刘金桂说："接着吧，我们信任你。现在刘家老老少少的一大家子，事务繁杂，这是个操心的差使，辛苦你了。"

徐青莲庄重地接过钥匙，说："谢谢爹妈对我的信任，我将竭尽全力操持好这个家，为大家服好务，有什么差池请你们及时提出来，我一定改正。"

刘金桂带头鼓掌，徐青莲向公爹、婆婆及满桌的家人深鞠了一躬。

晚上，徐青莲把中午孩子们恶作剧的事情跟刘寿山说了一遍，刘寿山说："这些孩子怎能这么淘气？有空我要好好地管教一下他们。"

"该处罚的已经处罚了。这事到此为止吧。他们这样做，说明我这个后娘当得不称职。"徐青莲说，"有个事跟你商量一下。孩子们的学业很重要，我想每天晚上给他们辅导一下白天的功课。你看如何？"

刘寿山说："那敢情好了，我举双手赞成。"

从此，徐青莲除了白天教凤庆识字以外，晚上便集中一个时辰左右的时间，给他们兄弟三个分别辅导功课，刘麟庆现于西方教会的育英学校上学，她就偏重于数学和世界历史、地理等课程的辅导，并不忘定期出个题目，让他写作文。对于正在私塾学习的龙庆、骏庆，则帮他们复习一下当天的功课，或预习一下第二天的课文，偏重于四书五经等方面的辅导。于是，夜深人静的时候，在刘家的书房里，经常传出朗朗的读书声。孩子们在徐青莲的辅导下，学习成绩提高很快，学习兴趣日渐浓厚，而与徐青莲的感情也日益拉近了。但孩子们却始终没有改口称娘，而是仍旧称她为徐姨。徐青莲并没有过多计较，而是依旧热诚细心地照顾与辅导他们。

对于徐青莲的举动，刘金桂颇为赞赏，直夸儿媳明事理、有远见。他说："耕读传家久，诗书继世长。孩子们只有勤奋读书，才能增长才干，将刘家的基业顺利延续下去。徐青莲在培养教育孩子方面这么用心，这是刘家的福气啊!"从此,刘家上下都对她这个继母刮目相看了。

而后来发生的一件事情,则令刘麟庆他们对后娘的印象和态度发生了根本性的转变。入冬那一天,天变得阴沉沉的,一阵北风吹来,天空飘起了细碎的雪花。凤庆趁徐青莲在厨房收拾卫生的时候,他独自一人跑到院子中央,兴奋地追逐着漫天飞舞的雪花,玩得十分开心。等到徐青莲找到他时,见他的额头上已经渗出细腻的汗珠。她问:"凤庆,你在干吗?这样的天气不冷吗?"

凤庆说:"我在捉雪花,一点也不冷。"

"快回家吧,你的头上都出汗了,千万别闪着。"说着,不由分说,将凤庆拉回了家。还用毛巾给他擦了把汗。

凤庆懂事地把书本拿了出来,徐青莲开始教他识字。可没过多久,凤庆开始咳嗽,不停地打起了寒战。徐青莲焦急地问他:"凤庆,你怎么了?"

"我头晕。"凤庆说完,迷迷糊糊地晕了过去。

徐青莲一看,急了眼,对着客厅招呼了两声,可不见一个人过来。这时,她才想起,公爹与婆婆他们昨天都回招远老家探亲去了。眼前,只有他俩在家。她没容多想,迅速将自己的棉袄系在凤庆的身上,背上他就往福音医院赶去。刘家离福音医院足有四里多路,她背着凤庆,顶风冒雪,一步一滑地艰难地走着,寒风吹散了她的头发,刀子似的刺着她的脸,她全然不顾。只有一个信念,赶紧把凤庆送医院抢救。有一刻,她实在走不动了,真想坐下来歇息一会儿,但是,一想起自己当娘的责任,又咬紧牙关,继续赶路。快到医院时,徐青莲因为体力不支,一下子摔倒在地,她躺在地上,看一眼昏迷不醒的凤庆,急得眼泪一下子流了下来。她在心里责怪自己,为什么自己这么没用啊!但无论如何,自己就是拼了性命,也要保护好他。她以惊人的毅力从地上爬起来,把自己身上的外衣脱掉,重新背起了凤庆,一步一步地奔向医院……

待她刚赶进医院的救护室里,她眼前一黑晕倒在地。几个医生、护士分别将他们扶上救护床,迅速给他们测量了体温,及时进行救治。待徐青莲睁开眼睛时,她的第一句话便是:"医生,我儿子怎么样了?"

一位中年男性医生平和地说:"你儿子得了风寒,刚打了吊瓶,体温已经降下来了,身体已无大碍。要是再晚来一会儿,他会有生命危险的。"

徐青莲脸上露出了欣慰的笑容,她挣扎着从床上爬起来,来到凤庆的床边，见他安然无事，心里悬着的石头总算落了下来。凤庆经过一个礼拜的护理和治疗，顺利出院回了家。

石清梅搂着孙子心疼的泪流不止，并直夸青莲贤惠、有责任担当，是刘家难得的好媳妇。

通过这件事，刘麟庆对徐青莲这个后娘有了新的认识，他告诫弟弟们，以后不要再找后娘的麻烦了。弟弟们也都很懂事，从此对后娘没有什么敌意了。

一天晚上，趁身边的凤庆睡熟了，刘寿山问徐青莲："青莲，问你个问题，你喜欢男孩还是女孩？"

徐青莲伏在丈夫的胸前，一时弄不清刘寿山的意图，说："男孩女孩都喜欢，怎么了？"

刘寿山说："那咱就再要一个女孩怎么样？"

徐青莲一本正经地说道："我们现在已经有四个男孩了，你还嫌少吗？"

刘寿山说："我的意思是说，咱俩最好再有一个亲生的，以便让你心安一点。"

徐青莲说："什么亲生的后生的，你的孩子就是我的孩子，我早已把他们视为自己的亲骨肉了。我这一辈子有这四个孩子足够了，我要全身心去抚养和教育他们，不会再考虑生孩子的事了。"

刘寿山说："你以后不后悔吗？"

徐青莲说："我做出的抉择从来没有后悔过。"

刘寿山感激地说："孩子们难得能摊上你这么好的继母。"说着，将她紧紧地揽在怀里。

一番亲热之后，徐青莲忽然说道："快逢年关了，也不知道寿祥与亮亮他们过得怎么样，这几天我想去黄县看看他们。"

刘寿山说："这事用不用先与爹商量一下？"

徐青莲说："依我看，爹虽然表面上痛恨他们，但内心肯定是很牵挂他们的。只是他是个很要脸面的人，这个时候提出去看望他们，爹怕是不会同意的。依我看，你派辆马车，备点东西，还是由我自己悄悄地去趟吧。"

"也好，去时把我的棉袍挑两件给寿祥捎去。再把咱平日攒的一百两银子送给他们。"刘寿山说。

"我与亮亮的身材合适，我也拿两件衣裳给她。"徐青莲说。

"那你这两天准备一下。等哪天气温暖和些你再动身去。"刘寿山说。

两天后，天气转晴。徐青莲告诉婆婆，她要回娘家住两天。石清梅说："行，你什么时候回去都可以的。"

刘寿山安排张飞毛亲驾一辆马车，护送徐青莲从后街出发，直奔招远老家。一路上，马不停蹄，人不歇息，匆匆忙忙地赶路。傍晚时分终于赶到了招远的孟格庄，给奶奶带了一些胶州的土特产。徐青莲见奶奶身体恢复得不错，心里特别高兴。晚上陪奶奶在土炕上住了一宿。第二天一大早，他们便辞别了奶奶，直奔黄县城去。快晌天的时候，他们来到了黄县城，在丁百万大宅院附近一个开办私塾的地方，找到了正在给学生上课的刘寿祥。刘寿祥放下手中的课本，来到院子里，见到徐青莲，感到格外惊喜。说："大嫂你怎么来了？"

徐青莲见刘寿祥的面孔清瘦了不少，但行为举止却稳重多了。说："我来看看你与亮亮妹妹。"

刘寿祥说："大嫂你稍等，我去给学生布置一下作业就过来。"

一会儿，刘寿祥出了教室，说："走，咱到家里去，亮亮正好在家。"

他们一起乘马车走了两三里的路程，来到了他们租住的地方。这里是一座老式四合院，西厢房已经坍塌。一进家，有一股霉气迎面扑来。曾亮亮正坐在一张饭桌旁绣花，见徐青莲来了，挺着身孕站了起来，说："大嫂，真没想到你能来，你看家里乱的，随便坐吧。"

徐青莲说："弟妹有喜了？恭喜你们了！爹妈他们都不放心你们，特意让我来看看你们。"说着，从张飞毛手里接过带来的礼物，堆放在了桌子上。

曾亮亮翻看了一下，说："这么多贵重的礼物？"

徐青莲说："这件女式棉袍是我送给弟妹的，另外两件棉袍是寿山送给寿祥兄弟的。你们试穿一下，看合适不？"

曾亮亮此时泪水在眼睛里打转，差点掉下，仿佛又感激又委屈的样子。她把头转向一边，努力克制自己的情绪，说："谢谢你们！"

刘寿祥抓起一件棉袍穿上试了一下，高兴地说："不错，挺合身的。两年前我就看好了大哥这件衣服，一直没好意思张口，今天可算遂愿了。"

徐青莲说："我看你们过的日子挺拮据，还是回胶州生活吧。我与爹妈说一下，你们光明正大地把喜事办了，家中那一大摊子生意还等着你们回去做呢。"

刘寿祥苦笑了一下，说："你不了解爹的固执，我知道，他永远也不会承认这门婚事的。再说，我在这里混得挺好，虽说教书比较辛苦，但每月的薪金，够维持我们生活的。亮亮平日做绣花，绣花卖了也能补贴些家用。"

徐青莲说："妹妹你不想家吗？"

曾亮亮的眼泪终于夺眶而出，说："怎么不想？晚上做梦都想，可是，我现在是有家也不能回的人了。"

刘寿祥一屁股坐在一条方凳上，目光显得有些呆滞。停顿了半天，他小声问道："爹妈的身体还好吧？"

"挺好的，只是妈的腿一遇雨季和冷天就犯疼。"徐青莲说。

刘寿祥有些焦急地说："严重吗？原来怎么没有发现？我给她在黄县找个老郎中看看？"

"你先不必找郎中，我正在想办法。"徐青莲说。

刘寿祥有些愧疚地说："都是我不好，不能在她身边照顾她。想想过去，我衣来伸手，饭来张口，过着公子哥们的幸福生活，却身在福中不知福。我外出一年多，才深知生活的艰辛与不易。"

"寿祥弟，你能想到这一点，说明你已经成熟了许多。俗话说：在家千日好，出门一日难。我能够体谅你们的难处。适当时机，你们早一点回去吧。"徐青莲再次劝他说。

刘寿祥抬起头，望着门外的辽远深邃的天空，感到无限迷茫，却又充满深深的期待，说："也不知道爹什么时候能够原谅我们，等他能够接纳我们时，我们一定回去。"

"我有机会努力劝劝爹。你们在外要学会照顾好自己。尤其是亮亮现在已有身孕，你更要上心一点，给她调节好生活，平日多补充点营养。"徐青莲说。

"我会的，你放心。"刘寿祥说。

徐青莲从衣兜里掏出一包银子，放在桌子上，说："这点银两是你大哥让我捎给你们的，平时添置点急需的东西。"

刘寿祥推辞半天，只好含泪收下。

徐青莲要走，刘寿祥与曾亮亮再三挽留，非要请他们吃了中午饭再走，徐青莲只好应允。于是，刘寿祥很快到大街上买了一斤猪肉和一棵大白菜。回家后，大家一起动手包了白菜水饺。这顿午饭，大家吃得都很开心，尤其是曾亮亮，好久没有看到家里的亲人了，心情格外亮堂，胃口大开，光自己就吃了一大盘子水饺。

午饭后，徐青莲急着要走，曾亮亮依依不舍，她取了一块绣花手帕送给徐青莲。手帕绣的是一对鸳鸯戏水图，徐青莲有些爱不释手，她说："妹妹的手真巧。"

曾亮亮说："姐姐若是喜欢，下次我给你们未来的胖娃娃绣个红肚兜。"

徐青莲说："还早着呢，兴许用不上的。你快休息吧，我们要赶快上路。"

曾亮亮知道他们路途遥远，就没再挽留。这时候，张飞毛刚伺弄马饮了水，吃了草料，把马车停靠在门口。刘寿祥扶着徐青莲上了马车，一再叮嘱他们路上注意安全。马车驶出很远的时候，曾亮亮依旧呆呆地站在路旁望着远去的马车，忽然，一股酸楚和落寞涌上心头。

一路上，徐青莲他们快马加鞭，终于在掌灯时分，顺利地赶回了胶州城。

晚上，她把刘寿祥和曾亮亮的生活情况简要地跟刘寿山介绍了一番，并夸赞刘寿祥现在成熟多了。刘寿山听了百感交集，说："我这个四弟本是个聪明之人，只是在西方教会学堂念了几年洋文，思想上净是些荒诞离奇的念头。他竟然不计后果离家出走，吃些苦头，是在所难免的。将来有他后悔的时候。你没有劝劝他们早点回来吗？"

"劝了。寿祥说，等爹什么时候同意了他们的婚事，他们才能回来。"徐青莲说。

"有机会好好做做爹的工作吧。十指连心，无论哪个孩子他都会十分牵挂的。"刘寿山说。

徐青莲说："你说得对，爹不过是刀子嘴豆腐心罢了。"

刘寿山说："你这次去黄县，爹虽然没问，但好像知道似的。你明天跟他说一声吧，免得让他误会了。"

"行，我明天就跟爹说一下情况。"徐青莲说。

第二天吃早饭的时候，徐青莲对刘金桂说："爹，有件事我得向您认个错。"

刘金桂只顾吃饭，随意说道："认什么错，不就是去黄县看了看你四弟他们嘛。"

"这事您知道了？"徐青莲奇怪地说。

"你们每天要做什么，我能不知道？寿祥是你小叔子，你当嫂子的去看看他未尝不可。他们现在的情况咋样了？"刘金桂问。

徐青莲说："寿祥在一家私塾教书，曾亮亮在家绣花，两人日子过得挺艰难。"

刘金桂忽然愤愤地说道："活该，自个找的。"

徐青莲说："寿祥和亮亮很想家，他们让我捎信转告爹妈，要你们好好保重身体，别太劳累了。"

"他心里还有这个家，还有爹妈吗？"刘金桂气呼呼地说，眼睛霎时有些潮润了。

"寿祥与亮亮很是牵挂爹妈，很想取得你们的谅解。"徐青莲说。

刘金桂说："你也别替他说话了，他不是能吗？就让他在外面多待一段时间，好好把性子磨砺一下再说吧。"

徐青莲迟疑了一会儿说："这次我亲眼看见亮亮已经有身孕了，不出几个月您就可以抱大孙子了。"

听了此话，刘金桂与石清梅一下子愣住了。半晌，石清梅说："孩子他爹，听我说一句，让寿祥他们回家吧。"

刘金桂瞥了她一眼，说："他们这是想生米做成熟饭，逼我就范啊，没门！不明媒正娶，我是不会承认他们的！"

徐青莲还想说什么，被刘寿山碰了一下胳膊，就没再张口。

石清梅见状，招呼大家说："都坐好，赶快吃饭，吃完了饭各忙各的。"

早饭后，徐青莲与婆婆去厨房刷碗，见婆婆有些站立不稳，很是痛苦的样子。徐青莲说："妈，其实针灸并不可怕。我爷爷原来腿疼病挺重的，比你的还厉害。是我给他针灸治好的。你看他现在走路跟年轻人似的。"

"我原来怕针，听你说得这么轻松，要不，试试看吧。"石清梅终于松了口。

徐青莲说："以后每天坚持针灸一次，先治疗两个礼拜，看看效果再说。"

"好吧，就按你的方案大胆地灸吧，我尽量配合好。"石清梅说。

忙完了厨房的事务，徐青莲便开始给婆婆针灸。她与躺在床上的婆婆拉着家常，不知不觉地在她的两腿上密密麻麻地扎了好多支针，婆婆竟没有感觉出疼痛。

一个礼拜后，婆婆明显地感到双腿疼得轻了，而且走路有劲。半个月后，她的双腿基本不疼了，已经能走很长的路了。

徐青莲说："等休息一段时间，咱就来下个疗程，我接着给您针灸两个礼拜，那时，您的腿就基本上痊愈了。"

这下可乐坏了婆婆，石清梅对刘金桂说："我的腿差不多被大媳妇给治好了，现在走路轻松自如了，她的那些银针真是神奇了。真没想到青莲看上去挺纤弱，其实是个挺能干的人。"

"青莲尊老爱幼，做事细致，不光重视对孩子们的培养教育，还对长辈特别有孝心，这是咱刘家的福分啊。"刘金桂感慨地夸赞道。

石清梅说："提起寿山的孩子们，开始他们对她这个后娘都很抵触。我看他们现在的关系融洽了许多。"

"真心换真情吧。青莲为孩子们做了那么多的事，孩子们岂能不知好歹？即使是块石头也被她捂热了啊。"刘金桂说，"另外，快到年终了，青莲是第一年当家，有些事情还不太熟悉，你去跟她商量个意见，把今年的红利给各家分了吧。"

石清梅说："行，我抓紧时间找她商量一下。"

午饭后，石清梅邀徐青莲来到书房，说："快到年底了，按照惯例，要把今年的红利给各家分了。这是今年的总账簿，你看看。"说着，把账簿递给了徐青莲。

徐青莲看后，说："妈，您和爹有什么意见？"

石清梅说："今年无论是书籍印刷还是古董生意都十分不错，收益也比较可观，我与你爹初步考虑，这钱留着也没什么用处，都给各家分了吧。你家人多，可适当考虑多分一些。不知你有什么意见？"

徐青莲思考了一会，说："我的意见，首先，今年的收益不要全分光吃净了，留下一部分作为生意上的流动资金，以备购置印刷设备或其他应急。按五成发放如何？再是，我建议，各家平均发放好了，我家虽然人多、开销相对大点，但不能闹特殊。另外，寿祥这份，一分一两也不能少，先给他存着，待他急用时再拿给他。"

石清梅听了，眼睛一亮，说："有眼光，我赞同。分配方案基本公道，只是你家亏一点。我与你爹说声，他若没有意见，就按你的意见分吧。"

不久，各家都拿到了分红，大家对徐青莲的做法十分赞同，都觉得这样分配比较公平和公道。因此，对她愈加尊重起来。

进入农历冬月初，天下了一场大雪，房屋、街道和田野全是白皑皑的一片。刘寿山与徐青莲一大早在门口清理积雪，徐青莲说："瑞雪兆丰年啊，明年肯定是个好年景。"

刘寿山说："农民丰收了，手里有钱了，就能买更多的书籍与课本，我们的印刷生意也好做多了。"

徐青莲说："你啊，满脑子装着生意，财迷！"

刘寿山说："什么财迷，我得赚钱养家糊口的，要不挣钱，老婆孩子喝西北风去？"

提起孩子们，徐青莲的脸上立刻有了笑意，她说："孩子们也不能光靠你一个人抚养，我也有责任的。"

刘寿山说："我见孩子们现在跟你这么亲近，我都有点嫉妒了。"

"谁让你平日不大关心他们呢，孩子们对你冷落点也是理所当然。"徐青莲说。

刘寿山说："今天是你的生日，晚上咱与孩子们聚餐，好好庆贺一下，厨房里你就别沾手了。"

"难得大家还想着我的生日。"徐青莲开心地笑了。

下午，麟庆、龙庆他们就开始忙活，天擦黑的时候，已经做了满满一大桌子菜，并备了一个大蛋糕。晚饭的时候，刘寿山亲自给徐青莲拉开餐厅的大门，说："夫人，请进！"

徐青莲刚踏进两步，只见孩子们穿戴一新，正列队鼓掌欢迎，齐声高喊："祝娘生日快乐，身体健康！"

一瞬间，徐青莲的眼睛溢满了泪水，她激动地说道："谢谢我的孩子们！"说着，抱起凤庆，嘤嘤啜泣起来。

早已等候在那里的刘金桂与石清梅，亲手点燃二十八支蜡烛，刘寿山携徐青莲一一吹灭。全家人一起唱起了《生日歌》，那歌声浑厚、清纯而嘹亮，充满了孩子们对一个后娘的认可，充满了一个大家庭的温馨与友爱。徐青莲像一个美丽的公主，在孩子们的簇拥下，含泪轻轻地打着节拍，平生第一次感受到如此巨大的幸福……

第四十回　天不枉寒窗苦读　刘麟庆喜中秀才

进入年底，刘麟庆在教会开办的育英学校正式毕业了。刘寿山想让他去石印馆去学徒，刘麟庆说不急，要求玩几天再说，爷俩因此起了点争执。刘金桂心疼孙子，就建议先让刘麟庆回招远老家住几天，陪陪老奶奶，并为全家人回去过年打个前站。刘麟庆虽说从小在胶州长大，可对老家也非常有感情。一听说爷爷让自己回去看望老奶奶，高兴地跳了起来。刘寿山无奈，只好放行。刘麟庆回到老家后，刘太太高兴地合不拢嘴，又是炒瓜子，又是炒花生，还托人从邻村买了些芝麻糖给他吃。他吃得很可口，想起了小时候四叔刘寿祥给他买的芝麻糖，与他现在吃的口味不太一样，而家乡的芝麻糖似乎更加酥脆甜腻一些。晚上，在龙口经营书铺的三叔刘寿恭携妻儿回来了，他们每周都要定时回家一趟看望奶奶。一见刘麟庆的面，感到又惊又喜，他说："瞧，一转眼的工夫麟庆长成帅小伙了，我差一点没认出来。"

刘麟庆向三叔和三婶问候后，抱起刚学会说话的象庆，说："叫我什么？"

"叔叔。"象庆睁着一双大眼睛说。

"错了，叫哥哥。"刘麟庆说。

"哥哥。"象庆纠正说。

全家人都被他俩逗笑了。

吃晚饭的时候，刘寿恭问："你以后有何打算？"

刘麟庆说："我爹说，过年后让我去他们的石印馆学徒，我还没有考虑好。"

"你愿不愿意到我那里当差？你有文化，去给我做个账房先生吧。"刘寿恭说。

刘麟庆说："我倒是挺乐意，只是不知我爹的意见，等过年的时候一起跟他商量一下再说吧。"

这时，刘寿恭的妻子宋玉珍说："婶子问你，有对象了没有？"

"没有，不急的。"刘麟庆说。

"男大当婚，女大当嫁。你也不小了，可以考虑了。"宋玉珍说。

刘寿恭说："有合适的吗？咱的侄子一表人才，又有文化，可要找个门当户对的。"

宋玉珍说："我有个远房亲戚，是高家庄子的大户人家，他家有个女儿叫徐惠雨，年龄跟麟庆相仿，长得眉清目秀，落落大方，是个知书达理的好姑娘。今年给她提亲的人很多，可她眼光挺高的，没有一个看得上的。我感觉你俩挺般配的，如果你愿意，我给你们当个红娘？"

刘麟庆还从来没有谈过对象，经婶子这么一说，脸微微有些发红。他说："这事我怕做不了主，等过年的时候跟我爹、娘商量一下再说，好吗？"

宋玉珍说："这孩子真懂事，等等也行。不过，我想告诉你一声，她现在高家庄子村中心大街上开了一个小书铺，经营得不错，有空的时候你可以去她那里看看书，顺便见见姑娘。"

"好的，谢谢婶子。"刘麟庆说。

刘麟庆在老家刚住了三天，便感觉有些寂寞无聊。于是，他想去高家庄子村书铺买几本书看看。高家庄子村离孟格庄村只有四五里路，刘麟庆向老奶奶打了招呼，便飞也似的赶往高家庄子村。当他来到村里的东西大街上，见路北边是一片店铺，其中，有一块写着"惠雨书铺"的招牌赫然入目。他心里想，莫非此家书铺就是徐惠雨开的？他把辫子向身后一甩，大踏步走了进去。书铺是利用三间南屋开的，门面不大，有三五个书架，摆放了一些线装书籍，还设有两个文具专柜。迎接他的是一个胖胖的女孩，她说："欢迎光临，先生您想买什么？"

刘麟庆一见她的模样，心里凉了半截，说："你这里有唐诗宋词吗？"

"有啊。你稍等。"胖女孩熟练地从身后的书架上取了一本《唐诗三百首》和一本《宋词集锦》递过来。

"书铺是你开的？"刘麟庆接过书后，随意问道。

"不，是我表姐惠雨开的。"胖女孩说。

"你还有个表姐？"刘麟庆心生好奇，他环顾一周后，嘴里说道："看样子你表姐做生意是个外行，什么都不懂。"刘麟庆说。

"不许你说我表姐的不是！"胖女孩很不高兴地说。

这时，从书架后面闪出一个倩影："先生是在说我？"

刘麟庆定睛一看，是一位妙龄少女，只见她高挑身材，鹅蛋脸，高额头，两条细长的柳叶眉下，一双丹凤眼楚楚动人。他的心跳忽然有些加快，但表面上依旧是一副玩世不恭的样子，他背着手说道："是我说的，你是店主？"

"我是惠雨书铺的掌柜徐惠雨，请问这位先生自哪里来的？"徐惠雨问。

"我是刘麟庆，刚从胶州的成文堂回来。在家闲着无事，今日特地慕名而来，想求购几本书籍。"刘麟庆说。

"刘金桂是你什么人？"徐惠雨问。

"我爷爷。你知道他？"刘麟庆回答。

徐惠雨说："刘金桂是胶东雕版印刷的鼻祖，赫赫有名的'大书铺'掌门人，在家乡谁人不知，谁人不晓？我这里的书大部分是从'大书铺'那里进的货。"

刘麟庆说："幸会，幸会！"

"金桃妹妹，上茶！"徐惠雨转身对胖女孩说。

"不必了，谢谢你。"刘麟庆说。

"我的茶可不是白喝的。你刚才说我不懂得做生意，请说出个理由来。"徐惠雨追问道。

刘麟庆说："你执意要我说，那我就不客气了。首先，你这里书的品种太过单一，多是些科举考试所用。这里是乡村，如果再进一些医学、农作物栽培、养殖等方面的书籍，村民也许会更喜欢购买。其次，你的门店不太注意装饰和宣传，屋内应该张贴一些条幅或宣传画，门前若挂副对联才算雅致、有品位些。"

徐惠雨眼前一亮，说："你说得还蛮有道理的。你这么一点拨，我还真是发现了自己的不足，你不愧是个行家！"

"什么行家，我只是班门弄斧罢了。"刘麟庆听她这么一说，反而不好意思了。

"你别谦虚，给我们门面出副对联如何？"徐惠雨恳切地说。

刘麟庆想了想，脱口而出："店有仁风春色博，书馀德泽吉星临。"

"好联！成文堂的人果然不同凡俗。"徐惠雨夸赞说，"有时间请刘先生帮助我把店内的布局设计一下好吗？"

"徐小姐若不嫌弃，我当然乐意。改日再来拜访，告辞了！"刘麟庆说。

徐惠雨说："刘先生莫急着走。我看你应该是个饱读诗书的人，我出一诗，你可否对答一首？"

"没问题！请吧。"刘麟庆随意说道。

徐惠雨随口吟道："《草色赋》：烟雨空蒙里，遥看近却无。岂知春已至，陌上看罗敷。"

金桃将宣纸与笔墨递于刘麟庆。刘麟庆思索了半天，也没有找到合适的词句，一时犯了难，额头上甚至渗出了细腻的汗珠。他心里想，自己真是没用，竟然比不过一个孤陋寡闻的乡下姑娘。

徐惠雨见状，说："刘先生若有事情，我就不挽留了。答诗可以下次来小店带来即可。"

刘麟庆立刻尴尬地放下毛笔，说："真抱歉，家里确有事情要办，我得先走了，改日再来拜访。"他急着买下《唐诗三百首》和《宋词集锦》，然后匆忙告辞。

徐惠雨在他身后笑着说道："欢迎刘先生常来指导。"

刘麟庆走后，金桃说："这位小伙子做生意还挺内行的。"

徐惠雨摇摇头说："才学倒是有一些，只是轻狂一点了。"

刘麟庆回到家里后，心情很是高兴不起来。他一直以为自己饱读诗书，见多识广，没想到自己的文采连一个乡下姑娘还不如，因此，深感内疚。不过，他对徐惠雨的印象还不错，她不光人长得漂亮，而且还很有学问和教养，是个不错的女孩子。

几天后，三叔和三婶回家，三婶问他："近期去高家庄子惠雨书铺了没有？见到徐姑娘了吗？"

刘麟庆高兴地说："去了，见到徐惠雨了。人家还邀请我帮把她书铺内部设计装潢一下。"

"看，年轻人就是大方，不用别人介绍，自己就谈上了。"三婶笑着说。

"只是很平常的见面，她并没有什么特别的表示。还需要婶子帮忙牵线呢。"刘麟庆说。

"这么说，你看好人家姑娘了？"婶子追问道。

刘麟庆羞涩地点了点头。

婶子说："你先别焦急，等过几天大家都回来了，与你爹妈商量一下再说吧。"

刘麟庆说："我不急，这事是得跟爹妈商量好。"

转眼到了腊月三十日，午饭后，刘寿恭与宋玉珍、刘麟庆等人张罗着包水饺，因为家口大、人数多，一直包到天黑。快掌灯的时候，刘金桂领着家人分坐三辆马车赶回老家，刘太太颤巍巍地走到门口迎接他们，拉着刘金桂的手说："老二，以后过年早点回来陪陪妈，妈都八十多岁了，是说走就走的人了。"

　　刘金桂说："妈，您的身体好着呢，活到百岁也不嫌多。过了年一块回胶州吧，我们也好方便照顾您。"

　　"金窝银窝不如自己的草窝。妈是个恋家的人，无论在哪儿过也不如待在老家这儿好。"刘太太说。

　　这时，刘麟庆跑上前，吆喝道："爷爷、奶奶，大家吃水饺喽！白菜猪肉馅的。"

　　刘金桂喜滋滋地问："这孩子回来省心吗？"

　　刘太太说："不光省心，可懂事了，天天帮我做饭、打扫卫生，我都不愿让他回去了。"

　　"在家闲待着可不行，我建议过了年就让他去成文堂学徒。"刘金桂说。

　　大家热热闹闹地吃了晚饭，宋玉珍便邀请刘寿山与徐青莲单独来到了正房里间，说是有要事商量一下。刘寿山说："弟妹弄得这么神秘，搞得什么名堂？"

　　宋玉珍说："大侄子麟庆也老大不小了，我想给他保一次媒，先征求一下你们的意见。"

　　"看样子你已经给他端量好了对象。"徐青莲说。

　　"可不是吗，姑娘是高家庄子开绸缎行的徐光祖的大女儿徐惠雨，今年也是十八九岁，天资聪慧，人长得特别俊秀，念了九年的私塾，能写会算，自己还在村里开了个书铺，经营得很不错。我看他们两个挺般配的。如果你们二位同意，我就去给他们说合一下。"

　　刘寿山思忖了半天，说："麟庆还年轻，要做的事情还很多，婚事不用太着急吧？"

　　徐青莲说："麟庆见过姑娘本人吗？"

　　"见过，麟庆去书铺买过她的书，对她可中意了。"宋玉珍说。

　　徐青莲望一眼刘寿山："孩子若是有意，可能就是缘分，我们可不能横加干涉，而耽误了他们的婚事啊！"

刘寿山说："我是担心，他若过早地沉湎于儿女私情，会不会影响他的前程？"

徐青莲说："他明年就十九岁了，这个岁数谈对象，不算早。若是因为我们的阻挠而错过姻缘，岂不让孩子埋怨我们一辈子？"

·"既然你们都乐意，我也没别的意见。明天我跟爹、妈打声招呼，老人家没有异议后，再去提亲也不迟。"刘寿山说。

宋玉珍说："大哥说得也是，什么时候提亲，我听你们的口信。"

刘寿山说："多谢弟妹，让你操心了！"

"一家人客气啥，这是我应该做的。"宋玉珍爽朗地说道。

第二天上午，刘寿山瞅了个机会，把给麟庆提亲的事情跟爹妈讲了，刘金桂和老伴了解高家庄子徐光祖的家境与为人，以为他家的门风正，孩子不会差到哪，当场表示同意。

正月初六日一大早，宋玉珍受刘寿山夫妇的委托，亲自去了一趟高家庄子，面见徐光祖一家人，委婉地表达了自己有意为刘麟庆与徐惠雨保媒的想法，徐光祖与夫人一听是刘金桂的孙子，而且人长得风流倜傥，甚为满意。可出乎意料的是，徐惠雨本人并未答应，问其原因，徐惠雨则直率地说他年少轻狂，不谙世事，文化水平也不高，在这么富有的家庭里长大，很担心他是个纨绔子弟。因此，她表示自己年龄还小，不急于嫁人，等过个两三年再说。

宋玉珍没想到徐惠雨是这么有个性、有主见的姑娘，只好打道回府，原话对刘麟庆的父母和他本人说了。徐青莲一听有些恼火，一下从脸红到了脖子。因为在她看来，谁看不起麟庆，就是看不起刘家，也是看不起寿山与自己。她愤愤不平地说："天底下竟有说麟庆不好的人，真是有眼无珠。"

刘寿山安慰说："能发现麟庆的毛病，说明人家姑娘是有眼光、有见解的。咱让麟庆改一改就是了。"

宋玉珍说："依我看，徐惠雨还没有真正了解麟庆。时间长了，她可能会改变自己看法的。"

刘麟庆知道后，很是失望，从小一帆风顺、从没有遇到挫折的他，一时间情绪十分低落。

徐青莲劝他说："麟庆，你别难过，凭咱的家庭条件和你本人的才华，咱找个媳妇还为难吗？回去后，我给你挑个胶州姑娘。"

刘麟庆倔强地摇摇头，说："我就是要娶徐惠雨，除了她，我谁也不要。"

徐青莲说："我听说徐惠雨是个非常优秀的女孩,眼光挺高的。要娶她,你自己得让她瞧得起。你打算以后怎么办?"

"爹不是让我去石印馆学徒吗?"刘麟庆说。

徐青莲忽然直言道:"你先什么也别做,去读书吧,去考秀才!古语说得好:书中自有黄金屋,书中自有颜如玉。读书是可以改变命运的。"

"我能行吗?我家从老辈算起,还没出过一个秀才。"刘麟庆有点畏难发愁。

徐青莲说:"老辈没出,现在就不能出了吗?如果你愿意学,我与郭先生辅导你。"

"我愿意学!我非得学出个样子来。"刘麟庆坚定地说。

刘麟庆读书的想法得到了刘金桂与刘寿山的支持,刘金桂说:"有志者事竟成。只要肯下苦功,终会有所收获的。"

过了正月初八,刘金桂率领一大家子人返回了胶州。回去后,他带着刘麟庆立刻登门拜访了郭先生,与郭先生痛痛快快地喝了一场酒,表达了刘麟庆想参加科考的愿望。郭先生听后十分赞成,并当场答应作他的辅导老师。同时,他对刘麟庆提出三条要求,具体要求做到三个字:一是"专"字,读书期间禁止谈恋爱;二是"勤"字,要勤奋苦读,不能偷懒,老师布置的作业必须按时完成;三是"活"字,要善于动脑筋勤思考,不读死书,学以致用。刘麟庆表示愿意遵循老师的教诲,奋发学习。于是,聘请郭先生辅导科考的事情就这样敲定下来。刚过正月十五,刘麟庆便来到郭先生的私塾就读。郭先生除了给其他年龄小的学生上课以外,单独对刘麟庆进行四书五经方面的辅导。刘麟庆似乎变得懂事了,一改以往浮躁拖沓的习气,变得极为认真和扎实了。他白天在郭先生这里学习,晚上回家则由徐青莲辅导,有什么不懂的问题,她都给予耐心的讲解。有一天晚上,刘麟庆坐在书桌旁,有些愁眉不展。徐青莲问他怎么了,刘麟庆说老师布置的作文题目太难了。徐青莲看了看题目《货殖说》,深思了一会,说:"货殖学说是司马迁在《史记·货殖列传》中首创的经济史传,它在中国古代经济史上占有重要的地位,其意义在于:它是中国古代第一篇系统论述商品经济和货币经济的专著,以此为内容形成了司马迁的货殖学说。你可以打开思路,举一反三,进行系统论证。"

继母的话,使刘麟庆茅塞顿开。他凝思聚神,一会儿的工夫,挥毫写下一篇文章,交给徐青莲审阅。徐青莲仔细浏览了一遍,见文章写道:

"《货殖学》：自来人之区域有异，而所就之事变不一，有沿海者，有居山者。海国之所有，山国则无之，山国之所有，海国则无之。有业耕织者，有业陶冶。耕织之所有，陶冶则无之；陶冶之所有，耕织则无之。有能贩运货物，以彼之所有，易此之所无；以此之所有，易彼此之所无，取赢余者，则为货殖之商贾。商贾者理财之一大宗也。一邑而有财，则一邑富；一乡而有财，则一乡富；一国而有财，则一国富。今中国之货不谓不多矣，而仍贫困不富也，以其未得货殖之要领也。外人之临我也如怒潮，我之御外人也如细流，细流之不敌潮审也。昔周白圭曰：吾治生产犹孙武之用兵，吾国商人之货殖者，果能如孙吴之用兵，岂特操不贫操券乎，然货殖有道不可不知也。夫物各有优劣物，不可以虚冒。优者优价，劣者价低，物各有定价，低昂不可以任意。古之货殖者，国中无伪市价，不贰童愚不欺。物之滥者，则禁止，价之过者，则平之。大者以大售之，物之小者，以小售之。不于价之外而多有所售，亦不于价之内有所售。货殖本欲得民之利以道得利，非贪也，故子贡虽殖货亦不愧圣贤。今之则商不然，国中多伪市，价多贰愚，鲁则欺之幼童则诳之。价昂大者，欲求昂之；价之廉小者，不欲求其昂大，固不肯于价之内而少有所售，第欲价之外。而多所售不知生财有道，第知私囊之充盈。"

徐青莲阅后，说："你以为满意不？"

"我也说不好，请您给点评一下呗。"刘麟庆说。

徐青莲说："我认为，这篇文章总体写得不错，观点明确，见解有高度，且比较独特。同时，语言简练，逻辑清晰，表述也比较清楚。只是，结尾显得突兀些，缺少一个有力的论断，也就是说，你的这篇文章所要表达的意思尚不完整。"

"娘，您能给打多少分？"刘麟庆问。

徐青莲毫不犹豫地说："59分吧。"

刘麟庆的脸有些红了，说："娘，您的标准太高点了吧？"

徐青莲说："一点不高。一篇结构不完整的文章，就像一个有缺陷的残疾人，它能得高分吗？"

刘麟庆说："我也感觉表达不足，好像缺少点什么，可一时半会又想不好。"

徐青莲说："好文章是用脑子写的，不仅语言要凝练，更重要的是观点要明确，论述要清楚，结论要合理。这样的文章才能经久传世。我这里有一部分科考文章，你拿去仔细研读一下。"说着，她递过一沓以往摘抄的科考卷子。

刘麟庆仔细地翻阅着，如获至宝，连声说道："太好了，谢谢娘！"

经过一个多月的精心准备，二月中旬，县考的时间到了，郭先生叮咛刘麟庆说："本次考试是第一关，考试内容不外乎四书文、试帖诗、五经文及诗、赋、策、论、性理论、圣谕广训等。考试的题目、诗、文都有严格的格式，尤其不能犯庙讳和圣讳，考试文一般不少于三百字。县试实为童试考试中的第一场，就是说，童试是预备考试，通过了第一场考试，你才有资格取得府试资格，你要切记，莫怀侥幸心理。"

刘麟庆说："谢谢老师的指导，我记住了。"

待一切准备妥当后，徐青莲叫上张飞毛，一起陪同刘麟庆回到原籍招远准备参加县考。刘麟庆虽是招远籍人，但从小不在老家长大，对招远县城比较陌生。试场设在招远县衙北边，建有普通的科考棚，均坐北朝南，最南有东西辕门，圈以木栅。院北有一大院，后面是三间大厅，中间为过道，考官坐西间，面东点名。里面设有很多简易多排座位，供考生写作。刘麟庆一看考场这么庄重，心里禁不住有点紧张。徐青莲开导他说："我过去读书期间，其他同学怕考试，我却爱考试，越遇到考试心情越兴奋。你啊，也不用太当回事，考不好咱下次还可以接着考。不过，凭你的实力和水平，你会轻松过关的。"

听了继母的话，刘麟庆紧张的心情似乎放松了下来。第一场考试在招远县城整整进行了一天，还算幸运，被顺利录取通过。接下来，每两三天考试一场，先后考试了五场。每次考试，刘麟庆在考场答题，徐青莲在场外守候，心情都同样紧张。待第五场考试结束，刘麟庆把他做的经文、诗赋及骈文内容说给继母听，徐青莲的脸上终于露出了满意的笑容。最终结果，刘麟庆考取了"县前十"，刘家人一片欢欣鼓舞。但徐青莲却很冷静，她对刘麟庆说："你考完了县试，只是过了第一关，还有两关等着你去闯呢，莫飘浮，赶快沉下心来，继续攻读。"

刘麟庆却说道："我看科考就那么回事，没啥大不了的。"

徐青莲说："只要下了苦功，科考是不难，但咱可不能掉以轻心，免得半途而废。"

刘麟庆嘴上答应着，心里觉得考试并不难，行动上变得有些松松垮垮了。有时竟然完不成郭先生布置的作业。有一天甚至没有请假，就不辞而别，与过去的几个同学到平度大泽山玩耍去了。

郭先生对他三天打鱼两天晒网的行为甚为担忧。他有心告诉刘寿山，又怕刘寿山望子成龙心切，对孩子动粗。于是，将其近期的表现与徐青莲讲了，请她好好劝诫一下。徐青莲也发现刘麟庆近期的苗头不对，正准备与郭先生沟通了解一下，听了郭先生的介绍，她甚为焦急。

晚饭后，按照惯例，刘麟庆按时来到了书房，见继母坐在桌子旁边看书。上前喊道："娘！"

徐青莲坐在那里，像什么也没有听到，一言不发。

待刘麟庆第二次喊娘的时候，徐青莲神情严肃地说："你还认得我这个娘吗？刚过了县试，你的心就飘了起来，是个干大事的人吗？"

刘麟庆一看继母动怒了，赶忙解释说："娘，我这些日子感觉有点累，想适当休息调节一下。过了这几天，我会沉下心来学习的。"

徐青莲说："四月马上就要府试了，都是在眼前的事情。你怎么就懈怠了呢？全家人对你寄予多大的期望啊，你怎能一曝十寒、不思进取呢？前段时间，你爹要我亲自陪着你去县考，一连十多天，你在考场里答卷，我在考场外担忧，我吃不好睡不香，胃病都犯了，我图得什么？还不都是为了你考个好成绩，争取个好前程？你怎么这么不争气呢！"

刘麟庆低着头，说："娘，我知道错了。"

徐青莲擦了把泪，说："我知道你的翅膀硬了，我辅导不了你了。从今以后，你自个复读吧。"说着，转身要走。

刘麟庆上前扯住继母的胳膊，"扑通"一声跪在地上，哭泣着说道："娘，您别走，我知道错了，我以后一定努力学习钻研，决不辜负您与家人的期望！"

徐青莲的心立刻软了下来，她蹲身将他扶了起来，说："孩子，你坐吧，娘不走了。但你要记住，以后无论是读书还是做人，都要踏踏实实的，切忌养成懈怠浮躁的习气。"

"我记住了，娘。"刘麟庆擦干了眼泪，端坐在桌前。

徐青莲说："这里有个题目，你做一下吧。"

刘麟庆接过纸张一看，上面写着《学殖说》，不禁锁起眉头。

徐青莲略做解释说："《左传·昭公十八年》有句话：'夫学，殖也；不殖将落。'学殖，原指学问的积累增进，后也指学业、学问等。"

刘麟庆听后，思考片刻，便文如泉涌，一气写下近千字的文章，交给继母审阅。

徐青莲轻声读着："《学殖说》：苗必勤播殖，而后能毂。木必勤封殖，而后能成材。人之于学也亦然，学不勤，勉以成其德。是犹苗不播殖而欲其成毂，木不封殖而欲其成材也难已。闵子马曰：夫学殖也，其不学怕落也，而殖之之道安在。其一，在于计日。一日曝之十日寒之，易生物未之能生，而况于学。故无论春日迟迟，夏日炎炎，秋日凄凄，冬日啸啸，要不可有一日之蹉跎。其二，在于务时先时者。杀无赦不及时者，杀无赦政典之训。惟勤屡而屡形岂果至理之难几乎，何不汲汲然不敢康也，盖理本无尽也。学亦如是其无尽也，以为已得之理，析之不敢不精，未得之理辨之，不敢不详也。以为已竟之功，求之不敢不力，未竟之功求之，愈不敢不力也。欲求一日晏安，而不得也。其三曰：在于好学。夫所谓好学者，如美色、美味、美声皆非其所好，而所好者，惟在于学也。博学之下，不与癌寐具深，往往畏难而自沮，惟纷志于学之外者不驰其志于学之中。无寸阴而不惜，亦无分阴而不惜。夫日学勤学而其学足以有殖，好学时习而其学亦足以有殖。况日学勤学好学时习尚有荒落者乎，或曰不学何害？不害益不学，不学则苟上下皆苟，而欲其国之长安久治不可得矣。盖学之殖，恒于国家之安危所关，学殖则国安，殖学不殖则国危。此千不易之理也。故三代皆典学，故其时君明臣良治隆于上，化成于下。"

徐青莲阅后，还算满意，她说："文章没有大毛病，观点清楚，论述也比较条理。我再给你加几句。"说完，挥毫在文章的结尾处补充道："朝廷有穆穆皇皇之休，海宁皆熙熙皞皞之风也。宋禁道学而亡，元并儒丐而乱，始知学之所关甚大，文远国运之说洵不误也，世之操政柄者，安可不于学加之意也哉。"

刘麟庆看后，感觉继母后面加的几句话甚是贴切，眼界之开阔，观点之精辟，令人肃然起敬。他暗下决心，要去掉浮躁之气，静心研读。

徐青莲说："今晚就学到这吧，抓紧休息吧。"

刘麟庆说："娘，我不困，我想再看会书。"

"时间不早了，早点去睡吧。"徐青莲说。

"我知道了，娘。"刘麟庆说。

半夜时分，徐青莲见刘麟庆的书房里仍亮着灯光，心里不由得感到一丝心疼与宽慰。

近些日子，刘麟庆忽然变得勤奋多了。郭先生见刘麟庆不仅能及时认真地完成作业，还愿意虚心求教，经常提出一些学习中的疑难问题。因此，他原来的担忧很快打消了，并根据课程内容，适当给他增加了一些学习上的难度。

一天早晨，刘麟庆正在院中吟诵白居易的《大林寺桃花》："人间四月芳菲尽，山寺桃花始盛开。长恨春归无觅处，不知转入此山中……"

徐青莲走近说："麟庆，最近能背下多少首诗词了？"

刘麟庆说："八九十首了。"

徐青莲说："熟读唐诗三百首，不会写诗也会吟。开始的时候要学会模仿，然后才可以放手创作。"

刘麟庆说："我原来觉得写诗很难、很神秘，现在觉得写诗只要掌握了平仄规律，再学点写作技巧，写诗并不难。"

徐青莲说："写诗的学问其实大得很，关键要有真情实感，无病呻吟的东西是流传不下去的。"

"真没想到，娘对写诗也很有见的。"刘麟庆说。

"做什么事情都有讲究。你这几天准备一下，四月初我们要去登州府参加府试。"徐青莲说，"这次考试有信心吗？"

刘麟庆说："有！娘您放心好了。"

不久，徐青莲与张飞毛陪同刘麟庆按期来到登州府，参加了由知府亲自主持的府试，先后经过帖经、杂文、策论三场考试，顺利通过记诵、辞章、政见时务等内容的府试，考试成绩名列前茅。府试结束后，刘麟庆感激地对继母说："娘，没有您与郭先生这几个月的精心辅导与辛勤操劳，就没有我今天的成绩，谢谢您了！"

徐青莲说："你先别忙着谢我，还有院试这一关没有通过呢。你现在还只是一名童生，待过了这关，你才能真正算得上一名生员。千万莫有自满骄傲情绪，静下心来再苦读数月，一鼓作气攻破院试关。好吗？"

刘麟庆说："谢谢娘的提醒，我会潜心攻读的。"

从登州府回到胶州后，当刘麟庆把通过府试的消息告诉爷爷时，刘金桂异常欣喜，专门请来郭先生，一起吃了一顿家宴。刘金桂除了真诚感谢郭先生和徐青莲辅导有方以外，还特别叮嘱刘麟庆莫要骄傲自满。他说："有许多事情虽然离成功只有一步之遥，但是，这一步却是非常关键的一步，拼一拼就有成功的希望，松一松就可能前功尽弃。因此，要趁热打铁，加倍努力，不达目标誓不罢休。"

郭先生说："离十月份的院试还有不到半年的时间，院试的难度很大，要求很高，时间十分紧迫。因此，我要统筹给麟庆制订一个详细的学习计划，一环紧扣一环，到时麟庆可不能嫌麻烦、半路掉了队。"

徐青莲说："由我继续监督好了。"

刘麟庆说："谢谢大家的劝导，我若再不努力，岂能对得起大家的一片苦心？再苦再累，我也要迎头赶上。"

金秋十月，秋高气爽。经过近半年的精心准备，徐青莲与张飞毛陪同刘麟庆按期赶往省城济南府。他们顾不得游览著名的大明湖和趵突泉，直接来到科考驻地。这次考试由学政主持，考场特别严格。刘麟庆先后经过正试与复试两场考试，测试了八股文与试帖诗，并默写了部分《圣谕广训》的内容。由于他准备比较充分，卷子答得得心应手。成绩出案后，被直接录取为生员，成绩评为一等，喜获"廪生"身份。

刘麟庆考中秀才的消息传到胶州成文堂后，刘金桂让刘寿山买来一大盘鞭炮，他亲自燃放，高兴得像是回到了青春年少时代，浑身充满了朝气与希望。两天后，他在家里专门举办了一次家庭庆功宴会，即席发表讲话，他端着一杯招远老烧说："大伙儿知道'廪生'是做什么的？廪生是三等秀才中的第一等，以后官府每月发给食粮；还可以免除差徭，不得随便用刑，见了知县老爷不跪！"

酒席桌上响起一片掌声与欢笑声。

刘金桂接着说道："刘麟庆是个有出息的孩子，他干了一件光宗耀祖的大事，为我们整个家族增了光添了彩，爷爷祝贺你，来，干杯！"说着，一饮而尽。

刘金桂又自斟了一杯，说："吃水不忘掘井人，这里，我要特别感谢为麟庆呕心沥血、严格教诲的郭先生，感谢为麟庆含辛茹苦、精心辅导的好儿媳徐青莲，是他们的辛勤辅佐成就了麟庆。来，大家共同举杯，感谢他们！"

此刻，徐青莲的眼睛里噙满了激动的泪水，她为自己的付出能够得到刘家的肯定而感到由衷的欣慰。

庆功宴会举办了没几天，刘寿恭与宋玉珍夫妇从老家匆匆忙忙来到了胶州。

宋玉珍告诉刘寿山与徐青莲，说："昨天高家庄子徐大掌柜派人来咱家，说是愿意成全刘麟庆与徐惠雨的婚姻，想商量一下什么时候给他们订婚。"

徐青莲一听，有些恼火："当初我们去提亲，她家里拉架子，左一个等等，右一个不情愿。现在我们麟庆中秀才了，刚有出息了，她家里又要主动来提亲，好事横竖都成他们的了！"

宋玉珍说："我问过原因，是惠雨姑娘怕耽误了麟庆的学业，故意刺激他的。其实姑娘心里非常喜欢麟庆，麟庆走后，她定期到咱家来，看望奶奶，帮助奶奶做了很多家务事。"

刘寿恭说："徐家虽然在高家庄子村是个大户人家，但为人谦逊低调，乐善好施，口碑很不错。尤其是惠雨姑娘聪明伶俐，勤奋能干，是个不错的女孩子。"

刘寿山问麟庆："你的意思呢?"

刘麟庆迟疑了一会儿，红着脸说："我对惠雨挺中意的，希望你们能够成全我们。"

徐青莲说："既然麟庆同意，我也没有反对的理由了。这事跟爹妈商量一下再说吧。"

刘金桂与石清梅听说此事以后，一致认为两家门当户对，两个孩子也很般配。刘金桂说："麟庆这是双喜临门啊，我建议，今年给他们把婚订下，明年过了清明节后，就给他们把婚事办了吧。"

大家听了，一致赞同刘金桂的意见。

不久，刘寿山夫妇带着厚礼回招远老家与徐光祖及家人们见了面，并邀请亲朋好友在当地的辛庄饭馆举行盛大宴会，正式为刘麟庆与徐惠雨订了亲事，两个年轻人的心从此紧紧地联系在了一起。

第四十一回　遇窘困无奈妥协　刘寿祥投奔曾府

光绪二十三年（1897）注定是一个多事之秋。还没出正月十五，刘寿祥就得到了一个不好的消息，私塾的东家黄老先生告诉他，这个私塾是合伙办的，由学生家长共同出资。因为多数学生家里困难，拿不出新一年的份子钱，故私塾办不下去了，请刘寿祥另谋高就。黄老先生的话，就意味着刘寿祥的饭碗砸了。自己赚不到钱，怎么养家糊口？靠曾亮亮绣花、剪纸能维持生计？她现在还带着一个不足一周岁的孩子，根本没有太多的精力去干别的。以后的生活该怎么办呢？刘寿祥陷入深深的思索。他垂头丧气地回到家，呆呆地坐在饭桌旁一言不发。曾亮亮感觉有些异常，问："寿祥，大正月的，你无精打采的，这是怎么了？"

"私塾散伙了，我失业了。"刘寿祥沉重地说。

半晌，曾亮亮说："丢了这份工作，我们可以再找嘛。实在不行，让三哥帮咱一下忙。"

刘寿祥说："我不想麻烦他们，我自己的事情想靠自己解决。"

"寿祥，我看你比原来瘦多了。我想，实在顶不住，咱就回胶州生活吧。"曾亮亮望着他清瘦、疲惫的脸庞，心疼地说："那里毕竟有双方的父母在，到时候他们不能不管的。咱在这里硬撑着也不是长久之计。再说，我们已经生了个胖小子，为刘家留下了根脉，爹总不能一辈子不认这桩婚事吧？你回去多说两句软话，我想，他们迟早会接纳咱们的。"

刘寿祥苦笑了一下说："你不了解我爹的性格，他是个疾恶如仇、爱憎分明的人，他与你爹斗了大半辈子了，岂能轻易让他的儿子与一个仇人的女儿生活在一起？"

"实在不行，就去我家生活吧，我爹妈最疼我。我这样离家出走，他们不知有多伤心。"曾亮亮说。

刘寿祥说："父母疼爱女儿，那是天然的感情。但他们未必能接纳我这种身份的女婿。开弓没有回头箭，既然我们决定在外漂泊，就再坚持几年，等有了出头之日，再回去也不迟。"

"那你打算怎么办？"曾亮亮问。

"我想到工夫市去趟，看看有没有需要帮工的人家。我年纪轻，什么活都能干。"刘寿祥说。

曾亮亮眼睛一红，说："你从小生活在这么富裕的家庭里，苦力活儿未曾干过，真是难为你了。可我现在什么忙也帮不上。"

刘寿祥说："你不用担心，别人能干的我都能干，别人不能干的我也能干。你在家带好孩子就行了。"

"只要能跟着你，生活再苦再累我都心甘情愿。"曾亮亮深情地说道。

刘寿祥抬起头说："你与孩子就是我的生活支柱和未来，想起你们，什么苦我都吃得消。"说着，他抱过儿子，开心地笑了。

第二天一大早，天刚刚放亮，周围灰蒙蒙的一片。刘寿祥迎着凛冽的西北风，徒步来到了黄县城西的工夫市，只见那里早有众多的青壮年，还有年迈的老者，蜷缩在一棵老榆树下，等待雇主的雇用。一会儿，一位管家打扮的中年人匆匆走了过来，说："我家老爷要找几位身强力壮的雇工去龙口港装卸货物，在场的伙计，谁愿意去？"

大家纷纷举手，一时人群骚动起来。

中年管家说："大伙安静，我们用不了那么多，只需八名，都站好，我来挑选。"

于是，中年管家从一边排着挑选。当走到刘寿祥身边时，刘寿祥焦急地说："我年轻，我能胜任！"

中年管家望着他皱了皱眉头，直接拿起他的右手看了看，然后遗憾地摆了摆手。刘寿祥知趣地退到一旁。

又经历了三四波的挑选，好多人被挑走了，只有刘寿祥和一个上了年纪的老翁没有一家愿意雇用的。一直挨到天晌，刘寿祥饥肠辘辘，他拿出身上唯一的一块铜板，到路边喝了一碗稀薄的小米粥，才艰难地走回家里。

不服输的刘寿祥，第二天清早，又去了工夫市。这次他比较幸运地被一商家雇去搬家，忙活了整整一天，赚了几个铜板，这使他极为兴奋，又对生活充满了希望。

晚上，疲惫不堪的刘寿祥，早早地趴到了床上。曾亮亮便用力给他捶了捶背。曾亮亮心疼地说："你这样长期下去，身体怕是吃不消的，还是想法去找个教书或记账的差事干，这样或许轻快一点。"

"咱来的时间不长，人生地不熟的，上哪去找这样的好差事？我再坚持一些日子，兴许会碰上。"刘寿祥说，"想当年我饭来张口，衣来伸手，何曾吃过这等苦头？如今我才明白了生活的不易与艰辛。我爹多次说过，我应该多受些磨砺才能成熟，那时候我年少无知，哪里懂得这些道理？现在想想，我吃些苦遭点罪，兴许就是一种最好的磨砺与成长。"

"俗话说得好：吃得苦中苦，方为人上人。等我们度过了这段艰难的日子，后面一定会有福报的。"曾亮亮鼓励他说。

刘寿祥艰难地爬起来，轻轻地将曾亮亮揽在怀里，说："有你在，我一点也不觉得苦。"

曾亮亮悄悄地擦了把眼泪，说："我知道。你明天还要起早，赶快休息吧。"

过了正月十五后，天气渐渐回暖。这天，晴空万里无云，街道和房屋的积雪悄然融化了。曾亮亮将被褥轻轻地搭在院中的铁丝绳上晾晒，一缕暖阳直照在她俏丽而宁静的脸上。抬头望时，两只喜鹊"叽叽喳喳"地落在墙外的白杨树上。她的心情蓦然高兴起来。忽然，她听到街门"砰砰"的敲门声。

她走过去从门缝一看，是满头银发的母亲与她的随身丫鬟金小兰站在门外，她愣怔了一下后，快速打开大门，大步上前扑向母亲的怀抱，哭喊着说："妈，您怎么来了？"

"怎么，不欢迎啊？"曾夫人端详着女儿有些憔悴的脸，心疼地说："才几天的工夫，你竟瘦成这个样子！快进家看看大外孙。"

她们刚进家门，小贝贝惊醒了，他睁大眼睛望着眼前陌生的面孔，大哭起来。曾亮亮赶紧将他抱起，说："你看谁来了？快喊姥姥！"

小贝贝止住哭声，好奇地盯着陌生人的脸看。

曾夫人接过孩子，说："来，乖宝宝，让姥姥抱抱。"

曾夫人掂量了一下孩子的重量，说："孩子都快一周岁了，重量还这么轻。肯定是营养不足啊。这次跟姥姥一起回胶州去吧。"

曾亮亮没有搭话，她向灶里添了些柴火，点燃，一会儿的工夫，家里的温度有所上升。她说："妈，我们这里天气冷，你们上炕暖和些。"

曾夫人抱着小贝贝上了炕后，问道："孩子他爹呢？"

曾亮亮坐在炕沿上，说："那家私塾刚停办，他书教不成了。最近出去打零工了。我爷爷的身体好吗?"

曾夫人摇摇头说:"不怎么样,自从你们出走后,你爷爷特别挂念你,很不开心,因此病情日益加重。他现在已经卧床不起了。"

听到这里,曾亮亮再也控制不住自己的感情,眼泪夺眶而出,哽咽了半晌,说:"请您跟爷爷说一声,我在这里的生活很好,请他莫要牵挂。"

"你回去亲自跟他说吧。"曾夫人说。

接着,娘俩分别回忆和介绍了分别两年来各自的经历与情况,不知不觉已经到了晌天的时候。

这时候,她们听到院子里有呼唤贝贝的声音。

曾亮亮说:"是寿祥回来了!"

刘寿祥风风火火地闯进家,寻找贝贝,蓦然见到曾夫人她们,一下子愣住了,他含混地说道:"大姨好,您来了?"

曾亮亮纠正道:"喊娘!"

刘寿祥低声说道:"娘,您好!"

曾夫人看着衣冠不整、满面灰尘的刘寿祥,不觉大吃一惊,说:"寿祥回来了,你这是干吗去了?"

刘寿祥搓着手,尴尬地说:"我刚才去帮人家搬家了,那活儿脏了一点。"

曾夫人直截了当地问他:"你爹没派人过来接你们?"

刘寿祥说:"去年我大嫂来看过我,想让我回去。但我不想回去。"

"为什么?"曾夫人问。

"在我爹没有正式承认我们以前,我不想跟他们见面。"刘寿祥倔强地说。

曾夫人说:"要是亮亮想回去呢?你怎么办?"

刘寿祥望着曾亮亮说:"我们都商量好了,不想回去的。"

曾亮亮说:"寿祥不走,我也不走,寿祥到哪我到哪。"

曾夫人紧锁眉头,说:"你看看,你们现在过得是什么日子?家徒四壁,一无所有。这种朝不保夕的日子一天也不能再拖下去了。"

曾亮亮见母亲的态度十分坚决,担忧地说:"我们的婚事爹还不同意,他能够接纳我们吗?我们回去怎么办?"

"你爹那里我已经说通了,你们不必担心。开始他的确对你们有些成见。我劝他说:上一辈的恩恩怨怨,不应该牵扯到下一代人的。再说,大女儿离家当修女去了,小女儿你再拒之门外,咱们不真成了孤家寡人了吗?"

"还是娘有文化，通情达理。"曾亮亮柔情地说道。

"事情的关键是，你爹对寿祥颇有好感，他想以后好好栽培寿祥呢。"曾夫人说。

"爹想让他做什么工作？"曾亮亮问。

"咱家现在不是与德国圣言会合股办了个石印馆吗？他想让寿祥暂时做石铁蛋的助手，一旦时机成熟了，就让他正式接替石铁蛋做掌柜。"曾夫人说。

"石铁蛋干的不是挺好的吗？"曾亮亮问。

曾夫人沉吟了一会说："你爹说石铁蛋这个人虽然有才，但太奸诈，靠不大住，早晚要换上自己的人才放心。"

曾亮亮转头问刘寿祥说："寿祥，爹对你这么信任，你觉得怎么样？"

刘寿祥满脸担忧地说："事情可能不是我们想象的那么简单。但是，既然你想回去，我们就一起回去吧。不过，我有个请求，回去后我们不能住在曾府，外出租房居住好了。"

曾夫人沉思了一会儿说道："家里的条件好，什么都不缺，你们出去租房住，这是何苦呢？"

曾亮亮说："寿祥自有他的考虑，这事就依他吧，您就不要勉强他了。"

"也好。你们今天收拾一下，明天咱就动身走。"曾夫人说。

刘寿祥看看外面的太阳，说："午饭时间到了，娘您想吃点什么？"

"随便吃点什么都行。"曾夫人爽快地说。

"门口有一家拉面馆，我们去吃黄县拉面怎么样？"刘寿祥问。

"行啊，我听说黄县的饮食很有名，今天中午就去体验一下。"曾夫人的脸上堆满了笑容。

午饭后，刘寿祥简单地将家里的东西收拾了一下。

第二天一大早，刘寿祥夫妇抱着孩子，与大街上的左邻右舍一一告别，然后，他们又雇了一辆马车，带着简单的行囊，与曾夫人她们匆匆上了返乡的路。晚上掌灯时分，他们来到了胶州的一家客栈，暂时住了下来。他们安顿下来之后，曾夫人便急着赶回了曾府。

刘寿祥回到胶州的消息很快不胫而走，刘寿楠不经意从一位住客栈的客商那里得悉了寿祥的情况。他赶紧找到刘金桂说："爹，听说寿祥回到胶州了，还带回了个男孩，您看是不是让他回家里来居住？"

刘金桂听后气鼓鼓地说："老古语说：大恩养仇。依我看，刘家养了一只白眼狼。婚姻大事自己擅自做主，这且不说，他离家出走这么久，连个信都不回，他眼里还有我这个爹吗？他不是能耐大吗？他回来做什么？"

刘寿楠见父亲的气还没有消，便没再多说什么。

晚上，在济生堂大药店，刁长廷正陪曾玉彪喝茶聊天。刁长廷说："曾掌柜愿意接纳他们，是步好棋啊，一来彰显您是一个胸怀宽广大度之人，不像刘金桂那么小肚鸡肠。二来培养女婿搞印刷，给刘金桂树立了一个有力的竞争对手，将来让他们爷俩自相残杀吧。我看好戏还在后头呢！"

曾玉彪吸一口烟，阴笑着说："我没有你想得那么复杂，我所做的一切，还不是为了女儿亮亮好？至于他们爷们之间的争斗，我不想管，也管不着。你明天上午叫石铁蛋和刘寿祥一块过来一趟，有些事我给他们交代一下。"

刁长廷会意地点点头说："我明天一早就去安排。"

第二天上午，石铁蛋与刘寿祥分别来到了济生堂大药店曾玉彪的会客室，石铁蛋看上去有点发福的样子，说话和气，人比原来也老成圆滑多了。而刘寿祥则相反，消瘦的脸庞棱角分明，一副威严不可侵犯的样子。曾玉彪介绍说："你们俩原来都认识吧？"

石铁蛋说："认识，认识，老朋友了。"说着，伸出手要与刘寿祥握手。

刘寿祥瞟了石铁蛋一眼，说："石掌柜你一切安好？"但依旧背着手，没有去握手的意思。

石铁蛋赶紧缩回手，像什么事情没有发生似的，说："我早就知道，寿祥才高八斗，年轻有为，前途无量啊！"

"以后你们就要在一起做伙计了。"曾玉彪说，"石铁蛋继续做掌柜，寿祥做二掌柜，给石掌柜当助手。希望你们以后好好合作。"

石铁蛋一愣，如鲠在喉，但他强装笑颜，爽快地说道："欢迎，欢迎！"

曾玉彪说："石掌柜管理有方，经验丰富，大的决策还是你说了算。寿祥要虚心好问，凡事多跟石掌柜请示和商量。"

刘寿祥站起身来，点头称是。

曾玉彪说："这里没你们的事了，你们一起去石印馆聊一下那里的情况，我这里与刁管家还有点别的事情。"

石铁蛋与刘寿祥告辞了曾玉彪，来到城隍庙前街路南的德华石印馆。他们径直来到了石铁蛋的办公书房，石铁蛋匆忙收拾了一下桌子上的东西，执意要将此书房让给刘寿祥。刘寿祥知趣地予以拒绝，说："我是来做助手的，石掌柜这样做太客气了，我承受不起，随便给我找个房间，有个书桌就行。"

石铁蛋见刘寿祥态度坚决，也就没再谦让，立刻派人将他隔壁的一间闲置的房间清扫了一下，又配上桌椅和沙发，亲手将门钥匙递给刘寿祥："刘掌柜，以后有什么要求请随时与我说声，我尽力去办。"

刘寿祥接过钥匙，望着崭新的书房，甚为满意，连声向石铁蛋道谢。

石铁蛋补充说："听说你刚租了新房，要不要派人去帮着收拾一下卫生？"

刘寿祥说："区区小事，就不劳烦大家了。我瞅空简单地拾掇一下就行。"

石铁蛋说："那你不用急着上班，在家布置停当了再来也不迟。"

"那我就请两天的假。"刘寿祥说。

送走了刘寿祥，石铁蛋在他的书房里来回踱步，他忽然感觉有一种潜在的危机正悄然向他袭来。他最明白曾玉彪的为人，过河拆桥的事，他最容易做得出来。有朝一日刘寿祥能够独当一面了，自己掌柜的位子就得双手恭让给他。一想到自己辛苦筹建的石印馆刚刚打开局面，很快就要拱手相让了，他实在有些憋气和不甘。他忽然心生一计，决定还要从刘寿祥身上破题。

一个礼拜后，他找到曾玉彪说："曾掌柜，我最近刚有了一个新的想法，不知当讲不当讲？"

"直说吧，咱哥俩说话也不隔口。"曾玉彪说。

石铁蛋说："德华石印馆开业后，我们所用的原材料大多依靠从德国进口，费用和成本比较高。就以油墨为例，成文堂是自己加工制作的油墨，比我们进口的油墨成本要节省很多，一年下来，少说也要省下数百两银子。我想，我们为什么要多花些冤枉钱呢？为什么不自己加工制作油墨？"

曾玉彪说："这个情况我也清楚，可咱们一无制墨人才，二无加工设备与作坊，谈何容易！"

"没有人才技术，咱可以想办法嘛。"石铁蛋说。

"咱两眼一抹黑，有什么好办法。"曾玉彪自嘲地笑了。

"办法是有的，就是不知道您是否愿意采纳？"石铁蛋见他很感兴趣，继续说道："您的乘龙快婿刘寿祥不是回来了吗？他本是成文堂的一员，何不通过他去把成文堂制墨配方搞到手？到时候我们用上自己油墨，一年要省多少白花花的银子呀！"

曾玉彪听了，摇了摇头，说："不妥吧，刘寿祥与我闺女至今还没有举行仪式，我还没给他们什么正式的名分。严格来说，他现在还不是我的女婿。因此，我的话他不一定听的。最主要的我是担心他为难。据我观察，他这个人虽然倔强点，但挺善良、挺正派的，你要他回去搞配方，明着要，人家不给。暗着偷，他愿意做吗？"

石铁蛋笑了笑说："您可以试试嘛，您不试，怎么知道他不愿干？只要动之以情，晓之以理，他能无动于衷？"

曾玉彪紧锁的眉头渐渐放开，说："这件事非同小可，它关系到我们石印馆的切身利益与长远发展。如果事情成功了，我们不但可以节省大量的加工费用，增加印刷收益，而且可以有效地打破成文堂在胶州制墨的垄断地位，这的确是一箭双雕的事情。石掌柜，你可真出了个好主意啊！"

石铁蛋一见游说成功，欣喜之情溢于言表，连连说道："为曾掌柜效力，是我铁蛋的本分。"

两天后的一个晚上，曾夫人邀请女儿、女婿回家吃了顿饭，饭菜很丰盛，好多是女儿平时爱吃的饭菜。曾玉彪嘘寒问暖，关心备至，这使他们好似感到了久违的亲情。饭后，曾夫人还拿出二百两银子，说："你爹说，你们回来时间不长，手头不太宽裕，让我拿出点银子给你们补贴家用，赶紧收下吧！"

曾亮亮原来对父亲充满敌意，现在忽然感觉他也不是一个完全不近人情的人。她想推辞，但母亲已经执拗地塞在她的手上，她只好接了过来，说道："谢谢娘，谢谢爹！"

曾玉彪说："跟爹娘客气什么，以后有什么困难，随时告诉一声。有人说你爹缺德，但你爹只要不缺钱花，人家爱怎么说就怎么说吧，只要大家活得逍遥自在就好。"

曾夫人说："你爹刚喝了两杯小酒，说话又走调了。你们不用在意。"

曾亮亮看了刘寿祥一眼，说："咱们走吧。"

曾玉彪说："闺女不急，你去爹的书房看看，随便有几句话唠唠。"

曾亮亮无奈地来到曾玉彪的书房，扫了一眼周围环境后说："书房没啥变化，只是多了一些古董而已。"

"你别小瞧了这些古董，许多是我绞尽脑汁才搞到手的，价值不菲。"曾玉彪得意地说道，"坐吧。寿祥近来在石印馆干得怎样？适应不？"

"适应，挺开心的。"曾亮亮淡淡地说。

"适应就好。待他自己能够独立担当的那一天，我就正式把石印馆交给他。"曾玉彪说，"不过，现在还不行，现在他的业务不熟且不说，主要是还没有为济生堂做出多少贡献，让他担任掌柜，恐怕不服众啊。"

曾亮亮说："寿祥是个老实人，也不太爱操心，干二掌柜已经不错了。"

曾玉彪说："满足于目前的水平可不行，石印馆的掌舵人早晚是他的，他要加倍努力才是。"

"多谢爹的栽培。"曾亮亮说。

曾玉彪摆摆手说："不用谢爹，爹还有件事情求你们呢。"

曾亮亮说："我们能办啥？能办的肯定尽力而为。"

曾玉彪说："打开天窗说亮话吧。咱的德华石印馆平时印刷所需的油墨都是从德国进口的，成本高、费用大。成文堂那里所用的油墨是自制的，价格低廉，质量也好。我想请寿祥帮忙回去将其制墨配方买回来。到时，如果刘家不卖的话，咱再想其他的办法。不知道寿祥是否愿意帮这个忙？"

"爹，寿祥离家出走这么久了，已经与家里没有任何的瓜葛了，让他去办这件事，恐怕勉为其难吧。寿祥是个要面子的人，他怎么可以去干些偷鸡摸狗的事情？你还是不要打他的主意好了。"曾亮亮婉言拒绝。

曾玉彪说："你应该明白，如果我们拥有了自己的制墨技术，就可以从此少受洋人的摆布了，我们会赚更多的钱。钱多了不好吗？我可以给你们买上自己的别墅，让你们的生活过得更加安逸和幸福。他如果把这件事情做成功了，对石印馆的发展无疑立下大功，掌柜的位子交给他，那是顺理成章的事情。让刘寿祥做这件事情，是觉得他有这个方便条件。另外，可以证明他对你、对曾府是否忠诚。真正考验他的时候到了！"

"爹，我真的做不了主，待我回去跟寿祥商量一下好吗？"曾亮亮央求道。

"行，你回去跟他好好讲明事情的利弊与道理，我想他应该是个通情达理的人。"曾玉彪大度地说。

"那我们走了。"曾亮亮忐忑不安地站起来，匆忙走出书房。

曾玉彪专门安排了一辆马车，热心地将他们一家三口送回了家。

一路上，曾亮亮的脸色十分难堪，一言未发。

回到家里，刘寿祥不放心地问她："亮亮，你的脸色不好，遇到什么麻烦事了？"

曾亮亮的眼圈红了，过了半晌，她将父亲的要求一五一十地讲述了一遍。末了，她说："我看你不用理会他，他也奈何不了你什么，大不了我们自己出去谋生。"

511

刘寿祥听了，思索了一会儿，说："当初我是不想回来的，我很担心卷入曾府的事务而不好自拔。现在可好，刚回来不久，他们就打上我的主意，对我来说的确是个难题。制墨配方是成文堂的命根子，我爹哪会轻易送人？花再多的钱他也不会卖的。要我去偷窃？我成什么人了，跟小偷、强盗有什么区别？可如果不把配方搞到，他们就会嫌弃咱们无能。咱刚安了家，你们娘俩好不容易安顿下来，过上了安稳的日子，搞不好又要受到牵连。"

　　"咱不能背着良心去做事，这事你就不用管了！一切后果我来承担。"曾亮亮说。

　　"不，为了你和孩子，我只能铤而走险了。你就让我做一次违背良心的事吧。"刘寿祥深情而张皇地看着妻子。

　　曾亮亮无奈地把头转向一边，说："你还是三思而行吧。"

　　"制墨技术主要掌握在二哥寿楠那里，我俩自小交情深厚，我想求他想想办法，你不用过多思虑，时候不早了，赶快休息吧。"刘寿祥说。

　　曾亮亮默默地点了点头，抱着孩子去了卧室。

　　刘寿祥睡不着，便找了一本书跑到外间的沙发上盲目地翻看着。

　　几天后，正在刘寿祥思考着如何跟二哥交涉的时候，刘寿楠忽然登门造访，带来许多吃的用的东西。刘寿祥甚是惊喜，忙着给二哥让座添茶。刘寿楠说："这里地角挺偏的，不好找，打听了不少的人才找到这里。你们回来这么久了，怎么不回家看看大家？"

　　刘寿祥说："我现在这么个狼狈样，哪还有脸回去？"

　　"你想多了，爹妈还有大家天天盼着你回去呢。"刘寿楠说。

　　"我知道，大嫂前几天来过这里，送了些衣物来，告诉了家里的情况，也劝过我回去，可我走到这个地步，无颜去见家人啊，请二哥原谅。"刘寿祥说，"成文堂现在发展得怎么样了？"

　　"挺好的，我一直负责雕版印刷这块，大哥重点负责石版印刷那块，现在运转得都很正常，收益也不错。"刘寿楠说。

　　"制墨这项技术谁负责？"刘寿祥说。

　　"当然是我管了，这项技术别人都不懂，当年胡先生只把制墨秘方传授给我一人。"刘寿楠自豪地说。

　　"二哥，有件事我正要求你。前几天曾玉彪刚给我安排了个差事，要我代表曾府与你们商谈一下，想要购买成文堂的制墨配方，不知二哥是否愿意？"

刘寿祥试探着问他。

刘寿楠冷笑道："亏他曾玉彪想得出，制墨配方是咱成文堂的法宝，岂能卖给洋人的走狗？出多少价爹都不会答应的。"

刘寿祥低声说道："我刚去德华石印馆做二掌柜，我们一家三口的生活也刚刚安定下来，谁知曾玉彪竟然给我出了这么个难题，此事若是办不成，我还有什么脸面去见他们？"

刘寿楠听了，忽然"啪"地一下拍了桌子，说道："老四，我警告你，你想做软骨头，我管不了你。你若想胳膊肘往外拐，我不会原谅你的！"

"二哥，我的处境这个样子，你得为我想想啊！"刘寿祥继续央求道。

刘寿楠"腾"地站起来说："以后你再敢提此事，我就不认你这个兄弟了！告辞了！"说完，气哼哼地推门而出。

刘寿祥追赶了几步没有追上，鼻子一酸，差点落泪。此时，他呆呆地望着空旷的天空，心中一片茫然。

一连几天，他不思茶饭，上班时也无精打采。他的行为表现，被细心的石铁蛋看在眼里，喜在心上。他暗自庆幸自己给曾玉彪出的这个主意是多么的高明，因为对金钱的贪婪与追逐，曾玉彪必然明知不可为而为之，而刘寿祥则会因此被搞得狼狈不堪，还可能失去曾府对他的信任。他越想越发高兴起来。他来到刘寿祥的办公室，假惺惺地对他说："刘掌柜，我怎么见你近来无精打采的，是不是遇到什么难题了？"

刘寿祥稍有犹豫，发牢骚说："要我去成文堂讨要制墨秘方，这不是赶鸭子上架——瞎胡闹嘛。"

石铁蛋说："是为这事啊，这事可非同儿戏，不仅关系到石印馆的长远发展，更关系到你本人的脸面。这件事办好了，曾玉彪必定会对你大加赏识，办不好他就会瞧不起你的。"

"办不好也没法子。谁家的秘方能够轻易送人？我二哥说了，曾玉彪花再多的银子也不会转让给他的。"刘寿祥说。

石铁蛋狡诈的脸上忽然绽出一丝笑容，说："寿祥弟，你还年轻，不太懂得利益的权衡，你要知道，你现在端的是曾府的饭碗，就要为曾府办事，这是天经地义的事情。至于讨要方式，除了花钱买，再没有其他的方法了？"

"你是让我去偷窃吧，我是那种鸡鸣狗盗之人？"刘寿祥说。

"兄弟别太天真了，人不为己，天诛地灭。 为了你妻儿以后的幸福，你就不能眷顾家族的利益了，该赌一把时就得赌一把了。"石铁蛋继续开导说。

刘寿祥说："谢谢石掌柜的关心，此事以后再说吧。"

"我只是随便提个建议，别太当回事。"石铁蛋说完，溜出门外。

刘寿祥把门关上，此时，他的脑子里一片空白。

忽然，他听到"呼呼"的敲门声，他开门一看，是张飞毛来了，说："张叔您来了，快请进！"

张飞毛大步走进屋里，环视一周陈设后，说："条件不错嘛。"

刘寿祥倒了一杯茶，递给张飞毛，说："给人打工，什么条件好不好的。两年不见，张叔的身板还是这么硬朗。"

"我与你爹这些习武之人，平日注意锻炼，身体都不错。"张飞毛喝了一口茶，说："长话短说吧，你二哥让我过来传个话，他今晚请你过去吃饭，不知你是否方便？"

"我方便，吃饭在什么地方？"刘寿祥问。

"你二哥说，就在他的制墨作坊，那里下班后挺安静的，他想单独与你喝两盅。"张飞毛说。

"行，我准时去。"刘寿祥说。

"不见不散！"张飞毛拱手告辞。

傍晚，刘寿祥来到成文堂附近，远远地端详着眼前的一切，心中不免百感交集。他不知道自己为什么走到今天有家不能回的地步，儿时的幸福记忆，仿佛已经久远。天逐渐暗了下来，上班的伙计们早日下班走了，他便小心翼翼地走进了成文堂制墨作坊。二哥早已在门口等候，见寿祥来了，热情地迎他进了作坊。刘寿楠说："四弟，原谅二哥的火暴脾气，那天朝你发火，我心里十分愧疚，今天见面道个歉。"

"二哥你说哪里了，你没有错，错的是我。我不应该提出那些非分的要求。"刘寿祥说。

"你的要求并不过分，我想通了，要是我处在你的位置上，我也会这样做的。"刘寿楠恳切地说。

刘寿祥心头一热，眼睛一下子湿润了。

刘寿楠说："我先陪你到制墨作坊里到处看看，也让你长长见识。"

"二哥，这样不妥吧，虽然咱们是亲兄弟，但各事其主，你这样做要泄密的。"刘寿祥说。

"没事，你尽管看好了。外行人即使看了，也研究不透的。"刘寿楠胸有成竹地说道。

刘寿祥随二哥参观了作坊的每道工序和所用器皿，然后，来到了作坊外边的一间办公室，进屋一看，屋中间是一张书桌，摆着猪头肉拌白菜心、烧鸡、老醋松花蛋等五六个冷热菜，靠东墙的地方是一个宽大的档案柜。刘寿楠从档案柜里取出两瓶胶州老烧，用牙齿咬开了瓶盖，说："咱兄弟俩好久没有相聚了，今天一定要喝个痛快，好好叙叙旧。"

二人对坐，菜没吃几口，就连喝了三杯。三杯酒下肚，刘寿楠的脸红了，说："听说你们从黄县回来后，我与你二嫂都特别高兴。你是我看着长大的，咱们哥俩打小有交情。只是二哥平时忙，没能好好关照你。尤其是四弟目前遇到了个难题，二哥又爱莫能助，心里有愧啊！"说完，又独自喝了一杯。

刘寿祥也动情地说："我从小就受到二哥的呵护，记得小时候我出去打了架或受了气，都是二哥替我出头争气。我在学校里读书，二哥还定期塞给我几个零花钱。二哥对我有恩啊！"

刘寿楠说："四弟说得严重了，爹妈对我们才是恩重如山啊。你的婚事，爹妈之所以没答应，那是有原因的。你是聪明人，我就不再多说了。但我劝你早点放下芥蒂，回家看看他们，毕竟他们年纪都大了。"

刘寿祥擦一把眼泪说："二哥你别说了，我心中自有分寸。可我一旦上错了船，已经身不由己了。拜托二哥替我多孝敬一下父母。"

"父母这里，有我与大哥在，你就放心好了。但大家还是希望你们能够早点回来，一家人和和睦睦、开开心心地生活在一起有多好？"刘寿楠热切地注视着四弟。

刘寿祥看了看门外，然后神秘地说道："二哥，我迟早要回家的，但不是现在，我心中有一个愿望，今天只告诉你一个人。待我有一天真正做了德华石印馆的掌门人，我要把'德华'变成'成文堂'，作为见面礼，带回刘家。到那时，爹妈就不能小看我了！"

刘寿楠吃惊地看了一眼刘寿祥，没有想到他会有如此的筹划。他揉了揉眼睛，像是什么也没听见似的，只是淡淡地说："四弟你还年轻，不可盲目行事。你要知道，你面对的是曾玉彪，有人说他是胶州城里的一只老狐狸，还有人说他是一只豺狼。依我看，他是一条毒蛇，怀具蛇蝎之心。你太仁义了，根本不是他的对手，小心捉蛇不成反被蛇咬。"

刘寿祥双手抱头，然后，缓缓地放下，说："二哥什么也别说了，我是明知山有虎偏向虎山行。"

刘寿祥抬头看他时，二哥已经不胜酒力，不知何时趴在桌子上睡了，且打起了轻微的鼾声。

刘寿祥眼睛一亮，迅速走到二哥身后的档案柜前，轻轻地打开档案柜子的门，仔细地翻看相关的技术资料。他从中发现一张标有"制墨秘方"的纸张，小心地拿了出来。回头看看二哥睡得正香，就取了笔墨在桌子一旁很快抄录了一份，揣在怀中。然后，将原稿神不知鬼不觉地放回原处，将柜门关好。

临走，他从挂衣架上取了一件短衫，悄悄地披在二哥的身上，然后，深鞠了一躬，含泪低声说道："我做家贼了，对不起了二哥！"说完，迅速离开，消失在茫茫的暗夜之中。

刘寿祥离开后，刘寿楠从桌子上爬起来，望一眼门外，喊道："四弟，你走了？二哥不送你了。"

第二天上午，在济生堂大药店里的会客室里，曾玉彪从刘寿祥的手里接过制墨秘方，他抑制不住内心的激动，仔细地看了一遍，又递给了刁长廷。刁长廷看后，也兴奋地说："太好了，制墨秘方终于弄到手了，寿祥真是了不起啊！"

曾玉彪问："你是怎么弄来的？"

刘寿祥不自然地说："开始我想从成文堂购买制墨的配方，可是他们说什么也不肯。实在没有办法，我把二哥刘寿楠灌醉后，从成文堂制墨作坊的保险柜子里拿来了。"

曾玉彪哈哈大笑起来，说："好样的！寿祥不愧是曾府的好女婿，你为德华石印馆的发展立下了汗马功劳！"

"配方还没有经过实验，我心中尚没有底数。"刘寿祥担心地说。

"这秘方他们用的行，咱就能用。我给你在石印馆腾出四间房子当作坊，你马上列出一个制墨所用设备和器具采购计划，可以一边做实验，一边派人去采购，这样可以有效加快制墨实验进程。"曾玉彪迫不及待地说，"刁管家，设备采购的事由你具体负责吧。"

刘寿祥与刁管家都站了起来，表示赞同。

接着，在新建的制墨作坊里，实验工作与设备采购紧锣密鼓地展开了，刘寿祥利用刚买来的各种原料，精心地调配着，他的心情既兴奋又紧张。兴奋的是自己顺利拿回秘方，使自己在曾府人面前没丢脸面；紧张的是自己从来没有接触过制墨行当，对能不能做出合乎标准的油墨，心中一直没底。制墨的设施与器皿等都顺利到位了，可是，时间一天天过去了，刘寿祥的实验工作却毫无进展，墨水是制出来了，可就是制不出合格的油墨。他为此忐忑不安起来。刁长廷来现场看了几次，劝说刘寿祥不要太焦急，慢慢调试。可一直不见结果，最后也彻底失望了。曾玉彪更是心急如焚，他问刁长廷到底是什么原因，刁长廷怀疑说："我认为刘寿祥得到的制墨配方有问题，你想，像刘金桂、刘寿楠这样聪明绝顶的人，岂能轻易让刘寿祥拿到制墨秘方来报效曾家？"

曾玉彪若有所思地点点头，然后长吁了一口气，说："看来，我们被刘金桂父子要了，而愚昧无知的刘寿祥还蒙在鼓里，真是气死我也。我们花钱购买的那些设施都全报废了，一缸缸的墨水也都成了废水。这么多白花花的银子打了水漂。"他痛苦地垂下了头。

刁长廷却说："曾掌柜，依我看，这次的制墨实验，虽然未达到预定目标，但不算完全失败。因为虽然油墨没有做出来，但是，却制作了可以书写的墨汁，我们可以在此基础上，进一步提升一下工艺配方，正式加工书写用的墨汁，向私塾、学院和社会上推销，一样可以赚大钱。"

曾玉彪听了此话，立刻心花怒放，说："你这个主意好，以后我们就正式生产'德华墨汁'，同刘金桂的'成文堂墨汁'一决高低。你赶快把刘寿祥给我找来。"

一会儿，刘寿祥垂头丧气地来到济生堂，见曾玉彪面无表情地坐在太师椅上，低声开口道："对不起，实验没成功！"

曾玉彪问："什么原因？"

"我也说不清楚。"刘寿祥有些难过地说道。

曾玉彪升高语调说："寿祥啊，你这么一个聪明人竟然没有看出来？你被你亲兄弟要了！他提供给你的配方不全，缺少核心的东西。你就是再使九牛二虎之力，也照旧研制不出咱所需的油墨。"

刘寿祥面露惊愕的神态，嘴里喃喃地说："不可能的，二哥不可能欺骗我。"

"你别太天真了，俗话说：赌场无父子。我现在做的是与刘金桂的一场豪赌，你爹他们不会在此事上成全你的。"

刘寿祥的脸色变得通红，他忽然感觉自己涉世太浅，幼稚可笑。他感到有一股寒气直冲后背。

曾玉彪此时却露出了笑脸，说："别难过，寿祥，虽然刘家把你欺骗和抛弃了，但有我做你的靠山，你不要有任何顾虑。希望你吃一堑长一智，好好反省一下自己。"

刁长廷插嘴说："你只要以后真心诚意地跟曾掌柜干，他绝对不会亏待你，肯定有大好的前程。"

事到如今，刘寿祥只好借梯下楼，说："我会认真反思的，以后跟各位长辈好好学习。"

曾玉彪露出满意的笑容，说："我刚才与刁管家商量了一下，制作印刷的油墨工艺太复杂，我们不做了，改作书写用的墨汁。你在原来实验的基础上，改进调配一下工艺配方，加工墨汁吧，市场上墨汁需求量也不少，收益很可观，前景十分看好。你认为如何？"

刘寿祥听了，脑袋"嗡嗡"地响起来，他想，以后即使不做油墨，做墨汁，也势必与成文堂形成激烈竞争，自己又被推到了家族的对立面上，自己该如何是好呢？

曾玉彪见刘寿祥没有直接回答，问："寿祥，有什么顾虑吗？"

刘寿祥说："我是担心墨汁的质量能否过关，要是不过关怎么办？"

曾玉彪信心满满地说："墨汁制作相对简单，你必须给我攻破这道技术难关，争取早日投产。有什么困难，可以随时提出，我们全力配合你。"

刘寿祥说："容我实验成功后再说吧。"

"行，我们等着你的好消息。"曾玉彪转头对刁长廷说："寿祥近日很辛苦，你今晚在伙房安排个晚宴，一起慰劳一下寿祥。"

刁长廷说："好的，我马上安排好，建议让曾小姐一起参加。"

曾玉彪说："那是自然，你们看着安排吧。"

第四十二回　家丁身陷巨野案　刘家义举暖人心

晚上，在刘金桂的书房里，刘寿山、徐青莲、刘寿楠、刘麟庆等人神情严肃地坐在一旁，刘金桂吸了两口老旱烟，猛地将烟斗的烟灰磕在烟缸里，说："老二你好糊涂啊！这么大的事为什么不早点告诉我？"

刘寿楠说："我原想给他个残缺的配方，让他回去应付一下曾玉彪就行了，谁知曾玉彪这个老狐狸见做不出油墨，又动了歪脑筋，想到利用它做墨汁。这是我始料未及的。"

"你即使给他个残缺的配方，也是泄密啊，都四十多岁的人了，做事怎么就不动动脑子？"刘金桂埋怨说。

"当时，只想着帮帮四弟，让四弟糊弄一下他们，应付了事。"刘寿楠说。

刘金桂瞪了他一眼，说："你这是在帮他？你是在帮倒忙！墨汁若是调制成功，将势必对成文堂的墨汁销售市场造成很大的冲击；若调制不成功，寿祥该如何向他们交代？横竖都把寿祥推到了风口浪尖上。"

刘寿楠低着头，说："爹，我错了，都是一时考虑不周，才造成了今天的局面。"

刘金桂停顿了一会说："这也不全怪你，都是你们那个不争气的四弟造成的，他现在成了曾府对付成文堂的一把猎枪了，枪口直指老子的胸膛啊！"

这时，徐青莲开口道："爹，我有一建议，让寿祥他们回家吧，免得被曾玉彪继续利用。"

"爹，我也有这个意思，他们都有孩子了，让四弟他们回家吧。"刘寿山说。

刘金桂坚定地摇摇头说："我说过的话你们都当成耳旁风了？我与曾玉彪势不两立，我不会让老四将仇人的女儿娶回家的。老四执迷不悟，有悖常理，就让他自作自受去吧。"

刘麟庆想说什么，察看了一眼爷爷的脸色，欲言又止。

刘金桂说："麟庆近期的功课怎么样了？我听说有些浮躁了。你跟张飞毛习武，我不反对，习武健身，增强活力，本无可厚非，但听说你又有点骄傲自满了，没有以往那股子学习干劲了。"

"爷爷，我跟张师傅习武，只是活动一下筋骨。您放心，我会用功学习的。"刘麟庆机灵地回答。

"科举考试每三年轮上一次，今年是丁酉年，正好赶上。这是千载难逢的好机会，你要抓紧时间复习功课，准备参加九月份的秋闱，争取拿个好名次。"刘金桂劝导他。

刘麟庆站起身，说："爷爷，我会勤奋用功，决不辜负您老人家的期望！"

"你可要说到做到，别放空炮哟。"刘金桂紧绷的脸上终于露出一丝笑容，说："老四的事情以后再说吧。今天不早了，大家都回去休息吧。"

刘麟庆从爷爷的书房里出来，径直去了成文堂的后院，张飞毛已经等他一会儿了。刘麟庆说："师傅，对不起，来晚了。"

张飞毛说："没事，能来就好。习武贵在坚持，切忌一曝十寒。"

"谢谢师傅教诲。"刘麟庆谦恭地点点头。

张飞毛说："前段我给你讲了习武的一些基本常识，包括肩、臂、腰、腿、手、步和跳跃、平衡等相关内容。今天，我再给你讲一些基本动作，即'武术讲八法，拳脚要踢打'。何谓'八法'？八法就是武术的八种基本功法，包括手法、眼法、身法、步法、精神、气息、劲力和功夫。不管学习何种拳法和流派，都离不开这八法，必须反复地练，在习练中加以体现，通过持续不断的'拳脚踢打'，才能掌握武术八法……"

刘麟庆听得津津有味，忽然，前院传来狗吠的声音。

张飞毛说："你自己先在这里反复练一练步伐，我去前面巡查一遍。"

"好的，师傅。"刘麟庆按照师傅的示范动作，开始练起了步伐。

一个小时后，刘麟庆浑身燥热起来，汗水浸透了衣衫。

待他赶回家的时候，已是月上枝头了，树影斑驳，凉风微拂。院子里一片静谧，偶尔传来树枝窸窸窣窣的声响。他轻手轻脚地开了门，却见妻子徐惠雨依旧坐在床边看书，蜡烛映红了她俊俏的脸。见到了刘麟庆，立刻跳下床，问："你饿了吧？我在锅里给你温着饭呢。"

"不用了，我用水擦把身子就睡。你怎么还不睡？一直在等我？"刘麟庆问。

徐惠雨说："要不是爹妈要我监管你，我才懒得等你呢。我看你近来有些迷恋习武，而疏忽了学习功课。明天我要把你近期的表现向爹妈反映一下。"说着，给他在一只木盆里兑好了温水。

"你可别打我的小报告。你又不是不知道，习武是为了健身，健身是为了读书更加精力充沛。"刘麟庆说。

"就你理由多，九月份就要秋闱了，我劝你抓紧时间复习，别因为习武分散了精力。"徐惠雨再三劝导说。

刘麟庆边擦着身子，边说道："我知道，今晚爷爷叮嘱过我了，你不用天天唠叨了。"

其实，爷爷的话，刘麟庆还是很在乎的。自从那天爷爷跟他谈过话后，刘麟庆主动调整了自己的作息时间，现在他每天上午去郭先生那里听课，下午就去成文堂石印馆跟班学徒，晚上便跟张飞毛习武，日子过得比较充实。

转眼过了立秋，刘麟庆不免有些紧张起来，心中越是焦急，越是有些烦躁和不安。刚巧，张飞毛要回老家巨野县磨盘张庄看望病重的父亲，刘麟庆便向父母提出，要陪师傅一块去巨野看看。刘寿山征询刘金桂的意见，刘金桂说："天天趴在书房里读死书，效果并不是太好。让他去民间和社会上走走，长长见识，体察一下社情民意，也不是什么坏事。就让他陪飞毛一起去看看老人家吧。"

张飞毛临行的前一天晚上，刘金桂专门在伙房里给他们饯行，席间，刘金桂说："在我的印象中，你老父亲今年应该快八十岁了。而你长年累月在我这里当差，不能在他身边尽孝，我感到有愧啊。这次你回去多陪他住些时日，好好孝敬一下他老人家。"

"一转眼我在成文堂干了三十多年了，您待我恩重如山，我在这里也已经娶妻生子，扎根胶州了，这里就是我的家，成文堂的人都是我的亲人。爹知道我在这边生活得好，不希望我离开这里。"张飞毛说。

刘金桂说："飞毛是个重情重义之人，为成文堂尽心尽力，任劳任怨，功不可没。我一直将你当成自家人来看待。 此次回去就多住几日，你的家眷及孩子们我会照顾好的，你不必为他们担心。这里有一百两银子，你捎给老人家看病，也算是我的一点心意。"说着，将一包银子递给张飞毛。

张飞毛推辞不过，眼含热泪，感激地说："我替老父亲谢谢您的大恩大德！"

刘金桂说："都是一家人，客气的话就不要说了。麟庆这次跟你随行，少不了增添麻烦，平日请你多管教他。"

"我老家那边挺穷，恐怕麟庆跟着去要吃些苦头。"张飞毛说。

"不用拿他当客待的，让他去体验一下民间百姓的疾苦，这是他此行的主要目的。"刘金桂说，"明天你们自己驾马车走吧，早点赶路，我就不过去送行了。预祝你们一路顺风！来，干了这杯！"

大家共同举杯，一饮而尽。

第二天一大早，天刚蒙蒙亮，张飞毛与刘麟庆便匆匆启程。经过一路的颠簸，傍晚时分，他们顺利赶回了巨野县磨盘张庄。刚进村口，一盘大石磨呈现在他们面前，磨盘特别厚重，碾子粗大，色泽比较灰暗陈旧。张飞毛告诉他，这盘磨是当年张氏祖辈安村时，为了便利生活，亲手制作安放的，距今已有二三百年的历史了。小时候，他最爱在这里玩。刘麟庆说："原来是这样，怪不得叫磨盘张庄呢。"

他们绕过磨盘朝大街上走，一幢二层楼高、建设华丽的天主教堂赫然映入他们的眼帘。这时，还有一串清脆的铃声传来，十分动听悦耳。张飞毛说："你知道，近几年德国天主教发展很快，我的家乡也成为重要教区了。其规模与人数之多一点不逊于胶州。"

"你们村子挺大的吧？富裕不？"刘麟庆跟在马车后面问。

"估计有六百来户吧。除了几户地主恶霸过得好以外，多数村民家里穷得叮当响，经常揭不开锅。许多人家不得不率妻儿去外地沿街乞讨。"张飞毛在前头赶着马车，声音有些沙哑。

他们过了东西大街，向南拐进了一条胡同，在胡同南端的空旷处停住。张飞毛将马系在门口的一棵大杏树上。指着破旧的门楼和后面四间破败的草房，说："这就是我的家。现在我哥哥一家人与我爹住在一块。"

刘麟庆说："我老家招远的乡下也有这样的房子。"

他们正说着，从院子出来一位六十出头的瘦弱男人，激动地说："二弟，你回来了？快进屋去。"

张飞毛给他们介绍说："这是我的哥哥张飞高，这位是我徒弟刘麟庆。"

张飞高谦卑地笑笑，说："欢迎刘先生！"说着，帮着他们从车上拿下所带的东西。

进了家，来到屋子东间，炕上躺着一位慈眉善目、面目清瘦的耄耋老人，他挣扎着坐了起来，说："飞毛啊，你可回来了！爹快过不出来了。"说着，两颗混浊的眼泪从干枯的眼眶涌出。

"爹，您莫激动，有什么委屈慢慢说。"张飞毛坐在炕沿上，拉着爹干瘦的手，抚摸着，说："我一接到您的来信，立刻与东家打了声招呼，就返回来了。"

"祖传的地丢了，你，你快想办法追回来……"张父气喘吁吁地说。

"爹，您莫急，我来说吧。"张飞高说，"街后的孟三侠是村里出名的土混混，因为他家的地与咱家的地接壤，他很早就打起了坏主意。不久前，他偷偷地把界石向外移动了七八步，霸占了咱家的一亩多地。我与老父亲去找他说理，他非但不讲礼，还动手打了我，将老爹痛骂一顿。爹一气之下病倒了。"

"他为什么要占咱的地？"张飞毛问。

张飞高说："半年前，他听一位风水先生说，咱这边的地风水好，可以保佑子孙发财。刚好他的父亲病重，他想等他的父亲死后葬在咱家地里，于是，就想到这个歪主意。"

"天下没有王法了吗？你没去告他？"张飞毛义愤填膺地说。

"我去告了，告到巨野县衙门，可是，他们不敢接这个官司，理由是孟三侠是天主教的教徒，是受天主教庇护的，衙门奈何不了他。"张飞高说，"你是不知道，自从德国的安治太担任鲁南教区主教以来，咱这里很多百姓加入了圣言会，这些入会的教徒，人员成分复杂，德行参差不齐。许多教徒仗着有教会撑腰，占地抢房，奸淫妇女，无恶不作，当地百姓对他们恨之入骨。"

"看来山东现在到处是西方教会的地盘了！既然他们不讲理，我们只能用不讲理的办法对付他们了。"张飞毛操起一把菜刀，说："哥哥，你带路，我去会会这个孟三侠狼崽子。"

"使不得！"炕上的老爹急了，准备跳下炕。

张飞高夺去弟弟手里的菜刀，说："二弟，你千万别冲动，咱们想个万全之策再说。你盲目上门找他，万一有个好歹，老爹怎么办啊！"

张飞毛一屁股坐在板凳上，气鼓鼓地说："他是欺负咱张家江东无人啊！他若不退地，我决不饶他！明天咱到地里把界石调整过来就是了。"

第二天上午，张飞高领着二弟张飞毛与刘麟庆，步行三里多路一起来到他家的田地里。这块地张飞毛年轻时耕种过，十分熟悉。见界石被挪了那么远，心中的火气一下窜了上来。说道："孟三侠这个狗娘养的，这不是明抢吗？"

这时，张飞高回头一看，说："孟三侠他们也来了！"

不知何时，孟三侠率领五个提着棍棒的壮汉，已经悄悄地跟了过来。原来，他听说张老汉的二儿子张飞毛从胶州赶回来讨地，便想先发制人，教训一下他们兄弟俩。张飞毛转头望去，只见孟三侠瘦高的个子，头戴一顶黑色毡帽，长着满脸胡子，在几名壮汉的簇拥下，神气十足地站在他们面前。张飞毛大声问道："谁是孟三侠？"

"本人正是。你就是流落在外的张飞毛吧？幸会，幸会。"孟三侠背着手笑道。

"我问你，你凭什么霸占我家的土地？"张飞毛气愤地质问道。

"谁说老子占了你家的土地？那界石不是明摆在那里嘛？"孟三侠霸道地说。

"界石是谁挪动的？"张飞毛威严地逼问道。

"界石挪动了吗？谁能给你证明？"孟三侠狡辩道。

"孟三侠，你这个地痞流氓，真是欺人太甚！老子饶不了你！"张飞毛说着赤手冲上前去。

孟三侠一挥手："伙计们给我上，往死里打！"

五个壮汉挥舞着棍棒恶狠狠地向张飞毛扑来。

张飞毛左躲右闪，忽然一个扫堂腿，打倒一个。又一闪身，一拳击中另一个壮汉的头部。两个打手躺在地上呻吟。

刘麟庆与张飞高各自从地上拣了根木棒，也加入混战之中。忽然，刘麟庆的右臂被打了一棒，刘麟庆疼痛难忍，退到了一边。张飞毛一见刘麟庆受了伤，怒火中烧，从地上拣起一根木棍，旋风似的舞动起来。一会儿的工夫，五个壮汉全被打趴在地。孟三侠见势不妙，拔腿便跑，张飞毛一个箭步冲上来，飞去一脚，孟三侠被踢了个狗啃屎，趴在地上求饶。张飞毛一脚踩在他的背上，说道："有种的起来跟本爷打！"

"好汉饶命！"孟三侠吐着嘴里的泥土，"你家的地我不要了。"

张飞毛松了脚，又朝他的腰踹了一脚，呵斥道："起来，把界石挪回原地！"

孟三侠连滚带爬地跑过去，取了界石，在原来的地方埋好，说："张飞毛，这回你满意了吧？"

"从此以后，咱们两家井水不犯河水！滚吧！"张飞毛厉声说道。

孟三侠赶紧领着其他的人落荒而逃。

张飞高抹了一把额头上的汗，说："这些欺软怕硬的狗杂种，你们也有今天！"

524

"他们凭什么敢如此嚣张？"张飞毛问。

"还不是因为这些人都是德国天主教的教徒，平时受教会的保护，因此无法无天。我对这些人恨得牙根痒痒。"

"现在张庄教堂的神父是谁?"张飞毛问。

"德国人薛田资。这个人阴险狡诈,与当地的地痞恶霸沆瀣一气,狼狈为奸,祸害乡民,当地百姓早已怨声载道。"张飞高说。

"他们表面上伪善,其实背后干的是残害百姓的勾当。咱这些无依无靠的穷苦人,平时要尽量少招惹他们。"张飞毛嘱咐哥哥说的"地暂时是要回来了,但是,我觉得孟三侠恐怕不会善罢甘休。我若不在家的时候,你们尽量不要与他们发生正面冲突。"

"我懂。但我担心,孟三侠平日跟薛田资往来密切,孟三侠很可能会借助教会的势力干预这件事情。"张飞高担忧地说。

"当地的衙门不管吗?"刘麟庆问。

"教会拥有特权,他们哪里管得了?只能睁一只眼闭一只眼。"张飞高说。

"以后家里如发生了什么事情,要及时告诉我。"张飞毛说。

等张飞高他们回去把土地收回的经过跟张父一说,老人高兴地坐了起来,疾病仿佛一下子治好了。张父说:"古语说:鬼怕恶人。现在看来,对待这些地痞恶霸,就是不能太软弱,否则,他们会骑着你的脖子拉屎。"

"你是没看到,孟三侠被我弟弟用脚踩在地上,那个解气啊!"张飞高回忆说。

一丝乌云掠过张父的额头,他担忧地说道:"你别高兴得太早,孟三侠可不是个省油的灯啊。"

"爹,你不用太担心,咱占着理呢,甭在乎他们。"张飞毛说。

张父思考半晌,说:"你先不用急着走,巨野县历史上是闻名的古城,你陪刘少爷到处游览一下,让他接触一下这里的风土人情。"

"行。"张飞毛爽快地应承下来。

接下来的两天里,张飞毛领着刘麟庆到张庄天主教会大教堂看了看,又到巨野县城一些名胜古迹游览了一番。张飞高夫妇为了好好款待他们,把家中仅有的半袋谷子拿去大磨盘碾了碾,拿回来煮了几顿粥。但是,平时饮食仍以黑馍和菜饼子为主,令人难以下咽。刘麟庆是第一次体验到百姓如此艰辛的生活,留下了极其深刻的印象。

三天后,刘麟庆不忍心再给他们添麻烦,提出要走。张飞毛见老爹的病情有了明显好转,也有些放心了。便将银子留给父亲,嘱咐他买点营养品,补补身子。然后，踏上了返回胶州的路程。路上，刘麟庆紧锁眉头，很少言语，仿佛一直在想着什么心事。

回到胶州后，张飞毛心里一直为刘麟庆受伤的事情感到愧疚，第二天上午亲自去找刘金桂赔不是。刘金桂说："我也是刚刚听说他受了点伤，不过，没有伤到骨头，养些日子就好了，没有大碍，你不用自责。你父亲的身体怎么样了？"

张飞毛说："地追回来后，我爹的气自然顺了，病就好了许多，现在已经能够自理了。"

刘金桂笑着说："你替你爹出了这口恶气，比郎中给他服药还管用呢。"

"可不是，孟三侠仗着教会撑腰，欺人太甚。"张飞毛说。

"你还要时刻关注家中的动静，我担心他们不会轻易罢手的。"刘金桂说。

"我明白。"张飞毛说。

他们正说着，刘寿山夫妇与刘麟庆夫妇来到了刘金桂的书房。刘麟庆说："爷爷，我昨天晚上回来了。"

"回来就好，让爷爷看看你的胳膊怎么样了？"刘金桂说着，扒开他的衣袖看，心疼地说："瞧，都肿了，没伤到筋骨吧？"

"没有，皮外伤，没事的爷爷。"刘麟庆竭力轻松地说。

刘金桂坐定，喝了一口茶，说："大家都坐下吧。麟庆此行有什么收获啊？"

刘麟庆站着未动，说："爷爷，这几天的所见所闻，让我感受至深，我有一个决定，要向您汇报一下。"

"直说吧。"刘金桂抬头看了他一眼。

"以后我不想参加科举考试了。"刘麟庆终于鼓足勇气说道。

刘金桂手中的烟袋一下子滑落到茶几上，他吃惊地问："为什么？"

刘麟庆说："爷爷，咱关起门来说话，我现在对朝廷极为失望。自从两次鸦片战争以来，软弱无能的大清政府，赔款割地，开放门户，并给予西方教会许多的特权，使中国陷入深重的灾难。尤其是中日甲午战争，以中国战败、北洋水师全军覆灭而告终，并签订丧权辱国的《马关条约》，给我中华民族带来空前的民族危机。而现在的朝廷，因循守旧，不思革新，对外卑躬屈膝，对内尔虞我诈，吏治腐败，民不聊生。这样的政府还有什么前途与希望？"

刘寿山说："麟庆，这些话在外可不能随意说的！"

刘金桂点了一袋烟，说："让他把话说完。"

刘麟庆继续说道："我这次去张师傅老家所见所闻，十分令人愤慨。一个土混混竟然仗着德国天主教会的庇护，公开霸占人家的祖田，而巨野县衙竟然不管不问。这是什么世道？这样的官府软弱无能到何种地步？我再去走科举仕途的道路还有什么意义？"

刘金桂没想到麟庆虽然年轻，但还颇具家国情怀，对世事的分析也一针见血。他大口大口地吸着烟，书房里弥漫着浓浓的烟草味道。一时间，书房里静得出奇。半晌，他问刘寿山他们，说："你们以为怎么样？"

刘寿山说："半途而废，实是可惜。但人各有志，我们也无法勉强。"

徐青莲说："昨晚大家劝了他半天，也拗不过他。请爹多担待吧。"

刘金桂将烟灰磕掉，缓慢地说道："本来，麟庆参加科考，也不全是为了求取功名，光宗耀祖。既然你对朝廷、对官场已经感到失望，那你以后准备做什么？"

"爷爷，我将继承您的意志，走实业救国的道路。"刘麟庆态度坚定地说。

"好，只要你胸有大志，爷爷同意你的决定！但是，千里之行始于足下，光说些空话是没有用的，必须脚踏实地去做事。下步你有什么具体的想法？"刘金桂问。

"我想去雕版印书坊学徒。"刘麟庆说。

刘金桂点点头说："不错。我建议你至少要完成三年的学徒期，在雕版印书坊、石印馆轮流学习，争取把两种印刷技术全部熟练掌握，行不？"

"行，爷爷，我就照您说的做。"刘麟庆高兴地说。

当天下午，刘麟庆便去成文堂印书坊，找刘寿楠报了到。刘寿楠说："你来学徒，叔很欢迎。但我要给你约法三章：一是不能闹特殊，要与普通学徒工一样严格要求自己；二是带头遵守印书坊各项规章制度，不准迟到早退和旷工，每天早上提前半小时过来打扫卫生；三是要刻苦用功，认真钻研印刷技艺。你能够做到吗？"

"我能做到！"刘麟庆一拍胸脯说。

"你明天换件旧衣服来上班，去付师傅那里报到，从雕版学起吧。我一会儿带你参观熟悉一下整个印刷流程。"刘寿楠说。

"我听您的。"刘麟庆谦虚地说。随后，他跟随刘寿楠仔细观摩了雕版印刷的每一道工序，很快对此产生了浓厚的兴趣。

晚上，他照例来到成文堂后院，跟张飞毛习武。此时，秋高气爽，月光

527

皎洁，秋虫唧唧，一片安宁。张飞毛说："你原本学习好好的，去了一趟我老家，就改变主意了，大家都替你感到惋惜。如果是因为我家的变故而促使你改变初衷，我的罪过可不轻啊。"

刘麟庆说："张师傅你想哪去了？这事我还要感谢你呢，正是巨野之行，让我进一步认清了当前社会现状和朝廷的真实面目。如果我继续在科举的道路上走下去，岂不白白浪费了自己的大好时光？"

"我文化低，没你懂得那么多。既然你这么选择，我想肯定有你的道理，就照自己的想法去做吧。"张飞毛说，"但是，我想告诉你，习武跟科考却是两回事，可不能说扔就扔了，要想成为武林高手，贵在坚持习练。"

"我会坚持练习下去的。到时候孟三侠之流的人再欺负咱，我与你一起回去收拾他们。"刘麟庆说。

一提起老家的事，张飞毛立刻显得心事重重。他说："你使劲练吧，早晚会用得上。别的咱不多说了，开始练吧。你胳膊受了伤，咱接着练踢腿吧。"

张飞毛做了正踢腿、斜踢腿及侧踢腿三个示范动作，刘麟庆跟着认真地训练起来。

这样又坚持训练了一个多月，刘麟庆感觉身子骨强健多了，右臂痊愈，浑身也充满了力量。因此，他坚持白天学徒，晚上练功，学徒、习武两不误。

这天晚上，他照例又来到成文堂后院练功，左等右等就是不见张师傅过来。他的心不禁"咯噔"一下，心里想："师傅是个非常守时的人，他没来，难道家中出了什么事吗？"借着月光，他看见花坛台阶上有一块石头压着一张纸条，他赶紧取来一看，纸条上歪歪扭扭写着："麟庆：突然接到家中来信，说是老父病危。我已向东家告假，来不及与你告别，便独自回去了。你自己抓紧练习吧。见谅。张飞毛即日。"

刘麟庆看完后将纸条装入兜里，遥望西北天空，但见繁星闪烁，空旷无际，心中不免为师傅此行深深地担忧起来。他按照师傅的要求，独自练习了一个多时辰，才悄然归去。

时间转眼过去了十多天，张飞毛依旧音信全无。这天下午，刘麟庆却忽然从徽州商人王学仁那里得知在巨野县刚发生了一件重要奇闻。据他所述：巨野县磨盘张庄天主教堂神父薛田资，近几年在当地竭力发展教会势力，平日唆使及伙同教徒，经常敲诈百姓，侵占财物，无恶不作，激起当地民愤。当地大刀会和群众，对他十分痛恨，决心除掉他。十月初七日下午，分别在

大书铺

528

阳谷和曹州郓城一带传教的德国天主教神父能方济和韩·理加略，来到张庄参加天主教纪念"诸圣"的例会"诸圣瞻礼"。薛田资给予热情接待，晚上就把自己住的寝室让给了两位客人居住，以尽地主之谊。事有凑巧，当天晚上，乌云密布，小雨霏霏，约半夜时分，大刀会成员与部分乡民十余人，手持匕首和大刀等武器，潜入张庄教堂，直扑薛田资的寝室而去，见堂内的灯火已经熄灭，就砸开西边的窗户跳进了屋内，将毫无防备的能方济和韩·理加略直接杀死。而在另一间门房熟睡的薛田资发现情况后则侥幸逃命。

刘麟庆忽然担忧地问："参与暗杀行动的人有谁？现在什么情况了？"

王学仁说："这些情况我就不太清楚了，只听说参与行刺人员事后四处逃散了。薛田资事后逃到了济宁，迅速电告德国驻华大使和德国政府，请求撑腰。"

刘麟庆说："我曾去过巨野县，了解当地百姓与天主教会的矛盾，出现这样的事情绝非偶然。"

王学仁说："当今朝廷对西方教会太过纵容，大刀会给他们点眼色看看，也是很有必要的。"

刘麟庆获悉这一情况后，立即跑到刘金桂的书房，向爷爷通报了一番。刘金桂听后，立马站了起来，说："你说张飞毛能否参与此次事件？"

刘麟庆说："张师傅这人性格耿直，疾恶如仇，如果有人串通他，他很有可能参与进去。"

"你把新来的家丁李兵强与张玉琨找来，我有话对他们说。"刘金桂说。

一会儿，年轻的李兵强与张玉琨来到刘金桂的书房，刘金桂说："从今天晚上开始，家中前后院大门不要关死，安排专人把守，如有特殊情况，随时过来向我报告。"

两个家丁齐声应诺，转身离开。

待家丁走后，刘金桂对刘麟庆说："我刚才琢磨着，巨野教案，看起来不过是一桩普通的杀人案，实则并不简单。因为他牵扯到了德国天主教会，我担心将有不可预测的事情发生啊！近期外界有什么传闻与消息要随时告诉我。"

"爷爷，我看您不用担心什么，德国两个神父被杀，正好通过此事灭灭西方教会的威风。量德国人不敢怎么样的。"刘麟庆分析说。

"你对政治还不太懂，先忙去吧。"刘金桂说。

刘麟庆知趣地说道："爷爷，我不打扰您了。"说完，急忙赶回了印书馆。

晚饭后，刘金桂又回到了书房，找了本《三国演义》翻阅着。因为心中有事，十点多了还没有一丝的睡意。忽然，门外响起了急促的敲门声，刘金桂拉开门一看，是张飞毛衣服凌乱地出现在面前。他二话没说，将他拉进屋里，迅速关好了门。刘金桂问："飞毛，你这是怎么搞的？"

张飞毛喘了口气说："对不起，刘掌柜，我在老家犯事了。"

"不要焦急，坐下来慢慢说。"刘金桂给他添了一杯茶水递了过去。

张飞毛一口气将杯中的水喝了下去，说："那天我接到老父亲病危的信后，连夜骑马赶了回去。见到了一息尚存的老父亲，他拉着我的手，吃力地叮嘱我说：'老二，你走后，孟三侠又派人将地界石碑挪了回去。这祖传的地一定得要回来，否则，我死不瞑目啊。老二，全靠你了……'说完，他永远闭上了眼睛。原来，上次我走后，孟三侠依旧心有不甘，不久前，在教会的支持下，他又去我家祖地迁移界石，与我老父亲和大哥发生争执，老父亲被他们推搡倒地，大哥身负重伤。父亲病恨交加，便一直卧床不起。"

"这不是明火打劫吗？"刘金桂气愤地说，"告他们去！"

"埋葬了父亲后，我又去了一趟巨野县衙，知县许廷瑞与德国天主教交往密切，狼狈为奸，拒绝接案。无奈之下，我找到了当地的大刀会首领刘德润，想请他帮我出头。刘德润自幼练得一身好武艺，外号'刘大刀'，为人仗义，他的师傅及家人也接连受到官府和教会的迫害，对朝廷十分仇视。当他得知我的遭遇以后，甚为同情，表示愿意帮助想办法。他告诉我，他们正好有个行刺张庄神父薛田资的计划，想以此打压一下外国教会的嚣张气焰，同时，给县衙制造一些麻烦，问我愿不愿意参加。我一听，报仇的机会来了，就爽快地答应了。接下来，刘德润带领我们一行十多人，携带土枪、匕首、大刀等工具，于十月初七日夜，潜入张庄德国天主教堂，却阴差阳错地杀了两个陌生的德国神父。薛田资听到枪声后，从耳房侥幸逃走。事后，刘德润让大家分散逃离，各自保重。我驰马跑到平度大泽山躲了两天，今天冒昧前来投奔刘掌柜，深恐给您增添麻烦。如果这里不方便，我再另想办法。"

"你先哪也别去，就住我家。你为我当差几十年了，咱俩情同兄弟，在你危难之时，我能撒手不管吗？一会儿我给你安排个地方，你先住下躲避一阵。"刘金桂说。

张飞毛大为感动，双手抱拳，说："刘掌柜待我恩重如山，飞毛终生难忘。"

"先不说这些。"一会，刘金桂让刘寿山与徐青莲秘密为张飞毛腾出一间仓库，抱去被褥，将他安顿好。徐青莲还亲手为他做了一盆鸡蛋面条，张飞毛狼吞虎咽地吃着，一会的工夫吃了个精光。

刘金桂叮嘱张飞毛早点歇息，晚上不要亮灯。接着，他让刘麟庆组织家丁们关紧大门，加强夜巡和警戒，要求他们决不能放进一个陌生人员。

张飞毛吃饱喝足后，很快恢复了体力。第二天一大早就在仓库里开始练功。刘麟庆偷偷地跑过来告诉他："师傅，胶州城的大街上已经张贴通缉你的告示了，你近期最好别出门了，等过了这阵风头再说。需要什么吩咐我去办就行。"

张飞毛说："我有件事想委托你去办一下，你瞅机会去一趟我家，告诉你师母我目前挺安全的，让她放心好了。"

刘麟庆说："行，今天我就想办法告诉她。"

早饭后，刘麟庆打扮成一位货郎，挑着担子从大院后门走出，绕了几个胡同后，来到城北边的一个居民区，在张飞毛的家门口，摇动着手中的拨浪鼓。张飞毛的妻子闻声走出。

刘麟庆说："您好，我口渴了，能否讨碗水喝？"

张妻说："进来吧，我端碗热汤给你喝。"

刘麟庆随张妻走进院子，迅速压低声音说："我是刘麟庆，张师傅让我给你捎个口信，他现在成文堂平安无事。并请你与两个儿子少外出，注意安全。"

张妻听了，舒了一口气说："总算有了他的音信。你也告诉他，我与两个孩子都挺好的，不用挂牵我们。"

刘麟庆没有停留，赶紧挑着担子走出门外，向东边大街走去。回头看时，忽然发现有两个人影从张飞毛的家门前一闪而过，走进了邻近的一个胡同。刘麟庆赶紧压低帽檐，加快脚步朝前走去。

中午，刘麟庆提着一篮子饭菜来到仓库，还特意带了一瓶胶州老烧，陪张飞毛吃饭。他先把张师母的话告诉了张飞毛，让其放心。张飞毛担忧的脸上立刻有了笑容。他取出酒，高兴地说："这老烧劲头大，口感好，我平时就喜欢喝它。你也来一杯？"

刘麟庆说："我就不喝了，下午我还有别的事要做。"

张飞毛添了一大碗酒，又撕下一条烧鸡大腿，有滋有味地吃起来。

刘麟庆忽然想起什么，说："张师傅，你家可能被监视了，上午我看到有两个人鬼鬼祟祟地在你家附近转悠，怕是在盯梢你家。"

"只要我不回家，让这些狗日的去替我站岗放哨吧。"张飞毛猛地喝了一大口酒，哈哈大笑起来。

原来，曾玉彪与刁长廷在大街上看到张飞毛的通缉令后，如获至宝，他们认为，巨野教案事发之后，张飞毛极有可能潜回胶州躲避，如果发现刘金桂有意包庇张飞毛，就可以向胶州衙门举报，一起将他们抓捕。天赐良机，整治刘金桂的时机到了！曾玉彪高兴得近乎癫狂，立即责成刁管家派人在成文堂与张飞毛家附近布上暗哨，日夜进行盯梢。

两天后的一个傍晚，挂念心切的张妻炖了一只老母鸡，盛在瓦罐里，提着它一路小跑来到了刘金桂家的前门，要求进去。遭到看门的家丁李兵强的拒绝："东家有令，任何人不准进入刘家大院，你也不能例外。"

张妻无奈，只好请李兵强将此瓦罐转交给刘麟庆，悻悻离开。

刘金桂听闻张妻炖了一只老母鸡送过来，顿时，大惊失色。他担心张妻的行踪被人盯梢，那么张飞毛的藏身之地就有可能暴露了。他与刘麟庆来到仓库，见他正大口地吃鸡。刘金桂神色凝重地说："刚才你妻子送饭，可能将你暴露了。你赶快吃了饭，准备转移吧。"

张飞毛骂道："臭婆娘，成事不足，败事有余。"

刘金桂说："她原本是一片好心，只是考虑简单了。你莫怪她。暂时去高密青龙山投奔张啸天吧。"

张飞毛点点头，又吃了一大碗米饭。

这时，家丁李兵强急匆匆地跑过来报告："刘掌柜，刚才有好多官府的捕快包围了前门，你快去看看吧。"

刘金桂从衣兜里取出一包银子塞在张飞毛的手里，说："这点银子当作路费用吧。你赶快骑马从后门走！"

张飞毛含泪跳上那匹枣红马，说道："您多保重！再见！"

刘金桂双手抱拳："一路平安！"

目送张飞毛走后，刘金桂对刘麟庆说："去前面把门打开。"说完，回到家中的客厅，安然地坐在太师椅上，闭目养神。

一会儿的工夫，胶州衙门的捕快蜂拥而至，年约四十岁左右的捕头，走进客厅客气地对刘金桂说："刘老先生，我是州衙捕头邹小刚，多有打扰！有人举报你窝藏巨野教案的罪犯张飞毛，故受命前来缉拿。张飞毛现藏在哪里？"

刘金桂一脸的困惑不解，问："邹捕头，我不明白你来这里的意思。张飞毛过去的确是成文堂的家丁，但是前段时间他回去料理他老爹的后事去了，一直没有回来。"

"既然刘老先生不愿讲实话，那我就不客气了。"邹小刚一挥手，说："搜!"

众多的捕快便四处散开，家里、院子里所有能藏人的地方都搜了一遍，结果毫无踪影。

邹小刚尴尬地对刘金桂说："我们也是奉命行事，打扰你了，先行告辞!"

"欢迎邹捕头常来府上做客! 寿山，你替我送送客人。"刘金桂坐在太师椅上叼着烟斗，纹丝未动。

捕快们走后，刘麟庆回到客厅，说："爷爷，此事能是谁举报的?"

刘金桂吸了一口烟，说："还用问吗? 曾玉彪的嫌疑最大。以后做事千万要慎之又慎。我猜想，曾玉彪这回不会轻易放过咱们的，他肯定要在张飞毛这件事上费些脑筋。你们快去访听一下张飞毛现在的情况，看他安全出城了没有?"

"明白了，爷爷。"刘寿山、刘麟庆旋即走出了客厅。

第四十三回　曾玉彪紧逼不舍　刘金桂身陷牢狱

早晨，天刚蒙蒙亮，刘金桂照例去院子里练功，刘麟庆匆忙赶过来，悄声说道："爷爷，昨晚张飞毛没有走成，他在出西城门的时候，化装成一位卖柴火的老农，值守的官兵正要放他走的时候，却被曾府的家丁认出，并向值守的官兵作了指认，他很快被官兵五花大绑地抓了起来。"

刘金桂担心地问："他人现在何处？"

"听说他连夜被押往巨野县衙。此去怕是凶多吉少了。"刘麟庆不无忧虑地说道："咱们可否去找胶州知州罗志伸帮忙救他吗？"

刘金桂说："杨知州调至湖南任职后，新到任的罗志伸知州咱接触没有几次，他到底是个什么样的人，咱也不太清楚。贸然去求他，恐怕无济于事，且落个包庇罪犯的嫌疑。"

"那可怎么办？"刘麟庆有点急了。

"目前只能以静应变了，先观察一下情况再说。不过，咱们要引起注意，曾玉彪很可能要拿此事大做文章，咱们必须提高警惕。"刘金桂说。

"是这样。对了，最近我还听说，他们的书用墨汁研发成功了，已经投放市场了。曾玉彪甚至叫嚣，他们的'德华'牌墨汁，很快将'成文堂'墨汁挤出胶州市场。看来，他们是铁了心要与我们竞争到底，我们现在面临的压力更大了。"刘麟庆说。

"寿祥这小子能啊，为曾府还挺卖力的。"刘金桂鄙视地说。

刘麟庆迟疑了半晌，说道："我四叔确是聪明人，不过他现在是身不由己啊。"

"哼，什么身不由己，成事不足败事有余的家伙！"刘金桂说，"产品能不能立住脚，最终靠的是质量和信誉。像曾玉彪这类投机取巧的人，做什么也不会长远。当然，我们也不能掉以轻心，必须做好应对措施。一会儿去把你爹和你二叔找来，我们一起研究一下对应方案。"

刘麟庆说："行，那我先去了。"说完，旋风似的走了。

早饭后，在济生堂大药店，曾玉彪正在与刁长廷、石铁蛋品茶。刁长廷说："昨晚刘金桂的家丁张飞毛打扮成一个卖柴火的农夫，想从城西门混出去，被我们的家丁协助抓捕，官兵连夜将其送往巨野县衙了。"

曾玉彪说："要是关到州衙就好了。但不管他人关在哪里，这桩案子刘金桂都脱不了干系。因为，一来刘金桂与张飞毛的关系非同一般，说不定张飞毛的行为，就是受到了刘金桂的指使；二来张飞毛此次回到胶州，肯定受到刘金桂的帮助与庇护，他是犯有窝藏罪的。"曾玉彪边饮茶边分析道。

刁长廷会意地说道："您是说我们应该迅速向胶州衙门举报刘金桂？"

"对，事不宜迟，你立马去向胶州衙门报案吧。"曾玉彪说。

"可是我们现在还没有掌握到他的具体证据，贸然去报案，能行吗？"刁长廷说。

石铁蛋忽然插嘴说："我记得昨晚官兵在给张飞毛搜身时，发现一本成文堂刚刚印刷的小说《水浒传》版本，想必是他从成文堂带走的，这算不算是证据？"

"好，这就是有力的证据，真是天助我也！刁管家，你与石掌柜一起去报案吧！"曾玉彪说。

刁长廷与石铁蛋立刻起身要走。

曾玉彪站起身说："慢着，此事不要让任何人知道，包括刘寿祥。"

刁长廷与石铁蛋异口同声地答道："明白！"

曾玉彪望着他俩的背影，忽然冷笑道："刘金桂，这回我要让你吃不了兜着走！"

刘金桂闻说张飞毛被捕的消息之后，心中一直感到忐忑不安。于是，他决定去胶州商会找法四爷下棋，以便放松一下心情。在胶州商会的茶室里，法四爷摆好棋谱，笑呵呵地说道："刘掌柜好久没来跟我下棋了，今天怎么有如此雅兴？"

"时间久了不跟法四爷唠唠嗑，心里便郁闷得慌。"刘金桂手执红子，先行一步。

法四爷说："你有什么心事，说说看。"法四爷顺手按上了当头炮。

"你听说'巨野教案'了吧？"刘金桂问。

"听说了，那不过是一桩普通的杀人复仇案。这些教士也是罪有应得。"

法四爷淡淡地说。

刘金桂看了他一眼，说："我的家丁张飞毛卷入了此案，昨晚出城时被捕，现已押至巨野县衙。"

法四爷一愣，捏着棋子半晌说道："张飞毛以前是你的家丁，现在已经不是你的家丁了，你们已经撇清了关系。一人做事一人当嘛，此事与你没有任何干系。"

"话虽是这么说，但曾玉彪他们怕是不会轻易放手的。我担心他们会利用此事大做文章。"刘金桂说。

"只要他们抓不住咱的把柄，就掀不起什么风浪。"法四爷自信地笑了笑。

刘金桂依然神情严肃地说道："此案非同小可。我听说，巨野教案发生后，巨野县官徐廷瑞吓得失魂落魄，为了取得朝廷和德国人的宽恕，赶忙在自己的轿杆上锁上铁链，摘去官帽，立刻到张庄验尸，第一时间派兵保护教堂，并对教堂周围进行大搜捕，凡平日与教会有过节的人一律抓捕，现在已有五十多人被关押在大牢里，并对他们刑讯逼供。因为被杀的人是德国天主教的两名神父，山东南境教区主教安治太和德国驻华公使海靖正在上蹿下跳，积极向德国政府建言报复。"

法四爷站了起来，脸望着窗外，神情凝重地说："难道德国人想借机搞点事情不成？"

刘金桂说："我听说德国人很早就垂涎咱胶州湾了，近些年德国圣言会的传教士挖空心思搜集胶州的相关情报资料，肯定是早有预谋了。这次巨野教案正好为他们提供有利的口实。因此，事情发展到什么地步很难预料啊！"

"看来，我们的商户应该提前有所准备，以防不测啊！近期，我将派人密切关注，及时掌握在胶州的德国圣言会的动向。"法四爷转过头说，"刘掌柜此时一定要注意人身安全啊，必要时到外地躲一躲，避过这阵风头再回来。"

刘金桂说："没做亏心事，不怕鬼敲门。我做人做事一向光明磊落，还怕他们不成？再说，我现在突然躲藏起来，反而更受到人家的怀疑。"

法四爷说："好汉不吃眼前亏，你要灵活以对。"

刘金桂双手抱拳，说："谢谢法四爷提醒和关爱，告辞了！"

刘金桂与法四爷只下了半盘棋，便辞别返回。先后到成文堂雕版印书坊和石印馆走了一遭，查看了一下相关加工、印刷情况，对刘寿山与刘寿楠分别就有关事宜叮嘱了一番。

当天中午，曾玉彪在伙房里备好了酒菜，单等刁长廷与石铁蛋能从州署带回自己想听的好消息。可是，等了半天，却听到刚刚赶回来的刁长廷汇报说："我们案是报了，并请求他们立刻抓人。可新到任的罗知州说，现在州署只是怀疑，还没有真凭实据，因此不能随便抓人。待有了充分证据后再去抓人也不迟。"

曾玉彪说："你没把那本书交给他们？"

石铁蛋说："交了，可罗志伸知州说，这本书的来路尚不清楚，单凭一本书定不了他的罪。没法子，我们只好返回。"

曾玉彪说："大家都别站着，来，坐下喝酒！"他说着，亲自给他们斟满了酒。

三杯酒下肚后，曾玉彪说："据说张飞毛回胶州住了三天的时间，他的住宅我们有人日夜监视，他根本没有回家居住。很显然，他是住在成文堂了，这是秃头上的虱子——明摆着的。问题的关键是如何才能找到刘金桂窝藏罪犯的证据，以及他与罪犯之间的牵连？"

刁长廷说："突破口自然在张飞毛身上，如果张飞毛承认了，刘金桂就插翅难逃了。所以，当务之急，是能撬开张飞毛的嘴。"

石铁蛋说："我看难啊，张飞毛跟了刘金桂几十年，忠心耿耿，是最忠实的奴才，他是不会出卖主子的。"

曾玉彪冷笑了一声，说："有什么难的，有钱能使鬼推磨，许以重金，然后再恐吓他一番，我就不信他不动心。"

"是个好主意，我赞同！可如何操作呢？"刁长廷说。

曾玉彪瞥了一眼局促不安的石铁蛋，说："石掌柜，你过去跟张飞毛一块混过，熟悉得很，你去巨野办此事怎么样？"

石铁蛋站起来，说："我们过去是很要好，但现在各事其主，我未必能够说服他。"

曾玉彪说："你去最合适，利诱威逼，再用上你的三寸不烂之舌，我就不相信他不就范。"

"好吧，我尽力试试看。"石铁蛋勉强地应承下来。

"坐下继续喝，今天就算是为你饯行了。明天你就去巨野县，直接找知县徐廷瑞，我给他写一封信，请他协助你。"曾玉彪说。

石铁蛋问："我走后石印馆怎么办？"

"你暂且交给刘寿祥打理，家里的事情就先不用管了，一门心思去求证好了。"曾玉彪说。

"下午我跟他交代一下。"石铁蛋说完，将杯中的酒一口喝掉。

酒足饭饱之后，石铁蛋回到了德华石印馆，找到正在制墨作坊配料的刘寿祥。他喷着酒气说："刘掌柜，我准备明天回一趟老家，给老母亲过个生日，已经向曾掌柜请了一个礼拜的假。这段时间石印馆的事情就委托你打理好了。"

"你确定明天就走？为何这么唐突？"刘寿祥说。

"确定明天走。"石铁蛋狡黠地点点头。他环顾四周，然后，神秘地说道："你听说了没有，你家的家丁张飞毛卷入了巨野教案，参与杀害了两个德国天主教神父，潜回胶州住了几天，已被官兵缉拿归案。听说，官府的人正怀疑你爹窝藏了他，正要准备抓捕他呢！"

"此话当真？"刘寿祥紧张起来。

"千真万确。"石铁蛋见他急了眼，心中暗暗得意起来。他说这些话的目的，就是要搞乱刘寿祥的心绪。

刘寿祥说："我知道了。石印馆的事情我先代理一下，你抓紧时间赶回来。"

石铁蛋笑盈盈地说："我会的。拜托了！"

"祝石掌柜一路顺风！"刘寿祥说。

待石铁蛋走后，刘寿祥赶忙放下手中的活计，也没顾得换件干净衣服，一路小跑赶到成文堂石印馆去找刘寿楠。刘寿楠见他面色苍白、气喘吁吁的样子，忙将他领到自己的工作室，担心地问："寿祥，你这是怎么了？"

刘寿祥平静了一会儿说："你听说张飞毛参与巨野教案了？"

"有这回事，昨晚他已经被抓捕押往巨野县了。"刘寿楠平静地回答。

"我还听说，他在胶州住了几日，是爹一手安置的。有这回事吗？"刘寿祥问。

刘寿楠说："你听谁说的？"

"不管听谁说的，有没有这回事？"刘寿祥焦急地问。

刘寿楠略有沉吟，说："他是咱家的家丁，爹能眼睁睁地看着他不管吗？"

刘寿祥有些火了，说："爹真是越老越糊涂啊！他怎么能随便窝藏一个杀人犯呢，要是被官兵发现了，那是要坐大牢的。"

刘寿楠严肃地说道："四弟，你不能这样说爹，这样说太过了。爹的为

大书铺

人你不知道吗？他向来为人仗义，敢作敢当，受人尊重。张叔为刘家兢兢业业做了几十年的差事，他有难，爹能撒手不管吗？"

"太过了？得分什么事情，一个被官府通缉的杀人犯，值得包庇吗？要知道，爹这样做不光牵扯到他自己，还要连累咱一大家子的人。"刘寿祥说。

"老四，真没想到你现在变得这么自私自利，这么不通人情。家里的事情你以后少管就是了，天塌下来有大哥和我顶着，与你无关。你赶快走吧！"刘寿楠生气地说。

刘寿祥一愣，说："二哥，你也变了，变得太不近人情了。我走了！"说完，拔腿跑向门外。

刘寿祥在大街上漫无目的地走着，神情有些恍惚。他抬头见路边有个小酒馆，便抬步迈了进去。随意点了几个菜、要了一瓶老白干，大口大口地喝起来，一会儿的工夫，喝得酩酊大醉。酒店的王掌柜认得他是刘金桂的四儿子，便雇了一辆马车，亲自将他护送到家。

第二天一大早，石铁蛋乘一辆马车一路急驰奔向巨野县城，下午四时，石铁蛋来到巨野县衙的门口，适逢知县徐廷瑞外出归来，石铁蛋便自报家名，将曾玉彪的信递给他。一年前，徐廷瑞曾与安治太主教、薛田资神父及曾玉彪等人一块吃过饭，可以说与曾玉彪有过一面之交，因为他是安治太的好朋友，徐廷瑞自然不敢怠慢。他赶紧将石铁蛋请进县衙，打开信迅速浏览了一下，说："这封举报信很重要，我看曾掌柜的怀疑不无道理，张飞毛原来的东家刘金桂确有窝藏罪犯的嫌疑。"

石铁蛋说："刘金桂还有与巨野大刀会组织勾连的嫌疑，这些组织的活动，肯定需要富商的金钱做支撑。"

徐廷瑞说："现在只是怀疑，还不能乱说话。今晚，我就安排提审张飞毛。你先在城东巨野旅馆住下，有什么事情随时联系。"

石铁蛋说："谢谢徐知县秉公执法，我静待佳音。告辞了。"

石铁蛋在旅馆住下后，顾虑了半宿。第二天上午便来到县衙探听消息。徐知县说："昨晚折腾了半宿，问也问了，打也打了，没想到张飞毛死不承认他与刘金桂有任何瓜葛。"

"他回胶州住在哪里？"石铁蛋问。

"他一口咬定住在一座破庙里。"徐廷瑞说。

"肯定撒谎！"石铁蛋说，"我有个请求，可否让我去探视他一下，以便开导开导他。”

“行，你什么时候去探视？”徐廷瑞问。

“我想现在就去。”石铁蛋说。

“我马上安排一下。”徐廷瑞说。

很快，石铁蛋来到巨野县衙的大牢，隔着牢房的铁棍，他看见张飞毛披头散发地蜷缩在一个昏暗的角落里。他轻声地喊道：“飞毛，我是铁蛋，来看望你了。”

张飞毛艰难地爬起来，踉跄着来到石铁蛋的面前，说：“你来干吗？看我的笑场？”

“我是来救你的。”石铁蛋说着，从衣兜里掏出一包碎银丢了进去，说：“你打点一下狱卒，请他们下手轻点。”

石铁蛋回头看了一眼周围的情况，小声说道：“我告诉你，你现在有一个戴罪立功的机会，只要你供出来，就会减轻你的刑罚，而且，曾玉彪掌柜答应给你奖赏五百两银子，你出狱后，可以用它去做点买卖，再也不用过寄人篱下的生活了。”

“有话直说。”张飞毛直视他的脸。

“只要你向县衙交代了刘金桂窝藏你的事实，我回胶州后，立马将五百两银子送到你家里。”石铁蛋说。

张飞毛鄙视地说道：“我就知道狗嘴里吐不出象牙来。当初咱俩当叫花子，是刘金桂收留了咱，养育了咱，可你半路背叛了他，现在又教唆我诬陷打击老东家，你还是个人吗？”

“人不为己，天诛地灭。我劝兄弟别犯傻了。”石铁蛋再次劝道。

“你别做美梦了，告诉曾玉彪，我死也不会诬陷东家的，你赶快滚吧。”张飞毛怒目圆睁。

石铁蛋依然厚着脸说道：“你别敬酒不吃吃罚酒，不要忘了，你的家眷都在胶州，一切都掌握在曾玉彪的手中……”

没等石铁蛋说完，张飞毛咬牙切齿地说道：“谁要是敢动我老婆孩子的一根汗毛，我出去后就宰了他的全家！”

石铁蛋打了一个冷战，说道：“你，你别不识相，再好好考虑一下。”

张飞毛抓起地上那包碎银扔了出去，说：“快滚，我再也不想见到你！”

石铁蛋只好拿起银子，灰溜溜地走了。

石铁蛋在巨野住了四五天，连着劝了他两次，张飞毛始终不肯答应，只好无功而返。

当石铁蛋把他见到张飞毛的情况向曾玉彪汇报了以后，曾玉彪冷笑道："难得这个狗奴才一片忠心。不过，你别上火，我们还会有机会的。"

"还有机会？"石铁蛋疑惑地说。

曾玉彪压低声音说道："我听斯丁铭神父介绍，这次巨野教案可能闹大了，德国威廉二世十分生气，最终可能动用军队护教。你说到那时，我们惩治刘金桂的机会还会少吗？"

"原来是这样。"石铁蛋兴奋地拍了拍手。

事情果然与曾玉彪预期的那样，德国人开始动用军队进行所谓的"护教"了。

在巨野教案发生仅一周多后，德国便以此为借口开始蓄谋已久的侵略行径了。

这天晚上，在刘金桂家的客厅里，消息灵通的王学仁给大家介绍了德军入侵胶州的经过。他说："十一月七日，德皇威廉二世以巨野教案为借口，命令东洋舰队立刻开往和占据胶州湾，威胁报复。德国东洋舰队司令棣利司接到命令后，率领五艘战舰从上海吴淞口出发，于十一月十三日驶入胶州湾。清军守将章高元发现德舰后，当即派员前去核对，一看是曾奉清廷谕令妥为接待的德国东洋舰队司令棣利司，所以放松了警惕。而棣利司则以'来此游览'为名欺骗清军。谁知，十四日拂晓，德军七百余名官兵突然从前海栈桥登陆。德军登陆后，立即占领各高地和要隘，并向清军发出照会，限清军于下午三时前撤离。章高元急忙发电请示山东巡抚李秉衡和直隶总督王文韶，王、李分别电令'势难开仗，相机办理'、'尊处四营，务需坚渝勿动'。为此，清军只好退至四方村。十六日，王文韶电转清廷旨意：'镇静严扎，任其恐吓，不为之动，断不可先行开炮，致衅自我启。'在清廷不准开仗的指令下，守防的清军节节后退，二十三日，德军逼章高元部退到女姑口以北七十五里处；二十八日德军进到沧口一带，与章高元部对峙起来。德军还分别开往女姑口、即墨，形成了对清军的包围之势。"

刘金桂大口大口地吸着老旱烟，气愤地说道："看来，清廷是被外国侵略军吓破胆了，不敢轻易开仗，真是中华民族的奇耻大辱啊！"

王学仁说："自一八四〇年以来至今，中国经历了两次鸦片战争，清廷被迫签订了丧权辱国的《南京条约》《天津条约》和《北京条约》。一八九四年至一八九五年又发生了中日甲午战争，北洋水师惨败，清廷被迫签订《马关条约》，丢掉了台湾、澎湖列岛等地，赔款白银两亿多两。割地赔款，国力衰弱，再加上国内局势动荡，朝廷当前真的是焦头烂额、无暇顾及了。"

刘麟庆插嘴问道："面对当前如此危急的形势，朝廷现在有什么态度？"

王学仁说："能有什么态度，还不是一味忍让？听说已经将主战的山东巡抚李秉衡革职。后电令章高元部移驻烟台。并指令清军，后撤中如遇德兵，应予礼让，不准妄动。"

刘寿山说："这不是把胶州湾一带拱手让给德国人了吗？"

刘金桂说："国家当前危难深重，加之朝廷这么胆小怕事、一味忍让，胶州湾落入德国人的手里，那是轻而易举的事情。我目前担心的是，德国人入侵胶州湾后，会不会给我们的印刷业造成重大冲击？"

王学仁说："德国侵占胶州湾，最大的目的是建立德国军舰的补给站和加煤站，并将中国华北产区的棉花、煤炭、铁矿等原材料通过海运输送给德国。印刷领域的情势尚无法准确预测。"

刘麟庆说："依我看，德国侵占胶州湾，在军事上要在远东地区建立一个他们永久的军事基地；在经济上方便对煤炭、铁矿、农产品等物资的掠夺。届时，也必将涌入一批新的印刷企业，对我们传统的印刷业势必带来很大的冲击，我们应该早有思想准备。"

刘金桂抬头看了看刘麟庆，忽然间感觉他成熟稳重了许多，刚才还一脸的凝重，现在竟然有了笑意。他说："麟庆的分析是有道理的，我们必须有充分的思想准备。到时，兵来将挡，水来土掩。我想，我们终究能够找到应对的方法。目前，大家不要慌乱，一定要守住阵脚，以静制动，观察一下局势的发展再说吧。另外，我要跟你们讲，在家里怎么议论都没有关系，但在外面千万不可胡说八道，以免惹是生非。麟庆，你记住了吗？"

"我记住了，爷爷。"刘麟庆说。

"天不早了，大家都回去歇息吧。"刘金桂说："寿楠，你去送送王掌柜。"

刘寿楠站起来说："好的，爹。"

王学仁拱手施礼，说道："刘掌柜晚安，告辞了。"

刘金桂回礼道："王掌柜请慢走！"

大家各自散开后，刘金桂仍没有睡意，他又点了一袋烟，大口地吸起来，空荡荡地客厅里，烟雾缭绕。蜡烛不停地摇曳着，发出丝丝幽暗的光线。一阵寒意袭来，刘金桂连咳了两声。咳嗽声惊动了隔壁的石清梅，她推门而入，强拉着刘金桂去了卧室。

几天后，刘麟庆等人去塔埠头送货，回来后告诉刘金桂，说："德军已经在塔埠头屯兵了，军营门前安放着好多的大炮和其他武器。"

刘金桂说："这一天还是来了。对了，章高元不是在前往德军舰与棣利司交涉时被扣留了吗？现在什么情况了？"

刘麟庆说："我听说人已经被释放了。他从德国军舰出来后，先是到达即墨段村行营，然后，率清军撤往烟台驻扎。"

刘金桂仰天慨叹说："胶州湾将很快变成德国人的殖民地了。你们马上就会在胶州古城看到耀武扬威的德国军人了。"

果然，刘金桂一语中的。第二天上午，近百名德军浩浩荡荡地开进了胶州古城，大街上一片嘈杂。许多行人惊慌失措地往路两边躲藏。刘麟庆与一些胆气大点的年轻人，远远地好奇地尾随着他们看光景。很快，德军来到了城隍庙，他们里里外外看了个遍后，有一个德国军官，指挥士兵分成两拨人马，一拨人上了戏楼的二层，另一拨人则站在戏楼一楼，让一名战地摄影师从不同角度给他们拍照。兴奋的德国军人不断地发出胜利的欢呼声。刘麟庆挤在人群里，看到眼前的场景，心里极不是滋味，一种从未有过的屈辱感蓦然涌上心头。他一转身，疾步向家中跑去。

刘麟庆一进家中的客厅，见爷爷正在向父亲与二叔交代什么，只听见爷爷说道："你们都不要慌乱，德国人立足未稳，现在还不敢明目张胆地欺压百姓。近几天家里尽快备点吃的用的等生活用品；印书坊要多储备一些原材料，以备不测。"

刘寿山说："我们马上安排去做。"

刘金桂说："另外，要加强夜巡保卫工作，必要时再增加几个家丁，平时把他们训练好。"

刘寿楠说："嗯，我们知道了。"

这时，刘麟庆报告说："爷爷，德军已经进城了，现正在城隍庙拍照呢。"

刘金桂淡淡地说："知道了。你以后没事离他们远一点，免得招惹些是非。"

"好的，我懂，爷爷。"刘麟庆转身要走。

"慢着。"刘金桂说，"你最近见过你四叔了没有？他怎么样了？"

"见过，他情绪似乎比较低落，好像还染上了酗酒。"刘麟庆如实回答道。

刘金桂叹了一口气说："寿楠跟你四弟谈得来，有空你去多开导一下他，别让他把身体糟蹋了。非常时期，让他尽量少出门，注意安全。"

"行，我瞅时间去劝劝他。"刘寿楠说。

安排妥当后，刘金桂说："大家各自忙去吧。"

刘寿山临走，又回头担忧地说："爹，德国军队住进胶州城后，我担心曾玉彪自恃有了新靠山，会揪住咱的辫子不放的。"

刘金桂坦然地笑了笑说："心中无愧事，不怕鬼敲门。量他掀不起什么大风浪的。"

见父亲如此坦荡与沉着，刘寿山这才放心地走了。

然而，刘家还是低估了曾玉彪的能量与狠毒。在蜈蚣街德国天主教堂斯丁铭神父的书房里，曾玉彪与刁长廷正在与斯丁铭神父密谋着什么。曾玉彪说："胶州知州罗志伸原来一直袒护刘金桂，我们三番五次地举报刘金桂涉嫌窝藏包庇巨野教案罪犯，他只是口头应付着，但拖着不办。现在机会来了，我们可以借助驻胶城的德军向罗知州施压，看他还敢拖着不办?"

斯丁铭神父沉思了半晌，说道："我不明白你为什么总是跟刘金桂过不去呢? 听说他还是你的亲家，你这样整治他有何好处?"

"我们还不是亲家，两家相互间都没有承认。我之所以想整垮他，还不是为了咱们德华石印馆着想? 多年来，成文堂垄断市场，一手遮天，压得我们德华石印馆喘不过气来。如果把刘金桂整倒了，成文堂自然而然地就垮了。到时，我们把成文堂兼并了，德华石印馆将成为中国江北最大的印刷巨头，到那个时候，我们的生意自然就会火爆起来。"

"原来你是为咱们的德华石印馆考虑问题，这个忙我愿意帮。"斯丁铭神父说。

"斯丁铭神父，你打算怎么做?"曾玉彪问。

"具体怎么操作你且不要管了，你在家里静听佳音好了。"斯丁铭神父露出一副狡诈的笑容。

曾玉彪站起来客气地说道："跟斯丁铭神父合作，总是特别愉快。拜托了!"说完，与刁长廷走出书房。

不久，斯丁铭神父与安治太主教取得了联系，安治太主教指示他直接去找德国东洋舰队司令棣利司商谈此事。斯丁铭神父稍做打扮，亲自驾车去拜

大书铺

访棣利司。站岗的士兵层层上报后，棣利司指示手下立即请他进来。在一处整洁、隐秘的办公处所，棣利司热情地接待了他，首先开口说道："斯丁铭神父，您来得正好，我正要找您好好谈谈呢。"

斯丁铭神父与他紧握了一下手，说："很高兴见到棣利司将军。我受山东鲁南教区主教安治太所托，特意前来拜访将军。我随身带了一点慰问金，请您笑纳。"说着，将约三百两银子放到了茶几上。

棣利司说："这可不行。安治太主教是德皇威廉二世的座上宾、大红人呢，他的钱我可不敢收。"

斯丁铭神父说："慰问金不多，只是一点见面礼，略表心意，您千万要给个面子。"

"那我就不客气了。"棣利司将银子丢在桌子一边，说："这次我军能够顺利占领胶州湾，德国圣言会诸位神父功不可没啊，没有你们提供的精确情报和勘测资料，我军岂能所向披靡、战无不胜？"

"为德皇效力，义不容辞！"斯丁铭神父受宠若惊，转而说道，"不过，此次来我还有一事相求呢。"

"不要客气，什么事情快请讲。"棣利司给斯丁铭神父斟了一杯茶水。

斯丁铭神父饮了一口茶，说："巨野教案的一名重要嫌犯张飞毛，原是胶州成文堂的一名家丁，我们怀疑，这名家丁在胶州躲避期间，受到了成文堂大掌柜刘金桂的包庇。因此，胶州州署理应将刘金桂绳之以法，但他们却不管不问，任其逍遥法外。"

"你们为什么要干预此事？刘金桂对你们有什么不利吗？"

"刘金桂的成文堂曾与我们圣言会有过业务合作，可后来与我们分道扬镳，选择独立经营。目前正与我们德华印书馆叫板，对我们的竞争十分不利。"斯丁铭神父简单地解释说。

棣利司若有所思地点点头，目光犀利地盯了他一眼："既然这样，那就应该搬倒他。但是，你们有他犯罪的确凿证据吗？"

斯丁铭神父支吾着说："证据尚不充分。我们几次报案，胶州州衙都置之不理。因此，我们想借您的威望，与当地州衙交涉一下。"

棣利司一边饮茶，一边冷静地说道："我们刚刚占领胶州湾，尚没有与清政府正式签订相关协议，贸然干预中国地方事务，恐有不妥。再说，以后我们还要在这里建港口、修桥梁、筑铁路，好多的筹款都需要当地绅士及商贾大户的帮助与支持，现在有必要得罪这类人吗?"

"棣利司将军有所不知，成文堂是目前山东最大的印刷企业，在市场竞争中，我们的德华石印馆深受它的打压，如果不尽快除掉成文堂，我们的德华石印馆就很难发展壮大起来。如果我们德华石印馆发展好了，就可以更好地为德军效劳。再说了，'巨野教案'杀死了我们两名德国神父，成文堂的家丁涉嫌此案，他的东家刘金桂确实难脱干系。我们于公于私都不应放过他。"

棣利司站了起来，踱了两步，说道: "我知道应该怎么做了。"说完，他来到办公桌前，提笔写了一封信。

斯丁铭神父立刻喜形于色，起身站了起来。

棣利司将信递给他说: "你回胶州城后，把这封信交给塔埠头码头军营威尔世森少将，我已经指示他，全力配合你们的行动，施压胶州州衙立即抓捕'巨野教案'相关嫌疑人员，包括刘金桂。"

"有您的支持，我们圣言会的腰杆就直了。谢谢将军!"斯丁铭说。

棣利司说: "一家人不要客气，以后德军有许多重要活动还需要你们的协调和配合。下步如有什么重要情报和资料可以直接向我报告。"

"明白!"斯丁铭神父说道。

"再会!"棣利司将军与他握了一下手。

斯丁铭神父回去后，第二天上午便找到威尔世森少将，将信转递给了他。威尔世森看了棣利司的亲笔信后，十分重视，立刻陪同斯丁铭神父前去胶州州衙交涉。

胶州知州罗志伸经不住德军与德国圣言会的双重施压，最终决定立即抓捕刘金桂。

当天中午时分，天空骤然乌云密布，大地暗淡无光。忽然，胶州州衙二十多个捕快持枪包围了刘家大院，刘家的十多个家丁持械与之对峙起来。刘金桂闻讯赶过来，一看这个阵势，心里全明白了。他对身旁的石清梅与徐青莲说: "他们是冲着我来的，这一天终究还是来了。"说着，不慌不忙地朝大门走去。

"你不能去!"石清梅抱着刘金桂的胳膊差点哭了出来。

刘金桂甩开她，说: "自家不能乱了阵脚!"说完，大步向前走去。

走到家丁们跟前，刘金桂摆了摆手，说: "大家都撤了吧。"

这时，捕头走过来，拿出一张拘捕令，在刘金桂的面前展示了一下，然后说道："对不起，刘掌柜，有人举报你涉嫌包庇巨野教案的罪犯张飞毛，州衙请你走一趟。"

"好哇，走吧！"刘金桂痛快地答应道。

有两个年轻的捕快上前要抓刘金桂的胳膊，被他甩开："不劳烦你们，我自己走好了。"

捕快们只好松了手，簇拥着刘金桂向州衙方向走去。

第四十四回　多方营救施妙计　柳暗花明死逃生

　　刘金桂被胶州捕快带走后，石清梅的情绪有些失控，她一个踉跄在大厅里摔倒，然后失声痛哭起来。大家慌作一团，刘寿山、刘寿楠等人赶紧将她搀扶到沙发上。石清梅哭喊道："别管我，快去救你爹！"

　　徐青莲给婆婆端来一碗热水，说："妈，您别着急，我们还是先想个应对的法子吧。大家光上火也解决不了问题。"

　　石清梅停止了哭泣，说："你说的也是，赶快与大伙合计一下如何是好。"

　　刘寿山在客厅里来回踱着步，忽然说道："依我看，我们直接去找罗志伸知州问个明白，他们凭什么随便抓人？大清国还有没有王法了？"

　　刘麟庆也附和道："对，与罗知州当面对质，让他给咱一个说法！"

　　刘寿楠沉思了一会儿，说："原因是得弄个明白，我们才好寻找解救办法。"

　　杨管家说："刘掌柜的突然被抓，事情可能比我们预想的还要复杂，但目前背后的情况我们还一无所知，与州署交涉一下，了解一下相关情况，自然是必要的。"

　　"既然大家都同意这样做，那就去试一下。不过，我有个提议，此事先由我与杨管家、麟庆去州署交涉便是，寿山与寿楠先在作坊坐镇，现在咱千万不能自乱了阵脚，印刷加工及相关买卖要跟以往一样照常进行，不要有任何闪失。"徐青莲说。

　　此刻，石清梅也稍微冷静下来，说："你们都别在我这待着，就按青莲说的去办吧。"

　　杨志明他们一行三人乘马车匆忙来到州署城内门前，站岗的差役紧闭城门，说什么也不让他们进去。刘麟庆正要发火，徐青莲向杨管家使了个眼色，杨管家悄悄地塞给他们几块碎银，当值的差役方才为他们放行。

　　不一会儿，他们来到罗知州公署门前，又被人拦下。当听说他们是刘金桂的家人，要见罗知州时，一位年长一点的差役顿起怜悯之心，嘱咐他们先等待一会儿，待他禀报一下再说。很快，他们获准被领进了署内。只见罗知州阔脸高鼻，神态端庄，正端坐在一张书桌后面，认真审阅一份文案。见到他们，忙起身招呼道："来来，快请坐。"

杨管家介绍说："这位是刘大掌柜的大媳妇徐青莲，这位是刘大掌柜的孙子刘麟庆。我是刘家的管家杨志明。"

罗知州说："幸会，幸会！你们是为刘金桂老先生的事情来的吧？"

杨管家说："正是。我们刘东家多年一直守法经商，按时纳税，怎么好端端地被衙门抓捕了呢？"

"有人多次举报刘金桂涉嫌窝藏巨野教案的罪犯张飞毛，因为查无证据，案子一直被我压了下来。"罗知州有些为难地说，"可是，目前德国圣言会与胶州德国驻军紧盯此案不撒手，一大早就派人来到州署，向我下达最后通牒，让我立即将刘金桂抓捕归案，否则，要向清廷交涉。不得已，我只有下令暂将刘老先生请了过来。"

徐青莲说："我公爹当年在拒捻军保胶城的战斗中，曾立下汗马功劳，胶州百姓是有目共睹的。他在数十年的经商活动中，诚实守信，童叟不欺，为人仗义，有口皆碑。这样的人怎能卷入远在几百里以外的巨野教案呢？我看纯粹是有人栽赃陷害他。如今我公爹已经年迈，实在经不住牢狱的折腾了。如果非要刘家出个人来做牢，我愿意顶替他！"

罗知州见她伶牙俐齿，一副慷慨激昂的样子，不由得心生敬意。说道："我把刘老先生请来，也正是为了弄清楚事情真相。如果他没有牵连，将很快释放。如果真有什么牵连，恐怕谁也保不了他。目前，自然不用你来顶替他。"

"我顶替行吗？我是他大孙子。"刘麟庆说。

罗知州笑笑说道："谁顶替也不行，你们赶快回去吧。"

"我去看看公爹行吗？"徐青莲请求道。

"今天不行。你们有什么需要转交的东西，我们可以代办一下。"罗知州说。

徐青莲只好将携带的一个包袱交给他，说："我们带了几件衣服，请您转给他。麻烦您了。"

"不麻烦，我立刻差人送去。恕不远送！"罗知州起身摆了摆手。

他们三人步履沉重地走出胶州衙门后，杨管家问："下步该怎么办？"

徐青莲看了看半悬在西方的太阳，说："天色尚早，我想去胶州商会拜会一下法四爷，请他帮助拿个主意。你们赶紧回去把这里情况向家里人告诉一声。"

"你乘马车去吧，我与麟庆步行回家即可。"杨管家说。

刘麟庆说："妈，我与你一起去吧?"

"我自己去就行，你们都回去吧，注意安全。"徐青莲说完，跳上了马车。

很快，马车来到城西的胶州商会门前，徐青莲只见一对石狮子威严地坐落在大门两侧，大门上方有一块书有"犹龙世泽"的匾额，只是因为悬挂的年代较长，经过岁月侵蚀，已经变得光斑陆离。有一位年轻的雇员热情地接待了她，将她领进法四爷的书房。一进门，见法四爷正埋头书写着什么，直到他全部写完，他才抬起头来，手捋苍白的胡子，和蔼地说道："你是刘金桂的大儿媳妇徐青莲吧?"

徐青莲说："回法四爷，小女正是。"

"你来得正好，快请坐。"说罢，亲自给她添了一杯茶水，说："你是为你公爹的事情来的吧?"

"是的，法四爷。"徐青莲说。

"我与你公爹是几十年患难与共的老朋友了，如今他遇到麻烦，我是不会袖手旁观的。"法四爷挺了挺胸膛。

"您有什么好办法?"徐青莲焦急地问。

"办法是有，只是目前未必行得通。"法四爷起身颤巍巍地踱着步，喃喃地说道："事情已经复杂化了，原来只是曾玉彪紧追不放，现在德国圣言会与驻胶州的德军掺和进来，事情就麻烦大了。他们是想置你公爹于死地啊!"

"他们无凭无据的，凭什么整治我公爹?"徐青莲气愤地说道。

"欲加之罪，何患无辞? 我们必须争分夺秒地去营救他，免得夜长梦多。"法四爷说着拿过刚起草的一份材料递给她，说："这是我刚起草的一份请命书，我想联合胶州各大商户共同联署请愿，要求放人。你看行不?"

徐青莲接过请命书，迅速浏览了一遍，感激地说道："请命书写得真好，言辞恳切，感人至深。我替公爹谢谢您了!"

"别客气。这一两天就要组织各大商户把名签好，尽快递给罗知州，看能否打动他。"法四爷说，"棋要一招一招地走，如果这招不顶用，咱们再走下一招。"

"拜托您了，青莲给您磕头了。"说着，徐青莲伏地磕了一个响头。

法四爷慌忙将她拉起，生气地说道："孩子，你这是干什么，我担待不起啊！咱们一块想办法就是了。"

徐青莲辞别了法四爷，回到家里，已是掌灯的时候了。客厅里空旷无人，去厨房取水的刘麟庆告诉她："娘，奶奶病倒了，头疼恶心，正卧床不起。我爹和二叔、杨叔他们都在奶奶的房间。"

徐青莲急步来到婆婆的房间，见婆婆正躺在床上呻吟，一条毛巾敷在她的额头。

"妈，您怎么了？"徐青莲担忧地问。

石清梅一见徐青莲回来了，立刻挣扎着坐起来，问："青莲，什么情况？"

徐青莲说："妈，我刚才去拜会了法四爷，他正帮我们想办法。他已经起草了一份请命书，准备这一两天发动胶州的商贾大户签名请愿，造一下声势，逼迫州署放人。"

"法四爷平日与你爹交情至深，他在胶州城的影响力很大，他若出面相救，事情也许好办多了。"石清梅说。

"现在的形势还不容乐观，从目前了解的情况看，德国圣言会与驻胶州城的德军也掺和进来，给胶州的罗知州施加了很大的压力。"徐青莲说。

刘寿山说："我看这一切都是曾玉彪在背后捣鬼，他现在又借圣言会与德军的手来整爹，其用心何其险恶啊！"

石清梅听了这些话，头又疼了起来，细腻的汗珠从额头上渗出。她擦了一把汗，哭泣着说："你爹在胶州城打拼了几十年，好不容易安居乐业了，又遭遇上这等倒霉的事情，他能受得了这番折腾？你们赶快想法救他啊！"

刘寿楠说："妈，您冷静点，别火坏了您自己。"

徐青莲说："妈，您放心，我们一定会想办法救出我爹的。"

石清梅停住了哭泣，说："你们都回去吧，由青莲陪陪我就行了。"

刘寿山、刘寿楠等人只好离开。

他们走后，石清梅一把抓住徐青莲的手说："青莲，你快想办法呀，你的主意多，妈全指望你了。"

徐青莲说："妈，我知道怎么去做，您甭上火，您要是火坏了身子，我们怎么向爹交代？哪还有更多的精力去救我爹？"

石清梅恍然大悟似的点点头，说："我会挺住的。我饿了，你陪我去厨房一起吃点饭吧。"

徐青莲的心里终于放松了许多，小心地将婆婆扶下床，来到厨房，石清梅攒劲吃了一大碗米饭。

法四爷是个办事雷厉风行的人，第二天一大早，他便在儿子法同方的陪同下，到各大商户家里签名，商人们对刘金桂的人品一向很敬重，加之胶州商会会长亲自出面，大都二话不说，提笔在请命书上签上自己的名字。经过两天的奔波，竟签了一百多个名字。尔后，法四爷又挑选了徐长江等十多名有一定威望的绅士和大户一同来到了胶州州署请愿。胶州吏目吴金歧如临大敌，派衙役将来人团团围住。法四爷哈哈大笑说："我们不过是几个手无寸铁的老百姓，来向罗知州请愿的，何劳吏目大人如此兴师动众？"

"有什么事情，在这里跟我说吧。"吴金歧说。

法四爷声若洪钟地说道："我们是来找罗知州的，请他出面。"

吴金歧说："罗知州公事繁忙，不是谁想见就能见的。"

"不见罗知州，我们就在这里等他。"法四爷高声说道。

正在双方僵持不下的时候，罗知州步履沉重地来到大家面前，他和气地说道："是法会长？幸会，幸会！大家找我有何贵干？"

法四爷把请命书恭敬地递给了罗知州："罗知州，这是胶州一百多个商户签署的请命书，迫切要求无罪释放胶州商人刘金桂。请您过目！"

罗知州接过请命书，迅速地浏览了一遍，很快被请命书慷慨激昂的言辞和一百多枚鲜红的手印所打动，他说："诸位的请命书我看了，甚为感动。本知州定会高度重视，为民做主，秉公办事。但是，刘金桂老先生的案子才刚刚审理，还没有个结果，总不能不明不白地就把人放了。大家先回去，这份请命书，我准备拿回去好好研究一下，一有结果马上通报给大家。"

法四爷说："刘金桂先生的为人，想必大家都一清二楚，你作为胶州的父母官，千万不能被歹人所利用，是非不分、混淆黑白啊！"

吴金歧不耐烦地说："大胆刁民，竟敢对罗知州指手画脚，放肆！"

罗知州并没有怪罪他的意思，制止吴金歧说："法会长、徐掌柜等诸位掌柜，都是胶州商界的精英，德高望重，休得对他们无理。"

吴金歧应声答道："是。"

法四爷对罗知州说："还是知州大人深明大义。今天冒昧请愿，多有打扰。但愿大人尊重民意，从速放人。我们回去等您的信。"

罗知州有些尴尬地说："我会认真考虑的，过两天给大家一个答复，大家请回吧。"

"后会有期!"法四爷拱手相辞,其他人随他一同返回。

法四爷与刘家上下等了两天,依旧音讯全无。刘寿山与刘寿楠等人有些焦躁不安起来。然而,有个更坏的消息从衙门传来,据说吏目吴金歧近两天在审讯时,向刘金桂动了刑罚,刘金桂拒不认罪,宁死不屈,竟被打得遍体鳞伤。而大牢里的几个狱卒对其态度也很不友善,动辄拳打脚踢。

刘麟庆听后大怒道:"这帮狗日养的,我去找他们拼了!"

杨管家一把拉住他的胳膊,说:"少爷,你先别冲动,大伙合计一下再说。"

刘寿楠分析道:"出现这种被动局面,肯定是曾玉彪等人在背后使了银子,他们与衙门的个别差役沆瀣一气,一块折腾咱爹。"

法四爷说:"分析得有理。"

徐青莲说:"有钱能使鬼推磨。他们能使银子,我们更要舍得送,加倍地送。"

刘寿山说:"吴吏目等人收了曾玉彪的银子,我们再给他,他敢要吗?"

徐青莲冷笑一声说:"这些狗官吏,经常两面通吃,谁使的银子多,就暂时倾向谁。"

刘寿楠说:"这些狗官,就怕使了银子也不办正事啊。"

"使钱开路吧,先保住咱爹的性命再说。"徐青莲说。

刘寿山、刘寿楠、杨管家等人都表示赞同。

徐青莲说:"杨管家,你赶紧取些银两,除了私底下做好吴吏目的工作以外,狱中相关的狱卒都要使银子打点好了。"

杨管家说:"我马上去办。"

精明能干的杨管家,通过现任学正张生堂,很快给吴吏目等人送了银两,吴吏目是个见钱眼开的贪婪之人,拿到银子后,立刻放松了对刘金桂的折磨。还允许刘金桂的家人定时探监。

晚上,徐青莲与杨管家一起给刘金桂送来了饭菜,刘金桂艰难地从草席上爬了起来,徐青莲见公爹被打得浑身是伤,不禁潸然泪下,掩面哭泣。倒是刘金桂还很乐观,说:"孩子,别难过,都不过是些皮外之伤。别忘了,我是会武功之人,抗折腾的。"

徐青莲从竹篮里端出饭菜,还有一瓶老烧,刘金桂抓起一只猪蹄,啃了两口,又对着酒瓶吹了两口。而后说道:"好酒,痛快!"

杨管家说:"家里的事您甭惦记,一切安好。只是您在这里一定要挺得住啊!"

刘金桂笑笑说:"我是大风大浪里过来的人,你想,他们岂能轻易整垮我?"

徐青莲说:"前段法四爷亲拟一份请命书,联系一百多位商贾大户联署签名,交给了罗知州,可到现在毫无音信,怕是没有成效的。"

刘金桂说:"此事已经复杂化了,单是曾玉彪乱咬几口倒是不怕,可现在德国圣言会和胶州德国驻军插足这件事情,就变得复杂化了。巨野教案发生后,朝廷上下抱着息事宁人的想法,抓捕了很多无辜人员,也没能阻止德国侵略中国的野心。许多中国官员谈'洋'色变,唯恐招惹他们,祸及自己。在这个节骨眼上,谁还敢出面主持公道?"

"爹,我已经派人打听过了,听说新任的山东巡抚张汝梅是个爱国和有正义感的人,我们可否通过一定渠道向张巡抚陈情?"徐青莲说。

刘金桂回忆说:"原来我与胶州籍的匡源先生有过交往,我俩很谈得来。他后来在济南教书,我还去看过他两回。可惜,匡源先生已经逝世几年了。"

徐青莲说:"他虽然去世了,但他还有后人嘛。我听说他教书颇有名气,弟子达三千。不知道他生前与张汝梅的关系如何。"

杨管家说:"我看可以去济南寻找匡源先生的后人,了解一下情况再说。"

刘金桂说:"家里的大事,就由青莲做主吧。"

"爹,您多保重。儿媳就是头拱地也要救您出去。"徐青莲说。

这时,外面传来狱卒的催促声。

刘金桂说:"你们走吧。凡事多跟杨管家与法四爷商量。"

徐青莲答应说:"爹,我知道了。我们走了。"

刘金桂的话给了徐青莲很多的启发,她出了牢狱大门之后,吩咐车夫径直向胶州商会赶去。

此时,法四爷正与大儿子法同方在商会的厨房里用餐。见徐青莲与杨管家来了,便热情地招呼他们落座,吩咐厨师添了几碗米饭和一盆白菜炖豆腐。徐青莲对杨管家说:"盛碗给车夫姜师傅,让他在前厅吃吧。"

没等杨管家动身,法同方忽地站起来,说:"这事我来办。"说着,端了一碗米饭和一碗菜进了前厅。

法四爷问:"看过你公爹了?他身体怎么样?"

"看过了,他受了些皮外伤,精神头还行。这帮王八蛋还真下毒手。"徐青莲说。

法四爷神情严肃地说："夜长梦多，得赶快想办法营救你爹。你爹有没有说什么？"

"我爹说，解决此事，靠胶州衙门恐怕不行了，得找上面的人。他说，他与匡源曾是故交，可惜他早几年去世了，也不知他的后人能否帮上忙？"徐青莲说。

刚从前厅回来的法同方说："我虽然没有与匡源先生深交，但与他的二儿子匡兴华十分要好，他在济南开了一家大饭店，对外结交很广泛。前几天我去济南送货还登门拜访过他。"

法四爷问："匡兴华与现任的山东巡府张汝梅熟悉吗？"

法同方说："熟悉，我听他亲口对我讲，张汝梅曾是匡源的得意弟子呢，匡先生生前特别器重张汝梅，张汝梅也十分敬重匡先生。"

听闻此话，法四爷将筷子重重地一拍，说："好，天赐良机也。你们知道，刚到任的山东巡府张汝梅是个开明务实、富有正义感的人士，他对外国传教士在中国的所作所为，一向深恶痛绝，对因巨野教案事件受到牵连的中国人也抱有同情和怜悯之心。"

法同方接着说："我听说朝廷命他赴任后镇压济宁、单县、寿张等地的大刀会、义民会。他抵任后经过一番调查，主张和平办理民教纠纷，并向朝廷奏报：'查明义民会即义和团，并未滋事。'后来同意地方官毓贤提出的'化私会为公拳，改拳勇为民团'，主张解散义和拳，把它纳入地主民团，逐步改变义和拳的性质。"

"既然如此，我们何不通过一定的渠道向张汝梅巡抚大人申诉呢？"徐青莲说。

法四爷说："我的意见，你们先去趟济南府找到匡兴华合计一下，然后再找张汝梅巡抚申诉也不迟。"

徐青莲说："我同意，那就有劳法兄与我们一起去趟济南好了。"

"没问题，咱们什么时间动身？"法同方说。

"当然越早越好。咱们明天一早就出发如何？"徐青莲说。

法四爷说："我看行，你们现在回去准备一下，明早就动身去吧。"

"明早我安排马车过来接您。"杨管家站起身对法同方说。

"好的，不见不散。"法同方爽快地说。

"谢谢法四爷！谢谢法兄！"徐青莲向法四爷他们深鞠一躬。

徐青莲从法四爷那里回家后，见大家都围拢在婆婆的卧室里议事，母亲曾玉冰不知何时也来了，她看上去一副倦容，且脸色苍白，双眼还布满一道道血丝，正坐在石清梅的床边说话。徐青莲说："妈，您怎么来了？"

"我怎么不能来？不欢迎吗？"曾玉冰说。

"看您说的，哪能呢？我是考虑黑灯瞎火的来回路上不安全。"徐青莲说。

"这倒没什么。你公爹的情况什么样了？"曾玉冰急切地问。

徐青莲见家里没有什么外人，便将法四爷的意见和安排跟大家说了一遍。石清梅听后，第一个表态说："这个主意好，法四爷是真心帮咱呢。"

只是刘寿山还有点顾虑，他说："胶州距济南这么远，长途奔波，青莲的身体能受得了吗？不如我与法同方一起去算了。"

徐青莲说："你可别小看我，我的身体可结实着呢。这事都说好了，还是我去吧。"

曾玉冰忽然严肃地说："去济南的事情，一定要保密，千万不能被外人知道。我来的时候，发现门外有几个鬼鬼祟祟的人影，想必是有人在暗中监视着咱们，咱们一定得提高警惕。"

刘寿楠说："不错，我也发现近期一直有人暗中盯梢咱家，真是气人。"

刘麟庆操起一根棍子，起身说："我出去教训一下这帮狗崽子！"

"慢着，先别去招惹他们，免得打草惊蛇。"徐青莲说，"他们愿意来给咱站岗，正好，咱们平日谨慎一点就是了。"

曾玉冰说："我建议青莲今晚一起跟我回去，明天一大早直接送她出城。杨管家明早去接了法同方，大家去城西大门外碰头。路上多绕几个弯子，甩开眼线。"

石清梅略有思考，说："这个主意好，就这么着吧。青莲多取些银两，以备去济南后花销。这个时候别怕花钱，使劲花，摔到地上要有个响儿。"

徐青莲转身对刘寿山说："我不在家的这些日子，衙门那边你们可要盯紧了，随时掌握相关消息。紧急时候派人去济南联系我们。"

刘寿山说："家里的事情你们放心，一路上辛苦你们了！但愿遂心如愿，马到成功！"

刘寿楠说："嫂子，无论结果怎样，一定要及早平安返回。"

徐青莲眼含热泪，点头称是。

石清梅说："时候不早了，大家都回去休息吧。"

徐青莲取了银两和几件需要换洗的衣裳，放在一只篮子里，蒙上围巾系好，随同母亲一起上了马车，悄然离开刘家，回到了徐府。

　　母女同床共枕，徐青莲仿佛又回到了温馨的童年时代。徐青莲说："妈，人要是不长大该有多好？"

　　"别傻了，孩子，人就如树苗，早晚要长大、要变老的，生老病死是自然天道。"曾玉冰说，"是不是最近压力太大了才这么想？"

　　"要说没有压力是假的，我那个可恶的舅舅，为什么非要置我公爹、置刘家于死地呢？刘家怎么招惹他了？"徐青莲说。

　　"同行是冤家，曾玉彪意欲赶尽杀绝刘家，无非是想吞并了成文堂，他太自私自利，太卑鄙无耻啊！"曾玉冰说。

　　徐青莲说："妈，您与舅舅是亲兄妹，可否去从中斡旋协调一下，两家各自让让步，放下心中的仇恨，别将刘家往悬崖边上推了。"

　　曾玉冰说："你舅舅就是一条狼，秉性难改啊！不过，我可以瞅时机劝劝他，怕是不会有结果的。"

　　"妈，行不行您可以试试嘛。"徐青莲恳切地说。

　　曾玉冰笑了，说："都说嫁出去的闺女泼出去的水，这话一点也不假。这不，现在全向着婆家说话了。"

　　徐青莲调皮地说："我这样做还不是为您着想？"

　　"此话怎讲？"曾玉冰问。

　　"我公爹才坐了几天的牢，您就火得不行了，看看人瘦得都走了样。他要是再不出来，您还不火坏了？"徐青莲嘟囔道。

　　"你这个死丫头，你坏，我打你！"曾玉冰轻轻地拍打她的胳膊。

　　徐青莲笑着躲藏着，说："您再打我，我明天不去济南了。"

　　曾玉冰给女儿盖好被子，平静地说道："其实，我跟刘金桂只是个知己朋友罢了。但这大半生以来，我们是一路搀扶着走过来的，谁要是有病有灾的，对方都不会撒手不管。你这次去济南，事关你公爹的生命安危，大家是寄予厚望的，你可一定要争口气啊！"

　　徐青莲说："妈，我知道，我会用心去办的。只是我第一次去济南府，人生地不熟的，心里总有些打怵。"

　　"出门靠朋友，要走对了门，找对了人，带足了钱，许多事情就好办多了。"曾玉冰说着，从枕头底下摸出一块二龙戏珠形状的玉佩，交给徐青莲，说："去济南府花销大，这块玉佩你拿去以备用急吧。"

徐青莲借着烛光仔细一看，十分惊讶地说："二龙戏珠？它可是价值连城的宝物啊，听说这是您结婚时的嫁妆，您这么舍得拿出来？"

"东西再好，都是身外之物。救人要紧，你就拿去吧。"曾玉冰说，"时间不早了，明早你还要赶路，快点休息吧。"

徐青莲答应了一声，没再说什么，迅速用手绢将玉佩包好，攥在手心。此刻，她感觉这块玉佩沉甸甸的，充满了温馨与吉祥。她这样漫无目的地想着，不知不觉地进入了梦乡。

第二天一大早，天还一片漆黑，徐青莲便被母亲叫醒，在卧室里吃了一碗葱香肉丝面条，将衣物等东西塞进一只柳条箱子，便匆忙出门上了马车。

曾玉冰送她到大门外，伫立着频频挥手，马车随着清脆的马蹄声，迅速消失在远方。

清晨，太阳冲破薄雾，从东方冉冉升起，阳光洒在街道两旁的银杏树上，叶影婆娑，光斑陆离。偶尔，有几只小鸟在枝头上婉转地啁啾歌唱。

早饭后，曾玉冰跟公爹打了个招呼，说是回家看望一下老爹。当她来到自家门前时，她端量着宽敞的大门及门旁两个石狮子，感觉眼前的景象既熟悉又陌生，竟然产生一种恍若隔世的感觉。她算了一下，自己已经快一年多没有回家了。这时，大门被突然打开了，开门的人是嫂子曾夫人，她先是一愣，尔后欣喜地喊道："玉冰回来了，赶快进家来！"

曾玉冰快步跃上台阶，边走边说道："爹与我大哥都在家吗？"

"都在，刚吃过早饭，在客厅里喝早茶呢。"曾夫人迎上前来，接过盛水果的篮子，说："回家还拿这么多的水果，不必这么客气的。"

"也没什么好吃的可带。"曾玉冰说。

她们一同进了客厅，曾夫人老远就喊道："玉冰回来了！"

曾晋福与曾玉彪都感到十分意外，曾晋福颤巍巍地站起来，说："傻闺女，还知道回家来？"

"爹，您身体好吗？我可想您了！"曾玉冰扶着爹的胳膊说。

"爹也想你啊，没事的时候常回来陪陪爹，爹这个岁数没几年好光景了。"曾晋福有些伤感地说。

"爹，您说些什么话？您的身体棒着呢。"曾玉冰的心里也有些酸楚，一双眼睛立刻变红了。

曾夫人见状，说："爹，玉冰给您带了些香蕉和香梨，都是您平日爱吃的。"

曾晋福说："还是闺女知道疼我。"

这时，一直站在一旁的曾玉彪奚落说："稀客啊！哪阵风把你吹回来啦？"

曾夫人说："妹妹刚回家，你说些什么呀？"

曾玉彪冷笑一声说："我是说如果妹妹有什么事回家求我，当大哥的是不会袖手旁观的。"

曾玉冰说："你还别说，我还真的有点事要求大哥呢。"

"让我猜到了吧？坐下说吧。"曾玉彪一屁股坐在太师椅上，跷起了二郎腿。

曾晋福说："你们先谈正事，我回房间休息一会儿。"

曾夫人上前扶着公爹出了客厅。

他们走后，曾玉冰开门见山地说道："我问你，刘金桂被抓，是不是你在背后捣的鬼？"

曾玉彪品了一口茶说："妹妹抬举大哥了，我哪有那么大的本事？我听说是德国圣言会和胶州驻军在追究他，他这次是在劫难逃了！"说完，哈哈大笑起来。尔后，自言自语地说："刘金桂，你不是能吗？你天大的本事哪去了？敢跟我斗，我会让你生不如死！"

"是你告发他的吧？他有什么罪？"曾玉冰直盯着他的双眼。

"我就直说了吧，是我告发的。他是咎由自取。"曾玉彪站了起来，说："据我所知，他的家丁张飞毛参与了震惊中外的巨野教案，遭到了清廷的通缉，是刘金桂将其窝藏在成文堂数日，你说他是不是吃了豹子胆了？另外，有人怀疑他跟巨野的大刀会还有瓜葛，向他们提供了大量金钱和物资援助。敢跟朝廷和外国人对着干的人，朝廷能轻饶了他吗？"

"你真是信口雌黄！你说的这些，有证据吗？"曾玉冰气得脸色煞白。

"想想就一清二楚了，还要什么证据？"曾玉彪说，"你该不是为他求情来的吧？"

"没有证据，就随便抓人，还有王法吗？"曾玉冰说。

"还谈什么王法？妹妹你太幼稚了！难道你没有看见现在的胶州湾已被德国人占领了吗？德国人想抓谁就抓谁，想让谁死谁就得死。"曾玉彪狂妄地说道。

曾玉冰听了他的话，不寒而栗。片刻之后，她平静地说道："你为什么这么恨刘金桂？难道非要置他于死地不成？"

曾玉彪咬牙切齿地说："我俩斗了大半辈子了，每次看他无力还手的时候，却总是被他反败为胜。这次他栽了，栽在了洋人的手里，真是千载难逢的好时机啊！"

"你是要借刀杀人吧？都是中国人，何必要自相残杀呢？在我看来，他从来没有主动找过你的麻烦，反而是你一直为他挖坑设埋陷害他，这到底是为了什么啊？你能不能放他一马？"

"想知道为什么？我打败了刘金桂，成文堂就垮了，不仅出了一口恶气，还可以兼并他的两个印书馆，你说我能轻易地放过他？"

"真是卑鄙无耻！"曾玉冰气愤地说。

"你说得对，你哥就是一个不要脸皮的人，只要有利可图，我什么都可以做的，你愿怎么说就怎么说好了。"曾玉彪看上去一副厚颜无耻的样子。

"可你没有为孩子们想一想吗？刘寿祥已经是你的女婿了，如果他知道他的爹是你运作送进大牢的，他还会像现在一样对待你吗？若是你们反目成仇了，曾亮亮与孩子怎么办？一家人必将被你害得妻离子散！你难道不能好好反省一下吗？"

曾玉彪一愣，半晌没有说出话来。

"大女儿当了修女，你可千万不能再失去小女儿啊！"曾玉冰进一步劝说道。

曾玉彪缓和了一下口气，正色说道："这事与他们本不相干的。刘金桂是自作自受，能怨别人吗？"

"可是，刘金桂若真出了事，会殃及一大家子的。"曾玉冰说。

曾玉彪低头说道："现在说什么也晚了，德国人现在盯住不放，我就是想拦也拦不住的。"

曾玉冰说："你只要别煽风点火、火上浇油就行。"

"看你说的，你大哥是落井下石的人吗？我会拿捏好分寸的。"曾玉彪说，"不过，我也劝你，别鸡抱鸭子瞎操心。刘金桂的事情你还是少掺和为好。"

曾玉冰说："刘金桂现在是你外甥女的公公，你说我能置身度外吗？他还是你的亲家，你掂量着办吧！"

曾玉彪嘟囔着说道："我没有这样的亲家，他永远是曾家的死对头！"

"你岁数也不小了，积点德吧！"曾玉冰转身向门外走去。

兄妹俩的谈话不欢而散。曾玉冰的心头似乎笼罩了一层更深的阴影，她只好把希望再次寄托到青莲他们的身上。

徐青莲早晨与法同方在胶州城郊外碰头后，乘马车一同赶往济南。经过长途颠簸和劳顿，他们于晚上七点多钟，终于到达著名的泉城。法同方找到环境幽雅且比较安静的天泉旅馆，将一行人马安顿好后，又找了一家馄饨馆，安排大家简单地吃了晚饭。晚饭后，杨管家问法同方："今晚还有什么安排没有？"

法同方说："你们随便逛逛大街，我去大明湖畔的乡韵茶楼看看匡兴华先生。"

徐青莲说："你把咱带来的土特产品给他捎去，另外，我这里有点贵重的东西，你是否一块送给他？"

法同方说："我先只带点土特产品，其他的先不要带了。我去约一下你们见面的时间。"

徐青莲说："路上一定注意安全，早去早回！"

"放心好了，在济南我可是轻车熟路了。待会儿见！"说完，与姜师傅驾车离去。

望着远去的马车，杨管家问："他说的匡兴华是匡源的第几个儿子？现在做什么的？"

徐青莲说："我听法同方说，匡先生排行老二，开饭馆兼营茶叶，在大明湖畔有一个茶楼，买卖还不错。法同方是在济南经销茶叶时与他认识的，因为是老乡的缘故，交往甚密。"

"原来如此。"杨管家说，"我们去大街上散散步吧。"

"行，我还是第一次来济南呢。"徐青莲说。

他们在大街上边走边瞧，只见马路两旁的商铺一片灯火辉煌，过往行人川流不息。杨管家说："济南的夜市好热闹啊！"

徐青莲似乎没有太多的心思欣赏眼前的景象，她问杨志明："杨管家，今天早晨在城西门，我好像感觉有两个人影在鬼鬼祟祟地跟踪我们，不知道他们是不是曾玉彪派遣的人？"

杨管家说："我也看见有两个人尾随过我们，可后来不见了。我想，可能是自己多疑了。"

徐青莲说："但愿如此吧。"

他们漫步走了两三个夜市，晚上十多点钟的时候，返回了旅馆。

第二天大清早，徐青莲刚刚洗漱完毕，听到有敲门的声音。徐青莲问："谁呀？"

561

“是我，杨志明。”杨管家回应道。

徐青莲打开门，见是杨管家与法同方站在门外，赶忙招呼他俩进了房间。法同方说：“昨晚我见到匡先生了，他听了刘掌柜的遭遇，深表同情，表示同着其父与刘金桂的深厚交情，也要不惜一切代价去营救。他想今天上午与你见个面，一块商讨一下营救的办法。”

徐青莲一听，孩子似的跳了起来，说：“太好了。我们马上在旅馆吃早饭，饭后我们赶紧过去。”

杨管家招呼姜师傅，一同赶往餐厅。大家匆匆忙忙地吃罢了早饭，快马加鞭，径直向大明湖畔乡韵茶楼赶去。

当他们驶近大明湖畔的时候，立刻被眼前的景色迷住了。但见秋后的大明湖水色澄碧，波光粼粼，湖面上有几只画舫悠闲地驶向远方。而岸边楼阁林立，绰约多姿。路边大片的红枫，红艳艳的，像云霞飘浮在楼阁的周围，如梦似幻。不知不觉，他们来到一座漂亮的茶楼前，古色古香的门额上，“乡韵茶楼”四个大字赫然入目。单从这茶楼的匾额题词，徐青莲就似乎感觉茶楼主人浓重的怀乡情结。

他们刚进大门，一位方脸浓眉、仪表端庄的中年人微笑着迎上前来：“欢迎光临！”

法同方给双方作了介绍，然后说道：“匡兴华先生这里可藏有天下名茶哟！”

匡兴华热情地对徐青莲说：“见到你们十分高兴，当年刘金桂先生与家父情深谊厚，交往甚密。有一年他来济南看望家父，我有幸与他见过一面，他那豪爽开朗的性格，给我留下了深刻的印象。”

徐青莲说：“难得您还能记得我公爹，不胜感谢。”

匡兴华招呼说：“快请坐，大家先品尝一下这款龙井茶的味道。”

大家落座以后，匡兴华询问刘金桂目前的情况，徐青莲眼圈一红，说：“家丁张飞毛因为涉嫌巨野教案，公爹遭人诬告包庇罪犯，现被州衙抓捕入狱。衙役几次严刑拷打，逼他承认包庇罪行，并承认向巨野大刀会提供过资助，他始终大义凛然，拒不认罪。”

匡兴华说：“这两条罪名如果成立，刘先生少则判个十年以上有期徒刑。而在此敏感复杂的形势下，德国人要取了他的性命，也易如反掌！”

“所以，在此危急关头，我们想到了匡先生，恳请您念在老一辈的情谊上，伸出援助之手。您的大恩大德刘家将永世难忘！”徐青莲起身鞠躬道。

杨管家将一包银子拿出来放在桌子上。

徐青莲说："这点银两暂作活动费用，不够的话随时告诉我。另外，我这里有件宝物，你也一同拿去。"说着，将随身携带的玉佩取出，递了过去。

匡兴华接过玉佩仔细端量一番，惊讶地说道："此玉佩为稀世之宝，价值不菲，你先存着。不到万不得已的时候，是不能轻易送人的。至于这些银两我就不客气了，先放在这里吧。"

杨管家说："匡先生，看来您对此事已心中有谱了。"

匡兴华说："也不敢这么说。刚到任的山东巡抚张汝梅，当年受过家父提携，一直怀有知遇之恩。对家父的为人也颇为尊重。我去求他，他应该给点面子。另外，张巡抚是个具有家国情怀之人，对国外传教士在中国的霸道行径深恶痛绝，对地方的义和拳等组织并无反感，正拟订对他们的收编计划。这是目前解救刘先生的有利时机。从不利的方面来看，当前朝廷惧怕与德国人开战，屈服于德国人的压力，严命剿灭义和拳、大刀会等民间组织。在此变幻莫测的形势下，张汝梅巡抚愿不愿帮此忙，我心里也没有底。"

"无论事情有多难，请您一定要帮这个忙。青莲给您磕头了！"徐青莲说着"扑通"一声跪下。

匡兴华为她的义举而感动，赶快将她扶起，说："使不得，你这是折我的寿啊！你放心，我就是撞得头破血流，也要尽全力去做的。你们暂且回旅馆等候吧。"

法同方说："谢谢兄弟，拜托了！"

匡兴华说："不客气，我不出去送你们了。三日后等我的话！"

徐青莲一行告别了匡兴华，却无心欣赏大明湖的美景，悄然返回了天泉旅馆。

然而，三天的时间转眼过去了，匡先生那里却杳无音信。徐青莲日渐焦灼不安起来……

再说曾玉彪那天与妹妹不欢而散之后，心情也是格外的郁闷。当曾玉冰前脚刚走，刁长廷后脚就跟了进来，他神秘地告诉曾玉彪："据两个探子来报，今早有一辆马车出了城西大门，向西北方向驶去。"

"有什么异常吗？"曾玉彪问。

"据说车上坐的是商会法四爷的儿子法同方和刘金桂的大儿媳妇徐青莲，他们天不亮就驾车出城，行踪可疑。"刁长廷说。

曾玉彪从椅子上跳起来，说："他们在一起能做什么？有什么生意可做？还不是外出为刘金桂的事情寻找门路？"

　　"我听说法同方在济南有茶叶生意，可徐青莲跟着去干什么？"刁长廷说。

　　曾玉彪皱着眉头说："多半是法同方帮着徐青莲去济南做说客去了，此事非同小可，必须尽快查清楚。你安排手下的探子尽快分头去查，查清楚他们外出做什么？什么时候回来？"

　　刁长廷说："是，我立刻安排好。"说完，便转身急呼呼地走了。

　　晚上，刁长廷与两名探子喝完酒后，直接来到济生堂大药店，面见曾玉彪，开口说道："曾掌柜，此事已经查清，法同方与徐青莲一起去济南了，很可能是为了解救刘金桂而游说去了。估计现在已经到达济南府了。"

　　曾玉彪说："好，我知道怎么做了。马上给我备辆马车。"

　　一会儿，曾玉彪上了马车，向德国圣言会教堂飞奔而去。

　　在一间密室里，斯丁铭神父说："都这么晚了，你急三火四地找我，有何贵干？"

　　"不好了，刘金桂的家人今天去济南府为刘金桂游说去了，我担心会出现什么差错，所以特地赶来向您报告。"曾玉彪慌慌张张地说道。

　　"此事你不必惊慌，刘金桂人押在胶州衙门的大牢里，也就是说他在我们德国人控制的地盘上，任他们无论找谁，也替他做不了主。他涉嫌包庇巨野教案罪犯是板上钉钉的事实，没有翻案之日了。"斯丁铭神父说。

　　"可是，胶州衙门至今迟迟没有结案，我担心夜长梦多啊！"曾玉彪说。

　　"你明天上午陪我去一趟州衙，我去问一下罗知州到底是怎么回事。"斯丁铭神父起身说道。

　　"好的，斯丁铭神父，明天见。"曾玉彪说完，知趣地走出门外。

　　第二天上午，斯丁铭神父在曾玉彪的陪同下，乘马车来到胶州州署。罗志伸知州在会客室里接见了他们，斯丁铭神父用生硬的中国话问道："我请教一下罗知州，罪犯刘金桂的案子为什么至今没有办结？"

　　罗志伸说："对于刘金桂的案子，本人十分重视，已经安排审讯过三次了，可是，因为没有足够的人证物证，所以此案还没有了结。"

　　"德国政府早就向大清政府提出从速查办刘金桂窝藏罪行的请求，你们打算拖到何日结案？我们怀疑罗知州徇私枉法，包庇罪犯。我们将通过驻北京的德国公使向清政府提出严正交涉和强烈的抗议！"斯丁铭神父强硬地说道。

罗知州说："斯丁铭神父，您不必动怒和焦躁，按照计划，我们将继续审讯，给您一个满意的交代。"

斯丁铭神父蛮横地说道："我再给你们一个周的期限，尽快了结此案，否则，将通过相关渠道追究你们州署的责任。"说完，头也不回地走出门外。

曾玉彪谦恭地点点头，说："此案关系重大，请罗知州当机立断。"

他们走后，罗知州愤怒地骂道："天大的笑话，本知州断案，岂能由外国人和汉奸走狗干涉！"

这时，站在一旁的吏目吴金歧走过来说："德国人是想要刘金桂的命啊！"

罗知州瞪了他一眼说："是那个曾玉彪想要他的命！这个狐假虎威的走狗，真不是个东西！"

"识时务者为俊杰。在当前的局势下，咱们处置得稍有不当，就有可能丢掉了乌纱帽。咱这是何必呢？"吴吏目说。

罗知州说："欺人太甚！这桩案子我不管了，你看着办吧。"

"行，我去办。"吴吏目说。

当天下午，吴吏目把曾玉彪找来，厉声问道："曾玉彪，你三番五次地举报刘金桂有包藏罪犯的嫌疑，你有什么证据？"

"目前，还没有拿到什么实证。"曾玉彪支支吾吾地说。

"没有证据你举报他？这不是诬告吗？我告诉你，你已经犯了诬告罪，懂吗？"吴吏目"啪"的一下拍了桌子。

曾玉彪吓得浑身打了一个哆嗦，急忙辩解道："我真不是诬告他。"

"你再想想，刘金桂的左邻右舍有没有看到张飞毛住在他的家里？"吴吏目诱导说。

曾玉彪忽然想起了什么，说："我听说刘金桂后院有一个卖豆腐的邻居叫张平，好像看见过张飞毛骑马从刘金桂后院出来过。"

"此话当真？"吴吏目兴奋地说。

"这话是张平近期卖豆腐时告诉别人的。不过，他平日爱吹个大牛，也不知此话是否当真。"曾玉彪说。

吴吏目忽然大喝一声："来人！"

四个差役闻声而入。

吴吏目说："曾先生，烦请你给他们带路，立刻给我把卖豆腐的张平抓来审讯！"

曾玉彪还想说什么，吴吏目已经起身走出门外。

很快，张平被抓进大牢，吴吏目亲自审讯。开始，张平拒不承认，只说自己什么也没看见，那些话只是吹牛罢了。可经不住衙役严刑拷打，最终被迫承认自己看见张飞毛在刘金桂家住过。

吴吏目拿着张平的签字画押来找刘金桂，说："这是你的邻居张平的口供，他承认亲眼看见张飞毛晚上骑马从你家的后院出来的，举报张飞毛曾经住在你的家里。你还有什么话可说？"

刘金桂说："张平看到的是哪天晚上？"

吴吏目不假思索地说："应该是十月中旬有一个下雨的晚上。"

刘金桂冷笑一声说："十月中旬下雨的晚上，天上没有月亮，后街上没有灯火，张平是怎么看到的？我看他是屈打成招的吧？"

吴吏目说："你，你这个刁民，证据摆在面前了还死不认账。到时有你好看的！"说罢，悻悻而去。

很快，张平举证的消息传到了刘家，刘寿山意识到了问题的严重性。他知道，凭此举证，胶州衙门随时可以判结此案。而徐青莲赴济南已经三天多了，还没有任何的消息。他不禁为此忧心忡忡。他叫来刘寿楠，说："如果爹一旦被判了刑，刘家会受到什么影响？"

刘寿楠说："抄家呗，成文堂的两个印刷馆很可能被德国圣言会拿了去，然后交给曾玉彪经营。"

"一旦出现这种情况，我们恐怕是在胶州待不下去了。我们以后怎么办？"刘寿山担忧地说。

刘寿楠说："大不了我们回招远老家发展，老三在龙口的分店经营得还不错，一家人的吃饭问题应该不成问题。"

刘寿山说："做最坏的打算吧。今晚把现银和珠宝，能藏的都藏起来吧，不要惊动任何人。"

"我知道了哥。"刘寿楠声音有些哽咽。

就在徐青莲赴济南后的第五天上午，在胶州罗知州的办公处，吴吏目拿着一份刘金桂的判决书来找罗知州签字，罗知州迅速扫了一眼判决书，然后，喃喃地说："刘先生，休怪老夫无情，老夫也是被逼无奈啊！"说完，提笔蘸墨，准备签字。

正在此时，屋外传来一声清脆的声音"报——"有两位差役闯了进来，一位差役高声说道："奉山东巡抚张汝梅之令，因为案情重大，巨野教案涉案嫌犯刘金桂，需要济南府衙亲自审讯，请立即将犯人刘金桂押解济南府衙，不得有误。"说完，将一纸公文递给罗志伸知州。

罗志伸知州面露喜色，说道："遵命！立即将刘金桂押往济南府衙！"

吴吏目要说什么，罗志伸狠狠地瞪了他一眼，说："立刻照办！"

很快，刘金桂被衙役从大牢里带出，送上了押赴济南的刑车。

罗知州亲自送行，恭手说道："刘先生一路多保重！"

刘金桂站在刑车上，似乎明白些什么，面无惧色，爽朗地回答道："谢了，罗知州，后会有期！"

押解的车辆走后，吴吏目不解地问："就这样轻易地放过刘金桂？"

罗知州微笑着说："刘金桂的案子是个烫手的山芋，早就应该移交出去了，免得你我留下千古骂名。"

"德国人追究起来怎么办？"吴吏目问。

罗知州愤恨地说道："他们追究什么？我们是一个主权国家，主权国家的司法诉讼岂能任由外国人插手？如果德国人再追究，你让他去问山东巡抚好了，我们作为地方官员不听从上级的命令能行吗？"

果然，斯丁铭神父与曾玉彪很快知道了刘金桂被移交济南府衙的消息，气势汹汹地找上门来，质问他们刘金桂的案子为何半路移交给济南府衙。

罗知州不愠不火地说道："斯丁铭神父应该清楚，胶州虽有独立办案的资格，但不能违背上级的命令。因为刘金桂的案件比较特殊，济南府衙要亲自审讯也在情理之中。如果您有什么质疑，请向山东巡抚询问。"

斯丁铭神父气恼地看了罗知州一眼，说："我们会继续关注此案的，如果济南府衙没有一个公正的判决，我们将向清政府提出强烈的抗议！"

"悉听尊便。"罗知州说。

刘金桂一案的移办，大大出乎曾玉彪的意料，相距数百里的济南府衙是他鞭长莫及的，他原来的精心策划，恐怕瞬间化为泡影。他带着懊恼的声音说道："斯丁铭神父，休跟他们啰唆了，我们走吧！"

他们走后，罗知州对吴吏目说："把刘金桂押解济南府衙的消息通知刘金桂的家属。"

吴吏目说："我马上安排。"

当刘寿山他们知道父亲的消息后，石清梅焦急地落下了眼泪，说："你爹这次恐怕是凶多吉少了。"

刘寿山却高兴地说："我爹脱离了胶州，就意味着脱离了险境。他应该是逢凶化吉了。"

刘寿楠说："我想亲自去趟济南，一来给大嫂他们送点银两，二来去探听一下虚实，你们看如何呢？"

刘寿山与母亲都很同意，刘寿山说："安排一匹快马，你现在收拾一下就出发吧。济南那里有什么情况及时回来告诉一声。"

刘寿楠说："行，我马上就走。"

石清梅取了些银两给了刘寿楠，一再叮嘱他路上一定要小心。

刘寿楠匆忙取了些衣物，牵出那头他平时喜爱的枣红马，一跃而上，一眨眼的工夫，便飞奔出城。

五天后，刘寿楠喜匆匆地从济南赶回家，兴奋地说道："告诉大家一个好消息，我爹经过济南府衙的严格审讯，已经无罪释放了！"

石清梅听到这个消息，喜极而泣，禁不住抽泣起来。半晌问道："那人呢？怎么不见人呢？"

刘寿楠说："为了避避风头，我大嫂安排爹暂时回到老家居住一段时间，正好把身体调养一下。爹让我回来接您。"

石清梅说："赶快备车，我现在就走。老二媳妇，你备些常用衣物和食品，陪我回去住几天，把你大嫂换回来。"

老二媳妇邱子英问："孩子们怎么办？"

"小的带走，大的交给周妈照顾吧。"石清梅说着，开始收拾自己日常用的东西。忽然，她感到一阵头晕目眩，站立不稳。她下意识地扶住门框，艰难地站立着。

"妈，您怎么了？"刘寿楠发现后，迅速跑过来扶母亲躺到了床上。

停了一会儿，石清梅睁开眼睛，说："没事了，可能是我这些日子没睡好觉，休息一下就好了，大家都不用担心。"

刘寿楠说："妈，要不您休息几天咱再回去？"

石清梅说："不行，一刻也不能等了，马上走！"

刘寿楠没办法，只好备了几辆马车，载着家人和东西踏上了返回故乡的路程。

晚上，掌灯时分，他们一行终于回到了招远老家孟格庄。刘金桂从土炕

大书铺

上坐了起来，石清梅在刘寿楠夫妇的搀扶下，进了家门。刘金桂一看老伴羸弱的身子、憔悴的脸庞，心里涌起诸多的不安和心痛。说："你们回来了？快上炕休息一下。"

石清梅颤颤巍巍地近前，一把抓住刘金桂的胳膊，生怕他要飞走似的。她用沙哑的声音说道："老东西，你可回来了！瞧你瘦了，没啥事吧？"

"没事，你看我这不是好好的吗？"刘金桂拍拍胸脯，乐呵呵笑着。

"没事就好。我累了。"石清梅如释重负，微闭上眼睛。

刘金桂赶忙将她扶到炕上。石清梅便沉沉地睡了过去。第二天，忽然发起了高烧，昏迷不醒。刘金桂赶忙让寿恭找来当地有名的郎中曹先生诊治。曹先生给她仔细地把了脉，然后，环视了一周，欲言又止。

刘金桂立刻对孩子们说："你们先出去等会儿。"

孩子们出去后，刘金桂走到一旁悄声问："严重吗？"

曹先生沉重地点点头："急火攻心，病入膏肓。人就在这几日了，准备后事吧。"

刘金桂的泪水夺眶而出，哽咽着说道："曹先生，你一定要救救她！咱不怕花钱，要不惜一切代价！"

曹先生苦笑着说："刘先生，现在不是钱的问题，恕我无能，回天无术了！告辞了！"说完，他背起行医箱子，转身离去。

刘金桂悲怆地喊道："清梅呀，是我害死你的。如今，我出来了，你却要走了。老天爷，你太不公平了！"

三天后，石清梅躺在刘金桂的怀抱里，安详地合上了双眼。

刘金桂对儿子们说："将你妈安葬在村东南边的祖茔地吧。等我死后，再将我们合葬一起。"

刘寿山泣不成声地答应说："儿子记住了！"

刘金桂又对身旁的刘金调说："大哥，您辈分大，葬礼的主事得请您担任了，拜托了！"

刘金调说："这个没问题。我想商议一下，如今咱大书铺过得还算盛世，弟妹的葬礼是不是办得隆重一点，也好彰显一下刘家的鼎盛？"

刘金桂摇摇头说："没这个必要，葬礼从简，低调行事！"

"我明白了！"刘金调擦了一把眼泪，立刻着手筹办相关的事宜。

第四十五回　施淫威争当会长　曾玉彪如愿以偿

刘金桂被济南府衙无罪释放的消息传到胶州后，曾玉彪十分恼火，却又无可奈何。此刻，他把愤恨很快迁移到法四爷父子身上，他觉得刘金桂之所以能够逢凶化吉、咸鱼翻身，完全是他们父子在背后的操作和支持。因此，曾玉彪认为，这次治不了刘金桂的罪，也要惩戒一下他的同党和好友。他决定，要想个法子给法四爷点眼色看看。然而，他也深知，法四爷在胶州树大根深，是个响当当的风云人物，并不是一般人敢招惹的。晚上，他招呼刁长廷、石铁蛋来到济生堂的伙房里饮酒，席间吐露出对法四爷父子的愤懑与不满。刁长廷说："法四爷在胶州是个隐藏已久的老狐狸，老谋深算，人脉广泛，我们最好别去招惹他。"

曾玉彪说："现在不是咱主动去找他的麻烦，而是他一味地扶持刘金桂，公然与曾府对着干，根本不把我曾玉彪放在眼里，这口恶气不出，我心里难安啊！"

石铁蛋说："说实在的，这个老家伙多年来一直对咱济生堂不太友好，屡屡给曾府难堪，若是不惩治他一下，就太便宜他了。过去，咱不愿招惹他，情有可原。但现在的形势不同了，胶州已经成为德国人的天下了，凭咱们与德国圣言会的特殊关系，打趴法四爷易如反掌。"

"怎样打趴他？"曾玉彪点了一袋烟，深吸了两口。

石铁蛋感觉曾玉彪对自己的话很重视，更加兴奋地说道："法四爷今年已是耄耋之年的老人了，年老体衰，力不从心了。而您正年富力强，且在胶州商界有一定威望，让他把胶州商会会长的位子让给您，应是可行的事情。"

"我去做这个商会会长合适吗？法四爷愿意腾出这个位子吗？"曾玉彪心中不禁暗喜。

"有什么不合适的？到时请德国人出面干预，他不退能行吗？而凭您的资历和才能，当会长是不二人选。"石铁蛋的嘴像抹上了香油，直说得曾玉彪心里跟吃了蜜似的。

曾玉彪对一直低头不语的刁长廷说："刁管家，你有什么意见?"

刁管家平静地说道："由您做胶州商会会长自然是件好事，对于曾府今后各项产业的发展都十分有利。只是当前德国人刚进驻胶州，形势尚不明朗，这件事我们若操之过急，恐怕于事无补。心急吃不上热豆腐，我们不妨先观察等待一些时日再具体操作，如何?"

听了刁管家的一席话，曾玉彪一时发热的脑袋很快冷静下来，他说："刁管家的话不无道理，许多事情欲速则不达，要慢慢来。不过，据我分析，德国人肯定是想长驻胶州湾，并且要与朝廷签订个协议。等他们在胶州站稳了脚跟，我们再开始行动也不迟。"

石铁蛋脑弯子转得快，立刻附和他俩的意见，三个人统一了想法，都很兴奋，推杯换盏，直喝得酩酊大醉。

转眼到了寒冷的冬季，大雪一场接着一场地下个不停，招远的山野到处覆盖着一层厚厚的银色的积雪。这天是赶辛庄大集的日子，太阳早早地升了起来，照得大地明晃晃的。成群的麻雀纷纷从草丛中飞了出来，落在菜园、路边或农家小院到处觅食。刘金桂坐在自家的土炕上，推开窗户，从瓢里抓了一把高粱米，用力撒了出去，立刻引来众多的麻雀和喜鹊前来争食，小院里霎时有了新的生机。坐在一旁的刘太太拢了一把苍白的鬓发，说："你的腰伤刚好点，别用力过猛。"

"没事，身上的伤基本痊愈了，过几天可以下地活动了。"刘金桂笑呵呵地说："还是老家的土炕养人啊。"

刘太太说："你能躲过眼前的一劫，真是天大的造化啊，老天有眼啊!俗话说：积善之家必有余庆，这都是咱刘家平日积德的结果。"

"有您老保佑，儿子是不会出事的。"刘金桂说，"只是我担心家丁张飞毛现正在牢狱受苦呢。"

坐在旁边的刘寿恭插嘴问道："巨野教案最终是怎么判的?"

刘金桂叹了一口气说："朝廷将此案认定为'起意行窃'、'杀人越货'的刑事案件，而德国人则将其认定为'官吏庇护'、'暴民排外'的政治案件。案件真正参与的人大多数跑掉了，只抓了一些与此案毫无瓜葛的冤屈之人。最终判处惠二哑巴、雷协身斩首，萧盛业、姜三绿、张飞毛、张允等人监禁五年。其他张高妮、王大脚、贾东洋、高大清四人，因证据不足，羁押待审。"

刘寿恭说："德国人将巨野教案认定为政治事件才有可能当作入侵中国的借口。这不，我听说案件才发生了十多天的时间，德国人就筹划并占领了咱们的胶州湾。听说胶州城的德国士兵可凶着呢。"

刘金桂双眼透过窗子，注视着南方，忽然喃喃自语地说："现在也不知胶州那边的印书馆什么情况了，我想过几天回胶州看看去。"

刘太太一听急了眼，说："不能走！好不容易回家一趟，再陪我多住几天，起码过了春节再走也不迟。"

刘寿恭说："奶奶说得对，您甭急着回去。胶州印书坊有我大哥、二哥操持着，您还不放心？"

刘太太说："家里有大孙媳妇青莲当家，你们根本不用操心。你好好静养一段时间，把身体养结实了再说吧。"

刘金桂觉得他们说得有理，便点了点头。

提起大儿媳妇徐青莲，刘金桂有些感慨地说："青莲媳妇临危不乱、智谋过人，这次我能顺利得救，多亏了青莲的运作。寿山能娶到她，真是咱刘家的福分啊！"

刘太太说："除了青莲以外，我听说曾玉冰及法四爷父子俩都操了不少的心，尽了不少的力，他们的恩情不能忘啊！"

刘金桂点点头说："危难之时显真情啊，回去后我要好好答谢一下他们。"

这时，刘金桂忽然发现母亲在偷偷地抹眼泪，便问道："妈，您怎么了？"

刘太太赶紧擦掉眼泪，说："没什么。妈只是舍不得你们走，一时伤感落泪。这几天我在想，你在胶州打拼大半生了，也该回老家颐养天年了，顺便陪陪我这个孤老婆子。"

刘金桂说："妈，您要是觉得在老家过得孤单，咱这次一块回胶州城住吧，那里的条件相对好一些。"

刘太太摆着手说："不去，哪儿也不去。老古语不是说：金窝银窝不如自己的狗窝嘛，我在老家住习惯了。"

"那等再过几年，我把那边的事情都打理妥当，再回来给您养老，您看如何？"

"那当然好，只是你要抓紧些。"刘太太的脸上终于露出了一丝欣慰的笑容。

很快到了农历年三十，除了刘寿山夫妇需要在胶州看门护院外，其他的人全都回到了老家。此时，刘金桂的身体也基本上恢复了。晚饭后，刘寿楠把胶州成文堂的经营情况作了详细汇报，刘金桂听后放心了许多。只是听说法四爷最近身体欠佳，并有意辞去胶州商会会长职务，不免为他有些担忧起来。快到晚上十二点了，他仍无睡意。这时，外面的鞭炮声此起彼伏，响成一片，四处洋溢着浓浓的年味。刘金桂索性坐了起来，招呼孙子们过来玩起了纸牌。与孩子们在一起，他落寞的心似乎又充满了新的希冀。

过了正月初六日，刘金桂告诉母亲要回胶州去了。母亲虽然有些不舍，但也不想扯他们的后腿，于是含泪应允。正月初七日，依旧是寒风凛冽，冰雪未融。只是，天气明显转好，太阳高照，晴空万里，没有一丝的云彩。刘金桂安顿好了母亲，率领家眷走向村头，只见街坊邻居和众多学子早已等候在那里欢送他。他向送行的人高声说道："去年冬天大雪盈门，俗话说瑞雪兆丰年，今年一定会有个好收成！"

刘金调领着全家人，从人群里挤到刘金桂的马车前，说道："得空的时候，常回家看看！"

刘寿龄等晚辈齐声说道："叔叔，一路平安！"

王大嫂高声说道："愿大书铺福星高照、财运亨通、诸事顺心！"

有几个学生齐声喊道："祝刘爷爷身体健康、福如东海！"

"谢谢大家！诸位请回吧！"刘金桂激动地坐在马车上频频招手，他擦了一把模糊的眼睛，高喊一声："走嘞！"

四辆马车依次驶出了孟格庄村头，浩浩荡荡地向胶州城进发，欢送的人群目送着远行的马车，久久不愿散去。

回胶州的第二天上午，郭兰芝前来刘家拜年，邀请刘金桂及家人晚上去成文堂戏剧院看戏，刘金桂借口身体不适，婉言拒绝。等郭兰芝走后，刘金桂便乘马车登门拜访了法四爷。法四爷的家居住在云溪河南法家大街一处典雅豪华的大院里，堂屋及客厅里摆满了精雕细刻的金丝楠木家具。见到刘金桂，法四爷挣扎着下了床，高兴地前来迎接。刘金桂放下手中的礼品，赶忙前去搀扶他，说："法四爷，金桂给您拜个晚年！从老家带来了些绿豆粉丝给您，请您尝尝。"

"莫要客气的。"法四爷说。

法太太接过粉丝，说："年前四爷还叨念着要吃招远产的绿豆粉丝，这不年后刘掌柜就给捎来了。"

"多年的故交，刘掌柜知道我好哪一口的。"法四爷端详着他的脸说：

"你的身体怎么样？"

刘金桂拍拍自己的肩膀说："好了，您看我这身子骨结实着呢，习武之人康复得快些。"

"精神头还行，抗折腾！"法四爷夸赞说。

"这次金桂能够逢凶化吉，多亏了法四爷及贵公子的鼎力相救，金桂给您道谢了！"说着，向法四爷深鞠一躬。

法四爷说："咱哥俩是什么关系？我总不能袖手旁观吧。你就不要客气了，快坐下！今儿你来得正好，我有个事正要与你商量。"

刘金桂坐在沙发上说："什么事？您说好了。"

法四爷给他添了茶水，然后郑重地说道："金桂，你说我这个当了几十年的商会会长称职不？"

"那还用说，您数十年如一日，勤勉敬业，处事公道，为胶州众多商户操心费力、呕心沥血，大伙都看在眼里，记在心上，谁人不夸您的能力和人品？"

法四爷摇摇头说："也不能这么说，有的人就不服气。年前托人找过我，说我老了，干不动了，想请我让贤。"

"是曾玉彪干的吧？"刘金桂问。

"那还能有谁？他惦记商会会长的位子怕不是一年两年了。"法四爷说，"年前，他派刁长廷专门与我长谈了一次。先是恭维了我一番，尔后说我年龄大了，身体又不佳，理应把位子让给年富力强的人来做，而曾玉彪是最理想的会长人选。说什么他在胶州资产丰厚，个人号召力强，而且，与德国人关系密切，办事方便，是目前胶州商界的领军人物，只有他才能更好地担当商会会长的职务。"

"您答应他们了？"刘金桂问。

"还没有呢。我告诉他，商会会长是商界同仁选出来的，不是你我一两个人随便能够商定下来的，需要得到大多数商户的拥护才行。"法四爷说。

"曾玉彪是个贪婪无耻之人，他竭力争当会长无非是为了巧取豪夺，谋取更大的利益，商会会长这个位子千万不可让给他。一旦让他做会长，胶州商界恐怕要遭大殃啊。"刘金桂忧心忡忡地说道。

法四爷说："我知道他的为人，会长的位子我是不会轻易地送给他的。只是，他现在皈依了德国圣言会，有了德国教会和军队的撑腰，我怕咱拗不过他啊……"

刘金桂皱起眉头说道："总之，不管怎么说，现在不能把会长的位子轻易让给他，拖一段时间再说吧。"

"我也是这么考虑的。此事暂且不议了，我要告诉你一件不好的消息。"法四爷看了他一眼，说："山东巡抚张汝梅大人不久前被朝廷革职了。"

"为什么?"刘金桂睁大眼睛问。

"因为张大人对外立场比较强硬，对平民和义和拳比较同情，他的初衷准备将义和拳、梅花拳等组织纳入保甲团防之列，意欲'护民抑教'。但是，目的尚未达到，义和团却在山东持续发展起来，为此，朝廷责其弹压无力，将他革职。"法四爷说。

"太可惜了! 若没有张大人主持正义，我恐怕还将身陷囹圄呢。"刘金桂感慨地说。

"清廷软弱无能，却一味地镇压国内排教的民间团体。像张大人这样富有正义感的爱国之士竟遭罢黜，可悲可叹啊!"法四爷深叹了一口气。

"是非不分，内忧外患，国之命运堪忧啊。"刘金桂心情沉重地说，"无论局势怎么变化，法四爷都要保重身体啊!"

"谢谢，我会的。"法四爷感激地说。

"我要回去了!"刘金桂起身说道。

法四爷坚持要送送他，刘金桂执意不允："您请留步!"

刘金桂刚出门上了马车，迎面跑来一支正在训练的德国军队。车夫赶紧将马车赶到一边。刘金桂的心头不禁一紧。他从心里抵触外国人，但现在不得不承认德国人在胶州存在的现实。他气愤地对车夫说道："直行，让什么道!"

回到家中，他似乎依旧怒气未消，急步走向前厅。

"老爷，有客人在客厅等您。"用人吴妈刚从厨房里出来。

刘金桂点点头，径直向客厅走去。

曾玉冰见刘金桂回来了，起身说道："听说你们昨天刚回胶城，今儿特意过来给你拜个晚年!"

刘金桂拱手说道："玉冰妹妹过年好! 快请坐。你公爹的身体好吧?"

"身体还不错，只是这个年过得很不开心。"曾玉冰回答说。

"为什么?"刘金桂问。

"还不是因为德国人进驻了胶州湾? 他见德国兵在大街上横冲直撞，公爹实在有些不习惯，为此常常寝食不安。"曾玉冰说。

"兵来将挡，水来土掩。面对现实，慢慢想办法吧。"刘金桂说，"这次我顺利出狱，有你一份功劳啊，我听说你连自己珍藏的玉佩都拿出来了，叫我如何感谢是好？"

"区区小事，不值一提。我也帮不上什么大忙，只能尽力而为了。你这次又算躲过一劫，天人自有吉相啊！"曾玉冰高兴地说。

"都是托大伙的福！要是没有你与法四爷父子鼎力相救，我可能到现在还是吉凶难卜呢。"刘金桂感慨地说，"对了，今天是正月初八，咱们中午一起吃个饭吧。"

"行，咱们包饺子吧。"曾玉冰提议说。

"好啊。吃芹菜牛肉馅的吧？"刘金桂说。

徐青莲说："我与吴妈去包。"说完，她去了厨房。

徐青莲走后，曾玉冰忽然对刘金桂说："金桂哥，有个事我想给你提个醒。"

"什么事？"刘金桂问。

"承认寿祥与亮亮的婚事吧。"曾玉冰说，"年前我碰见过寿祥与亮亮，他们因为一直没有得到你的承认而十分苦恼。孙子都两三岁了，也快懂事了，你就是同着孙子的面，也应该早点接纳他们。"

刘金桂摇了摇头，说："我怎么接纳他们？你要我跟曾玉彪结成亲家？两条道上的人怎么可能走到一起？"

曾玉冰说："孩子们是无辜的，你不能把上一代的恩恩怨怨转嫁给下一代，而牺牲了孩子们的幸福。"

"大道理我也明白，可即使我同意他们的婚事，曾玉彪也不一定会同意的。年前我被抓进大牢，背后的主使是谁，你应该一清二楚，他是想置我于死地啊！"刘金桂说。

曾玉冰叹了口气说："他的动机我自然清楚。唉，话说回来，这门亲事不认也好。我听说，他这几年跟德国教会的人打得一片火热，近期又与德国驻军勾搭上了，还瞅上了胶州商会会长的位置。现在他的名声可臭了，我都为他感到羞耻。"

刘金桂问："寿祥这小子虽然人老实巴交的，但性子倔，也很清高，他在那边生活得怎样？能与曾玉彪他们处得来吗？"

"这孩子夹在你们中间，日子能好过吗？我听说你被捕入狱后，他为了救你，还苦苦地向曾玉彪求过情，最后他们两人还发生了争执。"曾玉冰说。

刘金桂低下头，装上一袋烟点燃，深吸了一口，说："我知道这小子心里还有我，只是目前这种状况，我没法接纳他们啊，等过些时日再说吧。"

"你可要早做决定。"曾玉冰沉默了一会儿，转移话题说："金桂哥，你说德国驻军什么时候能够撤出胶州湾？"

刘金桂说："他们刚刚侵占了胶州湾，还没有达到他们的掠夺目的，岂能说走就走？"

"他们还要跟清廷签订什么协议吗？"曾玉冰问。

"为了列强的自身利益，那还用说？"刘金桂说，"只是目前形势的发展尚不太明朗。"

曾玉冰忽然又问："如果曾玉彪倚仗德国人的势力，非要争当胶州商会的会长，该怎么办？"

"待我与你公爹、法四爷他们商量一下再说吧。"刘金桂心情沉重地说道。

曾玉冰见他不太开心，说："不跟你闲聊了，我要去厨房包饺子了。"

刘金桂忽然问道："如果让青松担任胶州商会会长，是否能够胜任？"

"他可不是担任商会会长的料，这孩子脾气倔强，个性太强，不适合在社会上交际与协调。"曾玉冰一口否定说。

刘金桂点点头说："青松的性子确实需要再磨一磨。商会会长职位就不考虑了，但副会长人选还是可以商榷的。"

"商会的事情我不了解，你们协商着办吧。"曾玉冰说。

"嗯，你忙去吧。"刘金桂起身说。

周一上午，刘金桂来到成文堂印书馆，刘寿楠告诉他："近期胶州百姓人心惶惶的，买卖受到了很大的影响。春节前后的印刷订单比上年同期明显减少。"

"德华印书馆的生意怎么样？"刘金桂问。

刘寿楠说："除了德华墨水因为质量不稳定导致滞销以外，德华印书馆的生意日渐红火。据说，圣言会为了配合德军进驻胶州，编写了大量的书籍和资料，并由德华印书馆印刷发行，获利颇丰。"

"德华印书馆已经沦落成了德国侵华反华的舆论工具了。"刘金桂说，"他们发的是战争财啊。记住，这样的洋财咱们成文堂发不得。"

"我知道，爹。我会想其他办法的。"刘寿楠说。

正在他们交谈之时，刘麟庆敲门走了进来，说："爷爷，我这里有张刚出的报纸，您看看内容吧。"

刘金桂说："你给我们读一下吧。"

刘麟庆念道："大清光绪二十四年二月十四日（1898年3月6日），清总理衙门大臣李鸿章与德驻华公使海靖在北京签订《德租胶澳专条》，共三条十款，主要内容：1.德国租借胶州湾，租期为99年。2.租期之内，由德国管辖租借地，中国不得治理；德国以租借地建造军事设施，保护自身利益和安全；德国有权制定胶州湾水域管辖章程，以约束包括中国在内的各国来往船只；德国可在胶州湾外缘各岛及险滩设立浮标，包括中国在内的和各国过往船只一律交纳费用。3.在胶州湾沿岸百里内，德国军队可随时通过；中国政府在胶州湾沿岸百里范围内颁布法令、派驻军队，均要事先取得德国同意。4.德国获得修筑山东境内两条铁路权：一条由胶州经潍县、青州、博山、淄川、邹平达济南及山东界，另一条经沂州和莱芜至济南；德国拥有铁路沿线30里内地区的开矿权及为山东省各项工程投资、供货和提供劳务的优先权。5.若德国自愿提前归还中国，中国须赔偿德国在胶州湾支出的全部费用……"

刘金桂脸色苍白，额头上渗出细腻的汗珠。他忽然摆了摆手，示意不要再读下去，仰天长叹道："胶州湾到底还是沦为德国的殖民地，中国人的奇耻大辱啊！"

"我们的雕版印刷业会不会受到影响？"刘寿楠担心地问。

刘金桂意味深长地看了他一眼，说："覆巢之下岂有完卵？我们还是及早做好相应对策吧。"

刘麟庆说："我听说最近曾玉彪又三番两次派人去劝说法四爷，让他及早辞去商会会长的职务，都被他严词拒绝。"

刘金桂说："法四爷是个有骨气的人。你尽快把报纸给法四爷送去，让他也看看。"

刘麟庆说："我马上过去。"说完，急匆匆地走了。

在济生堂大药店的伙房里，曾玉彪与刁长廷、石铁蛋正在饮酒。曾玉彪挥动着手中的报纸，说："朝廷已经跟德国正式签订《德租胶澳专条》，租期99年。现在的形势表明，德国人要长驻胶澳。下步我们怎么办？"

石铁蛋醉意朦胧地说道："以后我们还应继续与德国人搞好关系，背靠大树好乘凉啊！"

曾玉彪用欣赏的目光看了一眼石铁蛋，说："你说得对，以后德国人就是咱们可以依靠的大树了，依靠他们发大财！"

刁长廷没有说话，好像一直在思考着什么问题。

曾玉彪问："刁管家，你在想什么呢？"

刁长廷叹了口气说："我在想，这个法四爷年纪一大把了，还这么难缠，我去动员他好几次了，让他腾出胶州商会会长的位子，可他就是不松口。真是敬酒不吃吃罚酒！"

曾玉彪挥手舞动着报纸说："出手的时机已经到了。下一步，刁管家去联系一些入教的商户签名，要求罢免法四爷。同时，我请斯丁铭神父出面，去向胶州罗知州施压，请罗知州从中斡旋一下，让其主动放弃会长的职位。"

"好主意！"刁长廷与石铁蛋高声附和。

曾玉彪说："行动吧，下午就去找人签名。"

刁长廷说："行，咱酒不喝了，赶快吃饭吧。"

刚过了两天，曾玉彪带着一纸签名与斯丁铭神父来到胶州州署拜见了罗知州，当他们说明了来意之后，罗知州面有难色地说："胶州商会是社会民间团体，不在我的职责管辖范围，州署出面干预，多有不便。"

斯丁铭神父不依不饶地说道："罗知州，此话差矣！您作为胶州的父母官，大小事务一切都由您掌管，有什么不能干预的？法四爷现在已经年老体衰，做不了事情了，如果让他继续担任会长，对胶州的商业、经济发展没有一点好处。为什么有年富力强的人不用，非得用那些老弱病残之人呢？另外，我听说法四爷十分同情'大刀会'组织，请罗知州查一查他与大刀会组织有无勾连？若有勾连，请绳之以法。"

罗知州冷笑两声说道："他与大刀会有无勾连，不能道听途说。但是，我知道商会会长是众多商户推选的，不是州署随意能够任命的。"

曾玉彪将一叠要求罢免法四爷商会会长的签名递给他。罗知州看了，不无讽刺地说："你们想得可够周到的。"

曾玉彪说："这是胶州大多数商户的意愿，民意不可违啊。"

斯丁铭神父说："如果罗知州明天上午方便，不妨一起去趟胶州商会如何？"

罗知州沉吟片刻，无奈地点了点头。

第二天上午，刘金桂正在书房里查看账簿，法四爷的儿子法同方匆忙走了进来，说："刘叔，刚才罗知州与曾玉彪、斯丁铭他们去商会找我爹去了，说有要事商谈。我想请刘叔赶紧过去看看。"

刘金桂说："你先别慌。我估摸是为商会会长的事情找你爹的。他们是不达目的不罢休啊。"

法同方说："曾玉彪利欲熏心，现在又盯上了胶州商会会长的位子，一旦由他掌舵，胶州商界凶多吉少啊。"

"如果你爹退下来，你能否担起这副重任？"刘金桂问他。

法同方摇摇头说："曾玉彪千方百计争夺这个位子，以我目前的实力，还不是他的竞争对手。"

刘金桂说："我心里有底了。走，我们现在去胶州商会看看。"

他们乘马车快速驶向商会，忽然，远远地看见罗知州一行从商会的大门走出。只见曾玉彪与斯丁铭神父谈笑风生，客气地与罗知州道别，他们分乘两辆马车向两个不同方向驶去。

刘金桂与法同方没有理会他们，直接来到商会二楼，见法四爷正一边咳嗽，一边吃药。刘金桂关切地问："法四爷，身体好些了吗？"

法四爷抬头说："刘掌柜，你来得正好，我正要派人去寻你。"

"刚才同方到成文堂告诉我，说罗知州、斯丁铭神父来到这里，我便直接赶过来了。"刘金桂说。

法四爷说："为了逼迫我让出会长的位子，他们要挟我说，如果不辞职，近期就要调查我与大刀会组织的关系，子虚乌有的事情，被他们当成了要挟我的把柄。"

"卑鄙无耻！看来他们是不达目的誓不罢休啊！"刘金桂说，"你是怎么答复他们的？"

法四爷说："我答复说，自己年龄大了，力不从心了，早有退意。只是会长、副会长的人选目前还没有酝酿好，因此，待理事会开会商量一下，三日后答复。他们只好悻悻离去。"

刘金桂叹了口气说："曾玉彪是小人，您如果坚持不辞职，他们势必将罗织罪名，强加于您。另外，我决定，我这个副会长下届也不干了，让给年轻人来做吧。"

法四爷点点头说："不干也好，省得操些闲心。"

法同方说："既然曾玉彪觊觎此位已久，又寻了德国人作靠山，那就让他干吧，我们没必要争了。"

法四爷说："即使让曾玉彪当了会长，也要有人制约他，决不能让他为所欲为。我建议配备三个有威望的副会长，你们看看谁更合适？"

刘金桂说："法同方就是一个合适人选，他为人正派，人缘颇佳。这些年他生意做得风生水起，加之您的威望，大家一定会拥护的。"

法四爷思考了一会儿，说："举贤不避亲，如果你们觉得合适，同方就算作副会长人选之一吧。其他人选，我建议从寿山、寿楠兄弟俩出一个，你看呢？"

刘金桂说："寿山为人正直、老实，不太圆通。还是让寿楠干吧，寿楠智勇双全，有能力对付曾玉彪之类的人。"

法四爷点点头说："我赞同！你再推荐一位吧。"

"徐长江的孙子徐青松如何？"刘金桂问。

法四爷沉吟道："我听说他这个人脾气挺大，与人不太好处，担任商会副会长能适应吗？"

刘金桂说："徐长江是胶州商界知名人物，德高望重。他对孙子徐青松格外偏爱，要求特别严格。徐青松经历几次变故和挫折之后，已经逐步成熟。他虽然有些个性，但处事稳重，且敢作敢为，是一棵值得培养的好苗子。"

法四爷说："刘掌柜认可的人，应不会走眼，我也同意把他列为副会长候选人。过几天商会召开一个理事班子会议，研究讨论一下相关事宜。月底前再把商会理事会换届大会开了吧。"

刘金桂说："商会换届筹备工作，具体由同方等人操办好了。"

法四爷说："换届后，如果曾玉彪走正路，我们就支持他；如果他走邪路，咱就发动商会成员罢免了他。"

刘金桂神情凝重地说："狗到天边改不了吃屎的毛病。胶州商会的前途堪忧啊！"

"形势所迫，走一步算一步吧。"法四爷忽然捂着胸脯剧烈地咳嗽起来。

"法四爷，您多保重！"刘金桂关切地说道。

三天后，曾玉彪参加了由法四爷主持召开的商会理事会会议，讨论了下届理事班子成员人选。会后，曾玉彪暗中指使刁长廷向商会会员贿选拉票。不久，正式召开了胶州商会换届大会，二百多个商会代表参加，曾玉彪如愿以偿地当选为胶州商会会长，法同方、刘寿楠、徐青松当选为副会长，刁长廷当选为秘书长，共有七人当选理事。

曾玉彪当选为会长后，立刻踌躇满志地搬进了胶州商会法四爷原来用过的办公室，并添置了一些贵重的桌椅和茶几。身后还张挂了高凤翰的一幅墨竹画。每天喝着茶水，看看报纸，偶尔找人下盘围棋，日子过得挺悠闲。可会长的椅子还未坐热，斯丁铭神父便给他布置了新的任务。这一天，斯丁铭神父派人请来曾玉彪，一同参观圣言会教堂。斯丁铭神父边走边说道："曾会长，你看咱现在的教堂还气派不？"

曾玉彪"扑哧"一声笑了，说："还谈气派？比比其他城市的教堂，咱这里的教堂寒碜死了。"

斯丁铭神父别有深意地看了他一眼，说："胶州的教堂看起来真的落伍了，再不整修怕是要遭淘汰了。"

曾玉彪说："现在入教的人越来越多，我建议在合适的地方重建一座高大气派的大教堂，或者对现在的教堂进行扩建改造。"

"的确，现在入教的人越来越多，很有必要把教堂扩建装修一番，但说起来容易做起来难啊。关键是扩建的钱款没法解决啊。"斯丁铭神父停顿片刻，说："你身为圣言会教堂的传道员，现在又当上了胶州商会的会长，理应为教堂扩建多出把力的。"

曾玉彪一怔，方才明白斯丁铭神父请他参观教堂的真正用意了。他说："曾家济生堂大药店倒是愿意捐献部分钱物，但那只是杯水车薪啊！"

斯丁铭神父笑着说："我听说中国有句古语叫作'众人拾柴火焰高'、涓涓溪水可汇成江河。如果能够充分发挥民众的力量，我们的目标就可以实现。因此，我想跟你商量一下，你可否以商会的名义发动全胶州的商户为教堂扩建搞个募资活动？"

"这个问题您提的有点突然，容我考虑一下好吗？"曾玉彪抬头望着陈旧的教堂，显得顾虑重重。

"事情办成后，我将向安治太主教建议给你奖赏，并将视你的贡献在本教堂提拔一个更高的职位。"斯丁铭神父说。

曾玉彪听了，脸上露出一丝不易察觉的微笑，说："奖赏什么我不太在意，关键是能为德国圣言会做点事情，是我应尽的本分。"

"圣言会是不会忘记你的恩德的，这也是我们一直看好和扶持你的重要原因。"斯丁铭神父说。

"我尽力而为吧。"曾玉彪说。

斯丁铭神父说："我已经做了一个教堂扩建预算方案,你拿回去看看,尽力筹措吧。"

曾玉彪现在已经骑虎难下,他心思重重地答道："我回去合计一下再说吧。"

曾玉彪回到胶州商会后,马上差人找来刁长廷与石铁蛋,把斯丁铭神父要求为圣言会教堂筹措扩建钱款的事情跟他们讲了一遍,并征询他们的意见,石铁蛋直接说道："德国人占领胶州湾后,大家的生意普遍不太好做,我们此时发动商户为教会捐款,恐怕会引起他们的反感,这是一件出力不讨好的事情,因此,此事能拖则拖,不宜急着运作。"

刁长廷却不以为然,他兴奋地说："我们发财的机会终于来了!此次发动捐款,应多动点脑筋,多收一些募捐,一部分交给教堂,剩余的部分就是我们赚的。"

石铁蛋说："浑水摸鱼,不是不可。我只是担心商户们闹情绪而影响捐款,到时候捐不上来怎么办?"

刁长廷说："我们有德国军队和圣言会撑腰,且以胶州商会的名义去做,放手发动便是。若有人抗捐,就严加处置,以儆效尤,还有什么能够阻挡这件事情?"

曾玉彪深吸了一口烟,说:"刁管家说得不无道理。不要有顾虑,放手去干。待募捐的多了,发了大财,大家人人都有份,我是不会吃独食的。刁管家这两天拿出一个募捐方案,将胶州商户分成不同等级来募捐,如何?"

刁长廷连声答应,并建议说:"我先起个草案,再召集商会理事会研究通过。这样可以充分发挥一下各理事成员的作用。"

"这样做是不是太麻烦了?"曾玉彪说。

"要以商会的名义去搞,最好开个理事会,即使走个过场也是要走的。"刁长廷说。

"还是刁管家想得周到。"曾玉彪说,"石掌柜,你也别闲着,编写份小报,把募捐的意义和办法向广大商户进行广泛宣传,争取各商户的理解和支持。"

石铁蛋说:"我知道怎么做了。"

几天后,刁长廷拿出一份募捐计划,请曾玉彪过目。曾玉彪看后,说:"不错,拿到会上研究通过吧。"

不久,曾玉彪在商会召开了一个理事成员会议,曾玉彪首先介绍了德国圣言会在胶州建医院、办学校的功绩,进而提出圣言会教堂扩建面临的资金难题，希望理事会成员发动广大商户积极为教堂扩建捐资。

大家都觉得事发突然，对此议论纷纷。法同方质疑说："当今德国人刚刚入驻胶州，商户们人心不稳，经济凋敝。哪来的钱款去资助教堂扩建工程？"

徐青松说："扩建教堂若说与圣言会的教徒有关，尚且说得过去，让胶州城的所有商户都去捐款，似乎不太靠谱。"

曾玉彪脸色微红，他努力克制着自己的情绪，说："德国圣言会来胶州后办了一所医院、两所学校，它们面对的不光是信徒，而是全体百姓。这些年做了很多善事，大家是有目共睹的。他们现在遇到难处，我们胶州商会总不能袖手旁观吧？帮助圣言会扩建教堂募捐，是新一届商会要做的第一件大事，希望各位理事成员理解并支持我的工作。"

大家一时沉默无语。半晌，刘寿楠开口问道："曾会长想必已经拿出募捐办法了？不妨说给大家听一听。"

曾玉彪示意一下刁长廷，刁长廷拿出一份材料念道："为答谢德国圣言会为胶州民众所办的福利事业，给胶州教徒提供一个理想的礼拜教堂，特请胶州广大商户为扩建教堂踊跃捐款，具体捐款额：普通商户捐款二十两银，中等商户捐款五十两银，富裕商户捐款二百两银，多捐者不限……"

大家听后，立刻七嘴八舌地议论开了，都觉得捐款额太高了，商户们根本负担不起。徐青松站了起来，说："曾会长要大家捐资圣言会扩建教堂，我们不好推托，但是，这个捐款方案有些离谱，我不同意！"

其他的人异口同声地说："对，真要捐款，就把数额调整一下。"

刘寿楠说："我建议，将曾会长提出的捐款数额，分别减半实行。大家觉得怎么样？"

"同意的请举手！"法同方带头举起右手。

各位理事也都纷纷举手赞成。

眼见会议开到这种程度，曾玉彪虽然心里很窝火，但也无可奈何。他强装笑颜地说道："既然大家都同意刘副会长的提议，我也没有别的意见了，就照此标准执行吧。希望在座的诸位都能身体力行，带个好头。今天的会议就开到这里吧。"

散会后，大家都走了，可曾玉彪依旧脸色铁青地坐在那里纹丝不动。刁管家走过来说："曾会长，您还生他们的气？"

曾玉彪咬牙切齿地说："这几个副会长竟然公开与我作对，是可忍孰不可忍?"

"他们就是法四爷、刘金桂安插在商会的棋子,专门用来制约您的。为了从长计议,您还是先忍一忍吧。"刁长廷说。

曾玉彪从牙缝里挤出几个字:"我早晚要把他们挤出商会!"

"我也赞同!但不要操之过急。"刁长廷皮笑肉不笑地说,"我已经组织了几个募捐小组,明天就分头行动吧。"

曾玉彪点点头说:"行,抓紧行动吧。"

然而,募捐活动并不像他们原来想象的那么顺利。各筹款小组来到指定的地点,将捐款任务下达后,引起众多商户的不满和抵制。一连几天,收上来的捐款寥寥无几。东阳街王记铁匠铺王春祥掌柜,是当年抵御捻军英雄王懋勋的大孙子,四十多岁,为人仗义,主持公道,是当地响当当的一条硬汉子,听说要为德国圣言会教堂扩建捐款,感到十分不满,公开表示,自己一两银子也不捐给他们。而且,鼓动周围的商户,都不捐助。并扬言说,不要依仗德国大兵驻扎胶州城就可以为所欲为,德国兵算个狗屁!如果他们再发动捐款,他将带领一班人去把圣言会的教堂砸了。

刁长廷为此大伤脑筋,他找到曾玉彪说:"目前筹款活动不太顺利,而且有几个挑头的人公开反对。怎么办?"

"谁想坏我的好事,那是他自找麻烦!看来,我们得杀一儆百了!"曾玉彪紧锁眉头,说:"你马上备好马车,我现在就去找斯丁铭神父去。"

傍晚,曾玉彪兴冲冲地赶回了济生堂,对刁长廷说:"刚才我与斯丁铭神父已经商量好了,请德军出面,就从这个王铁匠入手,给这些阻碍者一点颜色看看。明天你去带路。"

刁长廷说:"有德军撑腰,看他们哪个再敢耍横!"

第二天上午九点多钟,正是东阳街人多的时候,突然,一队全副武装的德国兵在刁长廷的引导下,来到王春祥的铁匠铺门前,刁长廷高声喊道:"王掌柜,请出来说话!"

正在打铁的王春祥听到外面的喊声,愣了一下,然后,提着铁锤来到了门外,说:"找我做甚?"

刁长廷说:"王春祥,听说你辱骂德军,还煽动众人要捣毁圣言会教堂,可有此事?"

王春祥一听火了,吼道:"老子说过,怎么了?你这个吃里爬外的狗腿子，我跟你拼了！"说着，提着铁锤上来要与刁长廷拼命。

一位德军长官用生硬的中国话大声喊道："放肆，给我把这个刁民抓了！"

德国兵一拥而上，王春祥虽然奋力反抗，但终究寡不敌众，后头还挨了一枪托，立刻被打晕过去。

这时，铁匠铺里的伙计们操着铁锤、棍棒等家什冲了上来，意欲跟德国兵拼命。

德军带队首领如临大敌，立即朝天鸣枪示警。

刚苏醒过来的王春祥担心伙计们吃亏，大声喊道："别莽撞，都给我回去！"

趁众人后退之际，德军带队的首领呵斥道："将人带走！"

王春祥被德国兵架着带走以后，围观的人气愤不已，大家议论纷纷，骂声不断。铁匠铺的伙计刘大个说："王掌柜的被抓，肯定与这次圣言会教堂募捐有关，他们扩建教堂凭什么让我们拿钱？"

这时，铁匠铺里一位年龄大点的伙计站出来说："你休要胡言乱语，快想办法去救王掌柜才是正事！"

刘大个赶忙向长者作揖后，招呼伙计们进了屋内商量救人之策。

不久，王春祥的妻子高小兰外出回家，听说丈夫被德国兵抓走了，一时慌了神，禁不住伤心落泪。刘大个说："嫂子，现在不是啼哭的时候，赶快去找成文堂刘金桂想办法吧。"原来王懋勋牺牲后，刘金桂怀着对英雄的敬佩之情，不断接济他的后人，资助他的孙子王春祥上了一个铁匠铺。自此两家关系非同一般。王春祥夫妇每年春节都要去成文堂给刘金桂夫妇拜年。

刘大个一句话提醒了高小兰，她急忙要了一辆人力车，匆匆向成文堂赶去。

刘金桂正在书房里看账，高小兰慌慌张张地一步闯进屋来。刘金桂站起来，警觉地问她："出什么事了？慢慢说。"

"刘掌柜，刚才春祥让德国兵抓走了。"高小兰焦急地说。

"为什么抓他？"刘金桂问。

"前几天刁长廷他们去铁匠铺募捐，春祥不但不理会，还说了一些偏激的话。这一下捅马蜂窝了，激怒了刁长廷。今天上午，他们联络德国士兵找了些借口将春祥抓走了。"高小兰回忆说，"刘掌柜，您赶快想办法救救春祥吧，我担心时间长了德国兵会打死他的。"

刘金桂背着手走了两步，说："你甭急，德国人要的是钱，不是人。他们目前还不至于拿他怎么样，现在我们去找商会会长曾玉彪吧。"

"找他有用吗？"高小兰说。

"怎么没有用，难道你不知道是谁在背后捣的鬼？解铃还须系铃人，我们先送个人情给他。"刘金桂说，"看看他是什么态度。"

刘金桂要了马车，与高小兰一起来到胶州商会。曾玉彪正在茶室里饮酒，见了刘金桂，他略吃一惊，忙起身迎接："欢迎刘掌柜大驾光临！"

刘金桂义正词严地说："咱俩就不绕弯子了，我想问一句，王春祥犯了什么法？为什么被德国兵抓了去？"

"我也是刚刚听说此事，据说他不但拒绝向教堂捐款，而且辱骂德军，甚至扬言要带头去捣毁圣言会的教堂，这才招来灾祸。"曾玉彪沉着地说道。

"他有什么实际行动吗？"刘金桂问。

"好像没有，但他公开威胁，就是大逆不道。"曾玉彪说。

"气头上的话你也相信？"刘金桂瞪了他一眼，"乡里乡亲的，咱可不能无故将他往火坑里推呀！"

"这事与我无关的。"曾玉彪争辩道。

"此话差矣，王春祥作为胶州的商户，如今出了事，你当会长的岂能袖手旁观？"刘金桂说。

"你是想让我去德国人那里求情？就同你刘金桂的面子，我也要亲自走一趟，与他们好好通融一番。"曾玉彪说，"只是听说王春祥那人挺固执的，恐怕不太好办。"

刘金桂说："捐款一事好说，他该捐多少就捐多少，一文钱也不少。而且，让他以后不再带头闹事。"

"有刘掌柜这句话，我就放心了。我一定与德国人好好通融一下，争取早日把人放回来。"曾玉彪拍着胸脯说。

"有劳曾会长了！谢谢！"刘金桂说完，转身向门外走去。

两天后，按照要求，刘金桂代其向商会捐赠了五十两银子，向德国人交纳了一百两银子的保释金，王春祥才被放了出来。高小兰看着丈夫被打得遍体鳞伤，心疼不已，泪流不止。

刘金桂说："人出来就好，吃一堑长一智，以后在公开场合说话要用点脑子。"

王春祥说："我记住了，谢谢刘掌柜搭救，一百两保释金，连同您替我捐献的五十两银子，我后面一定还您。"

刘金桂说："不急，等你们手头宽裕了再说吧。"

经过这场风波，胶州的众多商户人人自危，慑于德军和圣言会的淫威，大部分人都按要求悄悄地交齐了捐款。

曾玉彪与刁长廷看着收上来的白花花的银子和一沓沓银票，喜不自禁。刁长廷扒拉着指头算账，说："咱按百分之二十提成的话，初步估算，就可以得到……"

曾玉彪迅速手一挥，打断了他的话，说："别算了，还不到时候。下步还要在那些大户上再做点文章，要从他们的身上再捞些油水。"

"他们不是已经捐了吗?"刁长廷问，"您是说还要他们再捐?"

"那是当然了，能者多劳嘛，后面的募捐算是资助我们德华石印馆扩建工程的。这事办好了，我再给你们提成好吗?"曾玉彪低声说道。

刁长廷会意地点头称是。

曾玉彪说："你叫上石掌柜，咱们一块去云溪酒楼喝酒去!"

第四十六回　出内奸曾府衰败　徐青松赎回家产

初春季节，春暖花开，绿柳成行。偶尔，有些许洁白的柳絮在城隍庙前街上空飘飞，黏贴在人的身上、脸上，让人感觉有些瘙痒与心烦。曾玉彪与刁长廷乘马车行到成文堂大门前，戛然而止。刁长廷跳下车，对门前的家丁说：“胶州商会会长曾玉彪前来拜访刘掌柜，请行个方便。”

家丁看了看车上的人，冷冷地说：“请您稍等，我去禀报一声。”

刘金桂在书房里正与刘寿山、刘寿楠议事，听了家丁的禀报，说：“曾玉彪来，不会有什么好事的。既然来了，也不能避而不见，请他进来吧。”

不一会儿，曾玉彪与刁长廷随着家丁来到刘金桂书房，刘金桂迎接道：“不知贵客来临，有失远迎！曾会长与刁管家快快请坐。”

“本来早就应该前来拜会刘掌柜，说来惭愧，因为商会的事情太多，就耽搁下来。”曾玉彪环顾四周，发现了刘金桂身后墙上悬挂的《劲竹图》，不禁夸赞道：“这幅《劲竹图》构图奇特、笔法流畅，寓意不凡啊！风吹不倒，雨打不垮，劲竹见精神啊！”

刘金桂笑笑说：“曾会长果然好眼力，这幅《劲竹图》是明朝时我的一个老乡杨师亮在胶州从事幕僚时的画作，后经朋友之手转赠给我，我十分珍爱。”

“招远自古人才辈出啊！提起您，不光是在胶州，在胶东也是闻名遐迩的儒商啊！”曾玉彪讨好地说道。

“老朽不过是一介草民，难与曾会长相提并论的。”刘金桂说，“你看，光顾说话了，快请喝茶。”

待曾玉彪坐好，刘寿楠边添茶水边说道：“曾会长在百忙之中莅临寒舍，不知有何贵干？”

“我是无事不登三宝殿。”曾玉彪抬头看了他们一眼，“不瞒你说，今天我是硬着头皮来找成文堂的。事情的起因你可能知道，这次为圣言会教堂扩建募捐，虽然多数商户都踊跃参与，可募捐数额远远没有达到预期目标。因此，我只好再出下策，登门游说胶州的商贾大户多做一点捐献。"

刘寿山说："曾会长，成文堂可是按一类商户标准捐了一百两银子的。"

"这我知道，但我希望成文堂能够再带头捐一份。"曾玉彪观察了一下刘金桂的脸色，说："你家开了两个印书馆，还有古玩店，家大业大，捐这点钱无异于九牛一毛。"

"你家开设了大药店、珠宝店、绸缎庄，还有其他更赚钱的生意，可谓日进斗金，你家捐了两份吗?"刘寿山问。

"那是自然，我有账可查的。"曾玉彪拍着胸脯说。

刘寿楠没有直接表态，只是说："我建议，最终的募捐账目要向商会理事班子和大伙算清楚，免得让人怀疑咱们商会贪污了募捐款。"

"你说得对，捐款的账目一定要清清楚楚，给大家一个明明白白的交代。"曾玉彪继续说道，"我之所以想请成文堂带个头，主要原因：一来刘大掌柜在胶州德高望重，一呼百应，成文堂的行动会产生直接的社会影响；二来刘寿楠副会长在商会身居要职，理应带个好头。"

刘寿楠说："我这个副会长不过是挂个名而已，有名无实。"

此时，刘金桂站了起来，说："寿楠你什么也不必说了。德国圣言会在胶州设医院，办学校，为胶州民众办了不少好事，理应感恩回报。况且，咱家里还有好几个圣言会教徒呢，现在圣言会扩建教堂，我们不支持谁支持?寿楠，你再去支一百两银子捐了。"

"爽快！刘大掌柜真是明事理之人，我要把您的义举，亲自向斯丁铭神父汇报。"曾玉彪高兴地站起身来。

"那倒大可不必！刘家完全凭良心行事！"刘金桂爽朗地说道。

曾玉彪从成文堂出来，一直没有言语，半路上，他对刁长廷说："刘寿楠不是在商会跟我作对吗？我必须让他家出点血。"

"您这是一箭双雕啊，实在高明！"刁长廷嘴里这样说着，心里却莫名其妙地紧张起来。

"不管是谁，谁要是挡了我的财路，我是决不会饶过他的。"曾玉彪头也不回地说。

刁长廷听了，心里不禁打了一个寒战。

快到济生堂大药店的时候，曾玉彪拿出一张名单，递给刁长廷，说："上午你再去趟徐青松、法同方那里，就说追加捐款是斯丁铭神父的要求，让他们无条件捐赠。"

刁长廷带了两个随从先是找到徐青松，费了好多的口舌才说服了他，带走了一百两银子。见到法同方说明来意后，法同方却不买账，说："该捐的我已经捐了，再追加捐款是何道理？"

"这是斯丁铭神父的意思，刘金桂已经带头捐了两次。希望胶州的商贾大户多捐献一点。"刁长廷耐着性子解释道。

坐在一旁的法四爷终于忍不住发火了，说："法家只是个普通的茶商，不做鸦片买卖，赚得是小钱。你少拿德国人来压我们，我法四爷在胶州滚打摸爬一辈子了，什么样的世面与风浪没见过？"

刁长廷哭丧着脸，继续说道："法四爷息怒，您得体谅我们这些下人做事的难处，您不差这一百两银子吧？"

法四爷怒目圆睁，说："少啰唆，要钱没有，要命有一条！"

法同方说："你们赶快走吧，别再惹老爷子生气了。"

话说到这个份上，刁长廷一点招数也没有了，低声说道："我回头向曾会长汇报一下，后会有期。"说完，带着随从灰溜溜地走了。

刁长廷回到济生堂，将法四爷所作所为跟曾玉彪讲了，曾玉彪并没有感到意外，只是生气地说道："法四爷是个老顽固了，对待这样的人要软硬兼施。你们可以将他放一放，先去找那些相对胆小、软弱的商户去要。对那些'钉子户'后面想办法一个一个解决。"

"还是东家想得周到。"刁长廷附和地说道。

"午饭的时间到了，走，我们去伙房里喝两盅！"曾玉彪说。

听说有酒喝，嗜酒如命的刁长廷立刻两眼放光。

中午，他们两人都喝多了，曾玉彪催他回家歇息。

刁长廷要了一辆马车，没有回家，拐了几个弯，直接来到了崔家大牌坊街。他打发走了车夫，径直进了一条偏僻的胡同。在一个不起眼的门楼下，他兴奋地敲了三下门。一会儿，一位花枝招展的少妇打开了门，向外张望了一眼，然后，迅速关好门，搀扶着刁长廷进了屋里。这位少妇叫单翠花，长得眉清目秀，身材窈窕，原来也是崔家戏班的一名戏子。刁长廷去看戏，俩人一见钟情，气味相投。后经崔班主的撮合，刁长廷凑了三百两银子买下她，从此便在民巷租了个平房，将她长期包养起来。

"你又喝多了，不能少喝一点吗？"单翠花小心地扶着他坐到了床上，说：

"我去给你倒杯水喝?"

刁长廷一把抓住她细嫩的小手，醉眼蒙眬地说："我不渴。翠花我想你了。"

"净说些好听的，你有几天没来了? 都快三天了。嫂子知道你来我这了?"

"傻瓜，这样的事我能让你嫂子知道?"说完，将单翠花揽在怀里，疯狂地亲吻起来。

单翠花替他解开衣扣，两个人兴奋地钻进了被窝里。

一番云雨之后，刁长廷转过身背对着她，默不作声。单翠花拍了拍他瘦削的肩膀，说："长廷哥，我怎么觉得你不太高兴，发生什么事了吗?"

半晌，刁长廷说："这些年，为了养活你，曾家的烟馆我暗地里贪了不少的钱。最近，曾玉彪正在派人审查烟馆的账，我担心曾玉彪已经发现了什么问题。"

"你做账那么严谨，他怎么会发现有什么问题?"单翠花说，"是你自己想多了吧。"

刁长廷披衣坐起，叹了口气说："世上没有不透风的墙。要想人不知，除非己莫为。像曾玉彪这样精明狡猾之人，你岂能瞒得了他?"

单翠花说："他最近跟你说过什么了?"

"没明说，只是用话语敲打过两次。"刁长廷说。

"那可怎么办啊，你是我全部的依靠，你一旦出了事，叫我怎么过啊?"单翠花担心地落下了眼泪。

"光知道哭，女人家就是担不起大事!"刁长廷训斥道，"事情还不到最终的结局。"

"那你打算怎么办?"单翠花焦急地问他。

"我想近期把你嫂子、儿子，还有你，一块送回即墨老家去，先在老家生活一段时间再说，我这里自有办法。如果曾玉彪对我不利，我就一走了之。"刁长廷说完，见她没有反应，问："行不?"

此时，翠花眼中充满了泪花，说："这样不妥，一来我不是你明媒正娶的，回去怎么向老家的人交代? 二来嫂子那火暴脾气，她岂能容得下我? 你岂不是把我往火坑里推?"

"有那么严重吗? 那你说怎么办?"刁长廷说。

"我们私奔吧，长廷哥。"单翠花用细腻柔软的胳膊揽住刁长廷的脖子。

刁长廷笑了，说："亏你能想出这么个馊主意。如果回老家，家里尚有几亩耕地，我种地还能养活你们。可私奔，去哪呢？我两手空空的怎么养活你？"

"你别天真了，你回得去吗？你两手空空、灰溜溜地回老家，老少爷们不笑话你才怪呢！"翠花说，"不如你再在曾府捞几个钱，然后跟他玩个'人间蒸发'。我听说你们最近正为圣言会教堂募捐，何不在此方面动动脑筋？"

单翠花的一席话提醒了刁长廷，他眯着眼睛盯着她看，说："都说女人头发长见识短，没想到我的翠花竟是这么聪明的人。"

"少来这一套，我还不是为了咱俩以后的日子着想吗？"翠花说。

此时，刁长廷严肃地说："你这是教我犯罪啊，我一旦败露被抓，你恐怕早就离我而去了。"

"不会的，我对天发誓，生是刁家的人，死是刁家的鬼。"单翠花显得有些激动。

"有你这句话，我刁长廷还有什么可顾忌的？上刀山下火海我也干！"刁长廷说着，将她紧紧地抱在怀里，亲吻着她的面颊。

在成文堂刘金桂的书房里，徐青松正在痛骂曾玉彪："我有这样的舅舅真是感到可耻，他为什么替德国人这么卖力？德国人给了他什么好处？"

刘寿楠说："曾玉彪是个见利忘义的小人，听说德国人让他筹款，给他百分之二十的提成，这么高的回报，他怎能不积极操作？他这次筹款肯定赚了不少的钱。"

"不义之财不发家。他虽然借机敛了一大笔钱财，但是，却失去了民心啊！你们没有看到近期胶州商界怨声载道吗？都骂曾玉彪是个大汉奸，德国人的走狗。"刘金桂说。

徐青松气愤地说："这次筹款活动，咱们被迫捐了这么多的银子，我真有点咽不下这口气啊！"

刘寿山说："二次追加捐款，分明是欺负我们这些大户，而且，这些捐款很有可能装到了曾玉彪的腰包里。"

"曾玉彪这次是做得过分了，不仅得罪了他平日的竞争对手，而且，得罪了众多普通的商户。大家不骂他才怪呢？因此，他是决不会有好下场的。"刘金桂说。

徐青松说："骂他是轻的，得给他点颜色看看。"他抬头望着刘金桂那不动声色的面孔。

刘金桂饮了一口茶，缓缓地说道："你爹输掉的绸缎庄与银楼，你想不想从曾玉彪手里夺回来？"

徐青松说："我做梦都想呢！这件事一直是压在我心头上的一块大石头。"

"机会来了，就看你能否把握得住了。"刘金桂平静地说。

"您有什么想法，刘叔，请早点告诉晚辈。"徐青松焦急地说道。

"曾玉彪为圣言会教堂募捐，不得人心，而且有贪污之嫌。你们要借机把圣言会教堂给他的提成及他的贪污行为公之于众，大造舆论，让他在胶州商界的名声扫地，到那时，胶州城的百姓还有谁愿意去买他的货物？另外，我听说曾玉彪正在审查烟馆的账目，目标直指向他的管家刁长廷，看来他们之间很可能出现内讧。"刘金桂说。

徐青松说："我早就觉得刁长廷也不是个好东西，他表面上看上去对主子忠心耿耿，实则两面三刀，一肚子坏水。他现在怎么样了？"

刘金桂说："听说刁长廷近期像热锅上的蚂蚁，坐卧不安呢。你们可以趁机拉他一把，让曾玉彪更加孤立。"

"拉他一把？"徐青松一愣，随后，若有所思地点了点头，说："我明白怎么办了，报仇的机会到了，这回我轻饶不了曾玉彪。"说完，起身向刘金桂他们告别。

徐青松走后，刘金桂对刘寿楠说："曾玉彪搞的二次募捐，估计德国人不可能知道，募捐应该被他截留了。你可以通过一定途径，将曾玉彪的所作所为转告斯丁铭神父，让他知道曾玉彪的真实嘴脸。"

"我明白。另外，我想帮助徐青松起草几份告示，张贴在胶州的大街小巷，公开揭露曾玉彪的欺诈行为。"刘寿楠说。

刘金桂说："你们看着办吧，但要注意做得隐蔽一些。"

刘寿山说："二弟，此事你不要亲自出面，我们与曾府积怨够多的了。"

"我自有分寸。"刘寿楠笑了笑说。

傍晚，在济生堂大药店的茶室里，曾玉彪正在与石铁蛋谈话，曾玉彪说："你是我最信任的人，我委托你去审查烟馆的账目，有了结果没有？都存在什么问题？你要跟我实话实说。"

石铁蛋犹豫了半天，说："东家，有些话我不敢说。"

曾玉彪瞪了他一眼说："这里就咱们两人，没有外人。而且，我可以负责任地告诉你，你所说的每一句话，我不会传给任何人。"

石铁蛋低声说道："从目前所查的账目来看，刁长廷虚领冒支的情况很严重，还有一些买卖根本没有入账，由此可见，刁长廷平日捞了很多好处。待明天我把近期查到的明细账拿给你看。"

曾玉彪的脸涨得通红，缓缓地说道："我对刁管家不薄，他怎么能干出这等缺德事情？"

石铁蛋说："东家，您别上火，俗话说，知人知面不知心。路遥知马力，日久见人心。将来如果我做管家，决不能像他这样做出吃里爬外的事。"

曾玉彪狠狠地瞪了他一眼，眼中充满了怒火。

石铁蛋自知说漏了嘴，忙纠正道："我是说做人要厚道，要忠诚。刁长廷这么干，岂不成了狼心狗肺之人？"

"好了，别说些没有用的。"曾玉彪不耐烦地说，"此事先不要对任何人讲。等彻底查完了账再说吧。你近期要派人时刻监视一下刁长廷的行踪，有什么反常行为，立刻向我报告。"

"是，我知道了。"石铁蛋说完，悄悄地走出门外。

石铁蛋从济生堂出来后，直接乘一辆马车奔向烟馆，刚在烟馆门口下车，只见刁长廷心神不宁地从大门里走了出来，石铁蛋想回避已经来不及了，只好硬着头皮迎上去。

刁长廷说："你来干什么？"

石铁蛋随机应变说："没啥大事，有个朋友想买点烟土，不知方便不？"

"你进去找李三吧。"刁长廷冷淡地说道。

"你要外出？"石铁蛋试探着问。

"是的，因为教堂募捐的事情，要跟一些商户联络一下。"刁长廷看上去漫不经心的样子，心里却对石铁蛋充满了反感，他隐约地感觉到石铁蛋现在变了，变得对自己十分不利。

"那我不耽搁刁管家的时间了。"石铁蛋说。

"以后别叫我刁管家了，叫老刁就行了。等过几年我年岁大了，头脑不太清楚了，这管家的位子就让给你来坐。"刁长廷直视着他的脸说道。

"你这是哪里话，小弟可不敢当。"石铁蛋心虚地摆了摆手。

刁长廷望着石铁蛋远去的背影，悄声骂道："卑鄙小人！"

他上了一辆马车，径直向望海酒楼奔去。他今天要拜会的人非同寻常，竟是曾玉彪的仇家徐青松。原来，昨天上午，东山绸缎庄掌柜徐青松派人送来一张请柬，说是请他今天晚上去望海楼饮酒，欲当面请教生意上的难题。开始，刁长廷有点顾虑，他觉得徐青松与他非亲非故，平时也很少往来。在这个节骨眼上请他吃饭，是不是另有图谋？但转念一想，徐青松跟曾玉彪有过节，但与自己无冤无仇，他主动邀请自己吃饭，那是在向自己示好，自己没有理由不与他结交吧？说不定对改变当前自己的窘境会有好处呢。于是，他对来人应承下来。

马车很快来到望海楼门前，徐青松早就派人在门外等候，见到刁长廷，便热情地引导他上了二楼的花明阁。

"欢迎刁管家大驾光临！小弟有失远迎！"徐青松起身谦和地说道。

"徐大掌柜年轻有为，还记得我们这些下人，实在荣幸备至！"刁长廷作揖道。

"您可不是什么下人，您人称诸葛，大名鼎鼎，在胶州谁人不知，谁人不晓？请入座！"徐青松热情地招呼他坐下，亲自给他斟满酒。说："先尝尝菜肴！"

刁长廷望着一桌子山珍海味，说："徐掌柜太盛情了！"

徐青松说："小弟对刁管家仰慕已久，我先敬您一杯。"

刁长廷将杯中酒喝了，说："徐掌柜若有什么事情请尽管说好了。"

徐青松边添酒边说道："小弟还真有一事需要请教。东山绸缎庄的生意，从去年以来比较萧条，可曾府的绸缎生意为什么那么好？也不知何故，请刁先生指教一二。"

刁长廷略加思考说道："依我之见，原因有三，一来人家进的货色好，有质量保证。二来适销对路。去年夏天遭遇瘟疫，死了不少的人，人家进了大批黑、白绸缎，全卖了出去，岂能不发？三嘛，绸缎庄的口碑好。你爷爷当年基础打得好，信誉高，老百姓早就认可了。"

"您分析得真是入木三分。佩服！就凭您的才华和谋略，自己做掌柜，也早发家了。"徐青松说。

"也未必，发家致富需要天时地利人和。"刁长廷又自饮了一杯，忽然不无忧伤地说："别说发什么家，我现在已经是泥菩萨过河——自身难保了。"

"此话怎讲？"徐青松问。

刁长廷此时有些醉意，说："他妈的，曾玉彪正在烟馆查我的账，我来曾府已经快二十年了，当牛做马似的，没有功劳还有苦劳呢，可他现在不信任我了，要卸磨杀驴。"

"那些账目经得起查否？"徐青松随意问道。

"什么意思？"刁长廷惊觉地睁大眼睛。

"您别误会，我没有别的意思。我是想，如果账目有问题的话，你轻易地交给他们，不是自找难堪？"徐青松淡淡地说。

刁长廷一把抓住他的手，说："你的意思是？把账毁了……让他们抓不到任何把柄？"

"我可没这么说，您是聪明人，当然知道怎么做。"徐青松笑笑说。

"咱们想到一块了。来，我敬徐掌柜一杯！"刁长廷与他碰了碰杯子，一口干掉，说道："好棋还在后头呢！"他走到窗边，远眺大海，心情豁然开朗起来。

三天后，刁长廷刚吃罢晚饭便早早地来到烟馆，一楼柜台前当班的李三嬉皮笑脸地问："刁管家，给您找个姑娘？还是来点……"

刁长廷拍拍他的肩膀说："别逗我了，你知道我从来不沾这些玩意的。今天的客人多不？"

"还行，也不知怎么的，近期生意出奇的好。"李三讨好地说。

"好好干，生意好了我发赏金给你们。"刁长廷说。

"托刁管家的鸿福！"李三兴奋地跳起来。

刁长廷忽然压低声音说："我看伙计们近期都很疲劳，今晚营业至十二点，准时休业。记住了没有？"

"小的记住了，还是刁管家体谅我们。"李三点点头说。

刁长廷像往常一样，来到二楼巡查，只见一个个房间里，灯光昏暗，烟雾缭绕，偶尔传来放肆不雅、语无伦次的说笑声。刁长廷知道，此时众多烟客已经进入了一个臆想的天堂般的世界，在这个世界里没有尔虞我诈、你争我斗的烦事，都过着没有烦恼、神仙般自由自在的生活。刁长廷心里羡慕极了，然而，他也懂得，这种感觉只是昙花一现，当烟客们一旦回到现实，心情将更加沮丧。于是，他在心里骂道："贱种，都是些贱种！"

刁长廷下了楼，来到院子西侧的值班室，两个年轻的家丁立刻紧张地站了起来，喊道："刁管家好！"

刁长廷亲切地说道："你们辛苦了！快坐吧。"说着，从衣兜里掏出两瓶胶州老烧放到了桌子上。

两个家丁都是好酒之徒，看到酒眼都直了。

刁长廷说："今天我请客，咱把这两瓶老烧全喝了。王小四你去胡同口酒馆买些猪蹄和驴肉回来。"说着，掏出几枚碎银扔给了他。

王小四接过银子飞也似的跑出去，一会儿捧着两个纸包、一盘炒花生米回来，说："驴肉和猪蹄还是热乎的呢。"

三个人围在一张桌子上，刁长廷亲自给他们斟了酒，说："两位小兄弟平日十分辛苦，我都看在眼里，今儿我特意慰劳一下你俩。"

"刁管家待我们真好，平日里从不打骂我们，还经常给我们捎些酒肉来。"王小四说。

"刁管家待我们比亲生父母还好，我们真是感恩不尽。"另一位家丁姜豆豆说道。

刁长廷与他们分别碰了杯，说："你们背井离乡来到胶州城做家丁很不容易，我这个管家自然要对你们好一些。吃饱喝足了才不想家呢。"

一提到家乡，两位家丁的思乡之情油然而生，眼睛很快湿润了。王小四说："刁管家，我真的想家了，想爹妈了。"

姜豆豆擦了一把眼泪说："我想爷爷、奶奶了。"

刁长廷说："想家了不要紧，过段时日，让你们两个轮流回家看看。"

"太感谢刁管家了！我们共同敬你一杯。"王小四与姜豆豆一起举起了酒杯。

"不客气。"刁长廷与他们爽快地喝了。

他们边喝边聊，直到两个家丁趴在桌子上迷迷糊糊地睡着了。

此时，十二点钟已到，李三迅速将几个零星客人全部打发走了，与当班人员一同关好门窗，说说笑笑地离开了烟馆。

大约十二点半钟左右，忽然有四个蒙面大汉悄悄地摸进了院子，直接来到与值班室相邻的账房门前，一位大汉从窗户上看了一眼值班室的情况，然后过来撬开账房的门，其他三个迅速闪身进了屋子。他们借着月光撬开了一个书柜，见里面堆放了很多账簿。一位大汉悄声说："应该就是这些账本。"

另一位高个大汉说："再搜！"

他们接着打开了另一个柜子，发现了一些白花花的银两。高个大汉扯过一个布口袋将银子装了进去。然后，从衣兜里取出火种，将书柜里的账本点燃。

四个大汉站在账房外，直到确认账房里燃烧起来，才一阵风似的消失在夜幕之中。

"噼噼啪啪"的爆裂声，惊动了刁长廷，他推了一把家丁王小四和姜豆豆: "快起来, 账房着火了!"

他们三人迅速来到账房外, 一下子都傻了眼。刁长廷大喊道: "快救火!"

于是, 三人有的去取水, 有的去铲土。无奈火势太猛, 账房及值班室共五间房屋很快被烧毁了。

满身满脸污垢的王小四怯怯地问: "我们怎么向东家交代啊?"

刁长廷一脸正色说道: "如果你们想活命, 无论对谁都不能提咱们一起喝酒的事情。这起案件, 很明显是偷窃纵火案。如果有人问起, 就说事发时, 你们正在烟馆楼上巡查。记住了没有?"

王小四与姜豆豆同时说道: "记住了。"

刁长廷又对王小四说道: "我与姜豆豆在这里看守, 你马上去曾府将这里失火的情况向曾玉彪报告。"

"是。"王小四转身向远处跑去, 很快消失在夜幕之中。

快拂晓时, 曾玉彪与石铁蛋、刘寿祥等人闻讯赶来。

曾玉彪来到现场一看, 大院西侧的五间瓦房被大火烧得面目全非, 屋顶已经塌陷下来, 里面还冒出一缕缕青烟, 随风扑面而来, 呛得他一阵剧烈咳嗽。少顷, 他问刁长廷: "这是怎么回事?"

"半夜时分, 我在大院东侧宿舍里休息, 猛然间发现大院西侧库房燃起了大火, 我便快速赶了过来。当班王小四、姜豆豆也赶了过来, 我们一起奋力扑救, 无奈火势太猛, 只能眼睁睁地看着房子被烧。但我们竭力控制火势, 没让大火向外蔓延。"刁长廷沉着地回答。

"账房里面的东西呢?"曾玉彪紧皱眉头说。

"可能被大火焚毁。"刁长廷说。

"库房里的账本也烧了吗?"曾玉彪用锐利的目光扫了刁长廷一眼。

"烧了。"刁长廷说, "这很可能是一起盗窃纵火案, 多半是仇家所为, 我们报案吧?"

"报个屁案!"曾玉彪冰冷地说, "天明以后你安排人员清理一下现场。近几天抓紧时间备点建房材料, 再找几个瓦工将房屋重新修葺一下。烟馆暂时停业一个礼拜。"

"好, 我马上安排。"刁长廷谦恭地答应。

"另外, 那两个家丁有失职行为, 必须严惩。石掌柜你负责重新招几个靠得住的家丁来。"曾玉彪说。

"好的。"石铁蛋答应着，得意地瞅了一眼刁长廷。只见刁长廷的脸上露出一丝狞笑，他心里不禁打了一个寒战。

"我们都回去了。这里有劳刁管家做好善后处理。"曾玉彪头也不回地向门外走去。

在回去的路上，曾玉彪忽然问石铁蛋与刘寿祥："现场你们俩都看见了，有何感受啊？"

刘寿祥说："我觉得这事挺蹊跷的，如果说是入室盗窃，银子已经得手了，他们为何又要将库房焚烧？"

石铁蛋说："近期要查的账本都放在库房里，账本都烧没了，还查什么账？"

"原来是醉翁之意不在酒啊！肯定是内部的人干的。"刘寿祥警觉起来。

"不说了，打住！"曾玉彪说，"寿祥你近段时间先去烟馆熟悉一下情况，后面就由你接替刁长廷负责烟馆的事务。"

"我，能行吗？"刘寿祥担忧地说。

"有什么行不行的，有我撑腰呢。"曾玉彪说。

刘寿祥见曾玉彪态度坚决，低下头，再没有多说什么。

刁长廷毕竟是个做事干练的人，烟馆这边从现场清理、建筑材料的筹备，到招募瓦工施工翻修完毕，他只用了不足半个月的时间，而烟馆休业了一周后，很快恢复营业。只是因为火灾的影响，前来烟馆的顾客明显减少。对于刁长廷的办事能力，曾玉彪不得不从心里佩服，因此，多少年来对他一直十分倚重。然而，对其人品，他却不敢苟同。尤其是他竟敢"纵火毁账"，掩盖贪污事实，这是他决不能容忍的事情。他近来甚至把他比喻成埋伏在主人身边的狐狸。然而，他深知，现在还不是收拾他的最佳时间，因为有些事情还没有办完，比如由他牵头为教堂募捐的事情尚未结束，还需要他协助完成。所以，目前只能隐忍不发。可是，近期令人烦心的事情却接踵而来。先是有人在胶州城的大街小巷张贴告示，揭发他募捐贪污行为，在胶州市民中造成很大的影响。因而，发生部分商户到商会门前示威事件。接着，部分市民发起了抵制曾府货物行为，一时间，前来大通绸缎庄和凤凰银楼购货的人寥寥无几，生意越来越萧条。

他找到刁长廷，征询他对当前艰难局势的应对意见。刁长廷说："市民抵制曾府的货物，根源在于我们帮助圣言会扩建教堂募捐，损害了众多商户的利益，引起了他们的反感。加之一些人的唆使挑拨，说我们从募捐中牟利，更增加了他们对曾府的仇视。因此，建议为教堂募捐的事情尽快结束，以减少负面影响。"

曾玉彪说："你说得有理，正合我意。近几天你们抓紧时间把募捐的账目结清，看看能有多少银两。"

"行，我马上照办。"刁长廷嘴里虽然答应着，但心里却在嘀咕着：东家已经在防范我了，我必须快速行动了。

两天后，他对妻子说："即墨家中的父母年岁已大，身体有病，很需要有人照顾，你先带儿子回去，替我照料一下老人，好吗？"

其妻子是个通情达理的人，说："孝敬公婆，天经地义，我愿意回去照料他们。只是，我走后你一个人在这里，可不能做些寻花问柳的事情，你要给儿子留个好名声。"

"这我知道，你放心就是了。再说我年纪也老大不小了，让我做那些事，我还吃不消呢。"刁长廷说。

"拉倒吧，你才五十出头，心野着呢！要是让我知道你在外面寻花惹草的，小心我剥了你的皮！"妻子用手在他的脸上拧了一把。

痛得刁长廷尖叫了一声，说："你还动真格了？"

为了避人耳目，刁长廷找了四辆马车，载着妻子和儿子，以及家中的大大小小的物件，连夜开拔，悄悄地送回老家。

安顿好了老婆孩子，刁长廷组织人员日夜加班，结清了捐款账目，并按照曾玉彪的要求，将一万多两筹款送抵德国圣言会。提成与以后追加的捐款达五千六百多两，暂时存在德华石印馆的库房。

此次捐款活动，曾玉彪可谓名利双收，既获得丰厚的报酬，还得到了斯丁铭神父的高度赞赏，他自然是心花怒放。但生性吝啬的曾玉彪，只发给刁长廷二百两银子，其他人员几十两不等，惹得大家都不太开心。

晚上，单翠花见刁长廷神情凝重，便怯怯地问："募捐事情办得顺利？"

"还算顺利。"刁长廷说，"只是曾玉彪这个吝啬鬼，得了那么多好处，分给伙计们的银两却寥寥无几。"

"分给你多少？"翠花问。

"二百两银子。"刁长廷生气地说。

"你出了那么大的力，就给你这么一点，打发要饭的呀！"单翠花也愤愤不平地说。

半天，刁长廷咬牙切齿地说：“我得不到的东西，也不能让他一个人独吞了。我已经与青龙山的土匪联系好了，让他们来取好了。张啸天答应，事成之后分一半给我。”

单翠花担忧地说：“这样做是不是太冒失了？银子一旦进了土匪的腰包，他们还能分给你？”

刁长廷说：“我知道这是一步险棋，但只能借他们的手才能拿走银子。行动成功后，咱俩先去青龙山待些日子，避避风头。然后，我们带上银两去天津我舅舅那里落脚。从此，咱们隐姓埋名，过自己幸福的小日子。”

“这样也好。”单翠花沉浸在对未来美好的憧憬里。

“早点睡吧，我明天晚上还有要事去做。”刁长廷将她揽在怀里。

按照与刁长廷的约定，第二天晚上十一点，张啸天派遣二十多名土匪骑着马、护送着一辆马车准时赶到德华石印馆门外，在刁长廷的引导下，他们先将当班的几名家丁捆绑，关到一间屋里。然后，由刁长廷用事先配制的钥匙顺利地打开库房的大门，土匪们将一箱箱的银两迅速搬到马车上，刁长廷与单翠花跳上马车，与他们快速向城外撤离。

装着银两的马车被夹在骑匪的中间，直奔青龙山。单翠花在马车上紧紧地抓住刁长廷的胳膊，大气不敢出一口。

德华石印馆的库房被青龙山的土匪抢劫之后，曾玉彪带着几个家丁闻讯赶来，将被捆绑的几个人松了绑，简单询问了一下情况，又到被洗劫一空的库房看了看，然后，他声嘶力竭地喊道：“我的银子呢，我的银子哪去了！”

身旁的家丁告诉他：“刚刚被青龙山的土匪劫走了。”

“张啸天，你竟然对拜八子兄弟下手，你这六亲不认的东西，连禽兽也不如！”曾玉彪说完，一头晕倒在地。

当他醒来的时候，人已经住进了德国人开办的福音医院里，他望着床边的石铁蛋、刘寿祥、曾亮亮，问：“刁长廷呢？”

曾亮亮没好气地说：“他与他的小老婆一块跟土匪跑了。”

“抢劫事件应该是刁管家勾结青龙山的土匪一起干的。”石铁蛋说。

“这个狼心狗肺的家伙！算我瞎了眼。”曾玉彪气急败坏地说，“快去将刁长廷的家眷抓了！”

石铁蛋说：“晚了，前几天刁长廷已经将他们转移到乡下了。”

“这个披着人皮的豺狼，原来他早有预谋！”曾玉彪一阵咳嗽后，又晕了过去。

曾亮亮拼命地呼唤着，曾玉彪又慢慢地醒了过来。

刘寿祥说："医生不让你太过激动，还是安心静养吧。"

"我知道。"曾玉彪豆大的泪珠扑簌簌地流了下来。

少顷，石铁蛋问："我们报案不？"

"报！"曾玉彪从牙缝里挤出一个字。

在福音医院住了两天后，曾玉彪感觉环境不太适应，便要求出院回到家中，他感觉自己没有太大的症状，只是时常感觉胸闷气短。曾夫人劝导他说："你想开点吧，不该得的财，老天爷是不会给你的，大家平安无事就好。"

曾玉彪不屑地说道："你懂什么，女人家头发长见识短。自古以来，有哪个富豪不是靠歪财发家的？"

"发歪财，心不安，你还是把现有的生意好好经营管理好吧。"曾夫人说。

提到现有的生意，曾玉彪心里更是堵得慌。他说："也不知哪个孬种在背后运作的，现在胶州的市民都不到曾府的绸缎庄、凤凰银楼买货了，长此以往非关门不可。"

"这也不能怪别人，帮助德国人募捐，从中国百姓身上搜刮钱财，老百姓能不恨你们？"曾夫人抱怨说。

"恨什么恨，最可恨的是那个吃红肉屙白屎的刁长廷，这些年我待他不薄，他竟敢出卖我？有一天等他落到我的手里，我非千刀万剐了他不可。"曾玉彪气愤地说道。

"好了，别提那些不愉快的事了，好好想想下步该怎么办吧。"曾夫人说。

沉默了半晌，曾玉彪说："烟馆那边我想让刘寿祥去打点，我在背后扶助他。"

"快拉倒吧，寿祥是个老实孩子，不宜去那个鬼地方做事。万一时间一长走上了歪路，你让闺女、外孙怎么办？"曾夫人听了表示反对。

"让他去烟馆做事，是我对他的信任。谁说去烟馆做事就一定能变坏？我经营烟馆这么多年，吸过一口大烟吗？变不变坏还不是在于自我把握？"曾玉彪说。

"你以为你是什么好东西？你在外面那些风流韵事干得还少吗？"曾夫人没好气地脱口而出。

"放肆！"曾玉彪容不得任何人揭他的伤疤。

曾夫人见状，怒视了他一眼，转身走出门外。

一会儿，石铁蛋来了，说："东家，您身体好一点了？"

曾玉彪挣扎着坐起来，说："好多了。我托你办的事怎么样了？"

石铁蛋说："我去找到了斯丁铭神父，要求他把去年德华印书馆的分红三千五百两银再延期半年缴纳，可斯丁铭神父坚决不同意。他说，去年的分红按规定应该在十二月份结清，已经延期五个多月了，再不缴齐，他没法向安治太主教交代。"

"你没告诉他咱们目前的难处？"曾玉彪说。

"说了，我告诉他，去年秋后咱们贩烟船只在海上遇到海盗，货物被抢，损失了两千多银两。今年绸缎庄、银楼的买卖不太景气，请他多体谅。谁知斯丁铭神父说，贩烟挣赔他不管，其他的生意好坏与他无关，他要的是去年德华石印馆的分红，无论有什么困难，必须尽快缴上，否则，按订立的章程追究曾府的法律责任。"石铁蛋说。

"这些认钱不认人的家伙，我给他募捐了那么多钱款，他们竟一点不体谅我的难处，还讲不讲道理？"曾玉彪气恼地说。

"外国人根本没有把咱们放在眼里，他们只是在暂时利用我们。"石铁蛋说。

"就是条狗，你喂饱了它，它还知道感恩呢。这些忘恩负义的家伙！等我度过了这道坎，再考虑跟他们的合作问题！"曾玉彪说，"你马上去绸缎庄与银楼，看看还能不能挤兑出点银子。我就是砸锅卖铁也要把分红还给他们！让德国人知道，我曾玉彪是个最讲信义之人！"

石铁蛋先是去了凤凰银楼，走近一看，门前挂着一块"暂停营业"的招牌，格外醒目。他没有停留，又赶忙来到大通绸缎庄，只见门前行人稀少，门可罗雀。他走进前厅，只见几个伙计愁眉苦脸地迎了上来，一个中年伙计问道："石掌柜，您要买布？"

石铁蛋说："不，我路过这里顺便看看。孙掌柜呢？"

这时，孙掌柜从里屋走了出来，他看上去五十多岁，面容憔悴。刚才听到了石铁蛋的声音，便赶忙迎了上来："石掌柜来了，快屋里请。"

石铁蛋随他进了屋内，开门见山地问："生意还好？"

"你都瞅见了，这些日子根本不来个客户，你跟谁去做生意？"孙掌柜说。

"有没有好的办法尽快扭转当前的被动局面？"石铁蛋问。

孙掌柜说："这个事情你需问问咱东家，我是无能为力了！"

石铁蛋说："孙掌柜真是个直率之人！"

"请赶快帮我们出点主意，度过目前的危机！"孙掌柜恳求道，一直将石铁蛋送到门外。

石铁蛋回到济生堂，将了解的情况一五一十地向曾玉彪说了一遍。曾玉彪干咳了两声，最后下定决心说："卖了，绸缎庄与银楼都卖了吧！你去找刘金桂，看看他要不？"

"卖多少？您给个底价。"石铁蛋说。

"底价二千五百两银吧。"曾玉彪心情沉重地说。

"我知道了。"石铁蛋说。

石铁蛋换了一身新装，去成文堂见到了刘金桂，两人寒暄了一番之后，石铁蛋把出售大通绸缎庄与凤凰银楼的意愿告诉了他。刘金桂笑笑说："经营绸缎庄与银楼，我是外行，不感兴趣。你去问一下东山绸缎庄的掌柜徐青松，他兴许对这个行当感些兴趣。"

无奈，石铁蛋只好来到东山绸缎庄找到徐青松，说明自己来意。徐青松问："你能替曾玉彪做主？"

"能！"石铁蛋说罢，拿出曾玉彪给他的授权书。

徐青松扫了一眼，递给他说："请石掌柜出个价吧。"

石铁蛋喝了一口茶，开口说道："大通绸缎庄加上凤凰银楼的资产，共出售三千银两。"

徐青松摇摇头，在屋子里缓缓地踱步。

"您回个价呗。"石铁蛋目光紧盯着徐青松的脸。

徐青松站住，语气坚决地说道："看在我与曾玉彪都是亲戚的份上，给你们二千五百银两！"

石铁蛋略有思考，高声喊道"成交！"

两人随即击掌确认。

随后，石铁蛋取出事先准备好的售房契约，一试两份，两人分别签署。徐青松麻利地将二千五百两银票递给了石铁蛋。

石铁蛋将银票小心地揣在怀里，然后，鞠躬致谢，怅然离去。石铁蛋走后，徐青松赶紧回家将契约拿给母亲曾玉冰看："妈，事先没来得及跟您商量，我把咱原来的绸缎庄和凤凰银楼给赎回来了！"

曾玉冰的眼睛霎时湿润了，声音颤抖地说道："儿子，有志气，好样的！

你给徐府争了口气啊！妈妈真为你骄傲！"说着，一把搂住儿子抽泣起来。

"妈，儿子说过，徐府丢掉的财产我迟早要夺回来的。"徐青松如释重负。

"儿子最有出息！"曾玉冰说，"你爷爷知道这件事不？"

徐青松说："我还没有告诉爷爷。"

"快去把这个消息告诉他！"曾玉冰说。

他们兴冲冲地来到徐长江的住处，徐长江正蹲在一个鸟笼边为鸟儿喂食，见曾玉冰与孙子徐青松迈着轻松的步伐走了过来，爽朗地说道："看你们两个又说又笑的，有什么喜事要告诉我吗？"

"爷爷，曾府的大通绸缎庄与凤凰银楼被我花二千五百两银子买回来了！"徐青松兴奋地说。

"你说什么？"徐长江像是没有听明白一样。

曾玉冰重复说道："咱原来的大通绸缎庄与凤凰银楼，被青松买回来了！"

"好哇，好哇！大通绸缎庄、凤凰银楼又归咱徐家啦！列祖列宗你们知道了吗？是我的孙子青松把它收回的。"徐长江激动得热泪盈眶，手提鸟笼子，在院子里奔跑，高声喊道："天大的喜讯啊，我徐长江死而无憾了！"

忽然，徐长江定定地站住了，仰望长天，鸟笼缓缓地从他的右手滑落……

"爷爷，您怎么了？"徐青松跑上前去扶住徐长江。

曾玉冰赶紧拿过一把竹椅，扶徐长江坐下。徐长江一手抚摸着胸脯，一手握着青松的手，断断续续地说道："以后，徐府的基业就交给你了。"说完，微笑着闭上了眼睛……

曾玉冰见状哭喊道："爹，您别吓唬我们。青松，你快去请郎中……"

然而，任家人们怎么呼唤，倔强而年迈的徐长江永远闭上了他那双刚毅不屈的眼睛……

第四十七回　心怀乡亲思故土　携手共建新宅院

　　闻知徐长江去世的噩耗，刘金桂极为悲伤，一大早，坐在餐桌前，没有一点食欲。他对儿媳徐青莲说："徐老先生一生光明磊落，为人正直，是我非常敬重的人。如今他忽然驾鹤西去，我的心里空落落的。"

　　徐青莲擦着眼泪说道："爹，我知道你们一直是知心好友，平常有什么事情总是一块商量。但是，生老病死，全不由人。何况，爷爷这么大的年纪了，已经到了风烛残年。值得庆幸的是，在他临终之前，爷爷创建的大通绸缎庄和凤凰银楼正式回归徐府，爷爷说，他此生再无遗憾了。"

　　刘金桂说："青松这孩子有志气，为你爷爷争了口气，为徐府增了脸面啊！曾玉彪做梦也没想到，他也会有败落的这一天。"

　　"多行不义必自毙，我看他没有好下场！"徐青莲没好气地说。

　　"说得有理。做人应该学习你爷爷。"刘金桂起身从身后一个橱柜里拿出一卷对联递给徐青莲："这是我昨天晚上刚给你爷爷写的一副挽联，你再替我买一个花圈，一块送过去。"

　　徐青莲展开一看，只见挽联写道："云墨吊君惟有泪，古城知己不因文。"她说："云墨，是指胶州的云溪河和墨河吧？"

　　刘金桂点点头说："你说得对。"

　　"真是一副好联，情真意切，字又写得苍劲有力！"徐青莲情不自禁地说道。

　　"人老了，手有点不听使唤了，字写得不太工整。"刘金桂说，"今天去吊唁的人多，你先回去帮你妈招罗一下。我随后与寿山、寿楠他们一块过去。"

　　"谢谢您了，那我先回去了。"徐青莲说完，去里间更换了一身素衣，匆忙出了大门。

　　不久，刘金桂亲自带着刘寿山、刘寿楠、刘麟庆他们前来徐府吊唁。在吊唁大厅，他首先蹲下身来燃了几张烧纸，然后，对着徐长江的遗体三鞠躬。之后，他用低沉的声音说道："徐大掌柜，事先您也不打个招呼，怎么说走就走了呢？以后有事跟谁商榷？"说着，泪水顺着脸颊淌了下来。他转过身，一眼看见黯然神伤的曾玉冰，正偷着擦拭眼泪，便走了过去，安慰说："节哀顺便吧。"

曾玉冰扶着他的胳膊，说："你也别太难过。"

刘金桂忽然问道："怎么不见云龙，他干吗去了？"

一提起徐云龙，曾玉冰欲哭无泪，说："公爹突然离世，他的脑子受到刺激，又疯了，从昨天下午跑出去，至今未归。"

"没派人找找？"刘金桂担忧地问。

"派两拨人找了，一点音信也没有。"曾玉冰焦急地说道。

"继续派人寻找。让寿山、寿楠留下，有什么事帮着招罗一下。"刘金桂说。

"好吧。"曾玉冰疲惫地点点头。

刘金桂说："你多保重！我回去了。"

徐青松走过来，说："刘叔，我送您。"

"止步，你赶快招呼客人！"刘金桂回头看了一眼曾玉冰，招呼刘麟庆一同走出门外。

出了大门，他们一同上了一辆马车，刘麟庆问："爷爷，咱们直接回家？"

"去塔埠头北大沽河畔看看吧。"刘金桂目光直视着远方。

于是，马车掉转了方向，飞也似的向塔埠头奔去。

一路上，刘金桂沉默不语。生性活泼的刘麟庆首先打破了沉默："爷爷，您怎么有事没事的总是爱去大沽河畔玩赏？"

半晌，刘金桂说："大沽河，你知道胶州百姓称她为什么河？"

"母亲河。"刘麟庆说。

刘金桂点点头说："对，她是胶州百姓的母亲河，也是咱招远人的母亲河啊。"

"此话怎讲？"刘麟庆好奇地问。

"你知道大沽河的发源地在哪儿吗？她的发源地在我们招远东北部的阜山西麓。途经招远、栖霞、莱州、莱阳、即墨等地，全长数百里地，最终从胶州湾流入大海。"刘金桂介绍说。

"我说您对大沽河这么有感情，原来她是一条连着家乡的河。"刘麟庆恍然大悟。

临近晌午，他们来到了大沽河入海口处。此时正值春末夏初，微风吹拂，赏心悦目。宽阔的大沽河面碧波荡漾，波光粼粼。刘金桂站在河堤上，专注地望着蜿蜒不断的河流，抑制不住内心的激动。他喃喃地说道："大沽河，故乡的河，今天我们又相逢了!"

刘麟庆试着问："爷爷，莫非您想尝尝大沽河的水?"

"好哇!"刘金桂的脸上有了一丝笑意。

刘麟庆从马车上取出一个瓷碗，来到河边，敏捷地弯下腰取出一碗水，小心地端到爷爷的面前："爷爷，您尝一口。"

刘金桂端过碗，望着碗中清澈透亮的水，轻轻地抿了一口，仔细品味着，连连夸赞："水质清洌，甘甜爽口。你也尝尝?"

刘麟庆接过碗，"咕咚"喝了一大口，说："真甜，是不错!"

少顷，刘麟庆悄声问道："爷爷，您是不是想家了?"

刘金桂没有回答，而是说："马车上有个水葫芦，你把它装满水，拿回去煮茶喝。"

刘麟庆麻利地从马车上取出葫芦，去河边灌满了水，提到车上，嘴里嘟囔说："爷爷，都晌天了，今天您得请客!"

"想吃什么啦?"刘金桂问。

"驴肉包子。"刘麟庆不假思索地说道。

"行，咱们就去塔埠头那边的包子铺吃吧。"刘金桂爽快地答应了麟庆的要求。

很快，他们来到塔埠头繁华的主街道上，在街道的西端，有一块不起眼的招牌写着：百年老店——驴肉灌汤包。门口，挤满了过往顾客。

"就是这了。姜师傅你把马车送去附近的马车店拴好，咱们中午一起吃。"刘金桂说着，跳下马车。

"好的，东家。"姜师傅答应了一声，迅速驾车赶往马车店。

驴肉店虽然店面不大，但是买卖却十分红火，他们好不容易在一个角落寻到一张空桌。

他们刚刚落座，店小二跑过来问："客官，要点什么?"

刘金桂看了看菜谱说："来一盘酱切驴肉、一盘驴大肠、一盘猪耳拌黄瓜、一盘西红柿炒鸡蛋。再来三屉驴肉灌汤包。另外，温两瓶老黄酒。"

"好嘞。"店小二应声安排去了。

一会儿的工夫，饭菜就上齐了，姜师傅给刘金桂斟上一杯黄酒。

刘金桂说:"老姜,你也来一杯?"

"东家,我还要赶车,就不喝了。"姜师傅说。

"那你多吃点。麟庆陪爷爷喝杯。"刘金桂说。

刘麟庆自己斟了一杯,说:"爷爷,您是否记得,再过一个礼拜就是您的生日了。今年咱们好好庆贺一下?"

刘金桂皱着眉头,喝了一大口酒后,说:"今年就不必操持了,没心情。"

刘麟庆说:"我作信哥前几天从潍县给我爹捎信说,今年他要来胶州给您庆生。"

"我过生日还早着呢。"刘金桂说。

"不足二十天,很快的。"刘麟庆说。

提起刘作信,刘金桂的脸上立刻有了笑意,说:"老五这孩子是个性情中人啊,不光头脑聪明,善于经营,而且很重感情,为人厚道。只要没有特殊情况,他每年都要赶来给我庆生,着实让人感动。"

"我听爹讲,我五哥这人眼光远,魄力大,经营有方,他在潍县的雕版印刷生意,干得可红火了。"刘麟庆说。

"那可不,有机会你去跟你五哥多学学,他做生意确实有独到之处。"刘金桂说,"我的生日那天,不去外面的酒店,安排在成文堂的伙房里就行。记住,你要提前帮厨师买点新鲜的鱼虾,你五哥最喜欢吃海鲜了。"

"我知道了。"刘麟庆说,"再备几瓶你们都爱喝的即墨老黄酒。"

"行,爷爷就爱喝这一口。到时,你也来作陪。"刘金桂笑了,说:"他这次来,我正好有点事情要跟他一块商量一下。"刘金桂略有思索,将杯中的黄酒一口干了。

刘金桂与刘麟庆刚回到家中,刘寿楠便告诉他们一个不幸的消息:徐云龙的尸体刚刚在墨河的下游找到。有人看见他醉酒后失足掉进了墨水河,是被河水淹死的。刘金桂闻此信息,一下怔住了,半晌难过地说道:"世事无常,乐极生悲啊!玉冰的命咋就这么苦呢?"

"其实,是赌博害了他自己,也祸害了全家的人。他死有余辜。"刘寿楠慨叹道。

"毕竟两家是亲戚,不中听的话且不要讲了。寿楠带上点银子,陪我去一趟徐府,帮他料理一下后事吧。"刘金桂难过地说道。

"好的,爹。"刘寿楠赶紧答应。

转眼，农历五月初八日刘金桂的生日到了。一大清早，有几只喜鹊在院中"叽叽喳喳"地叫着，充满了祥和欢快的气氛。刘麟庆轻轻地敲了几下爷爷卧室的门，然后，大步闯了进去。刘金桂正在梳妆台前刮着胡子，说："看你毛手毛脚的，有什么事？"

"爷爷，今天中午的生日宴会，是否请外面的客人？"刘麟庆问。

"不是说了嘛，一概不请的。"刘金桂说。

刘麟庆说："我姥姥那里用不用请她来？"

"她嘛，随意吧。她有心记着我的生日，自然也就来了。不用提前邀请的。"刘金桂说。

刘金桂刮完了胡子，又去厨房吃了早餐，便去雕版印书馆看了看。在雕版室里，刘金桂手抚一块精致的枣木雕版，心中充满暖意。他对身边的刘寿楠说："这些雕版刻制的十分精致，用后要集中到库房好好保存。"

刘寿楠说："我知道，库房里的雕版快放满了。"

"样书也多攒点，我估摸现在应该有数十万册了，也要好好保管。没地方放的话，就把大院后的二层小楼改成藏书阁吧。"刘金桂说。

"行，我找人做些书柜搬上去。"刘寿楠说。

上午十一点钟，刘麟庆跑过来告诉爷爷："我五哥刘作信、还有三叔已经到家了。"

刘金桂对刘寿楠说："走，一起回去看看他们。"

等他们赶回家中的客厅，只见刘寿山正在沏茶招待刘作信、刘寿恭。刘作信一骨碌从沙发上站起来，迎上前握住刘金桂的手说："二爷爷，您的身板还是这么硬朗！"

刘金桂摇摇头说："古稀之年的人了，眼也花耳也背了。你还好，气色不错！"

"我也是年过半百的人了，都长白头发了。真是年岁不饶人。"刘作信转身指着桌子上的酒说："我托人从关东给您弄了两瓶人参酒，请您尝尝，调理一下身子。"

"作信总是想得周到，年年来给我庆生，让我说什么好呢？"刘金桂感慨地说。

"我能有今天，全靠二爷爷的提携和拉帮，尽点孝心是应该的。"刘作信说。

这时，刘寿恭走上前，递过一个袋子，说："爹，这是我刚从东北给您捎回的关东烟，您品尝一下。"

刘金桂接过，当场试抽了一袋，夸赞道："劲头大，过瘾！寿恭知道我好抽那一口。"

"烟虽好，也要少抽点。"刘寿恭不忘叮嘱说。

"天已经晌了，走，咱们去伙房边吃边聊。"刘寿山上前拉住刘作信和刘寿恭的手说。

他们一行很快来到成文堂的伙房，曾玉冰与徐青莲已经在门口迎候。曾玉冰说："我是不请自到啊。"

"都是自家人还用请吗？"刘金桂介绍说，"这是潍县印书馆大掌柜刘作信。"

"你好！"曾玉冰热情地迎接道。

刘作信微笑着点点头："您好！多年不见，您还像当年那么年轻漂亮、气质高雅。"

"刘掌柜真会说话，当年我就发现这小伙子将来是个干大事的人。这不从一个学徒工，干到现在的大掌柜了。"曾玉冰说。

"谢谢您的夸奖。"刘作信高兴地说道。

"来，大家都进屋吧。"刘金桂说。

屋子里的人正说说笑笑，异常热闹，大人孩子分坐了两大桌。刘金桂介绍说："今天我这个生日，四世同堂，可真够热闹的。尤其是我的本家孙子作信来了，更是蓬荜生辉啊！"

大家热烈地鼓掌欢迎。刘金桂拉着刘作信的手让他坐在自己右侧。

刘作信笑笑说："二爷爷您太有福气了，四世同堂，其乐融融。今天我有幸参加二爷爷的生日宴会，感到特别开心。尤其是看到这么俊俏聪明的后生，真切感受到咱刘家后继有人啊！只是，因为我平时太忙，接触少点，好多孩子名字我还叫不上呢。"

刘金桂兴致勃勃地说："我给你介绍一下。寿山的四个儿子分别是麟庆、龙庆、骏庆和凤庆，寿楠的大儿子鸿庆，二儿子衍庆。寿恭的大儿子象庆，二儿子肇庆；寿祥的儿子才庆。"

刘作信拱手说道："恭喜，恭喜！"

"还有重孙辈没有介绍呢。"刘金桂此时颇感自豪，说："麟庆大儿子占晋，二儿子占鼎。龙庆的儿子占福。"

"这么幸福的大家庭，真让人羡慕！"刘作信说。

刘金桂继续说道："今天孩子们多数到齐了，我给你们提个要求，将来都要以刘作信为榜样啊！当年他在成文堂只是一个普通的学徒工，但人有志气，肯吃苦耐劳，全面掌握了雕版印刷技术。在潍县经过打拼，短短几年时间就创出一片新天地。希望作信能把你的成功经验跟大家分享一下。"

"二爷爷太抬举我了。我能有今天，全靠二爷爷的栽培和支持，在成文堂这五年的学徒生活为我今后创业打下了牢固的基础。"刘作信喝了一口茶水说，"当然，经商环境也很重要。自古以来，人称金胶州银潍县，潍县确实是个人杰地灵的好地方啊。这里经济文化比较发达，传统文化根基较深，文人墨客多，人口流动快，生意比较好做，有人把它称作旱码头。我开始在潍县搞雕版印刷，也是前店后场，前面是卖文具和书籍的店铺，后面是搞雕版印刷的作坊，主要印刷一些私塾及科举方面所需要的书籍。没想到买卖越干越好，并很快在潍县发展起来。"

刘金桂举起杯子，说道："咱们边说边聊。来，为你多年取得的成就干了这杯！"

刘作信举杯与刘金桂碰杯后，众人也跟着干了。

"作信，听说你现在全国大中城市开了好几家的书铺？"刘寿山说，"现在的经营情况怎么样了？"

刘作信吃了一个大虾后，继续说道："我在潍县的买卖做大以后，老母亲赶来了潍县，她说：'老五，赚钱了？'我说：'是啊，赚得盆满钵满。'老母亲接着说：'你们兄弟一共六人，你小的时候家里很穷，你身子骨也不结实，干不得重活，是你的几个哥哥把你拉扯大的，手足之情不能忘啊！现在你过好了，光顾自个儿吃独食不行，要想办法帮衬一下他们，大伙一起发家致富才好。'老母亲语重心长的话对我触动很大，我感到了从未有过的压力和责任，只感到肩上的担子沉甸甸的。我当场向老母亲表态，对每个兄弟，我要帮他们建一个铺子，各负其责，独立经营，盈利自得。"

刘寿楠说："我记得你们兄弟这辈是按仁、义、礼、智、信、常的顺序起的名字吧？"

"是啊，只是老三作礼小时候因病无钱治疗，去世得早。"刘作信难过地说，"所以，我知道穷人的日子是个什么滋味。按照老父亲的要求，我先后考察了好多的地方，筹措了一些银两，兑现了我的诺言，先后帮助兄弟各家上了一个书铺。大哥作仁在烟台北大街经营'成文德'书铺，二哥作义在周村经营'诚文信'书铺，四哥作智在烟台毓璜顶经营'诚文信'书铺，六弟作常在营口经营'诚文厚'书铺。他们一般的做法是既印书又卖文具，生意大都做得不错。经营上遇到什么困难，我就亲自给予指导和帮助，及时化解他们的难处和问题。"

刘金桂说："这就叫'兄弟同心，其利断金'。寿山，你们也要跟着作信弟兄们好好学习相处之道啊。"

刘寿山站起来，举杯敬酒说："作信为人仗义，敢于担当，着实令人佩服。我敬作信一杯！"

刘作信也站了起来，谦虚地说道："叔，我不敢当的，我只是帮着父母分担了一点愁肠，做了一些应该做的事情。"说完，将杯中酒一饮而尽。

刘麟庆插话说："五哥，您以后还有什么打算，能告诉我们吗?"

刘作信略有思考，说："我有三个儿子，侄子十多个，我打算再帮助他们每个人建一个书铺，重点在泰安、周村、安东、哈尔滨、吉林、营口、天津、北平等北方大中城市设立'诚文信'分号，把雕版印刷业推得更广、做得更大一些。"

听了刘作信今后的打算与规划，刘金桂眼睛一亮，他为刘作信的雄心壮志而高兴，也为刘氏家族人才辈出而自豪。他说："作信是好样的，刘家的后代也是好样的，中国雕版印刷业能不能传承和发扬下去，希望就寄托在你们年轻后生的身上了！"

"谢谢二爷爷的鼓励！我这次专程来为二爷爷庆祝生日，代表了全家人的心愿，祝二爷爷生日快乐，寿比南山，生意兴隆，祥和安康！"刘作信起身举杯说道。

众人也一块高兴地随着他喝完杯中的酒。

"作信，坐下说话。谢谢你大老远赶过来给我过生日。"刘金桂高兴地说，"今天你来，正好有件事情要跟你商量一下。"

刘作信放下筷子，正色道："二爷爷，您有什么事尽管说。"

刘金桂饮了一口茶，慢条斯理地说道："你知道，我今年七十出头了，年岁也大了。常言说，叶落归根。我打算把老家的住宅翻修一下，回老家安度晚年。今天正好一块商量一下。"

"您的主意不错，说实话，我也想早点回老家安享晚年。在外漂泊，没有根啊！从小在老家长大，思乡情结，愈老愈烈啊！"刘作信动情地说，"咱们本来就是一个大家族的人，在老家乡邻们称您家为'大书铺'，称我家为'二书铺'。因此，我有个设想，以后盖房，两大家子的人最好盖得近一些，相互间也好有个照应。"

正在吃饭的刘麟庆接过话茬说道："我建议，咱们两家要盖就盖个大点的院落。比如，建设得像栖霞的牟氏庄园、黄县丁百万庄园那样恢宏大气。"

刘作信抬头看了一眼刘金桂，没有表态。

刘金桂摇了摇头说："你们觉得有必要吗？咱们两家在村里虽然比较富裕，但也不能太张扬、太出格。因为多数乡邻还没有过上富裕生活，我们建设的太奢华，岂不是把我们跟他们之间的距离拉得太远了？况且，我们是商贾大户，不应该把银子都用到住宅建设上，要多留些活钱做生意用。因此，我建议，住宅建设上要讲求实用、美观精巧一些，当然，要集中成片。到时，家族中的男丁，每人都能分得一幢平房即可。"

"我十分赞同二爷爷的意见。"刘作信说，"我建议咱两家共同出人回乡考察一番再说。二书铺这边就由我具体负责。"

刘金桂说："大书铺这边由寿山牵这个头。你们两个商量着办吧。寿山回去这段时间，石印馆的事务暂时交给麟庆代管。"

刘寿山说："好的，具体回乡的行程安排我与作信再商量吧。"

这时，曾玉冰起身敬酒说："我也敬一杯，祝成文堂刘大掌柜生日快乐，身体健康，诸事如意，寿比东海！"

刘金桂欠一下身，说道："谢谢你！你能亲自来陪我过个生日，我倍感荣幸！"

曾玉冰一口喝了，又自斟一杯。说："三杯为满。我要再敬两杯。刘大掌柜已经打算回乡养老了，一朝回去，也不知道哪年哪月才能凑在一起开怀畅饮。因此，我要抓住机会再敬一个，祝愿刘大掌柜儿孙满堂，晚年幸福！"

刘金桂瞅了她一眼，分明看见她眼中闪烁着莹莹泪光。他一腔感慨，面对儿孙们又一时无从说起。只是举起酒杯，默默地喝下，一时间酸甜苦辣涌上心头。

两杯酒下肚，曾玉冰满面红润，意气风发，看上去一点不像七十岁的老人。她自斟了第三杯酒，说："这第三杯酒是敬亲家的酒。女儿徐青莲自嫁到刘家以来，夫妻恩爱，家庭和睦，尤其是公爹、婆婆拿她像亲闺女一样对待，令我感动至深。我深为青莲能够找到这么好的婆家而感到高兴与自豪，借此机会，我代表徐府谢谢亲家！"说完，再次举起酒杯。

徐青莲去抢夺她手中的酒杯，被她轻轻地推开，执意将杯中的酒喝完。

徐青莲无奈，赶紧扶她坐下。

这时候，刘金桂说："一家人，甭客气。要说感恩，你们母女俩才是刘家的大恩人呢！要感谢的话，得感谢您呢！"

曾玉冰略带苦涩地摆了摆手，说："言重了，刘大掌柜！我醉了，先行告辞了！"

徐青莲赶忙上前搀扶着她，缓步走出客厅。

刘金桂半晌回过神来，说："大家继续喝，高兴嘛，都放开一点喝！"

刘金桂的生日宴会结束后，刘寿山邀请刘作信去他家里坐了一会儿，两人约定了一下回乡的归程。

不久，他们按期回到了故乡。两个人悄悄地对本村的地形和地质情况进行了详细的勘测和了解，一致感觉村东边的这片土地是连片建设的绝佳地段。刘寿山估摸了一下，这片地约有二百来亩。刘寿山说："这二百亩地最好一块买下。"

刘作信说："我同意，到时可分成南北两片建设，你们喜欢北片还是南片，先由你们大书铺挑选。"

刘寿山说："为了公平起见，我建议两家抓阄吧，谁家抓到哪算哪。"

刘作信笑笑说："其实，不必这么麻烦。大书铺辈分高，土地北方为大，我看北边就归大书铺用，我们二书铺就选南边的建设。"

刘寿山说："作信是高姿态呢！既然你这样提议，我也不再推辞了。只是，我听说这片土地牵扯到烧砖窑的王掌柜、开酒坊的刘掌柜等好几户人家，不知道人家是否愿意出让。"

刘作信说："我建议，咱俩先拿出一个具体规划和建设方案，跟二爷爷和我父亲他们汇报一下，如果他们都同意，就照此方案进行。购地事宜我们后面再商量着办吧。"

刘寿山说："作信，看来你是胸有成竹了。在规划建设及设计方面，我俩是门外汉，我想让寿恭请个专家来帮忙搞一下。"

刘作信说："寿恭在家乡待的时间长，人脉广，请他聘请个内行的人来做也好。"

"我马上找寿恭商量一下。"刘寿山说完，乘马车去了龙口。

刘寿恭近两年也采用了石印技术，广告业务颇多，生意十分看好。此时，他正在茶室与客户洽谈业务，忽见大哥来访，感到又突然，又惊喜。他草草地把客人打发走后，急切地向大哥询问胶州的相关情况，刘寿山一一作答。然后，把父亲要求回乡修建住宅、告老还乡的意愿向三弟说了。刘寿恭听后，心里非常高兴，说："爹能回老家来生活居住，真是太好了，我照顾他更方便一些。"

刘寿山把他与刘作信对选址的意向向刘寿恭说了，并问他有没有懂建筑的行家帮忙。刘寿恭略有思考，说："我这里有一名姓梁的学徒工，他的大哥在北京皇宫待过五年，专做房屋设计、修缮方面的工作，对建筑设计比较内行。"

"他现在哪里？"刘寿山问。

"现在县城里，自己有一个做建筑的工坊，专门帮助别人规划设计和建房维修。"刘寿恭说，"明天我就叫上小梁去找他大哥，请他帮一下忙。"

刘寿山听了，开心地说道："太好了！"

刘寿恭说："一会儿我领你去龙口港看看。晚上，你就别走了，咱兄弟俩喝上几盅，好好叙叙旧。"

"好哇，一年到头咱兄弟俩见不上几面，今晚就来个一醉方休。"刘寿山说。

当晚，兄弟俩边饮酒，边有说不完的心里话，一直畅饮到半宿。

三天后，小梁的大哥梁光明应约来到了孟格庄村，实地察看了一番，感觉村东边的风水与地角不错，很适合安居修宅。刘寿山与刘作信提出一些设计要求，并征询他的意见。梁光明说："至于房屋的构架，我主张模仿北京四合院的建筑形式和风格来搞，不知二位意见如何？"。

刘寿山说："除了模仿北京四合院的特点，还应该融入胶东本地的元素与风格。"

刘作信也赞同他的意见，说："我也赞成，把两地的建筑特点融为一体，独具风格，美观实用一点为宜。"

"那我就照这个思路来勘测与设计了。"梁光明说，"给我半月的时间就行。"

半月后，刘寿山与刘作信带着规划草图，专门来到胶州成文堂征询刘金桂的意见。刘金桂对他们的选址感到十分满意，但对整体规划和房屋的架构设计，提出了一些新的意见。刘金桂说："近期我对此也做了一些研究，初步考虑：首先，整体规划要合理，从北至南，建多少排、街道布局等都要考

617

DA SHU PU

虑周到。其次，具体到每一幢的建筑结构，要拿出一份详细方案。一般来讲，每幢四合院应由倒座、东西厢房、正屋组成。我琢磨着，房屋的脊瓦可采用单面仰瓦，梁架可为金字形构架，房子的腰线以下可为精錾花岗岩砌筑，腰线以上用青砖砌至檐口，挑檐石为鹰嘴石，门窗的过梁石用花岗岩条石。大门可为传统的屋宇式大门，门前应该设有上马石；大门内的照壁要格外重视，仔细雕刻。对所用材料，我看砖雕就不错，可以雕刻上八仙过海图或蝙蝠图案等。门窗可采用竖棂或花格窗，外窗包铁皮。院内甬道可采用青石铺砌。其他细节问题，就由你们具体考虑了。"

听了刘金桂的一番话，刘寿山说："爹，您原来已经考虑好了呀，比行家研究得还透彻呢。"

刘金桂说："我只是提点建议，权当抛砖引玉。你们只作个参考好了。"

刘作信说："二爷爷，您的意见十分中肯，我们就照您说得干吧。回去后，我们请梁先生再将整体规划和住宅设计调整完善一下，建成后，保证让你们长辈们满意，为咱刘氏家族争光。"

"作信与寿山办事，我最放心。你们就费心去办理吧。购地的钱咱两家各出一半。两家的建设费用就各自负担吧。"刘金桂说。

"我同意。"刘作信说，"只是这次购置的土地能牵扯五六户人家，我与寿山叔担心，购地一事不一定会顺利。"

刘金桂思忖了一会儿，说："据我所知，那片地还有几个大户跟咱平日没什么来往，可能会遇到一定的阻力。我看，必要时可以找老族长商议一下，请他出面协调。毕竟我们两家对村里的老百姓做过许多善事。"

"就按您说的，我去找他们协调好了。"刘作信说。

刘金桂补充说："不要怕花钱，咱开的地价要高于市价，不能让本村的街坊邻居们吃亏。"

"我知道了，二爷爷，您做事一直这么大度。"刘作信说完，匆忙告辞。

刘作信返回孟格庄村，与年迈的老父亲刘椿龄挨家挨户去洽谈，涉及的六户人家，有四家顺利成交。只有烧砖窑的王掌柜与开酒坊的刘掌柜不同意，找了各种理由进行搪塞。刘作信不解地问老父亲："咱出的价格比市面的都高，他们两家怎么还这么难说话？"

刘椿龄说："此事恐怕不是钱的问题，王掌柜与刘掌柜本不缺钱。我看主要是面子问题，只有给足了他们面子，事情方能办成。"

"那就请老族长出面吧。"刘作信说。

老族长刘盛华与刘金桂的父亲一辈，为人正直，主持公道，在村中享有很高的威信。听了刘作信的请求，他说："这事由我协调好了。我一会儿差人请他俩来我这里喝茶。"

王掌柜和刘掌柜听说老族长找他们，急忙放下手中的活计，匆匆来到老族长的书房。老族长已经备好了一壶龙井，他亲自给他们斟上茶，直截了当地说道："我请二位来，想必你们已经知道为什么了。你们也看到了，大书铺、二书铺近些年来为乡亲们做了不少的好事、实事，先是重新修建了祠堂，接着，出钱办了私塾，供村里的孩子们上学。还出资在淘金河那边修建了一座大水塘，无偿地供村民浇地使用。逢年过节，他们两家还给全村人发礼品。大家深受其惠啊。如今人家要修建房子，购地出价也挺高的，咱怎么就不能给点方便？你们两家的地块处于中间位置，你俩不卖，不是成心难为他们吗？"

酒坊刘掌柜说："不是想成心难为他们，原来我是想把酒坊搬到这边来。"

刘盛华说："快拉倒吧，纯属借口。你现在村南头酿酒有多好的条件？取水方便，气味少。要是搬到村东头，弄得一片酒糟味，老百姓不给你把烧锅炸了才怪呢。"

"您说得也是，酒坊就不搬了。"刘掌柜说。

刘盛华转头问砖场王掌柜："你怎么回事？"

"我原想在村东建几个猪圈，养猪呢。"王掌柜说。

"更是胡闹！在村东建猪圈，夏天臭气熏天，苍蝇满天飞，都快脏死了，这不是缺德吗？你想让全村的老百姓戳你脊梁骨不成？"刘盛华将烟锅里的灰尘磕掉。

王掌柜说："原来是考虑不周。您亲自出面说和这事，我也没二话可说了，这地卖给他们了！"

刘掌柜接着说："按说，大书铺、二书铺致富不忘众乡亲，办了不少的好事，我们都是受益者。我的三个儿子现都在村里学堂就读，不用跑好几里地去外村读书。我家烧酒作坊取水就是用的人家修建的水塘呢。因此，在这件事上我要再不通情达理，良心上就说不过去了。"

刘盛华族长原来紧绷的脸终于有了一丝笑意，说："王掌柜、刘掌柜都是开明之人。一个村子的人就是要互谅互让，互相帮扶。这事就这么定了，你们赶紧去把交易的契约签了吧。"

王掌柜与刘掌柜点头称是，满意地走出了老族长的家门。

村东的宅基地在老族长的斡旋下，终于达成购买协议，刘寿山与刘作信总算松了一口气。刘寿山说："这次购地终于如愿，多亏了你与老族长的奔波操劳。"

刘作信说："积善之家必有余庆。这次购地乡亲们没有难为我们，是因为我们刘家平日做了善事啊！"

"你说得有理。我有个建议，待我们两家的住宅全部建成后，村里的主要街道由我们共同出资用青石板铺设一下，如何？"刘寿山说。

"还是叔想得周到。村里现在一遇到雨天，街道一片泥泞，特别难走，真有必要整修一番，给乡亲们提供一些方便。"刘作信说，"现在是万事俱备只欠东风了。我建议，近期咱们先筹备一下建筑材料，待秋风凉了正式开工建设。"

刘寿山说："我赞成。开工时，咱搞一个开工奠基仪式，就由老族长刘盛华等人共同剪彩。你看如何？"

"我同意。咱再征求一下二爷爷他们的意见，若无其他要求，就这么定下。"刘作信高兴地说道。

刘寿山返回胶州后，匆匆来到父亲的书房，把老家宅基地购置情况及筹建意见向父亲做了汇报，刘金桂听后连连点头，说："你们办得不错，作信办事还是很稳妥的。尤其是老族长亲自出面协调，这情意不轻啊，后面要好好答谢一下他老人家。另外，建筑材料的筹备很重要，应货比三家，好中选优，不要急着开工建设，筹备好了再说。另外，寻找一些有专长的工匠，也需些时日。所以，安排到秋季开工比较合适。你近期就回老家集中负责住宅筹建工作吧，先做个详细的预算，再抓紧办备相关的石材、木料、白灰、泥沙等材料，物色好瓦匠、木匠、帮工等人员。"

刘寿山说："这次工程量不小，光我一个人怕忙不过来，能不能再找几个帮手？"

刘金桂说："人手不足，你就向寿恭要吧，他在老家那边方便些。至于建筑材料的采购，原则上既要保证质量，又要勤俭节约，别大手大脚地造成浪费。"

"我知道了，爹，这事您交给我，就放心好了。"刘寿山说，"不过，我还有个建议，我想让徐青莲一块回去帮我招罗一下，管管建设账目什么的。"

刘金桂说："行，让她把胶州、招远两边的事情都兼顾一下。"

"好的，爹。"刘寿山把随身携带的一份规划图纸留下，匆匆走了出去。

刘寿山走后，刘金桂摊开建设图纸，仔细审阅起来。模糊不清的地方，便使用放大镜细看。不知何时，曾玉冰已经悄然地站在他的面前。曾玉冰说："看得挺专心啊！"

刘金桂抬起头，尴尬地说："你什么时候到的？快请坐。"

"大半天了！"曾玉冰说，"这是老家住宅建设图纸？挺下功夫的呀！"

"马马虎虎吧，我们大书铺这边初步规划建设三十幢四合院住宅房。"刘金桂说。

"你挺有打算啊，儿子、孙子、重孙子的住房都给准备好了。"曾玉冰冷冷地说，"看样子你这次动真格的了，何时回去养老？"

刘金桂缓慢地说道："树高千丈，叶落归根。我二十多岁来胶州创业，转眼已经半个世纪了，漂泊了大半辈子，也该回去颐养天年了。"

"可是，你人在胶州，我的心还有所依靠。如果你一旦离开，我会感到寂寥无依的，我有话跟谁倾诉？以后的日子你叫我怎么过啊？"曾玉冰声音有些颤抖。

刘金桂微闭眼睛，叹了口气，转而坚定地说："一块跟我回去吧！我给咱俩留了一处大点的房子，五间的。虽然说不上豪华，但十分精致，我想你会喜欢的。"

曾玉冰摇摇头说："你瞎说些什么呀！我自小在胶州长大，打生去你们招远，我可能不太习惯的。"

刘金桂说："你在胶州这边临近黄海，我在招远那边濒临渤海，两地气候相似，风俗习惯相近，饮食也差异不大，你去肯定会很快适应的。"

"拉倒吧，一方水土养一方人。我们相距好几百里，哪能差别不大？再说，去你老家，那里我人生地不熟的，连个耍伴也没有，天天不得闷死？"曾玉冰说。

"你去了以后，不是有我吗？闲暇没事了，我就陪你扭秧歌、敲肘子鼓。"刘金桂笑呵呵地说。

"哼，一肚子花花肠子。"曾玉冰唯有在刘金桂的面前像个孩子。

刘金桂说："都什么岁数的人了，我还花花肠子？有你就足矣！"

"男人就会连哄带骗，我可不吃你那一套。你以后也别动什么歪心思了。"

曾玉冰说："你若是有良心，就经常回胶州来看看我。"

刘金桂一脸茫然，笑笑说："那时，我怕走不动了，怎么来看你？"

曾玉冰立时泪眼盈盈，说："我不管，你走不动就用马车驮呗，反正你要经常回来看我。"

刘金桂一脸苦涩地望着窗外。此时，窗外下起了淅淅沥沥的小雨，如泣如诉。两棵大柳树在烟雨中默默伫立，朦胧而飘逸，仿佛给人一种勃勃生机和无限的向往……

第四十八回　蛇吞象贪婪成性　曾玉彪铤而走险

　　曾玉彪因为帮助德国圣言会教堂募捐一事，受到安治太主教的好评和奖赏，将其由传道员提升为执事，并发给两套典雅华贵的传教士衣袍。但安治太主教的奖赏并没有冲淡其当前的烦恼。一来，曾玉彪近期的野心进一步膨胀，自然必生忧烦。二来，近期繁杂的事情的确让其手足无措，异常恼火。本来，他一直对斯丁铭神父毕恭毕敬，可斯丁铭神父在追讨分红时翻脸无情，一点不体恤自己的难处。为了弥补红利上的亏欠，他不得不把大通绸缎庄与凤凰银楼低价出售，这使曾玉彪耿耿于怀。除此以外，刘寿祥与梁玉芳近期为其出了不少的难题，使他心烦意乱。本来，让刘寿祥去接替刁长廷管理大烟馆，曾玉彪是寄予厚望的，可偏偏他这个女婿不争气，懦弱无用，优柔寡断，在与阿三争夺胶州烟土市场较量中，屡屡退败。塔埠头苏阿七投靠德国人后，更是有恃无恐，多次向曾府发难，抢了曾府好多的生意，而刘寿祥竟然束手无策，听之任之。尤其可恨的是，刘寿祥在生意不顺、心情郁闷的情况下，又沾染了抽大烟的恶习，且越抽越重，根本不听家人的劝告，以至于烟馆的管理一片混乱。想起这些，曾玉彪追悔莫及，真后悔让刘寿祥来负责烟馆的事务，后悔这项安排害了刘寿祥及女儿一家人。另外，他在外面包养的小妾梁玉芳，近期毛病更多，与先前简直判若两人。刚娶回她时，梁玉芳提出，只要允许她继续外出唱戏就行，其他没有更多要求。她看上去对物质和钱财的要求并不是很强烈，平日给多少拿多少，从不斤斤计较。可自从五年前生了儿子以后，她整个人忽然变了，对金钱的欲望似乎一夜之间膨胀起来，不是今天要高档衣裳，就是明天要流行的首饰，总之，变着法儿要。曾玉彪考虑到她给曾家养了个儿子有功，也就没有计较，尽力满足她的要求。可是近几年生意不好做，进的钱少，满足不了她的日常开支，日渐引起了她的不满。为此，两人经常为要钱的事争吵。更有甚者，最近，她又提出，现在居住的平房太狭窄，要求在墨水河边上给她买套别墅。这可是一笔不小的开支，曾玉彪现在根本拿不出来。曾玉彪为此苦口婆心地劝她缓一缓，待生意好些，有了充裕的钱，他会给她买套更大的别墅。但是，梁玉芳却不依不饶，甚至威胁说，如果不满足她的要求，她就带着儿子远走高飞，从此永不相见，要让曾家断子绝孙。听了这话，曾玉彪真有点担心了，因为他知道梁玉芳性格任性，什么事都能够做出来。他决不能让她把曾家唯一的血脉带走。因此，好话说了一箩筐，并许诺：先做生意，钱一凑手，他就赶快给她买别墅。梁玉芳这才破涕为笑，让他信守诺言。曾玉彪虽然口头上答应下来，心里却陡然对梁玉芳增加了些许厌恶之情。

这天在家里吃午饭的时候，曾玉彪感觉没有胃口，仅喝了一碗米粥就放下了筷子。曾夫人问："我见你近期心事重重的样子，你怎么了？"

"没有啊，都很正常嘛。"曾玉彪装作若无其事的样子。

"上午，我听说云溪书铺房子漏雨，你要抓紧时间找人整修一下，眼看夏季涝雨来了，再不修就误事了。"曾夫人说。

曾玉彪心不在焉地说："不急，等几天我找几个师傅去修整一下。"

一提起修房子，曾夫人忽然问道："我听说去年秋天成文堂刘金桂已经派人在招远老家修住宅了，你知道这件事吗？"

"我早就听说了。刘金桂跟我打打斗斗几十年了，到头来还不是被我整成了缩头乌龟？他老老实实地回老家安度晚年，那是他的聪明之处。"曾玉彪得意扬扬地说道，"只可惜他积累的大笔财产是带不走的，到时候还不得低价卖给我？"

曾夫人说："你别做梦了，你没看见人家的儿孙个个生龙活虎的，他家的财产岂能让别人觊觎？"

听了此话，曾玉彪恼怒地说道："都是你不长俊，没有给我生几个儿子，让我老无所依。"

曾夫人冷笑着说："梁玉芳不是给你生了一个儿子吗，你还不知足？"

曾玉彪说："你若能给我生个儿子，我何必另娶小妾呢？"

"说得好听，我即使能给你生一堆儿子，怕你的花心也不会收敛的。"曾夫人说完，转身要走。

曾玉彪忽然拉住她的胳膊，和气地说道："你别走嘛，我还有话跟你商量。"

曾夫人推开他的手："有屁就放！"

曾玉彪一本正经地说："梁玉芳多年来一直住在外面，孤苦伶仃的。我想跟你商量一下，念她给曾家生了个儿子有功，就让她回到曾府居住如何？入门后，你为妻，她为妾，一切都听从你的安排。"曾玉彪的真实意图，是把梁玉芳接回家，断了她索要别墅的念头。

曾夫人愤然说道："我已经说过了，你在外面爱怎么鬼混我不管，但把人领到家里来没门！只要我还有一口气，你就休想。"说完，拂袖而去。

曾玉彪叹了一口气，嘟囔说："这个熊脾气，一点不通情达理，小心有一天我休了你！"

曾玉彪在家中生了一肚子气，驱车来到济生堂大药店。他差人去找石铁蛋，说是有要事商谈。自从刁长廷潜逃后，他的身边再也没有一个能说上话儿的人，曾玉彪只感到异常孤单。好歹还剩下一个鬼精蛤蟆眼的石铁蛋，跟随在自己身边，大小事也只好跟他商量。

石铁蛋匆匆进门后，没等曾玉彪开口，便说："东家，我刚从一个朋友那里得到了有关刁长廷的消息。"

曾玉彪立刻抬起头，急切地问道："他现在哪？什么情况？"

"我有个做生意的朋友是青龙山张啸天的亲戚，他告诉我，一年前，山大王张啸天原答应给刁长廷一大笔银两，但抢劫成功后，他很快翻了脸。尤其是看到貌美如花的单翠花，不禁心生邪念。想强行霸占翠花做压寨夫人，刁长廷不肯就范，被毒打一顿。然后，给了他一点盘缠，就把刁长廷轰下山去。刁长廷最后落了个人财两空的结局，还险些丢了小命。"石铁蛋一口气讲了很多。

曾玉彪站起来，在屋里来回踱步，说："我早就说过，像刁长廷这类忘恩负义之人是没有好下场的。"

"他不得好死！"石铁蛋附和着说道。

"可惜了他的一身才华。按说我对他不薄啊，他怎么可以做出吃里爬外的事情？"曾玉彪不无遗憾地说。少顷，他问："石掌柜，我待你如何？"

"那还用说，您待我有再生之恩，我一辈子也答谢不完的。"石铁蛋忽然有些紧张起来。

"知道就好，我一直待你像自己的亲兄弟，你可不能辜负了我的一片良苦用心啊！"曾玉彪说。

"不会的，我对东家愿意肝脑涂地，誓死效忠！叫我赴刀山下火海，当牛做马，我都愿意。"石铁蛋"扑通"一声跪在地上。

曾玉彪赶忙将他扶起："石掌柜，你这是干啥？快起来，我最信任你！"

石铁蛋起身后，给曾玉彪斟了一杯茶，然后端坐在桌子旁一把靠背椅上。

"石掌柜，我也不拿你当外人。眼下，我着实遇到了一点难处，今天请你帮我寻个破解的办法。"曾玉彪说，"你也知道，当下咱最大的困难是钱款周转不灵。上次刁长廷勾结土匪抢走了大笔银两，给我们造成重大损失。因为石印馆要上缴的红利，被迫把两个铺子卖了。可眼下，半年又到了，斯丁铭神父又开始催要今年上半年的红利。不瞒你说，你小嫂子正逼我给她买幢别墅。现在四处等着花钱，我上哪弄去？"

石铁蛋犹豫半天，说道："我有个主意不知当讲不当讲？"

"但讲无妨。"曾玉彪说。

"我听说上次我们给圣言会筹款，他们只是拿出很少的一部分用于教堂修缮，其他大部分银两放在一个仓库里。另外，听说斯丁铭神父喜好收集古董，积存不少的宝物，其中，有几件宝物是商周时代的青铜器，价值不菲。如果我们把这些钱和古董都搞到手，岂不是解决了大问题？"石铁蛋说。

曾玉彪起身向外看了看，又把门关紧，说："这样做不合适吧？风险太大。"

"有什么不合适的。那些捐款与宝物都是咱中国人的，我们拿来理所当然。至于风险，肯定是有的，只要我们做得天衣无缝就好。"

曾玉彪的眼里闪出一丝亮光："怎么做才好？"

石铁蛋拉过曾玉彪的一只手，在其手掌上写下"火取"两个字。

曾玉彪会心地笑了笑，说："此事非同儿戏，让我再仔细斟酌一下。"

"成功与否，在此一举！"石铁蛋鼓动他说。

曾玉彪在屋里继续踱步，没有搭话。

见曾玉彪还有些犹豫，石铁蛋说："您为圣言会教堂筹款，请问东家，圣言会教堂现在给了您什么职位？"

曾玉彪苦笑着说："六品执事。他们给我这么个职位已经好大的面子了。"

"您没考虑去做个牧师或神父什么的？"石铁蛋说。

"当然想，但是，有斯丁铭神父在，哪能轮得上我曾玉彪？"曾玉彪说。

石铁蛋笑笑说："事在人为嘛。我想制造一起火灾事故，不仅要火中取栗，拿回银子和财宝，还要取了斯丁铭神父的命，把他腾出的神父职位拱手送给您。"

曾玉彪听后出了一身冷汗，他没想到石铁蛋是个更狠的角色。可事到如今，他也拿不准主意。他忽然严肃地说："此事需要深思熟虑，我们的谈话千万保密，如若走漏了风声，是要招来杀身之祸的。"

石铁蛋见曾玉彪虽然有所顾虑，却已动心，于是，神色凝重地说道："您放心，我绝对保密。没有其他的事我先走了。"说完，悄悄地退出房间。

石铁蛋走后，曾玉彪的心情忽然变得愈加沉重，他知道，石铁蛋的计划，实在是一步险棋，一着不慎会全盘皆输。因此，自己必须三思而后行，决不能草率行事。

因为心情烦闷，加之中午刚与曾夫人争吵了几句，曾玉彪决定晚饭到梁玉芳那边去吃。

他乘马车穿过粮食街、杂货街和钱市街，拐弯向西来到了坊子街。下车后他先打发车夫原路返回，自己拎着一兜水果和一个布偶直接进了街西的一个胡同。刚进家门，梁玉芳迎了上来，接过提兜，问："买了些什么水果？"

"草莓，你们尝尝。"曾玉彪说，"儿子呢？"

"在屋里玩呢。"梁玉芳朝里面喊道，"小刚——"

这时，一个五六岁、长得虎头虎脑的小男孩跑了出来，直接扑向曾玉彪："爹！"

曾玉彪老来得子，对儿子特别宠爱。他一把抱起小刚亲了亲，将布偶递给他："小刚，我的乖儿子，爹给你买了个布偶，喜欢不？"

"喜欢！"小刚高兴地玩弄着布偶。

梁玉芳说："快下来，让你爹歇息会儿。"

"我不嘛！"小刚撒娇说。

"让爹再抱会。"曾玉彪此刻脸上露出了久违的笑容。他问："晚饭做好了吗？"

"刚蒸了一锅馒头。"梁玉芳说，"我再炒几个菜吧。"

曾玉彪说："来盘辣椒炒猪肉吧，咱俩一块喝两盅。"

梁玉芳掀开锅将馒头拾到篦子上，又麻利地炒了几个热菜，两个人坐在饭桌上对斟起来。别看梁玉芳是女辈，但酒量挺大，喝起酒来一点都不含糊，连曾玉彪也不得不甘拜下风。两杯酒下肚后，曾玉彪说："玉芳，你说儿子小刚长得像谁？"

梁玉芳说："像你，简直是一个模子刻出来的。"

曾玉彪说："我看长得更像你，你看他的眉毛有多细长？"

梁玉芳低头叹了一声，说："儿子长得是不赖。只是这么多年过去了，我们娘俩连个名分也没有，更别说进曾府的门了。"

"我承认就行了呗！"曾玉彪轻描淡写地说。

"光你承认有什么用？"梁玉芳有些伤感。

曾玉彪独自喝了一杯酒，沉闷地说："许多事情要从长计议，心急吃不上热豆腐。"

停了半晌，梁玉芳说："名分你不给，也就算了，那房子总得给我们置办吧？你看这里的房子，地势低洼，一到夏天，地都快出水儿啦，满屋子潮气。你一进家门，没闻到一股霉味吗？"梁玉芳喋喋不休地说道。

曾玉彪耐着性子说道："换房子的事我记着呢。自从上次刁管家勾结土匪打了劫，我又卖了两个铺子，现在济生堂经济上一时半会儿还没有缓过劲来。等生意好点，钱充裕了，我先给你们换个大房子。"

梁玉芳并不体谅他，说："你这是在给我画大饼呢。"

曾玉彪瞪了她一眼后说："在这一点上，你比你姐可差远了，她比你识大体顾大局。你呢，光会考虑自己。"

"人不为己，天诛地灭。这不是你说得吗？再说，我的要求过分吗？你整天花天酒地的，有需求了就回来一趟，没需求的时候，一连几天连个照面也不打，你知道我与儿子过的是什么日子？"

曾玉彪把筷子一摔，刚想发作，看到身边的儿子，又强压住胸中的不快，和颜悦色地说道："我没说你的要求过分，等我有钱了，绝对兑现。你以后就别再提这件事了好不好？酒不喝了，咱们吃饭吧！"

梁玉芳忙递给他一个白面馒头，他抓过来咬了两口，似觉没有胃口，又放到盘子里。说："酒喝得有点急了，头晕，我先歇息了。"说完，站起身跟跄着走向里间。

梁玉芳见状，慌忙搀扶着曾玉彪来到了床上，娇声说道："玉彪哥，你莫生我的气，妹妹心直口快，莫往心里去。"

"生你什么气？是我不争气。"他甩开梁玉芳的手，昏沉沉地一头倒在床上，兀自睡了过去。

等他睡到半夜，却没有了睡意。窗外一片漆黑，寂寥无声。梁玉芳用丰腴的胸脯紧贴着他的后背，双手在他腹部轻轻地抚摸，不时地挑逗他，可他像个木头人似的，毫无反应。梁玉芳不免心生怨恨："唉，这个老东西果真是越来越不中用了，枉费我的一腔激情。"她转过身子，背对着他，悄然入睡。曾玉彪见她熟睡了，便起身披衣坐了起来，想起昨天下午石铁蛋的建议，心中不免有些发慌。左思右想，总也理不出个头绪，依着床背又迷迷糊糊地睡了过去。

等他再次醒来，已是大天四亮了。

梁玉芳端过来一碗荷包蛋，说："玉彪哥，趁热吃了吧。你昨晚是不是做噩梦了？净说些胡话。"

"我说什么了？"曾玉彪惊恐地问。

梁玉芳说："好像说什么，烧死他，把箱子抬走……"

曾玉彪扭身一把抓住梁玉芳的胳膊，恶狠狠地问："你还听到什么话？"

梁玉芳的胳膊被捏得生疼，惶恐地说道："没有了，我什么也没听明白。"

曾玉彪很快恢复了常态，说："昨晚喝多了，做了个噩梦，醒后一点也不记得了。总之，做梦的事情不要跟任何人提及。"

"我知道了。"梁玉芳心有余悸地说道，"你赶快趁热吃吧。"

"嗯。"曾玉彪斜睨了她一眼，大口把鸡蛋吃掉。

等他乘马车回到济生堂的时候，已经是日升三竿了。可是，没等他坐稳，有一位年轻的修道士走了进来，说："曾先生，上午好，斯丁铭神父请您过去一趟，有要事商量。"

曾玉彪紧锁眉头，问："找我有什么事？"

"我也不知道。"年轻的修道士说道。

"你先回去，我随后就到。"曾玉彪说完，去更换了一件衣袍，然后，驱车前往。

刚进了斯丁铭神父的接待室，性情急躁的斯丁铭神父直截了当地说道："曾先生，前段时间我已经跟你打过招呼，今年上半年德华石印馆的收益分红准备好了吗？"

曾玉彪为难地说："近期因为开销较大，德华石印馆的收益分红被我挪用了，您可否再宽限几个月？"

"你开什么玩笑？安治太主教已经让人捎信来催要了，说是他们有急用。你若耽搁了，我怎么向他交代？"斯丁铭神父不但不松口，而且盯着他的脸说道："听说上次为圣言会教堂捐款，被你贪污了一大笔款项，可有此事？"说着，递给他一封检举信。

曾玉彪看后，脸色蜡黄，他气愤地喊道："小人，纯粹是小人污蔑之词。上次募捐我一次性向教堂上缴了一万多银两，难道您不清楚吗？"

"你没有做些假公济私的事情？比如说，另外向大户募捐，而中饱私囊？"斯丁铭神父用犀利的目光看着他。

曾玉彪擦了一把额头上的汗水，用嘶哑的声音说道："他们是栽赃陷害，你难道相信他们的鬼话吗？"

斯丁铭神父冷笑了一声，说："安治太主教让我尽快查清楚这件事，给他一个明确的交代。我想，这件事应该很快会水落石出的。"

"你尽管查去，斯丁铭神父，别忘了我在胶州的地位与影响力，我怕查吗？况且，我对德国圣言会是有重大贡献的呀！"曾玉彪此时，脸涨得通红。

斯丁铭神父见他情绪比较激动，一想到目前在胶州还有许多事情要依靠他，便有意缓和一下紧张的气氛。他上前握住曾玉彪的手说："曾先生，我知道你是圣言会忠实的教徒，安治太主教与我本人是信任你的，我不会因为一封举报信而误解你的。相信我，这件事情我会妥善处理的。"

曾玉彪一下子清醒了许多，说："斯丁铭神父，您有什么事需要我办，请尽管吩咐。"

斯丁铭神父见他的情绪平复下来，说："据我所知，山东是齐鲁之乡，有着古老的文明史，民间藏有大量的珍贵文物。你知道，我是一个文物收藏爱好者，对山东商周时期的青铜器、玉器等十分着迷，我想请您帮助收购一些。"

听到这，曾玉彪心头似乎松了一口气，心里骂道："斯丁铭神父真是个孬种，竟敢拿事要挟我。我就给他来个将计就计。"他抬头说道："山东的古文物的确很多，但大部分都落在商贾豪绅和地方官员手里，要想搞到手，需要大笔的银两呢。"

"钱不成问题，但东西必须好。你尽管去操作，我是不会亏待你的。"说完，他将那封举报信点燃，扔在旁边的炉子里。

曾玉彪已经恢复了常态，笑嘻嘻地说道："谢谢斯丁铭神父对我的信任，我愿为您效犬马之劳，赴汤蹈火，在所不辞。"

"在中国，你是我结交的最聪明、最能干的朋友。"斯丁铭神父夸赞说。

"您过誉了。"曾玉彪说，"听说您已经收藏了不少的好物件，可否让我开开眼界？也好为日后收购做些借鉴。"

斯丁铭神父稍有犹豫，然后，摊开手说道："请跟我来！"

他们穿过三道门后，来到一个暗室。斯丁铭神父打开一个铁制的大箱子，拿出几件稀世珍宝摆放出来。其中，最显眼的是一个商朝晚期的四羊方尊。曾玉彪当时看得目瞪口呆，他刚要上前用手抚摸，却被斯丁铭神父用手挡了回去，说："这些都是你们中国商周时期的宝物，珍贵的很，随便拿出一件，就抵得上你们胶州好几个商贾的财富。好好瞧瞧吧，长点见识。"

　　"您有这么多的宝贝，怎么还要我帮着四处搜罗？"曾玉彪不解地问道。

　　斯丁铭神父说："中国有句古话叫作'多多益善'。趁我在华工作这些年，多搜罗些中国的宝物，日后献给德意志帝国，完成我崇高的使命，我也就死而无憾了。"

　　曾玉彪冷笑道："斯丁铭神父不愧是德意志帝国忠实的信徒！"

　　"那是自然，为德意志帝国效忠是本人光荣而神圣的职责。"斯丁铭神父看上去十分虔诚。少顷，他说道："你以后除了帮助收集商周时期的青铜器，再重点搜罗一些古代玉器什么的，好吗？"

　　曾玉彪说："您放心，我会竭尽全力的。"曾玉彪拍拍胸脯说。

　　送走了曾玉彪，斯丁铭神父忽然感觉自己刚才的行为有些冒失，这些宝物怎能让外人知道？转念一想，曾玉彪不过是一个商人，他该不会动什么歪心思的。于是，刚才悬着的心很快放松下来。

　　贪婪的曾玉彪，此刻坐在马车上走了神。刚才巨大的诱惑，使他的心久久不能平静下来。他终于觉得，为了这笔丰厚的银两和宝物铤而走险是值得的。于是，他决定与石铁蛋好好筹划一下具体行动计划。

　　晚上，在济生堂曾玉彪的书房里，他问石铁蛋："你见过刘寿山与刘寿楠的字迹吗？"

　　石铁蛋说："见过，据我所知，刘金桂的楷体写得不错，他的这两个儿子行草写得好，在胶州是数得着的书法高手。"

　　曾玉彪说："今天我在斯丁铭神父那里见过一封举报信，行草字写得不错，字迹应该是他兄弟俩的。"

　　"他们父子不把你搞臭是不会罢手的。"石铁蛋妄加评论说。

　　"等我腾出手来，我再一笔一笔地跟他们算账。"曾玉彪说，"今天咱俩集中讨论那件大事。"

　　曾玉彪掏出一个大头烟锅，点了一袋烟，边吸边算计着，一直与石铁蛋商量到半宿，终于拿出一个自以为天衣无缝的周密计划。曾玉彪称其为"借刀杀人"计划。曾玉彪并许诺石铁蛋，事情成功后一定给予重赏，让其后半生衣食无忧。

其时，正值初夏，天气日渐燥热，而圣言会创办的育婴院，不知怎的流行起一种传染病，只几天的工夫，先后有十多个孩子病亡。石铁蛋借机迅速传播谣言。不久，社会上流传着这样的说法：这些死去的婴儿是被德国人掏了心挖了眼，做实验弄死的。这些传说很快激起了胶州居民的义愤。石铁蛋还暗中派人来到胶州杂货大街王铁匠铺那里，专门向好打抱不平的王春祥诉说德国育婴院拿中国婴儿做实验的事情，王春祥当场气得破口大骂，他决定此事不能算完，必须向德国人要个说法。第二天上午，他亲自召集数十名民众聚集到圣言会教堂的门前，要求圣言会斯丁铭神父出面澄清此事。许多民众高喊："反对拿中国婴儿做实验！""德国圣言会滚出中国！""严惩罪魁祸首斯丁铭！"

一时间，教堂的门口喊声一片，吵吵嚷嚷。斯丁铭神父从来没有遇到这种情况，吓得浑身哆嗦。他对身边的青年修道士汤诺思喊道："赶快去把曾玉彪找来，请他跟胶州城的民众沟通解释一下，我的中国话他们听不太懂。"

汤诺思急忙从教堂的后门溜了出去，骑马急驰到济生堂大药店，去寻找曾玉彪。此时，曾玉彪正在忙着给顾客抓药，待汤诺思说明来意以后，曾玉彪故作吃惊地说道："这些刁民，他们肯定是受到了什么人的蛊惑。斯丁铭神父的安全受到威胁了没有？"

"暂时还没有，但是这帮人正在摇唇鼓舌，无理取闹，斯丁铭神父怕他们情绪失控，自己又与他们说不清楚。因此，特请您前去交涉与解释一下，以免事态扩大。"汤诺思焦急地说道。

"既然这样，我去跟他们解释。咱们赶快走！"曾玉彪说完，把手中的一张配方交给身旁的店员，叫上石铁蛋，驱车直奔教堂。下车后，他们从教堂的后门走进，直接来到教堂的前大门。此时，众人的情绪激昂，现场一片嘈杂。

曾玉彪穿着传教士的黑色衣袍，快步走过来，高声喊道："各位父老乡亲们，斯丁铭神父因病不能前来，特委托我跟大家出面解释一下，请大家少安毋躁！"

铁匠铺王掌柜一看曾玉彪假惺惺地出现在现场，异常气愤，高喊道："我们不听汉奸走狗的解释，你赶快滚回去，让斯丁铭神父过来解释。"

"对，曾玉彪你这个大汉奸，赶快滚回去！"一部分民众跟着呼喊起来。

曾玉彪还要解释什么，民众便将他们篮子里的鸡蛋、蔬菜雨点般纷纷向他投掷过来，霎时，曾玉彪的脸上、身上沾满了鸡蛋汁与菜叶，样子十分滑稽与狼狈。但他没有退缩，抹了一把脸上的蛋汁，依旧诚恳地向大家解释道："各位乡亲，大家莫要这样，请听我解释一下好吗？据育婴院医生们讲，近期流行一种传染病，个别婴儿是因为受到感染才死亡的。大家千万不要听信谣言，拿孩子做实验的事，纯属子虚乌有！"

　　"我们凭什么相信你？"门外有的民众大声喊道。

　　"乡亲们，我也是中国人，如果真有外国人拿咱们的孩子做实验，我曾玉彪会第一个站出来反对。对于这件事，大家先不要忧虑，我准备组织一些专业人士专门去育婴院展开调查，一定查明事情的真相。我求大家给我三天的时间，调查清楚后，再向大家通报。你们觉得如何？"

　　众人半晌没有回音。这时，铁匠铺王春祥开口说道："既然曾玉彪先生愿意替我们去调查清楚，我们就给他三天的时间，三天后，我们在这里准时候信。大家散了吧！"

　　众人听了，只好悻悻离开。

　　民众走后，斯丁铭神父悄然出现在教堂的大门前，见到曾玉彪的狼狈模样，甚为感动，上前拉着他的手说："曾先生，让你受苦了！你今天给我解了围，帮了大忙了，让我如何感谢你？"

　　"能为斯丁铭神父效力，是我应尽的责任。"曾玉彪说，"这帮刁民，听风就是雨，很容易轻信谣言，我们应该继续做好解释工作。另外，我担心这帮刁民得不到准确说词，怕不会善罢甘休的。这里平日一定要加强安全保卫。"

　　"安全问题你不用担心，别忘了我们德国的军队就驻扎在胶州城里，他们敢胡闹，那是吃了豹子胆了。"斯丁铭神父不以为然地说道。

　　"您说得有理。不过，这帮人可不是省油的灯，我发现领头的那个人就是去年带头抗捐的王铁匠。我担心他们以后还会闹事。"曾玉彪忧心忡忡地说。

　　斯丁铭神父转头对汤诺思说："你给我调查一下这个人的详细背景，密切关注他的行踪。"

　　汤诺思说："我马上安排，您放心。"

　　"大家都别站在这里说话了，快进我的书房喝茶。"斯丁铭神父转头对曾玉彪说，"曾先生，你先去洗把脸，中午帮我陪客吧。"

　　曾玉彪问："哪里来的客人？"

斯丁铭神父说:"是潍县教堂法里耶神父去青岛办事路过这里,先在我这落个脚,吃个便饭。"

曾玉彪说:"我回去换洗一下衣服,中午宴会我就不参加了。"

"那我就不勉强你了。后面若有人再无理取闹,还请曾先生做好疏导工作。"斯丁铭神父双手作揖。

曾玉彪满脸堆笑,说:"有什么事情您随时吩咐就是了。"

曾玉彪与石铁蛋从教堂出来,驱车直回济生堂。下车后,石铁蛋说:"您这出戏演得挺精彩。"

曾玉彪眯着眼睛说道:"好戏还在后头呢!按原计划实施吧。你马上做好一切准备,今晚就实施行动!"

"是。"石铁蛋转身要走。

"慢着。"曾玉彪再次问道:"这几个人可靠吗?"

"可靠。我从烟馆那边挑选了六名训练有素、忠诚可靠的家丁,随时准备实施行动。今晚行动成功后,立刻发给他们一笔钱,让他们远走高飞。"石铁蛋见曾玉彪仍有顾虑,说:"对于个别靠不住的,我会当机立断的,决不会留下一个活口。"

曾玉彪喘了一口粗气,说:"此事必须确保万无一失!"

"我懂,东家。"石铁蛋表情凝重地说道。

曾玉彪一挥手:"去准备吧。"

石铁蛋走后,曾玉彪的心情忽然感觉比较沉闷,他打开窗户,一阵潮润的风扑面而来。原来明朗的天空,骤然间乌云密布,令人感到特别压抑。不一会儿,一道闪电划过,远处传来隆隆的雷声。紧接着,雨点便噼里啪啦地落下来。

曾玉彪心中不禁窃喜:"天助我也!这样的天气是行动的绝佳时机。"

雨稀稀落落地下了一个下午,傍晚的时候,忽然停止了,天空依旧是乌黑一片。

斯丁铭神父招待法里耶神父吃了晚饭,又在他的宿舍喝茶聊天。大约十多点钟的时候,斯丁铭整理了一下床铺,让法里耶神父先行睡下,自己则来到隔壁的一个房间。他觉得让出自己的卧室给法里耶神父,是最好的待客之道。

晚上十一点钟,月亮出来了,教堂大院铺上了一层银辉。化装后的石铁蛋领着六个蒙面大汉,悄悄地摸到了教堂大门前,石铁蛋一挥手,立刻有两名大汉冲进值班室，将正在打瞌睡的守护人打昏，口中塞上毛巾，然后，用绳子紧紧地捆住，丢在一边。接着，他们直奔斯丁铭神父的住处。斯丁铭的宿舍及储藏室是一排整齐的平房，在教堂主楼的东侧，与主楼毗连。这是圣言会最早的建筑，斯丁铭神父一直没有舍得扒掉，修整一番后，自己住了进去。门前绿树环绕，绿草成茵。屋后是一座小型假山，异常幽静。石铁蛋先是借着月光从窗户上向里面瞧了瞧，见床上的人睡得正香，他轻声说道："进去！"

一名大汉迅速撬开房门，石铁蛋带着两名大汉直奔房间，床上的人似乎发现了什么，刚要呼喊，被他们迅速用被捂住了嘴，床上的人拼命地挣扎，又被掐住了脖子，人很快便没了气息。

石铁蛋命令说："将斯丁铭尸首用被盖好。跟我到这边来。"说着，领着几位大汉穿过三道门，直奔斯丁铭神父的储藏室。

石铁蛋点上蜡烛，扫了一眼房间的布置，发现三只箱子并排放在一个角落，走过去迅速打开看了看，见两只箱子盛着银子，一只箱子放着古董，兴奋地说道："箱子全部抬走！"

待几个汉子吃力地将箱子抬出，一辆马车悄然而至。众人小心地将三个箱子抬到了马车上，四个人护着马车迅速离开。另外两个汉子留在石铁蛋的身边，其中，一个汉子问："掌柜的，下步怎么办？"

"点火，将斯丁铭神父烧掉！"石铁蛋果断下达命令。

两个汉子飞也似的跑进房间点上火，然后，他们三个人越墙而走。很快，只见教堂主楼东侧的平房，浓烟滚滚，火光一片，主教堂被火光映的一片通红……

待石铁蛋领着两个家丁赶回云溪书铺，曾玉彪已经指挥人员将三个箱子藏到了书铺下面的地下室里。见石铁蛋回来了，急切地问："那边什么情况？"

"教堂那片平房现已化为灰烬，那人恐怕早已炼成灰了。"石铁蛋说。

"你确定？"曾玉彪说。

"确定，我亲眼所见。"石铁蛋兴奋地说道。

"好，辛苦你们了！"曾玉彪说，"把银子给伙计们发了，迅速送他们出城，让其保证永远不得回来！"

石铁蛋立刻发给每人一个装银子的包裹，说："谢谢各位兄弟帮忙，你们带着银子连夜逃走吧，走得越远越好。请记住我的交代，凡泄密者必死无疑！"

"知道了，石掌柜。"伙计们接过包裹，跳上马车，迅速向城西大门赶去。

众人离开后，曾玉彪说："我们回济生堂休息吧。"

而此时，侥幸逃脱的斯丁铭神父正像惊弓之鸟躲在教堂假山上不知所措。原来，当晚他安排客人睡到自己的卧室，自己来到隔壁的房间住下，因为有心事，迟迟没能入眠。当他迷迷糊糊地睡着了以后，忽然听到隔壁打斗的声响，立刻意识到面临的危险。他二话没说，提起一件睡衣，从后窗跳了出来，慌慌张张地爬到房子后面的假山上，躲在树丛中，偷偷地观察着面前发生的一切。当他眼睁睁地看着那几个蒙面大汉将盛着银两与古董的三个箱子抬上车子，胸口像被挖了一块肉似的，疼痛难忍，恨不能冲下去，跟这帮强盗拼了。然而，一想到自己势单力薄的哪是他们的对手，只好努力控制住自己的情绪。而此刻，他尤为担心的是法里耶神父的生命安危，也不知他现在是死是活。然而，当平房被点燃后，斯丁铭神父清楚地知道，法里耶神父的命没了，强盗们放火，很明显是毁尸灭迹，销毁现场。他不禁在心里哭道："法里耶神父，对不起了，是你为我当了替死鬼。"

正当火光冲天的一刹那，他看到站在一旁的一位粗壮矮小的汉子，好生面熟。他终于想起来了，此人是德华石印馆的石铁蛋。瞬间他忽然明白了，原来眼前所发生的一切，都是曾玉彪幕后所为。他打了一个寒战，把头紧埋到草丛中。等他们全部撤离后，他哆嗦着穿上睡衣，裹紧了身子。他稍做镇静后，想到曾玉彪针对的目标是自己，自己当前的处境十分危险，万一让他们发现了自己还活着，必将被杀人灭口。他毅然决定：三十六计走为上策。可去哪里合适呢？他忽然记得有个叫怡云岭的地方，自己曾经去过一次。这里沟壑纵横，沟深林茂，且道观较多，是个躲避的好去处。所以决定马上去怡云岭躲藏一下。他一溜小跑，从教堂后门摸了出去，沿着街边，慌慌张张地向南方向逃去。可走了一程，因为身体虚弱，便累得气喘吁吁。正在他六神无主的时候，忽然发现一户居民门前拴着一头毛驴，他喜出望外，像抓住了救命稻草似的，悄悄地解开了驴子的拴绳，又轻轻地抚摸着毛驴的脖子，毛驴开始警惕地转动身子，但很快接受了他。斯丁铭神父抓住时机跳上驴背，仓皇向怡云岭逃窜……

第四十九回　　弄巧成拙引祸水　　曾玉彪身败名裂

年轻的修道士汤诺思睡在教堂主楼的卧室里，半夜时分，他朦朦胧胧地听到异常的声响，他镇静了片刻，披衣起身，从窗户上向外一看，主楼东侧的平房此时已经燃起熊熊大火。他下意识地想到，斯丁铭神父就睡在那片房子里，他的生命可能受到了极大的威胁。于是，他跑到主楼大厅，高声地喊道："着火了，快去救火啊！"

很快，教堂里的几名修士和其他杂差，蜂拥而出，随便找了一些扫把与铁锹，跟着汤诺思冲出大厅，来到了着火的平房跟前。

此时，正好刮起了东南风，火借风势，燃烧得更急，烟雾弥漫，火光冲天，现场充满"噼噼啪啪"的响声。汤诺思本是斯丁铭神父一起带来的一名修士，两人一直情同父子。他急得几次想冲进火海去救斯丁铭，都被一位年老的修士拽住。他跪在地上失声哭喊："斯丁铭神父，你在哪里？愿上帝保佑你！"

等到火势减弱时，他们冒着生命危险冲进了斯丁铭神父的卧室，抬出一具已经烧得面目全非的焦尸，安放在一处草坪上。年老的执事小心地为他盖上一条白布。几个修士站在一边默默地为他祈祷。

汤诺思跪在他的身边，悲泣流泪。眼前发生的一切仿佛都在梦中，他的脸上充满了惊恐和迷茫。

天渐渐地亮了，现场一片狼藉。大街上众多居民闻讯赶来教堂，想看个究竟，被守卫挡在门外。

年长的修士对汤诺思说："天快亮了，赶快去报案吧！"

汤诺思亲驾一辆马车向胶州衙门奔去。杨知州得到报案，立刻感到如五雷轰顶，在他掌控的地盘上，圣言会教堂的神父被杀，那是何等严重的事情啊！他亲自带领十五六个衙役匆匆赶到圣言会教堂，将现场包围起来，进行详细的侦查和勘验。

杨知州小心地掀开草坪上覆盖着的白布的一角，顿时，一股焦煳怪异的气味迎面扑来，他不由得一阵恶心，差点呕吐出来。但见此人肥胖的脸已经烧得面目全非。杨知州的心立刻悬了起来。他命令身边新任吏目张强道："赶快查明起火原因和杀人动机。"

张强便对汤诺思及几个最早赶赴火灾现场的修士逐一进行询问，并做了笔录。汤诺思告诉他："斯丁铭神父原来储藏间的两箱银子与一箱古董一同失踪了，想必他们是冲着钱财来的。"

张强问："既然东西得手了，为什么还要杀人放火呢？"

"会不会是杀人灭口？"汤诺思说。

张强又问："斯丁铭神父近期得罪过什么人没有？"

汤诺思说："我没有听说过。只是因为育婴院婴儿死亡事件，铁匠铺王掌柜曾率人来教堂向他索要过说法。"

听了他们的对话，杨知州眉头紧锁在一起，他感到此案绝非一般的抢劫杀人案。他对张强说："再到现场仔细搜寻，看看还有什么证据没有。"

张强便领着两个衙役又进了现场，仔细勘察。

正在这时，驻塔埠头的德国驻军汤加西上校带领约一个排的德军赶到，对着神父的尸体深鞠了一躬。然后，咄咄逼人地问杨知州："杨知州，这是怎么一回事？"

杨知州说："汤加西上校，你来得正好。我们接到报案后，马上带人赶了过来，正在全力侦查作案现场。"

"我是在问，这是一起什么性质的案件？"汤加西问。

"据初步判断，这是一起抢劫杀人案件，具体情况正在侦破之中。"杨知州说。

"我听说山东的义和拳，打着'扶清灭洋'的旗号，正在暗中四处活动。查一下，这起案件与他们有没有关系。"汤加西盛气凌人地说，"杨知州，不管怎么说，斯丁铭神父是死在你直接管辖的地方，对于他的死，你们是负有责任的。希望你们早日侦破此案，给我们一个明确交代，确保德国传教人士在华的生命和财产安全。"

"汤加西上校，我对斯丁铭神父的意外去世，深表悲痛和遗憾，我们会全力以赴去侦破此案的。"杨知州郑重地说道。

"好的，我等你们的消息。后会有期！"汤加西打了一个敬礼之后，转身离开。随后，德国士兵一溜小跑跟着走了。

汤加西上校走后，杨知州对年长的修士说道："先去买口棺材把斯丁铭神父的尸体殓了。暂时找个安静的地方存放好。我将派人对教堂严加保护。"

"谢谢杨知州，我马上去操办。"年长的修士说，"另外，我已经派人去圣言会总部去向安治太主教禀报去了。在没有见到他之前，我建议请执事曾玉彪前来教堂主持日常事务。不知可否？"

"那是你们内部的事务，我不便干预。但我有个提议，在斯丁铭神父安葬前，教堂先暂停一切洗礼活动。"杨知州说。

"我们同意，杨知州。我先行一步告辞了！"年长的修士说完急匆匆地走了。

待修士走后，杨知州转头对吏目张强说："留下一部分衙役在此协助维持秩序。其余的人去杂货街将铁匠铺王某抓捕，带去衙门审讯。"

"是！"张强立即做了分工安排，带领部分衙役向杂货街奔去。

杨知州也没在此停留，很快上了马车，打道回府。

曾玉彪听到教堂汤诺思的报信，已经大天四亮了。当他听到斯丁铭神父的噩耗，极为震惊，立刻更衣，驱车向教堂飞奔而去。他首先察看了一下火灾现场，然后，在汤诺思的陪同下，来到了教堂大厅斯丁铭神父的棺材前。他让汤诺思打开棺材，仔细看了一眼斯丁铭神父的尸体，只见他的全身被一块白布裹着，只露出烧焦的头部，面目全非。在他确认以后，便失声痛哭起来。他哭喊道："是我虑事不周，是我太麻痹大意了，为什么明知有人闹事，而没有采取相应措施，保护好斯丁铭神父的生命与财产安全？"

哭毕，他问汤诺思："报案了没有？"

汤诺思说："报案了，刚才杨知州带人来现场侦查过。德军汤加西上校也带人来过现场，责成杨知州加紧破案，早日给他们一个交代。"

"杨知州他们得到什么线索了没有？"曾玉彪漫不经心地问道。

"我也不知道。只听说杨知州要张吏目率人去杂货街抓捕王铁匠等人去了。"汤诺思说。

曾玉彪听后，心中窃喜，说："我看王铁匠这帮刁民，是什么坏事也做得出来的，但愿胶州州衙能尽快查明此案，将犯罪分子绳之以法，早日为斯丁铭神父报仇雪恨！"

听了曾玉彪的表态，年轻的汤诺思忍不住潸然泪下。他哽咽着说："曾先生，斯丁铭神父平日待我不薄，恩重如山。你一定要为我们做主啊，争取早日揪出真凶。"

曾玉彪尴尬地点点头说："你的心情我能理解，只要我们共同配合好，此案早晚会查个水落石出的。"

"谢谢曾先生。"汤诺思擦了一把眼泪说。

"不用谢。当务之急是把火灾现场尽快清理一下，免得众教徒触景伤情。另外，要尽快与安治太主教取得联系，一块商量一下斯丁铭神父的安葬事宜。"曾玉彪说。

"我们听您的。"汤诺思说。

曾玉彪刚要转身，忽然想起了什么，说："昨天中午斯丁铭神父接待的潍县法里耶神父去哪了？我怎么没有见到他？"

汤诺思说："是啊，从昨天傍晚至今天上午，我都没有见到法里耶神父的身影，他能去哪儿呢？难道说已经去了青岛？"

曾玉彪紧皱眉头，说："你查一下相关的人，看看有没有知道实情的。若这里的人都不知道，尽快派人去青岛与潍县那边查实。"

"我马上照办。"汤诺思说。

汤诺思走后，曾玉彪倒吸了一口冷气，心里想："类似巨野教案情况千万别在胶州发生啊，若法里耶神父做了斯丁铭神父的替死鬼，我面临的麻烦可就大了，曾府将面临灭顶之灾啊!"但他是个久经沙场和大风大浪的人，转眼的工夫，他的情绪便平复下来，若无其事地加入火灾现场清理的人群当中。

德国圣言会大教堂神父被杀的消息很快传遍了胶州城的大街小巷，人们议论纷纷，各种猜测和传言不断。

圣言会大教堂神父被杀案件，也很快传到了成文堂，刘金桂不禁暗暗纳闷：斯丁铭神父平日深居简出，谨言慎行，他究竟得罪了什么人而招此杀身之祸？难道是谋财害命？还是义和拳组织所为？还听说，德军上校汤加西怀疑此案与义和拳有关联，刘金桂不免有些警觉。他决定利用午饭时开个家庭成员会议，好给大家提个醒。

徐青莲提前下达通知，午饭前，刘金桂的儿子、儿媳、孙子、孙媳大部分都到齐了。刘金桂坐在餐桌的一端，饮着茶，慢条斯理地说道："今天利用午餐的机会，与大家唠唠嗑，没什么大事，大家不必紧张。首先，请寿山、寿楠简要地汇报一下近期的经营情况。"

刘寿山站起来，说："我先说吧。成文堂石印馆，自从德军进驻胶州后，生意时好时坏，今年上半年更是不太景气，能够保本就不错了。"

"什么原因？"刘金桂问。

"原因挺复杂的，一时半会我也说不太清，总之，与德军入侵山东有很大的关系。"刘寿山说。

刘金桂转向刘寿楠："说说你那里的情况。"

刘寿楠站起来，说："成文堂印书馆目前生意还好，客户有增无减，上半年获利可观。主要原因是我们的印刷质量好，并建立一批比较稳固的客户。"

"不错。质量与信誉是我们立足的根本。"刘金桂赞赏地说道。

刘麟庆站起来说道："东关成文堂书铺，目前生意也不错。我主要采取了坐地出售、流动出摊和登门服务多管齐下的办法，较好地扩大了销路。加之，我们除了卖自己的书籍，还从外地进了一些畅销书，相对成本较低，具有良好的竞争优势。"

"我们这个行当，只有周到服务，才能拴住客户的心啊。"刘金桂十分赞许他的做法。他又问刘龙庆："龙庆，古董店怎么样？"

"这两年我在古董店，边干边摸索，经营上的大事我都要向您请教，因此，平日没有什么大的闪失，基本上能够正常运营。"刘龙庆说。

刘金桂抬头扫了一眼，说："骏庆、凤庆也汇报一下。"

刘骏庆说："我在石印馆当了二年学徒工，去年下半年正式出徒了。现在石印各道工序和技术我已经基本掌握了。"

刘凤庆说："我在雕版印书坊学徒两年多了，对雕版印刷技术较感兴趣，我的雕刻技术已经能够独当一面了。"

"刘家的后生可畏啊，传统的雕版印刷业能不能顺利传承下去，全靠你们啦！"刘金桂的脸上泛出一丝欣慰的笑容，接着说道："德军占领胶州湾后，不但加紧了对中国经济的掠夺，而且加紧了西方文化的传播，对我们的传统文化形成较大的冲击。大家知道，我们的雕版印刷业是因私塾和科举的兴盛而繁荣的，一旦人们对科举失去信心，我们的雕版印刷业必然会受到严重冲击。为此，我们要居安思危，早预见，早发现，早做准备。我们筹办石印馆，就是顺势而为的。但不管怎么说，雕版印刷术是老祖宗传下来的宝贝，我们有义务和责任传承好，并要想法子将它发扬光大。"

刘寿山、刘寿楠等人带头鼓掌。

刘金桂一摆手，忽然严肃地说："趁此机会，我有个事跟你们强调一下。大家可能听说了，昨晚圣言会大教堂斯丁铭神父被杀，里面的银子与古董也不翼而飞。现在案件还没有侦破。不过，听说德军汤加西上校认为，此案可能与当地的义和拳有关联，正在派人捉拿胶州的义和拳头目。此案比较复杂和敏感，暂且不必管它。但是，联想到前年冬天咱们刘家遭诬陷的事情，大家不得不引起高度的警惕。我想问一下，在座的人当中，尤其是你们几个年轻人，有没有与义和拳联络过？或有过什么合作？咱关起门来说话，如果有的话，一定要告诉我。"

刘金桂环视一周，盯着几个孙子看了半天，见大家沉默不语，说："到底有没有？"

几个孙子先后都说没有。

刘金桂松了一口气，说："没有就好。咱是做生意的人家，不要随意参与社会组织的活动，不去跟着人家打打杀杀的。我在此立个规矩，过去不能，今后也坚决不能参加义和拳组织的任何活动。违者，家法处置！另外，近期大家都要格外小心，不要参与王铁匠他们的过激行为，不信谣，不传谣，遇事动脑子想一想，别跟着瞎起哄！几个孙媳妇与孩子们也尽量少出去串门，一早一晚没事都在家里待着。"

徐青莲插话说："就按爹说的办吧，近期各家有要出远门的，都需跟我打个招呼，能不外出的尽量不外出。"

众人答道："知道了！"

刘金桂对徐青莲说："上饭吧，孩子们可能都饿了。"

徐青莲与几个弟媳赶忙协助吴妈一起把饭菜端上桌来，大家便有序地坐好，有几个年幼的孩子伸手要去抓饭，被他们的母亲赶紧制止了。刘金桂看着满桌可爱的孩子们，悄然露出欣慰的笑容。

时间仅仅过了两天，胶州衙门的两位差役便来到了刘家，说是有要事查询，欲请刘金桂去趟衙门。刘金桂更换了一件衣服，准备前行。刘寿山一见急了，说："老父年岁已大，且身体不好。我是刘家长子，衙门如有什么要查询的事情，我去说明一下不好吗？"

两位当差相互对视一下，觉得刘寿山说得有理，领头的便吆喝道："你去也行，跟我们走吧。"

于是，刘寿山连衣服也没换，直接跟着他们走了。

此时，曾夫人买东西正好路过刘家门口，见刘寿山被衙门的人带走，心里一阵惊慌。赶忙来到济生堂大药店，询问曾玉彪："刘家的人为什么被衙门带走了？"

曾玉彪随意说道："可能是衙门怀疑刘家与义和拳的人有联系，因此，找他们审讯一下。"

"刘家怎么会与义和拳有联系？"曾夫人不解地问。

"有没有联系我哪知道？"曾玉彪说，"人家还没有认你这个亲家呢，看把你急的。"

曾夫人说："前年衙门的人曾经怀疑刘金桂与义和拳有勾连，把刘金桂折腾得死去活来。最后，不是证明人家是清白的吗？现在怎么又怀疑上人家来了？我看刘家人不会与这些人有瓜葛的。"

"人心隔肚皮。人家怎么想的，怎么做的，咱们哪里知道？你就甭管这些闲事了。"曾玉彪不耐烦地说。

"怎么是管闲事了，若是刘家再次遭了殃，这不牵扯到寿祥、闺女他们吗？"曾夫人说。

曾玉彪忽然从鼻孔里哼了一声说："你以后别再提刘寿祥了，真是个不争气的东西！"

曾夫人立时眼圈红了，说："都是你安排他去的鬼地方，在那种环境，什么样的好孩子还不学坏？我建议让他与石铁蛋的位子调换一下，让石铁蛋去烟馆那边做事更合适。"

"刁长廷走后，我身边只剩下石铁蛋一个心腹了，他在德华石印馆干得好好的，我怎么能随便换人？再说了，德华石印馆是咱与德国圣言会合股企业，重要岗位人员调整需经人家同意才行。"曾玉彪说。

"你觉得石铁蛋是你的心腹？他忠诚可靠吗？"曾夫人坦率地问道。

曾玉彪说："那是当然，我选的人错不了。"

曾夫人说："不瞒你说，前几天我去石印馆翻阅了那里的账簿，发现问题很多，存在大量做假账的嫌疑。"

"谁让你随便去查账的？以后没有我的许可，你不准随便介入石印馆的事务。"曾玉彪听后火了，冷静下来后，说："那些假账是我让他做的，目的是应付一下德国圣言会那边。你要知道，咱辛辛苦苦地干，不能把咱们的血汗钱都白白地送给圣言会，让他们不劳而获。"

"人家不是有技术和设备投资嘛，而且供应原料，帮助销售。依我看，咱只要认真履行合作协议就行了。"曾夫人说。

"妇人之见！"曾玉彪说，"与德国人打交道，你不长个心眼能行吗？当然，是要与他们处好关系，以便风险同担，利益共享。"

"我不懂得那么多的大道理，只想让寿祥早日离开烟馆。如果石印馆不容他，就让他继续去制墨作坊做事好了。"曾夫人说。

曾玉彪扫了她一眼后说："容我想想吧。你知道，近期的烦心事太多了。圣言会大教堂的案件尚未破案，我要主持教堂的工作，还要协助他们破案，天天忙得不可开交。另外，玉芳与小刚那边的日子过得不太顺心，天天跟我吵闹。"

曾夫人沉默半晌，终于决定说："把他们娘俩接回来吧，小刚毕竟是曾府的骨肉。"

曾玉彪听了，激动不已，说："夫人的胸怀非常人所比，玉芳为人处事能抵得上你的一半，我也就心满意足了。咱有话在先，不管什么时候，曾府你当家，她回来必须听你的。"

"听谁的无所谓。时间一长我也想明白了，我们都是女人，更应该相互体谅与扶助。其实，玉芳多年来过得也很不容易，况且，她为曾家生了个儿子，是有功的人。"曾夫人说，"此事你抓紧时间办吧。"

曾玉彪握着她的手，说："夫人，谢谢你了！"

曾夫人说："一家人不要客气。现在我最担心的是寿祥，让他尽快回制墨作坊吧，想办法帮他把烟戒了。"

曾玉彪说："行，这事我听你的。"

曾夫人看了他一眼说："你近日消瘦多了，都长黑眼圈了，一定注意歇息！"

"我知道，谢谢夫人。"曾玉彪苦笑一下，说："我预计安治太主教快到胶州了，我现在要去教堂等候他。"

"你赶快忙去吧。"曾夫人见曾玉彪这几天心事重重，也不敢多问。但有一种不祥的念头总是在心头萦绕。

待曾玉彪赶回大教堂，安治太主教已经来了。在一间宽敞的会客房，安治太主教会见了曾玉彪。曾玉彪说道："安治太主教好！有失远迎！"

"曾先生好，近期辛苦你了！"安治太主教紧紧握住他的手说。

"对于斯丁铭神父的不幸遇害，我深表遗憾，悲痛的心情无以言表。"曾玉彪说。

安治太主教松开他微微发颤的手说："我前段时间回德国休假，昨天刚回来。据可靠消息，不幸遇难的不是斯丁铭神父，而是潍县圣言会大教堂的法里耶神父。"

"啊，这么说斯丁铭神父还活着?"曾玉彪不禁大吃一惊。

安治太主教依旧平静地说道："是的，事情的经过是，法里耶神父当天夜里没走，斯丁铭神父本着待客之道，安排法里耶神父住进了自己的卧室，他则住在隔壁。因此，他侥幸逃过一劫。这一事件的发生，其情形竟与巨野教案事件如出一辙。"

"斯丁铭神父安然无恙就好!"曾玉彪很快恢复了原来的神态，说："请问，斯丁铭神父现在哪里?"

"你所问的，正是我之担忧啊!"安治太主教说，"事情已经发生三天多了，可依然不知道他的下落。我准备向德军寻求帮助，在全胶州城进行搜救。"

"如果需要，我把府上的几个家丁也全都派去参加搜寻。"曾玉彪说。

"很好，需要时我会通知你们一起行动的。"安治太主教说，"遵照法里耶神父生前曾经立过的遗书，他要求死后实行火葬，一部分骨灰撒到大海，另一部分安葬在潍县，永远厮守在他生活和热爱的地方。"

"法里耶神父真是个了不起的人啊!"曾玉彪的眼睛湿润了。

"只是，我不明白，为什么有人要杀害斯丁铭神父?"安治太主教问道。

曾玉彪说："很明显，这是一起杀人抢劫案。"

安治太主教说："他们取走了宝物，为何还要杀人?"

曾玉彪说："一种情况可能是抢劫钱财，杀人灭口；另一种情况可能是借抢劫之名，行凶报复。当然，此事不能排除当地义和拳所为。我听说胶州有个王铁匠，因为育婴院孩子死亡事件，曾率众来教堂理论过，并要挟过斯丁铭神父。只是当时大家都没有意识到问题的严重性。"

"你是说王铁匠他们勾结义和拳干的?"安治太主教说。

"这个我说不好，因为案情比较复杂，尚无法下此结论。"曾玉彪支吾着说道。

安治太主教说："这事我会向胶州州署提出外交抗议的，责成他们迅速侦破此案。"

"对，应该给他们施加些压力，早日查清案情，严惩不法之徒。"曾玉彪义愤填膺地说。

"曾先生，我有个请求，在斯丁铭神父安全返回教堂之前，由你代理教堂神父之职，主持教堂的一切事务，待斯丁铭神父归来，你再交接给他。如何？"

"我，我怕担当不起。"曾玉彪谦虚地说。

安治太主教说："我了解你，以你的能力和威望，完全可以胜任。"

曾玉彪受宠若惊地说道："谢谢安治太主教对小民的信任。我将竭尽全力代理好，决不辜负您的期望。"

"好了，你忙去吧。我与其他人还有些事情要谈。"安治太主教起身说道。

曾玉彪行了个礼，悄悄走出教堂的大门。

曾玉彪走后，安治太主教立即对身边的汤诺思严肃地说道："从今天起，派人暗中监视曾玉彪的一切举动和行踪，有什么异常情况随时向我汇报。"

汤诺思抬头挺胸，说道："遵命！"

曾玉彪在回去的路上，一直在细细品味他与安治太主教的对话，感觉并无破绽，于是，心里踏实多了。然而，斯丁铭神父还活着的消息，却使他如鲠在喉。他清楚地知道，斯丁铭神父不死，他的一切阴谋和行动迟早要败露。当务之急，是要尽快找到斯丁铭神父，斩草除根，决不能让他活着回来。

回到了济生堂大药店，曾玉彪把斯丁铭神父侥幸逃脱的消息告诉了石铁蛋，石铁蛋听后，大吃一惊，说："这个狗神父命真大！我们不能因他而功亏一篑，必须想办法除掉他。"

曾玉彪点点头说："我也是这么想的，只有尽快除掉他，此案才能最终不了了之。你说，他现在能藏在哪？"

"能不能暂时藏在哪个教徒家中？"石铁蛋说。

曾玉彪摇摇头说："他平日对中国人的戒备心理很重，危急时刻，他是不会轻易投靠哪一个教徒的。"

"他能躲到哪里去呢？"石铁蛋说。

曾玉彪回忆说："去年秋天，斯丁铭神父曾经要我陪同他去城南怡云岭考察过，他看到那里岭高林茂、沟壑纵横，且庙宇众多，甚是赞赏。当时他说：这里真是块神奇之地啊！因此，感觉他对此地情有独钟。"

"您是说，他躲藏到了怡云岭？"石铁蛋问。

"极有可能。你马上带上几个可靠的家丁，化装成砍柴的农夫，悄悄地摸进怡云岭，寻找他的下落。"曾玉彪说。

"找到以后怎么办？"石铁蛋问。

曾玉彪瞪了他一眼："还用我教你吗？一不做二不休，干掉他。但做的要干净利落，莫留后患。"

"我懂了。"石铁蛋站起身来。

"马上行动吧，我等你们的好消息。"曾玉彪说。

"是，东家！"石铁蛋说完，匆忙走出济生堂的大门。

石铁蛋回到石印馆很快挑选了五个身手不凡的家丁，化装成农夫，分乘两辆马车，向城南方向急驰。

怡云岭纵横东西，沟壑交错，植被茂密，山清水秀，虽然海拔不是很高，但依然给人耸立险峻的感觉。石铁蛋一行穿越城南大门，向南急行六七里，来到了怡云岭脚下。石铁蛋安排马夫去了附近的马车店待命，他们六人身背筐子和刀斧沿着一条小路急速向岭上进发。半路上，他们来到了谷家庙，这座庙南北坐向，四正两厢，分为前殿与后殿，院内长着几棵挺拔的苍松翠柏，几乎覆盖了整个庙宇。庙内香火不断，进进出出的人络绎不绝。石铁蛋他们坐在庙门的台阶上，与上庙的一位妇女闲聊，听说此庙供奉的是月老，本地男男女女到了求婚年龄，都愿意来求拜月老。也有的不愿自己出面，就委托父母来拜，每次上香求拜，特别灵验，多数有求必应。她还告诉他们，可能是夏天快到了，月老心情好，胃口大开，近几天香客白天进奉的水果、馒头等供品，晚上就被月老吃光。石铁蛋听到这个消息，喜出望外，他心里明白，庙里的供品被吃，很有可能是被人偷吃了。而偷吃供品之人是否就是落难的斯丁铭神父呢？

石铁蛋与那位妇女聊完了天，便招呼同伴继续向岭上进发。没走多远，他们走进了一片茂密的树林休息。石铁蛋安排两人去岭下弄点吃的，其余的人原地待命。他告诉大家，今晚他们就在谷家庙内歇息，要在这里守株待兔，抓获来偷吃供品的人。

傍晚，两名家丁到岭下饭馆买了些火烧、猪蹄、咸鸭蛋等食品，还有两瓶胶州老烧，大家喝了个不亦乐乎。等到天黑下来的时候，石铁蛋说："都吃饱喝足了，咱现在就去谷家庙，三人一伙在前殿两侧埋伏起来，谁也不准睡觉。一旦那个偷吃贼来了，大家一起上前捉拿住，看看到底是何方神圣？"

大家齐声应允，跟着石铁蛋悄悄地摸进了庙里，在前殿两侧隐蔽起来。初夏的夜晚，凉风习习，草虫唧唧，古庙深处泛出一股股潮气，让人感到一丝丝凉意。几个人猫在地上，紧张地听着外面的情况，直到深夜，没有任何异常。于是，他们便坐在地上，打起了盹儿。过了子夜，忽然，石铁蛋听见供案前有窸窸窣窣的异常声响，他立刻推了一把身边的人，悄悄地包抄过去。可是，他们的举动惊动了一只正在觅食的野猫，它一个箭步跳在地上，从人缝中逃走了。他们虚惊一场，又回到原地埋伏。可没过多久，几个人又都睡了过去了。

当石铁蛋揉了揉惺忪的眼睛，他发现，天已经露出了微弱的晨曦。而此时，他听见大殿前传来人的脚步声响。他"腾"地一下站起来，往前一看，有一道黑影从案几上跳下，夺门而去。石铁蛋大喝一声"站住！抓活的！"随后，与几个家丁紧追出来。

黑衣人先是笨拙地跑进一片丛林，石铁蛋与家丁们挥舞砍刀披荆斩棘，紧追不舍。

黑衣人钻出丛林，又跃进了一条沟壑，在茅草坪间穿行。几个年轻的家丁像野狼捕猎似的紧随其后。

黑衣人上了沟壑，仓皇地向岭上的一座关帝庙奔去。

石铁蛋他们追到关帝庙前时，黑衣人已经杳无人影。

家丁们立刻进了关帝庙内，只见院内几株苍松翠柏，十分茂盛，枝丫交错，遮天蔽日。因为是早晨，行人稀少，院内十分静谧。几个人刚进入殿内，被一位白胡子老道长拦住："站住！这里是关帝圣庙，岂容外人随意闯入？"

"老道长请别误会，我们是来捉拿盗贼的。您刚才看见一位黑衣强盗进庙了没有？"石铁蛋说。

老道长蔑视道："我看你们这些山村野夫分明才像强盗，这里是清静之地，哪来的什么黑衣强盗？"

石铁蛋盯着关公、关平、周仓三尊高大的神像，心有不甘地说："我们既然来了，就要进去看看，请老道长行个方便！"

老道长怒斥道："大胆！贫道几十年，还没有见到像你们这样骄横无理的人。今天要进去，除非从我的身上踏过去！"

正在他们僵持不下的时刻，院内一位年轻的道士喊道："我刚才看到一位黑衣人从门前经过，向西面方向跑了。"

石铁蛋听了，疑惑地问："真的？"

"我亲眼所见！"年轻道士说。

"快出去追!"石铁蛋呼喊道,带领几个家丁蜂拥而出。

过了一会儿,老道长示意小道士将外面大门关好。他轻轻地拍了两下巴掌。黑衣人从关公神像的后面走了出来。他扑闪着蓝色的眼睛,用生硬的中国话说:"谢谢老道长的救命之恩,愿上帝保佑你们!"

老道长说:"本是举手之劳,您甭客气!"

"此处不是久留之地,我要尽快离开,免得给您增添麻烦。"黑衣人说。

"我也担心他们再杀个回马枪,你赶快上路吧。"老道长说完,从衣兜里取出一锭银子,说:"这点银子你拿着路上急用吧。"

黑衣人也没有推辞,接过布包说:"老道长恩重如山,改日定当报答。"

"区区小事,不足挂齿。您从庙的后门走吧。"老道长说完,示意小道士上前引路。

"谢谢您,告辞了!"黑衣人深深鞠了一躬,然后,随小道士匆匆离开。

老道士待他们离开后,匆忙打开了前门。

石铁蛋一行向西追了一程,累得气喘吁吁,却连个人影也没有发现。他们担心是小道士欺骗了他们,于是,又匆忙返了回来。刚走近关公庙,一位年轻的家丁眼尖,惊呼道:"你们看,在庙后有个黑影正在挪动。"

石铁蛋说:"应该就是黑衣人,快去给我追,抓活的!"

家丁们于是分头包抄过去。

说来也巧,原来晴朗的天气,忽然变得云雾弥漫,能见度越来越低。黑衣人跑着跑着,似乎迷失了方向,只能像一只无头的苍蝇一样,慌不择路。而且,经过这般折腾,他已经感到浑身疲乏不堪。但他咬着牙,继续挣扎着向前奔跑。谁知,跑到近前一看,前面竟是一道悬崖峭壁,下面是一条幽深的沟壑。回头看时,那帮汉子已经手提砍刀、木棒围了上来,将自己的后路死死堵住。这时,只听见有人喊道:"快上,抓活的!"

黑衣人仰天大笑说:"上帝保佑我!"说完,眼睛一闭,毅然跳下悬崖。

石铁蛋失落地走近悬崖边,望着烟雾弥漫、深不见底的深壑,低声说道:"对不起了,斯丁铭神父,愿你一路走好!"

家丁们此时也都被黑衣人的壮举惊呆了,随后,他们默默地低头默哀。

"走吧,我们回去吧!"石铁蛋最后瞥了一眼悬崖,心有不甘地走了。

石铁蛋一行回去后,赶紧向曾玉彪汇报了事情的经过,曾玉彪紧锁眉头问:"你有没有派人去崖底看看?"

"没有。悬崖太深了。"石铁蛋说。

"活要见人，死要见尸。你们做事怎能如此莽撞？"曾玉彪训斥道。

石铁蛋说："崖谷深不见底，人一旦跌落，必无生还希望。"

"不怕一万，就怕万一。"曾玉彪踱了两步，说："既然如此，就不必深究了。你再与家丁们叮嘱一下，一定要管好自己的嘴巴。"

"我懂。"石铁蛋说。

"这两天辛苦你了，赶快去休息吧。"曾玉彪说。

"不辛苦，铁蛋理应效犬马之劳！"石铁蛋说。

此时，曾玉彪终于吁了一口气，露出一丝得意的笑容。

中午，在成文堂刘金桂的书房里，刘金桂正与两个儿子及大媳妇议事。刘金桂对刘寿山说："这两天衙门的人没有难为你吧？"

"没有，他们对我的态度还算和气。重点询问刘家与义和拳有没有瓜葛或人员往来，我坚决矢口否认。"刘寿山说。

"咱生意人，从来不与义和拳掺和，没有任何把柄可抓。他们干屎抹不到咱头上！"刘金桂说，"王铁匠他们什么情况？"

刘寿山说："我听一位衙役说，因为上面对胶州州署施加了压力，衙门为了早点结案，加紧了对王铁匠案件的审讯，并开始动刑，打得王铁匠皮开肉绽。但王铁匠宁死不屈，死不认罪。但他的两个伙计不行，骨头软，屈打成招，承认他们与义和拳有勾连，并配合义和拳的人制造了杀人抢劫案。"

"重刑之下，必有冤鬼！可怜王铁匠他们无辜受到牵连，而真正的凶手却逍遥法外。"刘金桂气愤地说道。

"我听说案发当晚，斯丁铭神父没有被烧死，真正烧死的是潍县圣言会大教堂法里耶神父。"刘寿楠说。

"这么说，斯丁铭神父还活着？"刘金桂兴奋地说，"只要他活着，事情真相迟早要大白于天下，真正的凶手是逃不掉的，王铁匠他们还有翻案的那一天！"

"因为案情比较复杂，鲁南教区安治太主教与德军亲自参与此案的调查与监督。"刘寿楠低声说道，"他们已经对曾玉彪产生了怀疑。"

刘金桂吃了一惊，说："不可轻信谣言，以讹传讹。当然，人在做天在看，到底谁是凶手，谁也逃不过老天爷的眼睛。"

徐青莲迟疑了半天，说："爹，我有个建议，咱们把寿祥一家三口接回来住吧，我总觉得他们的处境很危险。"

刘金桂拿出长长的铜烟锅，点燃了一袋，说："这个时候去接他们，有些不合时宜啊！等等再说吧。"

刘金桂一言九鼎，大家便没再吱声。

刘金桂说："各家都嘱咐一下孩子们，近期少外出玩耍，注意自身安全，千万别节外生枝。"

"爹，您不用担心，最近各家管得严着呢。"徐青莲说。

正当大家准备离开的时候，刘金桂忽然问徐青莲："老大媳妇，如果寿祥他们回来，住在哪里比较合适？"

徐青莲说："大院西侧还有三间平房，可否让他们住在那里？"

刘金桂点点头说："你看着安排吧，先收拾一下，做一些准备。"

大家出了书房，徐青莲对刘寿山说："爹的心里还是很挂牵老四及他家人的。"

"那是当然，手心手背都是肉啊！"刘寿山看了她一眼说："你别看爹平日吹胡子瞪眼的，其实他的心肠可软着呢。"

"爹就是刀子嘴豆腐心！"徐青莲说。

"你抓紧时间给他们添置点家具和日常用品。"刘寿山说。

"我知道。"徐青莲忽然想起了什么，说："遇到这种情况，我的表姐曾平平那里不会遇到什么麻烦吧？"

"与她有什么相干？你多虑了。"刘寿山淡淡地说道。

"没有就好，但愿她平安无事。"徐青莲说。

此时，曾平平正在修道院做祈祷，仿佛她的心情很难平静。自从圣言会大教堂杀人案件发生后，总感觉有人在她的背后指指点点。后来个别人悄悄告诉她，她的父亲曾玉彪可能卷入了教堂案件，正受到安治太主教的怀疑。这使她感到极为郁闷和心焦，为父亲、为家人产生了诸多担忧。她决定瞅个时机回家一趟，当面问一下父亲究竟参与教案事件没有。晚饭后，她趁外出散步的空儿，迅速甩开熟悉的人，出了修道院的大门，拦了一辆马车，急匆匆地赶回曾府。

她的蓦然出现，使曾玉彪与曾夫人感到十分的突然和欣喜，曾夫人拉着她的手，仔细地端详着她的脸庞，喃喃地说道："闺女，你还是那么漂亮，只是清瘦多了。"

"妈，您却苍老多了，都有白头发了。"曾平平眼中噙着泪水。

"都这个岁数了，哪有不老的道理？你还没有吃饭吧，妈给你做面条吃。"曾夫人说。

"我就爱吃妈做的面条。"曾平平说。

站在一旁的曾玉彪说："快让闺女坐下来说话。"

曾夫人走后，曾平平开门见山地问曾玉彪："爹，修道院里有人传说你参与了教堂杀人案，不知是真是假，你能否告诉我实情？"

曾玉彪一愣，说："是谁说的？"

"修道院一位叫李汝的修女，她跟斯丁铭神父平日比较要好，好像是听神父说的。她还叮嘱我，不要把这个秘密说出去。"曾平平说。

曾玉彪笑了，说："你别听她胡言乱语了，斯丁铭神父已经死了，人死岂能复活？"

"不，斯丁铭神父没有死，他还活得好好的。据李汝讲，斯丁铭神父虽然死了两回，但都化险为夷。第一次是法西耶神父为他做了替死鬼，他从另一个房间逃走；第二次是在怡云岭被恶徒追赶，无奈跳下了悬崖。幸运的是，他跳崖时，被崖壁上的一棵老松树担住，幸好遇到一位采药的老翁，将他用绳索救了下来。然后，又秘密送回了圣言会大教堂。"曾平平说。

曾玉彪听后大吃一惊，手中的茶杯一下子跌落在地上，说："不可能，我去教堂，怎么没人告诉我这件事？"

"李汝是个诚实之人，她决不会撒谎。"曾平平弯腰将地上的碎片捡起，又用抹布将地上的茶水擦干。

"也许他真的没死。最近，安治太主教的住处任何人不准靠前，斯丁铭神父很可能就住在他那里。可是，他们为什么要瞒着我呢？"曾玉彪自言自语地说道。

"爹，你说实话，你到底参与了此案没有？"曾平平心中有一种不祥的感觉。

"傻闺女，你看像是那种杀人越货的人吗？别轻信谣言！"曾玉彪此时已经恢复了原来的神态，说："大人的事情你们不用操心了，快去厨房吃饭吧。我现在要到济生堂去一趟。"说完，匆忙离开了曾府。

他们父女间的对话，曾夫人在门外听了个一清二楚。曾玉彪离开后，她不禁长叹一声："曾府大祸临头了！"然后，她端着面条，轻轻地走了进来。

"妈，这么快就做好了？"曾平平说着，上前接过碗筷。

"快坐下，趁热吃了。"曾夫人装作一副若无其事的样子，"你爹呢？"

"他说要去趟济生堂，有急事处理。我看爹像是有什么心事。"曾平平说。

"他天天乐乐呵呵的，能有什么事啊。"曾夫人停顿了一会儿，说："平平，妈不在你身边，你平日自个要学会照顾好自个，一定少惹事。最近这些日子你没事不用回家了，有事妈自会去看你的。"

曾平平懂事地点点头，没有作声。

曾夫人爱怜地瞅着曾平平吃饭，慈祥地说道："慢慢吃，看你还是小时候的吃相。"

"妈，时间长了不见您，心里挺想您的。"曾平平说。

"家中的大门始终为你敞开，如果有一天你想还俗，妈会更高兴。"曾夫人说。

曾平平摇摇头，坚定地说："好马不吃回头草。已经不可能了，我已经不是先前世俗的平平了。妈，您多保重，我走了！"

曾夫人依依不舍地端详着女儿，说："人各有志，妈不勉强你。我去找辆马车送你。"

一会儿，车夫顺子驾车来到曾府门口，曾夫人扶着女儿上了马车，一直在晚风中伫立远望，直到马车消失得无影无踪。

曾玉彪并没有去济生堂，而是驱车直接来到德华石印馆，找到了石铁蛋，两人在石铁蛋的办公室里进行了一次秘密谈话。曾玉彪说："你知道吗，斯丁铭神父并没有死。"

"我明明看见他跳下悬崖去的嘛，这么深的崖，人根本没有复生的可能。"石铁蛋说。

"可是，这个老家伙的命就是这么硬，他跳崖后，被悬崖上的一棵老松树担住，恰好被一位采药老翁救下，秘密送回了圣言会大教堂。这几天我还一直蒙在鼓里呢。"曾玉彪说，"我也是刚刚得到这个消息。"

石铁蛋懊悔地说道："都是我不好，做事不干净利落。"

曾玉彪说："自责的话就不要说了，赶快想一想下一步的对策吧。"

石铁蛋说："即便是斯丁铭神父活着，他也没有理由怀疑我们吧？咱没有什么把柄落在他的手里。"

"你敢确定咱一点破绽也没有？"曾玉彪问。

"我敢断定！参与行动的人全都消失得无影无踪，他无凭无据地怀疑咱们有用吗?"石铁蛋说。

"可我总感觉有什么不妥的地方,还是做好两手准备吧。"曾玉彪说,"安治太主教这么提防我,肯定是对我有所怀疑。"

"东家,您说怎么办?"石铁蛋说。

"你马上派人把你的家眷安排回老家吧。先从我账上支二百两银子给她们用。"曾玉彪说,"一旦我遇到不测,你就护着我的家人回平度老家落脚。把现存的银两分给曾府的家丁、佣工及石印馆的伙计们,让他们各自谋生去吧。"

"石印馆怎么办?"石铁蛋问。

"一把火烧了,决不能留给德国人。"曾玉彪说。

石铁蛋思考半天,又问:"那件宝物呢?"

曾玉彪无奈地说:"当给刘金桂的古董店,由刘金桂保管吧,在胶州只有他保管我才放心。"

"刘寿祥一家子怎么办?"石铁蛋又问。

"送他们回刘家吧,也该回去了。"曾玉彪意味深长地说道。

"可是……"石铁蛋话还没有说完,被曾玉彪打断了。

"这事我亲自跟他们去说。"曾玉彪说,"事不宜迟,赶紧取了那件古物送去成文堂。"

成文堂古董店,刘龙庆正在结账,石铁蛋敲门走了进来,说:"刘掌柜,我们东家要来这里洽谈一笔买卖。"

刘龙庆赶紧礼貌地说道:"二位请进!"

进了店里,曾玉彪说:"我有件要事要与你爷爷商谈,不知道他是否在此?"

"如果需要,我让骏庆叫爷爷去。"刘龙庆说。

"那就有劳刘大掌柜来一趟吧。"曾玉彪说。

刘龙庆知道曾玉彪匆匆忙忙地来找爷爷,肯定有重大事情,也不敢怠慢,马上安排骏庆向爷爷禀报去了。

刘金桂听到信后,什么也没问,说:"叫长弓陪我去一趟吧。"张长弓是张飞毛的儿子,现在已经做了成文堂的家丁与保镖,很是尽心尽力,刘金桂对他视同亲人。

当他们来到成文堂古董店的时候,见曾玉彪正在喝茶,石铁蛋身边还有一个用红布包裹的东西。曾玉彪一见刘金桂,赶紧起来招呼说:"对不起,打扰刘大掌柜了!"

"不打扰，欢迎您来。"刘金桂说。

石铁蛋红了脸，说："东家，您来了?"

"是铁蛋啊，快请坐。"刘金桂说。

"能不能借个地方说话?"曾玉彪说。

"跟我来。"刘金桂领着他进了一间密室，亲自给他斟茶。

曾玉彪笑笑说："有酒没有?"

"有啊，喝一个?"刘金桂说。

"好，咱俩喝上两盅。"曾玉彪并不客气。

刘金桂出门叮嘱了龙庆几句，一会儿，拿来两瓶胶州老烧，上了一盘炒花生米、一盘猪蹄和一盘糖蒜。刘金桂说："没有准备，将就着喝点吧。"

"有这些吃的满不错了。"曾玉彪端起一杯酒说，"称亲家我不敢，就称兄弟吧。我先敬兄弟一杯!"

刘金桂说："曾大掌柜何时学会客气了。能坐在一块的人就是兄弟。"

曾玉彪抓起一只猪蹄啃了一口，说："兄弟，我今天来是找你做一笔生意的。直说了吧，我近期刚从德国朋友那里买了件宝物，叫四羊方尊，想暂时当在您这里。"说完，起身去外间抱了进来。

刘金桂打开包裹一看，大吃一惊，说："真是件好宝物，价值连城啊! 它应该是商朝时期的吧?"

"刘大掌柜，您真是识货，在下佩服!"曾玉彪又独自喝了一杯。

"你缺银子了? 你想当多少银两?"刘金桂吃了一个花生米。

"只当一百银两就中。"曾玉彪说，"一个月的期限，到时我若不亲自来取，这四羊方尊就归您所有了。"

"那不成，这宝贝是无价之宝，我不能捡您这么大的便宜。"刘金桂说。

"什么便宜不便宜的，放在您这儿我放心。"曾玉彪说。

"不行，不行，我不能收。如果这样做，我刘金桂岂不成了不仁不义的人了?"刘金桂摆摆手说。

见刘金桂坚辞不收，曾玉彪有点焦急了，他叹了口气说："兄弟您就别再推辞了，实话跟您讲吧，我近来身体欠佳，患了重病，说不定哪一天就一命呜呼了。而这件宝物是咱中国人的宝物，决不能让外国人拿走。虽然咱们打了半辈子架，但我十分佩服您的为人。我认为，这物件只有放在您这里才能保得住。"

刘金桂听了，心里陡然明白了许多，他知道曾玉彪可能遇到了不可预测的麻烦，正在做最坏的打算。他把四羊方尊这样贵重的宝物交给自己，肯定是经过激烈的思想斗争的。不管怎么说，这是中国的宝物，理应由中国人保管好。他抬起头来，沉静地说道："既然如此，我先替您存着。希望您能够按期来取。"

"拜托了，兄弟，谢谢您。我再敬您一杯。"曾玉彪双手端起酒杯，一饮而尽。

"只要您信任我刘金桂，我会全力保护好它的。"刘金桂说。

曾玉彪给刘金桂斟满了酒，然后说道："我还有一件事情相求。您的孙子刘才庆今年已经八九岁了，他可是您刘家的根啊，我想把他正式交还给您，让他们一家三口近期都回成文堂生活吧。"

刘金桂摆摆手说："自从寿祥离家出走，我就没有打算让他回来过。"

曾玉彪说："血浓于水，他们可是您的亲骨肉啊！"

"您宽限几天，让我为他们准备一下住房，回来怎么也得住得舒适一点。"刘金桂终于妥协了。

"行，什么时间成行，我等着您的好消息。"曾玉彪起身说道，"时间不早了，我们要回去了。"

刘金桂马上让刘龙庆取了一百两银子，连同宝物收据，一并交给了曾玉彪。

曾玉彪如释重负，他把收据撕掉，说："收据我就不要了。您多保重！拜托了！"

"您也多保重！"刘金桂还礼道，亲自将他们送出大门外。

曾玉彪回到了济生堂，从一个柜子里取出一包银子，对石铁蛋说："你拿着，赶快送回家去，从速安排好，让他们马上离开胶州。"

石铁蛋欲推辞，曾玉彪说："快拿着，别啰里啰唆的。"

石铁蛋将它们放到一个菜篮子里，含泪快速离开。

曾玉彪走后，刘龙庆说："爷爷，我担心这个四羊方尊来路不正，它会不会是一个烫手的山芋，给我们带来麻烦？"

刘金桂说："且不要管它的来路，它是咱老祖宗留下的宝贝，这是不争的事实。他交给咱们保管，是不想让外国人拿了去。因此，风险再大，我们也要留下，决不能在我们的手里出现闪失。"

"我是担心曾玉彪故意把祸水引向咱们刘家。"刘龙庆说。

"先别管太多了，我已经答应了人家，咱就得信守诺言。"刘金桂说。

"爷爷，您真是个敢作敢当的人。"刘龙庆说。

刘金桂嘱咐道："赶快将那物件放到秘藏室里。注意，你们一定要守口如瓶，注意保密。"

"您放心，爷爷!"刘龙庆与刘骏庆迅速将四羊方尊搬走藏了起来。

第二天早晨，曾玉彪早早地起床，对着镜子仔细地刮了刮胡子，又让曾夫人帮着把头梳好，他忽然想起明朝诗人陈昂的一首《镜中》小诗，不觉吟诵出来："镜中双鬓雪，相见更可怜。偃蹇居牛后，敲推敢马前。一家寒露叶，万事暮秋蝉。开口不曾笑，人间八九年。"

曾夫人听不懂这首诗词的意思，只感觉曾玉彪内心似有无限的悲戚之情。

曾玉彪梳洗完毕，换了一件黑色的衣袍，特意穿上平日喜欢的那双鹿皮靴。环视了一下四周，然后，柔情地对曾夫人说道："我们拥抱一个?"

曾夫人一愣，之后默默地上前，紧紧地拥抱着他。曾玉彪在她耳边轻声地说道："如果我真的发生了什么不测，就按我昨天晚上的安排去做吧。"

"我知道。但你不会出事的。"曾夫人终于控制不住自己的感情，泪水夺眶而出。

"多保重，夫人!"曾玉彪毅然甩开她的胳膊，昂首挺胸，大步朝院子走去。

按照约定，今天安治太主教邀他一起去少海为法里耶神父举行海葬。

曾玉彪刚进教堂大门，安治太主教一行人已经等候在那里。安治太主教上前迎接道："曾先生早，请上车!"

"您先请!"曾玉彪站到一边礼让他。

他俩先后上了马车，汤诺思随后敏捷地跳上车，坐在了他们的身后。

赴少海的路上，安治太主教开口说道："法里耶神父来中国传教已经三年多了，他先后在潍县建起一所教堂，办了一所女子学校、一所医院，做了很多有益于潍县百姓的事情，深受当地百姓的爱戴。他的不幸离世，是德国圣言会的重大损失啊!"

"我与法里耶神父虽然只谋过一面，但他的大名我早有耳闻。听说他是一个生活简朴、勤恳敬业、富有理想的传教士，在潍县享有很高的声望。他的不幸遇难，让我悲痛不已，我深表哀悼!"曾玉彪边说边擦去眼角的泪水，"中国有句老话，叫作'天有不测风云，人有旦夕祸福'。法里耶神父的去世，实属偶然，令人遗憾。"

安治太主教瞄了他一眼，继续说道："法里耶神父生前有个遗愿，他说，他深爱中国及潍县的百姓，他死后一部分骨灰就地安葬在潍县，一部分撒入大海，随波回归故乡。今天，我们就满足他的这个愿望。"

"愿他的灵魂早日升入天堂。"曾玉彪双手祈祷说。

"只是杀害他的凶手至今逍遥法外，法里耶神父若神灵有知，他会死不瞑目的！"安治太主教神情庄严，目光远眺前方。

曾玉彪浑身不自觉打了一个寒战，右手不自觉地伸向腰间。

汤诺思见状，迅速掏出手枪，对准他的后背。

曾玉彪从衣兜里掏出一块手帕，擦了一把额头上的汗珠。

安治太主教继续说道："对于这类如此残忍的歹徒，上帝是决不会轻易放过他们的！"

"不管什么原因，杀人越货的行为就是强盗行为，罪大恶极，不可饶恕。我听说胶州衙门已经抓捕了四五个与义和拳有联系的暴徒，教堂案件很快就要真相大白了。"曾玉彪冷静地说道。

"哦，案件实情已经坐实了？"安治太主教问。

"州衙的人讲的，应该确定无疑吧。"曾玉彪说。

"你信吗？"安治太说。

"我信。"曾玉彪点点头。

谁知安治太主教从鼻孔里"哼"了一声说："中国衙门行事，总是让人难以置信。"

马车不知不觉地行驶到了塔埠头码头。今天的码头完全没有以往车水马龙的繁忙景象，显得格外清静。只有一条客船似乎专门等候在那里。

安治太主教一行下了马车，有一位中年修士虔诚地抱着法里耶的骨灰盒向客船走去，安治太主教、曾玉彪等一行五六个人紧随其后。这时，从客船上下来一位一袭黑袍的神父，缓缓走上前来迎接。

曾玉彪定睛一看，竟是斯丁铭神父。斯丁铭神父主动招呼道："曾先生您好！怎么几天不见，您似乎憔悴了许多？"

曾玉彪脸色陡变，但竭力平和地说道："斯丁铭神父您好！大难不死，必有后福。我真为您逢凶化吉而高兴。您现在的身体好吗？"

"只是受了点风寒，身体暂无大碍，一时半会儿上帝那里还不要我。今天为法里耶神父举行葬礼，我怎么也得按时参加。"斯丁铭神父说。

"您请注意休息。我再次衷心地祝福您！"曾玉彪说。

安治太主教微微一笑："两位老故人，有什么话进去说吧。"说罢，领着众人进了船舱。

曾玉彪上船后，选择了一处靠窗的地方坐下。待大家坐定后，安治太主教说："诸位坐好，在正式为法里耶神父举行海葬之前，我想请胶州圣言会大教堂斯丁铭神父给大家讲一个故事，好吗？"

众人的目光"唰"地一下投向了斯丁铭神父。只见他挺起腰，扫视了一下在场的各位，侃侃而谈："大家还记得吧，七天前法里耶神父去青岛出差路过我这里，当晚在胶州圣言会大教堂住下。我把自己最好的房间腾给了他，以尽地主之谊。当天晚上的半夜时分，我在隔壁忽然听到一阵激烈的打斗声，想必是法里耶神父被歹徒所害。我连忙穿着睡衣侥幸从窗户上逃走，躲到了院子后面的一座假山上观望。只见歹徒们将我存放的三个装着银两与古董的箱子运走，然后，一把火烧了房子。可怜的法里耶神父替我当了冤死鬼，尸首被大火焚烧的不堪入目。"

听到此，曾玉彪面无表情地偷看了斯丁铭神父一眼。

"歹徒们可能以为他们做得干净利落，天衣无缝，但他们还是露了马脚。借着火光，我发现领头的歹徒是一位低矮粗壮的汉子，仔细一看，竟是曾玉彪府上的当差石铁蛋。"斯丁铭神父追忆说。

"你血口喷人！你不是说他们个个蒙面吗？你怎么能够断定那人是石铁蛋？"曾玉彪气愤地说道。

"我躲在假山上看得很真切。我的一位修士第一时间来到现场灭火，有幸捡到了一把钥匙。经过查验，它是德华石印馆石铁蛋办公室的钥匙。"斯丁铭神父说。

"一把钥匙说明不了什么问题，更不能作为证据。"曾玉彪冷笑一声狡辩道。

"当时为了活命，我连夜逃进了怡云岭躲藏起来。可没有想到，几天后仍旧遭到曾玉彪的追杀。他派帮凶石铁蛋率五六个家丁前去怡云岭围追堵截，将我逼得跳了悬崖。可是，有上帝保佑，我跳崖时落到了崖壁上的一棵老松树上，被一位采药的老翁救下，并秘密送回教堂。"斯丁铭神父眼中噙满泪水。

现场一片唏嘘，大家把愤怒的目光转向了曾玉彪。

"斯丁铭神父，您真会编故事，堪称'天方夜谭'。"曾玉彪看起来依旧若无其事。

这时，安治太主教开口说道："就在今天早晨，我派人查封了曾府的云溪书铺，从书铺的地下室里找到了他们抢劫的两箱银两及一个古董箱子，除了一件重要的古董失踪以外，其他东西全部查获。在人证物证面前，曾玉彪你还有什么话要说？"

曾玉彪的脸一下子涨得通红，随后平静地说道："既然你们都掌握了，还要我说些什么？"

安治太主教继续说道："既然你不愿多说，我替你说吧，前不久在教堂发生的一起骇人听闻的杀人纵火案件，是曾玉彪一手炮制的，性质极其恶劣。他不光是为了谋财害命，而且想杀了斯丁铭神父，由其取而代之，以便管控胶州圣言会大教堂的宗教事务。其心可诛啊！"

"杀了他，为法里耶神父报仇！"汤诺思等人喊道。

曾玉彪眼见罪行已经暴露，但仍不甘心，平静地说道："你们既然已经查取了我的犯罪事实，为什么不把我交给胶州衙门审讯？"

"中国的司法机构我信不过。今天，我要以宗教的名义审判你，拿你的鲜血来祭奠法里耶神父的英灵！"安治太哈哈大笑起来。

汤诺思立即动手上前捉拿，不料被曾玉彪一拳击倒，接着，他纵身一跃，从窗户口跳进了大海游向远方。

安治太主教吃惊地望着大海里奋力挣扎的曾玉彪，大声喊道："快开枪，别让他跑了！"

可一眨眼的工夫，曾玉彪不见了踪影。从小在海边长大、水性极好的曾玉彪，一个猛子扎进海水，一鼓气游出去好几十米远。

海面上风平浪静，仿佛什么东西也不存在。这时，有一只渔船缓缓地出现在众人的视线之内。曾玉彪从海水中钻了出来，抬头见了小船，像见到了一颗救星，拼命向小船游去。

原来前来搭救他的人是刘寿祥，他在小船上大声喊道："快上船！"

曾玉彪深吸了一口气，快速游近小船。当他的双手抓住船舷的一刹那，汤诺思一直瞄准他的毛瑟枪响了，曾玉彪身上涌出殷红的鲜血在海水中慢慢洇开。终于，他的两只手慢慢松开，整个身子缓缓地沉入到大海之中。

"你上来啊，你怎么松手了？"刘寿祥双手捶胸，大声哭喊起来。突然，两颗子弹飞来，直射其胸膛。

他的胸口霎时溢出一股鲜血，身子一歪，跌倒在船上。他抬头遥望古城，艰难地说道："爹，儿子不能给您尽孝了，对不起了！"说完，静静地趴在了船上。

一群海鸥，发出惊恐的叫声，骤然从他的身边掠过，飞向缥缈的远方……

在船舱里，长吁了一口气的安治太主教，与众人面对法里耶的骨灰盒默立致哀，之后，他声音低沉地说道："法里耶神父，您看见了吗？我们为您报仇了！您安息吧！"

一直在后面跟踪安治太主教行踪的顺子，看到了眼前悲壮的一幕，不禁伤心落泪。他一个侧翻上了马，飞速向德华石印馆奔去。当他临近大门时，两个家丁迅速为他打开了大门。曾夫人与石铁蛋、曾亮亮焦急地迎了上来。

顺子下马后，痛哭失声，哽咽道："刚才，东家与刘寿祥在海上被德国人射杀了……"

"该发生的事迟早要发生的。"曾夫人痛苦地闭上眼睛。

曾亮亮大喊一声："寿祥，你在哪？等着我！"说着，发疯似的向门外冲去。

石铁蛋一个箭步冲上前去，挡住了曾亮亮的去路。大声说道："你不能去，德国人很快就要过来了，你们赶快走吧！不然来不及了！"

"顺子，备车！"曾夫人定了定神，说，"石掌柜，你带上家眷赶快走吧。"

石铁蛋说："曾夫人，我的家眷已经安顿好了，您不用担心。我不能走，我要在这里掩护你们。而且，我要完成东家最后的遗愿。你们赶快撤吧。"

曾夫人心疼地说道："石掌柜，难为你了。"

"不，为了完成东家的遗愿，我万死不辞！"石铁蛋说。

"你多保重！"曾夫人深情地告别。

这时候，梁玉芳提着一个包袱，领着儿子跑了过来："姐姐！"

曾夫人迎上前："快与孩子上车吧。"

"大娘，你先上！"曾小刚喊了一声。

曾夫人把他拥在怀里，亲了亲他的脸蛋，然后，抱他上了车。之后，曾夫人从马车上拿下一个皮箱子交给石铁蛋："这里有些银子，你马上分发给所有的家丁、佣人及伙计们，让他们各自谋生去吧。"

"好的，我马上去办。"石铁蛋说。

顺子驾车催促道："曾夫人，赶快上车！"

曾夫人上了车，与石铁蛋挥手告别，两辆马车随即急促地向城西方向奔去。半路上，曾亮亮忽然从后面的一辆马车上跳了下来。

曾夫人命顺子紧急停车，喊道："亮亮，快上车!"

"娘，对不起，我不跟你们走了，我要去接寿祥，孩子交给您了!"曾亮亮挥挥手，向城东跑去。

曾夫人痛苦地摇摇头，说："顺子，继续赶路吧!"

在德华石印馆，石铁蛋将银两一一分发给曾府的家丁与伙计们。之后，众人与他挥泪告别。

待众人散去，石铁蛋迅疾来到石印作坊，将几桶油泼在印刷纸上及刚印制的书刊上。然后，紧闭作坊大门，手拿一支火把。

此时，安治太主教已率人将石印馆团团围住。斯丁铭神父在院子里跟石铁蛋喊话："石掌柜，请你冷静一些，赶快打开门，有什么事情好商量。只要你有立功表现，我愿向安治太主教举荐你做德华石印馆的大掌柜。"

为了拖延时间，石铁蛋故意问道："什么算是立功表现?"

"告诉我，曾玉彪的夫人去哪了?"斯丁铭神父说。

石铁蛋说："你去他的府上找啊，到这里来干什么?"

"他的府上没有人。你知道她去哪了?"斯丁铭神父说。

"我当然知道了，你们找她干什么?"石铁蛋问。

"我们想向曾夫人讨要一件重要的宝物。"斯丁铭神父说。

石铁蛋说："你们甭问她了，这事我知道。"

"那你赶快告诉我，宝物现在哪里?"斯丁铭神父问。

"你要知道，我是个商人，在商言商，我帮你找到宝物，你给我什么好处?"石铁蛋说。

"你出来，我们面谈好吗?"斯丁铭神父说。

石铁蛋冷笑道："你别哄我了!你把我当成小孩子耍?"

安治太主教探头说："我，你认识吧?"

"认识，你不就是鲁南教区主教安治太吗?你在山东可是家喻户晓的大人物。"石铁蛋说。

"我的话你应该相信吧?"安治太主教说。

"当然!"石铁蛋说。

"如果你与曾玉彪划清界限，写一份揭发曾玉彪杀人抢劫的罪行材料，并帮助斯丁铭神父找到那件失踪的宝物，我愿意升任你为德华石印馆的大掌柜，并把曾府的住宅大院奖赏给你!你觉得如何?"安治太主教说。

石铁蛋听了，哈哈大笑起来，说："安治太，你别做美梦了！我不瞒你说，我原来是个孤儿，当过乞丐，是我的东家曾玉彪给了我今天的荣华富贵。他对我恩重如山，我岂能背叛于他？是你们杀害我的东家，我与你们势不两立！德国佬，滚出中国去！"说着，他果断地将手中的火把扔向纸堆。

安治太主教气急败坏地喊道："快开枪！"

两名射击手从窗孔里一齐向石铁蛋开了枪，石铁蛋晃了一下身子，高喊道："东家，我随你去了！"

霎时，印刷作坊燃起熊熊大火，火光冲天，浓烟滚滚。

一股热浪冲来，安治太主教打了个趔趄。斯丁铭神父一把扶住他，并大声向众人喊道："快救火呀！"

人们临时找了一些扫帚、拖把等工具，赶了过来。

但火势凶猛，烟气太盛，众人根本靠不了跟前，只能眼睁睁地看着石印作坊里所有的设备与书籍顷刻间化为灰烬……

第五十回　重传承统筹布局　刘金桂告老还乡

安治太主教一行眼睁睁地看着德华石印馆先进的石印设备和豪华的作坊，顷刻之间被大火吞噬，异常地懊恼与愤怒，气得说不出一句话来。斯丁铭神父上前安慰说："您不要上火，房子烧了，我们可以重建；设备毁了，我们可以重进。只要惩处了这伙恶人，我们就消除了心头大患。"

一阵风伴着烟灰吹来，安治太主教呛得咳嗽了几声，说："事情还没有了结，我们总得对胶州衙门有个交代。回去再说吧。"他艰难地上了身后的马车。

安治太主教一行刚回到圣言会大教堂，胶州衙门的张强吏目已经率人等候在院中。

"你们来做什么？"斯丁铭神父警惕地问。

"我们奉命前来缉拿教案犯罪嫌疑人曾玉彪，请赶快将人交出。"张吏目说。

"张吏目真会开玩笑，你抓犯人到我们这里来干什么？"斯丁铭神父不动声色地说道。

"据可靠消息，今天早晨曾玉彪被你们带走了。可有此事？"张吏目直言道。

"这个，我还不太清楚……"斯丁铭神父尴尬地支吾着。

这时，安治太主教神情坦然地说："不错，我们与曾玉彪是见过面，而且一同乘车去了少海，给法里耶神父举行海葬。但不幸的是，在他的滔天罪行被戳穿之后，我们亲眼看见他跳海自杀身亡了。"

"谁能证明？"张强问。

"我与汤诺思能够证明。"年老的修士吴玉明站出来说。安治太主教说："大家请屋里谈吧。"

他们来到大教堂一楼一个专用的接待室，斯丁铭神父向张强等人讲述了曾玉彪的犯罪动机与作案经过，汤诺思和相关证人都为斯丁铭神父所述作证，张强的随从一一做了笔录，然后，请斯丁铭与汤诺思等人签字画押。

在做完笔录以后，张强严正地说道："中国是一个独立主权国家，有独立的司法权，中国领土上的任何罪犯，都应依照中国的法律处置。"

安治太主教冷笑一声后，说："曾玉彪虽为中国人，但他图财害命，杀害了德国圣言会大教堂的神父，罪不可恕。他的畏罪自杀，完全是咎由自取。当然，这个案件的发生，也充分暴露了你们中国地方官员对德国传教士保护不力的行径，违背了两国达成的相关协议。对此，我保留继续起诉胶州知州失职、渎职的权力。"

张强原来听说过安治太主教是个极难对付的家伙，今日见面，果真如此。他不想此时与安治太主教发生正面冲突，于是，平和地说道："本衙门历来对中国民众与外国的传教士一视同仁。凡是在中国领土上遵纪守法的商人与传教士，我们都会全力给予保护。曾玉彪虽是胶州人，但他现在一直在与你们德国人协作，并为教堂做事，你们应该了解他的为人，并加以防范。法里耶神父不幸遇难，实在令人遗憾。我们会从中汲取这次深刻教训。今日谢谢斯丁铭神父及各位的配合，告辞了！"

安治太主教面无表情地说道："你回去捎个信，杨知州什么时间方便，我想跟他会个面。"

"欢迎安治太主教造访！"张强说完，率众衙役离去。

张强回到州署以后，立刻向杨知州做了汇报。杨知州略有思忖，说："曾玉彪是一个唯利是图、极不安分的商人，他自己走到今天的地步，也是罪有应得。既然圣言会的人替我们处决了，也省得我们再费周折。"

"德国人这次是越轨了，难道就这么忍了吗？"张强说。

杨知州叹了一口气说："胶州都让德军占领了，你跟他们硬碰硬还有好果子吃？若再深究，你我连饭碗也得砸了。此案侦查到此为止，你就按犯罪嫌疑人曾玉彪畏罪自杀的名义，写一个文案报莱州府交差了事吧。"

"铁匠铺那帮人呢？"张强问。

"还用问吗？全部无罪释放。"杨知州说。

"我担心没有个说词，他们不服啊。"张强担忧地说。

杨知州说："你怎么这么死心眼？他们前段不是在圣言会大教堂聚众闹过事吗？抓捕他们没有错。警告他们，以后若谁再敢违背大清戒律，滋事生非，必将严惩不贷，新账旧账一块算。"

"我懂了。"张强说。

"此事还不能掉以轻心,派人密切监视安治太主教在胶州的行动。"杨知州停顿了一会儿说,"不管怎么说,曾玉彪是胶州很有影响力的风云人物,他的家眷现在什么情况了?你派人打听一下,暗中派人保护好,别让德国人斩草除根。"

"我马上派人打探一下情况。"张强说。

而此时,刘金桂带领刘寿山、刘寿楠、徐青莲、刘麟庆与曾亮亮已经来到了塔埠头的岸边,放眼望去,一只渔船像一只断线的风筝,正在少海无助地颠簸漂浮。船上有一条黑影横卧船舷。

"寿祥,你等着我!"曾亮亮一下子从岸上跳进了海里,奋力向小船方向冲去。

"快拉住她!"刘金桂看了一眼刘麟庆。

刘麟庆跳进水里,上前拽住她的胳膊用力将她拉了回来。

"你马上雇几个水手,连船带人拖上来。"刘金桂对刘寿山说。

"曾玉彪怎么办?"刘寿山问。

"人都没了,何必计较?一并打捞上来吧。"刘金桂咳嗽了两声说,"寿楠,你去负责联系买两口上等材料的棺材,将他们殓了。"

"好的,爹。我们马上去办。"刘寿楠说。

徐青莲说:"海边风急浪高,您与亮亮回去吧,别受了风寒。"

"嗯,你也一同回去吧。"刘金桂说完,强忍着悲伤,吃力地上了马车。

曾亮亮被徐青莲扶上马车,见她浑身有些发抖,徐青莲脱下自己的外衣,给曾亮亮披上。

"谢谢你!"曾亮亮抽泣着说。

"都是自家人,别客气。"徐青莲安慰她说。

沉默半晌,曾亮亮开口说道:"爹,都是我的错,都怪我没有劝住寿祥,才出现这样的局面!"说着,不停地抹着眼泪。

刘金桂悲愤地说:"孩子,不关你的事,你不要自责。寿祥虽然不谙世事,但其行为乃义举啊!不枉为一个堂堂的男子汉!"

"谢谢爹的理解!"曾亮亮含泪说道。

刘金桂问:"你妈他们现在安全吗?"

"安全。他们已经回到乡下我姥姥那里了。"曾亮亮说。

"我的大孙子呢?"刘金桂问。

"他随我妈一块去乡下了。"曾亮亮说。

刘金桂点点头说："这就好。方便的时候你把孩子领回家吧。"

听了此话，曾亮亮终于失声大哭起来。说不清是欣慰还是悲伤。只感觉快十年了，她们娘俩终于得到了刘家的原谅和包容，她从此可以堂堂正正地做刘家的媳妇了。只是这份关爱来得太迟了……

临近中午的时候，刘寿山雇佣的两名水手终于将曾玉彪的尸体打捞上来。他们将刘寿祥与曾玉彪的尸体暂时用马车托运至曾府大院。而此时，刘寿楠购置的两口棺材也刚好运到。从修道院闻讯赶回来的曾平平悲痛欲绝。

刘寿山向寿楠、麟庆等人叮嘱了几句，然后，乘马车急速赶回了刘家。

在客厅里，刘金桂手持铜烟锅，大口大口地吸着老旱烟，屋内弥漫着一股刺鼻的焦油味道。刘寿山低声问道："爹，我四弟的后事如何处理？"

刘金桂迟缓地抬起头，反问："你说呢？"

"把他埋在老家的祖茔地好吗？"刘寿山说。

刘金桂摇摇头说："不成。"

"为什么呀？爹。"徐青莲焦急地问。

刘金桂说："寿祥这孩子自小在胶州长大，已经把胶州当作他的第二故乡了，他对胶州是有感情的。再说，他是为了救曾玉彪而死的，就让他们在胶州做个伴吧。"

"爹，我们兄弟几个百年之后是打算回招远老家安葬的。我不想把四弟孤零零地一个人留在胶州。您还是让他回老家去安葬吧。"刘寿山眼含热泪，再次恳求道。

"他已经回不去了。"刘金桂重重地叹了一口气，说，"你要知道，刘家有一条族规：凡是吸食大烟的子孙，死后一律不准葬在祖坟地。即使我有心让他回去，族规难违啊！族长及几个议事的长辈是不会同意的。"

"爹，我懂了。"刘寿山无奈地点点头。

"你在胶州选块风水好的地方，花钱买下，将他早日安葬吧。"刘金桂说。

刘寿山答应了一声，起身要走。

徐青莲问："曾亮亮与孩子怎么办？"

刘金桂说："接他们回家吧。马上安排孩子去读私塾，别荒废了他的学业。至于老四媳妇，咱就尊重她的意愿，她愿意改嫁，咱不拦挡。愿意待在刘家生活，咱们热情欢迎。"

"爹，我知道了。我马上派人把她们的住房打扫一下。"徐青莲说，"另外，我想四弟媳是个有文化的人。她回来后，我想把管家的钥匙交给她，以后这个家就由她来打理如何？"

刘金桂说："你是长媳妇，干得好好的，岂能撂了挑子？你这个管家的职位，是任何人取代不了的，别多想了。"

"谢谢爹的信任。"徐青莲行了个礼悄然离开。

三天后，在刘寿山与刘寿楠等人的操办下，曾玉彪与刘寿祥一起在怡云岭安葬。

寿祥下葬时，刘金桂拒绝参加葬礼，只是送去一副挽联，挽联写道："此去经年，爱儿抱怨，何时再见父？英才天妒，杜鹃啼血，难料奈何人。"

当天中午，刘金桂自己关在书房里不出，自斟自饮。两杯老烧下肚后，刘金桂仰天长叹："都说我刘金桂倔，可老四你比老子还倔，你就不能当面说上一句服软的话？你要是早一点回来，在刘家安安稳稳地过日子，何至于走到今天的地步？白发人送黑发人，是上天的惩罚呀！"说完，两行浊泪夺眶而出。由于连日来心力交瘁，刘金桂终于病倒了，连续几天，不思茶饭。

这可急坏了全家人。徐青莲赶紧请来一位老郎中，给他诊治。老郎中给他号了脉，又开了一个药方，递给了刘寿山。刘寿山迫不及待地问："请问先生，我爹得的是什么病？严重不？"

"一时急火攻心，致使老东家心慌气短胸闷。虽说不是很严重，但若不及时治疗，极易引发一些并发症状。"老郎中说，"先把这几服药吃了，观察一下再说吧。"

徐青莲付了银子，说了几句道谢的话，一直将老郎中送出门外。

这时，曾亮亮从厨房里走出，小心地端着一碗鸡汤来到刘金桂的床前。

"爹，这是刚炖的老母鸡汤，您趁热喝了吧？"曾亮亮俯下身说。

刘金桂慢慢地睁开眼睛，无力地摇摇头，又睡了过去。以后，任徐青莲、曾亮亮她们无论怎样呼唤，刘金桂都沉沉地睡着，没有一丝反应。

闻讯赶来的曾玉冰，一见刘金桂的状态，眼圈一下子红了。她接过鸡汤，对身边的人说："我来喂他吧。"

众人悄悄地退出了房间。

曾玉冰将鸡汤放下，拉住刘金桂的手，轻轻地抚摸着，又摇晃了几下，说："金桂哥，你醒一醒，我是玉冰！"

刘金桂终于慢慢地睁开眼睛，露出一丝苦笑，用沙哑的声音说道："玉冰，你来干啥？"

"我来看你呗，前几天身体还好好的，怎么说趴就趴下了？"曾玉冰紧握着他的手。

"年纪大了，不抗折腾了。"刘金桂说。

"你这一辈子，什么世面没有见过？大风大浪都走过来了，还有什么样的坎不能过去？"曾玉冰安慰他说。

"老来丧子毕竟是人生的一大不幸啊！"刘金桂的眼角流出几滴眼泪。

曾玉冰用手绢给他擦干眼泪，说："命运是个神秘的东西，不是人所能左右了的。正如城隍庙悬挂的那个铜制大算盘横梁上所写的四个大字：'不由人算'。"

刘金桂的嘴角泛出一丝苦笑："是'不由人算'。记得当年我才回老家几天的工夫，你就被逼迫嫁人了。"

"这就是命啊，它是我心头永远的痛！"曾玉冰的手微微有些颤抖。

"唉，说这些有什么用？人生如梦，一晃几十年过去了。"刘金桂说。

"时光易逝，人生易老。乌云终究能够被大风吹去，振作起来吧，好好活下去！闲时咱们可以散散步，下下棋，好好地享受余生呢。"曾玉冰说。

刘金桂睁开眼睛，注视着窗外的蓝天，仿佛在刹那间又恢复了往日的坚定。

"趁热把鸡汤喝了吧。"曾玉冰说，"停会再把煎的汤药喝掉，早点打起精神来。"

刘金桂点了点头。

曾玉冰细心地用汤勺一勺一勺地喂他。刘金桂喝完碗中的鸡汤之后，有一丝困意袭上头来，又慢慢地睡了过去。徐青莲将碗端走后，曾玉冰坚持陪护在他的身边。

经过全家人半个多月的精心护理，刘金桂的身体基本康复。康复后的第二天，他差人将刘龙庆与刘骏庆叫到自己的书房，问："那件宝物安全吗？"

刘龙庆说："暂时还安全。只是圣言会的人近期先后两次到咱古董店来探访，问有没有好的古董可以卖给他们。我怀疑他们是在寻找四羊方尊的下落。"

"他们还单独问我，见过四个羊头的方尊没有。"刘骏庆说，"我说，从没有见过。"

"看来，圣言会大教堂的斯丁铭神父已经在怀疑我们了。"刘金桂说。

刘龙庆说："爷爷,我们是不是赶紧把四羊方尊卖了,可以赚个大价钱呢。"

"东西再好我们也不能赚这个昧心钱啊!这宝物是国家的,理应归还给朝廷。"刘金桂说,"我先写一封信,龙庆负责送给胶州的杨知府,然后,择机将宝物移交给胶州知府保管吧。"

刘龙庆与刘骏庆异口同声地说道:"我们听爷爷的。"

刘金桂铺开宣纸,很快给杨知州写了一封信,告诉他成文堂有一件稀世珍宝,以及事情的来龙去脉与自己的意向。请他安排一个合适的时间交接。

刘龙庆化装后,骑马来到胶州知府,经过层层转达,杨知州亲自接见了刘金桂的孙子刘龙庆。阅读了刘金桂的来信后,他既惊讶又感慨,当即约定时间,于第二天晚上七时,由衙门派人暗中去成文堂迎接。

晚上七时,刘龙庆悄悄地搬着一只裹着红绒布的箱子出了成文堂古董店后门,送到了等候在那里的一辆马车上。车上的刘金桂轻声说道:"你一块上来吧。"

刘龙庆敏捷地跳上了车子,马车便在一辆车子的引导下,疾速向胶州州署驶去。刘金桂回头看时,见还有一辆马车一直保持一定的距离,紧追不舍。刘金桂知道衙门的人已经在暗中保驾,悬着的心便放了下来。

到了州署大厅前,杨知州亲自出来迎接。两位差役将箱子抬了进去。杨知州一挥手,差役退了出去,只留下他与刘金桂、刘龙庆三人。杨知州握着刘金桂的手说:"有劳刘大掌柜了!"

刘金桂对刘龙庆说:"龙庆,把箱子打开。"

当杨知州看到四羊方尊后,立刻两眼放光,激动万分。他连声赞道:"国之珍宝,国之珍宝啊!"

杨知州转过身子对刘金桂说:"刘大掌柜,这宝物价值不菲,我可买不起啊!"

"不用花费,此宝物无偿捐献给国家,请州署转交朝廷保存。"刘金桂说。

"实在是义举啊,日后我要向朝廷为你请功。太感谢您了!"杨知州说,"我马上给您出具一份收据。"

说完,他回到案边挥笔写了一张收据递给刘金桂:"请收好!"

刘金桂将收据揣在怀里,顿感浑身轻松了许多。

刘金桂向杨知州辞别后,出了用成门,驱车直接回到了成文堂。临下车时,刘金桂再次叮嘱刘龙庆:"外面的风声正紧,此事万不可对外泄露。"

"爷爷，您放心好了。此事就是烂在肚里，也绝不会对外说的。我还要回店里值班，就不耽搁了。"刘龙庆说完，回到了古董店。

这一宿，刘金桂睡得很香，很踏实，一觉睡到了日升三竿。洗漱完毕后，他来到了厨房，吴妈一直在此等候，很快将一碗热气腾腾的米粥和两张鸡蛋饼端了上来。刘金桂就着咸鸭蛋，吃得正香。徐青莲匆忙走了进来，说："爹，德国圣言会大教堂斯丁铭神父与一位随从来找您。"

刘金桂一愣："他们没说找我有什么事吗？"

"没说，您见不见他们？"徐青莲问。

"见，没有什么好回避的。只是让他们在客厅里稍等一会儿，我吃完了饭再说。"刘金桂冷静地说道。

"嗯。"徐青莲回到前厅招呼客人去了。

刘金桂不慌不忙地吃了早饭，背着手来到客厅，说道："欢迎斯丁铭神父光临寒舍，有失远迎！"

正在饮茶的斯丁铭神父起身说道："听说刘大掌柜身体欠恙，特地登门看望。并对贵公子的不幸遇难深表哀悼！"

"谢谢！您来草民家中，我们荣幸备至！"刘金桂淡淡地说，"快请坐吧。"

斯丁铭神父品了一口茶，说："恕我直言，今天来拜见刘大掌柜，有两件事想请您帮忙。"

"我本一介草民，能帮您什么忙？但说无妨。"刘金桂想知道斯丁铭神父葫芦里到底卖得什么药。

"第一件事，我与曾玉彪曾经交往颇深，谁知他是一个杀人越货的贼，不但想谋害我，还抢走了教堂的银子和财宝。有件四羊方尊古董至今下落不明。我听说您的四儿子是曾玉彪的女婿，有关这件宝物的消息，不知您是否知道一些？哪怕是一点线索也行。"斯丁铭神父两眼紧盯着刘金桂的脸。

"什么四羊、五羊的方尊，我从没听说过，更谈不上见过。"刘金桂漫不经心地说道，"你打听错人了。"

"您没听说？您可是胶州古董界的行家呢！"斯丁铭神父心有不甘地说。

"行家谈不上，只是懂得一点皮毛罢了。再说，老祖宗流传下来的宝贝多的是，我哪能全都知道？"刘金桂放下茶杯，抬高声音说，"您是知道的，我与曾玉彪斗了大半辈子，简直是水火不相容的。他有什么宝贝或秘密岂肯透露给我？"

671

见实在从刘金桂口中套不出什么，斯丁铭神父只好转入第二个话题："若以后听到什么音信，请刘大掌柜及时告知，必有重谢！我这次来贵府是受安治太主教委托与您商量合作事宜的。"

"什么事，请说吧。"刘金桂说。

"您也看到了，德华石印馆被曾玉彪的人一把火烧了，致使圣言会损失惨重，并耽误了大量宣传资料的印刷发行。为此，我们要在胶州重新选择一个可靠的合作伙伴。我们商量了一下，觉得您从事印刷行业多年，业务精通，在胶东是首屈一指的印刷巨头，人品高尚，有口皆碑，是我们最理想的协作伙伴，意欲请您出任德华石印馆的大掌柜。为此，安治太主教特地委托我前来洽谈，征询您的意见。"斯丁铭神父说。

刘金桂干咳了两声，说："谢谢您与安治太主教对我如此信任与厚爱，我刘金桂非常感动。只是我年岁大了，力不从心了，担当不起这副重任了，您还是另选高明吧！"

斯丁铭神父略有思考，说："如果您因为身体原因不能出任，可否考虑从您的几个儿子中推荐一个？我听说他们都很聪明能干，个个都是印刷业的行家里手。"

刘金桂笑着摆摆手说："他们几个乳臭未干，有几斤几两我还不清楚？麻筋提豆腐——提不起的。"

"我不懂您的意思。"斯丁铭神父有些失落。

"我是说，他们没啥大本事，不能滥竽充数的。"刘金桂说。

斯丁铭神父说："就是说，您根本不愿意与圣言会合作？"

"我们真的是无能为力啊，请斯丁铭神父原谅。"刘金桂说。

"拒绝与圣言会的合作，就是对德意志帝国的不恭，这一点您可要想好了。"斯丁铭神父再次劝说道，"中国有句俗语叫作'识时务者为俊杰'。目前，整个胶澳都是德国的地盘，与我们合作，我保证不会让您吃亏。"

"对不起，我意已决，纵使您磨破了嘴皮，我也不会答应的。"刘金桂义正辞严地说。

斯丁铭神父"腾"地站了起来，说："刘金桂，你别不识抬举。你早晚会为你的决定付出代价的！"

刘金桂一拍胸脯，说："我刘金桂这一生还从来没有做过后悔的事情！请你好自为之。"

"后会有期!"斯丁铭神父气哼哼地走出门外。

"寿山,你去送送斯丁铭神父!"刘金桂依旧坐着,纹丝未动。

斯丁铭神父与刘金桂的一场谈话,至此不欢而散。

刘寿山送走了斯丁铭神父,回到客厅,担忧地对父亲说道:"爹,德华石印馆原来的业务印刷量十分庞大,利润丰厚,如果我们出任大掌柜,合股分红,每年会有巨额的收入。您怎能一口拒绝了呢?"

刘金桂瞪了他一眼说:"你知道他们的印刷品,都是些什么货色?除了宣扬宗教知识以外,还大肆宣传殖民统治思想,德华石印馆已经成为德国侵华舆论上的反动机器,你愿意与他们同流合污吗?因此,合股再赚钱,咱也不能做些对不起国家和同胞的事情!"

刘寿山听了,不由得肃然起敬。但仍有些担心地问:"拒绝了圣言会的要求,会不会遭到他们的报复呢?"

"怕啥?我们是规规矩矩的商人,给小鞋穿还得有个理由呢。"刘金桂说,"当然,我们也得做好各种应对准备,以防不测嘛。"

斯丁铭神父在成文堂碰了一鼻子灰,与汤诺思灰溜溜地回到了圣言会大教堂,把刚才与刘金桂的商谈情况简要地向安治太主教作了汇报,对刘金桂的行为表达了强烈的不满。安治太主教冷笑了一声,说:"果然不出我所料,刘金桂多年来一直对德国人不够友好,你想找他一块合作,根本没门。他既然敬酒不吃吃罚酒,那就秋后跟他算账。"

斯丁铭神父说:"我现在恨不能叫咱的驻军将他抓来,枪毙好了。"

安治太主教说:"中国有句古话:小不忍则乱大谋。目前咱当务之急是尽快恢复德华石印馆的生产与经营,将积压的报纸书刊尽快赶印出来,推向社会。他的事先放一放再说。"

"可是,由谁来接手负责德华石印馆呢?"斯丁铭神父为难地说。

安治太主教不慌不忙地说道:"你身边的那个汤诺思是怎么来中国的?"

"是我当年带来的一个老乡。"斯丁铭神父说。

"什么学历?"安治太主教问。

"大学学历。好像学的是新闻专业。"斯丁铭神父说。

"我看这个年轻人很精干,是个可塑之才。让他担任德华石印馆的大掌柜如何?"安治太主教说。

"好是好,只是他在中国的人脉还不行,我担心他不能够胜任。"斯丁铭神父有些担忧地说。

安治太主教说："那就再聘请一位精通业务的中国人担任二掌柜，做他的助手如何？"

"这个主意好，我完全赞同！"斯丁铭神父高兴地说。"只是印刷设备和原材料都需重新购置，需要花费很多的钱。"

"花就花吧，不惜一切代价，尽快恢复印刷生产。所需资金暂从扩建教堂的资金中支出。待石印馆有了盈利后，再还给教堂。"

"我明白了，就照您说的办。"斯丁铭神父说，"石印馆是不是要改个名字？"

安治太主教想了想，说："叫德国东方石印局，如何？"

"不错，就叫它吧。"斯丁铭神父表示赞同。

斯丁铭神父立刻找来汤诺思，告知了他与安治太主教的决定，汤诺思开始有些顾虑，担心自己不能胜任。斯丁铭神父鼓励说："由我在背后支持你，你就放手去干吧。"

汤诺思见推辞不过，只好从命。他脱去了修士的黑长袍，换上了中国式的灰色长袍，立刻来到了石印局，研究制定了印刷恢复计划，首先从胶州工夫市雇用了一些青壮劳力，对现场进行彻底的清理，对毁坏的作坊进行修葺。同时，他在德国技术人员的帮助下，利用国内的一些朋友，很快引进了三套先进的石印设备，不足一个月，便投入印刷生产。安治太主教还托人从济南聘请了一位名叫张明广的中国人来做二掌柜，负责协助汤诺思的工作。此人四十多岁，原来曾经搞过石印，是个八面玲珑、交际能力很强的人。汤诺思与他见面交谈后，感觉也很满意。东方石印局在他们二人的共同努力和操作下，很快正常运转起来。为了扩大石印局在当地的影响，汤诺思与张明广又共同策划了德国东方石印局成立大会，广邀本地的商贾乡绅赴会，著名的望海楼当天被其整个包租下来。除安治太主教因故没有出席外，斯丁铭神父邀请山东各地圣言会教堂神父十余人参加。一时间，德国东方石印局名声大噪，众多客商争相与其合作。

德国东方石印局的顺利开工和采取的经营策略，自然给成文堂的生意带来了较大的冲击。为此，刘金桂专门召开了一个座谈会，征询大家的意见。杨志明、付秀田、郭小舟、刘寿山、刘寿楠、刘麟庆、刘龙庆、刘凤庆及相关的负责与技术人员与会。刘寿楠说："自从德国东方石印局正式复产以来，他们除了印刷圣言会相关教材、报刊、宣传资料以外，还增加了城乡私塾教材、科举考试资料、试题等方面的印刷业务，夺走了我们许多的市场份额，致使成文堂的业务量急剧下滑。"

刘寿山说："很明显，东方石印局这样做的目的，就是意欲逐步蚕食我们占有的印刷市场份额，最终使我们倒闭垮台，其狼子野心显而易见。"

"大家说我们今后怎么办？"刘金桂说。

刘麟庆说："东方石印局现在打着印刷质量好、技术先进的旗号，不断招揽生意。我们何不打出'爱国'的旗帜，巩固老客户，开辟新市场，誓与德国人竞争到底。"

刘金桂听了大家的发言，说："刚才大家已经意识到了，东方石印局虎视眈眈地盯着我们成文堂，恨不能一口把我们吃下。客观地讲，他们有德国圣言会和德国政府的支持，印刷业务和资金有保障，具有很强的竞争优势。但是，在传统书籍印刷方面，他们还不足以与我们竞争。因为这方面我们多年来的经营，已经打下了牢固的基础，印刷的质量好、信誉高，广大的客户信赖我们。想一下子抢走我们手中的饭碗，怕不是一朝一夕就能完成的事情。"

大家对此议论开了，都觉得刘金桂的分析在理，只是对以后的发展前景还是有些担忧。

刘金桂说："面对困难与压力，我们是迎难而上，还是胆怯退缩，考验我们智慧与勇气的关键时刻到了。为此，我建议采取三条应对措施：一是扩大经营销售渠道。除了保留文房四宝及各种文具的销售以外，还要增加一些书法、历史名著、武侠、言情小说等书籍的销售，尽力满足广大老百姓的需求。二是扩大印刷业务。除了巩固私塾、科举所需教材书籍、资料的印刷以外，还要适应商贾经营需要，增加一些票类、账簿等方面的印刷业务，这是一条新的经营途径，必须尽快把握好。三是拓展埠外业务。俗话说：东方不亮西方亮。做生意一定要放长眼光，不断向埠外拓展。前几年我们在烟台、龙口设立了成文堂分店，进行了有益的尝试，收效比较可观。我考虑，今后在巩固胶州大本营的基础上，要把经营触角伸向全省，乃至北京、上海等大城市。我准备近期重点去青岛、济南府考察一下，如果条件适宜，就在这两地设立成文堂分店。"

刘金桂的一席话，说得大家的心里一下子亮堂起来，对成文堂今后的发展充满了信心。

不久，刘金桂带着刘寿楠、刘麟庆分别去青岛、济南、周村等地作了一番考察。他们去青岛的时候，先是找到了原来成文堂的老客户王学仁，他的儿子现在青岛做房地产生意。王学仁在他海边的一幢别墅里热情地接待了他们，听说他们的来意之后，便介绍说："青岛原是个小渔村，由于清廷的不作为，光绪二十三年（1897）德国人侵占了胶州湾，从清廷手中强租胶州湾，建立胶澳租借地。光绪二十四年（1898），德皇命名胶澳租地为青岛。他们开始把青岛视为德国进军远东的桥头堡，进行了大规模的开发与殖民地建设。市区内征地拆村，郊县外修建铁路，目标是修建一座宜居的殖民化、欧式城市。应该说，青岛这几年的变化的确不小，目前他们正与英国人较劲，梦想将青岛建设成为'模范殖民地'。"

他给刘金桂斟了杯茶水，从桌子上拿了几份《青岛官报》递了过去，说："《德属胶州官报》现改名为《青岛官报》，信息量很大，登载大量青岛新闻，既载有青岛开发建设情况，也有青岛民众与殖民统治者进行反抗与斗争事件的报道。前段时间，中德两种文化已经在青岛形成了激烈的冲撞。德国殖民统治者面对来自中国普通民众的强烈敌意，不得不调整了他们的殖民政策，从武力占领、暴力拆迁驱逐原居民，逐步变成了向中国大规模输出和传播德国精神文化生活，企图将青岛建成德国的东亚文化中心。他们还借鉴英美的做法，支持和鼓励教会在青岛举办教育。柏林信义会、天主教圣言会和德国同善会，是青岛目前势力最大的教会组织，纷纷设立总堂，办了不少的德语讲习班、洋学堂和外国书院，教授德语，传播德国文化。许多中国青年为了在码头及相关公司找份好工作，也开始积极学习德语及科技文化知识。这就为德国培养了一批廉价的技术工人。"

刘金桂问："现在青岛私塾教育如何？"

王学仁说："私塾办学受到的冲击很大，现在民间办私塾的少多了。因为青少年大都愿意去洋学堂学习，私塾的数量与规模受到强烈的挤压，有的私塾因为学生量太少，几乎办不下去了。"

"码头建设什么情况了？"刘寿楠问。

"德国人在规划青岛港的建设中，首先将军事设施建设放在港口建设的第一位，其次，将青岛港建设成为商业贸易港，意欲打造成为德国在远东区域的商业中心及商贸流通的中枢。他们将青岛定位为'港口型商埠城市'，把青岛作为其经济掠夺的突破口，并通过胶济铁路的修筑，将内地土货外运和进口商品内销。他们的目标是把青岛港建设成为东亚一流且能够媲美香港的港口。从光绪二十四年（1898）冬天开始兴建港口，大港的环形防波堤历时两年基本完成，光绪二十七年（1901）大港正式开工建设，目前，航道港池的疏浚、港区码头、船厂、船坞等建设都在顺利进行之中。小巷和船渠港已经于光绪二十七年（1901）完成，专为舢板民船停靠之所。每年有上万的农民、技工从山东各地及全国各地涌入青岛港参加修筑活动。"

"看样子青岛港的发展前景还算不错。"刘麟庆插话说。

王学仁点点头说："在青岛港的经营中，德国借鉴英国经营香港时施行的自由港制度，给青岛增添了发展商业贸易的动力和载体，已经吸引了全国各地不少的客商前来投资兴业。"

听了王学仁的介绍，刘金桂说："青岛这个地方私塾办的少了，所需的教材与资料就少，我们传统的雕版印刷业在这里能够吃得开吗？"

王学仁说："我觉得，在青岛若搞传统的雕版印刷，市场肯定会受限的。但是，青岛是一座新兴的商贸经济城市，文化多元化，需求多元化，预计将来的石版印刷术、铅字印刷术肯定会吃香的。"

刘寿楠说："我十分赞同王掌柜的分析，虽说传统的雕版印刷将受到限制，但是，社会各界、各行业对印刷品的需求量会越来越大。比如，教会办的学堂、各类培训班都需要大量的教材与书籍。还有一些商贸大户，他们需要印刷规范的账簿、票据、内部管理章程等，市场的潜力也不小。另外，文化的多元化发展，对各类文化书籍的需求量越来越大。可以预计，将来在青岛开展印刷业务是大有作为的，市场前景应该看好。"

"要立足青岛长远发展，就要早做打算，及早打好基础才行。"刘麟庆说。

王学仁笑笑说："刘大掌柜，刘家真是人才济济、后继有人啊！"

刘金桂也自豪地笑了，说："未来打天下，还得靠他们年轻人啊！"

刘金桂一行先后在青岛待了两天，考察走访了港口建设现场和市区建筑工地，所到之处，都是一片繁忙的景象。最终，他们商量决定，在青岛市中心的繁华地段购买一块地，独资兴建青岛成文堂印书局分店。

回到胶州休息了两天，他们又马不停蹄地来到了济南，径直来到了法同方所在的济南德泉茶庄。法同方特意陪着刘金桂一行将济南游览了一遍。刘麟庆兴奋地说："爷爷，济南不愧为山东的政治、经济、文化中心，它与下面的县城相比较，各方面条件就是不一样。您看人家这边的大街小巷，商铺林立、车水马龙、人流如织，有多繁华啊!"

法同方介绍说："济南的确是个好地方，济南别称泉城，因境内泉水众多，拥有'七十二名泉'，素有'四面荷花三面柳，一城山色半城湖'的美誉，它南依五岳之首泰山，北傍奔腾不息的黄河，山水相依，是一座典型的北方山水城市。近些年来，济南的工商贸易也有了较快的发展，尤其是光绪二十八年（1902）五月周馥任山东巡抚以后，力主除旧布新，扶持农桑和手工业，兴办了工艺、桑蚕、染织、砖瓦、机器等一大批工厂和贸易公司，济南的商贸发生了很大的变化。"

"这里的书院多少?"刘金桂问。

法同方说："据我所知，济南是史前文化'龙山文化'的发祥地，是一座名副其实的文化古城，这里儒家文化兴盛，书院众多，读书人多，参加科举考试的人多，对书籍的需求量也大。"

"看来，这里是筹办书铺的理想之地。"刘金桂说。

法同方说："刘叔，您真有眼光，在济南建书铺，具有得天独厚的条件和发展远景，我十分赞同。"

从济南返回途中，他们又去周村住了一天，参观了周村的丝市街、银子市街、绸市街和芙蓉街等，林立的店铺、众多的古迹，给他们留下了深刻的印象。刘金桂说："周村素有'金周村''旱码头''丝绸之乡''商业重镇'之美誉，果然名不虚传啊!"

回来后，刘金桂又招呼儿孙们一起议事，一致赞成在青岛、济南、周村设立成文堂分店。只是在筹办的人选上，大家心中都没有底细。刘金桂请大家谈谈自己意见。刘寿山说："在外地创业，人生地不熟的，困难较多。我与寿楠毕竟历练多了，有一定的经验，必要的时候，由我们哥俩分头去筹建吧。"

"我同意大哥的意见。我们外出后，胶州成文堂的雕版印刷与石印业务就交给晚辈们去管理经营好了。"刘寿楠说。

刘麟庆不同意他俩的意见，说："我们几个晚辈相对说来，也都老大不小了，你们别不放心，筹建工作交给我们没啥问题，让我们去闯一闯、试一试，多磨砺一下不是更好吗?"

刘金桂平和地说道："当年我在胶州闯荡时，才二十来岁，现在不是也一步一步闯过来了? 我的孙辈们都接受过良好的教育，知识丰富，眼界开阔，我相信创业的本事比爷爷大得多了。因此，我有一个初步的安排，大家看看怎么样。"

儿孙们的目光一下子转向了刘金桂深沉而平静的脸上。

刘金桂喝了一口茶水，继续说道："青岛是一座新兴的商贸城市，将来要作为我们成文堂立足发展的大本营。你们三兄弟各家都要在青岛拥有一个分店，一分店由刘麟庆与刘骏庆分别担任掌柜、二掌柜，并负责筹建与经营；二分店由刘鸿庆担任掌柜，并负责筹建经营；三分店由刘象庆与刘肇庆分别担任掌柜、二掌柜，并负责筹建与经营。另外，济南与周村文化底蕴深厚，商贸发达，是成文堂向外扩张与发展的桥头堡。济南那边就由刘龙庆任掌柜，负责筹建与经营；周村这边就由刘凤庆任掌柜，负责筹建与经营。胶州这边，成文堂石印局仍由刘寿山任掌柜，成文堂雕版印书局仍由刘寿楠任掌柜，龙口印书馆仍由刘寿恭任掌柜，成文堂古玩店由曾亮亮任掌柜。"

大家听了都很兴奋，一齐鼓掌表示赞同。

过了一会儿，刘寿山问："爹，我们一下子要建五个分店，这得多少投入啊？"

"要在市场竞争中立于不败之地，不投入、不扩张，那不是死路一条吗？我年岁大了，把过去的老本拿出来用于发展吧。我计划每个分店投入三千两银子用于购地、建设与经营。在管理上，各店实行独立经营、自负盈亏。我作为东家及大掌柜，有权对各店实行监督，各店每季度的结算与分配，以及建设投资、员工奖惩、分红额度、收支等事项都要接受大掌柜的审核。每年要向成文堂总店按比例缴纳管理费用。"刘金桂说。

大家听了刘金桂的讲话，心里都很激动，几个年轻人抑制不住内心的喜悦，高兴地跳了起来。刘寿山与刘寿楠心里清楚："老爷子此番安排，煞费苦心啊！他将毕生大部分的积蓄拿出来搞投入开发，是为子孙后代铺出了一条生存发展的光明之路啊！"

刘金桂脸上也露出了久违的笑容，说："这次成文堂经营上的大布局，事关成文堂的经营活力和发展前途，希望儿孙们都要有一种担当意识，自觉地履行好自己的职责，在新的岗位上干出一番成绩来，我拜托你们了！"

客厅里霎时响起一片掌声。

少顷，刘寿山起身问道："爹，我还有一个问题，那个木版年画刻印坊，将来交给谁来管理呢？"

"对了，这个事我正要跟大伙商量呢。"刘金桂环视一周后说："成文堂木版年画刻印坊上马后，多年来一直交由郭小舟经营管理，虽然利润不算丰厚，但每年都有盈余。而且，它的发展前景十分看好。近期我在考虑，将此作坊正式转让给郭小舟……"

刘金桂的话音刚落，大家立刻七嘴八舌地议论开了，纷纷提出不同意见。

"大家稍安勿躁。"刘金桂继续说道，"你们知道，我在胶州创业之初，是郭松浩先生一家向我伸出了援助之手，才使我在胶州得以立足和发展起来。成文堂能有今天，郭先生一家功不可没啊。俗话说：滴水之恩当以涌泉相报。现在郭先生夫妇年岁已大，且一家人口众多，生活上有困难，咱把木版年画刻印坊转让给他们，可以有效地解决他们的生活困难，也能了却我长久以来的一份报恩之心。大家还有什么意见没有？"

"没有！"刘寿山、刘寿楠、刘寿恭三兄弟率先表示赞同，其他人也都鼓掌同意。

刘金桂满意地点点头说："既然大伙没有异议，这事就这么定了。明天寿山去找郭小舟办理一下转让手续。"

"好的。"刘寿山答应道。

随后，各分店的年轻掌柜，都纷纷站起来，谈打算，立誓言，表心愿，现场气氛十分热烈。

待大家表态发言后，刘金桂说："刘家的兴旺发达就寄托在你们的身上了！这几天各分店都要撰写一份详细的筹建报告，通过后，你们就可以放手去做了！"

散会后，刘金桂披衣来到院子散步。他仰望长空，只见皓月当空，繁星闪烁。月光透过枝叶，撒下碎银似的光斑。这时，一阵阵秋风吹来，带来丝丝凉意。而秋虫却不知疲倦地叫个不停。整个院落笼罩在一片祥和、静谧之中。而此时，刘金桂的心境也清静多了，整个身心有一种如释重负的感觉。此时，他忽然想起宋朝苏轼的佳作《水调歌头·明月几时有》，不觉悄悄地吟诵起来："明月几时有？把酒问青天，不知天上宫阙，今夕是何年。我欲乘风归去，又恐琼楼玉宇，高处不胜寒。起舞弄清影，何似在人间。转朱阁，低绮户，照无眠，不应有恨，何事长向别时圆？人有悲欢离合，月有阴晴圆缺，此事古难全。但愿人长久，千里共婵娟……"

这时，徐青莲远远地走了过来，说："爹，夜深了，您别着了凉，快回去歇息吧。"

刘金桂转身笑笑，说道："没关系的。以后你这个管家的担子会更重的，辛苦你了。"

"不辛苦，只要爹信任我，我会竭尽全力做好的。"徐青莲说，"我们的四个儿子您都给予重用，我和寿山感激不尽。"

"你们的四个儿子都长大了，懂事了，个个有才华、有出息，应该给他们加加担子了。"刘金桂感慨地说，"孩子们能有今天，离不开你的辛勤付出与培养教育啊！"

"谢谢爹的夸奖，我只是尽了自己当娘的一点责任而已，您的言传身教才是他们成长的动力呢。"徐青莲听了公爹认可的话，止不住眼泪夺眶而出，她知道自己多年的付出没有白费。

"天色已晚，都早点歇息吧。"刘金桂说完，蹒跚着向自己的卧室走去。

徐青莲望着公爹略有驼背的身影，回想起他原来强壮的身体，才几年的工夫人就变得老态龙钟了，不禁慨叹世事沧桑，人生无常，不由得再次落泪。

几天后，刘金桂给七个孙子专门饯行，说了一些激励人心、鼓舞士气的话语。翌日，孙辈们带上行李及日常用品，精神抖擞地奔赴新的天地，开始了独立而艰辛的创业历程。

转眼，到了立冬的时节，刘金桂在寒冬来临之前，让刘寿山、徐青莲夫妇陪同，先后去青岛、周村与济南走了一圈，亲眼看了看各分店的筹建情况，发现问题，当场提出改进意见。所到之处，他被孙子们的吃苦耐劳精神和超强的应变能力所感动，对成文堂的未来充满了信心。路上，他满意地对刘寿山说："人都说后生可畏，我看一点不错。这些后生的才智与能量将来要比你们这辈强多了！"

刘寿山与徐青莲也自豪地点了点头，原来的担忧很快像一块石头瞬间落了地。

冬去春来，大地复苏，草长莺飞，繁花似锦，燕子从南方归来，忙着筑巢垒窝，开始新的生活。经过一冬的蛰居，人们褪去棉装，身姿轻盈地涌上街头，纷纷忙碌各自的生计，大街小巷又响起了做生意的热闹嘈杂之声。

一年之计在于春。刘金桂给各分店分别寄去信函，敦促他们加快分店的筹建进程。礼拜天，刘金桂与刘寿山还专程去木版年画刻印坊看了看，提醒郭小舟要重视培养技术骨干，尽快拓宽年画市场。清明节的前一天，刘金桂便催促刘寿山、刘寿楠兄弟俩带上祭品赶回招远老家，以备第二天给先人扫墓。往年清明节，他必须亲自回去一趟参加墓祭。现在年纪大了，只好派儿孙们回去。他觉得传统习俗很重要，是缅怀先人的一种很好的纪念方式，应该世代传承下去。清明节当天早晨，刘金桂拿着刚采折来的一束杏花去寻曾亮亮，刚好，曾亮亮挽着一个篮子正要去给寿祥扫墓，见到刘金桂来了，惊奇地问："爹，这么早您过来了？"

刘金桂说："人老走不动了，你去怡云岭扫墓时，替我给寿祥献束杏花吧，清明时节，就属这杏花最好看了。"

曾亮亮双手接过，但见杏花开的正盛，有的含苞待放，有的已经盛开，粉色的花瓣上，含有晶莹的雨露，像泪珠似的。她的眼泪顿时扑簌簌地落了下来，哽咽着说："谢谢爹的牵挂，我一定将它带给寿祥，寿祥在九泉之下一定会高兴得不得了。"

刘金桂强忍悲伤之情，转头用沙哑的声音说道："路途远，你坐马车去吧，路上小心一点。"

"好的爹，您放心吧。"曾亮亮送走了公爹，紧步走向马车。

清明节当天傍晚，刘寿山、刘寿楠兄弟俩回到了胶州，他们告诉父亲：老家三十多处建筑精致的住宅房基本竣工了，而且大部分房屋装修完毕。这个消息无疑给刘金桂带来了很大的喜悦和宽慰。而喜事又接二连三地出现了，到五、六月时，济南、周村、青岛各分店陆续开张营业，且经营势头大都非常看好，这使刘金桂感到格外欣慰与自豪。

刘金桂心里一时高兴，便派人邀请曾玉冰前来家里下棋。曾玉冰下了两步棋后，羡慕地说道："你用不足一年的时间筹建了五个分店，真是大手笔啊！"

"这是孩子们的功劳，我只是出了点银子，拿个主意罢了。"刘金桂说。

"真是长江后浪推前浪，一辈更比一辈强。你们刘家真是后继有人啊。"曾玉冰说。

"徐青松比起他们，一点不差哟。"刘金桂说。

曾玉冰说："青松还不是在你的一手调教和培养下，才取得今天的成就？你以后可不能撒手不管他了。"

"他们年轻人头脑灵活，适应能力强，接受新生事物快，已经可以独当一面了，许多事情该放手时就要放手。"刘金桂感慨地说道。

曾玉冰沉默半晌，问："你真打算回老家去？"

"是啊，几年前我已有此意，老家的住宅都收拾好了。"刘金桂说。

"你打算什么时候回去?"曾玉冰问。

"我想这里一切都安排妥当后,今年秋后就回去。"刘金桂抬头看了她一眼,"跟我一块回去?"

"想什么你?那边人生地不熟的,我才不跟你去受罪呢。"曾玉冰的脸色有些绯红。慌乱中,她把车放到了对方的马蹄上。

刘金桂当仁不让,直接飞马将车吃掉。

曾玉冰想悔棋,刘金桂毫不相让:"落子为算,不许悔棋!"

曾玉冰孩子似的赌气:"不跟你下了,没意思。"说完,端起茶杯,大口地喝起茶来。

刘金桂喜不自禁,乐呵呵地说道:"嘿,今天总算赢了你一盘!"

"你要赖,今天不算数,改日咱们再较量。"曾玉冰稍停,说,"今天的天气不错,我建议咱们去院子里蹓达一下,也好活动活动筋骨。"

"这个主意不错,走吧!"刘金桂拽起曾玉冰的胳膊,一同来到了大院里。

在院子南侧,他们驻足望着水池里的美景,亭亭玉立的荷花在微风中摇摆,一群美丽的金鱼在清澈的池水中不停地游动。宽阔的池面,泛起层层涟漪,一股股清风伴着淡淡的香气,扑面而来,让人顿觉心清气爽。刘金桂指着水中游动的金鱼,对曾玉冰说:"你看水中那群鱼,都围着那只最大的游动,大的走到哪儿,小的就跟到哪儿。"

"那是自然,就如天上飞行的大雁,群雁都跟着头雁飞行。"曾玉冰说,"你刘金桂就是刘家的头雁,大家都跟着你走呢。"

刘金桂沉吟半晌,说:"我想请教个事,如果我退休后,刘家的大掌柜由谁接任合适?"

"这是刘家内部的事务,外人不好乱讲话。"曾玉冰说。

刘金桂说:"我一直没把你当外人的,你还是说说看。"

曾玉冰说:"这要看大掌柜这个职位在你心中的标准是什么。依我看,大掌柜的标准,首先德行要好,威信要高,要服众,能把大家团结在一块;其次是有创业头脑和经营管理能力;三是应该年富力强,经得起风吹浪打。"

"这个标准我很认可。"刘金桂说,"请继续说下去。"

曾玉冰说:"论资历、论德行,你的三个儿子哪个都能胜任,只是他们的年龄是不是大了一点?而在你的孙辈当中,个个都是生龙活虎。但最优秀的当属刘麟庆,他是刘家的第一个秀才,文化水平高,眼界最开阔,为人正直公道，干事魄力大，是担当大掌柜最理想的人选。"

刘金桂竖起大拇指，说："你跟我想到一块了，刘麟庆是孙辈中年龄最长的，人品与才华都很出众，把大掌柜的担子交给他，我才最放心。"

曾玉冰说："其实你不用问我，我也知道你心中的小九九是怎么打的。"

"请教你，是集思广益嘛。"刘金桂坦然地笑了。

当晚，曾玉冰捎信让徐青莲回家一趟。徐青莲一回家门，就嚷嚷着说："妈，您有什么事找我？我还要急着赶回家去呢。"

曾玉冰瞪了她一眼，说："都说是'喜鹊尾巴长，娶了媳妇忘了娘'，我看是'喜鹊尾巴长，嫁了新郎忘了娘'。好长时间不回来一趟，风风火火地回来一趟就要走，刘家咋有这么大魅力？"

"娘，我不急着走，您有话就慢慢说，我听着呢。"徐青莲说。

"傻丫头，娘只是想找你拉拉家常，也没什么事情可说的。"曾玉冰内心犹豫着，思量着此话该不该贸然说出来。

徐青莲笑着说："娘，您别羞羞答答的了，其实，您的心思我知道。"

"你知道啥？"曾玉冰直视着她。

"还不是因为你与我公爹的感情纠结？"徐青莲说："你不找我说，我也要找您说的。"

"傻丫头，鬼精得很。"曾玉冰说，"你公爹上午找我下棋了，告诉我要告老还乡了。他这一走，我的心里空落落的。"

"那您跟他一块走呗！"徐青莲试探地望着她。

曾玉冰摇摇头说："怕是上天难遂人愿啊！女儿嫁给他儿子，母亲嫁给他老爹，你说这像什么事儿？街坊邻居会怎么说？"

"娘，我知道您与我公爹是真心相爱的，要不是有家庭的阻拦，你们可能早就生活在一起了。只可惜后面又经历了那么多的坎坷与事情。到老了，你们两个都孤苦伶仃的，为何不能尽快走到一起？只要是真心喜欢，粉身碎骨也心甘情愿。至于我这里，您甭当回事，古时候女嫁儿、娘嫁爹的情况有的是，只要咱过得开心幸福，外面的人爱怎么说就怎么说去，管他三七二十一呢。"

"看你说得如此轻巧。"曾玉冰说，"这事光你同意不行，我还要征求一下你哥哥的意见呢。"

"可以啊，如果哥哥不同意，我就去揍他！"徐青莲说。

"你这是给娘做主了啊，容我好好想想。"曾玉冰说。

"我公爹是世界上最有男子汉气概的人，你可得抓紧啊，别再优柔寡断，错过机缘。"徐青莲说，"必要时我给你们牵线当红娘！"

"你赶快回去吧，时间不早了。"曾玉冰说。

"娘，您怎么撵我走呢，哼！"徐青莲站起身子，笑嘻嘻地走出门外。

这一夜，曾玉冰思前想后，几乎一夜未眠。直到鸡鸣时才迷迷糊糊地睡着了。

时间像流水，转眼间到了秋分时节。农人忙着秋收秋种，准备过冬。商人们更是只争朝夕，加紧赶货和销售，从城里到乡下到处是一派紧张繁忙的景象。

刘金桂时常伫立在云溪河边，仰望湛蓝的天空，看着成群结队的大雁鸣叫着回归故乡。他隐约觉得，回家的时候已经到了。临行前，他要把成文堂的事情全部安排妥当。于是，他派人通知各分店两天后回成文堂议事。

两天后，各分店的掌柜们陆陆续续地回来了。在刘金桂的书房里，刘金桂单独找刘麟庆谈话，直截了当地说："我要退休回老家了，成文堂要选一个掌舵的，我经过慎重考虑，想让你当这个大掌柜，你有信心没有？"

刘麟庆听后吃了一惊，说："首先我要感谢爷爷对我的信任。只是我总觉得让我当大掌柜不太合适。主要是我资历浅，人微言轻，怕不能服众。我建议从我的父辈当中选一个为好。比如我二叔，他经验丰富，且有较好的协调能力。"

"我不是没有考虑过，论资历、论经验他们个个都比你强，但是，他们年纪也不小了，不光知识面不如你，那魄力与闯劲都不行了。刘家需要的不是守业保本的人，而是需要一个能够热衷传承、有胆有识、敢于开创局面的人。因此，把这个担子交给你，我才最放心。希望你就不要推辞了！"刘金桂说。

刘麟庆激动地说道："既然爷爷信任我，我愿意接过这副担子，日后将殚精竭虑，鞠躬尽瘁，全力保护好前辈留下的基业，确保刘家兴旺发达。"

刘金桂说："担任大掌柜一职，首先自身要正，处事要公道。其次，要有包容之心，能够把大家团结起来，把大家的智慧与力量充分发挥出来，同舟共济，共克难关。"

"爷爷，您的话我记住了，我一定谦虚谨慎，做事公正。尽力把大家的心拢到一块儿。"刘麟庆说。

刘金桂说："去把你父亲还有你二叔、三叔找来，我有话与他们商量。"

刘麟庆答应一声，立刻出门去寻找他们。

不一会儿，刘寿山、刘寿楠、刘寿恭三人匆忙来到刘金桂书房。刘金桂说："找你们哥仨过来，是想商量一下我退休后大掌柜一职由谁执掌的事，你们都谈谈自己的想法吧。"

刘寿楠说："从长远来看，我觉得刘麟庆担任大掌柜一职比较合适。他年富力强，综合能力好，是最佳人选。"

刘寿山摇摇头说："不妥，他还年轻，缺乏历练，经验也不足。"

刘金桂说："什么不妥？我二十来岁就来胶州闯荡江湖了。他三十多岁的人了，有什么可担忧的？老三你的意见呢？"

刘寿恭说："我赞成二哥的意见。"

"谁当这个大掌柜，不是看资历，而是看本事。刘麟庆是刘家的第一位秀才，人品和才华都很出众，是目前的不二人选。"刘金桂说，"既然你们多数同意他担任大掌柜一职，就这么定了。关键是以后你们作为他的长辈，要多辅佐他，多维护他，决不能离心离德，背后拆他的台。整个家庭只有拧成一股绳，形成一条心，才能战胜一切艰难险阻，确保刘家的基业永不衰败。"

兄弟三个纷纷表示，愿意维护和支持刘麟庆的工作。

刘金桂说："晚上，开个家庭会议，我将正式宣布这项决定。"

当天的晚饭后，在刘家的客厅里，刘金桂召开了一个家族所有成员参加的会议，人都到齐后，他说："今天召集大伙开个家庭会议，有件事跟大伙商量一下。你们知道，雕版印刷术发明于唐朝，至今已有一千多年的历史了，是中华民族的国粹与瑰宝。我这大半生都在研究和使用雕版印刷术，每一把刻刀，每一块雕版，每一张印刷品，都融入我生命的血脉，我这一生与雕刻有缘啊！我所从事的雕版印刷，不仅使老祖宗留下的国粹得以发扬光大，而且给刘家带来了丰厚的财富。因为年龄和身体的原因，我要退休了。我跟几个儿子商量了一下，大家都觉得，雕版印刷术作为中华民族的国粹，必须世代传承下去。因此，需要找一个有文化、有责任担当的年轻人来接替我的职位。经过民主协商，大家选择了刘家唯一的秀才刘麟庆。现在我宣布：自即日起刘麟庆正式担任成文堂印书局大掌柜！"

客厅里响起了一片热烈的掌声。

刘金桂将成文堂印书局的印章及一个装有雕刻工具的金丝楠木盒庄重地交给刘麟庆，刘麟庆虔诚地接在手中。

刘金桂面对后墙上老祖宗刘锡的画像默默注视了一会儿，然后，点燃三支香，插入案上的香炉，深鞠了三躬。之后，举行宣誓仪式，刘麟庆面向祖宗，庄严地宣誓："自即日起，刘麟庆担任成文堂印书局大掌柜，向祖宗发誓：孝谨起家，笃修行谊，志于四方，兴家裕族，诚信不欺，公平交易，以德经商，克勤克俭，利缘义取，爱身守法，谦恭逊让，和气生财，为人诚笃，以和为贵，团结和睦，同舟共济，矜贫恤独，兼善天下。"

宣誓完毕，刘麟庆向老祖宗刘锡深深地鞠了一躬，然后，饱含激情地向大家作了表态发言："谢谢爷爷，谢谢各位长辈及大伙对我的信任与厚爱，把我推到大掌柜这个重要位置上来，我为此诚惶诚恐。今后我将忠实地履行大掌柜的职责，努力为成文堂把好关、定好舵，带领成文堂团结协作，克服困难，勇往直前，奋发有为，让雕版印刷术得以传承和发扬光大，为刘家谋利益，为民众谋幸福。这里，我特别强调，不管什么时候，我这个大掌柜不享有任何特殊的待遇，永远是为大家操劳服务的仆人！也希望你们支持我、监督我，齐心协力把我们成文堂办好……"

刘金桂满意地点点头，带头鼓起掌来。此时，刘麟庆发现坐在前排的徐青莲不断地擦着激动的泪水，他快步走上前去，亲切地说道："娘，谢谢您多年来的培养与教导，今后，我还需要您这个管家的鼎力支持！"

"孩儿，好好干吧，娘全力支持你！"徐青莲眼中闪烁着激动的泪花。

完成了交接仪式，刘金桂的心情轻松多了，当天夜里他睡得特别踏实。第二天早晨，徐青莲告诉公爹说："今晚成文堂演出肘子鼓戏《状元与乞丐》，我知道您好肘子鼓戏，去看看吧？"

刘金桂说："肘子鼓戏我确实喜欢，你没听到民谣这样说的：肘子鼓一唱，饼子贴在锅台上，锄头锄到庄稼上，花针扎在指头上。足见肘子鼓魅力之大呀。"

"是很有趣！晚上让我娘陪您一块去看戏？"徐青莲问。

"她有空去，当然好喽。"刘金桂说。

晚饭后，刘金桂在曾玉冰、徐青莲的陪伴下来到了成文堂戏剧院。剧院虽然建筑有些陈旧，但舞台依然坚固，帷幕装饰依然清新，让刘金桂倍感亲切。趁没开演之前，他颤巍巍地来到舞台后的化妆室看望郭兰芝，一身演员打扮的郭兰芝高兴地迎上前来，一把抓住刘金桂的胳膊，兴奋地说："金桂哥，您来了！"

刘金桂说："兰芝妹妹保养得真好，还像当年那么年轻漂亮。"

"金桂哥，我也老了，岁月不饶人啊，你看我现在都当姥姥了。您的精神头还蛮不错的。"郭兰芝说。

"这么多年成文堂戏剧院屹立不倒，为传播成文堂的名声、开展促销活动做出了重要贡献，兰芝妹妹功不可没啊！"

"这得感谢金桂哥给妹妹找了个饭碗呢，我们兄妹俩多年来都受到了成文堂的特殊护佑与恩惠。"郭兰芝说。

"对了，你哥呢？"刘金桂问。

郭兰芝说："小舟哥去年把木版年画刻印坊交给了他的儿子郭春成打理，作坊效益一直还不错。他退休后，正在家里带孙子、侍弄花草、颐养天年呢。"

"这样好哇！我就不去打扰他了，请你代我向他问个好。"刘金桂说，"郭先生和师母的身体怎么样了？"

"俩人天天练习太极拳，身体棒着呢，生活都能自理。"郭兰芝说。

"这我就放心了。过几天我就要告老还乡了，代我向他们问个好，感谢他们当年对金桂的扶助与照顾，祝他们健康长寿！"刘金桂说。

"您要回老家去？我怎么一点思想准备也没有。"郭兰芝焦急地抓住刘金桂的双手，仿佛到了生死离别的一刻。

"树高千丈，叶落归根。我干不动了，得回去了。今儿告个别，妹妹你多保重吧！"刘金桂一张饱经沧桑的脸，在舞台灯光的辉映下，显得更加精神矍铄。

郭兰芝抑制不住内心依依惜别之情，一把抱住刘金桂的脖子，嘤嘤啜泣起来，哭喊道："金桂哥，您也多保重！"

刘金桂说："看看，像个孩子似的，不哭了，准备开演了。"

郭兰芝止住抽泣，泪光盈盈地说道："金桂哥，常回胶州看看。"

刘金桂茫然地点了点头。

《状元与乞丐》正式开演了，刘金桂与曾玉冰、徐青莲坐在观众席最前排的中间位置，桌子上还摆放了一些水果与瓜子。刘金桂看得很专心，不时地鼓掌喝彩。曾玉冰却显得顾虑重重，自始至终不见笑脸。刘金桂边看边说道："都说人的命是天注定的，其实不然，你看文龙与文凤的命运到最后就发生了逆转，由此可见，无论人的命运好坏，不奋斗、不努力，断然是不会成功的。"

"那是当然，当初你只是一个小货郎，如今成为胶州赫赫有名的印刷富贾，全凭自己的奋斗与努力。"曾玉冰开口说道。

"英雄所见略同。但生活中也不是每个奋斗者都能获得成功的，时势造英雄啊!"刘金桂心情复杂地说道。

演出快要结束了,刘金桂望着舞台上徐徐落下的帷幕,忽然觉得,自己在胶州几十年的创业岁月像闪电般在眼前划过,他不禁感慨万千,轻声地慨叹道:"人生就如这色彩斑斓的舞台,总有曲终人散的时候。"

曾玉冰下意识地拉住刘金桂的手,仿佛有什么美好的东西稍不留神,便会从指缝中滑过。

随着归程日益临近,刘金桂准备在出发之前,外出转一圈,去向亲朋好友道个别。他担心,就此一别以后恐再难见面。这天上午,在徐青莲与曾亮亮的陪同下,他先是去左邻右舍打了个招呼,然后去雕版印刷作坊与石印作坊看了看伙计们,接着又来到了徐府。曾玉冰正在客厅里打扫卫生,她见到刘金桂,平淡地说道:"你来干吗?"

"道个别嘛,明天就要告老还乡了!"刘金桂说完,径自坐在椅子上。

两个儿媳退出房间后,刘金桂从衣兜里掏出一块手帕和一枚闲章递给她:"有点小礼品,留作纪念吧。"

曾玉冰双手接过,见手帕上题了一首《别胶州》的诗:

雁去南方我向北,

云溪河畔雨纷飞。

一生只为传香墨,

大业未竟皓发催。

她又仔细地端详着那枚闲章,只见"冰心玉壶"四个字雕刻得苍劲娟秀,不禁赞道:"刻得真好,刀工娴熟,遒劲有力,怪不得胶州人称你是雕版一把刀呢。"

"过奖了。"刘金桂摆摆手。

"这首诗我十分喜欢,情真意切,也透露着人生许多的无奈。"曾玉冰说。

"知我者,玉冰也。"刘金桂站起身来,说,"我还要去趟胶州商会拜会一下法四爷,就不在这儿耽搁了。"

曾玉冰说:"法四爷还在商会?"

刘金桂说:"曾玉彪遇难后,法四爷的儿子法同方接替了商会会长的位子,今天是法同方特意安排我俩在商会见面的。"

"哦,那你赶快去吧。别让人家等久了。"曾玉冰说。

刘金桂一行三人乘马车很快来到胶州商会大门口,早就有人在迎接他们。

他们到了二楼的茶室，法四爷与他的儿子法同方热情地站起来打着招呼，法四爷说："怎么，说走就走？走之前咱们杀盘棋再说吧。"

"我也正有此意。不过，这次不准悔棋。"刘金桂说着，坐到椅子上来。

法四爷哈哈大笑说："今天我保证不耍赖了。你先行！"

"红先行，还是您老先来！"刘金桂说。

法四爷说："那我就不客气了。"说完，按了个当头炮。

刘金桂立刻飞马，说："法四爷红光满面的，身体真不错。"

"老了，行将就木之人，去年栓了一回，刚治好。"法四爷说："岁月无情，人生如梦啊！转眼间咱们都老了，无可奈何花落去！"

"似曾相识燕归来。"刘金桂说，"晏殊的这首《浣溪沙·一曲新词酒一杯》，我也十分喜欢。"

"你也算是个文人吧？不，是儒商，大儒商。"法四爷边下棋边唠叨说："在某种程度上讲，你还是一位勇士，一身正气，不畏强权与邪恶，我为有你这样的朋友而感到自豪！其实，要我说，你更是一门国粹的继承者，你最早在胶州创办雕版印刷作坊，是山东乃至北方雕版印刷业的鼻祖，经营了半个世纪，成文堂屹立不倒，且四处开花结果，了不起啊，你是胶州商界的精英！"

"法四爷过奖了！金桂原来只是一个普通的货郎，能在胶州站稳脚跟，一步步发展壮大，完全仰仗法四爷等一帮贵友的鼎力提携与扶持啊！金桂每遇大事，都是法四爷拼了身家性命、全力以赴去帮助化解的，法四爷的大恩大德，金桂永世难忘！"刘金桂感慨地说。

"这你就客气了！"法四爷的脸上泛着红光，说，"你我是患难与共、肝胆相照的朋友，如果说我能为你做点事情，那是我心甘情愿的，是你的人品感召了我，我做得高兴呢！"

刘金桂的眼睛湿润了，说："法四爷真是德隆望尊之人，金桂高山仰止，佩服！"

"有生之年你要常回胶州看我，我舍不得你走呢。"法四爷说，"其他什么事情我都服你，唯有下棋，我就是有点不服气。"

"这叫棋逢对手嘛，平日咱俩互有输赢的。"刘金桂说，"我也盼望着您在明年春暖花开的季节，到我们招远老家玩几天。"

"那边也靠大海，有什么好玩的？不过我倒是想去你们的玲珑山看一看，顺便再捡块狗头金，那样我不是发大财了？"法四爷说，"瞧瞧，光顾说话，忘记下棋了。"

"我可记着你的话了，明年春天，不见不散！"刘金桂说。

法四爷叹了一口气，说："我倒是真的想去，只怕这身子骨不听话了。"说完，他背靠椅子，微闭着眼睛，一会儿发出轻微的鼾声。

法同方准备上前叫醒法四爷，被刘金桂制止，他起身轻声说道："法四爷，就此作别！"

法同方过去搀扶着刘金桂，一直送到商会的大门外。刘金桂说："你的担子不轻啊，一定要像你父亲那样，主持公道，秉公办事，多为商户分忧解难！"

"我一定不忘刘叔的教诲，您多保重！"法同方握着刘金桂的手，说，"明天上午我去为您送行。"

"不烦劳大家了！再见。"刘金桂上了马车，挥了挥手。

当天晚上，刘金桂差人将刘麟庆叫来书房，从一个橱柜里取出一个长方形的铁箱子，小心地放在书桌上，将箱子上的一只铜锁打开，说："这个铁箱子里存放着一幅康熙五十七年御制的《康熙皇舆全览图》及二十八张各省分布图，是一位皇宫的公公当的，十多年过去了，早已过了当期。另外，还有一只薄胎黑陶高柄杯，是我花高价买来的。这两件东西都是无价之宝，世所罕见。在我临走之前，我将它们托付给你，希望你近期将其无偿交给州署杨知州，请他代成文堂捐赠给朝廷保存。"

刘麟庆看着箱子里的地图和黑陶高柄杯，感到十分惊讶，说："爷爷，这些东西十分珍贵，价值连城啊！您怎么舍得送给官府？"

"有什么不舍得？这些东西是中华民族的瑰宝，还是由国家收藏保存为好。"刘金桂坦然地说道。

"您为什么不亲自送给州署？那样州署的官员会更加敬重您的为人。"刘麟庆说。

"我就要离开胶州了。你创业的路程还刚刚开始，由你出面捐赠，借机与州署官员搞好关系，对成文堂的发展壮大有百利而无一弊。"刘金桂意味深长地说道。

"我明白了。我近期将亲自将宝物交到杨知州的手上。"刘麟庆此时终于明白了爷爷的良苦用心。他将箱子仔细地合起来，然后，向爷爷深鞠了一躬。

第二天上午九时，刘金桂戴了一顶红色绸缎风帽，穿一件崭新的月竹长袍，天青洋布裤子，脚穿一双黑色皮靴，整个人看上去神采奕奕。在刘寿山、徐青莲的搀扶下，刘金桂款款走出门外。但见两辆马车静待门旁，大门外的街道两侧，满是欢送的人群，都是些似曾相识的面孔，有街坊邻居，有在成文堂印书局、石印馆上班的伙计们，还有众多的乞丐，都热情地为他夹道欢送，有的人甚至不停地呼唤刘大掌柜的名字。刘金桂一下子惊呆了，双眼潮润，他双手抱拳，不停地向送行的人行礼，高声喊道："乡亲们，伙计们，再见！谢谢大伙！"

"刘大掌柜再见！一路顺风！"

"刘大掌柜身体安康，万事顺意！"

"刘大掌柜多保重！"

人们一边高声呼唤着，一边热情地为他鼓掌。

这时，商会会长法同方与他的助手抬着一块用红布绸裹着的匾额走过来，说："刘大掌柜，我代表胶州商界的同仁给您送行来了！这块匾是大伙的一片心意。"

法同方郑重地将布绸揭开，"行重闾里"四个漆金大字赫然入目。

刘金桂双手抚摸着匾额，连声说道："谢谢法会长！谢谢商界的诸位朋友们！你们的深情厚谊我领了！"

刘寿山与徐青莲从法同方手中接过，将匾额放到了马车上。刘金桂刚要上车，刘麟庆匆忙赶过来，低声说道："爷爷，州署杨知州来了。"

刘金桂回头看时，杨知州身着官服已经笑容满面地走了过来，说："听说刘老先生要告老还乡，杨某特意赶来送行。特制匾额一块，敬献给刘老先生。"

刘寿山与刘麟庆赶忙接过，只见匾上"望重商贾"四个大字在阳光下熠熠生辉。

刘金桂紧握着杨知州的手说："没想到杨知州还记挂着老朽，在百忙中前来为我送行，还带来牌匾，真让老朽感激不尽。"

杨知州兴奋地说道："您在胶州建起了江北最早的雕版印刷作坊，打拼了数十年，创造了辉煌的业绩。尤其是您的人品和经商之道，更让人钦佩不已。因此，特请人制作了这块牌匾，以表彰您的功绩。"

"老朽受之有愧。您此举不仅是对本人的一种肯定与褒奖，更是对刘家极大的鼓舞与鞭策，我代表全家人表示衷心的感谢！"刘金桂双手抱拳施礼。

"请多保重身体！"杨知州亲自将他扶上了车，再三叮嘱说。

"杨知州请回吧！走咧！"刘金桂挥手示意。

马车便缓缓地向前驶去。而刘金桂却频频回头，似乎在等待什么。

忽然，有一辆人力车载着一袭红袍、外着紫缎地镶如意云头滚边对襟马褂、气质典雅的曾玉冰急速赶来。"等等我——"

刘金桂急命车夫停车。人力车快速驶近，曾玉冰从人力车上跳下来，费力拿下一个箱子，车夫立即上前接住。

"上车吧！"刘金桂打开车门，将她一把拉上车，并排坐好，两个人幸福地依偎着，微笑着向窗外的人群挥手致意。

道路两旁的人群立刻沸腾与友好地欢呼起来。

当马车从城隍庙前街驶过，刘金桂看见门旁那两只威风凛凛的铁狮子似乎有所感触。他隐约地看见城隍庙上那个"不由人算"的铜制算盘，不由得哈哈大笑起来，说道："什么'不由人算'，我这一生也不全是老天爷说了算的，我是做了几回主的！"

刘麟庆夫妇依依不舍地跟着车子走了一程，一直目送爷爷的车辆渐行渐远，仍不断地向他们挥手致意。从这一刻起，刘麟庆感到一种从未有过的压力和责任，只觉得肩头上的担子沉甸甸的。

这时，刘金桂清楚地听见有优美动听的歌声从他的身后传来。曾玉冰回头一瞧，说："是成文堂的伙计们，还有乞丐帮的小弟兄们给你唱送行歌呢。"

刘金桂定睛一看，是杨志明管家舒展着花白的胡子，领着百十号伙计、还有数十个乞丐唱着歌儿尾随在马车后面送行。泪水一下子模糊了刘金桂的双眼。

送行的人们以粗犷、优美、嘹亮的嗓音深情地唱着郭松浩先生撰写的那首《与友人送别》歌曲：

城隍外，云溪边，秋叶黄连天。

孤雁翩翩声渐远，胶州铭心间。

一壶酒，两杯盏，梦醉菊花残。

感君情深如少海，兄弟泪涟涟。

城隍外，荒陌边，风急残云卷。

策马飞舆路途远，问君几时还？

一壶酒，两杯盏，友情诉不完。

此别不知何日见，祝君永平安。

后 记

金都招远自古以来人杰地灵，人才辈出。很早的时候我就听说清朝和民国时期，招远孟格庄村的"大书铺""二书铺"颇负盛名，并留下了大量建筑精美、富有特色的传统民居院落。后来该村被命名为"中国传统村落"和"山东省历史文化名村"。在我以后的走访调研中得知，十九世纪中叶，孟格庄村青年刘金桂，子承父业，当起了货郎，走村串巷贩售一些百姓所需的小百货和文化用品。后来，他在胶州立脚，历尽艰辛在胶州西门外太平街购地建房，创办了胶东第一家以传统雕版印刷为主、规模最大的书坊，宝号"成文堂"，人称"大书铺"，主要为私塾科举考试和农村文化生活提供服务。经过刘金桂与他的儿孙们数十年的顽强打拼，"成文堂书坊"的生意日渐兴隆，从最初的印刷、零售业务，拓展到向邻县和大城市批发，获利颇丰。并逐步在烟台、周村、青岛、济南等地设立分号，被后人称为胶东雕版印刷业的鼻祖。"二书铺"的创始人刘作信，最早在胶州成文堂学徒和做工五年，后来独立在潍县创办"诚文信"书坊，因为经营有方，生意红火，在北京、吉林、丹东、天津等十多个城市设立分号，发展成为胶东雕版印刷业的巨头。他们自强不息、顽强拼搏的精神和辉煌的业绩，曾深深地打动了我。我认为，像刘金桂、刘作信这样的历史名人，不但是孟格庄村民的楷模，也是招远人民的骄傲！因此，为他们立碑树传的念头油然而生。但是，因为年代久远，所存资料有限，要真实、艺术地刻画他们的典型形象和成长经历也并非易事。为此，我多次深入孟格庄村、青岛、胶州、潍坊等地走访调研，查阅了数十本相关书籍和资料，对主人公当时所处的社会背景、创业初衷、创业历程、困难挫折、主要业绩等作了许多了解和分析，掌握了宝贵的第一手创作资料。

七十多万字的长篇小说《大书铺》，从走访调研到文字成稿，历时三年多的时间，作者为此付出了艰辛的劳动。在成书的过程中，得到了"大书铺""二书铺"家族及后人的热情鼓励与支持。刘金桂的来孙、山东鲁鑫贵金属集

大
书
铺

694

团公司董事长刘光瑞先生在百忙中多次与作者倾心长谈，介绍当年"成文堂"及刘金桂的有关情况，对本书的创作出版给予了热心支持与帮助。在调研过程中，招远的郝永平、刘广厚、刘思忠、冯建玉、张丕基、于学一、徐军、李永军、闫绍君、郝增宝等先生，胶州的崔晓荣、李恩泰等先生，牟平的姜美玲女士，济南文墨传媒的图书策划人赵庆君先生等，都提供了许多方便与支持。在此，对他们表示衷心的感谢！

众所周知，文学创作有其特殊的规律与特点，《大书铺》是一部带有人物纪实性的长篇小说，在人物塑造、事件构架等方面带有浓郁的艺术加工色彩。因此，希望任何人勿对号入座，避免引起不必要的误解。

由于小说故事记述时代久远，主人公资料记载有限，在小说的创作和描述中，难免出现瑕疵和不足，恳请各位专家学者和广大读者不吝赐教。

唐占鳌

2023 年 9 月